지식인과 인문학

지식인과 인문학

지리산권문화연구단 편

이동환 송재소 이동철 김기봉 이수정
정경주 이이화 진성수 김승렬 홍석영
정만조 이상해 김덕현 문장수 전진성

보고사

다시 지식인이 문제다

지금으로부터 몇 년 전인가 서구 언론에 의해 현재 살아 있는 세계 100대 지식인 가운데 으뜸으로 뽑혔던 미국의 언어학자 촘스키는, 정작 자신은 지식인으로 불리는 것을 싫어한다고 공개적으로 선언한 바 있다. 출발은 언어학자였으나 지금은 시민적 저항운동가로 세계적 명성을 떨치고 있는 촘스키가 이처럼 지식인에 대한 짙은 혐오감을 피력한 것은, 아마도 오늘날 지식인의 실상이 역사적으로 형성된 전통적 지식인의 그것에서 멀어졌다는 데에 대한 나름의 반감에서 비롯되었다고 하겠다. 곧 범박하게 보자면 어느 시대에나 자신이 처한 현실의 깨어있는 양심 세력으로 시대에 대한 비판적 입장을 견지하고자 하였던 지식인의 일반적 이미지가 오늘날에는 도리어 현실을 지배하는 정치권력에 굴종·타협하거나, 심지어 현실에 적극 관여하면서 지배 세력의 이념을 옹호하는 등의 양태에서 나타나듯이 과거와는 상당히 변용된 양상을 보인다고 해야 할 것이다.

그러나 촘스키에게서 보듯이 지식인 내지 지식인론을 둘러싸고 벌어지는 여러 이견과 혼란은 따지고 보면 근대 서구에 지식인이라는 말이 처음 사용될 적부터 이미 예견되었던 것이다. 잘 알다시피 '지식인'이라는 용어가 출현하는 계기가 되었던 유명한 드레퓌스 사건, 곧 프랑스에서 어느 유대인 장교의 간첩 혐의를 둘러싸고 벌어졌던 일련의 논쟁에서 이른바 반 드레퓌스 계열의 논객들이 국가 권력의 횡포를 비판하며 드레퓌스의 무혐의를 강력히 주장하였던 문호 에밀 졸라 등의 반대파에 대해, 이들이야 말로 군사 문제나 국제 정세 등의 실정을 알지 못하는 책상물림이라는 부정적 의미로 '지식인(intellectuel)'이라는 용어를 써서 비난했던 것이다. 그러나 이렇듯 지식이나 이념 일변도의 추상적 사고에 치중한 나머지 현실 감각을 결여한 인간이라는 경멸적 의미를 지니는 '지식인'론과는 정반대로 진정한 '지식인'은 편향성을 띠는 정치적 논의를 뛰어 넘어 진리나 정의와 같은 보편적 가치를 대변하는 인간이어야 한다는 식의 긍정적 방향의 지식 인론도 동시대에 공존하였다.

　이러한 초기의 지식인에 대한 상반된 정의와 개념의 혼란은 이후 지식인 이라는 용어가 널리 쓰임에 따라 부정적 의미는 점차 사라지고 긍정적 의미 가 부각되는 방향으로 정리되었다. 그 결과 오늘날에 보듯이 편협한 전문성 에 얽매이지 않으면서 넓은 식견을 바탕에 깔고서 공공적 논의에 적극적으로 참여하는 인간 유형을 지칭하는 용어로 정착하였던 것이다. 이렇게 보면 애초부터 지식인을 정의한다는 일이 역사적으로 그리 간단한 일이 아니었음을 알 수 있다. 그것은 우선 앞에서 보듯이 지식인을 규정하는 유력한 근거인 역사적 배경이 상충하거나 모순되는 경우가 존재하는 것도 문제이지만, 다른 무엇보다도 지식인의 개념 정의나 규정이 사실 판단의 영역에서 이루어지기보다는 지식인은 마땅히 이와 같아야 한다는 식의 가치 판단의 영역에서 제기되고 논의된다는 점에서 근본적인 문제가 있다고 하겠다.

　근대적인 학문적 틀 안에서 지식인 내지 지식인론을 다루고자 했던 서양의 경우가 이상과 같다면, 유교 사상이 그러하듯이 개인의 수양론에 근거한 현실에서의 실천론을 특히 중시하였던 동양에서의 지식인에 대한 논의가 대체로 가치 판단의 영역 안에서 집중적으로 이루어져 왔으리라는 것은 충분히 짐작할 수 있는 일이다. 그 결과 동양에서의 지식인 내지 지식인론에 대한 학문적 논의나 담론이 사실 판단과 가치 판단의 적절한 균형 안에서 행해졌던 경우는, 여영시(余英時) 등이 보여주었던 중국 역사 속에서의 사(士)에 대한 일련의 지식인사론 연구를 제외하고서는 그다지 활발하지 않았던 것 또한 엄연한 사실이라고 하겠다. 더욱이 지식인이라는 용어가 서양에서 유래되었던 관계로 동양사회, 특히 전통사회에서 그에 상응하는 대응어나 개념이 무엇—사(士)·사인(士人)·사대부·독서인·선비·문인·문사 등을 들 수 있다—인지에 대해서도 아직껏 이렇다 할 합의가 이루어져 있지 않다는 점을 염두에 둔다면, 우리 학계에서의 지식인 및 지식인론에 대한 연구는 이제 겨우 논의의 걸음마를 시작한 정도라고 보아도 무방할 것이다.

경상대학교 경남문화연구원은 인문한국(HK) 사업을 수행하는 지리산권문화연구단의 참여 기관으로서, 지리산권의 문화를 총체적으로 연구하는 전체 아젠다의 하부 항목으로 '이상사회 연구와 전통사회의 지식인상 연구'라는 주제를 설정하여, 이에 대한 연구와 논의를 연차적으로 수행해 오고 있다. 그 첫 단계에 해당하는 2008년에서부터 2010년에 이르는 3년 동안 기초 작업으로 지식인상에 대한 종합적 검토를 위해 일련의 강연과 발표의 형태—학계의 권위자를 초청해 특강을 듣는 형식의 백고좌(百高座) 강연과 매달 해당 분야의 전문가를 초빙하여 행하는 우수학자 초청 발표회의 두 종류이다—로 동서양의 지식인과 지식인론에 대한 전체적인 조망과 논의를 기획·시도해 보았다. 이 책에 '동서양의 지식인', '역사 속 지식인의 역할', '지식인의 세계관 형성과 그 토대'의 세 부분으로 나누어 수록한 글들은 대체로 그러한 일련의 성과물들을 모은 것이라고 하겠다.

그러나 으레 모든 일이 그러하듯이 막상 일을 시작하여 진행하는 과정에서 많은 시행착오를 겪을 수밖에 없었고, 그 결과 마무리해 놓은 성과물들이 애초의 기대에 미치지 못했던 점은 유감이라고 하지 않을 수 없다. 여기에 펴내는 책은 그와 같은 아쉬움 속에서나마 지난 시기의 일련의 연구와 논의의 수행 과정에서 생겨난 중간 단계의 산물로, 먼 훗날 이루어질 지식인과 지식인론의 체계적 정리와 완성이라는 장대한 과제를 향한 하나의 출발점 정도로 모든 이에게 받아들여졌으면 하는 마음 간절하다 하겠다.

마지막으로 인문한국(HK) 사업 첫 단계를 맡아 사업을 궤도에 올려놓느라 불철주야 노고를 마다하지 않으셨던 전 경남문화연구원장 최석기 교수와 일련의 기획을 담당·진행해 주었던 박용국 교수, 최종 마무리 단계에서 책을 만드느라 노심초사하였던 강정화 교수에게 이 자리를 빌려 깊은 감사의 뜻을 전하고자 한다.

2011년 8월
경남문화연구원장 장원철

목차

제1부

동서양의 지식인

조선시대 선비, 그들은 누구인가?

이동환

I. 선비의 어원

'선비'는 유교를 배경으로 ㅎ여 성장한 도덕인격의 주체다. 그러나 그 렇다고 하여 모든 유교인이 다 '선비'는 아니다. '선비'는 말하자면 유교 적 도덕인격의 우량적(優良的)인 주체다. 유교적 도덕인격의 우량적인 주 체라고 해서 중국의 으량적인 주체로서의 '사(士)'나 '유(儒)'로 아무런 유 보 없이 1:1로 대체될 수 있는 것은 아니다. 우리나라의 '선비'는 '선비'이 고 중국의 '사'와 '유'는 '사'와 '유'이다. 물론 같은 유교의 관여 하에 형 성 또는 성장한 인격우형이니단치 개념적 징표로는 거의 공유한다고 할 수 있다. 그러나 근본적으로 서로 다른 사회·경제적 조건, 역사·문화적 환경 속에 형성되거나 성장한 실질적인 우량형의 주체는 그만큼 차이질 수밖에 없다. 이를테면, 중국어서는 공자 시대에 '사'나 '유'의 인격형이 형성되고 있었던 것에 대해 우리나라의 '선비'는 훨씬 후대에, 그 이전시 대에 사회·문화적으로 합의된 어떤 우량인격의 주체가 변형되어 성립한 것이니 말이다. 그러므로 '선비'담론이면 무조건 유교 전반을 들먹거리는 것은 '선비'의 실체를 유교의 보편 속에 해소시켜버리는 것으로써 아무런 의미가 없다. 그래서 나는 우리나라 '선비'의 특징적 면모, 특징적 면모라고 해서 중국의 '사'나 '유'에는 없는 속성을 뜻하는 것이 아니라 다른 속성에 대해 갖는 관계나 비중에 편차가 있어 특징적으로 도드라진 면모를 중심으로 이야기 하겠다.

'선비'는 훈민정음이 창제되고 나서 최초로 편찬된 한글 문헌인 『용비어천가』(1445)에 '션빙'로 표기되어 나온다. 그 전부터 있어 오던 어휘가 한글 기록으로 정착한 것이다. 그런데 이 '션빙'의 어원에 대해서는 몇 가지 설이 제기되어 있다. 먼저 신채호는 삼국시대에 '수두'교도의 일단(一團)을 '선배'·'선비'(→션빙)라 일컫고, 이를 이두(吏讀)로 '선인(仙人)' 혹은 '선인(先人)'이라 기록한다고 했다.[『朝鮮上古史』] '수두'교도의 실재를 인정한다고 하더라도 '선비'·'선배'(→션빙)가 어째서 '선인(仙人)'·'선인(先人)'으로 표기되느냐 하는 문제는 이해할 수 없다. '-빙'에 마땅한 이두자(吏讀字)를 얼마든지 찾을 수 있음에도 불구하고 음운상 '-빙'와 하등의 대응 관계가 없는 '-인(人)'으로 표기된 데 대한 마땅한 설명을 할 수 없기 때문이다.

다음, 국어학자 김선기는 '션빙'의 '션-'은 몽고어 '어질다'는 말 'sait'의 변형인 'sain'과 연관되고, '-빙'는 몽고어 및 만주어 '지식이 있는 사람'을 뜻하는 '박시'의 변형인 'ᄇᆡ이'에서 온 말이라고 했다.[금장태, 『한국의 선비와 선비정신』에서 전재] 이 주장에 의하면 '션'과 '빙'는 각각 원형 'sait'와 '박시'의 변형으로, 이 변형의 합성어가 '션빙'란 것이다. 무릇 합성어란 합성의 원형들이 익숙하게 쓰이고 난 뒤에 두 단어 이상이 한 단어로 되는 합성현상이 일어나는 것이고 보면 'sait'와 '박시'가 국어에 들어와 익숙하게 쓰인 증거를 찾기 전에는 설득력이 없다.

끝으로 국문학자 김동욱은 '션빙'를 한자어 '선배(先輩)'로 보았다.(同上) 나는 이 설에 공감을 가지고 있다. 그러나 "신라의 화랑이 변화하는 과정에서 고려초기부터 사용한 것"이라는 주장에는 공감하지 않는다. 이것은 '화랑'이 역사적으로 변화해서 '선배(션빙)'가 되었다는 얘기인데, 적어도 통일신라 말기 까지는 유교와, 화랑의 사상·정신 기반인 풍류도는 엄연히 독자적인 계열로 병존하고 있었음은 최치원의 「난랑비서(鸞郎碑序)」가 증명한다. '선배(션빙)'는 '화랑'의 변형이 아니라 당초에는 '문인'에 대한 2인칭 용법으로 호칭되었다. '선배'에 대해서 『한어대사전(漢語大詞典)』에는 다음과 같이 훈석(訓釋)되어 있다.

① 차례에 의하 앞에 배열한 것
② 전배(前輩)이 대한 존칭
③ 당나라 시대에 동시에 급제한 사람들 사이에서 서로 공경하여 '선배' 라 일컬었음
④ 문인에 대한 경칭

'선배'가 우리나라 현존 문헌으로는 『고려사』「열전」김황원(金黃元, 1045~1117)조에 처음 나온다.

숙종이 연영전(延英殿)을 열고 김황원을 불러 서적을 맡게 하고, 매양 글을 보다가 의심이 있으면 곧 질문하곤 하였는데, '선배'라 부르고 이름을 부르지 않았다.

여기서 '선배'는 위의 『한어대사전』의 훈석 중 ④의 것으로 쓰였음을

알 수 있다. 아마 신라 말 빈공제자(賓貢諸子)에 의해서, 또 고려로 귀화한 한인(漢人) 관료에 의해 전파되어 주로 위의 훈석 ②·③·④의 것으로 통용된 듯하다. 그리고 문언문(文言文)의 어휘로 보다는 주로 구두문(口頭語)의 어휘로 통용된 듯하다. 위『고려사』용례에서 보이는 분위기도 그러하거니와, 이 말이 한자어임에도 불구하고 한문 문헌에 오른 경우가 극히 드물기 때문이다. 현존 고려시대 이상의 문헌 가운데 위의『고려사』를 제하고는 이규보(李奎報, 1168~1241)의 문집인『동국이상국집(東國李相國集)』뿐이다. 이규보는 그의 「칠현설(七賢說)」에서 "선배로서 문학으로 세상에 이름을 낸 분 아무 아무 등 7인이 있었다."고 하여, '선배'란 말을 위의 훈석 ②·④의 것으로 쓰고 있다. 그리고 위의『고려사』에서의 용례와 함께 2인칭과 3인칭 용법이 겸용되었음을 알 수 있다. 아무튼 한문 문헌에 드물게 오르기는 조선시대에도 마찬가지였다.

당초 한자어로써 국어화한 어휘들의 대부분이 그러하듯이 이 말도 '션빅'란 구두어로 보편화되면서 한자어로서 성격이 소실되어 버리고 원어 '선배'와는 별도의 연변노선(演變路線)을 따라 존재했다.[같은 유형의 예들 : 배추-白菜, 붓-筆,……] 그래서『용비어천가』보다 대략 한 세대 뒤에 나온 『두시언해(杜詩諺解)』(1481)에는 '션빅'라 표기되었고, 그리고 마침내는 '선비'로 표기되는 음운변화를 겪어 왔다. 그러나 이 '션빅'의 경우 중요한 것은 이러한 음운 변화보다도 그 가리키는 대상의 전변(轉變)이다. 고려 숙종은 '문인'에 대한 2인칭, 이규보는 '문인'에 대한 3인칭으로 일컬어 모두 '문인'에 대한 호칭으로 사용했다. 그런데 이규보로부터 2백년 뒤인 『용비어천가』에는 용례가 모두[4개소] '유(儒, 儒生)'로 되어 있다.

션비를 아ᄅ실ᄊᆡ(且識儒生), 80장.

늘근 션비를 보시고(接見老儒), 82장.

'션빈'가 『용비어천가』에서 이와 같이 '유'를 가리키게 된 것은 주자학 (朱子學)의 수용으로 '경칭'할 대상이 '문인'에서 '유'로 바뀐 것에 기인한다. 당시에는 '문인'도 넓은 의미의 '유'로 인식된, 한 가닥의 연속성 때문이다. 고려후기 주자학이 들어오기 전까지 우리나라의 유학은 주로 전장(典章)·문사유학(文辭儒學)이었다. 특히 고려시대에는 제술과목(製述科目)을 통해 진사시(進士試)를 합격하고 관인으로 진출하는 것이 모든 이가 동경하는 최상의 가치 실현이었다. 다시 말하면 문인이 곧 사회적으로 최상의 가치의 담지자(擔持者)였다. 그러던 것이 주자학, 즉 도학(道學)이 수용되면서 이러한 인식에 전변이 일어났다. 이제현(李齊賢, 1287~1367)은 왕에게 다음과 같이 상주(上奏)하였다.

> 이제 전하께서 진실로 학교를 넓히시고, 육경을 존중하시며, 오교(五教)를 밝히시어 선왕의 도를 천명하시면 누가 진유(眞儒)를 등지고 석자(釋子)를 따라서 실학을 버리고 장구를 익히겠습니까? 장차 조충전각(雕蟲篆刻)의 무리들이 모두 경명행수(經明行修)의 사(士)가 될 것입니다. [『櫟翁稗說』前集]

종전 최상의 가치의 담지자였던 문인집단이 '조충전각'의 무리, 즉 문사소기(文詞小技)나 하는 집단으로 격하되고, '경명행수', 즉 경학에 밝으며 덕행이 미선(美善)한 '유(儒, 眞儒)' 집단을 최상의 가치의 담지자로 보는, 당시 인식의 전환을 이 기록은 잘 보여준다. 즉 '션빈'로서 '경칭'할 대상의 전변을 잘 보여준다. 그리고 '션빈'란 경칭의 대상이 '문인'에서 '유'로 전변하는 데에는, 앞에서도 잠시 언급했거니와 당시 사람들에게는 한·당(漢唐)의 훈고유학적인 분위기에서 문사(文辭)를 전치(專治)하던 문사유(文辭儒)도 광의의 '유'의 범주로 인식했기 때문이다.

『용비어천가』 뒤에 '션빈'는 '유'와 함께 '사'를 가리키게 되었다. 1471년에 간행된 『삼강행실도(三綱行實圖)』 언해본 「열녀도」 옹씨동사조(雍氏同死條)에서 원문 "學有二'士' 哭其屍日"에 대응된 번역에서 "두 '션빈' 주거믜 가을매 닐오딕"라고 되어 나왔다. '사'는 본래 주로 '됴〈(朝士)', 즉 '조정에서 벼슬하는 사람'을 가리켜 왔으나, 15세기 후반부터는 유교적 도덕인격형인 '션빈'를 가리키는 현상이 점차 많아졌다. 그리고 '션빈'의 지시대상도 '유'보다는 '사'쪽에 더 무게를 두게 되어, 마침내 '션빈'의 중심이 '사'쪽에 놓이게 되었다.

그렇다면 '유'와 '사'는 어떻게 다른가? 여기서 번쇄한 논의는 개진할 겨를이 없거니와, 핵심적으로 구분하자면 '유'는 다분히 기능적인 지식인임에 비해, '사'는 이념적인 지식인이다. 단적으로 『논어』의 용례에 잘 드러나 있다.

> ○女爲君子儒, 無爲小人儒 : 너는 군자인 儒가 되고 소인인 儒는 되지 말라.[「雍也」]
> ○士志於道 : 士는 道에 뜻을 두다.[「里仁」]
> 　士不可以不弘毅 : 士는 마음이 크고 굳세지 않아서는 안 된다.[「泰伯」]

'유'는 자동적으로 도덕적 인격이 못 되고, '군자(君子)'와 '소인(小人)'에 의해 그 인격형이 규정되는 것으로 되어 있다. 이에 대하여 '사'는 인격적 신뢰가 전제되어 있다. 자공(子貢)이나 자로(子路)가 공자에게 "어떠해야 '사'라고 이를 만합니까?"라는 물음[「子路」]을 한 것도 도덕적·이념적 지식인상으로서의 '사'의 성립과정을 잘 보여주는 예라 하겠다. 그리고 우리나라에서 최상의 가치의 담지자로 안 '문인'에 대한 경칭에서 출발한 '선비'가 '유'를 거쳐 15세기 후반부터 16세기에 걸쳐 마침내 '사'를 주로 지칭하기 시작한 것은, 세종·성종 연간의 사기(士氣)의 배양과, 이 결과로 형성된 사림파가 저급한 유적(儒的) 체질의 훈구파에의 정치적 투쟁 및 승리와 결코 무관하지 않다.

Ⅱ. 선비의 주체 또는 개념

그렇다면 선비의 실체는 어떠한가? 선비는 어떠한 가치들을 담지하고 있는가? 이 물음에 대한 대답이 곧 선비의 주체의 밝힘이 될 것이며 선비의 개념으로 형성될 것이다. 선비에게 일의적(一義的)으로 귀중한 것은 '상지(尙志)', 즉 '뜻을 그상히 함'이다. 『맹자』에서는 다음과 같이 말했다.

> 왕자(王子) 점(墊)이 물었다. "사(士)는 무엇을 일삼는 것입니까?" 맹자가 말했다. "뜻을 고상히 한다." (왕자 점이 물었다.) "무엇을 일러 뜻을 고상히 한다는 것입니까?" (맹자가 말했다.) "인의일 뿐이다. 한 사람이라도 무죄한 사람을 죽임은 인이 아니며, 자기의 소유가 아닌데 취함은 의가 아니다. 인에 거하고 의를 따른다면 대인(大人)의 일이 구비된 것이다." [「盡心 上」]

인의를 제고해 가짐이 뜻을 고상히 함[尙志]이고, 그것이 사의 기본조건이라는 것이다. 그런데 우리나라 선비에 와서는 사의 상지가 주로 의로 치중됨을 보게 된다. 즉 '절의'와 '염치'를 선비의 근간이 되는 조건으

로 보아 왔다. 이황(李滉)은 선비의 존립 근거로서의 절의의 명분이 성립
되는 까닭을 다음과 같이 천명했다.

> 옛날의 선비는 진실로 남의 형세와 작위에 눌리지 않는다. (중략) 대개
> 부러워하지 않고 붙따르지 않으면 내가 저들에게 스스로를 잃는 일이
> 없고, 그 형세를 힘입지 않고 그 소유에 이득을 보지 않으면 저들이 나에
> 게 젠 채하지 못한다. 그러므로 필부로서 천자를 벗해도 참람되지 않고,
> 왕공으로서 평민에게 몸을 낮추더라도 욕되게 생각 않는다. 이것이 선비
> 를 귀하게 여길 만하고 공경할 만한 까닭이며, 절의의 명분이 성립되는
> 소이이다.[『退溪集』권12「擬與豊基郡守論書院事」]

필부 신분으로서의 선비가 천자를 벗해도 참람되지 않고, 왕공 신분
으로서의 선비가 평민에게 몸을 낮추더라도 욕되게 생각하지 않는 것
은, 선비에게는 형세나 작위와 같은 세속적 가치에 의존하지 않는 주체,
그를 구성하는 절의라 이름 할 수 있는 것이 있기 때문이라는 말이다.

한편 '염치'가 '선비의 대절(大節)'로써 강조되었다.

> 염치는 선비의 대절이다. 염치의 도가 상실되면 탐욕의 기풍이 날로
> 불어난다.[『世宗實錄』]

이렇게 절의와 염치를 선비 주체의 구성요소로, 또는 가치의 근간으
로 삼아왔다. 그렇다면 절의와 염치는 어떻게 다른가? 절의는 주체가
처한 사회·정치적 사태에서의 시(是)와 비(非), 의(宜)와 불의를 판단하여
시와 의로서 자기 주체를 지키려는 자세이고, 염치는 주체의 주로 물질
적 이·해가 개입된 사태에서의 시와 비, 의와 불의를 판단하여 시와

의로 자기 주체를 지키려는 자세로, 궁극적으로는 유사한 심적 자세다. 그래서 두 말이 때로는 혼용되기도 한다.

위의 절의와 염치에 버금하는 것으로서 '숭검(崇儉)'이 있다. 공자는 "사(士)가 도에 뜻을 두면서 나쁜 의복과 음식을 부끄럽게 여기는 자와는 족히 더불어 의논할 것이 없다."(「里仁」)고 하여 도를 지향하는 사의 기본 자세의 하나로 검소함을 숭상할 것을 강조했거니와, 우리나라에서는 곧 바로 '수기지방(修己之方)', 곧 '자기를 닦는 방도'로까지 간주되기에 이르 렀다. 즉 중종의 교유문(敎諭文)에서는 다음과 같이 말하였다.

> 학문을 하는 방도는 자기를 닦는 데에 있고, 자기를 닦는 방도는 숭검에 있다.[『中宗實錄』]

기대승(奇大升)은 "사군자(士君子)의 평생의 사업은 따뜻하고 배부른 데 에 있지 않다."[『高峰集』續集 권2「上從兄書」]고 하여 선비의 뜻의 소재를 분명히 했다.

이렇게 선비는 기본적으로 절의·염치·숭검의 가치를 담지하고, 이 가치를 중심으로 선비의 주체가 성립한다. 그리고 이것은 선비 개념의 징표이기도 한 것이다.

위와 같은 가치를 담지한 선비를 두고 박지원(朴趾源)은 "지위로는 등 급이 없고, 덕은 본디부터의 일이다."[『燕巖集』권10「原士」]라고 말했다. 다시 말하면 선비는, 신분적으로는 세상의 어떤 위계에도 편입되어 있 지 않고, 가치적으로는 덕은 하나의 존재태로 갖추어져 있다는 말이다. 어떤 위계에도 편입되어 있지 않기 때문에 그 어떤 위계로부터도 자유 로우며, 그가 담지한 가치는 본디부터 존재태로 갖추어져 있으므로 그 어떤 세속적인 가치와도 교환대상이 되지 않는, 초월적이며 자존적(自尊的)이다. 위 이황의 언술 가운데 "(선비는) 필부로서 천자를 벗해도 참람되지 않고, 왕공으로서 평민에게 몸을 낮추더라도 욕되게 생각하지 않는다."라는 대목도 실은 선비 주체의 자유로운, 따라서 초월적이며 자존적인 생각을 강조한 말이다. 다시 박지원에 이르면 선비의 주체의 독존성(獨存性)을 다음과 같이 언술한다.

> 천자라는 것은 원사(原士)이다. 원사는 생인(生人)의 근본이다. 그 작위는 천자나 그 몸은 사(士)이다. 그러므로 작위에 고하가 있으나 몸이 변화한 것이 아니다. 지위에 귀천이 있으나 사가 전변한 것이 아니다. 즉 작위가 사에 가해진 것이지 사가 옮겨가서 작위화된 것이 아니다. [「原士」]

무위(無位)·무등(無等)의 선비의 주체에 작위가 가해진다 하더라도 선비에는 조금도 영향을 주지 못한다는, 즉 선비는 독존적으로 존재한다는 말이다. 독존적으로 존재하기 때문에 초월적이라는 의미다.

선비와 작위와의 관계가 하나의 화두로 되었듯이 선비에게 출처(出處) 문제, 즉 벼슬에 나아가느냐 마느냐가 현실적으로 가장 첨예한 문제였다. 진정한 선비냐 아니냐는 출처의 문제에 그 관건이 달려있다 해도 과언이 아니다.

선비의 근본지향은 출사하여 행도(行道)하는 데에 있다. 이이(李珥)는 "선비가 겸선(兼善)하고자 하는 것은 진실로 본래의 뜻이다. 물러나 스스로를 지키는 것이 그 어찌 본심이겠는가?"[『栗谷集』 권15 「東湖問答」]라고 하며, 출사하여 '겸선천하(兼善天下)'하는 것이 선비의 본분이라고 말했다. 그런데 선비가 벼슬에 나가는 의도는 두 가지로 귀결된다. '귀하게

되고자 하는 마음[欲貴之心]'과 '도를 실현하고자 하는 마음[行道之心]'[『近
思錄』 권7]이 그것이다. 귀하게 되고자 하는 마음으로 벼슬에 나가거나
머물러 있는 것을 선비의 절의·염치는 단호히 배격한다. 남효온(南孝溫)
은 "도가 행해지지 않는데 한갓 그 영리에만 탐닉하는 것은 선비가 아니
다."[許筠, 『惺所覆瓿藁』 권11 「南孝溫論」]라고 했다. 영리에만 탐닉하고자 하
는 마음, 바꾸어 말하면 귀하게 되고자 하는 마음은 다름 아닌 인욕이고,
인욕은 절의·염치를 원천적으로 배반하는 것이기 때문이다. 결국 출처
의 문제란 인욕과, 도를 행하고자 하는 도심이 첨예하게 부딪히는 장이
다. 조식(曺植)이, "사군자(士君子)의 대절은 오직 출처 한 가지 길에 있을
뿐이다."[『南冥集』 권4 「行錄」]라고 한 소이는 바로 여기에 있다.

출처는 궁극적으로 인욕과 도심의 선택 문제다. 이념적으로 단순화
시켜 말하면 그렇다. 그러나 실제의 차원에서는 그렇게 간단하지 않
다. 송시열(宋時烈)은 "선비의 출처는 딱 잘라서 다른 길이 없다. 스스로
나의 역량과 시세의 가·불가를 헤아려서 불가하면 들어앉고 가하면 나
간다. 이미 나갔으면 그 도를 행할 따름이다."[『宋子大全』 부록 권15 「李樿
錄」]라고 말했다. 그런데 문제는 주체의 역량과 시세의 가·불가를 헤아
리는 기준이 다분히 주관적일 수 있다는 것이다. 엄정한 객관적 판단을
보장할 길이 없다. 그래서 실제로 역사에는 주관적 판단으로 나가서 도
를 행할 만하다고 출사한 것이 공론으로부터 도를 행하려는 동기 자체
부터 인욕이 아닌가 의심받는 경우가 허다하다. 반대의 경우는, 자신의
역량이 객관적으로 출사할 만함에도 불구하고 은자(隱者)가 되는 것은
이른바 '결신난륜(潔身亂倫)', 즉 자기를 깨끗이 하고자 군신(君臣)의 윤
리를 어지럽히는 자가 되어 유사(儒士)의 대열에서 배제된다.

장현광(張顯光)의 출처관을 보면 출처여부의 실제에는 더 복잡한 문제

가 있다.

> 배워서 넉넉하면 출사하고, 군주가 예우하는 뜻이 있으면 출사하고, 집은 가난한데 어버이가 늙었으면 출사한다. 출사하지 않는 데에 두 가지 부끄러운 일이 있다 그 몸을 깨끗이 하고자 하여 군신의 큰 윤리를 어지럽히는 것이 첫째 부끄러운 일이요, 절의의 이름을 빌려 그 값을 높이는 것이 둘째 부끄러운 것이다. [李瀷, 『星湖僿說』「人事門」]

앞에서 본 조식의 출처관과는 현격히 다른 모습이다. 조식의 출처관은 나가느냐 않느냐에 대해 다분히 주관적인 일도양단(一刀兩斷)의 태도이지만, 장현광의 출처관은 주관과 객관적 조건과의 조응 속에 순리롭게 해결을 모색하는 태도다. 두 출처관은 유가의 입장에서 일반적으로 다 받아들여지는 것이다. 그러나 우리나라의 경우 조식의 입장이 적어도 여론상으로는 우세한 지지를 받아 왔다.

여기에서 선비 집단의 기질상의 문제가 제기되는데, 크게 두 가지 유형으로 갈라 볼 수 있다. 강성(剛性)과 유성(柔性)이 그것이다. 송나라 주돈이(周敦頤)는 사람의 기질에 관해서 다음과 같이 말했다.

> 강(剛)의 기품은 선(善)으로는 의(義)가 되고, 직(直)이 되고, 단(斷)이 되고, 엄의(嚴毅)가 되고, 간고(幹固)가 된다. …… 유(柔)의 기품은 선(善)으로는 자(慈)가 되고, 순(順)이 되고, 손[巽, 謙讓]이 된다. [『近思錄』 권11]

특히 출처는 선비의 주체, 즉 절의·염치의 성립 여부에 관계되는 민감한 문제라, 강성적 대응이든 유성적 대응이든 역사적으로 시비가 많았다. 그래서 선비들은 이 출처 근제의 고민으로부터 자유로울 수 없었다.

Ⅲ. 선비 주체의 역사적 형성

선비의 주체는 역사적 형성물이다. 그것은 고려 말기에 형성되어 16세기 중반에 완성을 보았다. 대체로 사대부의 등장과 지속에 동반한다.

선비의 주체는 고려 말기 도학의 비중이 점점 커지면서, 그리고 왕조 교체를 겪으면서 본격적으로 형성되기 시작하였다. 그 이전에는 사회·경제·사상적인 조건이 절의·염치의 이념을 담지할 만한 계층 형성을 허락하지 않았다. 삼국·통일신라 시대는 전반적으로 귀족제도여서, 귀족제도 아래에서 절의·염치의 이념이 주도적인 도덕이 형성되기를 바랄 수는 없다. 고려시대에는 전시과(田柴科) 체제의 제약으로 선비의 주체가 역사화 될 만큼 발전될 수 없었다. 게다가 세 시대의 대부분이 사상적으로 신교(神敎)에 이어 불교가 주도해 왔고, 또 불교 때문에 유교의 도덕적 교의(敎義)의 침투력이 미약한 편이었다.

고구려의 고국천왕대의 재상 을파소(乙巴素)는 "때를 만나지 못하면 숨고, 때를 만나면 출사하는 것이 사(士)의 상례(常例)다."[『三國史記』 권45 「乙巴素」]라고 하여, 그의 출처관이 후세 선비의 그것에 비슷한 바 있다. 신라 내해왕대의 신하 물계자(勿稽子) 역시 "공을 자랑하고 이름을 다투며, 자기를 드러내고 남을 가리는 것은 지사(志士)가 하지 않는 바이다."[『三國遺事』 권5 「勿稽子」]라고 하여 공명에 초연한 선비의 절의를 생각하게 한다.

이렇게 삼국·통일신라 시대에 후세 선비의 출사에 있어서 절의·염치와 같은 언행이 간혹 출현한다고 하더라도 그것은 고립적이고 분산적인 것으로써, 그 시대로 보아서는 하나의 예외적인 경우에 속한다고 하겠다. 그리고 신라 화랑도의 '충(忠)'·'신(信)'이 절의와 유사한 면모가 있더라도 그 대부분의 경우는 어디까지나 임금과 신민, 그리고 동료와 동료 사이의 '관계'에 대한 지킴이지, 주체의 자각에 의한 '주체'의 지킴으로서 절의라고 보기는 어렵다.

고려시대에도 대체로 현상적으로는 그 앞 시대와 마찬가지다. 특히 무신난을 계기로 원주(原州)에 은거하여 고절을 지킨 권돈례(權敦禮), 무신정권에 항거하여 경주에서 무관의 처사로 생애를 보낸 안치민(安置民), 최충헌(崔忠獻)의 권력횡포를 피해 지리산으로 은거해 들어간 한유한(韓惟漢) 등은 '무도'한 세상을 만나 '독선기신(獨善其身)'한 경우로 후세 선비의 전범이 될 만하지만, 모두 그 시대로서는 필연적인 일이 아니었다. 벼슬을 하여 일정한 토지를 분배받아야 생존이 가능한 전시과 체제에서는 출처의 절의·염치를 운위할 개제가 못 된다. 임춘·이규보 등의 관직을 구하는 편지와 한시가 문집에 버젓이 올라 있는 것도 그 시대 사람들에게는 조금도 이상할 것이 없다.

12세기 말 13세기 초부터 주자학이 수용되면서, 그리고 전시과 체제가 붕괴되면서 시대 현상은 바뀌어 앞서 이제현의 기록에서 보는 바와 같은 인식의 변화가 일어나고, 말기로 가면서 주자학의 정착과 함께 유교적 도덕 주체의 자각이 진행되어 절의·염치 등의 관념도 첨예하게 인식되기에 이르렀다. 여기에 마침 일어난 고려와 조선의 왕조 교체는 그 동안 역사화가 진행되던 절의·염치의 한 시금석(試金石)이면서 동시에 역사화를 촉진시키는 한 계기가 되었다. 왕조 교체에 관련된 절의로는 정몽주(鄭夢周)를 통해 정점적으로 드러났지만 정몽주 이외에도 수많은 인사가 있었다. 이긍익(李肯翊)의 『연려실기술』「고려수절제신(高麗守節諸臣)」에는 정몽주를 필두로 하여 이색(李穡)·길재(吉再)·서견(徐甄)·원천석(元天錫)·김진양(金震陽)·이숭인(李崇仁)·조견(趙狷)·김주(金澍)·김자수(金自粹) 등 수십 명이 올라있다.

조견은 조선 건국공신 조준(趙浚)의 아우로, 본명이 윤(胤)이었으나 망국 후 견(狷)으로 바꾸었다. 『맹자』의 '광견(狂狷)'에서 따 왔으나, '견'자의 '견(犬)'이 나라가 망했는데도 죽지 못한 것이 '개'와 같다는 의미를 취해 평생 자조(自嘲)한 것으로 유명하다. 김주는 고려의 사신으로 명나라에 갔다가 돌아오는 길에 압록강 가에 이르러서 이성계의 즉위 소식을 듣고 조복과 신을 벗어 노복에게 주면서 "부인이 죽은 뒤 합장하여 우리 부부의 무덤을 삼고, 내가 되돌아 간 날을 제삿날로 삼도록 하라." 하고는 중국으로 되돌아 가버렸다. 김자수는 고려의 도관찰사로 이성계와는 친구 사이였다. 태조가 사헌부 대사헌으로 불렀으나 말없이 응하지 않았다. 태종이 또 형조판서로 부르니 사당에 영결의 절을 드리고 그 아들에게 명하여 관을 가지고 뒤를 따르라 하였다. 정몽주의 의대가 장사되어 있는 광주(廣州)의 추령(楸嶺)에 이르러 그 아들에게 말하기를 "이 곳이 내가 죽을 곳이다. 여자도 오히려 두 지아비를 바꾸지 않거늘 하물며 남의 신하가 되어 두 성(姓)의 임금을 섬기란 말인가." 하고는 독약을 마시고 자살했다. 이 밖에 기록으로 전해지지 못한 경우가 또한 허다할 터이다. 두문동 전설이 그것을 말해 준다. 조선왕조 건국 이후 고려 말의 이러한 충절을 기릴 필요가 있었다. 그래서 조선왕조는 상징적으로 정몽주 한 사람에게 영의정부사를 추증했다. 말할 것도 없이 후세의 선비로 하여금 조선왕조를 위해 절의의 실현으로서 충성을 바치게 하자는 의도에서였다.

절의와 충성은 일단 별개다. 그러나 조선왕조의 고려 말 충절의 포창은 결과적으로 절의 관념을 제고시키는 계기가 되었다. 이런 분위기 속에서 세종의 용의주도한 통치는 『삼강행실도』를 편찬하는 등 절의 문화를 장려해 갔다. 조선왕조는 선비의 절의·염치를 시험할 시금석이 많은 왕조였다. 세조의 왕위 찬탈, 연산군의 학정, 중종대 권간(權奸)의 발호, 명종대 대·소윤(大小尹)의 각축 등 사건이 잇달았다. 선조대의 임진왜란, 인조대 병자호란, 그리고 한말의 국난 등은 절의와 일정한 관계가 있으나 이민족과의 쟁투에의 대응이란 점에서 선비의 주체보다도 민족적 주체로서 대응의 성격이 보다 우세하므로 고찰의 대상에서 제외한다.

Ⅳ. 선비 주체의 역사적 전개

선비의 절의·염치의 이념은 16세기 중반까지 대체로 온전하게 작동되어 왔다. 이 이념을 담지한 사림이라는 세력이 형성되어 있었고, 일의 시(是)·의(宜)에 대한 사림의 공론이 형성되어 있었기 때문이다. 조선왕조의 선비 이념의 담지 그룹은 처음에는 두 가닥이었다. 세종조의 집현전 학사 그룹이 한 가닥이었고, 다른 한 가닥은 이씨 왕조에 불사한 길재(吉再)에 의해 길러졌다. 전자는 세조의 왕위 찬탈에 따른 단종 복위운동의 힘으로 작용했고, 후자는 김종직과 그 제자대에 이르러 중앙의 훈구 관료와는 다른 체질의, 즉 절의·염치·숭검의 체질의 사림을 형성했던 것이다. 그 가운데 특히 청류(淸流) 또는 명류(名流)라 이르는 사림의 엘리트 그룹에 선비의 이념이 온전히 실려 왔다. 단종 복위운동으로 발휘된 그 선비정신을 사림의 유산으로 계승했음도 말할 것 없다.

　세조의 왕위 찬탈로 인한 단종의 복위운동은 조선왕조의 거의 초두에 있었던 사건이다. 이 사건은 그 뒤 무오사화의 원인으로 되었으며, 소릉(昭陵)복위 문제가 중종 때 가서 해결되었으며, 사육신의 관작 회복과 노산군(魯山君)의 단종으로의 추상(追上)이 숙종 때에 이르러 이루어진, 그 파장이 거의 2세기 반에까지 미친, 조선왕조의 원죄와도 같은 사건이었다.

　이 사건은 절의를 두고 몇 가지 물음을 우리에게 던져 준다. 쫓겨갈만한 실정과 도덕적 결함이 아직 없는 어린 단종을 내쫓고 숙부인 세조가 왕위를 차지한 이 사건은 치명적인 도덕적 약점을 가진 것으로 역성혁명보다 더 심각한 문제를 일으켰다. 역성혁명은 천명을 빙자해 간단히 전왕조를 부정하면 그만이겠지만, 이 사건은 그렇지가 않았다. 물론 세조 왕권의 정당성을 천명에 기대어 설명하지만 세조 왕권에 저항하는 절의가 그것으로 압복(壓服)되지 않는 데에 문제가 있었다. 세조의 천명과 단종을 향한 절의[실제로는 세종-문종-단종을 향한 절의임]의 대결, 이것이 이 사건의 구도다. 이 구도와 관련하여 다음 네 가지 자세가 있을 수 있다.

　첫째는 세조의 천명을 원천적으로 부정하고 단종[세종-문종]을 향한 절의가 처음부터 절대적인 자세다. 사육신계와 생육신계가 여기에 해당하는데, 먼저 생육신계에 대해 논해 본다.

　특히 김시습(金時習)과 남효온(南孝溫)은 처음부터 세종·문종·단종 조정에 벼슬을 한 적이 없는 신분으로 세조 정권에 벼슬해도 절의·염치에 크게 상처 입을 입장이 아닌 사람들이다. 김시습은 5세 때 서종에게 불려 신동으로 귀염을 받은 데 대한 의리감에서 출사를 하지 않았지만, 남효온이 출사하지 않는 이유는 소릉을 소급해서 폐한 세조의 소위에 있었다. 소릉은 단종의 모후로, 문종이 즉위하기 전 단종을 낳은 지 이틀 만에 죽었다. 이런 소릉을 폐한 데에 남효온의 저항의 초점이 있었다. 세조 말년이 남효온의 나이 15세로, 예종을 지나 성종 2년 18세의 남효온이 과거에 응시하는 대신에 소릉 복위문제를 들고 나왔다. 사태의 시비, 의와 불의의 판단은 다분히 주관적일 수가 있다. 그렇더라도 남효온이 세조의 후계 조정에서조차 과거까지도 거부했던 것은 절의의 충족한계가 어디까지인가 하는 문제를 우리에게 던져준다.

둘째는 실제 세조의 천명을 믿는 자세로, 정인지·신숙주 등 세조 조정에 벼슬한 사람 가운데 있을 듯 하고, 세조 이후의 조정에 출사하는 사람 중에도 이 둘째의 자세가 있을 수 있다.

셋째는 내심 세조의 천명에 불복하고 세조 정권의 정통성과 도덕성을 부정하면서 출사하는 자세로, 대표적인 경우가 김종직의 경우다. 김종직의 「조의제문(弔義帝文)」은 명백히 세조왕권 성립의 부도덕성을 고발한 작품이다. 김종직으로서는 도덕적 정당성이 결여된 조정에 벼슬하는 데서 오는, 말하자면 절의를 위배하는 데서 오는 자괴감을 없애 보고자 하는 보상의식으로 지었을 테지만, 절의의 명분을 칼끝같이 내세우는 후세의 사론(士論)은 이를 이해하지 않았다. 남의 신하가 되어 두 마음을 품는 사람으로 낙인찍었다.

넷째는 기정사실화된 세조왕권 성립의 그 도덕적 약점을 그 후계자의 지점에서 소급하여 논하지 않기로 한 자세가 그것이다. 세조의 후계 왕들의 조정에 출사하는 거개의 신하들의 입장이다. 율곡 이이는 말했다. "육신(六臣)은 진실로 충절의 선비다. 그러나 지금 마땅히 말할 바가 아니다. 『춘추』에 '나라를 위해 악을 숨긴다.'고 했으니 이것이 또한 고금의 통의(通義)다."[『燃藜室記述』, 端宗朝「殉難諸臣」]라고 하였다. 기정사실화한 세조왕권 성립의 부도덕성을 논하지 않기로 했다고 해서 그 원죄로 부터 사면된 것은 아니다. 세조 이후 출사한 거개의 사대부들의 내심엔 세조왕권 성립의 부도덕성에 대한 인식과 단종[문종-세종]에 대한 떳떳하지 못함의 원죄를 가져야 했다. 이러한 원죄 의식이 근 2세기 반을 지속해 왔다. 숙종 때에 이르러서야 사육신을 복작하고 단종을 복위함으로써 세조의 천명과 단종[문종-세종]을 향한 절의 사이의 대결이 양시론(兩是論)으로 정립되면서 조선왕조는 마침내 선비의 주체의 아픔으로 존재했던 그 원죄로부터 벗어날 수 있었다.

이제 사육신에 대해 살펴보자. 전통적으로 출사자의 절의는 그 군주가 아닌 조정에 벼슬하지 않거나 죽는, 말하자면 소극적인 저항의 자세다. 사육신의 절의는 출사하지 않거나 죽는 것만을 능사로 안 것이 아니라 그 군주가 아닌 조정에 출사하여 그 군주가 아닌 사람을 죽이고자한 점에서 전통적인 절의관에 비추어 문제가 있다.

저 육신(六臣)이란 자들은 과연 충신이냐? 충신이라면 어찌 세조가 수선(受禪)하던 날에 당장 죽어서 남의 신하로서의 절의를 보여주지 않는단 말이냐. 그것이 불가능하다면 어찌 신을 졸라매고 도망가서 [伯夷·叔齊가 하듯] 서산(西山)에서 고사리를 캐지 않는단 말이냐. 이미 신하가 되어 군주로 받들면서 또 해치려 하니, 이것은 예양(豫讓)이 깊이 부끄러워하는 바이다. 저 육신이란 자들은 우리 조정에 무릎을 꿇어 놓고 필부의 용기를 내어 자객 짓거리를 하여 만에 하나 요행을 바라다가 일이 실패로 돌아가면 그 뒤에야 의사(義士)로 자처하니, 심적(心跡)이 낭패했다 이를 만하거늘 그들이 과연 열장부(烈丈夫)가 될 수 있단 말이냐.

혹은 말하기를 "헛되게 죽는 것보다 공을 세우느니만 같지 못하고, 숨어 살아 이름을 없애는 것보다 [세종-문종-단종에게] 덕을 갚느니만 같

지 못하다. 성삼문 등이 그 마음이 일찍이 잠시도 그 군주에게 있지 않은
적이 없으므로 우리 조정에 신하 노릇을 하며 장차 후일의 성공을 기약했
을 터인즉, 어찌 [조그마한 신의를 위하는 필부처럼] 아무도 모르게 도랑
에 목을 매고 죽으랴."고 한다. 그러나 이것은 결코 그렇지 않다 할 것이
다. 진실로 성공을 귀하게 생각하여 그들이 (세조의) 신하가 되는 것을
부끄럽게 여기지 않았다면, 백이·숙제와, 은나라의 세 인자[微子·箕子
·比干]가 반드시 먼저 서로 더불어 주나라의 신하가 되어 주나라를 섬기
다가 흥복을 도모할 것을 꾀했을 것이다. 이를 통해 보건대 이들은 단지
그 군주에게 충성을 바치지 못했을 뿐 아니라 또한 후세에 법이 될 수도
없다.[『연려실기술』, 단종조 「순난제신」]

선조(宣祖)의 논리다. 결과로서의 공(功)과 리(利)를 돌아보지 않고 행
위 동기의 순수성만을 고집하고, 일의 객관적 형세의 이로움을 살피지
않고 주관적으로 원칙만을 중시하는 도학의 논리에 비추어 보면 위와
같은 선조의 입론이 가능하다.

사육신 중에도 자기 행위에 이런 도학적 입장에서의 혐의스러운 점이
있음을 알아 극력 피하고자 한 사람들이 있었다. 성삼문은 세조가 즉위
한 뒤에 받은 녹봉은 모두 딴 방에 봉해 두었고, 박팽년은 세조 즉위
전후해서 충청감사로 나갔는데, 세조에게 올리는 계목(啓目)에 '신(臣)'자
를 쓰지 않고 '거(巨)'자를 쓰고, 받은 녹봉은 따로 곳간에 봉해 두었다.
[同上] 세조에게의 불신(不臣)의 자세를 보임으로써 남의 신하가 되어 두
마음을 품은 것이 아님을 입증하고자 한 것이다. 아무튼 선조의 논의는
도학 논리상 정당하다. 그런데 도학 국가 조선왕조의 사림으로부터 호
응을 못 받았으니[영의정 洪暹이 사육신을 옹호하는 극언이 있었음] 절의란 결
코 간단히 도달되는 덕목이 아니며, 이를 담지한 선비란 어떤 존재이어

야 하는가 다시 생각하게 한다.

도학이 심화될수록 사림 사회는 엄숙주의적 분위기에 지배되어 갔으며, 선비들도 도학 근본주의적 성향을 띠어 갔다. 이런 징표가 특히 절의·염치의 실현의 장에 더욱 두드러짐은 말할 것도 없다. 특히 이른바 '기묘사화'의 사류(士類)에서 더욱 그러하다. 기묘사림의 영수격인 조광조(趙光祖)는 '결과로서의 공리를 돌아보지 않고 행위 동기의 순수성만을 고집하고, 일의 객관적 형세의 이로움을 살피지 않고 주관적으로 원칙만을 중시하는' 도학 논리의 전형적 담지자다. 야인(野人) 속고내(速古乃) 사건이 단적인 예다. 당시 회령부의 속고내가 북쪽의 야인과 몰래 통모하고 갑산부 경계에 들어와 약탈을 자행했다. 중종 13년 7월에 속고내가 사냥하러 온다는 첩보를 입수하고 조정에서 몰래 엄습하여 사로잡을 계획을 가지고 있었다. 대신 이하 관련자들이 모여 의결을 하고 실행으로 옮기는 일만 남았다. 이때 홍문관 부제학 조광조가 직접 관련이 없는 이 일에 뛰어 들었다.

> 몰래 엄습하여 사로잡는다는 것은 참으로 불가합니다. 비록 일개 변장이 혹 편의에 따라 종사해서 사로잡더라도 또한 불가하거늘, 지금 조정으로부터 대신을 파견하여 오랑캐를 수풀 사이에서 맞이한다[=사로잡는다]면 사기술을 끼고 도적의 꾀를 행하는 꼴이니, 나라의 체신이 뭐가 됩니까.[『中宗實錄』13년 8월 甲串]

이런 요지의 말을 하여 그 의결을 뒤엎었던 것이다. 요컨대 표리부동하고 광명정대하지 못하다는 것이다. 곧 염치에 저촉된다는 것이다. 조광조가 도교(道敎)의 신(神)을 제사하는 소격서를 혁파하려 한 것도 유학의 도와 통치 사이에 한 치의 틈도 없는 합일에서 오는 순수성을 보장하기 위해서였다. 도학 근본주의로부터의 강박이라고 하겠다.

　전통적으로 16세기 선비의 주체가 고조되어 갈 때 출사한 선비의 가장 선비다움은 조광조에게서 찾고, 출사하지 않는 선비, 즉 은일(隱逸)로서 가장 선비다움은 조식에게서 찾는 것이 일반적이었다. 그 선비다움이란 다름 아닌 절의·염치의 근본주의적 고수다. 조광조보다 19년 후배인 조식은 특히 출처의 절의를 고수했다. 이것은 본인도 자허(自許)했음을 제자 김우옹(金宇顒)에게 한 말에서 알 수 있다.

　　"내 평생에 한 가지 장처가 있으니, 죽어도 구차하게 추종하지 않는다는 것은 너도 이미 알고 있다."
　　"너희들이 출처에 대해 거칠게나마 견해를 가지고 있다는 것을 내가 마음으로 허여한다. 사군자의 대절은 오직 출처 한 가지일 따름이다."[『남명집』 권4 「행록」]

　조식의 출처절의의 엄격함은 정몽주의 출처절의에도 의심을 걸었다. 공민왕조에 13년이나 대신으로 있었으니, '도를 행할 수 없으면 벼슬을 그만둔다.'는 의리에 대해 부끄럽고, 후일 자기가 섬기던 우왕을 내쫓는 데에 가담했으니 임금을 섬김이 앞뒤로 모순된다는 것이다. 조식은 이황도 출처의 의리에 있어 깨끗이 없애지 못한 인욕의 개입으로 완벽히 합치되지는 못했다고 했다. 당시 조식 이외 유일(遺逸)의 선비로 『연려실기술』에 올라있는 이로, 성수침(成守琛)·이희안(李希顏)·성제원(成悌元)·조욱(趙昱)·이항(李恒)·성운(成運)·한수(韓脩)·임동(林董)·남언경(南彦經)·김범(金範)·정렴(鄭磏)이 있었으나 벼슬에 일체 나가지 않는 사람은 성수침(成守琛)뿐이었다. 조식과 함께 'all or nothing', 달리 말하면 결벽주의를 지향했다고 하겠다.

선비의 주체가 절의·염치를 주로 하여 구성되었고, 절의·염치의 실현에는 강성적(剛性的) 실현이 훨씬 돋보이게 되어 있다. 그러나 유성적(柔性的) 절의·염치의 실현에는 객관적 조건을 감안한 굽힘과 타협의 굴곡이 개입되어 있어, 절의·염치가 첨예하게 노출되지는 않지만 선비의 주체를 고수하여 돌아가는 곳은 강성적 실현과 같다. 이를테면 을사사화 때 문정왕후의 서슬 푸른 살육이 행해지는 분위기 속에서 문정왕후의 살의를 크게 자극할 것이 명백한 권벌(權橃)의 상소문의 과격한 대목을 지운 이언적(李彦迪), 병자호란 때 김상헌(金尙憲)이 찢은 항서(降書)를 주워 모아 다시 쓰게 했던 최명길(崔鳴吉)은 공적인 장에서의 선비 주체의 유성적 실현의 전형이라고 하겠다.

선비의 주체는 사림 간에 당쟁이 시작되면서부터 변질되기 시작하였다. 일의 시(是)와 의(宜)에 대한 사림의 공론은 각 당파의 당론으로 대체되었다. 각자가 자기 당파의 당론이 보편적인 시와 의에 입각해 있다고 주장했다. 서로가 상대를 가리켜 소인이라 이르고 자기들은 군자연(君子然)했다. 조광조와 조식의 도학 근본주의적 기풍이 당쟁에 적용되었다. 그래서 당론도 한층 격화되고 첨예하게 되어 또 다른 분당(分黨)을 조장하였다. 이 과정에 선비의 주체는 심각한 상처를 받았다. 그래서 18세기 실학자들에 이르러 선비[士]의 정체성을 원점에서 다시 묻기 시작한 것이다. 우리는 박지원의 「원사(原士)」에서 그 대표적 사례를 본다.

선비정신의 본질과 그 역사적 전개양상

송재소

I. 선비의 개념

선비정신이 무엇인지 규명하기 위해서는 먼저 선비의 개념규정이 선행되어야 한다. 선비라는 용어 자체는 우리말이지만 이 용어의 시원(始源)은 유교 경전에서 찾아야 하리라고 본다. 우리나라는 한자문화권의 일원으로 수천 년 동안 중국 문화의 영향을 받아왔는데 중국문화 중에서도 유교사상이 우리의 정신세계에 결정적인 영향을 끼쳤다. 그리고 그러한 토양 속에서 선비문화가 형성되었기 때문이다.

유교 경전에서 우리말의 선비에 가까운 명칭으로는 군자(君子), 사(士), 유(儒) 등을 들 수 있다. 이 말들은 쓰임에 따라 약간의 차이는 있지만 대체로 '재주와 덕(德)이 높은 사람', '지혜롭고 현명한 사람'의 뜻을 지니고 있다. 그리고 독서하는 지식계층이라는 공통점도 가지고 있다. 이렇게 본다면 선비는, 인간으로서 지녀야 할 최고의 덕성(德性)을 갖춘 사람이라고 말할 수 있다. 『논어(論語)』에는 이러한 선비의 모습이 여러 각도에서 묘사되어 있다.

> 증자(曾子)가 말하기를 "선비는 뜻이 광대하고 강인하지 않으면 안된다. 그 임무가 무겁고 길이 멀기 때문이다. 인(仁)으로 자기의 임무를 삼으니 무겁지 아니한가. 죽은 뒤에야 그칠 것이니 또한 멀지 아니한가." 라 했다.[1]

선비는 인(仁)을 자기의 임무로 삼고 죽을 때까지 그 임무를 수행하기 위하여 노력하는 사람이다. 그렇기 때문에 선비는 뜻이 넓고 강인하지 않으면 안 되는 것이다.

> 자로(子路)가 묻기를 "어떻게 하여야 선비라 할 수 있습니까?"라 하니, 공자가 말하기를 "간곡하게 선(善)을 권면(勸勉)하고 화평한 모습을 가져야 선비라 할 만하다. 친구에게는 간곡하게 선을 권면하고 형제에게는 화평한 모습을 갖는 것이니라"고 하였다.[2]

공자의 이 말은 자로(子路)에게 부족한 점을 지적한 것이지만, 선비가 되기 위해서는 대인관계에 있어서도 매우 조심스럽고 까다로운 자세가 요구되는 것이다. 뿐만 아니라 선비는 "먹는데 배부르기를 구하지 않고 거처하는데 편안하기를 구하지 않는다."[3] 또한 선비는 "충(忠)과 신(信)을 주로 하고, 자기보다 못한 사람을 벗하지 않으며, 허물 있

---

1) 『論語』「泰伯」. "曾子曰 士不可以不弘毅 任重而道遠 仁以爲己任 不亦重乎 死而後已 不亦遠乎"
2) 『論語』「子路」. "子路問曰 如何斯可謂之士矣 子曰 切切偲偲 怡怡如也 可謂之士矣 朋友切切偲偲 兄弟怡怡"
3) 『論語』「學而」. "君子 食無求飽 居無求安一"

으면 고치는 것을 꺼려하지 않는"[4] 사람이다. 이 밖에도 선비가 갖추
어야 할 덕목은 무수히 많은데 이 모든 것을 종합해 보면, 참다운 선비
가 되려면 도덕적으로 완벽한 인품을 지녀야 함을 알 수 있다. 『맹자
(孟子)』에서도 "항산(恒産)이 없어도 항심(恒心)을 갖는 것은 오직 선비만
이 그렇게 할 수 있다."[5]라 하여 선비의 존재가 어떠한 것인가를 밝혀
놓고 있다.

우리나라의 경우에도 선비는 지극히 존귀한 존재로 여겨졌다. 연암(燕
巖) 박지원(朴趾源)은 다음과 같이 말했다.

> 무릇 선비란 아래로는 농(農)·공(工)의 대열에 끼이고 위로는 왕공(王
> 公)과 벗한다. 지위로 보면 등급이 없고 덕(德)으로 보면 올바른 일을
> 한다. 한 선비가 독서를 하면 그 은택이 사해(四海)에 미치고 그 공이
> 만세에 드리워진다.[6]

"은택이 사해(四海)에 미치고 공이 만세에 드리워진다."고 말한 데에서
선비의 기능과 역할을 짐작할 수 있다. 여기서 우리의 주목을 끄는 것은,
선비가 농(農)·공(工)의 대열에 끼일 수도 있고 왕공과 벗할 수도 있다고
말한 점이다. 이것은 선비가 신분적인 계층을 나타내는 명칭이 아니라
는 점이다. 말하자면 선비는 초계급적인 존재이다. 연암은 같은 글에서
천자(天子)도 본래 선비라고 말했다.

---

4) 『論語』「學而」. "主忠信 毋友不如己者 過則勿憚改一"
5) 『孟子』「梁惠王 上」. "無恒産而有恒心者 惟士爲能"
6) 『燕巖集』「原士」. "夫士下列農工 上友王公 以位則無等也 以德則雅事也 一士讀書 澤急四
   海 功垂萬世"

그 벼슬은 천자(天子)이지만 그 몸은 선비이다. 그러므로 벼슬에는 높고 낮음이 있지만 몸은 변하는 것이 아니며, 지위에는 귀천(貴賤)이 있지만 선비가 옮겨지는 것이 아니다. 그러므로 벼슬과 지위가 선비에게 더해지는 것이지, 선비가 벼슬과 지위에 나아가는 것이 아니다.[7]

선비는 선비이다. 선비가 벼슬에 나아간다고 해서 선비의 본분을 벗어나는 것이 아니며, 벼슬을 하지 않는다고 해도 선비의 신분을 벗어나지 않는다는 것이다. 연암은 여기서 선비의 본원적 우월성과 항존적(恒存的) 가치를 강조하고 있다. 선비의 존재가 이러하기 때문에 "천하의 공변된 말을 사론(士論)이라 하고, 당대의 제일류를 사류(士流)라 말하며, 천하에 의로운 목소리를 외치는 것을 사기(士氣)라 하고, 군자가 죄없이 죽는 것을 사화(士禍)라 하며, 학문을 강론하고 도(道)를 논하는 곳을 사림(士林)이라 말한다."[8] 이처럼 모든 사람들의 도덕적 표준이 되는 사람이 선비이다.

Ⅱ. 선비정신의 본질

그러면 선비는 어떠한 덕성을 지녀야 하는가? 어떠한 덕성을 지니고 어떻게 생활해야 참다운 선비가 될 수 있는가? 이것이 선비정신의 본질이 될 것이다. 다시 연암(燕巖)의 말에서 실마리를 풀어보고자 한다.

---

7) 앞과 같은 곳. "爵則天子也 其身則士也 故爵有高下 身非變化也 位有貴賤 士非轉徙也 故爵位加於士 非士遷而爵位也"

8) 앞과 같은 곳. "天下之公論曰士論 當世之第一流曰士流 鼓四海之義聲曰士氣 君子無罪而死曰士禍 講學論道曰士林"

내가 말하는 선비란, 그 뜻은 어린아이와 같으며 그 모습은 처녀와 같이 하여 평생 문을 닫아걸그 독서하는 자이다. 어린아이는 비록 연약해도 그 사모하는 것이 전일(專一)하고, 처녀는 비록 졸박(拙樸)해도 그 지키는 것이 확고하다.[9]

바른 선비는 어린아이와 같고 처녀와 같다고 했다. 그 이유로, 어린아이는 사모하는 것이 전일(專一)하고 처녀는 지키는 것이 확고하기 때문이라고 했다. 어린아이가 사모하는 것은 어머니의 품일 것이다. 어린아이는 어떠한 경우에도 어머니의 품만을 오로지 그리워한다. 처녀가 지키는 것은 순결일 것이다. 순결을 잃으면 처녀가 아니기 때문에 처녀는 목숨을 걸고 순결을 지킨다. 선비가 어린아이와 같고 처녀와 같아야 한다는 말은, 어린아이나 처녀와 같이 전일(專一)하게 사모하는 것이 있고 확고히 지키는 것이 있어야 한다는 말이다.

그러면 선비가 사모하고 지키는 것은 무엇이어야 하는가? 그것은 다름 아닌 도(道)와 의(義)이다. 도(道)는 다소 추상적인 개념으로 일반적인 진리를 지시하거니와, 선비의 덕목으로 중시되는 것은 의(義)이다. 선비가 의를 행동의 준거로 삼아야 한다는 점은 『논어』에서 이미 강조되고 있다.

공자가 말하기를 "선비(君子)는 천하 일에 대하여 오로지 주장하지도 않고 부정하여 반대하지도 않는다. 의(義)를 좇을 따름이다."라 했다.[10]

자로(子路)가 묻기를 "군자도 용맹을 숭상합니까?"라 하니, 공자가 말

---

9) 앞과 같은 곳. "吾所謂雅士者 志如嬰兒 貌若處子 終年閉其戶而讀書也 嬰兒雖弱 其慕專也 處子守拙 其守確也"
10) 『논어』「里仁」. "子曰 君子之於天下也 無適也 無莫也 義之與比"

하기를 "군자는 의(義)를 으뜸으로 삼는다. 군자가 용맹만 있고 의가 없으면 난(亂)을 일으키고, 소인이 용맹만 있고 의가 없으면 도둑이 된다."라 했다.11)

여기서의 '군자(君子)'는 우리가 말하는 선비의 범주에 들 수 있는 인간형인데 이런 인간형의 필수적인 덕목으로 한결같이 의(義)를 앞세우고 있다. 공자 자신도 "의롭지 못한 부(富)와 귀(貴)는 나에게 뜬구름과 같다."12)고 하여 의(義)에 따라 살아가겠다고 말한 바 있다.

이 의(義)는 『맹자(孟子)』에서 좀더 확대 부연된다. 맹자는 "인(仁)은 사람이 편안히 쉴 수 있는 집이요, 의(義)는 사람이 걸어가는 올바른 길이다."13)라고 말했다. 선비란 모름지기 정로(正路)를 걸어야 하는데 정로를 걷는 것이 바로 의를 구현하는 것이다. 맹자는 의를 구현한 인물로 이윤(伊尹)을 들고 있다.

　　이윤(伊尹)은……의(義)가 아니고 도(道)가 아니면 천하를 녹(祿)으로 주더라도 돌아보지 않았고, 말 4천 마리를 매어 놓아도 쳐다보지 않았다. 의가 아니고 도가 아니면 풀잎 하나도 남에게서 취하지 않았다.14)

이렇게 의(義)에 합당하지 않은 행동을 하지 않는 것이 선비정신의 본질이다. 의(義)의 개념을 좀더 분명히 하기 위하여 흔히 의(義)를 리(利)와

---

11) 『論語』「陽貨」. "子路曰 君子尙勇乎 子曰 君子義以爲上 君子有勇而無義 爲亂 小人有勇而無義 爲盜"
12) 『論語』「述而」. "不義而富且貴 於我如浮雲"
13) 『孟子』「離婁 上」. "仁人之安宅也 義人之正路也"
14) 『孟子』「萬章 上」. "伊尹……非其義也 非其道也 祿之以天下 弗顧也 繫馬千駟 弗視也 非其義也 非其道也 一介不以與人 一介不以取諸人"

대비하여 논하기도 한다. 이 의와 리의 관계는 『논어』에 이미 드러나 있다. 즉 "군자는 의(義)에 밝고 소인은 리(利)에 밝다"15)는 구절이 그것이다. 의는 공적(公的)인 것이고 리는 사적(私的)인 것이다. 무릇 의는 인간이 행해야 할 떳떳한 도리요 고든 행위의 규범이 되기 때문에 공의(公義)의 성격을 지니며, 리는 개인의 물질적 욕망 추구에서 생기므로 사리(私利)의 성격을 지닌다. 정자(程子)도 말하기를 "무릇 의(義)에서 벗어나면 리(利)로 들어가고 리(利)에서 벗어나면 의(義)로 들어가는 것이니, 천하의 일은 오직 의(義)와 이(利)일 따름이다."라고 하여, 리를 버리는 것이 곧 의임을 밝히고 있다. 선비가 할 일은 바로 리를 버리고 의에 따르는 것이다. 그런데 인간에게는 사리(私利)의 유혹이 너무나 크기 때문에 이른바 '사리취의(舍利取義)'의 문제가 역대 학자들에게 매우 중요한 과제가 되었다. "의리(義利)의 설은 선비의 가장 중요한 의무이다."라는 주자(朱子)의 말도 이래서 나온 것이다.

선비에게 제일 중요한 일은 '중의경리(重義輕利)'의 정신으로 살아가는 것이다. 그러므로 맹자는 말하기를 "생(生)도 내가 바라는 것이고 의(義)도 내가 바라는 것인데 이 두 가지를 함께 얻을 수 없으면 생을 버리고 의를 취할 것이다"16)라 한 것이다. 이렇게 생을 버리고라도 의를 취하려는 자세가 선비정신이라 말할 수 있다.

학봉(鶴峰) 김성일(金誠一)의 「언행록」에 다음과 같은 기록이 있다.

어느 날 자제들에게 검(劍)을 나누어 주면서 말씀하시기를 "너희들은 내가 검을 나누어주는 뜻을 알겠느냐? 모름지기 이 검으로 의(義)와 리

---

15) 『論語』「里仁」. "君子喩於仁 小仁喩於利"
16) 『孟子』「告子 上」. "生亦我所欲也 義亦我所欲也 二者不可兼得 舍生而取義者也"

(利)의 관계를 베어 끊어서 (의를) 취하고 (리를) 버릴 것을 분별케 함이니라."고 하셨다.[17]

학봉의 선비정신을 단적으로 나타내는 일화라 하겠다. 「언행록」에는 이 의와 리를 더 구체적으로 언급한 대목이 있다. 그의 제자인 최현(崔晛)이 "어떻게 하면 선과 악을 실제로 보고 알 수 있겠습니까?"라 물으니, 학봉이 "의와 리, 공(公)과 사(私)의 구분을 엄하게 해야 한다. 털끝만큼 미세한 것도 나중에는 천리나 차이가 나게 되니 이것은 배워서 밝히는 데 있을 뿐이다."라고 대답했다는 것이다. 선과 악을 알 수 있는 방법을 묻는 질문에 의와 리, 공과 사의 구분을 엄하게 하라고 한 말은, 선의 실천이 곧 의이고 리의 추구가 곧 악이라는 말과 같다. 여기에는, 의는 공적인 것이고 리는 사적인 것이라는 뜻도 함께 포함되어 있다. 그러므로 학봉이 자제들에게 검을 나누어준 것은, 그것으로 사리(私利)를 베어서 끊어 버리고 공의(公義)를 취하여 '위선거악(爲善去惡)'하라는 의도에서였다. 여기서 우리는 이조(李朝) 선비정신의 한 전형을 볼 수 있다.

Ⅲ. 선비정신의 역사적 전개양상

이상의 논의에서 '사리취의(舍利取義)'가 선비정신의 본질이라는 잠정적인 결론을 얻었지만 '사리취의'의 구체적인 형태는 역사상에서 다양하게 나타난다. 의(義)는 인(仁)·예(禮)·지(智)·신(信)과 더불어 인간의 본

---

17) 『鶴峰全集』, 「言行錄」. "一日 以劍分贈子弟曰 汝等知所以贈劍之意乎 須以此 斬斷義理之關 以別其取舍也"

성에 내재해 있는 것으로 애친(愛親), 충군(忠君), 경장(敬長) 등의 윤리적 행위를 통하여 각각 다른 형태로 드러나기 때문이다. 그리고 그때그때의 역사적 상황에 따라서 각기 그 양상을 달리한다.

우리나라의 선비문화는 중국으로부터 성리학을 도입한 고려 말을 거쳐 조선시대에 활짝 꽃피웠다고 볼 수 있다. 고려 말에 선비정신을 구현한 대표적 인물은 포은(圃隱) 정몽주(鄭夢周)와 야은(冶隱) 길재(吉再)이다. 이들은 고려 왕조에 대한 충절을 끝까지 지켰다. 이렇게 하는 것이 그들의 대의(大義)였던 것이다. 포은이 개인적인 이(利)를 추구했더라면 신왕조에서 부귀영화를 누릴 수 있었을 터인데, 그는 끝내 생(生)을 버리고 의(義)를 취했다. 야은도 금오산(金烏山)에 은거함으로써 끝까지 의를 잃지 않았다. 결국 이조 세종대에는 이들의 충절을 높이지 않을 수 없었으니, 이것은 이들이 한결같이 의에 충실한 삶을 살았기 때문이다. 이로부터 의를 바탕으로 한 선비정신은 조선사회의 이념적 지표로 자리잡게 된다. 그후 성삼문(成三問) 등 사육신의 '사생취의(捨生取義)'는 선비정신의 한 절정을 이루었다.

이씨조선의 건국과정에서 공을 세운 이른바 훈구파의 세력기반이 뿌리를 내리면서 선비정신은 좀 다른 양상을 띠게 되었다. 즉 재야에서 학문을 연마하던 선비들이 집권세력에 대한 비판기능을 수행하면서 새로운 이념집단으로 등장했던 것이다. 이들이 곧 사림파(士林派)이다. 이 사림파는 의(義)를 그들의 이념적 슬로건으로 내세우고 훈구세력과 대립하였는데, 그 결과 네 차례의 사화(士禍)라는 희생을 감수해야만 했다. 그러나 이러한 희생의 대가로 사림(士林)이 정권을 잡고 사림정치의 막을 올리게 되었다.

16세기로 접어들면서 선비의 출처관(出處觀)이 커다란 문제로 등장했

다. 이것은 출사(出仕)와 은퇴를 반복한 퇴계(退溪)로부터 비롯되었다고
해도 과언이 아니다. 퇴계는 전후에 걸쳐 무려 일곱 차례나 진퇴를 거듭
했다. 당시 사림의 종장(宗匠)이었던 퇴계의 처신은 영남의 선비들에게
큰 영향을 끼쳤다. 급기야는 벼슬을 버리고 향리로 물러나 은거하는 것
이 선비의 바른 것처럼 오도되기도 했다. 그러나 퇴계는 일관된 원칙에
의해서 출처를 결정한 것이지 무턱대고 벼슬에서 물러난 것은 아니다.
학봉(鶴峰) 김성일(金誠一)이 쓴 퇴계선생 실기(實記)에 이 점이 분명하게
기록되어 있다.

> 첫 벼슬에 나아간 지 40년 동안 네 임금을 거치면서 출처와 진퇴를
> 한결같이 의(義)에 따랐다. 의에 거리낌이 있으면 반드시 몸을 받들고
> 물러났다

퇴계는 의에 합당하면 나아가고 의에 어긋나면 물러남으로써 선비로
서 가장 중요한 덕목을 몸소 실천한 것이다. 그러나 이후 선비들 사이에
는 벼슬하지 않고 은거하는 것이 하나의 시대풍조가 되기도 했다. 특히
인조반정(仁祖反正)과 숙종 때의 경신대출척(庚申大黜陟)을 거치면서 권력
으로부터 영구히 소외당한 잡단이 형성되었는데, 이들은 재야에서 학문
을 연마하는 순수 처사(處士)로 자족했다. 이들은, 벼슬하는 것을 선비로
서 마땅치 못한 일로 여기기까지 했다. 그래서 이들 순수 처사들만을
선비라 지칭하기도 했다. 그러나 앞에서 살펴보았듯이 출사(出仕) 여부
에 관계없이 선비는 선비이다. 오히려 현실을 등지고 산림에 물러나 있
는 것은 선비로서의 본분을 방기했다는 비난을 받을 소지가 있다. 다산
(茶山) 정약용(丁若鏞)은 이 점을 잘 지적하고 있다.

옛날에 도(道)를 배우는 사람을 선비라 했다. 선비(士)란 벼슬한다는 것으로, 위로는 公에게 벼슬하고 아래로는 대부(大夫)에게 벼슬함으로써 임금을 섬기고 백성들에게 은택을 베풀고 천하 국가를 다스리는 자를 선비라 하는 것이다.[18]

국가가 위기에 처했을 때 선비정신이 가장 잘 드러난다. 임진왜란이 일어났을 때 전국의 선비들이 앞장서서 의병을 일으킨 것이 좋은 예이다. 의병이란 의(義)를 수호하기 위한 군사이다. 선비들이 목숨만큼 소중히 여기는 의가 일본에 의해 유린당할 때 선비들이 일어선 것은 당연한 일이다. 식민지 시대의 의사(義士)들 또한 선비정신의 꽃이라 할 만하다. 안중근, 윤봉길 의사 등이야말로 이 땅의 참다운 선비들로 '사생취의(捨生取義)'의 모범을 보여 주었다.

우리나라가 수없이 많은 정치적 혼란을 겪었고, 여러 차례 외국의 침략을 받았음에도 불구하고 끝까지 나라를 유지할 수 있었던 원동력이 바로 선비정신이 아닌가 한다. 이러한 선비정신은 오늘 우리에게도 절실히 요청된다. 하기는, 의(義)와 리(利)의 구분 자체가 모호해진 이 시대에 선비정신을 운위한다는 것이 무리일는지도 모르겠다.

---

18) 『與猶堂全書』「五學論一」. "古者 學道之人 名之曰士 士也者仕也 上焉者'士於公 下焉者仕於大夫 以之事君 以之澤民 以之爲天下國家者 謂之士"

전통적 지식인의 유형에 대한 시론

이동철

Ⅰ. 들어가며

　동양의 전통적 지식인에 대한 논의에는 몇 가지 어려움이 있다. 먼저 '지식인'의 정의 문제가 있다. 주지하듯이 '지식인'은 서구에서 유래한 용어로서 서구의 문화와 역사 속에서 그 의미가 형성된 것이다. 따라서 동양의 전통에서 이와 정확히 대응하는 용어를 발견하는 것은 결코 쉽지 않다. 설령 불가능하지 않더라도 어느 정도 의미를 지니는지 여전히 의문의 여지가 남아 있다. 그러므로 서구의 어원과 그 의미, 그리고 동양 특히 중국의 역사와 문헌에서 그와 상응할 수 있는 용어들에 대해 먼저 간략히 살펴볼 필요가 있다.

　지식인의 어원을 구체적으로 살펴보면 크게 두 가지가 있다. 하나는 프랑스에서 유래하는 인털렉추얼이고, 다른 하나는 러시아어에서 유래하는 인텔리겐차이다. 중국의 경우 사람에 따라서는 전자를 지식분자(知識分子), 후자를 지식군체(知識群體)로 번역하기도 한다. 경우에 따라서는 영어의 인털렉추얼을 별도의 어휘로 보기도 한다. 프랑스어와 러시아어 모두 그 기원이 오래되지 않았다는 특징을 지니고 있다. 이를 번역한 '지식분자'의 경우도 대체로 1920~30년대에 시작되었다고 한다.[1]

반면 동양에서는 전통적으로 지식인에 대응하는 용어로 사(士)·사인(士人)·사대부(士大夫)를 사용하였으며, 그 외에도 사림(士林)·사류(士類)·사족(士族)·사신(士紳) 등 다양한 표현이 있는데, 이들은 사(士)를 기본적인 의미 단위로 하는 용어들이다.[2]

먼저 사(士)의 경우, 본래는 지배계급의 말단 계층이었지만 춘추시대의 공자 무렵을 전후로 하여 그 위상에 변화가 생겨난다. 그리하여 당시의 엄격한 신분질서에서 벗어나 자유로운 사고와 논의를 전개하게 된다. 이 과정은 다른 쪽에서는 변화하는 도(道)의 의미와 밀접한 연관을 지니고 있다. 다름 아닌 천도(天道)와 인도(人道)의 분리가 일어났던 것이다.[3]

기본적으로 사는 이러한 다양한 사회 계층의 기본 요소이면서 시대에 따라 상이한 전개 양상을 보였다. 그래서 중국의 경우 '사'의 역사적 전개 과정을 통해 전통 지식인의 특성을 이해하는 작업이 적잖이 진행되었다.

사와 대부가 합쳐진 사대부(士大夫)가 오늘날 일반적으로 사용되는 의미를 갖게 된 것은 송대 이후이다.[4] 송대의 사대부는 문화적으로 독서

---

1) 王增進, 「關于'知識分子'詞源的若干問題」, 『經濟與社會發展』, 2003년 1월, 第1卷 第1期.
2) 이에 대해서는 다음을 참조하시오. 張培鋒, 「論中國古代'士大夫'概念的演變與界定」, 『天津大學學報』, 2006년 1월, 第8卷 第1期; 王樂, 「士人、士紳、士大夫異同辨」, 『東岳論叢』, 2006년 3월, 第27卷 第2期.
3) 다음을 참조하시오, 余英時, 『士與中國文化』, 上海人民出版社, 1987; 余英時, 『中國知識人之史的考察』, 廣西師範大學出版社, 2004.

인(讀書人), 정치적으로 관료, 경제적으로 지주·상업자본가인 신귀족계급이었다. 과거제와 관료제라는 제도적 장치를 배경으로 하며, 문인으로서의 성격도 갖고 있다.

송대의 사대부는 유학의 새로운 전개와 관계가 있을 뿐만 아니라 이른바 당송변혁론과도 밀접한 연관을 지니고 있다. 따라서 역사·철학·문학 등 다방면에 걸쳐서 연구의 주제가 되고 있다. 또한 전통 지식인의 연구에서도 중요한 위치를 차지하고 있는데, 그 특성과 후대에 끼친 영향을 고려하면 상당히 타당한 접근이라고 할 수 있다.[5]

이상은 동양의 전통적 지식인에 대한 기존의 역사적 연구를 간략히 소개한 것이다. 본고는 이러한 종래의 역사적 접근과는 방식을 달리하여, 전통적 지식인에서 보이는 이항대립적 유형을 검토함으로써 그들의 성격을 파악하고자 한다. 본고에서는 다음과 같은 세 가지 이항대립적인 지식인 유형을 선정하여 제시한다. 그 유형은 왕사형(王師型)과 은사형(隱士型), 구세형(救世型)과 완세형(玩世型), 공리형(功利型)과 문아형(文雅型)이다. 그리고 먼저 그 대립항의 특성을 논하고, 다음으로 대표적인 인물을 통해 이를 구체적으로 검토한다. 또한 시대와 상황에 따른 전개도 간략히 언급하고, 이러한 이항대립들이 전통사회에서 지녔던 의의에 대해서도 간략히 논의하고자 한다.

본고는 전통적 지식인을 유형론적으로 고찰해보고자 하는 시론이므로 논지의 전개과정에서 여러 가지 한계를 지닐 것이다. 시론적 성격을

---

4) 張培鋒,「論中國古代'士大夫'槪念的演變與界定」,『天津大學學報』, 2006년 1월, 第8卷 第1期.

5) 관련 연구 상황에 대해서는 다음을 참조하시오. 眞鍋多嘉子,「近十五年來日本對宋代士大夫的研究」,『中國史研究動態』, 2005년 第8期; 馬斗成 외,「20世紀90年代以來中國大陸宋代士大夫研究綜述」,『靑島大學師範學院學報』, 2007년 6월, 第24卷 第2期.

띤 본고를 계기로 전통적 지식인의 유형에 대한 다양한 논의가 전개되기를 희망한다.

Ⅱ. 왕사형 지식인과 은사형 지식인: 출처의 문제

먼저 다룰 유형은 왕사형(王師型) 지식인과 은사형(隱士型) 지식인이다. 왕사형 지식인이란 국왕과 천자를 보좌하고 지도하여 치국(治國)·평천하(平天下)의 이상을 달성하도록 적극적으로 개입하며 새로운 질서를 창출하는 유형이다. 그들은 제왕사(帝王師)·국사(國士)·국사(國師)·왕좌지재(王佐之才)로 불리며, 군사(軍師)로서 활약하기도 한다. 특히 그들의 활동은 새로운 왕조의 창업이라는 정치적 질서의 변혁기에 혁혁하게 빛난다. 다시 말해 난세를 살면서 새로운 질서를 모색하는 것이 원형적이며 대표적인 유형이라고 할 수 있다. 예컨대 태공망(太公望)·범려(范蠡)·장량(張良)·한신(韓信)·제갈공명(諸葛孔明)·야율초재(耶律楚材)·유기(劉基) 등의 인물이며, 우리나라의 경우 정도전(鄭道傳)이 대표적인 예라고 하겠다.

반면 은사형(隱士型) 지식인이란 사회와 국가로부터 벗어나 자연과 개인의 세계를 지향하는 지식인이다. 특히 혼란한 시대를 맞이하여 그 무질서에서 벗어나 자신만의 세계를 추구하는 경우에 두드러지게 나타난다. 난세가 아니더라도 일상생활이 영위되는 세속을 벗어나 다른 세상을 지향하여 도피하는 것이다. 백이(伯夷)·숙제(叔齊)·노자(老子)·상산사호(商山四皓)·도연명(陶淵明) 등은 대표적인 예일 것이다. 정사(正史)에서는 「일민전(逸民傳)」·「은일전(隱逸傳)」·「고일전(高逸傳)」 안에 이들을 수록한다. 이러한 지식인 유형을 가리키는 은자(隱者)·일민(逸民)·육침(陸沈)·은일(隱逸)·은둔(隱遁)·틔은(退隱)·귀은(歸隱) 등의 다양한 용어는 그들이 결코 무시할 수 없는 존재임을 역설하고 있다.[6] 자신의 주의(主義)를 견지하고자 관료사회로의 출사(出仕)를 거부하거나 무시하는 이러한 존재 양식은 역설적으로 관료사회를 향한 진출을 도모하는 수단이 되기도 하였다.

따라서 이러한 대립을 전통적 표현으로 나타낸다면, 군사형(軍師型)과 은자형(隱士型) 또는 국사형(國士型)과 은사형(隱士型)이라고도 부를 수 있다.[7] 이러한 이항대립은 주로 난세에 나타나는데, 혼란한 시대와 세계에 대해 어떤 태도를 취하느냐가 무엇보다 중요한 문제이기 때문이다.

이러한 이항대립은 어느 면에서 비(非)유가적 지식인 유형이지만, 유가는 그 특성상 이들을 포용하였다. 그것은 유학이 매우 복합적인 성격을 지녔기 때문이다. 본 주제와 관련하여 이택후의 다음과 같은 말은 매우 시사적이다.

> 도덕적이어야 한다는 명령 아래 종교·정치·윤리의 세 분야가 하나로 합쳐져서 뒤섞인다는 것이다. 앞에서 말한 것처럼, 그 가운데는 종교적 도덕과 사회적 도덕이라는 두 종류의 서로 다른 성분이 있다. 첫 번째 성분[종교적 도덕]은 공자·맹자로부터 송대 유학에까지 이르는 동안 개인의 수양을 위해 유가와 도가[그리고 불가]가 상호보완하면서 준(準)종교적인 내용을 추구하는 형태로 발전하였고, 성리학이 이 분야를 앞장서 이끌면서 열렬히 선전하게 된다. 두 번째 성분[사회적 도덕]은 공자로부터 순자에까지 이어지며, 도가법가음양가가 합쳐져 서로 보완함으로써,

---

6) 小尾郊一 저, 윤수영 역, 『중국의 은둔사상』, 강원대학교출판부, 2008.
7) 梅斌, 「隱士: 我國古代士大夫中的一个群體」, 『廣西社會科學』, 2005년 第8期.

유가와 법가가 혼용된 윤리적·정치적 규범이자 법칙이 되어 중국 역사 이천 년을 지배하였다.[8]

나아가 그는 첫 번째 성분의 내용이 '안으로 성인을 추구하는' 내성(內聖)이며, 두 번째 성분의 내용은 '밖으로 왕도를 실천하는' 외왕(外王)인데, 이 둘은 한편으론 서로 다른 길을 가기도 하고, 다른 한편으론 함께 얽히기도 하였다고 말한다. 따라서 이를 보다 적극적으로 해석한다면 내성에는 유가와 도가의 상호 보완이 잠재되어 있고, 외왕에는 유가와 법가의 상호 혼용이 기능한다고 말할 수 있을 것이다. 내성외왕(內聖外王)은 『장자(莊子)』 「천하(天下)」에 최초로 나오지만, 유가의 이상적 인격상을 나타내는 용어로 적극 활용되고 있다. 그리고 유도(儒道)의 상호 보완과 유법(儒法)의 상호 혼용은 궁극적으로 유교 혹은 유학의 포용성·유연성을 나타내는 것이다.

이러한 대립은 맹자의 표현을 인용하자면, 궁달(窮達)의 경우에 따르는 겸선천하(兼善天下)와 독선기신(獨善其身)의 처신과 연관된 문제이기도 하다.[9] 그러나 현실적으로는 한 사람이 이를 포괄하기란 매우 어려운 문제이다. 특히 난세의 상황에 조우하면 이 점은 더욱 분명하다. 여기서 왕사형 지식인과 은사형 지식인의 이항대립이 발생하는 것이다.

이제 왕사형 지식인과 은사형 지식인을 구체적으로 살펴보자. 먼저 왕사형 지식인의 대표적인 인물로는 제갈공명을 들 수 있다. 그는 자신을 관중(管仲)과 악의(樂毅)에 비교한 바 있다. 열일곱 살이 되어 융중에

---

8) 리쩌허우 저, 임옥균 역, 『논어금독』, 북로드, 2006. 14-15쪽.
9) 『孟子』 「盡心 上」. "……故士窮不失義 達不離道 窮不失義 故士得己焉 達不離道 故民不失望焉 古之人得志 澤加於民 不得志 脩身見於世 窮則獨善其身 達則兼善天下"

안락한 곳을 구하게 된 제갈공명은 거의 십여 년 간 청경우독(晴耕雨讀)하는 생활을 보냈는데, 이 무렵의 공명에 대해『삼국지』의「제갈량전」은 이렇게 표현한다. "제갈량은 스스로 밭을 경작하면서「양보음(梁父吟)」을 즐겨 노래하였다. 신장 팔 척, 스스로를 관중과 악의에 견주었다. 당시 어느 누구도 그를 인정해서 찾지는 않았다. 다만 박릉(博陵)의 최주평(崔州平), 영천(潁川)의 서서(徐庶), 원직(元直)만이 제갈량과 사이가 좋았다. 정말로 그러하다고 할 만하다."10) 요컨대 출장입상(出將入相)의 능력을 지녔다는 자부인 것이다.

이 왕사형 지식인의 시조는 어느 면에서 강태공(姜太公) 여상(呂尙)이라고 할 수 있다. 강태공에 관련된 다양한 신화와 전설은 결코 그가 단순한 인물이 아님을 말해준다. 그러나 이는 권력의 탄생, 국가의 형성에 얽힌 신화로서, 여기에도 여상과 백이·숙제의 대립이 잠재되어 있다. 여상이 시대를 만들어가는 전략가이며 군사가인 반면, 수양산에 은거한 백이와 숙제는 시대와 불화하는 지식인의 원초적 표상이다. 그러므르 사마천이『사기』열전에서 백이와 숙제를 첫 머리에 내세우며 '이른바 천도라는 것이 옳은 것이냐 그른 것이냐'고 물었던 것은 권력과 지식의 관계에 대한 원형적인 탐구이기도 하다.

그런데 이들 왕사형 지식인의 가장 중대한 문제는 바로 퇴신(退身)의 시기와 관련된 것이다. 노자는 "공이 이루어졌으면 머물지 말라"11)는 충고를 한 바 있다. 머물지 않아야 그의 공이 떠나지 않는 것이다. 예컨대 범려(范蠡)를 보자. 주지하듯이 그는 월왕(越王) 구천(勾踐)을 춘추 오

---

10) 제갈공명에 대해서는 다음을 참조하시오. 하야시다 신노스케 저, 심경호 역,『무에서 유를 낳다−제갈공명 평전』, 강. 1998.

11)『老子』제2장. "萬物作而弗始 生而弗有 爲而弗恃 功成而不居 夫唯弗居 是以不去"

패(五覇)의 한 사람으로 만드는 공로를 세웠다. 그러나 범려는 구천이 '고난은 함께 할 수 있어도 영광을 함께 할 수는 없는 상(相)'이라고 하며 월나라를 떠나 제나라로 갔다. 그곳에서 이름을 바꾸고 장사를 하여 막대한 부를 얻었는데, 제나라에서 재상의 자리를 권유하자 그는 재산을 나눠주고 조나라로 거처를 옮긴다. 산동성 도현(陶縣)에서 도주공(陶朱公)이라 자칭하면서 수많은 부를 축적하였으며, 은퇴한 뒤 유유자적한 노후를 보냈다고 한다. 일세를 풍미한 정치가·군사가·사업가였다.

한편 유방을 도와 한나라를 세우는 데 혁혁한 공로를 세운 한신(韓信)은 결국 유방에게 처형당한다. 유방과 한신 사이에 오갔던 다다익선(多多益善)의 대화는 그의 능력을 상징적으로 보여주는 사례였지만, 토사구팽의 신세를 면하지 못하였던 것이다. 이는 바로 시(時)의 파악과 대응에 달린 것이다.

한신과 대조적인 경우가 바로 장량(張良)이다. 전설에 따르면 그는 황석공(黃石公)에게서 『태공병법(太公兵法)』을 얻어 이를 철저히 연구한다. 초나라와 한나라의 전쟁 기간에 그는 육국의 후예를 세우지 말고, 영포(英布)와 팽월(彭越)을 빼앗아오도록 했다. 또한 한신 등의 책략을 중용하여, 항우로 하여금 안팎으로 적의 공격을 받게 하라고 제안했다. 유방이 함양을 함락시킨 후 장량은 진나라의 보물창고인 부고(府庫)를 봉하여 보관하고 파수(灞水) 상류로 철군하도록 건의했는데, 유방은 그의 모든 의견을 받아들였다. 그는 유후(留侯)로 봉해졌지만, 권력의 속성을 잘 알았기 때문에 관직을 버리고 신선술을 닦았다고 한다. 근래 한국인 관광객에게 인기가 높은 장가계(張家界)에는 바로 장량이 은둔한 곳이라는 전설이 있다.

한신과 장량의 사례는 바로 왕사형 지식인이 필연적으로 직면하는 사태의 본질을 잘 보여준다. 공로를 세우는 것도 결코 쉽지 않은 일이지만, 그 공로의 결과를 누리는 문제는 더욱 큰 과제이다. 창업 이후 수성의 단계에서도 몸을 온전히 보존하는 경우가 매우 드물기 때문이다. 창업과 수성의 딜레마는 제왕만이 겪는 것이 아니다. 이는 지식인에게도 나타나는 문제이다. 그리고 이는 출처(出處)의 문제와도 연결이 된다. 따라서 본 지식인 유형에는 출처의 문제가 이중적으로 드러나고 있다고 할 수 있다.

이제 남아있는 문제는 이상으로 살펴 본 왕사형 지식인과 은사형 지식인의 이항대립이 어떻게 해소될 수 있는가 하는 것이다. 이 대립이 그대로 존재하는 한 유학 혹은 유교는 상대적으로 위축될 수밖에 없다. 따라서 그 양극의 긴장을 해소하는 것은 중요한 과제가 된다.

우리가 잘 알고 있듯이 유학 혹은 유교는 중국 역사에서 정통을 차지하였으며 궁극적으로 전통의 주류가 되었다. 다시 말해 이는 유학 혹은 유교가 그에 대한 해답을 갖고 있다는 뜻이다. 이와 관련하여 『맹자』 「만장 하(萬章下)」에 나오는 다음 구절은 우리에게 많은 시사를 준다.

맹자가 말씀하셨다. "백이는 눈으로 나쁜 것을 보지 아니하고, 귀로는 나쁜 소리를 듣지 아니하였다. 섬길 만한 군주가 아니면 섬기지 아니하였고, 이상적인 백성이 아니면 부리지 아니하였다. 천하가 태평하면 나아가 일을 하였고, 천하가 혼란하면 초야로 물러났다. 난폭한 정치를 행하는 국가와 난폭한 백성들이 거주하는 곳에는 차마 거처하지 않았다. 향리 사람들과 함께 거처하는 것을 마치 관복 입고 관모 쓰고 진흙탕이나 석탄에 앉아 있는 듯이 생각하였다. 상나라 주왕의 때를 당하여 북해의 가에 거처하면서 천하가 맑아지기를 기다렸다. 그러므로 백이의 풍도를 들은 자들은 욕심 많은 사람이 청렴해지고, 나약한 사람은 강한 의지를 갖게 되었다.

이윤이 말하기를 '어느 군주인들 섬길 수 없겠는가? 어느 백성인들 부릴 수 없겠는가?'라고 하여, 천하가 태평하여도 나아가 벼슬하고 천하가 혼란하여도 나아가 벼슬하였다. 또 말하기를 '하늘이 이 백성을 내심에 선지자로 하여금 후지자를 깨우치게 하였으며, 선각자로 하여금 후각자를 깨우치게 하셨다. 나는 하늘이 낸 백성 중에서 선각자이니, 나는 장차 요순의 도로써 이 백성들을 깨우치겠다'고 하였다. 그는 천하의 백성들 가운데 만약 한 남자 한 여자라도 요순이 베푼 은택을 입지 못하는 사람이 있으면, 마치 자기가 그를 구덩이에 빠지게 한 것과 같이 생각하였으니, 이는 천하의 무거운 책임을 자기 스스로 지려는 태도인 것이다.

유하혜는 더러운 군주 섬김을 부끄러워하지 않았고, 작은 벼슬을 사양하지 않았다. 조정에 나아가면 자신의 어짊을 숨기지 않았으며, 반드시 자신의 원칙대로 일을 처리하였다. 자신이 버림을 받아도 원망하지 않았고, 곤궁을 당해도 걱정하지 않았다. 향리 사람들과 함께 있어도 기뻐하며 차마 떠나려 하지 않았다. 그는 '너는 너이고 나는 나이니, 네가 비록 내 옆에서 옷을 벗고 살을 드러낸다 한들 네가 어찌 나를 더럽히겠는가?'라고 하였다. 그러므로 유하혜의 풍도를 들은 자들은 속이 좁은 자도 너그러워지며, 각박한 자도 후해졌다.

공자께서 제나라를 떠나실 적에는 물에 담가 둔 쌀을 건져 가지고 떠나셨고, 노나라를 떠나실 적에는 말씀하기를 '천천히 천천히 가자꾸나, 이것이 모국을 떠나는 도리이다'고 하셨다. 속히 떠날 만하면 속히 떠나고, 오래 머무를 만하면 오래 머물렀으며, 은둔할 만하면 은둔하고, 벼슬할 만하면 벼슬하셨으니, 이가 바로 공자이시다.

맹자께서 또 말씀하셨다. "백이는 성인 가운데 청렴 고결한 분이고, 이윤은 성인 가운데 자임한 분이며, 유하혜는 성인 가운데 온화한 분이고, 공자는 성인 가운데 시(時)를 아신 분이다. [따라서] 공자는 집대성한 분이라 할 수 있다."[12]

요컨대 위의 발언은 청(淸隱, 은사형)과 임(任, 왕사형)의 대립이 시(時)에 의해서 해소된다는 의미이다. 이처럼 시간의 논리는 출처의 쟁점에 대한 해결을 제시하며 나아가 성인을 향하는 역정에서 중요한 지침이 되는 것이다. 그것은 유가의 시간이 항상 '중(中)'과 연결되어 있기 때문이다. 아울러 '중'은 우리가 이어서 살펴볼 구세형(救世型)과 완세형(玩世型)의 대립에 대한 해결책이기도 하다.

Ⅲ. 구세형 지식인과 완세형 지식인, 혹은 경건주의자와 쾌락주의자

고대 중국 지성사에는 두 개의 수수께끼가 있다. 그중 하나는 많은 사람들의 주목을 받고 있지만, 다른 하나는 그다지 주목을 받지 못한다. 그럼에도 불구하고 논자는 이 두 개의 수수께끼가 유형적으로 동일하다고 생각한다. 그것은 바로 맹자(孟子)와 장자(莊子), 사마천(司馬遷)과 동방삭(東方朔)의 관계이다.

---

12) 번역은 양백준 저, 우재호 역, 『맹자역주』(중문, 2005) 311~312쪽 인용. "孟子曰 伯夷 目不視惡色 耳不聽惡聲 非其君不事 非其民不使 治則進 亂則退 橫政之所出 橫民之所止 不忍居也 思與鄕人處 如以朝衣朝冠坐於塗炭也 當紂之時 居北海之濱 以待天下之淸也 故聞伯夷之風者 頑夫廉 懦夫有立志 伊尹 何事非君 何使非民 治亦進 亂亦進 曰天之生斯民也 使先知覺後知 使先覺覺後覺 予天民之先覺者也 予將以此道覺此民也 思天下之民匹夫匹婦有不與被堯舜之澤者 若己推而內之溝中 其自任以天下之重也 柳下惠不羞汙君 不辭小官 進不隱賢 必以其道 遺佚而不怨 窮而不憫 與鄕人處 由由然不忍去也 爾爲爾 我爲我 雖袒裼裸裎於我側 爾焉能浼我哉 故聞柳下惠之風者 鄙夫寬 薄夫敦 孔子之去齊 接淅而行 去魯 曰遲遲吾行也 去父母國之道也 可以速而速 可以久而久 可以處而處 可以仕而仕 孔子也 孟子曰 伯夷 聖之淸者也 伊尹 聖之任者也 柳下惠 聖之和者也 孔子 聖之時者也 孔子之謂集大成"

주지하듯이 맹자와 장자는 전국(戰國) 중기라는 동시대에 활동하였던 사상가로서, 그 둘은 다른 사상가에 대해 활발한 비평을 전개하고 있다. 예컨대 맹자는 양주와 묵적에 대한 비판을 자신의 주요한 사명으로 삼고 있고, 장자는 당시의 사상계에 대한 냉철하고도 냉소적인 비평을 가하고 있다. 그럼에도 불구하고 『맹자』와 『장자』에는 상대에 대한 언급이 전혀 보이지 않는다. 그 원인에 대해 몇 가지 견해가 있기는 하지만, 이는 여전히 해명되지 않은 수수께끼이다.

사마천과 동방삭 역시 비슷한 시기에 한 무제의 조정에서 활동하였다. 역사가로서 사마천은 『춘추』의 정신을 이어받아 황제(黃帝)로부터 자신의 시대에 이르는 역사를 기술하는 위업을 달성하였다. 이는 부친의 유언을 완수한 일이기도 했다.13) 반면 광대-지식인이라는 새로운 형태의 지식인상을 제시한 동방삭은 무제의 궁실에서 다채로운 활동을 펼친 바 있다. 이러한 그의 행태는 후대에 다양한 설화와 전설로 전개되었는데, 최초의 본격적 전기인 『한서』의 「동방삭전」도 이미 설화와 전설의 요소를 적지 않게 지니고 있다.14) 맹자와 장자의 경우처럼 많은 사람의 주목을 받지는 못했지만, 사마천과 동방삭이 상호의 존재에 대해 별다른 언급을 하지 않았다는 점도 지식인의 유형이라는 본 주제와 관련하여 흥미로운 현상이다.

구세형과 완세형의 대립, 이것은 구세적 사명감을 지녔느냐, 유희적 자세를 취하느냐에 따라 지식인을 두 가지 유형으로 나누는 것이다. 맹자와 장자의 대립을 그 원형으로 생각할 수 있다. 전자에게서 두드러진

---

13) 사마천과 『사기』에 관해서는 다음을 참조하시오. 버튼 왓슨 저, 박혜숙 역, 『위대한 역사가 사마천』, 한길사, 1995; 오키 야스시 저, 김성배 역, 『사기와 한서』, 천지인, 2010.
14) 이연승, 『웃음의 정치가 동방삭』, 물레, 2008.

것은 세계를 '시간의 연속'에서 이해하는 태도이다. 후자의 경우는 세계를 '공간의 확장'에서 파악하는 태도가 중심을 이룬다.

먼저 맹자를 살펴보자. 주지하듯이 그는 공자를 사숙(私淑)하였다. 그에게 무엇보다 중요한 것은 전통과 정통의 유지와 지속이다. 세계를 구원하는 것은 고대로부터의 확고한 질서에 의해 가능하다. 그런 점에서 유가의 도통의식은 맹자에서 발단한다고 보아도 좋을 것이다. 이러한 도통과 그 계승 의식은 한유(韓愈)에서도 보인다. 예컨대 그의 「원도(原道)」는 유교의 위대한 전통과 그에 유래하는 정통에 대한 강렬한 추구를 주제로 하고 있다. 이런 점에서 한유는 송대 신유학(新儒學)의 선구가 되는 것이다. 주지하듯이 송대의 신유학이 무엇보다도 중시하는 것의 하나가 바로 도통론(道統論)이다. 도통은 학통으로 이어지면 강렬한 비판정신과 배척정신을 발산하게 된다. 그에 따라 계보를 형성하고 작성하며 나아가 날조하기도 하다. 연원(淵源)에 대한 관심이야말로 도통론에 잠재되어 있는 추동력이라고 할 수 있다.15)

반면 장자는 자신의 선배임에 틀림이 없을 노자(老子)에 대해서도 그 선행성을 인정하지 않는다. 『장자』「천하」에서 여러 사상가를 언급할 때 나오는 '장자와 노자'라는 표현은 결코 시간상의 선후를 나타내지 않는다. 「천하」의 저자는 당시의 사상가 혹은 지식인들을 유형적으로 분류한 뒤, 진리의 중심에 서서 그들의 장단점과 한계를 비평하고 있다. 따라서 이런 맥락을 무시한 채 용어의 사용만 보고서 장자의 선행설을 주장한 전목(錢穆)의 주장은 피상적이라고 하지 않을 수 없다. '호메로스

---

15) 시마다 겐지 저, 김석근 외 역, 『주자학과 양명학』, 까치, 1986; 서울대학교 동양사학연구실 편, 『강좌 중국사 III-사대부 사회와 몽고제국』, 지식산업사, 1989; 이용주, 『주희의 문화 이데올로기』, 이학사, 2003.

도 낮잠을 잔다'는 서양 속담도 있듯이, 대가의 주장이라고 맹신할 필요는 없을 것이다.

한편 도가와 도교 방면의 세계적 권위자인 복영광사(福永光司)는 『노자』와 『장자』의 차이를 다음과 같은 다섯 가지로 요약하고 있다. 첫째, 『노자』는 정치에 대해 강한 관심이 있고 지배에 대한 적극적 의욕이 있는 반면, 『장자』는 이 점이 거의 발견되지 않고 대단히 부정적으로 언급된다. 『노자』에서 정치적인 이상적 인격으로서의 성인(聖人)이 『장자』에서는 주체적 성격의 지인(至人)·신인(神人)·진인(眞人)으로 바뀐다. 둘째, 『노자』에서 도가 천지 만물의 근원으로서 정적이고 본체론적인 실재(實在)라면, 『장자』에서 도는 시시각각 끊임없이 흘러 변하는 그 자체이다. 따라서 『노자』는 태고의 순박한 도로 복귀할 것을 강조하나 『장자』는 도와 함께 나아가며 변화를 타고 노니는 것이 강조된다. 셋째, 『노자』의 경우 과거로 향한 복귀의 역사관이 역설된다면, 『장자』는 주어진 '오늘'을 문제 삼고 현실과의 대결을 통해 미래로 향한다. 넷째, 『노자』의 무위가 외부를 대상으로 한다면, 『장자』에서는 내적인 마음으로 전환되어 무심의 의미로 발전된다. 다섯째, 『장자』에는 인식론적 반성이 있다. 예컨대 그는 『노자』의 "도는 하나를 낳고, 하나는 둘을 낳으며, 둘은 셋을 낳고, 셋은 만물은 낳는다"는 유출론적(流出論的) 우주생성론을 정미한 인식론으로 재조직한다. 따라서 '도'와 '언어', '체험'과 '인식'의 대립 모순을 반성하며 체험을 중시하고 인식을 배척한다. 따라서 중국적 해탈의 가장 높은 실천인 선(禪)과 연결되는 것이다.[16]

---

16) 福永光司, 이동철 외 역, 『莊子 고대 중국의 실존주의』, 청계, 1999. 249-252쪽.

우리의 관점에서는 이러한 복영광사의 언급을 구세형과 완세형의 차이로 재해석할 수 있을 것이다. 어느 면에서 종교적 인간과 유희적 인간의 차이라고 해석할 여지가 있다. 나아가 지속으로서의 시간을 중시하는 인간과 확장으로서의 공간을 중시하는 인간의 차이라고 이해할 수 있을 지도 모른다. 공자의 표현을 따르자면 중도(中道)에서 벗어나 있는 광자(狂者)와 견자(狷者)들이라고도 할 수 있겠다.

한편 맹자는 '처사횡의(處士橫議)'라고 말한 바 있다. 이 구절을 '단장취의(斷章取義)'한다면 완세형 지식인의 본질을 드러내는 표현으로 재해석할 수 있을 것이다. 완세형 지식인은 세계의 중심에 서서 마음대로 담론을 펼친다. 경우에 따라서 그의 횡단하는 담론은 유희의 성격을 지니게 된다. 아니 유희 그 자체로 변모하고 만다.

이러한 이항대립은 시대를 통해 부단하게 변주를 보였다고 하겠는데, 한대의 동방삭과 사마천, 당대의 이백과 두보, 송대의 미불(米芾)과 사대부(士大夫) 등이 그러하다. 특히 동방삭과 미불이 시선을 끄는 이유는 그들이 권력의 중심에서 그 중심을 영화(零化)하였기 때문이다. 한무제(漢武帝)라는 절대권력자, 송대의 절대군주제라는 체제가 그들이 조우한 세계이다. 그럼에도 불구하고 그들은 권력과 저항하거나 대립하지 않고 권력을 유희하면서 그 중심을 영(零)으로 만들었다. 유희자로서의 지식인, 광대로서의 지식인을 표상하는 것이다.

한편 시민사회가 발달한 명청시대가 되면 완세형 지식인이 활발하게 나타난다. 그것은 기본적으로 이들이 비어있는 공간을 필요로 하는 존재이기 때문이다. 명청시대의 완세형 지식인은 아웃사이더로서 또는 광인으로서 그리고 무엇보다도 쾌락주의자로서 등장한다.[17] 그리고 어느 면에서 이는 송대 사대부가 지닌 문인으로서의 성격을 극대화한 것이라고도 할 수 있다.

제국이 몰락할 때 그들은 상이한 양상을 보인다. 예컨대 명말청초의 상황을 예로 들어보면, 구세형 지식인은 유로(遺老)가 되어 문명의 질서를 유지하거나 복구하려고 한다. 세 명의 대표적인 유로 고염무·황종희·왕부지 등이 그러하다. '천하흥망 필부유책(天下興亡 匹夫有責)'이라고 하는 고염무의 말은 도대체 무엇을 의미하는 것일까? 흔히들 "천하가 흥하고 망하는 데는 필부에게도 책임이 있다"는 뜻으로 해석한다. 그러나 이는 표면적인 이해에 불과하다. 천하의 흥망은 기본적으로 천자의 책임이며 사대부의 책임이다. 그리고 이념과 체제의 문제이다. 따라서 이를 왕조의 흥망으로 이해하는 것은 매우 피상적이다. 그가 말하고자 한 것은 천하의 문명을 유지하거나 복구하는 것은 지위가 없는 한 명의 개인의 힘으로도 가능하다는 선언인 것이다.

그렇다면 제국이 몰락할 때 완세형 지식인들은 어떤 양상을 보이는가? 우리는 그 좋은 실례를 장대(張岱 1597~1689)에게서 살필 수 있다. 잠시 다음의 서문을 보자.

나는 불행한 시대에 태어나서 28년간이나 서호(西湖)를 다시 찾지 못했다. 그럼에도 불구하고 서호가 내 꿈의 일부가 되지 않았던 날은 단 하루도 없었다. 사실은 꿈속의 서호가 단 하루도 나를 떠난 적이 없었다. 나는 1654년과 1657년에 두 번 서호로 돌아왔다. 용금문(涌金門) 옆 상(商)씨의 누외루(樓外樓), 기(祁)씨의 소박한 거처, 전(錢)씨와 여(余)씨의 별장, 그리고 우리 집안의 기원(寄園) 등 호숫가에 늘어섰던 건물은 모두 없어지

---

17) 이나미 리츠코 저, 김석희 역, 『중국의 은자들』, 한길사, 2002; 이나미 리츠코 저, 허명복 역, 『유쾌한 에피쿠리언들의 즐거운 우행』, 가람기획, 2006.

고 빈터에는 부서진 기와조각만 나뒹굴었다. 내 꿈속에 나타났던 이 모든
것은 실제로는 서호 주변에서 모조리 사라져버렸다. 단교(斷橋)에서 바라
보던 전망, 즉 하늘거리던 수양버들과 부드러운 복숭아나무, 가수와 무희
들이 노래하고 춤추던 정자들은 마치 대홍수에 휩쓸려 떠내려간 듯 백에
하나도 남아 있지 않았다.

  그래서 나는 그곳을 될 수 있는 대로 서둘러 빠져나오면서, 여기에
온 것은 서호 때문이었는데 이제 내가 본 바가 이와 같으니 꿈속의 서호라
도 온전하게 보존해야겠다고 스스로 다짐했다. 그 순간 나의 꿈은 이백(李
白)의 꿈과 무척이나 다르다는 생각이 스쳐 지나갔다. 이백이 꿈에서 본
천모산(天姥山)은 신선들이 노니는 절경이었다. 그는 이전에 본 적이 없
는 것을 꿈에서 봤으므로 그의 꿈은 환영일 뿐이다. 그러나 내 꿈에서
본 서호는 우리 별장이나 옛집이나 마찬가지이다. 나는 정말로 거기에
있었던 것을 꿈꾸는 것이므로 이 꿈은 진짜이다.[18]

  추억과 회상에 의해 환상의 거대한 건축물을 구축한 장대는 유로(遺
老)들과 달리 평범한 일개의 유민(遺民)으로 자신의 일생을 보냈다. 그렇
지만 그의 추억은 실로 위대한 의의를 지닌다. 문명의 질서를 추구한
고염무 등의 학술도 중요하지만, 문화의 보존자인 장재의 활동도 중요
한 의의를 지니는 것이다.

  전자가 세계의 실유성(實有性)에 관심을 가졌다면, 후자는 세계의 몽

---

18) 번역은 장대(張岱, 장다이)의 생애를 통해 명말청초의 사회와 역사를 살펴보는 조너선
   스펜스 『룽산으로의 귀환』(이산, 2010) 254~255쪽의 재인용이다. 원문은 다음과 같다.
   『西湖夢尋』「序」. "余生不辰 闊別西湖二十八載 然西湖無日不入吾夢中 而夢中之西湖 實
   未嘗一日別余也 前甲午丁酉兩至西湖 如湧金門商氏之樓外樓 祁氏之偶居 錢氏余氏之別墅
   及余家之寄園 一帶湖莊 僅存瓦礫 則是余夢中所有者 反爲西湖所無 及至斷橋一望 凡昔日
   之弱柳夭桃歌樓舞榭 如洪水淹沒 百不存一矣 余及急急走避 謂余爲西湖而來 今所見若此
   反不如保我夢中之西湖尚得安全無恙也 因想余夢與李供俸異 供奉之夢天姥也 如神女名姝
   夢所未見 其夢也幻 余之夢西湖也 如家園眷屬 夢所故有 其夢也眞"

환성(夢幻性)에 관심을 기울이고 있다. 세계가 실제적이며 존재한다는 사고와, 세계는 꿈과 같고 환상과 같다는 태도에는, 커다란 간극이 존재한다. 그럼에도 불구하고 양자의 긴장은 결코 부정적인 것만은 아니다. 오히려 상호 보완적인 관계이기도 하다.

고전문학에서 나타나는 몽유계 소설의 정신적 기반이 된 것은 어디까지나 세간의 몽환성이며 완세적 지식인의 정신세계이다. 따라서 장자의 세계가 중국 불교의 토대가 된 것은 어느 면에서 매우 당연한 귀결이라고도 하겠다.

지금까지 살펴보았듯이 맹자와 장자, 사마천과 동방삭은 상호 대조적인 두 유형의 지식인이었다. 그들은 각기 동시대에서 구세형 지식인과 완세형 지식인의 대표적인 존재들이었다. 나아가 이러한 이항대립은 경건주의자와 쾌락주의자의 대립이기도 하며 종교적 인간과 유희적 인간, 시간인과 공간인의 대립이기도 하다. 그들은 또한 세계의 실유성과 몽환성을 각기 대표한다. 이렇게 그들은 상호 대척적인 지점에 서 있으며, 존재와 세계의 양극과 음극을 표상한다고 말할 수 있을 것이다. 그리고 양자가 조우하는 순간 혹은 지점에서 역사의 침묵이 발생하는 것이다.

이러한 이항대립을 해소하는 장치가 중도(中道)라고 할 수 있다. 이 중(中)은 앞에서 이미 보았듯이 시(時)와 밀접한 관계를 지니고 있다. 『논어』와 『맹자』에 나오는 다음 두 구절은 우리에게 그 대답을 알려주고 있다. 먼저 『논어』의 발언을 살펴보자.

선생님께서 진나라에 계실 때 말씀하셨다. "돌아가야겠다! 돌아가야겠다! 우리 고향의 젊은이들이 뜻은 크나 제멋대로이고, 문채에 조리가 있지만 마름질을 할 줄 모른다.” [『논어』 「공야장(公冶長)」]19)

위의 발언이 지니는 함의는 이와 관련된 『맹자』 「진심 하」의 아래 구절을 통해 보다 분명하게 드러난다.

> 만장이 물었다. “공자께서 진나라에 계시면서 말씀하시기를 ‘어찌 돌아가지 않겠는가. 우리 고향의 젊은이들은 뜻은 크나 멋대로이고, 진취적이되 그 근본을 잊지 못한다’고 하셨습니다. 공자께서 진나라에 계시면서 어찌하여 노나라의 이러한 광사들을 생각하셨습니까?”
>
> 맹자께서 대답하셨다. “공자께서 ‘중도를 행하는 선비를 얻어서 함께 할 수 없을 것 같으면, 반드시 광자와 견자를 사귀겠다. 광자는 진취적이고, 견자는 행하지 않는 것이 있다’고 말씀하셨다. 공자께서 어찌 중도를 행하는 선비를 원하지 않았겠는가? 반드시 얻을 수 있는 것이 아니기 때문에 그 다음의 인물을 생각하신 것이다.”
>
> “감히 묻겠습니다. 어떤 사람이라야 광자라 이를 수 있습니까?”
>
> 맹자께서 대답하셨다. “금장과 증석과 목피 같은 이들이 공자께서 말씀하신 광자이다.”
>
> “어찌하여 그들을 광자라 이르는 것입니까?”
>
> 맹자께서 대답하셨다. “그들은 뜻이 높고 말이 커서 입만 벌리면 말하기를 ‘옛사람이여, 옛사람이여!’라고 하지만, 평소에 그의 행실을 살펴보면 말과 서로 합치되지 못하는 것이다. 만약 이러한 광자들도 얻지 못하거든, 나쁜 일 하는 것을 좋지 않게 여기는 선비와 함께 사귀고자 하셨으니 이가 견자이고, 이는 또 그 다음 등급인 것이다. 공자께서 말씀하시기를 ‘내 문 앞을 지나면서 내 집에 들어오지 않더라도 내가 유감으로 여기지 않을 자는 오직 향원이 있을 뿐이다. 향원은 도덕을 해치는 자이다’고

---

19) 『論語』 「公冶長」. “子在陳曰 ‘歸與歸與 吾黨之小子狂簡 斐然成章 不知所以裁之’”

하셨다.”

만장이 물었다. “어떤 사람을 향원이라 이를 수 있습니까?”

맹자께서 말씀하셨다. “[향원은 광자를 비평하여 말하기를] ‘어찌하여 이처럼 말과 뜻이 큰가? 실제로는 말이 행실과 서로 어울리지 못하며, 행실 또한 말과 서로 어울리지 못하는데, 단지 옛 사람이여, 옛 사람이여! 라 말할 뿐이로다’라 한다. [또 견자를 비평하여 말하기를] ‘또 어찌하여 이처럼 외롭고 쓸쓸하게 남들과 어울리지 못하는가?’라고 한다. [또 말하기를] ‘이 세상에 태어났으면 이 세상을 위해 일을 하여, 단지 이렇게 지내면 되는 것이다’고 하면서, 세상사람 모두에게 곱게 보이고자 하는 자가 바로 향원이다.”[20]

이와 관련하여 흥미로운 점은 오경의 으뜸인 『주역』이 지니는 이중성이다. 「계사전」에서 언명하듯이 ‘역’은 우환(憂患)과 관련이 있다. 역을 만든 사람과 그의 시대가 우환 속에 있었기 때문이다. 그러나 작역자(作易者)만이 우환 속에 있는 것은 아니다. 많은 경우 독역자(讀易者) 또한 우환 속에 있다.

그렇지만 간과할 수 없는 것이 『역』이 지닌 유희성이다. 완역(玩易)이야말로 어느 면에서 역의 정신과 그 본질을 드러내는 말이다. 『주역』에는 ‘완역’의 정신이 있기 때문에 위진(魏晉)의 귀족시대에 삼현(三玄)의

---

20) 번역은 양백준 저, 우재호 역, 『맹자역주』(중문, 2005) 452〜453쪽 인용. 『孟子』「盡心下」. “萬章問曰 孔子在陳曰 盍歸乎來 吾黨之士狂簡 進取 不忘其初 孔子在陳 何思魯之狂士 孟子曰孔子不得中道而與之 必也狂獧乎 狂者進取 獧者有所不爲也 孔子豈不欲中道哉 不可必得 故思其次也 敢問何如斯可謂狂矣 曰如琴張曾晳牧皮者 孔子之所謂狂矣 何以謂之狂也 曰其志嘐嘐然 曰古之人 古之人 夷考其行而不掩焉者也 狂者又不可得 欲得不屑不潔之士而與之 是獧也 是又其次也 孔子曰過我門而不入我室 我不憾焉者 其惟鄕原乎 鄕原 德之賊也 曰何如斯可謂之鄕原矣 曰何以是嘐嘐也 言不顧行 行不顧言 則曰古之人 古之人 行何爲踽踽凉凉 生斯世也 爲斯世也 善斯可矣 閹然媚於世也者 是鄕原也”

하나가 될 수 있었던 것은 아닐까?『역』이 본래 유가만의 것이 아니었고 후대에도 유불도(儒佛道) 삼교(三敎)가 공유하였던 텍스트였음을 생각할 때,『역』의 이중성, 즉 우환성[구세적 특성]과 유희성[완세적 특성]은 우리에게 많은 것을 생각하게 한다. 이러한 이중성은『역』을 세계와 내적으로 동등한 텍스트로 만들고 있기 때문이다.

Ⅳ. 공리형 지식인과 문아형 지식인: 질(質)과 문(文) 또는 리(理)와 문(文)

흔히 여말선초의 사대부를 이야기할 때 능문능리(能文能吏)라는 표현을 사용한다. 그러나 송대의 사대부에 대해서는 결코 그렇게 말할 수 없다. 근래의 연구에 따르면, 북송의 역사는 인재의 문제에 있어 인재의 번성과 결핍이라는 모순에 차 있었는데, 이는 송대의 사인에게 치세의 재능이 결핍되어 있었기 때문이라고 한다. 그것은 사회정치적 환경, 현실정치의 체제, 물욕과 재능에 대한 그들의 태도에서 유래한다. 이런 점을 고려할 때 사대부가 반드시 능문능리한 것은 아니다.

따라서 우리가 마지막으로 살펴 볼 것은 이러한 모순에서 작용하고 있는 공리형(功利型) 지식인과 문아형(文雅型) 지식인의 이항대립이다. 먼저 공리형 지식인은 실질적 결과와 작용에 관심을 기울인다. 실용을 중시하며 문식(文飾)의 의의를 경시한다. 그들은 정치가로서 뛰어난 업적을 남기는 경우가 많다. 대체로 평민의 입장을 중시하고 정치적으로 개혁가의 입장을 취하는 경우가 적지 않다. 그에 비해 문아형(文雅型) 지식인은 결과와 작용에 못지않게 과정이나 표현을 중시한다. 그들은 예술적 감수성이 뛰어나고 감각적 쾌락을 향유한다. 다양한 분야에서 세련된 취미를 보여주며, 귀족적인 정신의 소유자이기도 하다.

송대의 대표적 지식인 왕안석과 소동파는 이러한 두 가지 유형의 대표적인 인물이라 할 수 있다. 흥미롭게도 그들은 동시대를 살아가면서 서로 대조적인 인간상을 보여주었다. 먼저 왕안석에 대해 간략히 살펴보면, 그는 '11세기 중국에 돌연 혜성처럼 나타나 미증유의 대개혁을 단행하고 구사회를 뿌리째 뒤흔들어버린 후 긴 여운을 남기며 역사의 무대에서 사라져 간 정치가'[21]라고 할 수 있다. 자신과 현실의 괴리를 의식하면서도 현실과 원만하고 조화로운 관계를 맺지 못했던 왕안석은 고지식한 인간이며 지위와 재산에 담백하였고 여성에 대해서도 엄격하였다. 또한 황제(黃帝)와 공자(孔子)를 제외한 선인들을 매도할 정도로 자신감에 차 있었으며, 과격한 발언을 자주 내뱉었을 정도로 강직하고 완고하였다.

왕안석은 일상에서도 독특한 풍모를 보였다. 목욕을 싫어했으며 옷을 갈아입는 것도 싫어했다. 부인조차 어떤 반찬을 좋아한다는 말을 듣지 못했을 정도로 음식에 무관심하였다. 심지어는 연회석상에서 낚시 미끼를 전부 삼켜버렸다는 일화가 전해지고 있을 정도이다. 논자에 따라서는 날조라고 보기도 하지만, 이런 일화가 만들어지고 믿어졌을 정도로 그는 좋게 말하면 소탈하고 나쁘게 말하면 무신경한 성품이었음에 틀림없을 것이다.

그는 성미가 매우 급하였으며 집에 가만히 앉아 있는 것을 싫어하였다. 또한 그에게는 일종의 반골 정신이 있었으며, 범속함을 싫어하는

---

21) 미우라 쿠니오, 『왕안석 황하를 거스른 개혁가』, 책세상, 2005. 15쪽. 이하 왕안석에 관한 논의는 이 책의 제1장 「희세의 이인」을 참조.

결벽증 같은 것도 있었다. 이러한 반골정신은 역사적 인물에 대한 그의 평가에서도 살펴볼 수 있다. 예컨대 그는 오대(五代)의 정치가로서 변절자로 비난받았던 풍도(馮道)를 높이 평가하고 칭송하였다. 특히 냉혹한 법치주의로 유명한 상앙(商鞅)에 대하여 "세상 사람들이여, 그대는 상앙을 비난해서는 안 된다. 그는 한번 정한 법은 반드시 실행했느니라."고 하며 시를 지어 세속적인 통설과 통념을 부정한 점은 주목할 만하다.[22] 그의 대표적 산문인 「득맹상군전(讀孟嘗君傳)」이 노숙한 재판관의 판결문 같다는 평을 듣는 데는 이런 이유가 있다.

소동파는 왕안석과 대척점에 서 있는 인물이다. 양자의 간극은 경제적 배경이나 정치적 견해의 차이에서만 유래하는 것이 아니다. 어느 면에서는 양자의 이질적 인간상이 더욱 크게 작용한다고 할 수 있다. 그리고 이것이 두 사람이 공리형과 문아형이라는 지식인 유형의 이항대립을 대표하는 이유이기도 하다.

'쾌활한 천재'[23]라는 제목으로 소동파 평전을 쓴 임어당(林語堂)에 의하면, 그는 다재다능할 뿐만 아니라 복잡다단한 생애를 살았다. 우리는 그를 구제불능의 낙천가, 위대한 인도주의자, 백성들의 친구이자 작가, 서예가이며 창조적 화가, 양주(釀酒) 시음가, 엄숙주의 배격자, 요가 수행자, 불교도, 유가적 정치인, 황제의 비서, 주선(酒仙), 자비로운 법관, 당대 시정(時政)에 대한 비판자, 달빛 아래 배회하기를 즐기는 사람, 시인, 익살꾼으로 부를 수 있다. 그렇지만 이것들이 그의 전부를 이야기한

---

22) 시는 다음과 같다. "自古驅民在信誠 一言爲重百金輕 今人未可非商鞅 商鞅能令政必行" 위의 책, 37쪽.

23) 임어당 저, 진영희 역, 『蘇東坡評傳』(지식산업사, 1987)의 원제는 "The Gay Genius: The Life and Time of Su Tung Po"이다.

것이 아니다.[24]

'시인이자 화가이며 만인의 친구'인 소동파에 대해 임어당은 다음과 같이 말한다. "그는 고집스럽고 좀 수다스러웠는데, 그의 말에는 언제나 위트가 넘쳤다. 늘상 조심성 없이 남들에게 자신의 감정을 숨김없이 모두 다 표현하곤 했다. 그는 아주 다재다능했으며, 늘 호기심에 가득 차 있었고 생각이 깊었다. 행동거지는 다소 경솔한 점이 없지 않았으나 퍽 낭만적이었다."[25]

감각적 쾌락보다는 현실적 효용을 중시하고 연회석상에서 무심결에 낚시 미끼를 다 삼켜버렸다는 왕안석에 비해, 소동파는 음식 및 술과 관련된 많은 에피소드를 남기고 있다. 그는 술과 요리를 좋아했을 뿐만 아니라 직접 만들었고 시부(詩賦)에도 자주 만드는 법을 읊었다. 동파갱 (東坡羹)과 동파육(東坡肉)은 그가 당쟁의 영향으로 호북성 황주에 좌천되어 있었을 때 만든 것이라고 한다. 특히 동파육은 오늘날까지 많은 사랑을 받고 있는 돼지고기 요리이다.[26] 심지어 그는 강남 사람이 아니었지만 죽음을 무릅쓰고 복어에 도전한 적도 있다.[27]

이상의 대비를 통해서 우리는 문아형 지식인 소동파와 공리형 지식인 왕안석이 현실과 정치에 대한 접근에서 차이가 날 뿐만 아니라 인간과 인생에 대한 태도에서도 이질적임을 확인할 수 있다. 이러한 공리형 지식인과 문아형 지식인의 대립은 어느 면에서 정치적 인간과 예술적 인

---

24) 위의 책, 5~6쪽.
25) 위의 책, 9쪽.
26) 위의 책, 283~284쪽. 시노다 오사무 저, 윤서석 외 역, 『중국음식문화사』(민음사, 1995), 139~144쪽을 참조. 여기서 저자는 「6. 중기 선비의 식탁─소동파와 관련해서」라는 독립된 항목으로 동파의 음식과 술에 대해 다루고 있다.
27) 왕런샹 저, 주영하 역, 『중국음식문화사』(민음사, 2010), 427쪽.

간의 차이이기도 하다. 또한 양자의 관계는 결국 공리주의와 문화주의의 대립이다.

　여기서 한 가지 주의할 사항은 문아형 지식인이 공리형 지식인 외에도 원리형(原理型) 지식인과도 대립한다는 점이다. 전통적인 용어를 차용한다면 문아형과 공리형의 대립은 문(文)과 질(質)의 대비이고, 문아형과 원리형의 대립은 문(文)과 리(理)의 대비이다. 따라서 문아형 지식인과 원리형 지식인의 대립은 어느 면에서 교양주의와 원리주의의 대립이라고도 할 수 있다.

　소동파와 왕안석의 관계가 문아형과 공리형의 대립을 보여준다면, 소동파와 정이천(程伊川)의 갈등은 문아형과 원리형의 대립을 보여준다. 그들이 대립하게 된 계기였던 사마광(司馬光)의 장례식 관련 에피소드에서 그 일단을 볼 수 있다. 장례의 진행을 지휘하던 정이(程頤)는 엄격한 성격과 과묵하고 근엄한 태도로 유명한 인물이었다. 그는 고례(古禮)의 준수를 역설하여 진정한 효자가 되어야 한다며 사마광의 아들에게 조객에 대한 답례를 금지시켰다. 또 조회를 마치고 조의를 표하고자 방문한 소동파 일행을 조정에서 음악을 들었을 것이라며 저지하고자 하였다. 우여곡절 끝에 조문이 끝난 뒤 상주인 아들이 보이지 않자, 소동파는 조정 백관이 있는 가운데에서 "이런 예의법식은 완고하고 촌스런 훈장들이나 하는 짓"이라고 조롱하였던 것이다.[28]

　또 하나 강조할 점은 문아형과 공리형의 대립이 송대 사대부에게서만 나타났던 것은 아니라는 점이다. 우리는 위진남북조시대에서도 안지추(顔之秋)와 왕희지(王羲之)의 대조를 통해 질가(質家)와 문가(文家)의 차이

---

28) 임어당, 『蘇東坡評傳』, 336~337쪽.

를 볼 수 있다. 남조(南朝) 말, 수나라 초기에 살아가면서 직능(職能)으로서의 학문관을 보여주었던 안지추의 사례는 어느 면에서 공리형 지식인이라고 할 수 있다. 난세를 겪으면서 철저히 실용적인 자세를 갖게 된 안지추는『안씨가훈(顏氏家訓)』을 저술한 바 있다. 그에 반해 명문귀족이면서 서예가였던 왕희지는 이에 대립하는 지식인 유형이다. 도교신자이기도 했으며 서성(書聖)의 경지까지 도달한 왕희지는 위진남북조시대의 대표적 문아형 지식인이다.

그런데 전통적 지식인의 이러한 이항대립은 역사적으로 보면 사인(士人)들이 사민(士民)일 수도 있고 사대부(士大夫)일 수도 있었다는 그 사회적 존재의 특수성에서 유래한다고 할 수 있다. 이러한 점은 초기 유가와 묵가의 대치에서 잘 드러나고 있다. 흔히 유가와 묵가의 대립을 강조하지만, 어느 면에서 보면 묵가의 주장은 유가의 문화주의적이고 선민주의적(選民主義的)인 인의(仁義)의 철학을 실용주의적이고 평민주의적인 겸애교리(兼愛交利)로 확장시킨 것이기도 하다. 그리고 이런 과정에서 양자의 대립이 강하게 나타나는 사례의 하나가 바로 음악에 대한 태도이다. 유가와 달리 묵가는 음악의 의의를 철저하게 부정하기 때문이다. 『묵자(墨子)』에는 음악의 효용을 부정하는 「비악(非樂)」이 현존하는 데 다음과 같이 시작한다.

묵자가 말하였다. "어진 사람이 하는 일은 반드시 천하의 이익을 일으키고 천하의 해를 없애기에 힘쓰는 것이다. 이렇게 하는 것을 천하의 법도로 삼아 사람들에게 이익이 되지 않으면 곧 그만두게 하는 것이다. 또한 어진 사람이 천하를 위하여 헤아릴 적에는 그의 눈에 아름다운 것이나 입에 단 것이나 몸에 편안한 것을 위하여 일하지 않는다. 이런 것으로써 백성들이 입고 먹을 재물을 축내고 뺏게 되기 때문에 어진 사람은 하지 않는다.

그러므로 묵자가 음악을 비난하는 원인은 큰 종이나 울리는 북 또는 금(琴)과 슬(瑟)과 우(竽)와 생(笙) 같은 악기의 소리가 즐겁지 않다고 여기기 때문이 아니다. 조각한 무늬와 색깔이 아름답지 않다고 여기기 때문이 아니다. 짐승 고기를 볶고 구운 맛이 달지 않다고 여기기 때문이 아니다. 높은 누대나 큰 별장이나 넓은 집에서 사는 것이 편안하지 않다고 여기기 때문이 아니다. 비록 몸은 그 편안함을 알고 입은 그 단 것을 알고 눈은 그 아름다운 것을 알고 귀는 그 즐거운 것을 알지만, 그러나 위로 상고하여 볼 때 성왕들의 일과 부합되지 아니하고 아래로 헤아려 볼 때 만백성들의 이익과 부합되지 않기 때문이다." 그러므로 묵자는 말하기를 '음악을 즐기는 것은 잘못이다'고 한 것이다.[29]

이러한 묵자의 태도는 철저한 질가(質家)의 입장이라고 할 수 있다. 그런데 흥미롭게도 『논어』에는 이상적 인간상인 군자의 조건에 대해 문과 질을 통해서 규정하는 다음과 같은 공자의 발언이 나오고 있다.

선생님이 말씀하셨다. "질박(質朴)한 것이 문화(文華)한 것보다 지나치면 예절에 숙달하지 못하게 되고, 문화한 것이 질박한 것보다 지나치면 문서 처리에만 능숙할 뿐이다. 문화와 질박함이 함께 갖추어져야 군자가 되는 것이다."(『논어』「옹야」)[30]

---

29) 번역은 김학주, 『묵자 상』, 명문당, 2003. 380쪽. 『墨子』「非樂」. "子墨子言曰仁之事者 必務求興天下之利 除天下之害 將以爲法乎天下 利人乎 卽爲不利人乎 卽止 且夫仁者之爲 天下度也 非爲其目之所美 耳之所樂 口之所甘 身體之所安 以此虧奪民衣食之財 仁者弗爲 也 是故子墨子之所以非樂者 非以大鍾 鳴鼓琴瑟竽笙之聲 以爲不樂也 非以刻鏤華文章之色 以爲不美也 非以犓豢煎炙之味 以爲不甘也 非以高臺 厚榭邃野之居 以爲不安也 雖身知其 安也 口知其甘也 目知其美也 耳知其樂也 然上考之不中聖王之事 下度之不中萬民之利 是 故子墨子曰爲樂非也"

덕성과 재능의 관계를 논의하는 본 장의 발언에서 공자는 양자를 구비하고 조화를 이룬 인간을 이상적으로 파악하고 있다. 공자의 입장에서 본다면 음악에 대한 묵자의 부정은 질박함만을 강조하는 일면적이고 단편적인 입장이다. 동시에 이렇게 현실성·실용성·공리성만을 강조하는 그의 입장은 인간과 문화에 대한 이해가 대단히 제한적인 것이다.

여기서 흥미로운 점은 이 구절의 문과 질을 수사학적(修辭學的) 의미로 파악하는 주석도 적지 않다는 점이다. 그만큼 문과 질의 개념이 다의적이기 때문이다. 따라서 문아형 지식인에 대한 이해를 다의적으로 진행할 필요가 있다. 다시 말해 문아형은 공리형과의 대립이 기본적이지만 원리형의 대립도 고려해야 한다는 의미이다. 문은 질과의 대립이 기본적이지만 리와의 대립도 그 이면에 지니고 있는 것이다. 소동파를 이해하는 데 있어서는 왕안석과의 대립이 기본적이지만 정이천과의 대립도 간과해서 안 된다는 뜻이다.

주지하듯이 선진시대 제자백가의 관계에서 유가는 묵가와의 대립, 즉 문과 질의 대립도 있었지만 도가와의 대립과 법가와의 대립도 있었다. 도가와의 대립이 왕사형과 은사형 지식인의 대립이라는 양상을 지닌 것이라면, 법가와의 대립은 어느 면에서 문아형과 원리형, 즉 문(文)과 리(理)의 대립이라는 양상을 지닌다고 하겠다. 관습과 예속을 중시하는 유가와 달리 권력의 의지 그리고 강력한 질서를 지향하는 법가는 어느 면에서 근본주의자·원리주의자의 측면을 지니기 때문이다. 흥미롭게도 『한서(漢書)』「예문지(藝文志)」는 법가가 리관(理官)에서

---

30) 『論語』「雍也」. "子曰 質勝文則野 文勝質則史 文質彬彬 然後君子"

유래하였다고 말한다. 이른바 제자백가가 고대의 관직에서 유래한다는 주장인데, 본 논의와 관련하여 '리관'의 표현은 매우 시사적이라고 하겠다.

한편 소동파와 정이천의 대립은 문학자와 도학자의 대립이라고도 할 수 있지만, 보다 전통적인 의미의 유학자와 신유학의 흐름을 대표하는 리학자의 갈등이라고도 할 수 있을 것이다. 송대 이후의 신유학을 나타내는 명칭 중 대표적인 것이 도학(道學)·리학(理學)이다. 『송사』의 열전(列傳)에서 「도학(道學)」과 「유림(儒林)」을 별도로 편찬한 것 또한 전통적 지식인의 유형을 구분하여 살핀 본 논의와 관련하여 시사적이다. 어느 면에서 여기에는 원리형 지식인과 문아형 지식인의 갈등이 작용하기 때문이다. 다만 이 경우의 갈등은 유가와 법가의 대립 양상에 비교한다면 작용하는 원리의 성격이 다르다는 점은 두 말할 나위가 없다.

이상으로 우리는 왕사형과 은사형, 구세형과 완세형, 공리형과 문아형의 이항대립을 통해 전통적 지식인의 유형에 대해서 살펴보았다. 이들 이항대립은 각 지식인들이 처한 시간[時]과 공간[處], 입장[位]에 따라 다양하게 작용하고 표출된다. 어느 면에서 동아시아 지식인의 역사는 이들 이항대립이 표출되어 온 역사라고도 할 수 있을 것이다.

그런데 여기에서 간과하거나 망각해서 안 되는 측면이 있다. 유학은 이렇게 지식인의 유형에서 나타난 여러 가지 이항대립의 관계를 자신의 논리에 의해 포용하고 극복함으로써, 동아시아의 전통사회를 지도해 온 이념이 될 수 있었다는 점이다. 이택후가 언급한 유가와 도가의 상호 보완 그리고 유가와 법가의 상호 혼용은 어느 면에서 이러한 맥락 속에서 가능했다고 할 수 있다. 다른 면에서 그것은 유학이 장기간에 걸쳐 지식인의 이념이 될 수 있었던 이유이기도 하며, 동시에 중국의 역사가 이른바 장기적인 '초안정 시스템'을 구현하였던 중요한 요인이기도 할 것이다. 이에 대해서는 추후 보다 진전된 논의를 전개하고자 한다.

탈근대 지식인으로서 역사가

김기봉

Ⅰ. 지식정보 사회에서 '지식인의 종말'

역사란 과거에 대한 지식이다. 역사라는 지식을 생산하는 일을 전문적으로 하는 사람이 역사가이드로 역사가가 지식인이라는 것은 의심할 여지가 없다. 그런데 지식인이란 누구인가? 지식인을 지칭하는 단어인 영어의 intellectual과 프랑스어 intellectuel 그리고 러시아어 intelligentsia의 의미는 각 국가의 역사적 맥락에 각각 따라 다르다. 이런 개별적인 차이를 넘어선 지식인에 대한 일반적 정의는 무엇인가?

모든 정의는 기능과 실체의 두 가지 측면에서 내려질 수 있다. 먼저 기능의 측면에서 지식인이란 소유하고 있는 지식을 자산으로 하여 새로운 지식을 생산하는 일을 직업적으로 하는 사람이다. 지식인이 하나의 직업이라는 사실로부터 두 번째 실체의 관점으로 지식인의 정체성이 규정된다. 지식이 이론이라면, 지식인이란 그 이론에 입각해서 실천하는 사람이다. 실천과 관련해서 지식인에게는 '기능성'뿐 아니라 '책임성'이

요청된다.

　전통 유학에서도 같은 방식으로 지식인을 두 유형으로 구분했다. 2008년 10월 24일 남명학연구원 주최로 서울 역사박물관에서 열린 '선비와 선비정신' 국제학술대회에서 이동환 고려대 명예교수는 유(儒)가 '기능적 지식인'이라면 사(士)는 '이념적 지식인'이라고 해석했다. 같은 학술대회에서 발표한 이성무 남명학연구원 원장은 궁극적으로 선비란 이론과 실천을 겸비한 지식인이라고 말했다. 이 같은 선비 정신의 핵심을 남명 조식은 '경의(敬義)사상'으로 정리했다. '경(敬)'이란 마음을 닦아 사욕에 치우치지 않는 상태다. 하지만 이것만으로 부족하며 뜻을 밖으로 펼쳐 실천하는 '의(義)'로 나가야 한다는 것이다. 조선 성리학사에서 퇴계 이황이 이론적 업적을 성취한 대표적인 유학자라면, 남명 조식은 '도(道)의 사회화'라는 실천의 모범을 보인 유학자의 표상이다. 임진왜란 당시 남명의 제자들이 대거 의병으로 나섰던 연유도 '도의 사회적 실현'을 강조하는 그의 학풍에서 비롯했다. 남명 조식은 자기 마음을 닦은 연후에 정치적으로 입신하는 것을 삶의 목표로 설정하는 성리학적 수기치인(修己治人)을 넘어서 사회적 실천을 할 것을 강조했다. 이 같은 남명 조식의 유교적인 지식인상은 21세기에서 지리산 문화권의 인문정신의 르네상스를 추구하는 경상대학교 경남문화연구원의 인문한국(HK) 사업의 아젠다로 큰 의미를 가진다. 그런데 문제는 오늘날 이 같은 전통사상의 현재화를 어떻게 이룰 수 있느냐다.

　근대란 막스 베버가 『직업으로서 학문』에서 말했듯이 모든 초월적 가치와 의미가 탈주술화(Entzauberung) 된 시대다.[1] 탈주술화를 통해 일어

---

1) M. Weber, "Wissenschaft als Beruf", Gesammelte *Aufsätze zur Wissenschaftslehre*, Tübingen: Mohr, 1988, S.582-613; 한국어 번역은 전성우 옮김, 『직업으로서의 학문』,

난 합리화는 당위와 존재를 분리했고, 오직 후자만을 과학의 영역으로 인정했다. 이로써 마음을 닦은 정신 수양으로서 공부가 더 이상 학문의 목표가 아니게 됐다. 탈주술화를 통해 근대인은 초자연적인 힘을 믿는 것 대신에 과학적 지식을 신봉했다. 이런 과학은 인간을 세계를 인식하는 주체로 만드는 해방과 함께 문명의 진보를 선물했다. 하지만 해방과 진보의 대가는 하이데거가 말하는 '존재의 망각'이다. 모든 학문적 연구에는 하나의 선험적 전제가 있다. 그것은 '알만한 가치'를 추구한다는 것이다. 하지만 그렇게 말할 수 있는 근거를 과학 스스로가 증명할 수 없다는 것이 탈주술화를 통해 제2의 '인식의 나무'를 먹은 근대인의 운명이다.

우리는 '과학적' 세계관을 가질 수 있지만 '과학' 그 자체를 세계관으로 삼을 수는 없다. 그래서 병이 들면 병원에 가지만, 그 병으로 죽음을 선고받으면 병원 밖의 다른 곳에서 구원을 찾는 사람이 많다. 이런 과학의 한계를 톨스토이는 이렇게 지적했다. "과학은 의미가 없다. 왜냐하면 과학은 우리에게 가장 중요한 문제인 '우리는 무엇을 해야 하며 어떻게 살아야 하는가?'에 대한 어떤 답도 주지 못하기 때문이다."[2] 사실관계 규명에만 전념하는 과학은 인간은 무엇을 위해 어떻게 살아야 하는지에 대한 존재의 의미에 대한 탐구를 자신의 영역에서 추방했다. 이 같은 학문과 삶의 분리가 인간성에 관한 공부로서 인문학 위기를 자초한 근본 원인이다.

앎과 삶, 이론과 실천의 분리를 통해 발생한 인문학의 위기, 곧 학문의 위기에 대한 자각은 지식인으로서의 사회적 자의식, 곧 사회 안에서 자신

나남출판, 2006.

2) 위의 책, S. 598.

들의 역할을 각성시켰다. 서구에서는 18세기 말 프랑스에서 발생한 드레퓌스 사건이 지식인으로서의 사회적 정체성과 사명감을 각성시키는 계기가 됐다. 드레퓌스 사건 당시 대학교수, 문필가, 예술가 그리고 학생들이 집단을 형성하여 성명서를 작성하고 의견을 개진하는 가운데 근대적 의미를 가진 집합명사로서 '지식인'이란 용어가 생성했다. 나중에 클레망소가 "한 가지 이념을 위해 사방에서 몰려든 지식인들(intellectuels)"이라고 지칭함으로써 이 용어가 하나의 개념으로 정착됐다.

이 같은 지식인 개념에 따르면, 지식인이란 국가권력에 대항하는 비판세력으로서의 정체성을 가진다. 드레퓌스 사건 당시 프랑스에서 각 분야에서 전문가로 활동했던 계몽주의자의 후예들이 국가권력에 대항하는 비판세력으로서의 자의식을 가짐으로써 지식인상이 만들어졌다. 에밀 졸라의 기고문 "나는 고발한다"가 지식인이라는 집단의식을 형성하는 횃불이 됐다. 그 횃불 아래 모인 지식인들은 국가권력과 기존의 지배질서에 대항하여 정의라는 보편적 이념을 실현시킬 사회적 책임을 각성하고 행동함으로써 역사의 전면에 등장했다.

"지금까지 철학자는 다양하게 세계를 해석해 왔다. 하지만 문제는 세계를 변혁하는 것이다."라는 마르크스의 포이에르바하 테제로 대변되듯이, 지식인은 근대에서 혁명의 전위로서의 역할을 해야 한다는 역사적 책무를 요구받았다. 하지만 지식인의 이상과 현실은 언제나 괴리를 보였다. 당위와 현실 사이에서 지식인은 이중적인 정체성을 가졌다.

이 같은 모순적인 지식인상이 나타난 이유는 크게 두 가지다. 첫 번째, 지식과 권력은 태생적으로 동전의 양면을 이룬다는 것이다. '아는 것이 힘'이라는 베이컨의 말처럼, 지식이란 권력과 비판적 거리를 두기보다는 그 자체가 권력과 결부되거나 권력을 지향했다. 두 번째, 하나의 이념 또는 법칙으로 세계를 설명하고 변혁시키고자 했던 근대의 거대담론은 지식인의 환상이었음이 드러났다. 계몽주의 이래로 근대의 지식인은 시대를 명료하게 비추는 이성의 빛을 밝힐 수 있다고 믿었지만, 탈근대 지식인은 이것 자체가 이성을 광기로 변형시키는 '계몽의 변증법'임을 깨달았다. 이러한 깨달음과 함께 레지 드브레의 책 제목처럼 『지식인의 종말』이 말해지기 시작했다.[3]

앨빈 토플러는 미래의 부는 지식을 기반으로 해서 혁명적 팽창을 하기 때문에 21세기는 지식 정보 사회로 나아갈 것이라고 전망했다. 종래 모든 가치는 한정적이고 독점적이었다. 예컨대 A가 소유한 토지를 B와 C가 갖기 위해서는 분할해야 한다. 자본이나 상품도 마찬가지다. 석유는 쓰면 쓸수록 고갈되지만 무형의 재화인 지식은 그렇지 않다. 지식은 나누면 나눌수록 적어지는 것이 아니라 불어남으로써 무한한 부가가치를 만들어내기 때문에 지식은 혁명적 부(revolutionary wealth)를 창출할 수 있다. 이처럼 지식이 인류 역사상 최고 전성기를 구가하는 우리시대에서 '지식인의 종말'이 말해진다는 것은 역설이 아닐 수 없다. 왜 이런 역설이 생겨났는가? 한마디로 지식이 떠오른 만큼 지식인의 역할은 커진 것이 아니라 오히려 왜소해졌다는 점에서 기인한다. 인터넷을 통해서 정보를 모으고 생산하는 디지털 시대에서 지식인은 더 이상 지식 생산의 독점권을 가질 수 없게 되었다.

근대가 생산자와 소비자, 전문가와 비전문가가 분리된 분업의 시대라면, 탈근대는 둘 사이의 경계가 흐려지고 접합이 이뤄지고 있다. 이 같은 변화는 부의 창출 시스템이 서비스하는(serving) 것, 생각하는(thinking)

---

3) 레지 드브레, 강주헌 옮김, 『지식인의 종말』, 예문, 2001.

것, 아는(knowing) 것, 경험하는(experiencing) 것을 기반으로 하는 '제 3의 물결'로 바뀌면서 일어났다. 이 같은 부 창출 시스템의 전환을 일찍이 통찰했던 앨빈 토플러는 개인 또는 집단이 스스로 생산(PROduce)하면서 동시에 소비(conSume)하는 행위를 지칭하는 '프로슈밍(prosuming)'이라는 신조어를 만들어 냈다.4) 판매나 교환을 위해서가 아니라 자신의 사용이나 만족을 위해 제품, 서비스 또는 경험을 생산함으로써 성립하는 것이 '프로슈머 경제'다.

IT의 발달로 세계가 하나의 지구촌을 이룸으로써 세상의 모든 사람이 하나의 이웃사촌처럼 가까워졌다면, 아무런 대가도 받지 않고 이들과 유형과 무형의 재화를 공유하는 모든 행위가 프로슈밍이다. 이렇게 해서 성립해 있는 '프로슈머 경제'는 경제학자가 수치로 환산하는 화폐경제와 맞먹는 규모의 반쪽의 숨어있는 경제라고 한다. 지식 정보화 사회에서 폭발적으로 확대되는 프로슈머 경제는 미래의 혁명적 부를 창출하는 원천이 될 것이라고 토플러는 예측했다.5) 현재 세계가 지속가능한 성장과 세계화로 나아갈 수 있는 가능성도 보이지 않은 경제를 추동하는 프로슈밍에 의해 열릴 수 있다고 한다. 인터넷 공간에는 비상업적이지만 유용한 사이트가 1억 5000만 개 정도가 있다고 한다. 이런 '프로슈머 경제'의 토대 위에서 생산과 소비라는 근대적 분업체제가 해체되고 있는 탈근대의 조건 속에서 '집단지성'이 말해지고, 이와 함께 지식인의 종말은 점점 현실로 나타나고 있다.

---

4) 앨빈 토플러·하이디 토플러, 김중웅 옮김, 『부의 미래』, 청림출판, 2006, 226쪽.
5) 앞의 책, 235쪽.

Ⅱ. 한국사회 '죽음의 춤'과 역사가의 존재 이유

지식이 부의 원천으로 상품가치를 가짐과 동시에 인문학 위기가 심화 됐다는 것은 역설이 아닐 수 없다. 근대 이전에는 지적 노동의 성과는 작품으로 인식됨으로써 그 자체가 사용가치를 가졌다. 하지만 자본주의 생산관계 속에서 지적 노동의 성과는 작품이 아닌 상품으로 변환됨으로써 시장가치로 환산됐다. 인문학적 지식이 생산하는 가치는 상품가격으로 환산 불가능한 삶의 의미에 관한 것이다. 따라서 시장 속에서 학문의 가치가 평가되는 신자유주의 체제 하에서 실용학문은 각광을 받지만 기초학문에 해당하는 인문학은 사멸할 운명에 처해 있다.

문제의 심각성은 이 같은 인문학의 위기가 인문학자들이나 대학에서 인문학을 전공한 학생들만의 생존의 위기가 아니라는 점이다. 한국사회에서 자살이라는 죽음에 이르는 병은 노동자와 농민뿐 아니라 중고등학생 및 사회지도층과 연예인에 이르기까지 거의 모든 계층에 만연돼 있다는 사실은 그동안 앞만 보고 달려온 우리 삶의 방식에 대한 근본적인 성찰을 요청한다. 한국사회에서 대중이 가장 선망하는 사람이 연예인이다. 천신만고 끝에 물질적 부와 대중적 인기를 얻은 연예인이 행복한 삶을 영위하지 못하고 한순간에 물거품처럼 사라지는 이유는 뭘까? 근본적 이유를 나는 진정 무엇을 위해 살아야 하는지에 대한 인문학적 성찰을 하지 않고 살았기 때문이라고 생각한다. 산이 높으면 골이 깊은 것이 인생이다. 그 차이를 심각하게 느끼면 느낄수록 사람은 더 우울해지고 자기 삶의 무의미함을 견딜 수 없게 된다.

〈글루미 선데이〉는 이런 사람의 모습을 잘 그려낸 영화다. '글루미 선데이'라는 음악을 듣고 많은 사람이 죽었다고 한다. 이 노래는 영화에서 누군가 말했던 것처럼 저주의 노래인가? 아니다. 이 노래를 통해 사람들은 자기 마음의 밑바닥까지 내려가 자기 존재의 심연을 보고 자기 삶의 덧없음에 절망하여 죽음의 유혹에 빠지게 된다. 누구나 살면서 감기에 걸리듯이 '참을 수 없는 존재의 가벼움'이라는 병을 앓는다. 그런 '참을 수 없는 존재의 가벼움'으로 발병하는 실존적 감기에 대한 면역력을 키워주는 기능을 해야 하는 것이 바로 인문학이다.

중세 말에 유럽에서 일어났던 '죽음의 춤(dance macabre)'이 21세기 한국사회에서 벌어지고 있다. 이러한 한국인들의 정신적 공항상태를 치유할 처방을 제시하는 것이 오늘의 한국사회 지식인들이 자기 존재이유를 밝히는 일일 것이다. 중세 말 흑사병은 당시 유럽 인구의 3분의 1에 해당하는 2000만 명을 죽음에 이르게 했다. 이 같은 죽음의 일상화가 예술적 상상력을 자극하여 '죽음의 춤'이라는 소재가 드라마, 시, 음악과 회화 등으로 구현됐다. 죽음을 의인화한 해골들이 등장해 산 자들을 '저 세상'으로 데려가면서 춤을 추는 것으로 표현하고자 했던 것은 죽음의 불가피성과 공정성이다. 해골의 손길은 추기경과 왕, 귀족과 기사, 농부와 거지 그리고 은둔한 성자까지 모든 사람들을 끌고 간다. 이건 피할 수 없는 인간의 운명이다. 아래는 그런 그림 가운데 하나다.

30년 전쟁(1618~48)이 끝난 후 세워진 서구의 교회나 성당 또는 광장에 걸린 시계에는 "Mors certa hora incerta(죽음은 확실하다. 다만 그 시기만 불확실할 뿐이다)"라는 경구가 쓰여 있는 곳이 많다고 한다. 인간에게 가장 확실한 사실은 죽는다는 것이다. 그럼에도 가장 불확실한 것 또한 언제 죽을지 모른다는 사실이기 때문에 죽음 앞에서 모든 인간은 절대적으로 평등하다. 신의 평등은 죽음으로 구현되고, 인간은 결국 모두 죽어야 할 운명을 가졌다는 것이 역설적이게도 사람을 사람답게 해주는 요소가

1806년 요한 루돌프 파이어아벤트가 바젤의 '죽음의 춤'을 수채화 복제 그림으로 복원해냈다. 교황 황제 황후 추기경 기사 법률가 총각 처녀 요리사 농부 등 다양한 인간 군상이 등장한다(출처: 울리 분덜리히, 김종수 옮김, 『메멘토 모리의 세계: '죽음의 춤'을 통해 본 인간의 삶과 죽음』, 도서출판 길, 2006).

된다. 이런 메시지를 한마디로 표현한 말이 '*Memento mori*(죽음을 기억하라)'다. 삶과 죽음에 대한 성찰을 인간이 할 수 있고 해야만 한다는 것이 인문학의 존재이유고, 그래서 인문학의 위기가 극복되어야만 하는 근거가 된다.

프랑스의 대표적인 역사가들이 자신의 역사가로서 걸어온 길을 자신의 시각에서 바라본 '에고 역사(ego d'histoire)'로 기술한 책이 있다. 그 책 제목은 『나는 왜 역사가가 되었나』이다. 이 책의 저자 가운데 한 사람인 르 고프는 역사가로서의 삶은 지적 학문적 관심에만 답하는 것이 아니라 좀 더 깊이 있는 질문들에 답하는 것이라 하면서, 역사를 다음과 같이 정의했다. "역사란 죽음과 대항한 싸움이다. 역사가는 죽음과 떨어져서 과거에 잠겨 있기 때문에 자신이 좀 더 오래 의식적으로 살기를 바란다."[6] 역사가는 과거에 잠겨 있기 때문에 현재에서 의식적인 삶을 영위하도록 노력한다는 르 고프의 말은 역사의 유용성과 지식인으로서 역사가의 역할을 단적으로 표현한 것이다. 과거의 인간들의 삶에 대한 지식을 전해주는 역사가 현재 우리 삶의 거울이 되는 이유는 우리로 하여금 '메멘토 모리' 할 수 있게 각성시켜주기 때문이다. '죽음의 춤'이 모든 것을 허무하게 만듦에도 불구하고 남는 것은 과거에 대한 기억으로서 역사다.

"나는 어떻게 기억될 것인가"에 대한 화두를 놓지 않게 만드는 것이 바로 역사다. 이 화두의 중요성을 칼럼니스트 정진홍은 노벨상의 창설자인 알프레드 노벨의 생애를 예로 들어 다음과 같이 강조했다.

> 1895년 11월 27일 노벨은 미리 쓴 유서를 생전에 전격 공개하며 자기의 전 재산을 쏟아부어 의미 있는 상을 만들겠다고 공표했다. 그런데 노벨이 이렇게 마음먹게 된 계기는 공교롭게도 그가 언론의 오보로 인해 살아서 자신의 부음 기사를 미리 봤기 때문이었다. 유서를 공개하기 7년 전인 1888년 알프레드 노벨의 친형 루드비그 노벨이 프랑스 칸에서 사망했다. 그런데 당시 한 신문이 이것을 알프레드 노벨의 사망으로 혼동해 "죽음의 상인, 사망하다"라는 제목의 부음 기사를 내보냈다. 이 기사를 본 알프레드 노벨은 충격에 휩싸였다. 당시 노벨은 다이너마이트를 비롯해 전 세계적으로 총 350개 이상의 특허권을 가지고 있었고 폭탄 제조공장과 탄약 제조공장을 포함해 90여 개가 넘는 사업체를 거느린 당대 굴지의 기업인

---

6) 피에르 노라 역음, 이성엽·배성진·이창실·백영숙 옮김, 『나는 왜 역사가가 되었나』, 에코 리브르, 2001, 295쪽.

이었다. 하지만 노벨은 자신이 평생 독신으로 고투하며 살아온 삶이 결국 사람들에게 '죽음의 상인'으로밖에 기억되지 못할 것이란 사실을 접하고서 도저히 그대로 있을 수 없었다. 그래서 그는 7년 동안 "나는 (죽어서) 무엇으로 기억될 것인가?"를 고민한 끝에 결심했다. '죽음의 상인'이 아니라 '인류에 수여되는 최고로 가치 있는 상'의 창설자로 기억되기 위해 자신의 전 재산을 던지기로 말이다. 삶의 송곳 같은 물음이 장쾌한 삶의 역전극을 연출한 셈이었다.[7]

모든 인간은 결국 언젠가는 죽어야 할 존재라면 살아 있는 동안 한시도 놓지 말아야 할 화두가 "나는 (죽어서) 무엇으로 기억될 것인가?"이다. 현재에는 더 이상 존재하지 않는 과거를 살았던 사람들의 삶에 대해 이야기하는 역사가란 이 같은 화두를 놓치고 있는 당대의 사람들에게 죽비를 내리치는 일을 직업적으로 하는 지식인이다.

Ⅲ. '숨은 신'으로서 역사와 역사가

서구 역사의 아버지 헤로도토스는 『역사』의 첫 머리에 "이 책은 할리카르나소스 출신의 헤로도토스가, 인간계의 사건이 시간이 흘러감에 따라 잊혀져가고 그리스인과 이방인이 이룬 놀라운 위업들—특히 양자가 어떠한 원인에서 전쟁을 하게 되었는가 하는 사정—을 세상 사람들이 알지 못하게 될 것을 우려하여, 스스로 연구·조사한 바를 서술한 것이다."라고 썼다.[8] 이처럼 역사라는 서사는 과거에 일어났던 위대한 일이

---

7) 「정진홍의 소프트 파워: 삶의 송곳 같은 물음」, 『중앙일보』 2006년 11월 25일자.
8) 헤로도토스, 박광순 옮김, 『헤로도토스의 역사』, 범우사, 2001, 23쪽.

기억에서 사라지지 않도록 하기 위해서 창안됐다. 망각을 극복하는 것이 역사의 일차적 목표다. 그렇다면 물을 수 있다. 무엇을 위해 기억해야 하는가?

투키디데스는 헤로도토스보다 한 발짝 더 나아가 자신의 역사서술 동기를 다음과 같이 표명했다. "인간성으로 말미암아 반복되거나 유사할 것이 틀림없는 미래에 대한 해석을 위하여, 과거에 대한 정확한 지식을 얻고자 하는 연구자들에게 본인의 『역사』가 유용할 것이라 판단된다면 그것으로 만족할 것이다. 『역사』는 한순간의 박수 갈채를 얻기 위해서가 아니라 영원한 유산으로 씌였다(I, 22,4)."9) 기억 그 자체가 목적이 아니라 현재와 미래에도 계속될 인간 삶에 교훈이 될 만한 과거의 지식을 제공할 목적으로 역사를 서술했다는 것이다.

과거의 지식으로서 역사는 어디까지나 삶의 수단으로서 의미를 가진다. 하지만 전통시대 동아시아인들에게는 '청사(靑史)에 빛난다'는 것이 삶의 목적 그 자체가 되었다. 살아서 얻은 영광과 부귀는 죽은 후 역사에 이름을 남기는 것에 비하면 하찮은 것이었다. 역사에 악인과 반역자로 낙인찍힘으로써 후손들에게 부끄러운 이름을 남기는 것을 가장 큰 수치로 여겼다. 이런 동아시아인들에게 역사의 평가는 기독교인들이 사후 받는다고 믿는 신의 심판을 의식하면서 사는 것과 같은 효과를 발휘했다.

조선왕조가 오백년 넘게 존속할 수 있었던 생명력은 임진왜란과 같은 국난 속에서도 『조선왕조실록』을 지켜내고 실록 편찬을 멈추지 않았던 투철한 역사의식에서 유래했다고 말할 수 있다. 『조선왕조실록』

---

9) 오흥식, 「그리스인의 역사서술」, 김진경 외, 『서양 고대사 강의』, 한울, 1996, 198쪽 재인용.

은 조정의 일들을 기록하는 단순한 연대기적 역사의 의미를 넘어 왕과 신하로서 현존재의 존재방식을 규정하는, 하이데거가 말하는 '역사성'의 기호로 작동했다. 그것을 편찬해야 하는 사관을 제외한 왕은 물론 어느 누구도 볼 수 없다는 것은 신격화의 효과를 낳았다. 궁극적으로 기억되는 것은 『조선왕조실록』에 실리게 될 자신에 관한 기록이라는 사실로부터 조선의 왕들은 역사에 대한 외경을 가졌다. 이 같은 상황에서 역사는 볼 수는 없지만 엄연히 존재해서 자신의 삶을 규제하는 '숨은 신'이었다.

기독교에서 신은 모습을 드러내지 않고 성경에 기록된 말씀의 형태로 존재하듯이, 동아시아에서 역사의 신은 언제나 역사가에 의해 서술된 역사책의 형태로 구현됐다. 그런데 역사가는 누구인가? 중국에서 사(史)란 원래 기록자로서 사관(史官)을 의미했다. 기록자로서 사관은 은대에서는 복사(卜辭)로 점을 쳐서 하늘의 뜻을 묻는 정인(貞人)이었고, 주대에는 책명을 전달하는 책명자(冊命者)였다. 최초 사관의 임무는 의례적 성격을 지닌 것으로써 역사 기록 드는 사서 편찬은 지배계층의 운명과 밀접히 관련되는 것으로 여겨졌다. 지배층의 번성은 사묘(祠廟)에서의 제사와 시력(時歷)에 기록된 계절의 정기적인 변화에 의존한다고 믿었다. 사관은 지배자의 행위에 관여하고 또 그것을 대행하는 역할을 하기 때문에 중국인의 역사의식에는 규범성이 깊게 각인됐다.

사관은 하늘의 뜻을 전하는 일을 하기 때문에 기록은 신성한 것으로 간주됐다. 기록의 신성성으로부터 있었던 그대로의 사실을 기록해야 한다는 직서의 전통이 수립됐다. 이런 전통에 입각해서는 있었던 그대로의 사실을 기록하는 것만으로도 도덕적 가치판단이 구현될 수 있었다. 이런 식으로 관철되는 역사의 도덕화는 사관이 왕의 지배 권력의 통제권에서 자유로울 수 없는 위치에 있는 왕의 측근관리임에도 그에게 직필할 수 있는 권능을 부여했다. 중국의 전통적 역사서술에서 직서 전통이 명분으로서 작동할 수 있었던 근거는, 제왕의 권력은 비록 현재에는 강하지만 결국 시간의 흐름 속에서 사라지고 역사의 기록만이 영원하다는 역사의식이었다.

하지만 왕의 신하에 속하는 사관이 권력으로부터 독립적으로 존재한다는 것이 과연 가능한 일인가? 역사는 전통시대에는 왕조 그리고 근대 이후에는 국가의 정통성을 확립하는 기능을 한다. 전자의 역사는 정사(正史)로, 그리고 후자의 역사는 국사(國史)로 불린다. 이처럼 그 자체가 정치적인 역사를 '정치의 거울'로 삼는다는 것은 어불성설(語不成說)이다. '역사의 정치화'가 만연하는 현실에서 역사가에게 '정치의 역사화'를 요청하는 것은 '미션 임파서블'이다. 이 같은 딜레마로부터 지식인으로서 역사가의 고뇌가 생겨났다.

세계의 탈주술화가 아직 일어나지 않았던 전통시대 중국에서 역사의 탈정치화를 가능하게 만들었던 코드는 천도(天道)로 이념화된 하늘이었다. 중국에서 사(史)라는 말의 어원 자체가 제사(祭祀)와 관련된 일을 하는 천관(天官)에서 유래했던 것처럼, 역사서술은 종교적 의미를 가졌다. 사마천은 『사기』의 집필 목적을 "究天人之際 通古今之變 成一家之言", 곧 "하늘과 인간의 관계를 탐구함으로써 옛날과 오늘의 변화를 통달하여 체계적인 학술을 세운다."로 천명했다. 황제에게 직언했다가 궁형의 형벌을 받는 현실의 부조리함을 처절하게 체험했던 그는 역사가 과연 정의로운지에 대해 치열하게 고뇌하지 않을 수 없었다.

『사기』의 백미는 전체 130권 가운데 반 이상을 차지하는 「열전」이다. 「열전」 맨 앞에 나오는 '백이열전'은 사마천의 역사에 대한 문제의식을 가장 선명히 보여준다. 주의 무왕이 은을 전복하고 천하를 평정하자 백이와 숙제는 수양산에 도주하여 고사리로 연명하다 굶어죽었다. 백이와 숙제는 분명 의인이었다. 하지만 하늘은 무심하게도 그들을 죽게 만들었다. 그렇다면 천도(天道)란 과연 있다고 말할 수 있는가? 사마천은 현실에서 나타난 불합리함과 부조리를 역사로 기록함으로써 현실보다 더 깊은 차원의 천도가 역설적으로 구현될 수 있다고 믿었다. 그는 백이와 같은 의로운 사람의 삶의 기록을 후세에 전함으로써 현실의 불합리함을 역사로써 보상하고자 했다. 사마천은 실제 일어났던 역사의 불의를 역사로 기록함으로써 후세 사람들로 하여금 그 폐단을 개혁하여 변화에 통하게 하는 승폐통변(承敝通變) 할 수 있는 길을 제시하는 것을 역사가의 소명으로 삼았다.

Ⅳ. 탈근대 지식인으로서 역사가의 양심

근대 역사학은 역사의 탈신성화를 전제로 해서 성립했다. 근대에서 과학은 '세계의 탈주술화'라는 조건 속에서 신과 관계없는 특성을 가진 권력(die spezifisch gottfremde Machte)이 되었다. "오늘날 학문은 사실들의 연관성을 자각하고 인식하는 데 이바지 하는 전문적으로 종사해야 할 하나의 직업이 됨으로써, 구원이나 계시를 말하는 점술가나 예언자의 은총이나 세계의 의미어 대해 말하는 현인이나 철학자의 명상은 학문의 영역에 속하지 않는다."10) 따라서 근대에서 역사는 천명과 같은 도덕적 코드에 의거해서가 아니라 순전히 실제 일어났던 사건들과 사실들의 인

---

10) 막스 베버, 위의 책, 609쪽.

과관계로 서술되어야만 과학적인 것으로 인정받았으며, 역사가란 그런 역사 지식을 생산하는 직업인으로 여겨졌다.

현실과 당위의 구분은 지식인으로서 역사가를 하나의 과학자로 독립시켜 주었지만, 그로부터 천명을 대변하는 지식인으로서의 위상은 상실됐다. 역사의 과학화는 전문적인 역사지식을 생산할 수 있는 자격을 역사가에게만 독점적으로 부여했다. 하지만 지식 정보 사회로의 이행은 역사지식 생산자로서의 역사가의 고유한 기능을 박탈하고, 이로부터 역사학의 위기는 심화됐다. 대중은 점점 역사가가 쓴 역사책이 아니라 역사소설이나 TV 사극을 통해 역사지식이 아닌 역사정보를 획득하는 경향으로 나아가고 있는 것이 지금의 현실이다.

일반적으로 지식은 데이터와 정보와 구분된다. 예컨대 '1948년 8월 15일' 그 자체는 하나의 데이터다. 이 데이터가 "1948년 8월 15일에 대한민국 정부가 수립됐다."는 식으로 하나의 문맥에 위치하면 정보가 된다. 역사학에서 연대기는 정보에 해당한다. 이 정보가 한국사의 전체 문맥과 연관해서 '정부수립일' 또는 '건국절'로 이름을 가지면 지식이 된다. 오늘날 우리가 8월 15일을 '광복절'로 계속 기념해야 하는가, 아니면 '건국절'로 의미를 바꿔서 국가기념일로 지정해야 하는가는 역사지식을 가진 전문가인 역사가가 판단해야 할 사항이다. 하지만 "역사는 역사가에게만 맡기기에는 너무나 중요하다."는 독일의 철학자 오도 마르쿠바르드(Odo Marquard)의 말처럼, 위 문제에 대한 판단은 오늘날 한국인 정체성에 관한 중대 결정사항이기 때문에 역사가들만의 전유물이 될 수 없다.

지식이란 하나의 의미체계와 가치관과 연관해서 성립한다. '1948년 8월 15일'을 대한민국 정부가 수립한 날로 보는 역사가와 대한민국 국가가 건국한 날로 보는 뉴 라이트 지식인 사이에는 기본적으로 역사를 보는 관점, 곧 역사관의 차이가 내재해 있다. 이 같은 차이로부터 한국 사에서 대한민국이라는 국가가 위치해 있는 위상에 대한 서로 다른 견해가 생겨났다. 먼저 건국절임을 부정하는 사람들의 마음속에는 대한민국은 불완전한 분단국가라는 생각이 있다. 이에 비해 건국절을 주장하는 사람은 대한민국을 완전한 국민국가로 보기 때문에 1945년 해방은 1948년 건국을 위한 조건을 충족시킨 날로서의 역사적 의미를 가진다고 본다.

전자의 입장에 있는 사람이 보기에 후자의 주장은 북한을 같은 민족으로 포용하기 보다는 배제하기 때문에 반공주의 우파 이데올로기에 매몰돼 있다. 이에 반해 후자를 주장하는 사람들은, 전자의 좌파들은 대한민국 국민이면서 대한민국 국가 정통성을 부정하는 자기모순을 범하고 있다고 비판한다. 이 둘 가운데에서 각자는 어느 입장을 취할 것인가? 이 같은 문제제기는 결국 대한민국 국가의 정체성과 미래의 방향설정에 관한 질문이기 때문에 역사가를 비롯한 지식인뿐만 아니라 대한민국 국민 모두가 관심을 가져야 할 사항이다.

지식인으로서 역사가는 시대의 변화 속에서 위에서 제기한 국가 정체성과 미래의 방향설정에 대한 문제를 시민사회를 향해 제기하고 공론의 장에서의 합리적인 토론을 통해 사회적 합의를 이끌어내는 데 기여해야 할 책무를 가진다. 하지만 오늘날 우리사회에서 역사가는 이 같은 책무를 얼마나 잘 수행하고 있는가? 이명박 정부는 종래의 한국 근·현대사 교과서가 대한민국 국가의 정체성을 부정하는 좌편향으로 집필됐다는 판단 아래 향후 한국사 교과서를 집필할 때 지켜야 할 교육과정을 새로 만들 것을 국사편찬위원회에 지시했다. 교육과정은 흔히 '교과서의 헌법'으로 불린다. 21세기 세계화 시대 다문화사회를 맞이해서 한국인은 누구이며, 한국은 어디로 나가야 하는지를 학생들에게 새롭게 가르칠 미래 지향적인 한국사 교과서를 새로 써야 한다는 것은 당연하고 꼭 필요한 일이다. 하지만 진보에서 보수로 정권교체 됐기 때문에 '교육과정의 헌법'을 바꾸려는 의도로 이 같은 개정 작업을 해서는 절대로 안 된다.

조지 오웰의 『1984년』에서 썼던 말처럼 "현재를 지배하는 자가 과거를 지배하고, 과거를 지배하는 자가 미래를 지배한다."는 사실로부터 역사는 정치적 권력투쟁의 장으로 이용당하곤 한다. 하지만 정권은 짧고 역사는 길다. 현재의 정치도 시간이 흐르면 역사가 되는 것이 인간사다. 따라서 '역사의 정치화'에 대한 지식인으로서 역사가의 대응 전략은 '정치의 역사화'다. '정치의 역사화'란 모든 역사는 정치적이지만 정치역시 역사의 평가로부터 자유로울 수 없다는 역사의식으로 정치를 역사화 하는 일이다.

이 세상에서 가장 무서운 사람은 오직 한 권의 책만을 읽은 사람이라는 말이 있다. 중세 말에는 이 세상에는 궁극적으로 성경이라는 단 한 권의 책만이 존재해야 한다고 믿었던 움베르토 에코의 『장미의 이름』에 나오는 호르헤 수도사와 같은 사람이 있었다. 그는 성경이라는 단 한 권의 책만이 존재하도록 하기 위해 성경에 반하는 내용이 들어 있는 책을 보는 사람들을 살해했으며 그 책을 불태워 없앴다.

책을 태운다는 것은 바로 지식인을 화형시키는 행위다. 어느 한 방향으로만 역사교과서를 쓰도록 집필의 방침을 강요하는 정부의 권력행사는 문명화된 방식으로 분서갱유(焚書坑儒)를 하는 반문명적 처사다. 역사연구는 새로운 문제제기를 통해 기존의 역사서술 플롯을 해체하여 새로운 역사서술을 하는 것으로 이뤄진다. 그래서 역사에는 정답이 없다는 말이 있다. 역사연구의 현실이 이렇다면, 오직 한 방향으로만 서술된 역사교과서만이 존재할 수 있는가? 어느 한 국가가 그런 식으로 집필된 교과서에 입각해서 역사를 가르치도록 강요할 때 그 결과는 역사교육의 종말이다.

모든 역사는 정치적이지만, 정치가 역사를 지배하면 지식인으로서 역사가는 존립기반을 상실한다. 역사가와 정치는 뱃사공과 물의 관계를 유지해야 한다. 물이 정치권력이라면, 역사는 그 위를 지나가야 하는 배다. 배가 빠지지 않고 항해하기 위허서는 물 위에 떠 있으되 물이 배 안으로 스며들게 해서는 안 된다. 역사가가 어떤 방식으로든 정치권력과 영합할 때 역사라는 배는 결국 침몰한다.

근대 이후 역사는 탈도덕화 되었던 한편, 다른 한편으로는 국가권력에 의해 더욱 더 정치적으로 됐다는 것이 역사가가 처한 문제의 상황이다. 이 같은 딜레마를 어떻게 극복할 것인가?[11] 루시앵 페브르는 1929년 프랑스의 변방인 스트라스부르 대학에서 아날 역사학을 창립하여 주류 역사학에 대항하는 도전장을 제출했다. 그가 1933년 마침내 승리하여 프랑스 역사학 중심지 콜레주 드 프랑스(collège de france) 대학에 초빙됐을 때 이 문제를 주제로 하여 "한 역사가가 자기 양심을 검증하다"라는 제목의 취임연설을 했다.[12] 여기서 그는 역사란 사물이나 개념 또는 이념의 과학이 아니라 인간과학, 곧 인간의 과거에 관

---

11) 한스 위르겐 괴르츠 지음, 최대희 옮김, 『역사학이란 무엇인가』, 뿌리와 이파리, 2003, 27쪽.

12) L. Febvre, "Ein Historiker prüfft sein Gewissen" *Das Gewissen des Historikers*, Fishcer Wissenschaft; Frankfurt am Main, 2000, pp.9–22.

한 과학이라고 말했다. 모든 이념은 인간이 없다면 무의미하며, 그 인간은 어디까지나 현재를 사는 인간이어야 한다고 역설했다. 역사가는 현재의 필요성에 따라 과거 사실들을 체계적으로 모아서 분류하고 조직하는 일을 한다. 기본적으로 역사가란 삶에 의거하여 죽음을 심문하는 작업을 하는 사람이라면, 그에게 요구되는 가장 중요한 덕성은 역사가로서의 양심이다.

과거에 대한 객관적 지식을 추구하는 것을 목표로 설정한 근대 역사학의 학문세계 속에서 역사가는 자신이 행한 모든 연구의 결과에 대해 자기반성을 하는 지식인으로서의 양심을 가져야한다는 것은 하나의 요청이다. 역사가는 동시대를 사는 사람들에게 또 역사연구 결과를 섭취하는 사회에 대해 책임을 져야 하기 때문에 도덕성이 요구된다. 따라서 문제는 '세계의 탈주술화' 이후 역사를 어떻게 재도덕화 할 수 있는가이다. 오늘날 역사이론의 가장 중요한 과제는 현재와 과거의 관계를 궁구하고 그로부터 자기 시대의 문제에 대한 역사적 처방을 제시하는 역사가가 얼마나 양심적으로 그 일을 수행하고 있는지를 검토하는 메타역사의 작업이다.[13]

탈도덕화를 모토로 해서 성립한 근대 역사학은 그동안 이러한 역사이론적 과제를 수행하는 데 무관심했다. 차가운 이론과 개념에 의거해서 역사의 인과적 설명에만 전념함으로써 그런 인과관계를 구성했던 역사가의 양심을 살피는 도덕의 문제를 역사학 영역에서 제외했다. 그 결과 미국의 역사교육 이론가인 샘 와인버그가 미국 역사표준에 관한 논쟁을 지켜보면서 말했던 말처럼, "현재의 논쟁은 '어떤 역사'에 대한 물음에

---

13) 한스 위르겐 괴르츠, 『역사학이란 무엇인가』, 27–31쪽.

고정되어 버린 나머지 더 기본적인 물음인 '도대체 왜 역사를 공부하는가?'를 잊어버리고 말았다."[14]

인과적 설명만을 과제로 삼는 과학은 '어떻게'의 문제를 푸는 데에만 관심을 집중시킴으로써 '왜' 그 연구를 해야 하는가에 대한 가치론적인 문제를 탐구의 영역에서 제외시켰다. 이 같은 탈도덕화는 비단 역사학에만 해당되지 않는 근대과학 일반의 문제다. 과학자가 객관적 연구를 통해 핵폭탄 제조에 참여하는 것은 과학적으로 아무런 문제가 되지 않는다. 하지만 그 핵폭탄을 사용하는 결정에 그가 관여하지 않았기 때문에 도덕적인 책임에서 면제된다고 말해서는 안 된다. 과학이 발달하여 힘을 가지면 가질수록, 과학을 재도덕화 해야 한다는 요청은 점점 더 크게 제기된다.

어쩌면 한 국가와 민족의 집단적 정체성과 삶의 방향을 결정하는 역사는 핵폭탄 보다 훨씬 더 위험할 수 있다. 핵전쟁은 패자는 물론 승자에게도 치명적인 손실을 입힐 수 있다는 리스크(risk)를 모두가 인지하기 때문에 역설적으로 예방의 효과가 있다. 이에 비해 역사전쟁은 한 사회 내에서의 내전과 국가들 사이의 국제전이 일상적으로 일어난다. 이러한 역사전쟁이 객관적 연구를 통해 해결될 수 있을까? 가해자와 피해자 사이에 얽혀 있는 도덕적인 문제로부터 자유로운 객관적 연구가 과연 가능할 수 있으며, 또 가능하다고 해도 어떤 의미가 있는가?

근대 역사학은 객관적 역서서술을 위해 역사의 탈도덕화를 주장했다. 하지만 무엇을 위한 역사의 객관성인가의 물음을 제기하면 다시 가치판단의 문제에 봉착한다. 이 문제에 대해 고뇌했던 청나라의 역사가 장학

---

14) 샘 와인버그 지음, 한철호 옮김, 『역사적 사고와 역사교육』, 책과 함께, 2006, 26쪽.

성은 유지기가 『사통(史通)』에서 말한 역사가가 지녀야 할 세 가지 요건
(史學三長)인 훌륭한 문장(史才), 역사적 사실(史學)과 시비판단(史識)에 덧
붙여 역사가의 덕성(史德)을 추가했다. 사덕이란 역사가의 심술(心術)을
의미하며, 이는 역사서술에서 공정하고 객관적인 자세를 견지해야 한다
는 역사가의 양심에 관한 것이다. 그는 『문사통의(文史通義)』의 「사덕(史
德)」에서 훌륭한 역사가는 하늘과 사람 사이의 관계를 신중히 분별하여
그 하늘이 부여한 것(天道)에 최선을 다하고 사람이 만든 것(人道)을 배제
해야 한다고 역설했다. 이런 심술의 배양은 과학적 훈련을 통해 이뤄지
는 것이 아니라 도덕적 수양의 결과다. 그는 역사를 쓰는 사람은 진정으
로 정미하고 완곡한 말로 질책과 훈계를 함으로써 독자들로 하여금 심
후한 문예의 분위기에 잠기어 사람마다 스스로 세속으로부터 벗어날 수
있도록 할 수 있어야만 비로소 선인의 말과 행동을 배움으로써 덕을 쌓
는 효과를 낳을 수 있다고 썼다.[15]

　장학성의 사덕론은 오늘날 "장르가 흐려진다"는 클리퍼드 기어츠의
말처럼 文·史·哲의 통합을 이룩할 수 있는 역사이론의 청사진으로
재인식될 수 있다. 탈근대에서 과학은 인간과 세상에 대해 의미를 부
여하는 유일한 합법적인 방법이 아니라 여러 담론 가운데 하나일 뿐
이다. 역사의 과학화를 세계 사학사의 보편적 발전 방향으로 설정하
는 것 또한 탈근대에서 극복되어야 할 서구중심주의다. 장학성은 『사
덕』에서 "사서에서 가장 귀히 여기는 것은 역사적 의미이고, 사서가
기록하는 것은 역사적 사실이며, 그것이 세상에 전해질 때 의존하는
것은 문장이다"라고 썼다. 사서가 갖는 역사적 의의는 천도에서 나오

---

15) 유절, 신태갑 옮김, 『중국 사학사 강의』, 신서원, 2000, 612쪽 재인용.

지만, 사서의 문장은 사람이 쓴다. 문장은 의미를 전달하는 매체이고, 그 매체가 없다면 역사는 기록되지 않는다. 이는 역사란 궁극적으로 담론적 구성물이라는 '언어적 전환'(linguistic turn)'을 연상시키는 역사 사상이다.

사마천 이래로 동아시아 사학사는 '문사일체(文史一體)'를 특징으로 했다.16) 사마천이 설파한 역사정신의 완성자로 평가될 수 있는 장학성의 역사이론은 역사서술의 재도덕화와 재문학화를 동시에 성취할 수 있는 길을 제시해주었다는 측면에서 탈근대 지식인으로서 역사가가 가져야 할 사덕으로 오늘에 되살릴 필요가 있다. 천명이든 신의 섭리 또는 진보와 같은 거대 담론이 역사의 나아갈 방향을 제시했던 시대에서 지식인으로서 역사가는 프로메테우스를 모범으로 삼고 역사의 대의명분을 위해 투쟁해야 했다. 하지만 오늘날 "모든 단단한 것들이 연기처럼 사라지는 시대"에서 지식인으로서 역사가는 시지프스처럼 떨어지는 돌을 계속 굴려 올리는 노동을 해야 할 운명에 처해 있다.

역사는 정의로운가? 정의가 패배하고 불의가 승리하는 현실에서 역사가는 무엇을 할 것인가? 이 같은 고뇌로부터 2천 100년 전의 사마천은 개인적 불행을 역사의 문제로 승화시켰다. 이 같은 사마천의 역사정신을 온고지신(溫故知新) 하는 역사가가 있는 한, 역사는 정의로울 수 있으므로 천도의 실현과정이 될 수 있다. 사마천은 「백이열전」에서 공자의 말을 인용하여 어떻게 살 것인가에 대한 자기 생각을 피력했다. "공자는 이렇게 말했다. '길(道)이 다른 사람과는 서로 도모하지 않는다.' 이것은 사람은 제각기 자기의 뜻을 좇아서 행한다는 의미다. 그래서 공자는 또

---

16) 이성규, 「사기의 역사서술과 文史一體」, 민두기 편, 『중국의 역사인식』상, 273–307쪽.

이렇게 말했다. '부귀가 찾아서 얻을 수 있는 것이라면, 말채찍을 잡는 천한 일자리라도 나는 할 것이다. 또 만일 찾아서 얻을 수 없다면 나는 내가 좋아하는 것을 좇아 행할 것이다', '추운 계절이 되고 나서야 비로소 소나무와 잣나무가 시들지 않는다는 것을 안다'[17]. 지식인으로서 역사가란 바로 그런 소나무와 잣나무가 돼야 한다.

---

17) 사마천, 김원중 옮김, 『사기열전』상, 을유문화사, 2002, 37쪽.

하이데거와 '지식인'

-1940/50년대를 중심으로-

이수정

Ⅰ. 여는 말

지식인이란 누구인가? 지식인은 무엇을 해야 하는가? 이른바 '지식인'의 본질과 역할이 무엇인가 하는 문제는 지식인으로 간주되는 사회적 집단 자신의 자연스런 지적 관심이 되지 않을 수 없다. 넓은 의미의 '지식인'은 실제로 정치-경제-사회-문화 등 인간들의 삶과 관련된 거의 모든 분야에서, 특히 학문이라는 분야에서 실질적인 힘으로 작용하며 결코 무시할 수 없는, 아니 경우에 따라서는 결정적인 역사적-사회적 의미를 지니고 있다. 그러한 의미는 아마 과거-현재-미래를 관통하여 변함이 없을 것이다. 그들이 시대와 국가에 따라 지자나 현자 혹은 군자나 선비 아니면 학자 연구자 철학자 박사 교수 등등 그때그때 다양한 이름으로 불리더라도, 그 공통된 바탕 혹은 본질에 대한 관심은 항상 지식인 자신의 생동하는 정신 속에서 사그라지지 않을 것이다. 이제 21세기의 첫 10년을 넘기는 이 시점의 한국에서 이 물음을 진지하게 한번

제기해보기로 한다. 무엇보다도 이 물음이 시급한 것은 근래 들어 이른바 인문학의 위기라는 것이 현실화되면서 그 중심에 있던 전통적 의미의 지식인들이 그 정체성에 심각한 혼란을 겪고 있으며, 이른바 과학자라 불리는 지식인들도 오로지 기술과 산업에, 나아가 인간들의 '이익'에 기여할 수 있는 지식 내지 정보의 제공자로 내몰리고 있기 때문이다.

이러한 문제에 대한 관심이 근원적이라 할 만큼 진지할 경우라면, 하이데거의 철학이 아마 큰 참고가 될 수 있을 것이다. 하이데거는 우리 자신인 인간과 그 인간이 몸담고 살고 있는 이 세계의 가장 근원적인 여러 현상들에 대해 그 누구보다도 치밀하고 광범위하게 사유한 20세기 철학의 최고봉이라고 평가된다. 그의 철학은 때로 현미경이 필요할 만큼 미시적이고 또 때로는 망원경이 필요할 만큼 거시적이다. 이 두 가지를 동시에 갖추기란 참으로 쉬운 일이 아니다. 그것만으로도 하이데거는 거장이라 하기에 충분하다.

특히 하이데거는 전세계의 인류가 미증유의 위기에 처했던 양차 세계대전과 그것에 병행하는 인류사의 격동을 몸으로 겪으면서 이른바 시대의 문제에도 무심하지 않았다. 그런 점에서 그는 전형적인 지식인의 한 사람인지도 모른다. 다만 그는 그러한 과제에 대해 흔히 발견되는 이른바 역사적─사회적─정치적인 접근을 하지는 않는다. 그러한 모습은 적어도 하이데거에게는 어울리지 않는다. 그는 어디까지나 그 자신이 한평생 초지일관했던 철학적─존재론적─형이상학적─현상학적─사유적─성찰적 시선으로 시대의 문제를 바라본다. 그러한 태도를 그는, 다소 낯설기는 하지만, '시인적'이라는 말로도 표현한다. "……시인적으로 인간은 산다……"는 그의 한 강연 제목에서도 우리는 그것을 확인할 수 있다. 이러한 태도는 그의 여러 글에서 구체적으로 주제화되기도 한다.

여기서 우리가 그것과 관련된 방대한 논의들을 다 살펴보는 것은 원천적으로 불가능하다. 그래서 우리는 아쉬운 대로 시대의 문제를 근원적으로 성찰해보는 그의 시대비판과 인간들(특히 지식인들)이 마땅히 지녀야 할 모습으로서의 시인론에 초점을 맞추어 논의를 펼쳐보기로 한다. 특히, 논의가 지나치게 방대하여 산만해지지 않도록 가능한 한 제2차 세계대전을 전후한 1940년대와 50년대의 사유에 집중해서 그의 핵심적인 생각을 더듬어보기로 한다.

Ⅱ. 1940/50년대 사유의 궤적

본격적인 논의에 앞서 먼저 이 무렵의 하이데거에 대한 대략적인 윤곽을 시야에 확보해두기로 하자. 제2차 세계대전을 전후한 1940년대와 50년대에 하이데거는 대략 다음과 같은 사유와 행위의 궤적을 남기고 있다.[1]

1940년에는 31년, 33년 겨울학기의 강의를 토대로 『플라톤의 진리론』 (Platons Lehre von der Wahrheit)을 집필하나, 이에 대해 평가하고 소개하는 일이 금지된다. 한편 강연 「진리의 본질」을 이 해에 최종적으로 정식화한다.

1941년에는 수기 『시원에 관하여』(Über den Anfang), 그리고 이듬해에 걸쳐 『발현』(Das Ereignis)을 썼으며, 『니체』 제2권인 「존재(Seyn)의 역사로서의 형이상학」, 「존재의 역사에 대한 구상들」, 「형이상학 안으로의 회상」 등도 모두 이 해에 썼다. 또한 자가본인 『눈짓』(Winke)도 이때에

---

1) 이하는 졸저 『하이데거: 그의 생애와 사상』(서울대출판부, 1999)으로부터의 자기인용임.

내놓는다. 여기서 존재의 현성적 성격을 강조하기 위해 '입실론'(y)으로 표기하는 '존재(Seyn)의 사유'가 처음으로 공표된다.(그러나 이 사유의 흔적은 이미 36-38년에 쓴『철학에의 기여』에 나타나 있다.) 그리고 이 해,『존재와 시간』제5판에서, 발매금지를 우려한 출판사의 의향에 따라, 후설에게 바치는 헌사가 삭제된다. 그러나 본문 제7절의 각주에 있던 감사의 말은 하이데거의 요청에 의해 그대로 유지된다. 한편, 이 해 여름학기에는 『근본개념들』(Grundbegriffe)을, 겨울학기에는『횔덜린의 찬가: '회상'』 (Hölderlins Hymne »Andenken«)을 강의했다.

이듬해 **1942년** 여름학기에는 『횔덜린의 찬가 '이스터강'』(Hölderlins Hymne »Der Ister«)을 강의했고, 겨울학기에는 『파르메니데스』(Parmenides) 와 『헤겔 "정신현상학" '서론'의 해명』을 강의했다.

1943년에는 30년의 강연 『진리의 본질』을 대폭 수정하여 출판하고, 『형이상학이란 무엇인가?』제4판에 세간의 논란에 대한 해명을 담은 「후기」(Nachwort)를 덧붙인다. 이것들은 둘 다 제목 없는 표지로 몰래 판매되었다고 전해진다. 여름학기에는 『서양 사유의 시원』(Der Anfang des abendländischen Denkens)을 강의했다. [헤리클레이토스] 강의의 일부로서 [알레테이아] 발표.

1944년에는 「마치 축제일에…」(1939)와 「회상」(1941)에다 횔덜린에 관한 두 강연 「횔덜린과 시의 본질」(1936 4.2.)과 「귀향/ 근친자에게」(1943 7.6.)를 모아『횔덜린 시의 해명』(Erläuterungen zu Hölderlins Dichtung)으로 출판한다. 그러나 하이데거에 대한 당의 감시는 여전히 계속되었다. 이 해에 『시원의 오솔길』(Die Stege des Anfangs)이라는 수기를 썼으며, 44-45년에 『들길의 대화』(Feldweg-Gespräch)를 썼다. 여름학기에는 『논리학. 헤라클레이토스의 로고스론』(Logik. Heraklits Lehre vom Logos)을 강의했다. 한편 1944년 대전말기에 500명의 학자 예술가가 모든 군무를 면제받았으나 하이데거는 거기에 끼지 못하였다. 하이데거는 이 해 여름 라인강 서안의 참호공사를 명령받았다. 프라이부르크대학 총장은 당과의 협의하에 전체 교수들을 ‘전혀 쓸모없는 교수’, ‘대체로 쓸모없는 교수’, ‘불가결한 교수’ 등으로 분류했는데, 하이데거는 첫 번째 부류의 필두에 올려졌다. 참호공사 후, 겨울학기의 강의『사유와 시작』(Denken und Dichten)을 개시했다. 이 강의에서 그는 형이상학의 역사에서 볼 때 코뮤니즘, 아메리카니즘, 나치즘은 동일하다고 말한 것으로 전해진다. 그러나 11월 8일의 제3강의에서 강의는 중단되고 국민돌격대에 소집된다. 소집된 대학교수단 중 하이데거가 최연장이었다. 12월에는 양녀 에리카와 여조교를 데리고 프라이부르크에서 메스키르히로 대피한다. 이해 1944년 11월 9일부터 6년간 하이데거는 교단에 서지 못했다. 전후 그의 교수직은 프랑스 점령군에 의해 박탈되었고 이 교직 금지는 1951년에야 해제되었다. 그러나 복직과 동시에 퇴임교수가 되었으므로 현역의 교수활동은 1944년 11월 8일로 마감한 셈이다. 1945년 5월 독일의 패전으로 전쟁은 끝났다.

1945년, 전쟁이 끝난 직후 하이데거는「총장직 1933/34년」(Das Rektorat 1933/34)이라는 제목으로 당시의 회고록을 집필했다. 7월 9일, 프라이부르크 시장은 하이데거의 가옥접수를 통고했다. 나치스에 입당했었다는 것이 이유였다. 하이데거는 16일 시장에게 이의를 제기했다. 프라이부르크는 프랑스 점령군의 군정하에 들어갔으며 군정당국은 9월 하이데거의 대학내 지위에 대해 ‘불필요’하다는 판정을 내렸다. 10월 8일, 하이데거는 총장에게 강의인가를 자발적으로 단념하겠다는 뜻을 전달했다. 이에 총장은 10월 30일부로 하이데거에게 총장시절의 나치스입당 이유와 조건,

총장직 퇴임 후의 당과의 관계에 대해 조회하였고 하이데거는 11월 23일
이에 답변한다. 11월부터 12월에 걸쳐 프라이부르크대학에서는 정화위원
회의 활동이 활발해진다. 하이데거는 야스퍼스로부터 자신에 관한 소견
을 들어보도록 제안하였고 이를 허가받았다.

이 해 12월 대학에서의 조사에서 준비도 없는 채로 23가지 질문에 답
변하느라 하이데거는 지쳐 쓰러졌다. 의학부장 베링거가 하이데거를 데
리고 나와 눈 덮인 겨울 숲을 함께 걸었다. 3주일 후 하이데거는 기운을
회복하고 프라이부르크에 돌아올 수가 있었다.

하이데거에 관해 정화위원회는 다음과 같이 결론을 내렸다. "하이데
거는 1933년 이전에는 나치스와 아무런 관계가 없었을 뿐 아니라 1934
년 4월 이후는 이미 나치스라고 확실히 간주될 수 없다. 이에 우리는
만일 하이데거가 1933년의 단기간의 정치적 과오로 해서 대학을 떠나야
만 한다면 극히 중대한 손실이라고 고려하는 바이다."

하이데거 자신은 총장과 정화위원회에 보낸 11월 4일자 편지에서 고
백하기를, 1933년 5월의 히틀러 평화연설 시점에서는 "나의 정신적 근
본태도와 대학의 과제들에 대한 나의 파악은 정부의 정치적 의욕과 일
치할 수 있다"고 확신하고 있었으나, 그해 겨울에는 이미 나치스의 세계
관 특히 로젠베르크와 크리크에 대해 첨예하게 대립하고 있었으며, 예
전의 확신이 오류라고 인정한 것은 1934년 6월 30일의 사건이었다고
한다. 그 사건이란 돌격대 지도자 숙청사건을 가리킨다. 한편 총장취임
연설의 기조가 되었던 '본질의지', '운명', '위탁'에 대해서는 1938/39년
의 『형이상학의 극복』(Die Überwindung der Metaphysik) 23절에서 자기비판
이 이루어지며, 전쟁 중의 하이데거가 자신이 속한 민족과 국가의 현실
을 어떻게 파악하고 있었는지는 『형이상학의 극복』 26절에서 읽을 수가

있다. 그러나 정화위원호의 결론은 프랑스 군정당국에게 받아들여지지 않았다.

이듬해 1946년 여름 및 겨울 군정당국은 일방적으로 하이데거의 무기한 교직금지를 단행한다. 다만 이 금지는 대학으로부터의 완전추방이 아니라 연구교수직에 머무르게 하는 것이었다. 이 해 장 보프레가 편지로 질문을 보내왔고 가을에 그 답변을 쓴다. 이것이 이듬해 1947년 『휴머니즘에 관한 편지』(Brief über den Humanismus)라는 제목으로 발표되었다. 이것은 그의 후기사유의 정수들을 포함한 매우 중요한 것으로 평가될 수 있다. 11월 릴케 사후 20주기 기념회에서 「무엇을 위한 시인인가?」(Wozu Dichter?)를 강연한다. 또 이 해 「아낙시만드로스의 잠언」(Der Spruch des Anaximander)을 써서 4년 후 공표하게 된다. 그리고 46-48년에 걸쳐 『니힐리즘의 본질』(Das Wesen des Nihilismus)이라는 수기를 작성한다.

1947년, 스위스의 베른에서 『플라톤의 진리론, 부록 휴머니즘에 관하여』가 출판된다. 야스퍼스도 복직을 위해 노력하지만 성과는 없었다. 이 해 『사유의 경험에서』(Aus der Erfahrung des Denkens)를 집필하여 자가본으로 출판한다.

1948년에는 산장에 칩거하는 일이 많았다. 자택의 1층은 프랑스의 관리에게 접수되어 있었다. 이 무렵 메다르트 보스의 주선으로 하이데거 부부는 이탈리아의 아시지로 여행을 떠나기도 했다.

1949년 7월, 프랑스 군정당국은 하이데거와 나치스와의 관계를 '복종 없는 동행자'라고 최종적으로 결론짓는다. 늦여름 브레멘으로부터 강연 의뢰가 왔다. 이로써 세간에 복귀하게 되는 계기가 마련된다. 9월 군정당국은 교직금지가 무기한이었던 것을 한정한다. 9월 26일 60세를 맞아 두 가지 기념논문집이 준비된다. 12월 2일부터 4일까지 「브레멘 클럽」의 초청에 따라 『존재하는 것에 대한 통찰』(Einblick in das was ist)[2]을 강연한다. 여기서 「사물」「몰아세움」「위험」「전향」을 주제화시킨다. 이 해 역시 자가본으로 『들길』(Der Feldweg)이 발표된다. 여기서 그는 '자체적인 것을 향한 체념'이라는 경지를 내비친다.[3] 그리고 『진리의 본질』 제2판에서 주석의 전반부를 증보하고 『근거의 본질』 제3판에 「서문」을, 『형이상학이란 무엇인가?』 제5판에 「서문」을 첨가하여 심화된 후기사유의 면모를 보여준다. 또한 『휴머니즘에 관하여』(Über den Humanismus)의 단행본이 출판된다. 60세 기념논문집 『여러 학문에 대한 마르틴 하이데거의 영향』이 실라지, 빈스방거, 샤데발트, 슈타이거, 바이츠제커 등 11명의 기고로 베른에서 출판되었다. 하이데거의 오랜 침묵과 전후의 도사림도 이 1949년을 기점으로 다시금 활발한 활동에 들어가게 된다. 이렇게 해서 하이데거는 다시금 세상의 주목을 받게 된다.

이듬해 1950년 3월 스위스의 빌러회에서 또다시 『존재하는 것에 대한 통찰』을 강연하고, 6월 뮌헨의 바이에른 예술원에서 그 중 일부인 「사물」(Das Ding)을 확대된 형태로 강연한다. 10월에는 빌러회에서 「언어」(Die Sprache)를 강연한다. 이 해 역시 60세 기념논문집으로 가다머, 브레케, 뢰비트, 크뤼거, 융어 등 10명에 의한 『관여』(Anteile)가 출판된다. 1936년에서 46년까지의 논고 여섯 편을 모은 『숲길』(Holzwege)도 이때 출판된다.

1951년 2월 14일 슈투트가르트의 뷔르템베르크 도서관협회에서 「언어」를 다시 강연하고, 5월 4일에는 브레멘 클럽에서 「로고스」(Logos)를 강연한다. 이 강연은 1944년 여름학기의 강의 「논리학」에서 유래하는

---

2) 94년, 전집 79권으로 출간되었다.

3) 이 사상의 싹은 이미 『철학에의 기여』에도 나타나 있다.

것이었다. 8월 5일에는 「인간과 공간」을 주제로 하는 「제2회 다름슈타트 대화」에서 「건설, 거주, 사유」(Bauen Wohnen Denken)를 강연했다. 9월, 바덴주 당국에 의해 마침내 공식적인 복직이 허가된다. 이로써 그는 세간뿐만이 아니라 정식으로 대학에 되돌아오게 된 것이다. 단 이것은 퇴임교수로서의 복직이었다. 이 여름학기부터 1955/56년까지 하이데거는 이따금씩 강의와 연습을 행한다. 겨울학기의 강의는 『무엇이 사유를 명하는가?』(Was heißt Denken?)였다. 이렇게 해서 하이데거는 50년대와 60년대에 걸쳐 강의 강연 및 저작활동을 활발하게 펼쳐나간다. 10월 6일에는 빌러회에서 「시인적으로 인간은 산다」(··· dichterisch wohnet der Mensch ···)를 강연했다. 한편 이 해 1951년 칼 뢰비트가 『새로운 전망 (Neue Rundschau)』지에 「하이데거의 전환」을 발표하여 이른바 '전회'(Kehre)논쟁의 불을 당긴다.

1953년 사르트르의 방문이 있었다. 5월 8일에는 브레멘 클럽에서 「니체의 차라투스트라는 누구인가? (Wer ist Nietzsches Zarathustra?)를 강연했고, 5월 15일에는 샤우인스란트에서 「학문과 성찰」(Wissenschaft und Besinnung)을 강연했으며, 11월 18일에는 뮌헨에서 「기술에 대한 물음」(Die Frage nach der Technik)을 강연했다. 한편 『존재와 시간』 제7판에서 '전반부'라는 표현을 삭제하며 그 배경을 설명하였다. 즉 "4분의 1세기가 지난 오늘날 전반부가 새로 씌어지지 않고는 후반부가 그대로 이어지지 않는다"는 것이다. 그러나 "존재에 대한 물음이 우리의 현존재를 움직여야 한다면 후반부의 길은 여전히 불가피한 길"이라고 하여 당초의 계획이 여전히 유효함을 시사하고 있다.

1954년에는 자택이 있는 프라이부르크의 체링엔에서 「요한 페터 헤벨」을 강연했다. 강의 『므엇이 사유를 명하는가?』의 일부로서 [모이라]

를 썼다.

1955년 겨울학기 하이데거는 『근거율』(Der Satz vom Grund)이라는 제목으로 프라이부르크대학에서의 마지막 강의를 행한다. 그러나 이후에도 사적인 세미나와 강연활동은 계속해 나간다. 예컨대 「존재물음에 부쳐」(Zur Seinsfrage)를 이 해 발표하였고, 『내맡김』(Gelassenheit)도 이때 강연하였다. 1957년에는 『지인─헤벨』(Hebel─Der Hausfreund) 및 「언어의 본질」(Das Wesen der Sprache), 「사유의 근본명제」(Grundsätze des Denkens)를 강연했고, 1958년에는 「퓌시스의 본질과 개념에 관하여」를 잡지에 발표했다. 3월 「헤겔과 그리스인」(Hegel und die Griechen)을 강연했으며, 5월에는 「낱말」(Das Wort)을 강연했다. 1959년 1월에는 「언어에 이르는 길」(Der Weg zur Sprache)을 강연했고, 5월에는 「현대에서의 예술의 규정」(Über die Bestimmung der Künste im gegenwärtigen Zeitalter)을 강연했으며, 6월에는 「횔덜린의 대지와 하늘」(Hölderlins Erde und Himmel)을, 그리고 7월에는 「고향 메스키르히에 대한 감사」를 강연했다. 1960년 7월에는 「언어와 고향」(Sprache und Heimat)을 강연했다.

Ⅲ. 1940/50년대 사유의 기본 윤곽

이상을 통해 우리는 이 무렵의 하이데거가 개인적인 어려움에도 불구하고 나름대로 활발한 사유활동을 전개해나갔음을 확인할 수 있다. 특히 1950년의 『숲길』, 1954년의 『강연논문집』, 1967년의 『이정표』 등이, 그리고 결정적으로는 1938-9년에 작성되고 1989년에 출간된 『철학에의 기여』 등이 이 무렵의 사유들이 어떠한 것이었는지를 잘 알려준다. '기본 윤곽'이라고 소제목을 달기는 했지만 이 방대한 대작들의 핵심을 정리해서 소개한다는 것도 사실은 무모하기 짝이 없다. 그래서 여기서는 그야말로 기본적인 방향이나 몇 가지 특징들을 최대한 간단하게 언급하는 것으로 만족하기로 한다. (단 이 특징들은 이미 『존재와 시간』(1927) 발표 이후 30년대 초반에 형성되기 시작한 것임을 분명히 해둘 필요가 있다. 하이데거 철학의 발전적 전개라는 면에서는 1930년대가 오히려 40/50년대보다 더 큰 의미를 갖는다.) 특기할 사항들은 대략 다음과 같다.

1) 진리의 본질, 특히 '비은폐성'(Unverborgenheit) '탈은폐'(Entbergen)로서의 진리 부각
2) '발현'(Ereignis)에 대한 사유
3) '현성'(Wesen/Wesung)으로서의 존재(Seyn)에 대한 착상
4) 횔덜린과 시작(Dichtung/Dichten)에 대한 관심
5) 사유(Denken) 및 성찰(Besinnung)이라는 개념의 부각
6) '형이상학'(Metaphysik)에 대한 시각의 변화
7) 휴머니즘 서간의 의미(특히 Es gibt 개념을 통한 존재와 인간의 역전된 관계설정)
8) '시인'(Dichter)에 대한 특별한 시선 및 시인적 거주의 부각
9) 존재발현(Einblick in das was ist)이란 현상에 대한 주시
10) '사물Ding' '작위Ge-stell' '위험Gefahr' '전향Kehre'이라는 특이한 현상에 대한 독특한 해석
11) '자체적인 것'(Das Selbe)을 향한 체념(Verzicht) 나지 '내맡김'(Gelassenheit)이란 태도의 강조
12) 언어(Sprache/Wort)에 대한 특별한 관심(전기와의 차별화)
13) '건설Bauen' '거주Wohnen' '사유Denken'라는 특이한 현상에 대한

독특한 해석

14) 사유의 수동성과 존재의 능동성에 대한 특별한 강조(Was heisst Denken?)

15) 학문(Wissenschaft)과 성찰(Besinnung)의 대비

17) 기술(Technik)의 본질에 대한 성찰과 현대기술의 비판

18) 예술(Kunst)에 대한 독특한 해석

19) 독특한 '세계'(Welt) 개념의 전개

여기서 지적된 사실들은 그 하나하나가 모두 다 전문적인 연구의 대상이 되어야 할 주제들이다. 이 모든 개념들이 하이데거의 이른바 후기 사유라고 하는 거대한 숲을 구성하고 있는 것이다. 이것들을 제대로 이해하려면 적어도 몇 권의 연구서가 필요할 것이겠지만 특징 중의 특징을 굳이 한마디만 골라서 하라고 한다면 아마도 '있는 그대로의 존재의 모습을 드러내 보이면서 인간의 주제넘은 작위성을 경계하고 있다'고 요약할 수도 있을 것이다. 그것은 인간이 마치 세계의 주인인양 행세하고 있는 작금의 행태에 대한 심각한 우려의 표명이라고 볼 수도 있다. 시대를 바라보는 하이데거의 시선이 그러한 것이다. 이하 그 내용을 좀더 구체적으로 살펴보기로 한다.

Ⅳ. 시대비판

시대의 문제와 관련해 하이데거가 전해주는 메시지는 특이하다. 그의 철학은 윤리에 대해서도 사회구조에 대해서도 언급하지 않는다. 하지만 그는 그 누구도 쉽게 보지 못 하는 깊은 곳에서 문제의 근원을 철저하게

파헤치고 있다. 우리들의 시대가 과학과 기술을 자랑하며 그것을 바탕으로 산업과 교역, 교통과 통신을 눈부시게 발전시키며 최근의 인터넷과 휴대전화에 이르기까지 끝도 없는 번영을 구가하고 있지만, 거기에는 이미 사물도 세계도 환경도 자연도 거주함도 그리고 존재도 모두 상실되고 망각되고 떠나가 그 빛을 잃어버리고 만 것이다. 인간은 자신이 진정으로 거주할 집, 고향으로서의 세계를 스스로 유린하면서 그런 줄조차도 모르고 있는 것이다.

그러나 여기서는 일단 하이데거가 존재와 관련하여 우리의 정신적 상황을 어떻게 평가하는가 하는 것에만 관심을 갖기로 한다. 우선 먼저 하이데거의 시대비판을 위한 토대인 존재론적 관점을 확인할 필요가 있다. 그리고 나서 시대비판의 배경으로서 전통 형이상학에 대한 비판, 근대 학문에 대한 비판, 나아가 현대 기술에 대한 비판이 고찰될 것이다. 그리고 마지막으로 어떠한 가능성이 하이데거로부터 우리에게, 즉 아마도 또 다른 시원이라 불릴 수 있는 새로운 시대의 입구에 아무런 도움도 없이 완전히 홀로 서있는 우리에게, 맡겨져 있는지를 숙고해 보고자 한다.[4]

시대비판의 존재론적 관점―존재의 문제성과 존재망각의 문제상태

모든 종류의 비판에는 그 비판의 대상 내지 내용과 관점이 있게 마련이다. (단 우리가 여기서 비판이라고 부르는 것은 하이데거가 시도했던 '해체', '한계 설정', '대결'을 의미한다) 하이데거의 왜-물음을 이런 넓은 의미에서 비판이라고 부른다면, 이 비판에도 그가 무엇을 어떤 입장 내지 관점에서

---

4) 이하, 졸저 『하이데거: 그의 물음들을 묻는다』, 생각의나무, 2010로부터의 자기인용.

비판하고 있는지가 밝혀질 수 있고 또 밝혀져야만 한다. 그것은 어떤 것인가. 이미 말했듯이 그것은 그 어떤 '정치적'인 것이 아니며, 단적으로 말해 '존재론적'인 것이다. 그는 어디까지나 '존재물음의 연관'에서 이 주제들을 다루고 있는 것이다.

> "오늘날 우리는 '존재한다'는 말의 본래의 의미가 무엇인가라는 물음에 대답할 수 있는가? 결코 그렇지 않다"

『존재와 시간』의 벽두에 내걸린 제목없는 서문에서 발견되는 하이데거의 이 말은 우리의 물음에 대한 대답의 기본방향을, 즉 이 시대에 대한 그의 진단과 비판을 함축하고 있다. 만일 우리가 '우리는 어떠한 시대에 살고 있는가'라고 묻는다면, 하이데거는 우선 먼저 '존재의 의미의 물음에 대한 답변부재의 시대에 살고 있다'고 대답하고 있는 셈이다. 이러한 진단이 사실상 시대비판이라고 부를 수 있는 하이데거의 전 주제전개의 기초 내지 근본을 이루고 있다. 다시 말해 이 대답은 하이데거의 시대비판 전체를 총괄하는 **근본테제**라고 성격지울 수 있다. 하이데거의 모든 시대비판들이 결국은 이 근본테제의 사정거리 안에서 움직이고 있는 것이다. 이러한 진단은 어떠한 맥락에서 이야기되고 있는가. 그것을 이하에서 구체적으로 살펴보기로 하자.

하이데거는 오랜 숙고를 거쳐 결정시킨 그의 『존재와 시간』에서 '존재' 물음을, '존재의 의미'에 대한 물음을, '존재일반 또는 존재 자체의 의미'에 대한 물음을, 자신의 철학적 주제로서 설정한다[5]. 이 물음은 그의

---

5) 이 존재물음은 하이데거의 유일한 주제라고 할 수 있으며, 나아가, 그 자신이 말하듯, '철학의 유일한 주제'라고 할 수 있다(GA24 15).

한평생에 걸친 과제가 되며, 그는 여러 변천을 거치면서도 끝까지 이 외길을 걸어가게 된다. 존재란 구엇인가? 그에 따르면, 이 존재물음은 '임의적인 것이 아닌'(SuZ 2) '하나의 두드러진'(SuZ 5) '하나의 또는 바로 그 기초적 물음'(SuZ 5) '가장 원리적이고 가장 구체적인 물음'(SuZ 9)으로 서, '필연성'과 특별한 '구조'와 '우위'를 지닌 것으로 해명된다. 『존재와 시간』에서 우리가 접하게 되는 하이데거의 시대비판은 어디까지나 이 근본물음과 연관되어 있다. 즉 이 물음 자체가 그토록 중요한 것임에도 불구하고, 이 물음에 대한 대답이 주어지지 않고 있다는 것이, 아니 그 이전에 그 물음조차도 제대로 물어지지 않고 있다는 것이, 이 시대를 바라보는 그의 기본 시각인 것이다. "존재에 대한 물음은 오늘날6) 망각 속에 빠져 있다"(SuZ 2)는 그의 말이 이 시각을 대표하고 있다. 이 '존재망 각', 그의 시대규정, 시대비판의 단초라고 할 수 있는 이 상황은 구체적으 로 어떻게 전개되고 있는가.

존재망각의 역사와 현실

『존재와 시간』 제1절에서 하이데거는 다음과 같은 견해를 피력한다. 즉 이 존재물음이 플라톤과 아리스토텔레스이래 대단히 중요한 철학적 문제였으며, 그 이후 다양한 변천과 덧칠을 거치면서 헤겔에 이르기까 지 오래도록 진부한 것이 되고 말았으며, 현대에 와서 '형이상학'을 다시 수긍하려는 경향이 있기는 하지만, 그럼에도 사람들은 존재문제를 새로 불붙이려는 노력을 안 해도 되는 것으로 간주하고 있다. 뿐만 아니라, 존재해석에 대한 그리스적 단초의 기반 위에서 하나의 도그마가 형성되

---

6) 이 말에서 우리는 그의 관련된 논의들이 '시대'의 비판이라는 근거를 발견한다.

었다는 것, 즉 이 물음이 쓸데없는 것이라고 설명될 뿐 아니라, 이 물음
을 소홀히 해도 좋다는 그런 도그마가 형성되었으며, 그 결과 존재가
하나의 명명백백한 자명성으로 되었으며, 더욱이 아직도 그것에 대해
묻는 사람은 하나의 방법적 오류를 범하는 것으로 책망 당하게 된다고,
그리고 이런 선입견들은 끊임없이 새롭게 존재에 대한 물음의 불필요성
을 심어주고 육성한다고 하는 견해를 피력한다. 결론적으로 그는 "존재
에 대한 물음에는 아직 대답이 없을 뿐 아니라, 물음 자체까지도 불분명
해서 방향을 잡지 못하고 있다"(SuZ 4), "만족할만한 물음제기가 일반적
으로 결여되어 있다"(SuZ 9), "존재의 의미에 대한 물음이 해결되지 않았
을 뿐 아니라 충분하게 제기되지도 않았으며, '형이상학'에 대한 모든
관심에도 불구하고 망각 속에 빠져 있다"(SuZ 21)고 정리한다. 여기서 결
정적으로 중요한 세 가지가 드러난다. 즉 '그 물음(존재물음)의 유래의
특출함', '충분한 문제설정의 결핍', '한 특정한 대답의 결여'(SuZ 9)가 바
로 그것이다. 『존재와 시간』에서부터 시작되는 하이데거의 시대비판은
모두 이 세 가지 근본 사태에 기초하고 있다.

존재의 문제성과 물음부재의 곤경

이상과 같은 기본관점은, 폰 헤르만에 의해 하이데거의 '제2주저'[7])로
평가되고 있는 『철학에의 기여』[이하 『기여』로 줄임]에서도 확인된다.
비록 『존재와 시간』의 구체적 논술이 현존재분석이라고 하는 현상학적
-해석학적-초월론적-지평적-기초존재론적 시각에서 이루어지고, 『기
여』의 구체적 논술이 존재 자체의 부름에 대한 응답이라고 하는 존재사

---

7) Friedrich-Wilhelm von Herrmann, *Wege ins Ereignis*, Vittorio Klostermann, S. 6.

적-발현적-사유적 시각에서 이루어지는 차이[8]는 있다고 하더라도, 시대의 문제적 상태를 바라보는 그의 존재론적 관점은 일관되고 있다. 이러한 확인은 『기여』가 그 이후에 전개되는 하이데거의 전체 후기사유를 결정짓는 '후기사유의 원천'이라는 점에서 무시할 수 없는 무게를 지닌다. 더욱이 『기여』에서는 이 문제에 대한 주제화가 좀더 적극적으로 첨예화되어 있다. 그 집중적인 논의를 우리는 그가 제시하는 여섯 개의 마디(Fügungen) 중 첫째 마디 '울림'에서 만날 수 있다. 그러나 그 기본입장은 이미 서론부인 제1장 '미리보기'에서 나타나고 있다. 이하에서 그것을 구체적으로 확인해 보기로 하자.

존재의 '문제성'에 대해 (그리고 그에 말미암는 철학의 존엄에 대해) 하이데거는 그 제1절에서 이미 갈하고 있다: "이 진정으로 문제적인 것을 평가함에 있어서 철학은 그 궁극적이그 필연적인 고유의 존엄을 지닌다"(BzP 5). 그리고 제4절에서는 이에 대한 물음의 부재와 물음제기의 필요성이 지적되고 있다: "모든 것에 관한 완전한 물음부재의 시대에는 모든 물음 중의 물음인 그 물음을 비로소 한번 묻는 것이 필요하다"(BzP 11). 이것이 말하자면 그의 시대규정인 셈이다. '완전한 물음부재의 시대'[9]라고 하는 이러한 시대규정은 『기여』의 전체에, 그리고 그 이후의 전 후기사유에, 지배되는 것으로서 도처에서 발견되고 있다. 여기서 이 '진정으로 문제적인 것'이 '존재의 문제성'(BzP 5, 156)이며, 완전한 물음부재가 '존재의 의미에 대한 물음'(BzP11)의 부재인 것은 말할 것도 없다: "'존재의 의미'에 대한 물음이 모든 물음 중의 물음이다".[10] 『존재와 시간』과 비

8) 이는 변화라기보다는 내재적 변천으로 이해하는 것이 옳다.
9) 이 말 또한 관련된 논의들을 '시대비판'으로 규정하는 우리의 정식화를 뒷받침한다.
10) 여기서 존재가 y으로 표기되고 있으며 이로써 하이데거가 존재의 현성적 성격을 의미하

교해 볼 때, 기여에서 한 가지 특징적인 것은 그가 이 물음에 대한 물음 부재(인간의 존재망각)의 근저에 또다시 그 '근거'(BzP 114)로서 존재자의 '존재이탈(Seynsverlassenheit)'이라는 것을 지적하고, 그것을 '곤경부재성'이라는 '곤경'으로, 그 점에서 '최고의 곤경'으로 규정하고 있다는 것이다(BzP 107). 그렇다면 '존재이탈'이란 어떠한 상태를 말하는가. 그것은 "존재가 존재자를 떠난다는 것, 존재자가 그것 자체에 맡겨진다는 것, 그리고 그렇게 해서 제작성의 대상으로 되어버린다는 것"(BzP 111)이다. 그 "존재이탈에는 존재망각과 진리의 와해가 속한다"(BzP 113)고 그는 말한다. 여기서 존재이탈의 구체적 징표로서 거론되는 '제작성'에 관해서는 뒤에서 자세히 살펴볼 필요가 있으므로 여기서는 그러하다는 사실만을 일단 언급해 두기로 한다.

이상 우리는 하이데거의 시대비판의 근저에 놓여 있는 존재론적인 관점을 확인해 보았다. 이로써 하이데거가 무엇을 왜 비판하고자 하는지가 확보된 셈이다. 이제 각론에 들어가 그 시대비판을 구체적으로 뒤밟아 보기로 하자.

전통 형이상학의 비판—시대비판의 기초로서

하이데거철학의 이해를 위해, 그리고 그를 통한 우리 시대의 이해를 위해 우리가 설정한 '왜의 물음', 그 물음에 관련된 하나의 가능적인 해답을 우리는 먼저 '형이상학' 특히 그 역사에 대한 비판이라는 형태로 발견할 수 있다. (단 여기서 그의 비판의 대상이 되는 형이상학은 '전통 형

고 있다는 것, 여기서 일종의 내적 변천이 엿보인다는 것을 우리는 충분히 주의해야만 한다.

이상학'이며, 그 자신이 『형이상학이란 무엇인가』 등에서 직접 수행하고자 했던 초월(넘어섬)로서의 '본래적 형이상학'과는 엄격히 구별되어야 한다.) 그것은 무엇보다도 먼저 '존재론의 역사의 해체'라는 형태로 구체화되어 수행된다. 존재론의 역사는 그 자체로서 우리의 '시대'는 아니지만, 이 시대의 배경 내지 기초를 이루고 있다는 점에서, 그리고 이 주제가 우리가 설정한 '왜-물음'의 중요한 한 기본축을 이루고 있다는 점에서, 이것을 완전히 무시하고 넘어갈 수는 없다. 더욱이 우리가 시대라는 것을, 하이데거가 말하듯 "완전한 물음부재의 시대, 즉 그 시기가 간(間)시간적으로 현대적인 것을 넘어서 멀리 거슬러 그리고 멀리 앞으로 뻗는 그러한 시대"(BzP 108)로서 이해한다면, 전통비판 역시 하나의 시대비판이 될 수도 있을 것이다. 단 이 주제는 서양 형이상학의 전 역사를 그 사정거리 안에 두는 방대한 주제이며 기본적으로는 우리의 '시대'를 넘어가는 것이므로 그 전체를 충분히 만족스럽게 논할 수는 없다. 따라서 여기서는 『존재와 시간』의 제6절을 중심으로 그 기본윤곽이 드러날 정도로만 간략히 정리해 보기로 한다. (보다 자세하고 적극적인 논의를 우리는 『기여』 83절, 85절, 『강연 및 논문집』에 수록된 「형이상학의 극복」 등에서 접할 수 있다.)

주지하는 대로 하이데거는 『존재와 시간』의 제6절에서 '존저론의 역사의 해체'라고 하는 것을, '존재일반의 의미의 해석을 위한 지평을 트는 것으로서의 현존재의 존재론적 분석론'과 더불어 '존재물음의 완성에 있어서의 이중과제' 중의 하나로서 제시하고 그 구상의 윤곽을 그려 보이고 있다. 여기서 그려진 계획은, 제8절에 제시된 당초의 계획에 따르면, 제2부에서 구체적으로 수행될 예정이었다. 그러나 양대 과제 중의 하나인 '현존재의 존재론적 분석론'이 상세히 수행된 데 비해, 이 두 번째의 과제는 제1부 제3편 '시간과 존재'와 더불어 실종되고 말았다. 그러나 『존재와 시간』 이후 전개된 그의 작업, 예컨대 『현상학의 근본문제들』, 『칸트와 형이상학의 문제』 그리고 기타 저술의 여러 군데에서 그가 '실제로' 역사적 전통과의 진지한 대결을 시도하고 있는 이상, 이 작업 자체가 하이데거철학의 전개에서 차지하는 중요성은 결코 무시할 수 없다. 『존재와 시간』 제2부의 실종에도 불구하고, 우리는 제6절의 설명에서 그의 근본의도를 파악할 수 있으며, 그것은 '왜-물음'에 대해 의미있는 시사를 던져줄 수 있다. 그 근본의도를 살펴보기로 하자.

해체의 필요성

하이데거는 '존재론의 역사의 해체'를 시도하려 한다. 왜 이런 엄청난 계획을 그는 생각했을까? 그가 해체라고 말하고 있는 이상, 이 말은 존재론의 역사 자체가 해체되어야 할 그 무엇이라는 것을 뜻하며, 다시 말해 존재론의 역사 그 자체에 뭔가 '문제적인 상태'가 포함되어 있음을 그는 이미 전제하고 있다. 그 해체의 필요성을 그는 두 가지로 설명하고 있다. 하나는, "존재물음의 수행이 … 물음 자체의 역사를 물어야한다는 … 지시를 받아들이지 않으면 안 된다"(SuZ 20f)는 것이고, 또 하나는 "전통[존재론의 역사]은 그 전통이 '전수'하는 것을 우선 대개 접근할 수 있게 하기는커녕 도리어 **은폐**한다"(SuZ 21)고 하는 것이다. 이 두 가지가 가장 핵심적인 것이므로 우선 이것들을 조금 더 자세하게 살펴보기로 하자.

먼저, '존재물음이 물음 자체의 역사를 물어야 한다'는 것은, 이 물음을 묻는 현존재 자신이 '역사성'이라는 존재양식을 가지고 있기 때문이며, 존재물음 자체가 하나의 역사적 물음이기 때문이라는 것이 하이데거의 시각이다. 그에 따르면, 모든 연구, 특히 중심적 존재물음의 범위 안에서 움직이고 있는 물음은, '현존재의 한 존재적 가능성'이며, 현존재의 존재는 '시간성' 속에 그 의미가 있다고 지적된다. 이 '시간성'이라고 하는 것이 '현존재 자신의 시간적 존재양식'인 '역사성'을 가능케 하는 조건이라는 것이다. '역사성'은 '현존재 자신이 '생기'하는 존재틀'로서 이른바 '역사(세계사적 생기)'보다도 '앞서 있는' 것이다. 따라서 이 생기를 근거로 해서 '세계사'라든가 하는 것도 비로소 가능해지는 것이라고 그는 보고 있는 것이다. 좀더 구체적으로 말하자면, '역사성'이란 '현존재가 이미 있었던 대로 또 있었건 그 '무엇'으로, 그때마다 자기의 현실적 존재 속에 있다'고 하는 것, '현존재는 자기의 존재방식에 있어서 그의 과거'이다"라고 하는 것을 가리킨다. 현존재 자신의 이러한 근본적인 존재양식으로 말미암아 현존재는 '자기의 그때그때의 존재방식에 있어서, 따라서 그에게 속하는 존재이해를 가지고, 전승적 현존재 해석 속으로 성장해 가고 또 그 안에서 성장하고 있다'고 하이데거는 지적한다. '이러한 전승적 현존재 해석에 의거해서, 현존재는 우선적으로 또 어떤 범위 안에 있어서는 끊임없이 자신을 이해하고 있다'는 것, '이 이해가 현존재의 존재의 가능성을 개시하고 규제한다'는 것, 바로 이 사실(즉 전통의 지배)을 하이데거는 주목하고 있는 것이다. 그러니까 현존재의 존재이해는 근원적으로 전승적 해석에 영향받고 있으며 결코 그로부터 자유로울 수가 없다는 것이다. 바로 이러한 사정으로 말미암아 존재물음은 그 물음 자체의 역사를 물어야 된다고 하이데거는 생각하는 것이다. 이렇게 될 때 비로소 '존재물음의 수행은 과거를 적극적으로 자신의 것으로 획득해서 가장 독자적인 물음 가능성들을 완전히 소유하게 된다'고 하이데거는 본다(SuZ 19 이하 참조). 존재물음 자체를 위해 그 물음 자신의 역사가 통찰되어야 하는 소이가 여기에 있다.

다음으로, 전통이 그 전수하는 내용을 은폐한다는 것은 어떤 뜻인가. 그것은 무엇보다도 '전통이 현존재로부터 그의 독자적인 주도권, 물음 및 선택을 박탈한다'(SuZ 21)는 것을 뜻한다. 그 이유는 우선 무엇보다도 '전통이 전래된 것을 자명한 것으로 받아들이기 때문'이라고 그는 설명한다. 그렇기 때문에 전통은 '근원적 '원천', 즉 전승적 범주들과 개념들이 부분적으로는 진정한 방식으로 거기에서 나온 그 근원적 '원천'으로 가는 통로를 막아 버린다'는 것이다. 그 결과를 하이데거는 다음과 같이 서술한다. 즉 '전통은 그러한 유래를 일반적으로 잊어버리게 한다. 전통은 원천으로의 그런 귀환의 필요성을 이해하는 것조차 불필요하게 만든다. 이와 같이 전통은 현존재의 역사성을 광범위하게 근절하기 때문에 현존재는 가장 멀고 낯선 문화 속에 있는 철학적 사색의 가능한 여러 유형, 방향 및 관점들의 다양한 형태들에 대한 관심에만 머물고, 오히려 이런 관심을 가지고 자신의 무지반성(無地盤性)을 은폐시키고자 한다. 그 결과 현존재는 역사학적 관심과 문헌학상 '사상적(事象的)' 해석에 대한 온갖 열정에도 불구하고, 과거를 생산적으로 자기 것으로 한다는 의미에서 적극적으로 과거로 귀환하는 것을 가능하게 한다는 가장 기본적 조건을 더 이상 이해하지 못하게 되었다'는 것이다. 간단히 정리하자면 전통이 그가 말하는 이른바 '존재망각'을 조장한다는 것이다. 이렇게 되는 데는 하나의 근본적인 사정이 가로놓여 있다. 그것은 즉 '현존재는 그가 존재하는 자기 세계에 퇴락해서 그 세계에 비추어 자신을 해석하는 경향을 가지고 있을 뿐 아니라, 이와 함께 다소간 명시적으로 포착된 전통에도 퇴락하고 있다'는 것이다. 이러한 사정들을 고려해 볼 때 그 은밀한 은폐를 벗겨낸다는 뜻의 생산적인 해체가 필연적으로 요구된다는 것이 하이데거의 생각인 것이다(SuZ 21 참조).

해체의 의미

그렇다면 이 해체는 구체적으로 어떠한 해체인가. 그에 따르면, '해체'는 '경직된 전통을 풀고 그 전통이 성숙시킨 은폐를 해체하는 것'이며, '존재물음을 실마리로 해서 수행되는 근원적 경험, 즉 그 속에서 최초이자 그 뒤로도 계속해서 주도적인 존재규정들이 획득된 그 근원적 경험을 향해 고대 존재론의 전승적 존립을 해체하는 것'(SuZ 22)이다. 여기서 하이데거는 전통의 경직성 내지 은폐라는 것과 근원적 경험이라는 것을 대치시키고 있음을 알 수 있다. 그가 의도하는 해체란 바로 이 후자를 위해 전자를 해체한다는 말이다. 이것을 그는 '존재론적 기초개념들의 유래를 증명하는 것', '그 개념들 자신을 위해 그 '출생증명서'를 조사해서 제시하는 것'(SuZ 22)이라고 성격지우기도 한다. 하이데거에게는 근원에로의 소급이라고 하는 이러한 근본 경향이 강하게 지배되고 있음을 우리는 충분히 주의해야 한다. 그가 생각하는 해체는 바로 이러한 성격을 가지고 있기 때문에, 해체라는 표현이 주는 외면적인 인상과는 달리, 그것은 '적극적인 의도를 가지고 있다'(SuZ 23)고 인정되어야 한다. 따라서 해체는 '존재론적 전통을 떨쳐버린다는 부정적 의미를 가지고 있지 않'으며(SuZ 22), '과거에 대해 부정적 태도를 취하는 것이 아니'며(SuZ 22), '과거를 허무 속에 매장하려 하지 않는' 것이다(SuZ 23). 그가 생각하는 해체는 어디까지나 '전통적 존재론의 적극적 가능성에, 다시 말하면, 그때그때의 문제제기 및 이 문제제기로부터 밑그림 그려진 가능한 연구 분야의 한계설정과 함께 사실상 주어져 있었던 전통적 존재론의 한계에 말뚝을 박는 것'(SuZ 22), 다시 말해 '존재론의 역사의 지배적 취급양식'(SuZ 22f)을 '비판'하는 것(SuZ 22), 이것에 다름 아닌 것이다.

해체의 구체적 대상

그렇다면 하이데거는 이러한 해체를 구체적으로 어떻게 수행해 나가고자 하는가. 해체가 전통에 대한 비판인 한, 그 전통 속의 구체적 대상이 일단 설정되어야만 할 것이다. 하이데거는 그 범위를 몇몇 대표적인 철학자들에 한정하고 있다. 즉 그의 해체는 '데카르트의 세계론, 칸트의 도식론, 아리스토텔레스·헤겔·베르그송의 시간론'에 대해서 우선적으로 시행되는 것이다. 왜냐하면 바로 이것들이 '존재론의 역사를 원칙적으로 결정하고 있는 정거장들'(SuZ 23)이라고 그는 평가하기 때문이다.

먼저, 해체되어야 할 그 전통의 대략적인 개요를 우선 확보해 둘 필요가 있다. 하이데거에 따르면, 그리스의 존재론과 그 역사는 현존재가 자기 자신과 존재 일반을 '세계'에 의거해서 이해하고 있다는 증거이며, 그러한 것으로서, 다양한 계통과 우여곡절을 거쳐 오늘날까지도 여전히 철학의 개념성을 규정하고 있다. 뿐만 아니라 그렇게 성장한 존재론이 이윽고 전통으로 화하여 그 존재론을 자명한 것으로 하락시켰고, 단순히 새롭게 가공되어야 할 소재로 격하시켰다고 그는 보는 것이다(SuZ 21, 22). 구체적으로 말하자면, 뿌리 뽑힌 그리스의 존재론이 중세에서 확고부동한 교의가 되었고 도중에 스콜라적 각인을 받아 수아레즈의 『형이상학 토론집』을 거쳐 근세의 '형이상학'과 초월론 철학으로 이행하여, 헤겔의 『논리학』의 기초와 목표를 규정한다는 것이다. 이러한 진행과정에서 하이데거가 특별히 주목하는 것은, '특정한 두드러진 존재구역이 주목되고 그 구역들(데카르트의 에고 코기토, 주관, 자아, 이성, 정신, 인격)이 계속해서 일차적으로 문제성을 주도했다'는 것이다. 그리고 그 결과 '존재구역들은 존재물음의 일관된 태만과 일치하여 존재와 그 구역들의 존재구조에 관해서 아무런 물음도 제기되지 않고 있다'고 하는 것이다. 그리하여 '전통적 존재론의 범주적 실상은 적당히 정식화되거나 단지 소극적으로 제한되어서 이 존재자의 해석에 전용되든가, 아니면 주관의 실체성을 존재론적으로 해석하려는 의도하에 변증법에 도움을 요청하게 된다'는 것이다. 전통은 이와 같은 문제들을 안고 있다고 하는 것이 전통을 바라보는 하이데거의 일차적인 평가인 것이다(SuZ 22 참조).

그러면 그는 구체적으로 어떠한 시각으로 이 문제들에 접근해 들어가는가. 무릇 무언가를 비판하기 위해서는 비판하는 자의 자기 나름의 기준이 먼저 마련되어 있지 않으면 안 된다. 해체를 수행하고자 하는 하이데거에게도 이러한 기준은 당연히 있다. 그것은 즉 '존재론의 역사의 경과 속에서 도대체 존재의 해석이 시간현상과 주제적으로 결부되었는가 어떤가, 그리고 어느 정도까지 결부되었는가, 이를 위해 필요한 존재시간성의 문제는 원칙적으로 제시되었으며 제시될 수 있는가?'(SuZ 23)하는 것이다. 이러한 잣대는 '존재이해 일반의 가능한 지평'이 다름아닌 '시간'(SuZ 1, 및 제5절 참조)이라고 하는 하이데거의 근본적인 통찰을 반영하고 있다. 그렇다면 이러한 잣대로 재어볼 때, 위에서 언급된 전통들은 어떻게 재단되어 나가는가.

먼저 고대 존재론의 경우. 하이데거의 지적에 따르면, 고대 그리스의 존재해석은 몇 가지 점에서 그 공로가 인정된다. 우선 파르메니데스가, 어떤 사물적 존재자를 그 순수한 사물적 존재성에 있어서 단적으로 지각하는 것인 레게인 자체 또는 노에인을 존재해석의 실마리로 삼았다는 것, 그리고 플라톤이, 말을 걸고 담론하는 가운데 만나는 존재자의 존재구조를 획득하는 실마리로서 레게인(말하다)을 주목하여 '변증법'이라고 하는 형태의 고대 존재론을 형성하였다는 것, 그렇게 하여 존재문제를 보다 근본적으로 파악할 가능성이 생기게 되었다는 것, 그리고 아리스 토텔레스가, 레게인 자체 또는 노에인이 어떤 것을 순수하게 '현전화한 다'는 존재시간 구조를 가지고 있다는 것에 주목함으로써, 다시 말해 존재자를 '현-재'를 고려하여 '임재성'으로 해석함으로써, 변증법을 더 근본적인 지반 위에 놓고 그것을 지양하였다는 것, 이런 점들을 그는 일단 평가하는 것이다(SuZ 25f 참조). 그러나 하이데거는 이러한 고대 존재론의 맹점을 분명히 지적한다. 그 기반이 빈약했다는 것이다. 즉 '이 그리스적 존재해석은 그 해석에서 기능하는 실마리에 대한 분명한 지식도, 시간의 기초적 존재론적 역할에 대한 앎이나 더구나 이해도, 이 역할의 가능성의 근거에 대한 통찰도 없이 수행되었다'는 것이다. 뿐만 아니라, '시간 자체는 다른 존재자들 가운데 있는 하나의 존재자로 간주되고 따라서 불분명하고 소박하게 시간에 정향된 존재이해를 지평으로 해서, 시간 자체를 시간의 존재구조 속에서 파악하려고 시도하였다'고 그는 꼬집는 것이다(SuZ 26 참조).

다음 중세 존재론의 경우. 하이데거는 뿌리뽑힌 그리스의 존재론이 중세에서 '확고부동한 교의가 된다'고 비판한다. '존재론의 체계성은 전승된 단편들을 하나의 구조로 꿰어 맞추는 것과는 전혀 다른 것이다. 존재에 대한 그리스의 기본적 견해를 교의적으로 수용하는 한계 안에서는 이 체계성에 아직 미해결적이며 앞으로도 계속 이루어져야 할 매우 많은 작업들이 있다'는 것이 중세 존재론에 대한 그의 평가인 것이다(SuZ 22).

　다음 데카르트의 경우. 하이데거는 그가 내세운 '근본적' 단초, 즉 '코기토 숨'을 가지고 철학에 하나의 새롭고 확고한 지반을 제공하려 했다는 것을 일단 평가한다(SuZ 24). 그러나 하이데거는 데카르트가 '레스 코기탄스(생각하는 사물)의 존재양식, 더 정확하게는 '숨(나는 생각한다)'의 존재의미'를 '무규정적으로 방치'했다고 비판한다. 데카르트는 중세 스콜라 철학에 '의존'해 있고 그 술어를 사용하고 있다는 것, '코기토 숨'의 존재론적 토대가 불분명하다는 것, 데카르트가 일반적으로 존재물음을 태만히 하지 않을 수 없었다는 것, 그가 코기토의 절대적 '확실성'을 가지고 이 존재자(생각하는 자)의 존재의미에 대한 물음에서 면제되었다고 생각하였다는 것. 이러한 점들을 하이데거는 비판하고자 하는 것이다. 단 하이데거는 데카르트가 존재의미의 물음에 전적으로 태만했던 것은 아니라고 주의한다. 즉 데카르트는 그의 『성찰』에서 '레스 코기탄스-정신-마음'을 고찰하면서, 중세의 존재론을 준용하여, 이것을 존재론적으로 '엔스(존재자)로 규정하였고, 이렇게 함으로써 '엔스 크레아툼(피조물)으로서의 엔스'라는 '존재의미'가 살려졌다는 점을 평가한다. '무엇으로부터 산출되었다는 가장 넓은 의미에서의 피조성', '고대의 존재개념의 본질적 구조계기'이기도 했던 이 '피조성'이라는 존재의미가 데카르트에게서 발견된다는 것을 하이데거는 평가하는 것이다. 그러나 결과적으로 보면, 데카르트에 의한 사색의 새로운 시작이 숙명적인 편견을 심었고, 이 편견을 근거로 '뒤 시대가 존재물음을 실마리로 하는 '심정'의 주제적 존재론적 분석론을 게을리하고, 동시에 그 분석론을 전승적 고대존재론과 비판적으로 대결시키는 것을 게을리하였다'고 하이데거는 아쉬움을 토로하는 것이다(SuZ 24, 25).

다음 칸트의 경우. 하이데거는 칸트가 '탐구의 길 위에서 존재시간 성이라는 차원의 방향으로 스스로 한 걸음 나아가고, 더욱이 현상 자 체의 강요에 의해 그 방향으로 떠밀려간 최초이자 유일한 사람'이라고 하여, 그의 기본적인 의의를 인정한다(SuZ 23). 이러한 시각에서 하이 데거는 칸트의 '도식론'과 그것에 의거한 '시간론'을 특히 주목한다. 왜냐하면 하이데거는 그가 밝히고자 하는 '존재시간성'이 "통속적 이 성'의 가장 비밀스런 판단'이라고 보고 있으며, 바로 이것에 관한 분석 론을 칸트가 '철학자들의 임무'라고 규정하고 있기 때문이다. 그러나 결과적으로 볼 때, 칸트는 '존재시간성의 문제에 대한 통찰을 거부한 채로 놓아 두었'으며, 그에게는 '이 영역이 그 본래의 여러 차원과 중 심적 존재론적 기능에 있어서 은폐된 채로 남아 있'었으며, '회피'되었 다고 하이데거는 비판한다. 그 이유 즉 존재시간성의 문제에 대한 통 찰을 방해한 이유를 하이데거는 두 가지로 설명한다. 첫째는, '존재물 음 일반의 태만 및 이와 관련해서 현존재를 주제로 하는 존재론의 결 여, 칸트적으로 말하면, 주관의 주관성에 대한 선행적인 존재론적 분 석론의 결여'이다. 칸트는 모든 본질적 전진에도 불구하고, 데카르트 의 입장을 독단적으로 계승하고 있다고 하이데거는 보는 것이다. 그 리고 둘째는, '이 현상[시간]을 주관에로 복귀시켰음에도 불구하고, 그 의 시간분석이 전승적 통속적 시간이해에 정향된 채로 머물러 있어서, 이것이 결국 칸트로 하여금 '초월론적 시간규정'이라는 현상을 그 고 유한 구조와 기능에 있어서 천착하지 못하도록 방해하였다'는 것이다. 전통의 이 두 가지 영향의 결과로, '시간'과 '나는 생각한다' 사이의 결 정적 연관이 완전히 어둠에 싸이게 되고, 문제로 되지도 못했다는 것 이 하이데거의 판단인 것이다. 뿐만 아니라 하이데거는 칸트가 데카르트의 존재론적 입장을 계승함으로써, '현존재의 존재론'에 대한 '태만'도 함께 지니고 있음을 또한 비판한다. 그러한 태만은 '본질적'이고도 '결정적'인 태만이라고 하는 것이 칸트를 바라보는 하이데거의 비판적인 시각인 것이다(SuZ 23, 24 참조).

이상과 같은 해체의 구체적인 수행은 하이데거의 다른 여러 글들에서 다양한 형태로 이루어져나가고 있으며, 따라서 그것들에 대한 종합적이고도 통일적인 정리 이해작업이 하이데거 이해를 위해서는 반드시 필요하고 또한 중요하다. 왜냐하면 "존재론적 전승의 해체를 일관되게 실행하는 가운데 비로소 존재물음이 진실로 구체화된다"(SuZ 26)고 하이데거 자신 강조하고 있기 때문이다. 이것을 통해 하이데거는 존재의 의미에 대한 물음이 왜 불가피한지, 왜 그것을 반복할 필요가 있는지를 명백히 하려는 것이다. 해체의 궁극적인 지향점이 결국 존재란 무엇인가 하는 저 물음에 대한 이해라고 하는 것은 말할 것도 없다.

근대 학문의 비판, 학문의 본질과 한계

그러나 넓은 의미에서의 존재망각의 장이 존재론의 역사 그 자체만은 아니다. 하이데거의 사유 전반에 걸쳐 우리는 이른바 학문(구치적으로는 근대 학문 즉 고대의 에피스테메 및 중세의 도그마와 근본적으로 구별되는 근대의 실증적 학문)[11]에 대한 그의 비판적인 시각을 발견할 수 있다. "학문은 사유하지 않는다"(VuA 127), "학문의 뿌리는 그 본질근거에 있어서 말라 죽고 말았다"(WiM 25/GA9 104)는 말에서 이러한 시각은 결정적으로 나타난다. 학문은 우리시대에 있어서 가치 무소불능인 듯한 인상마저 주고

---

11) 『기여』 145쪽, 『강연 논문집』 42쪽 이하 참조. 이 점에서 학문은 본질적으로 근대적이다.

있는데, 아니 적어도 우리가 열심히 연마해야 할 긍정적인 어떤 것으로
서 전제되고 있다고 보아도 좋을 텐데, 왜 하이데거는 이 학문을 비판적
으로 주제화하는가. 그 배경을, 그리고 그것이 구체적으로 어떻게 수행
되고 있는지를 살펴보기로 하자.

하이데거의 학문론은 존재문제의 우위를 드러내려는『존재와 시간』
제3절의 맥락에서 그것을 통해 우위를 부각시키기 위한 대비의 형태로,
즉 '구별 내지 경계설정'[12]이라는 형태로; 구체화되어 전개되기 시작한
다. 그 논의의 성격은 아직 적극적인 비판이라고 할 수는 없다. 그러나
경계설정이라고 하는 이 논의자체가, 그리고 그에 대한 거리유지가, 넓
은 의미에서의 비판적인 시각을 이미 전제하고 있다. 단, 폰 헤르만이
지적하고 있듯이, "근대 학문의 본질에 대한 물음이…『철학에의 기여』
에서 완성된 시선 안에서 전개 된다"[13]고 볼 때, 학문에 대한『존재와
시간』에서의 논의는 그것을 위한 '선사유'로 성격지을 수 있을 것이다.
하여간 학문에 대한 하이데거의 이런 비판적인 견해는 학문이 이 시대
를 결정짓는 중요한 한 요소라는 점에서, 그리고 그것이『존재와 시간』
이후 본격적인 주제로서 그의 관심을 이끈다는 점에서, 적지 않은 의미
를 갖는다. 그런데 학문일반에 대한 그의 비판을 그 자신의 의도에 맞게
제대로 이해하기 위해서는 먼저 그가 학문의 본질을 어떻게 파악하고
있는지부터 살펴볼 필요가 있다.

그는 '학문'을 근본적으로 '인간의 태도', '(인간이라는) 이 존재자의 존
재양식'(SuZ 11), '현존재의 존재방식'(SuZ 13)으로 이해하고 있다. 그렇기
때문에 '학문일반은 참된 명제들의 한 정초연관의 전체로서 규정될 수

---

12) 참고로 형이상학에 대한 비판은 '해체 내지 극복'이라는 형태로 수행되었다.

13) F.-W. von Herrmann, *Wege ins Ereignis*, Frankfurt a. M., S. 24.

있다'라고 하는 일반적인 정의는 완전하지도 않으며 학문을 그 의미에 있어서 적중시키지도 못한다고 제한한다(SuZ 11). 뿐만 아니라 "학문적 탐구는 이 존재자의 유일한 가능적 존재양식도 아니며 가장 가까운 가능적 존재양식도 아니다"라는 점에서도 제한이 두어진다.

이러한 이해는 좀더 구체적인 설명을 요한다. 위의 학문규정에서 우리는 하이데거가 학문을 현존재와의 관련에서, 즉 현존재의 존재방식 내지 존재양식으로서 생각하고 있다는 것을 확인할 수 있다. 여기서 주의해야 할 것은 하이데거가 학문을 현존재분석의 맥락에서 언급하고 있다는 것이다. 바로 이 점에 충분한 주의를 해야만 우리는 그가 왜 일반적으로 유포된 학문의 '논리적' 규정을 거부하는지, 그리고 그 대신 학문을 '실존의 방식'으로서 이해하고, 따라서 '존재자 또는 존재를 발견하거나 개시하는 세계-내-존재의 양상'으로서 이해(SuZ 357)하는지를 올바로 이해할 수 있다. 여기서 하이데거는 이미 '학문의 원천'을 건드리고 있다. 즉 그 원천이 '현존재의 존재기구'(SuZ 392)에 놓여 있다는 것이다. 좀더 구체적으로 말하자면, '존재자와 그 존재에 대한 학문적 탐구의 원천' 내지 '학문의 실존론적 기원'(SuZ 171)은 인간의 존재에 본질적으로 놓여 있는 '봄의 관심'에 있다는 것이다. 이러한 의미에서 그는 말한다: "학문의 실존론적 발생의 제시는, 이런 '본다'의 우위에 따라, '실천적' 배려를 선도하는 배시(配'視')를 성격 짓는 데서 착수되지 않으면 안 된다"(SuZ 358).

여기서 중요한 것은 그가 학문을 곱게 보지 않는다는 것이다. 왜 그런가? "학문적 탐구는 사태영역의 설정과 그 최초의 확정을 소박하고 거칠게 수행한다"(SuZ 9)는 것이 첫 번째 이유로서 눈에 띈다. 하이데거에 따르면, 학문은 각각의 존재구역에 상응하는 특정한 사태영역(예컨대 역사, 자연, 공간 생명, 현존재, 언어 등)을 대상으로 삼는 그런 주제화에서 성립한다(SuZ 76절). 학문적 탐구는 바로 그러한 사태영역을 열고 경계를 설정하고 하는 데서 성립되는데 그러한 것이 우선 '소박하고 거칠다'는 것이다. 이 사실은 이미 학문의 한계를 지적하는 것이며 또한 학문과 존재물음과의 구별을 시사하는 것이다. 학문은 존재물음과 구별된다. 왜냐하면 학문은 '존재적'이며 존재물음은 '존재론적'이기 때문이다. 존재적인 학문은 존재자를 그러그러한 것으로서 철저히 탐구하는 것으로서 존재에 대해 특별하게 묻는 존재론적인 존재물음과는 구별되는 것이다. 이러한 점에서 존재물음은 학문에 대해 '우위'를 가지며 '보다 근원적'이며(SuZ 11) 존재적인 학문들보다 '선행하며' 그리고 그것을 '기초지운다'(SuZ 11). 존재론적인 존재물음의 우위는 이미 존재적인 학문의 한계를 지시하며, 그로써 다음과 같은 사실을 말하고자 한다. 즉 학문이 만일 존재의 의미를 미리 충분히 밝히지 않았다면 그것은 근본에 있어서 '맹목적'이라는 것이다. 이것이 말하자면 학문에 대한 하이데거의 비판적인 주제화의 근거인 것이다.

개별학문에 대한 비판

그러면 하이데거는 어떻게 개별 학문들에 대한 구체적인 비판을 수행하는가? 먼저 『존재와 시간』 제10절에서 현존재분석과의 대비에서 '인간학'과 '심리학'과 '생물학'이 비판된다. 이 비판은, 그 자신이 행하려는 '현존재분석'과 '일견 그것과 병행하는 듯한 연구들'과의 '경계설정'(SuZ 41)을 단행하고, 그것을 통해 그 자신이 행하려는 현존재분석의 '필연성'을 증시하고자 하는 맥락에서 수행된다. 이러한 시각의 기초에는 "현존재의 실존론적 분석론이 모든 심리학, 인간학 및 더욱이 생물학에 앞서

있다"(SuZ 45)고 하는 그의 기본통찰이 가로놓여 있다. 여기서 '앞서 있
다'(liegt vor)는 것은 무엇을 의미하는가. 그것은 이 학문들에 '본래적이고
철학적인 문제가 결여되어 있다'(SuZ 45)는 것, 그리고 '우리들 자신인
이 존재자[인간]의 존재방식에 대한 물음에 대한 하나의 일의적이고 존
재론적으로 충분히 정초된 대답이 결여'(SuZ 50)되어 있다는 것을 염두에
두고 있다. 이러한 지적들은 물론 그 자신이 말하고 있는 대로 '원칙적으
로 존재론적인 물음 위에서'(SuZ 50) 행해지는 것이다. 그는 이 분야들이
"전혀 현존재를 지향하지 않았다"고 이해한다(GA2 61). 그는 또한 이것들
이 '학문론적'으로도 이미 '불충분'하다고 지적한다. 왜냐하면 이것들의
학문구조가 오늘날 철두철미 의심스럽고 존재론적 문제성으로부터 발
원해 나와야 할 새로운 자극을 필요로 하고 있기 때문이다(SuZ 45).

　데카르트, 딜타이, 베르그송, 셸러 및 후설에 대한 그의 구체적인 비
판도 이러한 관점에서 행해진다. 그 핵심은 인간에 관한(즉 코기토 숨, 생,
인격존재 등에 관한) 그들의 긍정적인 성과에도 불구하고 그것의 완전한
존재론적 해명을 '게을리했다'는 것이다. 그래서 그는 "우선 주어진 자아
와 주관의 단초가 현존자의 현상적인 존립을 근본에서부터 결여하고 있
다"(SuZ 46)고 말하며, "'삶' 자체가 하나의 존재방식으로서 존재론적으
로 문제되지 않았다", "그들[후설과 셸러]은 '인격존재' 자체에 대한 물음
을 더 이상 설정하지 않는다"(SuZ 47)고 말하는 것이다. 요는 '인간'이라
는 이 존재자를 어떻게 이해하느냐 하는 것이다. 그는 전통적 인간학의
인간규정을 두 가지로 요약한다. 첫째는, '인간은 이성적 동물이다'라는
것이고, 둘째는, 인간은 '신의 도상'이자 '유한적 존재'라는 것이다. 이
두 번째 인간 규정은 근대의 과정에서 탈신학화 되어 인간을 '초월'로서,
즉 '자신을 넘어서 나아가는 어떤 것'으로, '오성적 존재 이상의 것'(SuZ

49)으로 규정하지만, 그것도 기독교적 도그마에 그 뿌리를 두고 있다고 그는 진단한다. 그에 따르면 이러한 전통적 인간학의 두 가지 근원은 '인간'이라는 존재자의 본질규정에 관해, 그것의 존재에 대한 물음이 잊혀진 채로 있으며, 이 존재가 오히려 여타의 피조된 사물의 사물적 존재라는 의미에서 '자명한' 것으로 파악된다(SuZ 49)는 것을 보여주고 있다고 비판하는 것이다.

'심리학'에 대해서도 하이데거는 같은 관점에서 비판을 가한다. 즉 그것에는 '존재론적 기초의 결여'(SuZ 49)가 있다는 것이다.

'생물학' 또한 마찬가지다. 하이데거에 따르면 생물학은 '생명에 관한 학문'으로서 현존재의 존재론 안에 기초를 둔다(SuZ 50)고 이해되며, 이때 생명은 '하나의 고유한 존재양식'이라고 인정된다. 그러나 하이데거의 기본관점은 이 생명이 '본질상 현존재 안에서만 접근 가능하다'(SuZ 50)고 하는 것이다. 그것은 '순수한 사물적 존재도 아니며, 또한 현존재도 아니다'고 본다. 따라서 이러한 생명을 주제로 삼는 한, 그러한 주제화(생명의 존재론)는 '한 결성적인 해석의 길 위에서 수행된다'는 한계를 지니는 것이다. 다시 말해 그것은 "단지 살아 있기만 하는 것'으로 있을 수 있는 조건을 규정한다'는 것이다. 따라서 '현존재'를, '먼저 그것을 생명으로서 단초에 놓고―(존재론적으로 규정하지 않은 채) 그 위에 다른 어떤 것을 부가하는 것처럼 그렇게 존재론적으로 규정되어서는 안 된다'는 것이다.

이렇듯 인간학, 심리학, 생물학에 대한 하이데거의 비판에 있어 결정적인 점은 '현존재의 존재론적 기초'라고 할 수 있다. 바로 이것이 이들 학문분과에서는 '결여'되어 있다는 것이다.

『존재와 시간』 11절에서는 '미개적 현존재의 해석'에 대한 그의 견해가 목격된다. 여기서도 우리는 이상과 통하는 그의 입장을 확인할 수 있다. 즉 그는 이러한 작업이 '인간학을 통해 경험적으로 그 지식이 매개될 수 있는, 미개적 현존재 단계의 서술'이라고 이해한다. 이것이 '현존재의 일상성의 해석'과 혼동되어서는 안 된다고 하이데거는 포문을 연다. 물론 그는 일단 이것의 긍정적인 측면을 인정한다. 그러나 미개성을 다루는 '민족학'은 이미 인간 현존재 일반에 관한 특정한 선개념들과 해석들 속에서 움직이며, 그것이 도구로 사용하는 일상심리학, 학문적 심리학, 사회학들이 철저히 연구해야 할 대상들의 적절한 접근가능성, 해석, 전달을 위한 학문적 보증을 제공하고 있는지 단정할 수 없으며, '그 자체 이미 하나의 충분한 현존재의 분석론을 실마리로서 전제하고 있다'고 그는 말한다. 여기서 하이데거가 분명히 하고 있는 것은 '실증과학들은 철학의 존재론적 작업을 기다릴 수도 없고 또 기다려서도 안 된다'고 하는 것이다. 요는 앞서 지적된 다른 학문들과 마찬가지로 '존재적 탐구에 대한 존재론적 문제성의 형식적 한계지움'(SuZ 52)을 그는 말하고자 하는 것이다.

『존재와 시간』에서 하이데거는 현존재의 역사성과 대비하여 '역사학'에 대해서도 상당 부분 언급하고 있다. 학문으로서의 역사학에 대한 하이데거의 비판적인 근본테제는 아마도 "역사의 문제의 장소는 역사에 관한 학문으로서의 '역사학'에서 탐구되어서는 안 된다"(SuZ 375)는 것이다. 이 테제는, 하이데거가 역사학을 그 자신에 의해 의도된 '본래적으로 역사적인 존재자를 그 역사성에 입각해서 해석하는 것'(SuZ 10)과 엄밀하게 구별하며, 역사학이 존재론적으로는 '현존재의 역사성으로부터'(SuZ 392) 발생한다는 것을 이미 전제하고 있다. 하이데거에 따르면 역사학에 있어서는 "역사성이 원칙적으로 언제나 오직 학문의 대상으로서만 접근되며", "역사학에 의해 주제화되기 '이전'에 그 '근저'에 놓여 있는 역사라는 근본현상은 회복할 길이 없이 폐기되고 만다". 바로 이러한 점으로 해서 그는 역사학의 한계를 비판하는 것이다. 요컨대 『존재와 시간』에서 하이데거가 행하는 '학문으로서의 역사학의 실존론적 해석'은 '역사학이 존재론적으로는 현존재의 역사성에서 유래한다'는 것을 입증하고자 하는 것이다. 이 점에서 비로소 '일정한 한계들', 즉 '그 한계 안에서 현실적 학문활동에 정위한 학문론이 제판의 문제제기의 우연성에 몸을 맡겨도 무방한, 그런 한계들'이 획정될 수 있다고 그는 보는 것이다.

하이데거는 역사의 문제를 그 근원적 뿌리에서 해명하고자 했다. 그것이 존재론적(구체적으로는 기초존재론적) 입장에서 이루어진 것임은 새삼 말할 필요도 없다. 그렇게 할 때, 즉 역사의 문제를 그 근원적 뿌리로 끌고 가면 갈수록, '우리가 사용할 수 있는 범주적 수단의 빈곤과 일차적 존재론적 지평의 불확실성이 더욱더 절실해진다'고 그는 간파했다. 바로 이러한 '빈곤'과 '불확실성' 또는 '한계'가 학문으로서의 역사학에 대한 하이데거의 비판의 핵을 이루고 있다고 말할 수 있을 것이다.

이상의 개별 학문들에 대한 비판은 모두 다음과 같이 정리될 수 있다. 즉 그것들이 존재론적으로 충분한 현존재의 기초를 결여하고 있으며, 그럼에도 불구하고 현존재를 그것들의 대상으로서 인지하고는 있다는 것이다.

『존재와 시간』에서 또 한 가지 주목되는 것은 '<u>논리학</u>'에 대해 그가 비판적인 거리를 취하고 있다는 것이다. '논리학'을 '개별학문'으로 볼 수 있는가는 차지하고라도(그는 논리학을 '근본적으로는 학문에 선행해서 그것들을 이끄는 논리학'(SuZ 399)이라고 이해하고 있다), 그것이 아리스토텔레스이래 중요한 '기관'으로 긍정적 평가를 받아 왔다는 점을 생각해 보면 하이데거의 비판은 특이하다. 그는 논리학을 어떻게 평가하며 왜 그렇게 평가하는가. 단적으로, 그의 평가는 '부정적'이다. "절뚝거리며 뒤따라가는 '논리학'"(SuZ 10)이라는 표현이 단적으로 그의 시각의 일단을 보여준다. 이러한 평가를 우리는 『존재와 시간』의 문맥 속에서 손쉽게 파악할 수 있다. 구체적으로 그는 다음과 같이 지적한다. 다소 번잡하더라도 그 요지를 나열해 보자.

1) 우선 논리학은 고대 존재론에 기초를 두고 있으며, 그것에 의한 존재자의 규정양식인 '정의'가 존재에는 적용될 수 없다고 하는 것

2) 학문의 정초와 관련해서, 논리학은 그것과 달리 학문의 그때그때의 현황을 그 학문의 '방법'과 관련하여 연구할 뿐, 특정한 존재영역 속으로 앞질러 뛰어 들어가서 그것을 맨 먼저 그 존재틀에 있어서 개시하고, 획득된 구조를 실증과학으로 하여금 물음을 통찰하는 지침으로서 사용할 수 있게 하지 못하기 때문에 학문의 정초처럼 '생산적'이지 못하다고 하는 것(SuZ 10)

3) 논리학이 그 기초를 전제적 존재자의 매우 조잡한 존재론에 두고 있다는 것 그래서 '세인'의 현상을 이해하기 위해 아무 쓸모가 없으며, 그렇게 많이 개선되고 확장되었음에도, 원칙적으로는 더 유연해질 수가 없다는 것. 논리학을 이렇게 '정신과학'에 정위해서 개혁하는 것은 존재론적 혼란을 상승시킬 뿐이라는 것(SuZ 129)

4) 현존재의 가능존재와 관련하여, 그것이 논리적 가능성과 구별되며 논리적 가능성은 공허한 것이라는 것(SuZ 143)

5) '이해에 있어서의 순환'과 관련하여, 논리학의 기본적 규칙이 그것을 순환논증이라고 탓한다면 역사학적 해석의 작업은 엄밀한 인식

의 영역에서 아프리오리하게 추방되고 만다는 것(SuZ 152)

6) 진술의 현상과 관련하여, 논리학은 진술의 극단적 사례인 정언적 진술명제를 정상적 사례로 생각하며 그것을 모든 분석 이전에 이미 언제나 »논리적으로« 이해하고 있다는 것 [아마도 분석이 결여되어 있다는 것](SuZ 157)

7) λοΥος의 구조에 관한 인식과 관련하여, 명제적 '로서'의 현상이 논리학의 그 뒤의 역사에 영향을 미쳤으며, 아리스토텔레스의 경우, 분석적 물음을 더 밀고나가서, λοΥος의 구조 안에 있는 어떤 현상이, 도대체 모든 진술을 종합과 분할로서 특징짓도록 허용하고 요구하는가 하는 문제에까지 이르지는 못했다는 것

8) 판단과 관련하여, 논리계산적으로는 그것이 '등식(等式)'의 체계로 해소되고, 또 '계산'의 대상으로는 되지만, 존재론적 해석의 주제로는 되지 않는다는 것(SuZ 159)

9) λοΥος의 '논리학'이 현존재의 실존론적 분석론에 뿌리박고 있으며 그것은 진술이 해석과 이해에서 파생되었음을 증시(証示)함으로써 분명해진다는 것

10) 말의 제 형식과 제 요소의 근본구조의 해명과 관련하여, 그것이 λοΥος의 '논리학' 즉 진술로서의 로고스를 실마리로 수행되었다는 것

11) 문법학과 관련하여, 그것이 λοΥος의 '논리학' 속에 그 기초를 두고 있으며, 그것을 논리학에서부터 해방시키기 위해서는, 실존범주로서의 말 일반의 아프리오리한 근본구조에 대한 이해가 선행적으로 필요하다는 것

12) 진리문제와 관련하여, 논리학은 그것을 그 근원적 장소인 판단에

지정하기도 하고 또 진리의 정의를 '일치'로서 유포시키나 그것은 아리스토텔레스의 진정한 견해가 아니었으며, 진리는 판단에 있어서의 일치로서 이해될 수 없다고 하는 것(SuZ 214ff)

13) '비'(非)의 문제와 관련하여, 논리학은 '비'에 대해 요구하는 바가 많았고, 이로 인해 더러는 '비'의 제 가능성을 밝히기도 하였으나, '비' 자체를 존재론적으로 드러내지는 못했다는 것(SuZ 285)

14) 자아의 개념과 관련하여, 자아 일반이 단순히 논리적 추론의 길 위에서 얻어진 개념임을 의미하지는 않는다. 자아는 오히려 논리적 태도 즉 결합작용의 주체라고 하는 것

15) 학문의 개념과 관련하여, 논리학은 그것을 그 성과를 고려해서 이해하고 그래서 '참된 즉 타당한 명제들의 정초연관'으로서 이해하나, 거기서는 학문을 실존의 방식으로서 이해하고 따라서 존재자 또는 존재를 발견하거나 개시하는 세계-내-존재의 양상으로서 이해하는 실존론적 개념이 얻어지지 않는다는 것(SuZ 357) 등이다.

논리학과 관련된 이상과 같은 하이데거의 견해들은 제각기 구체적인 문제의 맥락에서 나온 것들이나, 근본적으로는 모두 그 자신이 고유하게 수행해 나가고자 하는 존재론적 과제 내지는 그것을 위한 기초존재론적 과제와 관련하여 논리학이 근본적인 '한계'를 지니고 있다고 하는, 즉 거기에는 확고한 물음지평과 대답지평이 결여되어 있다고 하는 기본 통찰에서 나온 것이라고 이해해야 할 것이다. 이러한 시각은 다음 한 마디에 집약되어 있다고 볼 수 있다: "존재 일반의 '이념'의 근원과 가능성은, 형식-논리적 '추상화'를 수단으로 해서는, 즉 확고한 물음지평과 대답지평 없이는, 탐구될 수 없다. 중요한 것은 존재론적 기초물음을 밝혀내기 위한 하나의 길을 찾고 그 길을 가는 것이다"(SuZ 437).

논리학에 대한 하이데거의 비판적인 견해는 『존재와 시간』 이후에도 당연히 발견된다. 특히, 논리학이 사유의 근본원리로서 전제하고 있는 '동일율', '근거율' 등을 존재론적인 관점에서 더욱 천착하고 있는 것도 논리학의 한계에 대한 구체적인 지적이라고 해석될 수 있을 것이다. 『형이상학이란 무엇인가?』에서도 논리학에 대한 비판적 거리는 두드러진다. 그러나 그것에 관해 여기서 더 이상 언급할 필요는 없을 것이다.

『철학입문』에서의 학문비판

학문에 대한 하이데거의 비판적인 입장은 1928/29년 겨울학기의 강의 『철학입문』(전집27권[이하 『입문』으로 줄임])에서 좀더 선명하게 드러난다. 여기서 하이데거는 '학문'과의 대비를 통해서 (그리고 또한 '세계관' 및 '역사'와의 대비를 통해서) '철학'의 본질을 드러내 부각시키고자 시도하고 있다. 그러면 학문의 본질은 어떠한 것으로 설명되고 있는가. 그는 여기서 학문의 본질을 '실증성' 또는 '실증적 인식'이라고 규정하고 있다. 실증적이란, 그것이 '존재자에 정향하고 있다'는 것, 그리고 '그와 더불어 필연적으로 그때그때 존재자의 한 영역에 정향하고 있다'는 것이다. 이것은 학문이 '존재적'이며 '사태영역의 설정에서 시작된다'는 『존재와 시간』의 이해와 일치한다.

여기서 하이데거는 학문의 '위기'에 대해 좀더 구체적으로 언급하고 있다. (이는 물론 이것을 통해 학문의 본질을 선명히 드러내고 나아가 그것을 통해 다시 철학의 의의를 부각시키기 위한 선행적인 논의의 성격을 갖는 것이다.) 그에 따르면 학문의 위기는 세 가지로 정리된다. 그것들은 첫째, '학문 자체의 내적 본질구성에 있어서의 위기', 둘째, '우리의 역사적–사회적 현존재 전체에 있어서의 학문의 위치와 관련된 위기' 셋째, '학문 자체에 대한 개별자의 관계에 있어서의 위기' 등이다. 이것들은 구체적으로 무엇을 말하는가. 도대체 어떤 점에서 학문은 위기에 처해 있다는 말인가.

먼저 하이데거는 제1위기, '학문의 본질구성에 있어서의 위기' 즉 '토대의 위기' '기초의 동요'를 언급하며, 이 위기는 '학문이 존재했던 이래 모든 학문들 안에 내재한다'고 주장한다(EiP 35). 즉 이 위기는 '학문의 본질에 속한다'는 것이다. 그렇다면 여기서 '학문의 토대', '학문의 기초'는 무엇을 의미하는가. 하이데거는 학문이 '특정의 진술들, 명제들, 개념들 속에서 움직이며, 그리고 이것들은 그 전체성에 있어서 근본-명제들과 근본-개념들에 의해 규정되어 있다'(EiP 36)고 전제한다. 그리고 물리학, 생물학, 화학, 언어학, 역사, 기독교 신학 등의 예를 통해 '그러한 개별과학들에 있어 주도적인 개념들이 동요하고 있으며, 그리고 하나의 새로운 경계설정이 찾아지고 있다'는 것을 지적한다(EiP 36). 물론 모든 연구자들이 하나같이 근본개념들의 새로운 해명과 보증에 애쓰고 또한 한마음으로 그러한 것의 필연성을 인정하는 것은 아니다. 반대로 대부분의 사람들은 그것을 거스르며 그리고 그러한 시도에 있어서 **'신비주의'**와 **'형이상학'**이 학문 속으로 끼어든다(EiP 36). 사정은 이와 같으며, 바로 이것이 위기라는 것이다. 학문에서의 이러한 신비주의와 형이상학을 하이데거는 '막연하고 일반적인 도구'라고, 그리고 '추정적인 수정'이라고 표현한다. 이것들은 '과장된 세계관'과 '불량한 파토스'(EiP 37)에 연관된다. 이러한 생각에서 다음과 같은 결과가 생겨난다. 즉 '이러한 문제있는 실험들에 맞서 사람들은 전문연구의 철저함과 견실함을 내세우며 모든 그러한 경신들을 거부한다'는 것(EiP 36), '사람들이 그러한 성찰을 필연적인 것으로 인정하는 경우, 사람들은 그래도 그토록 높이 발전된 고유한 학문의 지금까지의 수단이 이 일 자체를 해내기에 충분하리라고 믿는다'는 것(EiP 37), (예컨대 수학의 본질과 기초를 수학적으로 개념파악 할 수 있다고) 그렇게 해서 '학문들과 그 대표자들이 한편으로 보증된 사실들과 방법론을 내세우고 다른 한편으로 너무나도 빨리 어디선가 빌려온 그리고 외적으로 학문에 갖다붙여진 철학적 개념들과 이념들을 가지고 처리하게' 된다는 것(EiP 37), '학문의 위기에 있어서 그들은 고집과 새로운 것에 중독된 기분의 어떤 극단성 사이에서 갈피를 못 잡고 떠밀리며 우왕좌왕하고 있으며, 그렇게 해서 진보하지 못 한다'는 것 등이다. 이러한 사태진단으로부터 하이데거는 이중의 결여를 지적하게 된다. 즉 '이러한 기초의 위기가 진지하게 파악되고 이해되어 있지 않다'는 것과, '학문들이…(모든 진보와 모든 결과에도 불구하고) 위기 그 자체의 이해로부터 즉 학문의 본질에 대한 통찰로부터 엄청나게 멀리 떨어져 있다'(EiP 37)는 것이다.

다음으로 제2위기, '인간의 역사적-사회적 현존재 전체에 있어서의 학문의 지위에 관련된 위기'는 어떤 것인가. 그것은 학문과 실질적인 교육이념 사이의 연관이 균열되어 있다(EiP 31)는 점, 및 어떠한 방식으로 학문의 결과 내지 학문적 교육(교양) 자체가 인간 사회의 진정한 교육의 부단한 성장 속으로 연계되어야 하는지가 불분명하다는 점과 관련되어 있다. 이것을 하이데거는 '학문의 의미에 관한 보편적인 무대책'(EiP 32)으로, '학문의 공허함'(EiP 31)으로 정리한다. 간단히 말하자면 이 위기는 학문이 인간의 역사·사회·문화에 있어서 도대체 무엇이어야 하는가 하는 것이 불분명하다는 것이다. 그러면 이러한 공허함은 어디서부터 오는 것인가? 하이데거에 따르면 이는 '학문이 그 스스로 그 고유의미에 있어서 문제적이 되었고, 그리고 하나의 교육이상과 하나의 근원적인 목적설정이 더 이상 성립되지 않기에'(EiP 31) 그런 것이다. 이러한 사정으로부터, 즉 익숙한 것으로 도피하거나 대용물을 통해서 면제받기 위해 '학문의 **대중화**'가 생겨난다고 하이데거는 꼬집는다. 그는 이러한 경향이 '학문 자체로부터' 나오며 그리고 '그것에 의해 활발히 영위된다'고 지적한다. 즉 이러한 경향은 '학문 자체 안에 그 근거가 있다'고 보는 것이다(EiP 31). 이 근거는 이중적이다. 즉 '1. 내적인 곤경, 즉 학문의 무의미성, 2. 결핍'(EiP 31)이다. 뒤집어 말하자면 대중화는 학문의 이 두 가지 문제를 극복하고자 하며 그리고 학문에 또다시 의미를 주고자 해서 생겨나는 것이다. 그러나 하이데거는 이것을 부정적으로 생각한다. 즉 대중화는 '하나의 폐해'이며, '하나의 근본 오해'이며, '학문 자체의 본질의 내적인 파괴'이며, '학문에게 현존재의 역사에 있어서의 근원적인 지위를 되돌려 줄, 그러한 가능성들을 점점 더 파괴하고 오도하는 것'이며, '학문의 본질에 거스르는 하나의 위반'이며, '학문의 평판화'이며, '내적 무가치화'라고 그는 보는 것이다. 간단히 말해 '대중화는 (그 동기가 비록 진정한 것이더라도) 학문의 본질에 반하는 것이다'(EiP 32). 그리고 **실천적인 성격**도 또한 이와 마찬가지다. 하이데거는 '학문은 그 결과들의 사용을 통해 비로소 실천이 되는 것이 아니라 그 자체에 있어서 실천적이며 그 자체에 있어 직접적으로 작용을 미친다. 단 '어디에 학문의 진리가 있는지 개념파악 되기만 한다면'(EiP 33) 하는 조건이 따른다. 이로써 그는 '학문의 진리가, 여전히 적용되고 사용되는 결과들 속에 있다'고 하는 것을, 그리고 '학문의 본질적 실천적 성격이 가능적인 이익 획득에 있다'(EiP 33)는 것을 비판하고자 한다. 대중화가 이러한 것인 한, 그것은 학문의 무력함을 구제할 수 없다. 구하기는커녕 반대로 바로 이 '학문의 본질의 독특한 오인, 학문에 독특한 진리의 본질의 독특한 오인으로부터의 위기가 또한 발원해 나온다'(EiP 33)고 그는 생각한다. 대중화도 실천성도 위기의 해결이기는커녕 오히려 위기의 근원인 것이다. 이러한 견해는 학문의 입지가 점점 더 좁아지고 있는 오늘날 한국의 교육현실과 관련해 중요한 시사를 준다.

다음, 제3위기, '학문에 대한 개별자의 관계'는 어떤 점에서 위기에 처해 있는가. 이 관계의 위기란 '현존재에 있어서의 학문의 실존론적 지위에 있어서의 불확실성'(EiP 28)을 말한다. 학문이 인간실존에 있어 도대체 무엇인지가 분명치 않다는 것이다. 여기서 '아카데믹한 학문영위에 있어서의 '경직화'와 '전문화'가 생겨난다(EiP 28). 왜, 어떤 점에서 이것은 위기인가. 그에 따르면 이 전문화 뒤에는 '하나의 무력함'이 숨겨져 있기 때문이다. 이 '무력함'은 '학문의 일차적이고 근원적인 존재내실을 보다 단순한 방식으로 그리고 직접 실존에 말하는 방식으로 중개해야 하는 것'이다. 그렇기 때문에 전문화에는 '학문의 본질 전체에 있어서의 학문 그 자체의 이해의 가능성'(EiP 28)이 '결여'되어 있는 것이다. '학문에 대한 개별적 실존의 지위'에 있어서의 이 위기는 '도대체 학문이라는 것이 어떻게 인간 현존재 그 자체 안에 본질적으로 서 있는가 하는 것이 전혀 규정되어 있지 않고, 설명되어 있지 않다는 것'(EiP 29, 40)에 그 근거가 있다. 그래서 하이데거는 이것을 '학문의 실존론적 본질의 문제'(EiP 29)라고도 규정한다. 간단히 말해 이 세 번째 위기는 학문이 인간 현존재의 개별적 실존에 있어서 어떠한 본질과 역할을 가져야만 하는가가 불분명하다는 것이다.

이상의 세 가지 위기는 공통으로 '학문의 본질'에 대한 올바른 이해가 필요함을 알리고 있다. 그렇다면 하이데거는 학문의 본질을 어떠한 것으로서 파악하고 있는가. 이미 보았듯이, 『입문』에서 그는 단적으로 '실중성'이 학문의 본질이라고 규정하고 있다. 다시 말해 "학문은 실증적 인식이며 실증성이라는 성격을 가지고 있다"는 것이다(EiP 198). 실증적이란 '존재자에 정향하고 있다'는 것, 그리고 '그와 동시에 필연적으로 그때그때 존재자의 한 영역에 정향하고 있다'는 것이라고 그는 설명한다(EiP 219). 이 두 번째 점에서 '전체로서의 존재자에 관한 학문은 본질적으로 불가능하다'고 그는 덧붙인다(EiP 219). 이것을 그는 '학문의 본질에 있어서의 필연적 한계'(EiP 222)라고 생각한다. 바로 이 한계를 확인해보기 위해 그는 '참된 명제들의 정초연관'이라고 하는 '전통적 학문개념'에서 출발했던 것이다. 하이데거는 이 '명제진리' 즉 '명제의 한 성격으로서의 진리', '주어와 술어의 연결'이라고 하는 '전통적 진리개념'을 '현존재 자체의 본질에 속하는, 존재자의 비은닉성이라는 의미에서의 근원적 진리'에 맞서 유래된 현상이라고 규정한다. 그것의 규명을 통해 하이데거는 '존재자의 인식'으로서의 학문의 본질과 발생을 해명하고자 하는 것이다. 학문은 '존재자의 인식'이며 더욱이 '그때그때 하나의 이미 명백한 전재자 그리고 필연적으로 영역적으로 한계지워진 전재자에 관한 인식'이라고 그는 보는 것이다. '실증성은 선행적인, 비현재적인, 영역구분적인 존재틀의 기투이다'(EiP 222)라는 것이 그의 이해이다. 그는 또 학문을 이렇게도 설명하고 있다: "하나의 특정한 학문적 연구는 하나의 특정한 문제, 주제로 되어지는 것에 대한 하나의 특정한 물음 안에서 움직인다. 주제화, 주제설정은 한 대상의 소여를 전제한다. 한 대상은 그러나 현재화의 작용에 있어서만 대상으로서 내게 주어진다. 어떤 것을 현재화하는 것은 이 어떤 것이 이미 명백한 것으로서 미리 앞에 놓여 있을 때에만 가능하며, 명백한 앞에 놓인 존재자는, 미리 이미 이 존재자가 그 존재에 있어서, 그 존재를 향해 이해되었을 때만, 즉 기투되어 있을 때에만, 존재자로서 명백히 앞에 놓여 있을 수 있다." 이것을 그는 '학문의 구조 안에 있는 아주 특정한 단계연속'(EiP 223)이라고 부른다. 그리고 '이러한 존재틀의 기투'가 '중심적 현상'이라고 부른다.

지금 우리에게 중요한 것은 학문이 어떠한 한계를 갖는가 하는 것이다. "학문은 이중의 한계를 갖는다"(EiP 224)고 그는 보다 명백히 단언한다. 즉 첫째는 '학문은 존재자의 인식이며 존재의 인식이 아니라는 것', 그리고 둘째는 '존재자의 인식은 항상 그리고 필연적으로 한 구획된 영역으로서이며 전체에 있어서의 존재자로서가 아니라는 것'(EiP 224)이다. 그는 이렇게도 정리한다. "존재 그 자체도 전체에 있어서의 존재자 그 자체도 존재와 존재자 사이의 내적 연관도 그때그때 한 학문에게 또는 학문들 모두에게 다같이 접근불가능하다. 그러나 단순히 접근불가능할 뿐만 아니라 다음과 같이 즉 이 접근불가능성의 근거 위에서 그리고 그렇게 한계지어진 권역 안에서만 학문은 연구할 수 있다"고. 그것이 학문의 본질적 한계인 셈이다. 이런 점에서 그는 '보편학이란 것은 하나의 비개념'(EiP 224)이며 학문적 철학이란 것은 '모순'이라고까지 말한다. 비록 일반적으로 '학문'을 '방법적이고, 체계적이고, 정확하고, 그리고 보편타당한 인식'(EiP 42)으로 이해한다 하더라도, 학문의 본질 그 자체에는 이상과 같은 본질적인 한계가 내재하고 있는 것이다.

이상이 학문의 본질에 관한 해석의 '핵심'이라고 할 때, 그리고 거기서 학문의 본질적 '한계'가 드러났다고 볼 때, 그것과의 대비를 통해 하이데거가 부각시키고자 하는 '철학'의 본질은 무엇인가. 이는 크고도 중요한 주제이나 우리가 당면한 직접적 주제는 아니므로 간단히 정리하자면 다음과 같다. 즉 철학은 학문과 근본적으로 '구별'되는 것(학문이 아닌 어떤 것)으로서 '현존재의 한 근본 생기(인간적 현존재의 본질에 속하는 것)' 즉 '인간존재'(EiP 3) 그 자체이며, 그런 점에서 '철학함'이며, '초월함'(EiP 214)이며 '초월 자체'라고 하는 것이다. 구체적으로 말하자면 그것은 '존재'에 정향한, '존재론적'인 '존재의 인식'(EiP 222)이다. '비은닉성'으로서의 '진리', '진리의 근원적 본질로서의 비은닉성'도 이러한 맥락에서 문제가 된다. 즉 '사물적 존재자 및 도구적 존재자의 진리로서의 드러나 있음(Entdecktheit)'과 '현존재의 열려 있음(Erschlossenheit)' 내지 '현존재의 드러내고 있음'으로서의 진리를 그는 명백히 구별하고 있는 것이다. 이는 이미 『존재와 시간』에서 밝혀진 바이기도 하다. 학문과 철학의 차이는 그것들이 각각 상관하고 있는 이 진리(Wahrheit)의 차이에 놓여 있다고도 말할 수 있다(EiP 198ff 참조).

『기여』에서의 학문비판

이상에서 살펴본 학문에 대한 비판적 거리유지는 하이데거의 제2주저 『기여』에서 좀더 적극적인 형태로 전개된다. 그것을 우리는 첫째 마디 '울림'에서 집중적으로 만날 수 있다. 학문비판이 '울림'에서 다루어지는 것은 그가 학문의 주제화 즉 '학문에 대한 성찰'[14]을 (그 성찰이 존재이탈에 대한 지시 즉 존재의 울림과 근본적으로 연관되어 있는 한에서) '[존재의] 울림의 준비'로 생각하기 때문이다(BzP 141 참조).

『기여』 73절에서 그는 학문의 문제점을 단적으로, 선언적으로 지적하고 있다: "사실상 근대 및 현대의 학문은 직접적으로는 어디에서도 존재의 현성에 관한 결정의 장에 도달하지 못하고 있다"(BzP 141). 여기서 그 문제점이 존재에 대한 물음의 부재임은 명백하다. 다시 말해 '근대의

---

14) 이것을 그는 '모든 종류의 학문론적 정초' 및 '세계관적 음료Gebräu' 등과 구별하여 '철학적으로 유일하게 가능한' 것이라고 성격 짓고 있다(BzP 142 참조).

학문'은 '존재이탈'과 근본적으로 연관되어 있다. 즉 '존재이탈이 본질적
으로 근대의 학문에 의해 함께 결정된다'는 것이다(BzP 141), 또는 '학문
에 의해 존재이탈의 공고화가 촉진된다'는 것이다(BzP 142, 143). 이러한
점에서 하이데거는 존재이탈을 '모든 학문들의 진리부재성'이라고까지
묘사하고 있다(BzP 143). 이러한 연관은 '학문이 하나의 또는 결정적인
척도부여적 지임을 요구하는 한에서'(BzP 141) 더욱 그렇다. 왜 그런가?
왜 존재이탈이 학문을 통해 생겨나는가? "근대에 있어서 또는 근대로서
진리가 확실성의 형태로 그리고 확실성은 표상된 대−상으로서의 존재
자15)에 대한 그 스스로 직접적으로 사고하는 사고의 형식으로 고정되어
있으며 이 고정되어 있는 것의 확립 안에 근대의 기초가 성립하기 때문
에, 그리고 사고의 확실성이 근대적 '학문'의 기획과 경영에 있어서 전개
되기 때문이다"(BzP 141). 여기서 우리는 확실성, 표상된 대−상으로서의
존재자, 그 스스로 직접적으로 사고하는 사고 등의 표현을 놓치지 말아
야 한다. 왜냐하면 이것들이 이미 존재이탈의 표시임을 나타내고 있기
때문이다. 이것을 보다 충실히 이해하기 위해서는 근대 학문의 본질이
보다 구체적으로 해명되어야 한다.

중세의 '교의(Dogma)' 및 고대의 '인식(episteme)'과 비교하여 근대의 '학
문(Wissenschaft)'은 근본적인 차이점을 지닌다. 학문은 근본적으로 '실증
적이고', '개별적이고', '전문적이고', '설명적이고', '엄밀하고', '정확하
고', '정밀하고', '꼼꼼하고', '신중하고', '수량적인' 것이기 때문이다. 인
식과 교의는 그런 것은 아니었다. 바로 이러한 것으로서 학문은 '앞에
주어지고 앞에 놓여 있는 영역으로서의 존재자'에 관계하며, 따라서 '표

---

15) 『기여』 171쪽(84절) 참조.

상되어 있음으로서의 존재자성'(BzP 145)에 관계한다. 바로 이런 성격을 하이데거는 '학문의 와해'(BzP 146)의 본래적인 근거로 이해한다. 만일 학문이 그렇게 이해된다면, 그 사태영역은 '양적인 측정과 계산에 있어서만 접근할 수 있고 그리고 그렇지만 결과를 보증하는 영역'(BzP 150)으로서 미리 설정되어 있다. 사실상 모든 학문은 그 사태영역의 '인지', 그 '탐색', '경험' 및 가장 넓은 의미에서의 '실험(experimentum)'에 의존한다(BzP 150). 그런 한에서 학문은 '본질적인 진리의 기초지움이나 보존으로서의 앎(Wissen)'이 아니다. 이러한 점에서 하이데거는 학문의 한계라고 할 수 있는 몇 가지 점들을 지적하고 있다. 그는 모든 학문의 제작적-기술적 본질이 점점 더 공고해지면서 자연과학과 정신과학의 차이가 [대상도 방법도 다르다는 차이가] 점점 더 뒷걸음치게 된다고 비판한다(BzP 155). 그리고 그는 학문의 장소인 대학에, 보편적인 것을 표방하는 대학에, 정작 '보편적인 것(universitas)'의 본질을 전개할 가능성이 결여되어 있다고 비판한다. 왜냐하면 정치적-민족적 관점에서 보면 그러한 것은 쓸데없는 것이며, 학문영위 자체가 '보편적인 것' 없이, 성찰에 대한 의지 없이, 훨씬 더 확실하고 편안하게, 진행되기 때문이다(BzP 155f). 거기서는 어떠한 것을 결단해야 하는 진지함이나 심각성은 문제가 되지 않는다. 그리고 그는 또한 필연적으로 봉사적인(무언가에 기여해야 하는) 성격을 갖는 학문에 있어서는 장차 하나의 거대한 진보가 기대되고 산출되도록 되어 있다는 것을 지적하며, 이 진보가 "대지의 혹사와 이용, 인간의 사육과 조련을 오늘날[16] 아직 생각할 수 없는 상태에로 가져가게 될 것"이라고 비판한다. 이러한 그의 예견은 오늘날 이미 현실적이

---

16) 1930년대 후반에 말해진 이것을 1990년대 말의 시점에서 읽으면 하이데거의 통찰이 이미 미래를 꿰뚫어보고 있었음을 알 수 있다.

것이 되어 있다. 이러한 것을 더 이상 확산시키지 않기 위해서도 우리는 그의 비판을 진지하게 경청해야 하며 하나의 새로운 길을 모색해야 하는 것이다. 하이데거 자신도 그것을 요구하며 또한 기대하고 있다: "<u>위대한 대체는 오직 본질적인, 이미 또다른 시초 안에 서 있는 앎</u>(Wissen)<u>으로부터 오며, 결코 무력함과 단순한 무대책으로부터 오지 않는다</u>"(BzP 158). 그렇다면 이러한 앎은 어디에서 올 수 있는가? 우리가 만일 앎이라는 것이 '존재의 문제성 안에 있는 내립성'이라는 것을 이해한다면 그 답은 이미 자명한 것이다. 학문에서 앎으로! 존재의 문제성에 대한 앎으로의 전환을 그는 호소하고 있는 것이다.

현대 기술의 비판

하이데거의 시대비판은 어떤 점에서 '기술'에 대한 그의 비판에서 가장 첨예화된다. 왜냐하면, 그는 우리의 시대를 '기술의 시대'(VuA 25, 38) 혹은 '거침없는 기술주의의 시대'(BzP 155)라고 규정하고 있으며, 이 기술의 본질이 근대 자연과학보다 역사적[생기적]으로 '먼저것'이며(VuA 26), 또 '학문의 제작적-기술적 본질이 점점더 공고해지고 있다'고 진단하고 있기 때문이다(BzP 155). 기술의 보편적 지배에서 말미암는 기술에 대한 하이데거의 비판적 관심은 기술과의 '대결'(VuA 39 참조)이라는 형태로 수행되며, 그것은 기술의 본질에 대한 '성찰'을 동반한다. 이러한 수행은 기술의 부정이나 거부를 위한 것이 아니다. 그것은 결과적으로 '기술에 대한 자유로운 관계를 준비'하기 위한 것이며, '기술적인 것을 그 한계에 있어서 경험'하기 위한 것이다(VuA9). 왜? '도처에서 우리는 기술에 대해 부자유하게 얽매인 채로 있'(VuA 9)기 때문이다. 기술에 대한 이러한 관심은 후기에 있어서 특히 두드러진다. 그 기본 구상은 이미 후기사유의 수원지라고 할 수 있는 『기여』에서(특히 제2장 '울림'에서) 본격적으로17) 형성되며, 「기술에의 물음」(TuK)에서 심화 발전된다.

『기여』에서의 기술비판

『기여』에서 그는 기술의 문제를 '존재이탈'의 일환인 '제작성' (Machenschaft), '거대함'(Das Riesenhafte)으로부터 사유하고 있다. 그는 곤경으로서의 존재이탈이 '제작성에서 말미암는 존재의 불현성에서 발원한다'(BzP 107)고 진단한다. 하이데거는 이 '제작성'과의 대비를 통해 '존재의 현성으로서의 발현(Ereignis)'을 부각시키고자 한다: "존재의 울림은 존재이탈의 정체를 밝힘으로써 발현이라고 하는 완전한 현성에 있어서 존재를 되찾고자 하는 것이다"(BzP 116). 따라서 그의 기술비판을 제대로 이해하기 위해서는 먼저 '제작성으로서의 존재이탈'(BzP 110)이 충분히 해명되어야 한다.

그렇다면 존재이탈이란 무엇인가? 무엇이 무엇으로부터 이탈하고 떠난다는 말인가? 하이데거는 '존재자가 … 존재로부터'(BzP 115)라고 대답한다. 즉 존재이탈이란 존재자가 존재로부터 떠나갔다는 것을 의미한다. 또는 '존재가 존재자를 떠난다는 것'(BzP)이라고도 말한다. 요는 존재와 존재자가 그 진정한 연관에서 제대로 보여지지 못하고 있다는 것이다. 그러한 상태를 하이데거는 '존재의 불현성'(Unwesen)(BzP 107) 또는 '존재의 오(誤)-현성'(Ver-wesung)(BzP 115)이라고도 부른다. 여기서는 본질현성이 장애를 일으킨다. 이러한 의미에서 그는 존재이탈을 '곤경'(Not)으로 규정한다(BzP 107). 그러나 이 곤경은 '결함'이나 '해악'이 아

---

17) 테크네에 대한 그의 존재론적 관심은 이미 초기(1924/25 겨울학기)의 강의인 『소피스테스』(전집19권) 1992년에서 발견되지만 여기에서는 언급을 삼가기로 한다.

니며, '우리가 꺼려해야만 할 그런 어떤 것'이 아니다. 오히려 우리는 이 곤경을 '승인'(BzP 107)할 필요가 있다. 왜냐하면 바로 이 곤경으로서의 존재이탈에 있어서 존재의 현성이 울려오기 때문이다: "존재이탈로부터 첫 울림이 울려야 하며 존재망각의 전개와 함께 개시되어야 한다. 이 존재망각에서 또 다른 시원이 울려야 하며 그렇게 존재가 울려야 한다"(BzP 114). 이것을 우리는 어둠이 끝나고 그 어둠으로부터 빛이 밝아와야 한다는 것으로 이해할 수 있다.

이 곤경으로서의 존재이탈은 어떻게 생겨나는가? 위에서 보았듯이 그것은 제작성으로부터 온다. 그렇다면 이 '제작성'이란 도대체 무엇인가. 이에 해당하는 독일어 Machenschaft는 통상적으로 '음모' '공작'을 뜻한다. 그러나 하이데거는 '인간의 사악한 행동'이라는 그런 의미를 배제한다. 따라서 '경멸적인 것'의 의미가 아니다. 그의 다른 근본개념들처럼 하이데거는 이 개념도 자신의 고유한 의미로 이해한다. 이것은 '일종의 존재의 현성'을 일컫는다(BzP 126). 하이데거는 이것을 '만든다'(Machen)는 것으로부터 생각한다. 제작성이란 따라서 일단 '만든다'는 것을 지시하지만, 그러나 이로써 '인간의 태도'(BzP 126)를 의미하지는 않는다. 그는 "제작성은 인간의 행위나 활동 그리고 영위를 의미하는 것이 아니라 반대로 그러한 것들이 오직 제작성의 근거 위에서만 가능하다"고 분명히 말한다(BzP 131). 그는 '만든다'는 것을 포이에시스, 테크네의 의미로 이해한다(BzP 126). 그의 기술론을 제대로 이해하기 위해서는 이 점을 특히 주목해야 한다. 여기서 이미 의미되고 있는 것이 '무언가가 그 자체로부터 만들어진다는 것, 따라서 상응하는 진행에 대해서도 또한 제작가능하다는 것, 즉 그 자체로부터 만들어짐'이다. 이것이 테크네와 그것의 관점에서 본 퓌시스의 해석이다(BzP 126). 여기서부터 이미 제작가능한 것과 스스로를 만드는 것의 우세가 중요성을 갖게 된다. 이러한 성격이 말하자면 '제작성'이다. 이 제작성에는 존재자의 한 해석이 그 근저에 놓여 있다. 이 해석에서 존재자의 제작가능성이 나타난다. 그 해석이란 존재자성이 '항상성'과 '현존성'(BzP 126)에 있어서 규정된다는 것이다. 제작(Machen)은 이러한 해석 위에서 가능한 것이다. 이렇게 이해된 의미에서 제작성은 '저작과 제작된 것의 지배'(BzP 131)가 되는 것이다. 제작성은 모든 것을 만드는 '의지'(Wille)와 깊이 관련되어 있다. 즉 사람들이 '의지'만을 앞에 내세울 때에, 모든 것이 '만들어지며' '자신을 만들게 한다'. 그때에는 '어떠한 본질적인 것도 더 이상 불가능하며 접근할 수 없다'(BzP 108). 이 경우 의지는 이미 존재자를 '표상가능한 것', '표상된 것'으로 해석하고 있다. '표상가능하다'는 것은 '사고함과 계산함에 있어서 접근할 수 있다'는 것이며 '생산과 수행에 있어서 앞에 내놓을 수 있다'(BzP 109)는 것이다.

있을 수 있는 오해를 피하기 위해 우리는 이상 언급된 성격들, 즉 **제작, 의지, 표상** 등을 제작성과 관련된 특성으로서 충분히 유념해 두지 않으면 안 된다. 특히 우리는 이러한 특성들이 '본질적인 것[현성하는 것]'과 대치되어 있다는 것을 각별히 주의해둘 필요가 있다.

더욱이 하이데거는 서양의 사유사에 남겨진 제작성의 흔적들, 즉 '존재망각의 역사'라 할 수 있는 것을 논의하고 있다. 이것도 시대비판의 이해에 중요한 도움을 줄 수 있다. 그러면 제작성은 역사 속에서 어떻게 나타나는가? 하이데거는 제작성이 플라톤에서 니체에 이르는 지금까지의 서양 철학의 존재사를 '철저히 지배하고 있다'(BzP 127)고 생각한다. 그 구체적 양상은 다음과 같다. 즉 그것은 **우시아**(테크네-포이에시스-이데아), **항상적 현존성, 엔스 크레아툼, 자연, 역사, 인과성 및 대상성, 피표**

상성, 체험, 기술 등과 연관되어 전개된다는 것이다. 이러한 소묘를 우리는 『기여』 제64절, 107쪽, 128쪽 등에서 확인할 수 있다. 이것은 좀더 구체적으로 설명되어야 한다.

고대에 있어서 제작성은 아직 그 완전한 본질이 드러나지 않은 채, '항상적 현존' 속에 가려져 있었다고 그는 본다(BzP 126). 항상적 현존성이란 포이에시스-테크네(BzP 107)이며 엔텔레케이아(BzP 126)이다. 키네시스와 누스도 그는 제작성과 연관된 것으로 생각한다(BzP 132). 우시아도 그것이 테크네-포이에시스-이데아로 생각되는 한 제작성이라고 볼 수 있다.

중세에 있어서는 '악투스-개념'이 존재자성의 그리스적 해석을 대체했다. 이로써 제작적인 것이 더욱 분명히 표면화되었다. 그리고 유태적-기독교적 창조사상과 그에 관련된 신표상이 끼어듦으로써 존재자(ens)는 피조물(ens creatum)이 되었다(BzP 126). 여기서는 기독교적-성서적 존재자 해석이 결정적인 역할을 수행한다. 이로부터 질서, 존재의 유비(analogia entis), 존재자의 피조성, 원인-결과-연관(자기원인으로서의 신), 퓌시스로부터 멀어짐(BzP 127) 등의 현상이 생겨나게 된다.

근대에 있어서는 존재자의 본질로서의 제작성이 더욱 뚜렷하게 드러나게 된다(BzP 127). 제작성은 존재자의 한 특정한 진리(존재자의 존재자성)를 일컫는 이름이 된다. 이 존재자성은 우리에게 우선 대개 '대상성'으로 파악된다. 이 경우 존재자는 표상의 대상으로서 이해된다. 그러나 제작성은 이 존재자성을 더욱 깊이 더욱 원초적으로 파악한다. 왜냐하면 그것은 테크네에 연관되어 있기 때문이다(BzP 132). 제작성은 그 상관자로서 '체험'을 가지기 된다(BzP 132). 인간이 자기에게로 가져오고 그리고 자기 앞으로 가져올 수 있는 체험된 것과 체험 가능한 것만이 '존재자적(seiend)'

인 것으로서 타당할 수 있다(BzP 129). 이것이 근대에 있어서의 제작성의 특유한 성격이다. 그리고 그 밖의 다른 중요한 개념들, 예컨대 자연, 역사, 인과성, 피표상성(BzP 130), 객관성[현실성과 존재자성의 근본형식으로서의](BzP 127), 올바름, 확실성(BzP 132) 등도 제작성과 관련된다.

서양철학의 역사를 장식하는 이상의 주요개념들을 모조리 제작성의 흔적으로 간주하는 하이데거의 소묘는 실로 특이하다. 이는 그 만큼 존재망각의 뿌리가 깊다는 것을 의미할 수 있다.

그러면 이 제작성에는 어떠한 특성들이 있는가? 제작성은 '존재자의 존재자성의 불현성'이다(BzP 128). 제작성은 존재의 불현성을 조장한다. 그러나 이것이 결코 어떤 '평가절하'를 의미하는 것은 아니라고 그는 주의한다(BzP 126). 왜냐하면 제작성은 존재자성의 현성(Wesung)으로서 '존재 자체의 진리 속으로 최초의 눈짓'(BzP 127)을 보내기 때문이다. 그렇기는 하지만 그것은 확실히 몇 가지 문제 있는 특성들을 갖는다. 예컨대 그것에는 매혹(Verzauberung)으로부터 힘을 제거하는 '존재자의 탈마법화(Entzauberung)'(BzP 107)가 놓여 있다. 그리고 제작성의 내부에는 극복되기 위해서 거기 있는 그러한 '문제들'과 '어려움들'만이 존저한다(BzP 109). 그리고 제작성을 통해 진정한 문제성이 추방되고 근절되며, 또한 본래적 마법(Teufelei)으로서 아로새겨져 있다. 이것을 그는 '진정한 문제성의 파괴'(BzP 109)라고 규정한다. 제작성이 최대한 개방되면서 거기에 '거부'로서의 존재의 현성이 발견된다(BzP 112). 사건과 제작성에로의 도피는 '진정한 앎의 거부', '물음 앞에서의 불안', '성찰 앞에서의 회피'(BzP 118)로 성격지울 수 있다. 존재이탈은 타산, 신속성, 대량적인 것의 요구 등과 같은 것이 점점 더 타당해지는 현상 속에 자신을 감추고 있다(BzP 120). 제작성의 제한 없는 지배로부터 미혹(Bezauberung)이 온다

(BzP 124). 기술을 통한 마법걸기(Behexung)와 그 끊임없이 스스로를 뛰어넘는 진보는 이 매혹(Verzauberung)의 한 표시일 뿐이며, 이 매혹에 따라 모든 것이 타산, 이용, 재배, 편의, 조정을 향해 밀어닥친다(BzP 124). 제작성과 체험의 본질에 있어서는 어떠한 한계도 없으며, 어떠한 당혹도 어떠한 두려움도 없다. 이 한계부재성 및 당혹부재성에 따라 제작성과 체험에는 모든 것이 열려 있으며 아무 것도 불가능할 게 없다(BzP 131). 말하자면 거기에는 곤경이 없다. 이러한 현상을 그는 '최고의 곤경으로서의 곤경부재성'이라고 부른다. 제작성은 고유한 속박(평균적이고 계산가능한 설명가능성) 속으로 고삐 풀린 것이다(BzP 132).

이상의 모든 것들을 하이데거는 제작성과 관련된 특징들로 본다. 우리가 만일 이상의 특성들을 (즉 존재자의 탈마법화, 진정한 문제성의 파괴, 존재의 현성의 거부, 진정한 앎의 거절, 물음 앞에서의 불안, 성찰 앞에서의 회피, 존재이탈의 자기감춤, 마력, 마법걸기, 한계부재 당혹부재 및 두려움부재 등) 주의 깊게 살펴본다면, 우리는 제작성-존재이탈-곤경 및 기술이 본래 어떠한 것이며, 그리고 왜 하이데거가 그것을 주제화하고 비판하는지를 이해할 수 있게 될 것이다.

잊지 말아야 할 가장 핵심적인 것은 이러한 '존재자의 제작적 해석'(BzP 127)에서는 "어떠한 본질적인 것도 더 이상 가능하지 않으며 접근할 수 없다"(BzP 108)는 것이다. 여기서도 하이데거 시대비판의 두 가지 근거, 즉 '존재의 진정한 문제성'과 '존재망각'이 확인될 수 있다. 본질적인 것이 진정한 문제성을, 그리고 불가능성 내지 접근불가능성이 존재망각을 의미한다. 하이데거의 다음과 같은 말이 그것을 뒷받침한다. "제작성의 내부에서는 진정으로 문제적인 어떠한 것도 존재하지 않는다.

물음을 통해 그러한 것으로서 평가되고 그로써 밝혀져 진리 속으로 드높여 질 수 있을 그런 진정으로 문제적인 것이"(BzP 109).

「기술에의 물음」에서의 기술비판

『기여』에서 형성된 현대 기술에 대한 하이데거의 비판적 관심은 1953년의 강연 「기술에의 물음」[『기술과 전향』 이하 VuA]에서 심화 발전된 형태로 전개된다. 이미 충분히 유명해진 이 강연에서 그는 '기술적인 것' 그 자체와는 구별되는 '기술의 본질'에 대해 묻는다. 이 논의는 실로 특이하면서도 심오하다. 우리는 가급적 우리 자신의 어설픈 해설을 자제하면서 우선 비교적 그 자신의 논의를 충실하게 뒤따라가 보기로 하자.

먼저 그는 기술이 '목적을 위한 수단', '인간의 행위'라고 하는 일반적 이해, 즉 "도구적-인간학적 규정"을 원칙적으로 빈약한 것이라고 하여 배제한다(VuA 10, 25). 왜냐하면 이 규정은 '옳은' 것이기는 하지만 이 옳은 것은 아직 그 본질을 제시하지 못하며 그 점에서 '참된' 것이 아니라는 것이다(VuA 11). 이 참된 본질을 찾기 위해 하이데거는 우선 '원인', '원인성', '인과성'을, 그리고 '작용하는 것', '작용'을 고찰한다. 그 원천으로서 그는 그리스어 '아이티온' 즉 '야기함'을 그리고 그 네 가지 방식의 참뜻을 지적한다. 이를 통해 그는 이 야기함의 뜻을, '무언가를 나타나게 한다', '무언가를 현존하게 한다', '무언가를 그렇도록 풀어놓고 그 완결된 도착으로 야기시킨다'는 것으로 이해한다. 그 결과가 바로 '앞에 놓여 있음과 마련되어 있음', '한 현존자의 현존'인 것이다. 이렇게 해서 그는 이 야기시킴의 통일적인 공동작용으로서 '포이에시스로서의 현출함(앞에-내어-놓음; Her-vor-bringen)을 부각시킨다(VuA 15). 이것은 (그 자신으로부터 피어오름으로서의) 퓌시스와 수작업적 현출과 예술적 현출을 모두 포함한다. 바로 이 '현출'을 그는 '은닉으로부터(her) 비은닉으로(vor) 가져옴(bringen)', '은닉된 것이 비은닉된 것으로 옴'으로 해명한다(VuA 15). 그리고 이 옴을 그는 알레테이아로서의 '드러냄(Entbergen)'으로 해석한다. 즉 '드러냄 안에 모든 현출이 기초하고 있다'. 여기서 그가 염두에 두고 있는 것은, '드러냄 안에 모든 제작하는 생산(herstellenden Verfertigung)의 가능성이 깃들어 있다'는 것이다(VuA 16). 이러한 과정을 그는 '기술의 특질'이라고 이해한다. 여기서 그의 유명한 규정, 즉 기술은 단순히 한 수단이 아니며 **"드러냄의 한 방식"**(VuA 16)이라고 하는 규정이 나온다. 이렇게 해서 그는 기술의 본질을 위한 한 완전히 다른 영역 즉 '드러냄=진-리'라는 영역을 열고자 한다.

이러한 생각을 바탕에 깔고 그는 기술의 어원인 희랍어 테크네, 테크니콘의 검토로 이행한다. 먼저 그는 이 말의 두 가지 의미를 주의한다. 첫째는 이것이 '수작업적 행위와 능력'뿐만이 아니라, 고차적인 예술과 미술도 의미한다는 것, 즉 테크네는 포이에시스로서의 현출에 속하는 포이에시스적인 어떤 것이라는 것이며, 둘째는 이것이 에피스테메 즉 인식, '어떤 것에 정통해 있음', '어떤 것에 통달해 있음'을 의미한다는 것, 그리고 이 인식은 열어 밝히는 것이며 그러한 것으로서 드러냄이라는 것이다. 여기서 그는 다시 한 번 테크네가 '제작과 처리와 수단의 사용이 아니라 현출로서의 드러냄[의 한 방식]'이라는 것을 확인한다(VuA 17). "기술은 드러냄과 비은닉성, 알레테이아, 진리가 생기하는 영역에서 현성한다"는 것이 기술을 바라보는 그의 기본방향이다. 다시 말해 이러한 것들이야말로 기술의 본질영역이라는 것이다.

이렇게 해서 그는 드러냄으로서의 기술규정이, 있을 수 있는 반론에도 불구하고, '현대 기술'에도 타당하다고 말한다(VuA 18). 단 현대 기술은 '포이에시스라는 의미에서의 현출'이 아니라, **도발**(Herausfordern)로 서의 드러냄'이라는 것을 밝힌다(VuA 18). 그것이 도발이라는 것은 그 구체적인 양상 특히 자연에 대한 인간의 태도를 보면 쉽게 납득이 된다. 즉 현대 기술은 '자연에 대해 에너지를 제공하도록 무리한 모욕적 청구를 하는 것이며, 에너지는 그러한 것으로서 도발되고 저장될 수 있는 것이다'. 이 점에서 현대 기술은 옛 기술과 구별된다. 도발은 자연을 [저 스스로 피어오르는 그런 존재가 아니라 자기가 마치 무엇이라도 되는 양 자기의 능력과 관심의 대상 나지 상관자로서 자기 앞에다] 작위적으로 내세운다(stellt). '자연 에너지를 도발하는 내세움(Stellen)'을 그는 '촉진'(Fördern)이라고 규정한다(VuA 19). 여기서는 자연이 '어떤 **주문**된 것'(Bestelltes)으로 된다. 드러냄으로서의 기술이 도발로서의 내세움이라는 성격을 갖는다는 것이 중요한 핵심이다(VuA 20). 그는 이러한 드러냄의 '방식'으로서 [자연 속에 은폐된 에너지의] 채굴, 변형, 저장, 분배, 전환'을 들고 있다. 조종과 안정이 도발적 드러냄의 특성이라고도 말한다. 현대의 기술은 자연에 대해 이러한 태도를 취하고 있는 것이다.

이어서 그는, 이러한 도발적 내세움을 통해 야기되는 것 결과되는 것이 '어떤 종류의 비은닉성'인가를 묻고, 그것이 주문된 것으로서의 '**용품** (Bestand)'이라고 대답한다(VuA 20). 이것은 통상적 의미인 단순한 '재고품' 이상의 것으로서 '도발적으로 드러내지는 모든 것이 어떻게 현존하는가 하는 방식'이라고 그는 설명한다. 근대에 있어서 '대상'(Gegenstand)으로 파악되던 존재자가 현대 기술에 있어서는 '용품'으로 파악되고 있는 것이다. 다시 말해 '도발적 내세움을 통해 현실적인 것이 용품으로서 드러내지는 것'이다(VuA 21). 여기서는 인간 자신도 예외가 아니다. 인간이 거기로 도발되고 주문되어 있을 때, 인간도 자연보다 더 근원적으로

<u>용품에 속한다</u>는 것을 그는 지적한다. 하지만 인간이 자연 에너지보다 더 근원적으로 도발되어 있기 때문에 즉 주문 속으로 도발되어 있기 때문에, 그는 결코 한 단순한 용품으로 되지 않는다. 인간은 기술을 사용하면서 드러냄의 한 방식으로서의 주문에 참가한다는 특징을 갖는다(VuA 22). 'stellen' 'bestellen' 'Bestand' 등이 기술의 본질인 '도발적 드러냄'의 특징을 이루고 있는 것이다.

다음으로 그는, 이 도발적 내세움을 수행하는 자가 누구인가고 묻고, 그것이 '인간'이라고 대답한다. 그러나 그는 인간이 이런저런 것을 이러저러하게 생각하고 만들어내고 사용할 수 있지만, 비은닉성에 관해서는 인간이 제멋대로 하지 못한다고 제한한다. 즉, 사상가는 자기에게 말건네진 것에 응답했을 따름이라는 것이다(VuA 21). 비은닉성 자체는 결코 인간의 산물이 아니다(VuA 22). 인간이 자연 에너지를 촉발하도록 이미 도발되어 있는 한에서만 이 주문적 드러냄이 일어날 수 있다(VuA 21). 바로 이것 즉 인간들이 진리를 거슬러 모든 것을 제멋대로 하려함이 현대 기술의 근본적인 문제인 것이다.

이어서 그는 '드러냄이 인간의 단순한 산물이 아니라면, 그것은 어디서 어떻게 일어나는가'고 묻고, '인간에게 이미 언제나 답변을 요구한 '저것'을 선입견 없이 귀기울이기만 하면 된다'고 대답한다. 여기서 그는 인간을 '저것'으로부터 '답변을 요구받은 자'로 이해하고 있다. '언제나 인간이 그의 눈과 귀를 여는 곳에서, 그의 마음을 열고, 생각과 행동, 교육과 작업, 기도와 감사에 자신을 자유롭게 내줄 때, 인간은 도처에서 이미 비은닉된 것 안으로 데려와져 있음을 발견한다'는 것이다. 그 비은닉성은 그것이 인간을 그에게 합당한 드러냄의 방식 안으로 불러들이는 그때마다 이미 발현하고 있다. 여기서 하이데거는 비은닉성 자체와 인간과의 독특한 관계를 언급하고 있는 셈이다. 그 관계는 단적으로 말건 넴(Zuspruch)과 응답(Entsprechen)의 관계다. 즉 인간이 그의 방식으로 비은닉성 내부에서 현존자를 드러내는 것은, 오직 비은닉성의 말건넴에 응답하는 것이다.

문제는 그 왜곡된 방식이다. 즉 인간이 자연을 인간의 표상의 한 영역으로서 탐구하고 고찰하면서 뒤좇아 다닐 때, 인간은 이미 드러냄의 한 [왜곡된] 방식, (즉 인간을 도발하는, 자연을 탐구의 한 대상으로서 다가가도록 하는, 대상도 용품의 비대상성 속으로 사라질 정도로까지 하는) 그러한 드러냄의 한 방식에 의해 요청을 받고 있다는 것이다. 이러한 점에서 그는 주문적 드러냄로서의 현대 기술이 결코 단순한 인간의 행위가 아니라고 확인한다(VuA 22, 24). 그리고 그는 '인간을 내세우고, 현실적인 것을 용품으로서 주문하는 도발을 그것이 자신을 드러내는 대로 받아들여야 한다'고 주장한다(VuA 23). 저 도발함이 인간을 주문함 속으로 집약시키며, 이 집약시키는 것이 인간으로 하여금 현실적인 것을 용품으로서 주문하는 것에 열중하게 한다는 것이다.

이상의 사유과정을 거쳐 하이데거는 '**작위**(Ge-stell)'라고 하는 저 유명한 기술의 본질규정에 도달한다. '작위'란 "스스로를 드러내고 있는 그것을 용품으로 주문하도록 인간을 집약시키고 있는 저 도발적 요구"(VuA 23) 또는 "인간으로 하여금 현실적인 것을 주문이란 방식으로 용품으로서 드러내도록 내세우는, 즉 도발하는, 저 내세움(Stellen)의 집약"(VuA 24, 27) 또는 "현실적인 것이 용품으로서 드러나는 방식"(VuA 27)이라고 설명된다. 이러한 독특한 '드러냄의 방식'이 곧 '현대 기술의 본질'(VuA 24, 27)이라는 것이 하이데거의 통찰이다. 이런 한에서 작위는 '집기', '뼈대', '장치', '기계'와 같은 통상적인 의미가 아니다. 따라서 그것은 '기술적인 것', '기계적인 것'이 아니다. 그는 이것을 지금까지와는 "완전히 다른 의미로"(VuA 23) 이해한다. 그는 '내세움'을 '도발함' 뿐만이 아니라, 동시에 '다른 내세움' 즉 그 의미의 원천이 되는 포이에시스의 의미로서 현존자를 비은닉성으로 오도록 하는, '제작/이쪽에-세워놓음', '눈앞에 -세워놓음'의 여운도 간직한다고 이해한다(VuA 24). 이 '현출하는 제작 (hervorbringende Her-stellen)'과 '도발하는 주문(herausfordernde Bestellen)' 은 비록 근본적으로 다르지만 본질에 있어서 관련되어 있다. 즉 양자는 모두 '드러냄의 방식, 알레테이아의 방식'이라는 것이다. 작위에 있어서 비은닉성이 발현되며, 그에 따라 현대 기술의 작업이 현실적인 것을 용품으로서 드러낸다. 이런 점에서 기술은 단순한 '인간의 행위'도 '그러한 행위 내부의 단순한 수단'도 아니라고 그는 확인한다.

여기서 하이데거가 특별히 주목하고 있는 것은 '(이 시대의) 인간이 특별히 두드러진 방식으로 드러냄에로 도발되고 있다'(VuA 25)는 것이다. 이러한 상태가 특히 '자연'에 대한 '인간의 주문적 태도'에서 잘 나타난다고 그는 본다. 즉, 자연은 '에너지원의 주저장고'로 간주된다. 이러한 태도의 좋은 예가 자연을 '계산가능한 힘의 연관'으로 생각하고 묘사하는 '근대 정밀 자연과학'이라고 그는 본다. 이러한 생각이 '실험'을 주문하는 근거라고 그는 이해한다. 그는 특히 근대 물리학이 이러한 기술의 본질 즉 작위의 '선구자', '사절'로서의 성격을 가지고 있었다고 지적한다. 그러나 사태적으로는 기술의 본질이 자연과학보다 먼저라고 지적한다. 이러한 기술의 본질은 오래도록 은폐되어 있었다. 이미 살펴본 학문비판이 기술비판과 연결되는 대목이라고 할 수 있다.

이어서 그는 '작위 자체가 그 스스로 무엇인지'를 좀더 깊이 숙고한다. 그것은 모든 인간 행위의 저편 어딘가에서 일어나는 것이 아니다. 그렇다고 그것이 오로지 인간에 있어서만, 그리고 인간에 의해 주어진 척도에 따라서만 일어나는 것도 아니다. 인간은 ‘그렇게 도발된 자로서 작위의 본질영역 안에 서 있으며’, ‘작위에 대한 관계를 추가적으로 받아들이는 것일 수 없다’는 것이다.

이어서 하이데거는 기술의 본질이 우리 인간을 그와 같은 드러냄의 길로 데려오는 그 ‘길로 데려옴’, ‘보냄’이라는 성격을 주목하고, 그것을 ‘운명(Geschick)’(VuA 28)이라고 특징짓는다. 현대 기술의 본질인 작위가 ‘드러냄의 운명 속에 속한다’는 것이다(VuA 29). 여기서 운명이란 ‘모든 역사의 본질’로서, 단순히 역사학의 대상이나 인간적 행위의 수행(VuA 28), 변경할 수 없는 사건진행에서 회피할 수 없는 것이라는 의미에서의 ‘숙명’을 뜻하지 않고(VuA 29), “인간을 비로소 드러냄의 길로 데려오는 저 집약하는 보냄(Schicken)”을 말한다(VuA 28). 그것은 ‘포이에시스로서의 현출’이기도 하다. 이런 의미에서 작위는 ‘드러냄의 모든 방식과 같은 운명의 보냄’이라고 말해진다. 여기서 그는 이 운명의 영역으로서 ‘자유’를 지적한다. 따라서 이러한 ‘기술의 본질에 대해 우리가 우리자신을 열면, 우리는 예기치 않게 해방하는 요청 안으로 받아들여진 것을 발견한다’는 것이다. 작위의 지배는 운명에 속한다. 이것이 인간을 그때그때 드러냄의 길로 보내기 때문에, 인간은 오로지 주문에 있어서 드러내어진 것만을 추적하고, 활용하고, 그로부터 모든 것의 척도를 정하는 그런 가능성의 주변을 끊임없이 맴돌고 있다. 이것에 의해 ‘다른 가능성이 차단된다’고 하이데거는 지적한다. 즉 ‘인간이, 드러냄에 있어 자기가 필요하다는 소속감을 자신의 본질로서 경험하기 위해, 비은닉성의 본질과 그것의 비은닉성에 더 빨리 더 많이 그리고 더 원초적으로 관여하게 되는 그런 가능성’이 차단된다는 것이다(VuA 29f).

이렇게 해서 그는 작위의 '**위험**'(Gefahr)적 성격을 지적한다. 즉 '기술의 본질'인 '드러냄의 운명'으로서의 '작위'가 필연적으로 '위험'이라고 그는 보는 것이다(VuA 30,32). 더욱이 '어떤 하나의 위험'이 아니라, '바로 그 위험', '최고의 위험'(VuA 30) '극단적 위험'(VuA 31)이라는 것이다. 우리가 기술의 본질을 주목해야 하는 이유도 바로 이 점에 있다. 여기서 위험이란 무엇인가. 하이데거는 이 말로써 무엇을 의미하고자 하는가. 결론적으로 말하자면 이것은, 기술의 본질이 드러냄을 위협하며, 모든 드러냄이 주문 속에서 일어나고, 모든 것이 오직 용품의 비은닉성 속에서 자신을 나타내는 그런 가능성을 갖고 위협한다는 것이다(VuA 38). 이러한 위험은 '인간이 비은닉된 것을 잘못 보고 그것을 잘못 해석한다'는 데서 생겨난다. 거기서는 '옳은 것'과 '참된 것'이 구별되지 못하고 '참된 것'이 물러나게 된다. 그 결과가 오늘날 우리가 이미 목격하고 있는 인간의 무지와 오만인 것이다. 그 실상을 하이데거는 다음과 같이 묘사한다. 즉 기술의 지배에서는 비은닉된 것이 대상이 아니라 용품으로 인간에게 다가가고 인간은 단지 용품의 주문자가 된다. 더욱이 인간은 인간 자신조차 단지 용품으로 받아들여지는 데까지 나아간다. 이것을 하이데거는 '극단적인 추락의 낭떠러지 마지막 끝'이라고 표현한다. 그런데도 인간은 마치 인간이 '지구의 주인'이라는 식으로 거드름을 피운다(VuA 30). 그들에게는 만나지는 모든 것이 인간의 산물인 한에서만 성립되는 듯이 보인다(VuA 31). 인간은 도처에서 자기 자신만을 만나는 듯이 보인다. 말하자면 인간이 최고이고 모든 것이 인간의 것이다. 이러한 태도와 상황이 문제요 위험이라고 하이데거는 보는 것이다. 작위의 도발의 결과, 인간은 작위를 하나의 말건네는 요청으로서 알아듣지 못한다. 또한 인간은 그 자신을 말건네져 요청받은 자로서 보지 못한다. 그리고 인간은 그 자신이 본질적으로 말건넴(Zuspruch)의 영역에서 실-존하며 따라서 결코 자기 자신만을 만날 수 없다고 하는 것을 이해하지 못한다. 이와 같이 작위는 인간을 자기 자신에 대한 관계에 있어서 뿐만 아니라 존재하는 모든 것에 대한 관계에 있어서 위태롭게 한다. 올바른 진정한 관계 속에 있지 못하게 하는 것이다. 운명으로서의 작위는 주문이라는 방식의 드러냄을 지시한다. 주문이 지배하는 곳에서는 그것이 드러냄의 다른 모든 가능성을 몰아낸다. 작위는 현존자를 나타남(의 상태)에로 끄집어-내어-오는 (포이에시스라는 의미의) 저 드러냄을 감추어버린다. 도발적 내세움은 존재하는 것에 대한 정반대방향의 관계를 들이민다. 작위가 주재하는 곳에서는 용품의 조종과 안정이 모든 드러냄을 각인한다. 그것들은 이 드러냄조차도 그러한 것으로서 더 이상 나타나오게 하지 않는다. 도발적 작위는 예전의 드러냄의 방식 즉 현출/앞에-내어-놓음뿐만이 아니라 드러냄 그 자체와 거기서 비은닉성(진리)이 발현하는 바의 그 장마저도 은폐한다. 작위는 진리의 나타남과 주재함을 위장한다(VuA 31). 이런 식으로 작위의 지배는 '어떤 보다 근원적인 드러냄에로 귀의하여 어떤 보다 원초적인 진리의 말건넴을 경험할 수 있는 기회를 놓쳐버릴 수 있다'는 가능성을 갖고 위협한다(VuA 32). 이상과 같은 의미에서 기술의 본질인 작위는 '위험'이라고 하이데거는 말하는 것이다.

이러한 사유과정을 거쳐 하이데거는 **'구원'**(Das Rettende)의 가능성을 조심스럽게 모색해 나간다. '위험이 있는 곳에 구원도 자란다'는 횔덜린의 말이 그 실마리가 된다. 이때 하이데거는 '구원'이라는 말을 '몰락의 위험에 처한 것을 제 때에 재빨리 붙잡아 그것이 지금까지의 존립상태를 유지해 나가도록 보장해주는 것'이라는 통상적 의미뿐만이 아니라, "본질 속으로 되돌려 주어 그 본질이 비로소 본래적으로 나타나도록 한다"(VuA 32)는 의미로 이해한다. 그런데 하이데거는 이러한 구원이 어떤 외부로부터 주어지는 것이 아니라, 바로 '기술의 본질' 그 자체가 '구원의 성장'을 간직하고 있음을(VuA 32), 그 안에 구원이 뿌리 박고 있으며 거기서부터 구원이 자라난다는 것을(VuA 33) 주목한다. 어떤 점에서 그런가? 이를 해명하기 위해 하이데거는 '본질'(Wesen)의 진정한 의미를 주목한다. 그는 이 말을 '무엇임', '류', '에센티아'와 같은 통상적인 의미로 이해하지 않는다(VuA 33). 그는 이것을 '어떤 다른 의미로' 사유하고자 한다(VuA 34). 즉 그는 이 말을 동사적인 의미로 이해된 '현성함'(Wesen)으로 해석하며, 그것은 다시 '존속함'(Währen), '보존함'(Gewähren)의 의미로 해석한다. 결론을 앞당겨 말하자면 이 '보존하는 것'이 '구원자'라는 것이다(VuA 36). 어떤 점에서 그런지를 좀 더 자세히 살펴보자. 그는 '본질'이라는 말을, 동사 'wesen'으로부터 사유하여, '어떤 것이 다스려지고 관리되고 전개되고 쇠퇴해가는 그 방식' '그것이 본질적으로 존재하고 있는 방식'이라고 이해한다(VuA 34). 이러한 방식으로서의 wesen이 währen(존속함)과 같은 것이라고 해석하는 것이다. Wesen=das Wesende =das Währende라고 그는 생각하는 것이다. 단 이때 währen을 그는 소크라테스–플라톤적인 의미에서 이해된 지속적으로 존속하는 것·항상적으로 머무르는 것·에이도스·이데아로, 그리고 아리스토텔레스적인 의미에서의 토 티 엔 에이나이·에센티아로 이해하지 않는다(VuA 35). 그 대신 그는 이것을 '존속된 것을 보존함'(das Gewähren des Gewährten)으로 이해한다(VuA 35). 즉 '본질의 현성자가 보존된 것을 발현한다'는 점을 그는 주목하는 것이다(VuA 37). 여기서 그는 외견상의 모순에도 불구하고, '현실적인 것을 용품으로서 주문하는 도발함도 여전히 하나의 보냄으로, 즉 인간을 드러냄의 길로 데려오는 보냄으로, 머무른다'는 것을 주의한다(VuA 35). 이러한 운명으로서 기술의 본질적 존재는 인간을, 인간 자신이 혼자서는 고안해내지도 전혀 만들어내지도 못하는 그러한 것과 관계를 맺게 해준다. 왜냐하면 오직 혼자의 힘만으로 인간인 그러한 인간은 없기 때문이다(VuA 35f). 인간의 한계와 그 한계바깥으로의 관련을 지시하는 이 말은 중요한 것을 시사하고 있다. 그는 이렇게 말한다. "그러나 만일 이 운명, 작위가 인간존재에게 있어서 뿐만 아니라 모든 드러냄 그 자체에게 있어서도 극단적인 위험이라면, 이 보냄은 여전히 보존함으로 불려질 수 있는 것인가? 만일 이 운명에 있어서 구원이 자라나야만 한다면, 물론 그리고 전적으로 그렇다. 드러냄의 모든 운명은 제각기 보존함으로부터 그리고 그러한 보존함으로서 발현한다. 왜냐하면 이 보존함이 인간에게 비로소, 드러냄이 발현되는 데 필요한 드러냄에의 관여를 알리기 때문이다. 그렇게 필요한 자로서 인간은 진리의 발현에서 제몫을 담당한다"(VuA 36). 이러한 사정을 근거로 그는 "이러저러하게 드러냄 속으로 보내는 보존자가 그 자체로서 구원자이다"(VuA 36)라고 말하는 것이다. 왜냐하면 이 구원자가 인간으로 하여금 '그의 본질의 최고의 품위'를 보게 하고 그곳으로 귀의하게 만들기 때문이다. 인간 본질의 최고 품위는 '비은닉성 및 그와 더불어 우선 먼저 모든 본질의 은닉성을 이 지상에서 지키는 데에 있다'고 그는 보고 있다. "바로 작위 안에서(즉 인간을 드러냄의 소위 유일한 방식인 주문함 속으로 마음을 빼앗기도록 위협하고 그렇게 인간을 그의 자유로운 본질의 포기라는 위험 속으로 밀어대는 그런 작위 안에서), 바로 이 극단적 위험 안에서, 보존하는 것 안으로의 인간의 가장 내적이고 파괴할 수 없는 귀속성이 나타난다"는 것이다(VuA 36). 즉 '기술의 본질적 존재가 그 자체 안에 구원하는 것이 대두할 가능성을 간직하고 있다'는 셈이다(VuA 36). 단 이러한 전향이 가능하기 위해서는 우리가 우리측에서 기술의 본질에 대해 주의하기를 시작해야만 한다(VuA 36). 이렇게 해서 위험으로부터의 구원의 가능성이 위험으로서의 기술의 본질 그 자체 안에서 자라난다는 하이데거의 수수께끼 같은 말은 일단 해명되었다. 요컨대 그는 기술의 본질이 지니는 '양의성' 즉 '모든 드러냄(진리)의 신비를 지시하는 양의성'을 주목하고 있는 셈이다. 서로서로 엇갈리는 이 양자 중 첫째는 '작위가 주문의 맹위 속으로 도발한다는 것(주문은 드러냄의 발현 속으로의 모든 시선을 차단하는 것)'이며[주문의 제어하기 힘듦], 둘째는 '작위가 보존하는 것 안에서 발현하며, 이 보존하는 것은 인간을, 진리의 현성을 지킴에 필요한 자라는 점에서, 존속하게 한다는 것'이다[구원의 머묾](VuA 37). 이 두 번째 의미에서 구원이 대두하게 된다(VuA 37). 단 이것이 진정으로 가능하기 위해서는, '우리가 이 대두를 숙고하고 그리고 회상하면서 지키는 것', '우리가 오로지 기술적인 것만을 응시하는 대신 기술의 본질적인 것을 통찰하는 것'(VuA 36)이 결정적으로 중요하다. 기술을 도구로 생각하고 그것을 통달하려는 의지에 매달린 채로 있는 한 우리는 기술의 본질을 잘못 다루게 된다(VuA 36). 그는 기술에 대한 물음을 통해 '그 안에서 드러냄과 은닉이, 즉 진리의 본질적인 존재가 발현하는 바로 그 형세'(VuA 37)를 파악하고자 하는 것이다. 기술에서 진리로 그는 우리의 시선을 돌리고자 한다. 그렇게 해서 위험에서 구원으로 우리를 이끌고자 한다. 그것은 기술 자체의 위험을 깨닫는 데서 비로소 가능해진다.

마지막으로 그는 기술의 어원인 '테크네'의 본래적 의미에 주의하면서, 거기에 포함돼 있었던 포이에시스로서의 **예술**에 주목한다. 테크네로서의 예술은 고대 희랍에 있어서 '신들의 현재'를 가져왔고 '신들의 운명과 인간의 운명 사이의 대화'를 밝혔다는 것이다. '과연 예술이 극단의 위험 한가운데에서 자신의 본질에 함축되어 있는 이러한 최고의 가능성을 보존하고 있는지'를 그는 묻는다. 그러나 그는 '아무도 그것을 알 수 없다'고 그 답을 유보한다(VuA 39). 이는 기술비판을 넘어나가는 방향, '진리의 발현'이라는 '또다른 가능성'(VuA 39)에 대한 암시일 수 있으나, 이는 아직 하나의 가능성으로 남겨두기로 한다. 그러나 그 경지가 하이데거의 목표임은 분명하다.

또 다른 시초에로의 이행을 위한 존재사유의 권유

이상에서 우리는 하이데거와 더불어 전통 형이상학과 근대 학문과 현대 기술이 그 본질에 있어서 어떠한 것이며 그것들이 어떠한 한계를 갖는가 하는 것을 존재론적인 관점에서 살펴보았다. 하이데거의 주장의 핵심은 이 삼자가 공통적으로 진정한 '존재의 문제성'에 도달하고 있지 못하다는 것이었다. 그러한 채로 그것들은 우리들의 이 시대에 어떤 지배적인 성격을 가지고 유통되고 있는 것이다. 그래서 그는 우리의 시대를 '완전한 물음부재의 시대'라고 진단했다.

그렇다면 이제 우리에게 남겨진 과제는 무엇인가. 우리는 이것들에 대해 어떠한 태도를 취해야 하는가. 하이데거는 이것들의 폐기를 주장하는 것인가. 모든 전승과 학문과 기술을 버리고 이른바 원시적 '자연으로 돌아가라'고 하는 것이 하이데거의 모토였던가. 많은 사람들이 갖고 있는 피상적인 인상과는 달리 결코 그렇지는 않다. 일례로 하이데거는 학문비판과 관련해, "학문을 특징짓는 일이 학문에 대한 어떤 적대에서 발원하는 것은 아니다"(BzP 156), "철학은 학문에 대해 찬성도 반대도 하지 않으며, 학문을 그 고유한 용도에 따른 그 고유한 몰두에 넘겨준다"(BzP 156)라고 분명히 말한다. 이러한 입장은 전통 형이상학과 현대 기술에 대해서도 타당할 것이다. 그러나 그것은 단순한 방치와는 근본적으로 다르다. 이들에 대한 하이데거의 주제화(존재망각 내지 존재이탈로서의 주제화)는 그 자체로서 이미 다른 무언가를 지향하고 있다. 그 무언가란 무엇인가. 그것은 단적으로 '또다른 시초가 울려오는 것', '존재자체가 울려오는 것'이다. 왜냐하면 이러한 울림이 '존재망각 안에서' 이루어지며(BzP 114), "존재의 울림은 존재이탈의 해명을 통해 존재를 그 완전한 현성에 있어서 즉 발현에 있어서 되찾고자 한다"고 그는 믿고 있기 때문이다(BzP 116). 존재이탈은 존재사유에 있어 존재울림이라는 특별한 (긍정적인) 역할을 수행하는 셈이다. 새벽을 위해서 밤의 어둠이 필요한 것과 같은 이치다. 하이데거는 존재이탈에서 존재울림으로, 존재울림에서 발현으로의 이행을 생각하고 있는 것이다. 그런 점에서 그는 '곤경의 승인'(BzP 107)을 요구하고 있다. (단 그의 주제화는 이들에 대한 간접적인 경고의 성격을 분명히 지니고 있다. 또는 어쩌면 안타까움, 우려, 한심스러움일까?)

그러나 하이데거 자신이 스스로의 철학적 노력을 이미 그 본격적 출발점인 『존재와 시간』에서 '현상학'으로 규정하고(SuZ 27ff), 그것이 그 만년에 이르기까지 유효한 것이라고 말하고 있는 한(SD 48), 우리는 이것을 인정해야 하며, 그런 한에서는 그의 '시대비판' 또한 현상학적인 것으로서 이해해야만 한다. 그러나 '현상학적'이란 무엇을 의미하는가. 그 핵심은 무엇보다도 그 자신의 철학적 노력 내지 행위[사유와 발언을 모두 포함하는 가장 넓은 의미에서]가 ① 사태자체의 문제성에서 유래한다는 것, ② 이 사태자체의 문제성에 대한 무지의 상태가 있다는 것, ③ 사태자체의 문제성을 그에 대한 무지의 상태를 향해 언어로써 전달하여 접근가능하게 한다는 것, 이것이다.[18] 이 전달의 궁극적인 기대 내지 의의는 무엇인가. 그것은 '공동사유', '추사유' 이외의 다른 것일 수 없다. 그것은 '해석학적 이해', '지평융합'의 다른 이름이다. 이것은 하이데거에 '관한' 모든 연구의 마지막에 남겨지는 우리 자신들의 과제이기도 하다. 이 과제는 현상학인 한에서의 하이데거 철학 자체가 우리에게 필연적으로 부과하는 것이다.

그 필요성 내지 필연성은 어디에 있는가. 그것은 하이데거가 전달하고자 했던 진리 즉 존재 내지 발현이 어떤 '유일한 것'이며 '물어야 할 것'이며 '사유거리'(das Zudenkende, Sache des Denkens)이며, 더욱이 그러한 것으로서 그것이 우리에게 '자기현시'하고 우리를 '부르고' '말을 거는' 것이기 때문이다. 이러한 자기 현시는 비단 하이데거에게만 이루어지는 것이 아니고 현존재인 한에서의 모든 인간에게 이루어지는 것이기 때문에, 그는 모든 인간들에게 그 사태에 대한 응답으로서의 사유를 권유했던 것이다. 하이데거가 권유하는 공동사유는 사태자체의 부름에 대한 응답에 다름 아니다. 존재자체가 우리에게 자신을 알려오는 한 우리의 존재사유는 필연적으로 요청된다. 1949년 『휴머니즘에 관한 서한』에서 하이데거는 말한 적이 있다: "존재는 아직도 우리에게 물을만한 것이 되기를 기다리고 있습니다"(BüH 12)라고. 그 아직도는 1949년만을 의미하는 것이 아니라 아직도 유효한 아직도이

---

18) 더 자세한 것은 졸고, '하이데거의 현상학', 『하이데거의 철학세계』, 철학과현실사, 1996을 참조.

며, 앞으로도 유효한 항상적인 것이다. 그리고 그가 말한 '우리'는 비단 독일인 내지 저녁나라의 유럽인만을 의미하는 것이 아니라, 한국인 내지 동아시아인을 당연히 포함하고 있는 것이다. 비록 일상 속에서 우리에게 주어진 할 일은 많지만, 죽음과 더불어 이 존재의 세계를 떠나기 전에 형이상학과 학문과 기술의 지배를 벗어나 한 번 '존재 자체의 소리'(WiM 47)에 직접 귀를 기울여보면 어떻겠는가. 거기서 어떤 진정한 사유가 성숙될 때, 하이데거의 모든 철학적 노력이 기대했던 '또 다른 시초에로의 이행'이 이루어질 수 있을 것이다.

V. 시인론

"공적은 많다, 그러나 인간은 시인적으로 이 세상에 산다." 횔덜린의 이 말을 하이데거는 철학적인 눈으로 주목한다. 그 의미는 무엇일까.

왜 하이데거는 시인을 주목하는가?

20세기 철학의 풍경을 회상할 때 하이데거는 반드시 떠오르는 장면의 일부가 된다. 그는 여러 가지 점에서 특이한 사상가였고 그 특이함은 그에 대한 찬반을 초월해[19] 이미 하나의 전설이 되어 있다. '존재'라는 단일의 주제로 100권이 넘는 책을 쓴 그의 놀라운 일관성, 존재, 진리, 자연 등 2000년 이상 빛바래 있던 초창기 철학의 주제들을 훌륭

---

19) 하이데거에 대한 평가는 극단적인 지지와 극단적인 거부로 극명하게 갈린다. 그러나 이 양자는 미묘하게 착종하기도 한다. 분석철학자로서 하이데거에도 조예가 깊은 박이문의 경우가 이러한 사정을 잘 알려준다. 박이문, 「시와 사유」, 『하이데거와 존재사유』, 철학과현실사, 205-240, 특히 205쪽 참조.

하게 부활시켜 사람들의 코앞에 세워놓은 그의 사고력, 서양철학사 전체를 사정거리에 두고 있는 그 담론의 넓이와 깊이, '하이데거사전'이 운위될 정도의 뛰어난 언어연금술, 그런가 하면 두고두고 시빗거리가 되고 있는 그의 어설픈 나치 전력… 그 어느 것 하나 예사롭다 할 수 있는 것이 없다. 그 예사롭지 않은 것 중의 하나로 특별히 우리의 관심을 끄는 것이 그의 '시론' 내지 '시인론'이다. 하이데거의 철학은 특이하게도 시를 다루고 시인을 논한다. 특히 1930년대 이후의 이른바 후기철학에서 그의 시론과 시인론을 배제한다면 후기철학의 결정적인 한 축이 무너지고 만다. 시론 내지 시인론이 곧 하이데거철학의 중요한 일부인 것이다. 그런데 상식적으로 생각해 보면 철학과 시는 '분야'가 다르다. 달라도 한참 다른 것이 시와 철학이다. '그렇다면 왜?' 하고 우리는 묻지 않을 수 없다. 하이데거 '씩이나' 되는 철학자가 엉뚱하게도 시와 시인을 주목한다면 거기엔 무언가 특별한 이유가 있음에 틀림없다. 그게 무얼까? 이 논문에서 우리는 이 간단한, 그러나 흥미로운 의문에 대한 명쾌한 답을 찾고, 그 답에 내재된 철학적 의미들을 음미해보기로 한다.

하이데거를 일거에 본격적인 철학자의 반열에 올려놓고 오늘날까지도 그의 이름과 가장 먼저 연결되는 대표작『존재와 시간』(1927년)에서는 아직 시에 대한 관심이 드러나지 않는다. 1929년의 유명한 '형이상학' 강연에서도 시는 여전히 논외인 채다. 이 특이한 관심은 이른바 전기의 '기초존재론', '현존재 분석론', '해석학적 현상학' 등의 좌절을 거치면서 1930년대 중반 이후부터 주로 횔덜린에 대한 관심의 형태로 그 모습을 드러내기 시작한다. 새로운 길의 모색인 셈이다.[20] 이러한 관심이 이른바 '전회'의 계기로 평가받는 것은 따라서 결코 우연이 아니다. 일찌감치 하이데거의 시론을 주목한 소광희는 이렇게 단언한다. "1930년대 후반 … 하이데거는, 동향시인 횔덜린의 세계에 깊이 침잠하였다. 그것은 하이데거철학의 전개과정에서 볼 때 소위 '전회'(Kehre)가 선언되기 직전이다. 자기는 1933년의 강의였던 「진리의 본질」에서 처음으로 이 전회가 기도되었다고 하나, 그것은 뒷날의 회고적인 이야기이고, 전회의 가장 구체적이고 결정적인 전개와 구상은 나의 견해로는 바로 이 횔덜린의 시세계를 천착한 데서 실현되었다는 것이다. 따라서 전회는 결과요 그 원인이 되는 것은 횔덜린 연구라고 할 것이다."[21] 하이데거의 철학(특히 그 전개)에서 그만큼 이 시인론이 중요하다는 것을 그는 알려준다. 횔덜린 해석에 각별한 관심을 갖는 강학순도 "하이데거의 '전향'과 그의 횔덜린 해석은 연관되어 있다"[22]는 말로 같은 견해를 피력한다. 이와 같이, 시론 내지 시인론은 하이데거의 후기철학으로 들어가는 하나의 결정적인 통로가 된다. 그리고 이 길은 그의 만년에까지 이어져 간다.

그런데 하이데거의 관심대상은 횔덜린으로 다하지 않는다. 결과적으로 하이데거의 특별한 주목을 끈 시인은 다섯 사람, 즉 횔덜린/ 릴케/ 게오르게/ 트라클/ 헤벨이었다. 그 논의의 중요한 흔적들은 대강 다음과 같다.

GA4. Erläuterungen zu Hölderlins Dichtung(1936~1968)(횔덜린)(이하 EzHD)

---

20) '시작의 해명'은 '사유'와 더불어 하이데거 후기철학의 가장 두드러진 방법론의 하나라고 말할 수 있다.
21) 소광희 역, 『시와 철학』, 박영사, 310쪽.
22) 강학순, 「존재사유와 시작」, 『하이데거의 존재사유』, 철학과현실사, 263쪽.

　　GA5. Holzwege(1935~1946); Wozu Dichter?(1946)(횔덜린/릴케)(이하 Hw)

　　GA7. Vorträge und Aufsäze, Günter Neske, Pfullingen 1954 61978.; "... dichterisch wohnet der Mensch ..."(1951)(횔덜린)

　　GA12. Unterwegs zur Sprache(1950~1959); Die Sprache in Gedicht(트라클); Das Wort(게오르게)

　　GA13. Aus der Erfahrung des Denkens(1910~1976)(시작)(이하 AED)

　　GA39. Hölderlins Hymnen »Germanien« und »Der Rhein« (Wintersemester 1934/35)(횔덜린)

　　GA52. Hölderlins Hymne »Andenken«(Wintersemester 1941/42) (횔덜린)

　　GA53. Hölderlins Hymne »Der Ister«(Sommersemester 1942)(횔덜린)

　　GA65. Beiträge zur Philosophie (Vom Ereignis)(횔덜린-간단)

　　SA −Hebel−Der Hausfreund 1957(헤벨)(이하 HH)

　　SA −Gelassenheit, Günter Neske, Pfullingen 1959 101992.(헤벨-간단)

우리는 이상의 글들 중 대표적인 것들을 선택해 그 내용을 일별하면서 하이데거가 왜 이 시인들과 시를 주목했는지 그 이유를 밝혀보기로 한다.23)

횔덜린의 경우

이상의 시인들 중에서도 프리트리히 횔덜린에 대한 하이데거의 관심은 각별하다. 그에 대한 방대한 저술과 치밀한 분석이 무엇보다도

---

23) 게오르크 트라클과 슈테판 게오르게도 그 시작품이 존재론적 의미를 지닌다는 점에서 중요하지만, 본고에서는 '시론'보다 '시인론'에 초점이 맞춰진 만큼 이들에 관해 따로 상론하지는 않기로 한다.

그것을 입증한다. 하이데거는 이미 1908년 그의 김나지움 시절부터 레클람 문고판으로 횔덜린의 시를 접하고 있다. 이 경험이 그의 젊은 감수성에 어떤 깊은 인상을 남겼으리라고 짐작할 수 있다. 그것이 내면 깊이에서 성숙하면서, 아마도 철학적-존재론적 관심과 융합되면서, 하나의 형태를 갖추게 되고 이윽고 『횔덜린 시의 해명』이라는 결실로 나타나게 되었을 것이다. 그렇다면 왜 하필 횔덜린인가. 그가 우연히 하이데거와 동향이었고 특별히 독일적이었기 때문일까. 아니, 그렇게 단순하지만은 않을 것이다. 독일시인 하면 떠오르는 쟁쟁한 거장들, 괴테, 쉴러, 하이네, 헤세 등을 다 제쳐두고 굳이 횔덜린을 선택한 데는 그만한 이유가 있을 것이다. 그게 무얼까. 결론을 앞당겨 말하자면, 하이데거에게 비친 횔덜린은 "특별한 의미에 있어서 시인의 시인"(EzHD34)이기 때문이다. 좀 더 자세히 말하자면, 횔덜린이 선택된 것은 그의 작품이 다른 시들처럼 그저 시의 본질을 구현하고 있기 때문이 아니라, "횔덜린의 시가 시의 본질을 명확하게 시작한다고 하는 시인의 사명을 짊어지고 있기 때문이다."(EzHD34) 여기서 우리는 하이데거가 '시인의 사명'을 주목하고 있다는 것을 알 수 있으며, '시의 본질을 시작한다'는 것이 바로 그 사명임을 알 수 있다. 횔덜린이야말로 바로 이 사명을 짊어진 특별한 시인이라고 하이데거는 평가하는 것이다. 그러나 이 말의 뜻은 아직 모호하다. 그 구체적인 내용은 무엇인가. 하이데거는 횔덜린의 시 '시인의 사명'에서 다음 구절을 그의 횔덜린론 마지막 부분에서 인용한다. "……그러나 그것을 홀로 간직하기란 쉬운 일이 아니다. / 시인은 남들과 흔연히 어울린다, / 그들이 도움을 이해하기 위하여."(EzHD31) 여기에는 '시인'과 '남들'이 언급되어 있으며, 그들의 관계가 시사되고 있다. 이 말이, 시인의 본질을 이해하려는 우리에게는 하나의 실마리가 된다.

그러나 이 ‘사명’을 본격적으로 논하기 전에 먼저 그 사명의 내용인 ‘시의 본질’을 밝혀둘 필요가 있다. 하이데거가 생각하는 시의 본질은 어떤 것인가. 그것은 아주 특이하다. 그것은 일반적인 ‘문학적 시론’의 틀을 넘어서 있다. 우리는 무엇보다도 하이데거의『횔덜린과 시작의 본질』에서, 그 기본윤곽을 파악할 수 있다. 여기서 그는 횔덜린의 다섯 싯구를 실마리로 하여 다섯 가지 사실을 결론적으로 이끌어 낸다. 정리하자면 다음과 같다.

첫째, ‘시작’은 ‘모든 행위 중에서 가장 꾸밈없는 것이다’.

둘째, “모든 행위 중에서 가장 꾸밈없는 것’의 장소인 언어는 ‘가장 위험한 보배’이다’.

셋째, ‘언어는 인간적 현존재의 최고의 본연적 사건(Ereignis)[24]이다’.

넷째, ‘그래도 상주하는 것을 시인은 건설한다’.

다섯째, ‘시인적으로 인간은 이 지상에 거주한다’.

이것들은 각각 무엇을 의미하는가.

첫째, ‘시작’이 ‘모든 행위 중에서 가장 꾸밈없는 것’이라는 말은, 그것이 ‘유희’의 형태로 나타나고 ‘그 무엇에도 구속되지 않고 자신의 형상의 세계를 만들어내며, 상상된 것의 영역에 깃들어 있’기 때문이며, ‘결단의 심각함과 구별되기’ 때문이며, ‘현실 속에 들어가 그것을 변화시키는 행위와 전혀 무관하기’ 때문이며, ‘단순히 말하고 이야기하는 것’일 따름이기 때문이며, 그런 한 ‘아무런 작용도 없기’ 때문이다.

---

24) 편의상 또는 궁여지책으로 ‘본연적 사건’으로 번역하지만, ‘에어아이크니스’의 번역은 쉽지 않다. 이에 관한 자세한 사정은 이수정,「하이데거의 궁극적 문제―에어아이크니스에 대하여」,『논문집』, 제9권 제2호, 63-87쪽, 1987, 창원대학교를 참조 바란다.

둘째, 시작의 장소인 '언어'가 '가장 위험한 보배'라는 것은, ① '존재의 역사가 가능하기 위해, 인간에게 언어가 주어진' 한에 있어서, '언어'가 '인간의 보배'이다; ② 언어가 '비로소 존재자의 개연성 한가운데에 서게 되는 가능성을 부여하는' 것이오, '언어는 인간이 역사적인 것으로서 존재할 수 있기 위한 보증을 준다'는 것, '언어가 있는 곳에만 세계가 있다'고 하는 한에서, 언어가 '인간의 보배'이다; ③ 언어가 위험한 것은, 언어가 '존재자에 의한 존재의 위협, 즉 '존재협위', 또는 '위험', '미혹', '존재상실'이라고 하는 의미에서, 그러한 '위험의 가능성을 만들어 내는' 한에서 언어는 '모든 위험 중의 위험'이라고 하는 의미에서, 그리고 언어는 그 자신에 있어서도 '이해되고 그렇게 해서 만인에게 있어 하나의 공통된 소유물이 되기 위해 스스로를 속된 것'(gemein)으로 만들지 않으면 안 되는 한, '자신에게 가장 고유한 것', '진정으로 말하는 것'을 위험에 빠뜨리지 않을 수 없다고 하는 등 세 가지 의미에서이다.

셋째, 시작의 장소인 '언어'가, '인간적 현존재의 최고의 본연적 사건'이라는 것은, '신들이 우리를 대화에로 가져다준 이래 우리들 현존재의 근거는 대화'라고 하는 것, 다시 말하면 '언어는 본래 대화로부터 비로소 생기한다고 하는 것, 즉 언어의 본질은 처음부터 이미 대화'라고 하는 것을 의미한다. 본래부터 이미 그렇게 된다는 것이 곧 '본연'인 것이다.

넷째, '상주하는 것을 시인은 건설한다'고 하는 것은 다음을 의미한다. 즉 '상주하는 것', '척도', '존재' 등은 '언제나 이미 목전에 존재하는 것'이 아니고, 그것이 '달아나기 쉬운 것'(das Flüchtige)이라고 하는 것, 따라서 그것은 달아나지 않도록 '확립'(Stehen)되지 않으면 안 된다. 다시 말해 그것은 '쟁취되고', '방어되고', '개현되지 않으면 안 된다'는 것을 가리킨다. 이것은 '언어에 의한(worthaft) 존재의 수립'으로서 규정된다.

즉 '시인'은 '그 시작에 있어서' '신들을 부르고, 또한 모든 사물을 그 존재하는 바에 있어서 부른다'. 즉 이 '부름에 있어서 존재자는 비로소 그것이 그러한 바의 것에로 불려지고, 그렇게 해서 존재자로서 알려진 다'는 것이다. '시작은 언어에 의한 존재의 수립'이다.

다섯째, '시인적으로 인간은 이 지상에 산다'고 하는 것은, '현존재가 그 근거에 있어서 "시인적"임을 말한다. '시작'이 '신들과 사물의 본질을 수립하면서 부르는 것'인 한, '시인적으로 산다'는 것은, '신들의 현재 안에 선다고 하는 것, 그리고 사물의 본질 가까이에 관련하고 있다'는 것을 의미한다. 따라서 그것은 '성과'가 아니라 '선물'이며, '현존재에 딸린 장식품'도, '이따금씩 떠오르는 영감, 흥분, 오락' 등도, '문화현상'도, '문화정신의 단순한 표현'도 아니다.

이상을 종합해 보면, 시에 대한 하이데거의 관심이 다분히 존재론적 관심과 얽혀 있음을 쉽게 알 수 있다. 그리고 그가 왜 시작의 해명을 존재사유의 방편으로 선택했는지도 이해할 수 있다. '시작'은 결국, 세계, 자연, 신들, 상주하는 것, 언어 그 자체, 이러한 것들로서의 존재의 모습에 관심을 기울이는 것이다. 더욱이 그것은 그 존재 자체에 조명되어서 말을 한다. 그리고 이 말함으로써 본질적인 것들을 드러내고, 수립한다. 그렇게 해서 그 진실을 망각하고 있는 타인들에게 그것을 주목하게 한다. 시작은 인간의 순수무구한 본질적 존재방식이다. 즉 '언어'를 매개로 한, 존재에 대한 인간의 언어적 관련방식의 하나, 바로 이것이 '시작'인 것이다. 이러한 것이기 때문에 그 시작에 대한 해명이 존재이해와 연결될 수 있는 것이다.[25]

---

25) 시의 본질에 대한 좀더 자세한 논의는, 이수정-박찬국, 『하이데거』, 서울대출판부, 139-148쪽, 참조.

여기서 우리는 앞서 미루어두었던 시인과 '남들'의 관계문제를 시인의 사명이라는 관점에서 분명히 인식해둘 필요가 있다. 「귀향/친지들에게」(1943년)를 유심히 읽어보면 이에 대한 견해가 이미 잘 드러나 있다. 하이데거는 횔덜린의 시 '귀향−친지들에게'를 치밀하게 분석하면서 존재론적으로 해석한다. 이 해석은 다분히 문학적이기 때문에 철학적 감각으로는 오히려 이해하기가 수월하지 않은 측면이 있다. 하지만 몇 가지 두드러진 특징을 발견하는 것은 어렵지 않다.

1) '시인'이 고향으로 돌아가는 귀향자로서 묘사되고 있다는 것

2) 시인의 '친지'로서 그를 돕게 되는 '남들'이 시인과의 관계를 형성하는데, 시인은 홀로 간직하지 않고 이 남들과 흔연히 어울린다는 것

3) 시인과 남들을 매개하는 것은 '고향'이라는 것

여기서는 '고향'과 '친지'와 '시인'이라는 세 가지 요소가 눈에 띈다. 이것들을 좀더 자세히 살펴보자. 하이데거는, "시인의 사명은 귀향이다"(EzHD28)라고 분명히 말한다. 그리고 "'남들'은 시인의 친지들이다"(EzHD29)라고 말하며, "시인은 남들을 향한다(sich wendet)"(EzHD30)고도 말한다. "염려를 … 가슴속에 지녀야 하지만 … 남들은 그렇지 않다"(EzHD28)는 인용을 하기도 한다. 또한 하이데거는 말한다. "귀향자가 도착한 것만 가지고서는 아직 고향의 본질에 이르지 못했다. 그러므로 고향은 '얻기 어려운 것, 폐쇄된 것'이다. 그렇기 때문에 또한 도착한 자는 여전히 찾고 있는 자다. 그러나 그가 찾는 것은 이미 그와 마주치고 있다. 그것은 가까이 있다. 그러나 그가 찾고 있는 것은 아직 발견되지는 않았다."(EzHD13f) 이상의 인용들은 아직 암시적이기는 하지만 이미 시인의 사명에 대한 대략적인 밑그림을 보여준다. 시인은 고향과 친지의 사이에 있다. 귀향자로서의 시인은 돌아가야 할 고향과 그 고향에

대한 염려를 마음속에 지니지 못하는 남들 즉 친지들 사이에 있는 것이다. 바로 거기에 시인의 역할이 있다.

휠덜린의 시를 통해 하이데거가 주목하고 있는 시인의 사명은 이렇듯 귀향자인 시인과 그 친지인 '남들' 사이의 관계에서 성립하며, 거기에서는 '고향'이라는 것이 결정적인 매개역할을 한다.

그렇다면 고향이란 무엇인가. 하이데거는 여기서 '고향'을 어떤 특별한 의미로 생각하고 있다. 묘하게도 그것은, 이미 주어져 있는 것이지만 아직 발견되지 않은 것, 따라서 간직되어 있는 것으로 그려진다. "과연 고향의 가장 고유한 것은 이미 예로부터 마련되어 있어서, 출생지에 살고 있는 사람들에게는 이미 시여되어 있다. 고향의 가장 고유한 것은 이미 운명의 섭리요, 이 말을 현대적으로 사용한다면 역사다. 그러나 운명의 상태로 고유하게 있는 것은 아직 인도되지 않은 채 보류되어 있다. 그러므로 오직 운명에 적합한 것, 즉 합당한 것도 아직 발견되지 않았다. 그러나 이미 증여되긴 하였으나 동시에 거절된 것, 그것은 간직되어 있는 것이다. 간직되어 있는 것인 재보는 이미 마주치고 있으나 아직도 찾아야 할 것으로 남아 있다."(EzHD14) 이 경우, '고향'이라는 것은 하나의 상징이며, 그것이 곧 그의 유일한 주제인 '존재'에 대한 상징임을 우리는 증여, 거절, 간직 등의 표현을 통해 어렵지 않게 이해할 수 있다. 훗날 그가 '고향상실'이라는 말로 이른바 '존재망각'을 표현하고 있음을 상기해 보아도 그것은 명백하다. 고향과 관련된 다른 여러 묘사들 또한 그것이 후기철학에서 주제화되는 '존재'의 특성들과 연관이 있음을 알려준다. "고향의 다정하고 훤한 모습, 밝고 빛나고 눈부신 모습은 고향의 문턱에 도착할 때 친밀한 듯이 마주친다."(EzHD14)는 말에서부터 우리는 이미 그것을 짐작할 수 있다. 하이데거가 인용하고 있는 휠덜린의 싯구 "그대가 찾는 것, 그것은 가까이 있고 이미 그대와 마주치고 있다."도 또한 그렇다. 여기서 보이는 '밝다' '친밀하다' '찾는다' '가깝다' '마주친다' 등의 단어들이 고향과 존재의 연관성을 알려주는 것이다. 바로 그러한 의미로서의 고향을 하이데거는 "사물과 사람, 모든 것이 찾는 자에게 인사를 보내는 이 고요한 풍경"(EzHD15)이라는 말로 주목한다. '존재'를 상징한다고 해석될 수 있는 이 풍경과 관련해서 그는 '즐거움' '청명' '쾌활한 것'(광활한 것) '공간적으로 개방된 것, 밝게 비쳐진 것, 짜임새 있는 것' 등을 이야기한다. '빛을 비춘다' '밝음이 열린다' '빛을 넘어선 그 위의 지고한 자는 비쳐서 밝히는 밝음 자체' '개명의 영역' '밝혀 열어주는' '순수한 광명자' 등의 표현들도 등장한다. 하이데거는 이것을 '청징'(die Heitere)이라고도 말한다. 이것이 곧 '성스러운 것' '지고의 것'이다. 그것은 '열어젖히고' '밝히는' 것을 사랑한다. 이러한 종류의 시적 상징들을 여기서 무한정 열거할 필요는 없다. 중요한 것은, '고향'과 관련해 언급되고 있는 이러한 성격들이 곧 후기철학의 이곳저곳에서 언급되는 '존재'의 성격이기도 하다는 것이다. 우리는 이러한 것들을 통해서 하이데거가 휠덜린의 시에서, 특히 '고향'이라는 말을 통해서, 존재의 생생한 모습들을 읽어내고 있다는 것을 확인하면 그것으로 족하다.26) 고향은 곧 존재인 것이다.

여기서 더욱 중요한 것은 그 고향으로 돌아가는, 즉 귀향이라는 시인의 사명이다. 그렇다면 귀향이란 무엇이며, 귀향자란 어떤 자인가. 귀향자인 그는 도착자이며 찾는 자이며 탐구자이다. 그리고 귀향이란 '근원

---

26) 후기 존재론의 주요 개념들인 '가까움' '밝음' '열림' 등의 기초가 여기에 다듬어지지 않은 형태로 드러나 있음을 우리는 발견한다. 이는 휠덜린의 시가 하이데거의 존재론적 상상력에 대해 중요한 원천이었음을 알려준다.

가까이로 돌아감'이다. 그런데 귀향할 수 있는 사람은 오직 다음과 같은 사람이다. 즉 "일찍이 이미 오랫동안 편력자로서 편력의 중하를 어깨에 메고, 자기가 찾아야 할 것이 무엇인지를 경험하기 위하여 근원으로 돌아오는 자, 즉 그때엔 탐구자로서 보다 많이 경험을 쌓아 가지고 귀환하는 자"인 것이다.(EzHD23:) 편력과 경험을 지니고 돌아오는 바로 그가 시인인 것이다. 이것이 귀향자인 시인에 대한 하이데거의 생각이다. 이 경우에 귀향의 본질이란 "향리의 사람들이 아직도 감추어진 채로 보류되어 있는 고향의 본질에 익숙해지는 데, 아니 그보다 먼저 고향의 '사랑하는 사람들'이 고향에 익숙해지는 것을 배우는 데 있는 것"이다. 그렇기 위해서는 고향의 고유한 것, 최선의 것을 미리 앞질러서 알 필요가 있다. 그러나 우리가 그것을 발견할 수 있기 위해서는, 우리에게 한 사람의 탐구자가 나타나야 하고, 또 탐구되는 고향의 본질이 그 탐구자에게 시현되어야 한다고 하이데거는 말한다.(EzHD14) 이는 진정한 귀향의 전제이기도 한 셈이다. 귀향은 또한 '접근'이라고도 설명된다. 이 접근은 특이하다. 그것은 "가까이 있는 것을 가깝게는 하지만 그 가까이에 있는 것은 동시에 탐구되고 있는 것이기 때문에 사실은 가까이 있지는 않다. … 접근의 본질은 접근이 가까운 것을 멀리 함으로써 그것을 가까이 하는 데 있다. 근원에의 접근은 하나의 비밀인 셈이다."(EzHD24) 하이데거가 주목하는 '귀향'이란 바로 이러한 의미에서의 "근원에의 접근에 익숙해지는 것"(EzHD24)이고, '고향으로 돌아온다는 것'은 "이 접근의 비밀을 알거나 알도록 배우는 것"(EzHD24)이다. 이상과 같은 의미에서 시인의 사명은 '귀향'이다. 그리고 이 "귀향으로 인하여 고향은 근원에 접근하는 땅이 되는 것이다. 가장 즐거운 것으로 간직하면서 접근하는 비밀을 수호하는 것, 그것은 귀향의 마음씀이다."(EzHD28) 이렇게 하이데거는 시인의 사명을 정리한다.

그러나 이미 시사되고 있듯이 '귀향'은 시인과 고향의 관계로 다하는 것이 아니다. 고향에는 시인의 '친지'인 '향리의 사람들' '다른 사람들' '남들'이 살고 있다. 그렇다면 이 '남들'이란 어떤 자인가. 이들은 고향에 살고 있음에도 불구하고 아직 고향의 본질에 익숙하지 않은 사람들이다. 하이데거는 횔덜린의 시에서 다음 구절을 강조한다. "이와 같은 염려를 좋든 싫든/ 노래하는 자는 마음속에 지녀야 하지만, 그러나 남들은 그렇지 않다."(EzHD28) 여기서 '남들'과 '않다'라는 두 단어에서 하이데거는 특별한 의미를 읽어나간다. 그는 진지하게 묻는다. "준엄하게 '않다' 고 거절된 그 '남들'이란 누구인가? 이렇게 끝나는 이 시의 서두에는 '친지들에게'라는 헌사가 붙어 있다. 무엇 때문에 이제부터 고향에 살고 있는 향리의 사람들에게 새삼스럽게 '귀향'이 이야기되어야 하는가?" 그리고 그 답을 찾아나간다. 여기서 모종의 '결핍'에 대한 인식이 논의를 이끌게 된다. "귀향하는 시인은 지나가면서 하는 향리 사람들의 인사를 받는다. 그들은 친척처럼 생각한다. 그러나 아직 그렇지는 않다. 즉 시인의 친척은 아니다. 그러나 마지막으로 언급된 '남들'이 이제부터 시인의 친지가 되어야 할 사람이라면, 왜 시인은 그들을 가인의 우려에서 제외했는가? 준엄한 '않다'는 시적으로 언전하려는 우려로부터 '남들'을 해방한다. 그러나 이 '귀향'에서 '시인이 생각하고 노래하는' 것을 듣는 염려로부터 해방하는 것은 결코 아니다. 이 '않다'는 고향에 있는 사람들이 듣는 자가 되도록—그들이 고향이 무엇인가를 새삼 배워서 알기 위하여—은연중에 부르는 것이다. '남들'은 간직하는 접근의 비밀에 관하여 생각하는 것을 먼저 배우지 않으면 안 된다. 그것을 생각함으로써, 비로소 간직되고 시어 속에 보존되어 있는 보물을 경솔하게 취급하지 않는

신중한 사람들 중에서 질긴 끈기를 가진 참을성 있는 자가 나와서, 아직
도 지속하는 신의 부재를 끝까지 감내하는 것을 스스로 다시금 배우는
것이다. 신중한 자들 및 끈기 있는 자들은 먼저 염려하는 자들인 것이다.
그들은 시 속에서 노래된 것을 생각하기 때문에, 가인의 염려를 가지고
간직하는 접근의 비밀로 마음을 돌리는 것이다. 동일한 것에 함께 귀일
하기 때문에 염려하며 듣는 자들과 언전하는 자의 염려는 친척간인 것이
다. 즉 이 '남들'은 시인의 친지들이다."(EzHD28f)

　이상을 통해 우리는 '남들'에 대한 하이데거의 생각을 분명히 읽어낼
수 있다. 하이데거가 생각하는 '남들'은, 즉 '…않다'는 말로 특징지어진
이 '남들'은, '출생지에 안주해 있는 사람들'이며 '고향에 살고 있는 향리
의 사람들'이다. 이들은 시인을 친척처럼 생각하고 인사를 하는 자이나
아직 친척은 아니다. 그들은 이제부터 '시인의 친지'가 되어야 할 사람
들이다. 말하자면 그들은 시인의 가능적인 친지인 셈이다. 그들은 노래
하는 자의 염려에서 제의되어 있다. 즉 '시적으로 언전하려는 염려를
아직 지니지 못하는 사람들'이다. 그러나 그들은 '시인이 생각하고 노래
하는 것을 듣는 염려를 지녀야 될 사람들'이다. 다시 말해 그들은, '듣는
자가 되도록—그들이 고향이 무엇인가를 새삼 배워서 알기 위하여—은
연중에 부르는 것을 들어야 할 사람들'이며, '간직하는 접근의 비밀에
관하여 생각하는 것을 먼저 배우지 않으면 안 되는 사람들'이다. 즉 그
들은 비록 고향에 살고 있지만 '귀향'한 것이 아니며 귀향이 필요한 사
람들인 것이다. 모종의 '결핍'이 그들을 규정하고 있는 셈이다. 그런데
그들 중에는 '그것을 생각함으로써, 비로소 간직되고 시어 속에 보존되
어 있는 보물을 경솔하게 취급하지 않는 신중한 사람들'이 있다. 그중에
서도 '질긴 끈기를 가진 참을성 있는 자'가 있으며, 그들은 '아직도 지속

하는 신의 부재를 끝까지 감내하는 것을 스스로 다시금 배우는 자'이다. 이런 신중한 자들 및 끈기 있는 자들은 먼저 '염려하는 자들'이며, 이들은 '시 속에서 노래된 것을 생각하기 때문에, 노래하는 자의 염려를 가지고 간직하는 접근의 비밀로 마음을 돌리는 자'이다. 이렇게 하여 동일한 것에 함께 귀일한다. 염려한다는 점에서 그들은 시인과 일치한다. 그렇기 때문에 듣는 자와 말하는 자는 친척간이 된다. 즉 이 '남들'은 그렇게 함으로써 비로소 시인의 친지가 되는 것이다. 결핍은 시인을 통해 충족으로 연결된다.

시인의 역할은 바로 이점에서 찾아진다. 즉 시인은 고향의 사물과 그 독특한 생활을 다만 우연히 소유한다는 것을 넘어서, 즐거움의 근원을 향하여 허심탄회하게 마음을 열어젖히는 것, 그들을 향하여 빛나고 있는 고향의 청징을 주시함으로써, 자기의 생을 아직도 간직된 채 있는 보물을 위하여 소모하고 희생의 행로에서 낭비하는 저 고향의 아들들을 부르는 것이다. 그리하여, 고향에 있는 가장 사랑하는 자들을 향하여 시적으로 외치는 소리를 그 희생 속에 간직하도록 하는 것이다. 시인과 고향사람들의 근친관계는 그렇게 해서 비로소 이루어지는 것이다. 횔덜린을 통해서 본 하이데거의 시인론은 대략 이와 같다.

릴케의 경우

또 하나의 중요한 시인론은 '무엇을 위한 시인인가?'(1946년 발표, 1950년 『숲길』에 수록)에서 전개되고 있다. 여기서는 라이너 마리아 릴케가 주목의 대상이 된다. 하이데거가 릴케를 주목하고 논하는 이유는 무엇인가. 릴케는 아마도 가장 널리 알려진 시인 중 하나일 것이다. 그러나 하이데거가 그를 주목하는 것은, 이를테면 그의 작품 '사랑'이나 '가을날'이 애송되는 일반적인 경우와는 그 이유가 다르다. 하이데거의 경우는, 릴케가 "가난한 시대의 시인"이기 때문에 주목의 대상이 된다. 하이데거는 릴케에게서 '가난한 시대의 시인'의 한 전형을 발견한다. 릴케는 "시대의 가난을 보다 명확하게 경험한다"(Hw274)는 점에서 특별하다. 그는 릴케에 대한 관심을 이렇게 표현한다. "릴케는 가난한 시대의 시인인가? 그의 시작은 시대의 가난과 어떻게 관계하는가? 그것은 얼마나 깊이 심연에 도달하는가? 그가 갈 수 있는 데까지 간다고 한다면, 시인은 어디까지 가는가?"(Hw274) 그리고 그에 대한 논의의 마지막을 이렇게 정리한다. "릴케가 '가난한 시대의 시인'이라고 한다면, 역시 그의 시업만이, 무엇을 위해 그가 시인인지, 그의 노래는 무엇을 향한 도상에 있는 것인지, 시인은 세계의 밤이라고 하는 역운 속에서 어디에 귀속하게 되는지, 하는 물음에 대답을 준다. 이 역운이, 이 시업의 내부에서 무엇이 이 시업 안에 역운적으로 상주하는지를 판결하는 것이다."(Hw320) 이 말들은 릴케와 그의 시에 대한 하이데거의 관심방향을 짐작케 한다.

그런데 이 말들이 의미하는 바를 구체적으로 이해하기 위해서는 먼저 '가난한 시대'라는 것이 무엇을 뜻하는지를 이해해야 한다. 가난한 시대란 어떠한 시대인가. 원래 횔덜린이 말했지만 '우리들 자신이 아직도 속하고 있는 시대'인 이 '가난한 시대'는 '세계의 밤의 시대'라고도 표현되며, '신의 부재, 신의 결여'(Hw269)라는 성격을 띤다.27) 심상치 않은

---

27) '신의 결여'라는 말은 이른바 '휴머니즘'과도 무관하지 않다. 후기의 하이데거가 근대적 의미의 휴머니즘에 대해 비판적인 것은 '인간중심적 사고'에 대한 경계로 해석될 수 있다. 이는 하이데거 철학의 전년에 흐르고 있는 기조이기도 하다. Heidegger, *Ueber den Humanismus*, 1949 참조.

울림을 갖는 이 신의 결여란 무엇을 말하는가. 이에 대해 하이데거는 다음과 같이 설명하고 있다. "그리스도의 출현 및 그의 희생사와 함께, 휠덜린의 역사적 경험으로서는 신들의 날은 끝난 것이다. 석양이 찾아온 것이다. 하나로서 셋, 즉 헤라클레스, 디오니소스, 그리고 그리스도가 세상을 떠난 이후, 세계의 황혼은 밤을 향하여 기울어져 간다. 세계의 밤은 어둠을 넓혀간다." 신의 결여란, 신들의 날이 끝나고 세계의 밤이 깊어감을 말하는 것이다. 그리고 좀더 분명히, 이렇게도 말한다. "신의 결여란 어떠한 신도 이제는 인간과 사물을 명확하고 일의적으로 자기 자신에게 집중시키고, 이렇게 집중시킴으로써 세계사 및 세계사에 있어서의 인간의 체류거점을 마련하지 못한다는 뜻이다. 그러나 신의 결여라고 할 때는 그 이상의 나쁜 일이 나타난다. 신들이나 신이 사라졌을 뿐만 아니라, 신성의 광채가 세계사 속에서 꺼져버린 것이다."(Hw269) 신성의 광채가 사라져 신이 인간과 사물의 주의를 더 이상 끌지 못하게 되었다는 이러한 신의 결여, 세계의 밤, 시대의 가난(너무 가난해져서 이젠 신의 결여를 결여로서 알아챌 수도 없을 만큼 된 가난), 이것을 하이데거는 '심연'(Abgrund)이라고도 표현한다. 이는 '세계가 그 기초가 되는 근거를 잃어버리고 말았다'(Hw269)는 뜻이다. '가난하다고 하는 결핍마저도 암흑 속에 빠트리고 마는 이 불능', 그것이 단적으로 '시대의 가난'인 것이다.(Hw270) 바로 이러한 시대인식, 시대진단을 바탕으로 해서 하이데거의 시인론은 전개된다. 그는 이 가난으로부터의 '전회'를 이야기하며, 이 전회의 길을 마련하는 것이 시인의 사명이라고 규정한다. 시인에게 한 특별한 역할이 맡겨지고 있는 것이다.

그렇다면 시인이란 어떤 자인가. 그는 심연으로부터 전회하는 자다. 하이데거는 말한다. "이 가난한 시대에 있어서도 아직 전회의 여지가 남아 있다고 가정한다면, 그것은 세계가 근거로부터, 즉 오늘날에 있어서는 틀림없이 심연으로부터 전회할 때에만 비로소 일어날 수 있는 것이다. 세계의 밤의 시대어는 세계의 심연이 경험되고 감내되지 않으면 안 된다. 그러나 그렇기 위해서는 이 심연에까지 도달하는 사람들이 있어야 한다."(Hw270) 심연으 경험과 감내를 위해 그 심연에까지 도달하는 바로 이 사람들이 시인인 것이다. 신의 결여라고 하는 심연에의 도달과 그 심연으로부터의 전회, 이 예사롭지 않은 과업을 담당하는 '시인'에게 하이데거는 신들과 인간들을 매개하는 다음과 같은 특별한 역할을 맡기고 있다. "시인이란, 성심껏 酒神을 노래하면서 사라져 간 신들의 흔적을 알아채고, 그 흔적 위에 체류하고, 그리하여 저와 동류인 인간을 위해서 전회에의 길을 발자국 내 주는 사람인 것이다." "가난한 시대의 시인이란, 사라져 간 신들의 흔적에 노래하면서 유념하는 것이다. 그러므로 시인은 세계의 밤의 시대에 신성한 것을 말한다."(Hw272) 신들을 노래하는 것, 신성한 것을 말하는 것, 그것을 통해 전회의 길을 앞서가는 것, 동류인 인간들을 위한 이러한 선구가 바로 시인의 역할인 것이다.

여기에 덧붙여서 우리가 놓치지 말아야 할 것은, 이러한 본업에 앞서 시와 시인의 본질이 무엇인지가 시인 자신의 관심사에 속하게 된다는 것이다. "이러한 시대에 있어 참된 시인으로서의 시인의 본질에 속하는 것은, 시대의 가난 때문에 먼저 시업과 시인의 사명이 문제로 된다는 것이다. 그러므로 '가난한 시대의 시인'은 시의 본질을 특히 노래 부르지 않으면 안 된다. 이렇게 된다면, 시대의 역운에 적합한 시업이 예상될 수 있다."(Hw272) "이러한 시인들의 특징은, 그들에게는 시의 본질이 문제로 되어 있다는 점이거니와, 그 까닭은 그들이 그들로서 말하지 않으면 안 되는 것의 흔적을 시적으로 찾고 있기 때문이다. 온전한 것에로 흔적을 찾아가는 도상에서, 릴케는 본질적으로 노래하는 노래는 언제 있을 것인가 하는 것을 시적으로 묻는 데까지 이르렀다. 이 물음은 시인으로서 출발하는 도정의 첫부분에 있는 게 아니라, 릴케의 발언이 도래하는 시대에 상응하는 시업의 사명과 맞아떨어지게 된 곳에 있는 것이다. 이 도래하는 시대는 쇠퇴도 아니고 몰락도 아니다. 그것은 역운으로서 존재 가운데 의연하게 있으면서 인간을 요구하고 있다."(Hw319)

그런데 시인의 이러한 작업은 자기 혼자만의 일로 끝나지 않는다. 그의 노래에는 이미 그 노래를 '듣는 자'가 전제되어 있다. 그것이 '우리 여타의 인간들'이다. "우리들 여타의 인간들은 이런 시인들의 말에 귀를 기울일 것을 배우지 않으면 안 된다.―단 존재자를 분해하고 존재자에 의존해서만 시대를 고려함으로써 존재를 감추고 또 은폐하기도 하는 시대를 기만적으로 간과하지 않는다면."(Hw272) 그렇게 하이데거는 요구한다. 시와 시인의 사명을 주목하는 것, 그리고 심연에 도달하는 것, 심연으로부터의 전회를 앞서하는 것, 신들을 노래하는 것, 그리하여 여타의 인간들에게 그것을 듣게 하는 것, 이것이 시인에게 맡겨진 역할이다. 릴케를 통해 하이데거가 보고자 하는 시인의 본질은 대략 이와 같다.

그런데 여기서도 결정적으로 중요한 것은 '존재의 사유'이다. 그것이 존재론자인 하이데거답다. 시인의 과업은 결국 존재의 사유로 사람들을 인도하는 것이다. 그러기 위해서는 먼저 시인이 이 존재의 빛에 도달해야 한다. 이 존재의 빛은 어떻게 설명되고 있는가. "시인의 사유는 존재의 빛을 받아 규정되는 그 장소에까지 미친다. 그리고 그 존재의 빛이란, 완성중에 있는 서구의 형이상학의 영역으로서 형이상학 속에 새겨지기에 이르렀다."(Hw273) 이 장소에 도달한 시인은 누구보다도 횔덜린이다.

횔덜린의 사유적 시작은 시적 사유의 이 영역을 특징짓고 있으며, 그의 시업은 그 시대의 어떤 시인에게서도 찾아볼 수 없으리만큼 그 장소에 친근하게 자리잡고 있다고 하이데거는 평가한다. 하이데거가 보는 횔덜린은, 말하자면 존재사유적 시인인 셈이다. 즉 "횔덜린이 도달한 그 장소란 존재가 개현되는 곳이거니와, 이 개현 자체는 존재의 역운에 속하고 또 존재로부터 시인의 사유어까지 미치는 것이다." "오직 필요한 것은 냉정하게 사유하면서 그의 시가 언표한 것 속에서 언표되지 않은 것을 경험하는 것이리라. 그것은 존재역사의 궤도이다. 우리가 일단 이 궤도에 도달하면, 사유는 시와 더불어 존재사적 대화를 하게 된다."(Hw273) 바로 이러한 사명을 구체적으로 수행하는 시인의 한 전형으로서 하이데거는 릴케를 바라보는 것이다. 이미 지적했듯이, 릴케는 "시대의 가난을 보다 명확히 경험"하기 때문이다. '성스러운 것의 상실'을 의미하는 그 가난의 실상과 양태는 다음과 같다. "그러는 동안에 성스러운 것의 흔적마저도 알지 못하게 되었다. 미결로 남아 있는 것은, 우리가 아직도 성스러운 것을 신적인 것의 신성에 대한 흔적으로서 경험하고 있는지, 혹은 우리가 성스러운 것에 대한 하나의 흔적을 만나고 있는 데 불과한지 어떤지 하는 것이다. 무엇이 흔적에 대한 흔적일 수 있는가 하는 것도 불명인 채 남아 있다." "시대가 가난한 까닭은 그 시대의 고뇌와 죽음과 사랑의 본질의 비은폐성이 결여되어 있기 때문이다. 이러한 가난 자체가 또한 가난이다. 왜냐하면 고뇌와 죽음과 사랑이 상호 공속하는 영역이 존재의 심연이라면, 그런 한에 있어서 그것들의 본질은 비은폐성이다."(Hw275)

하이데거는, 릴케가 가난한 시대의 시인인지 아닌지, 또 어떤 점에서 그런지를 헤아리기 위해서, 그리하여 무엇을 위한 시인인지를 알아보기 위해서 "심연에 이르는 소로 위에 몇 개의 표지를 달고자" 하며, 그것을 위해 릴케의 시의 "기본어" 가운데 몇 개를 취한다. 이 기본어들은 오로지 그것들이 언표되는 영역에서부터 이해된다. 그것은 "존재자의 진리"이다. 릴케는 이렇게 해서 각인된 '존재자의 비은폐성'을 자기 방식대로 시적으로 경험하고 감내해 냈다(Hw275)고 하이데거는 평가한다. 하이데거는 릴케에 있어서 이 존재자 자체가 어떻게 전일하게 제 모습을 나타내는가를 보려고 하는 것이다. 이러한 배경에서 그는 릴케의 주요한 기본어들을 존재론적으로 검토해 나간다. 그 과정에서 '성스러운 것', '인간의 존재', '인간의 근거', '자연', '생', '근거', '감행', '중력', '관련', '개명', '둔탁', '결별', '전입', '위험', '천사' 등의 존재론적 의미들이 해명된다. 여기서 이 내용들을 일일이 추적하는 일은 생략한다. 다만 이 모든 사태들이 결국은 '존재자의 존재'라는 하이데거적 주제로 집약된다는 것은 분명히 말할 수 있다. 이것들 중 많은 것이 각각 하이데거 후기철학의 개별적 주제로 다양하게 전개되어 나갔다는 것을 통해 우리는 그 점을 확인할 수 있다.

한 가지 흥미로운 것은, 위에서 말한 시인의 작업이 하나의 '감행'으로 규정되고 있다는 것이다. 하이데거는 시인을 '감행하는 자'로 이해한다. 성스러운 것을 찾아가고, 존재를 경험하고, 신들의 흔적을 발견하고, 그것을 노래로써 세계의 어둠 속으로 가져와 밝혀주는 이 시인들의 감행은 다음과 같이 묘사된다. "보다 감행하는 자들이라는 성격을 갖는 시인들은 부전한 것을 부전한 것으로서 경험하기 때문에, 성스러운 것의 흔적을 찾아가는 도상에 있는 것이다. 그들의 노래는 온 국토를 성화한다. 그들의 노래는 존재의 구의 무상함을 축제한다. 부전으로서의 부전은 우리로 하여금 온전함의 흔적을 찾도록 한다. 온전함은 성스러운 것을 부르면서 눈짓한다. 성스러운 것은 신적인 것을 묶어 오고, 신적인 것은 신을 가까이 한다. 보다 감행하는 자들은 온전하지 못한 가운데서 무비호적 존재를 경험하는 것이다. 그들은 가사적 인간들을 위하여 사라져간 신들의 흔적을 세계의 밤의 어둠 속으로 가져오는 것이다. 보다 감행하는 자들은 온전함을 노래하는 가인으로서 '가난한 시대의 시인'인 것이다."(Hw319) 시인에게는 이렇듯, 시대의 가난을 극복하기 위한 한 특별한 임무가 맡겨져 있다. 그리고 릴케야말로 그러한 시인의 한 사람인 것이다.

　이상 보았듯이 릴케를 통한 시인론에서도 세 가지의 요소가 두드러진다. '가난한 시대'와 '성스러운 것'과 '감행하는 자로서의 시인'이다. 시인은 시대의 가난인 심연에 도달하여 성스러운 것을 노래함으로써 그것을 동류인 사람들에게 환기시키고 시대의 가난으로부터 전회하는 길을 마련해 그것을 감내하고자 한다. 그것이 이 양자 즉 존재의 빛과 시대의 어둠을 노래로써 매개하는 시인의 사명인 것이다.

헤벨의 경우

　또 하나의 시인론은 하이데거와 동향의 시인 요한 페터 헤벨을 기념하는 1957년의 강연 「지인─헤벨('Hebel-der Hausfreund)」에 전개되어 있다. 이 강연에서는 헤벨 자신에 의한 한 비유를 둘러싸고 이야기가 진행되는데, 이 이야기에서 시인의 본질에 대한 하이데거의 생각이 잘 드러나고 있다.[28] 그 비유는 다음과 같은 것이다.

---

28) 이하의 논의는 졸고 「하이데거철학의 구조와 성격」, 『하이데거의 존재사유』, 철학과 현실사, 에서 전개된 내용과 대체로 일치한다.

「…달은, 그 부드러운 빛으로, 그 빛은 태양빛의 반사이거니와, 우리들의 밤들을 밝히고, 그리고 어떻게 소년들이 소녀들에게 입맞추는지를 지켜본다. 달은, 우리들의 지구에게 있어 고유한 '지인(知人)'이며…그리고 다른 사람들(die andern)이 잠들어 있을 적에는 밤을 지키는 최상의 야경대장인 것이다.」(세계구조에 관한 고찰, 달. I ,326ff)

이 비유에서는 주제로서 '달'이 등장하고 있으며, 그리고 이 달과 관련해서 '태양'과 '지구'가 함께 등장하고 있다. 우선 이 3자의 역할과 관계를, 위의 비유가 주는 설명에 따라 정리하면, 아마도 다음과 같이 될수가 있을 것이다.

1) 태양—이것은 그 자신 빛으로서, 지구를 직접 비추면서 동시에 달에게도 빛을 보내고 있다.

2) 달—이것은 다들 잠자고 있는 지구의 밤에, 홀로 깨어나 밤을 지키는 야경꾼같이 미리 태양으로부터 빛을 받아, 즉 저 자신이 직접 발한 것이 아닌 빛을 받아, 이 빛을 지구에 되비추는 전달자의 역할을 한다.

3) 지구—이것은 빛을 받는 자로서, 이것에는 다들 잠들어 있는 밤이라는 것이 있다.

이와 같이 이해해 보면, 이 삼자의 관계, 즉 1)'태양'의 빛으로 3)'지구'의 밤을 2)'달'이 되비추어 밝힌다는 관계가, '달'의 특별한 역할을 부각시키고 있다는 것이 표면에 드러나게 된다.

이런 전제하에, 이제 우리는 위의 비유에서 '달'이 가지는 의미를 좀더 천착해 볼 필요가 있다. 왜냐하면 이 '달'이야말로 '시인'의 가장 본질적인 모습을 함의하고 있기 때문이다.

그런데 이 달에 관해 하이데거 자신은 다음과 같은 점을 지적하고 있다.

"달은 우리들의 밤들에 빛을 가져다줍니다. 그러나 그 달이 가져다주는 빛은 그 스스로 발한 것이 아닙니다. 그 빛은 (되비추는) 반사일 따름입니다. 즉 달이−태양으로부터−미리 받은 것의 반사일 따름입니다. (그리고) 태양의 빛남은 동시에 지구를 밝히기도 하는 것입니다."(HH16)

그리고 그는 이 말의 의미를 다음과 같이 확대해서 해석한다.

"달이 부드럽게 지구에 되주는 태양의 반영은, 이러한 반영으로서 '지인'에게 말하여진 것을, 그가 말함(Sagen)에 대한 시적인 비유입니다. 즉 이 말은, '지인'에게 말하여져, 그렇게 해서 '지인'은 조명되어, 이렇게 그는 그에게 말해진 것을, 그와 함께 지상에 사는 사람들에게 다시 말해주는 것입니다."(HH16)

이 설명에 따르면 그 각각이 비유적으로 설명하는 것은 아래와 같다.
1) 태양의 빛은 '언어'를,
2) 달은 '지인'을, 그리고 반사하는 것은 '다시 말해 주는 것'을,
3) 지구는 '그('지인')와 함께 지상에 사는 사람들'을,
그렇다면 2)의 '지인'이란 어떠한 존재이고, '언어'를 '다시 말해 준다'는 것은 어떠한 행위인가.
'지인'(Hausfreund)이란, 통상의 의미로는, 별로 이렇다할 볼일도 없이 때때로 찾아와서는 이야기 나누고 가는 '가정'(Haus)의 '친구'(Freund)를 말한다. 그러한 친구는 가족은 아니지만 가정에 있어, 특히 그 가정의 분위기에 있어, 경우에 따라서는 가족의 일원보다도 더 없어서는 안 될

그러한 존재이다. 바로 이러한 의미의 '지인'으로서 맨 먼저 시인 헤벨이 칭송된다. 그러나 '지인'은 결코 헤벨과 같은 일개인에 한정되는 것이 아니라, 오히려 '시인'(HH19) 일반의 본질을 나타내는 말로서 성격지어진다. 즉 '시인'이 '지인'이며, 이 '시인'은 '세계'라는 '집'에 있어서의 '친구'라는 것이다. 그렇다면 '시인'이란 어떤 자인가. 어떻게 이해되고 있는가.

'시인'이란 물론 '시적으로 말하는 자'를 가리킨다. '시적으로 말한다'는 것은 하이데거의 경우 특별한 의미를 갖는다. 그것은, 어원적으로 이해된 '설교하는 것(Predigen:praedicare)', 즉 '어떤 것을 앞질러 말하는 것, 그렇게 함으로써 칭송하는 것, 그리고 그렇게 해서 말해져야 할 것을 그 빛 안에 나타나오게 하는 것'(HH20)을 의미한다고 하이데거는 해석한다. 이러한 것은, '세계를 어떤 하나의 언어 안에 모아들여, 그 언어에 속하는 말은 어디까지나 하나의 부드럽게 – 억제된 비침으로 머물고, 그 비침에 있어서 세계는, 그것이 지금 처음으로 보여진 듯이 나타나오게 하는 것'으로서, '단순한 교훈을 주고자 하는 것'이 아니고, '교육하고자 하는 것'도 아니며, '독자(그와 함께 지상에 사는 사람들)의 임의에 맡겨, 그가 우리들과 함께 말하고자 하기 위해 미리 마음을 기울이고 있는 본질적인 것에 독자가 그 스스로 마음을 기울이기에 이르도록 하는 것'이다. 단, 이렇게 하는 것은 실은, '독자들을 세계라는 건축물에 관한 보다 바람직한 지식에로 이끌고, 그들을⋯무지로부터 해방하고자 바라고 있는 것'이며, '독자들로 하여금, 우리들이 사는 세계를 관철하고 있는 자연의 갖가지 일들이나 상태 안에 고지되어 있는 사항에 침잠하는 일, 그 일에 마음을 기울이도록 원하고 있는 것'이다.

이러한 것은 결국, '세계라는 집을, 인간들이 살도록 하기 위해 언어에로 가져온다'는 것이라고 집약될 수 있다. 이 경우 '언어에로 가져온다 (언어화시킨다)'는 것에는 특별한 성격이 부여된다. 즉 그것은, '이전에는 말해지지 않은 것, 결코 말해지지 않은 것, 그러한 것을 처음으로 말 안에로 문제삼아, 지금껏 은폐되어 있었던 것을 말한다는 것에 의해 나타나 오게 하는 것'(HH25)이라고 설명되는 것이다.

이러한 하이데거의 설명을 들으면서 우리는 그가 말하는 '지인'의 근본의미가 곧 '시인'의 본질임을 확고히 포착하게 된다. 따라서 시인의 역할은 존재의 진리에 무지한 이들을 존재의 현상에로 향하게 하려는, 말함으로써 이들에게 세계의 본질적인 것들을 보도록 전달하려는, 마치 달이 태양의 빛을 반사해서 지구의 밤을 밝히는 것과 같은, 그런 중개적인 역할인 것이다. 여기에서 우리는 단순명쾌한 형태로 말해진 시인의 참모습을 만나게 된다.

시인론의 정리

이상에서 우리는 하이데거의 득특한 시인론을 살펴보았다. 물론 시인에는 다양한 종류가 있다. 서정시인도 서사시인도 있을 수 있다. 이른바 민중시인도 노동시인도 있을 수 있다. 따라서 하이데거가 말하는 시인론이 모든 종류의 시인을 일률적으로 규정하는 것은 아니다. 하지만 하이데거의 시인론이 독자적인 하나의 분야를 이룰 수 있다는 것은 위의 논의를 통해 분명히 확인되었다. 하이데거의 시인은 존재를 사유하고 노래하는 시인이었다. 따라서 우리는 하이데거의 시인을 편의상 존재시인이나 사유시인으로 불러도 좋을 것이다. 그들의 본질을 하이데거는 철학적인 눈으로 조망하고 있는 것이다. 간단치 않은 내용이지만, 그 핵심적 개요는 대략 다음과 같이 정리될 수 있다.

1) 하이데거는 횔덜린, 릴케, 헤벨 등의 시인을 특별히 주목한다.

2) 하이데거가 횔덜린을 주목하는 것은, '그의 시가 시의 본질을 명확하게 시작한다고 하는 시인의 사명을 짊어지고 있기 때문'이다.

3) 하이데거가 릴케를 주목하는 것은, 그가 '세계의 밤의 시대에 신성한 것을 말하는 가난한 시대의 시인'이기 때문이다.

4) 하이데거가 헤벨을 주목하는 것은, 그가 '세계라는 집을 인간들이 살도록 하기 위해 언어화시키는 지인'이기 때문이다.

3) 횔덜린의 경우, 시인의 사명은 고향으로 돌아가는 '귀향'으로 규정된다.

4) 릴케의 경우, 시인의 사명은 세계의 밤의 시대에 신성한 것을 말함으로써 동류인 인간들에게 전회의 길을 발자국 내 주는 것, 즉 '온전함을 노래하는 가인'으로 규정된다.

5) 헤벨의 경우, 시인의 사명은 시적으로 말함으로써 세계를 언어화시키고, 그로써 독자들을 본질적인 것들로 안내하는 '지인'으로 규정된다.

6) 횔덜린의 경우, 시인은 '귀향자'로서 '고향'과 '친지들' 사이에서 그 역할이 규정된다.

7) 릴케의 경우, 시인은 '감행하는 자'로서 '신성한 것/존재의 빛'과 '시대의 가난/세계의 밤' 사이에서 그 역할이 규정된다.

8) 헤벨의 경우, 시인은 '달'과 같은 자로서 '태양'과 '지구(밤)' 사이에서 그 역할이 수행된다.

이상의 내용들을 잘 살펴보면, 하이데거의 시인론에는 세 가지의 중요한 근본요소가 공통적으로 존재하고 있음을 알 수 있다. 다소 과감하게 이를 단순화시키면, 그 하나는 빛이며, 둘은 어둠이며, 셋은 그 매개자이다. 시인은 바로 이 빛과 어둠 사이에서, 그 빛으로 그 어둠을 밝히려는 매개자의 역할을 담당하는 것이다. 여기서 '빛'의 영역이 곧 '존재자체'라고 하는 것은 하이데거의 전체문맥에서 볼 때 자명하다. 여기서 '어둠'의 영역이 곧 '존재망각'이라고 하는 것도 쉽사리 이해될 수 있다. 그리고 매개자의 역할이 다름 아닌 '존재사유'라고 하는 것도 자연스런 해석이 될 수 있다. 이렇게 볼 때, 하이데거의 시인론은 우리가 일찍이 지적한 바 있는 하이데거철학의 '근본구조'[29] 즉 '3지구조'(존재자체–존재사유–존재망각)와 동일한 모습을 지니고 있음을 알 수 있다. 하이데거가 시인의 의미를 천착하는 것은, 이렇듯 시인의 의미가 그 자신의 철학적 이념과 상통할 수 있기 때문인 것이다. 그래서 하이데거는 이렇게 말하는 것이다.

'노래와 사유는 서로 이웃한 시작의 둥치들이다' '그들은 존재로부터 자라나오고 그리고 존재의 진리에 이르게 된다'(AED25)라고.

VI. 닫는 말

이상 살펴본 하이데거의 시대비판과 시인론은 언뜻 보기에 서로 동떨어진 별개의 주제인 것처럼 보일 수도 있다. 그러나 이 둘은 서로 연관되어 있다. 우리는 그것을 문제에 대한 진단과 처방으로 읽을 수도 있는 것이다. 말하자면 하이데거의 시대비판은 그의 시인론이 전제하고 있는

---

29) 이수정, 「하이데거 철학의 구조와 성격」, 『하이데거의 존재사유』, 철학과 현실사, 41–78쪽 참조.

고향상실 내지 지구의 밤, 세계의 밤, 가난한 시대에 대한 구체적인 파악이라고 해석할 수가 있기 때문이다. 그것은 구체적으로, 전통 형이상학과 근대 학문과 현대 기술에 대한 비판의 형태로 전개되었다. 그 하나하나가 더할 수 없이 엄밀한 사유적 검토를 거치며 수행되었고, 그 때문에 하이데거의 철학은 때로 난해하고 복잡한 인상을 주기도 한다. 하지만, 그 근본취지는 너무나도 단순명쾌하다고 말할 수 있다. 즉, 그 모든 것들이, (우리의 시대를 지배하는 이른바 '지식'의 모든 형태들이) 존재 그 자체를 그 자체로서 보지 못함으로써 뿌리를 상실하고 있으며, 그 결과 여러 형태의 문제들을(위기라고까지 말할 수 있는 문제들을) 야기하고 있다는 것이다. 하이데거는 바로 그 점을 환기시키고자 하는 것이다. 그리고 사람들로 하여금 존재발현과 존재사유의 원점으로 되돌아 가보도록 이끌고자 하는 것이다. 그것을 그는 '시원'(Anfang) 및 '돌아감'(Schritt-zurück)이라는 말로 표현하기도 했다. 하이데거는 존재-자연-세계에 대한 인간의 오만을 경계하고 겸손을 권유하는 것이다. 펼치면 무한인 듯 보이는 하이데거의 철학도 접으면 이 한마디로 축약될 수가 있는 것이다. "하나의 별을 향해 가는 것, 오직 그것뿐"(Auf einen Stern zu gehen, nur dieses) 이라고 한 그 자신의 말도 그렇게 해석할 수 있다. 존재망각을 지적하고 존재사유를 지시하는 것, 그것이야말로 이른바 '지식인'의 진정한 역할이라고 하이데거의 철학은 말하고 있는 셈이다. 그러한 모습을 그는 참으로 다양한 모습으로 펼쳐 보였다. 철학-현상학-해석학-형이상학-현존재분석-사유-시작-성찰-내맡김-되돌아감-귀향…… 등등이 모두 그것에 관련된 지적-정신적 노력이었다고 말할 수 있다.

우리가 만일 스스로 '지식인'임을 자부한다면, 그리고 20세기의 대표적 지식인의 한 사람이었던 하이데거의 목소리에 귀 기울일 자세가 되어 있다면, 이제 우리는 그 '지식'의 내용이 도대체 무엇이어야 할 것인지, 그것에 관여하는 형태가 어떤 것이어야 하는지를 한번쯤은 진지하게 되돌아볼 필요가 있을 것이다. 그러면 아마도 하이데거가 그토록 정성을 들여, 50년이 넘는 세월 동안, 100권이 넘는 책을 통해, 주목을 호소했던 바로 그 '존재'라고 하는 어마어마한 현상이 '최고의 증이'로서 우리의 눈앞에 그 맨얼굴을 드러나 게 될 것이다. 그리고 그것이 우리로 하여금 이른바 '지식'을 초월한 어떤 근원적이고도 자연스런 '사유'에로 나아가도록 인도하게 될 것이다.

제2부

역사 속 지식인의 역할

조선조 예학과 선비의 역할

-점필재와 퇴계-

정경주

Ⅰ. 서설

중국 현대의 사상가 채상사(蔡尙思, 1905-)는 『중국예교사상사(中國禮敎思想史)』에서 중국의 예교 제도와 예교사상의 변화 과정을 3단계로 구분하여 이르기를 "중국의 예교사상은 선진유가(先秦儒家)가 예교로 종교를 대신하고, 한대(漢代)에 예교를 천신화(天神化)하였으며, 송·원·명·청(宋元明淸) 시대에 예교를 천리화(天理化)하였다"고 하였다. 그는 또한 방이지(方以智)의 설을 인용하여 이르기를 "주공(周公)과 공자가 성인이라는 것은 그들이 예교의 성인이라는 것이지, 다른 방면의 성인이라는 것은 아니다"라고 하였다. 성리학과 예학이 우주의 질서와 인간의 본질을 이기심성(理氣心性)의 논리로 해명하여 도덕 질서를 수립하려는 이론 체계와 그 실천 규범이니, 채상사의 논의가 비록 공자의 예교사상을 비판하고 공박하기 위한 의도를 가지고 있기는 하나, 공자 사상의 핵심이 예교에 있다는 논의는 근거가 분명하다.

『논어』에서 공자는 군자의 박문약례(博文約禮)를 말하였고, 또 "사욕을 이겨내고 예로 복귀하는 것이 인[克己復禮爲仁]"이라고 하였으니, 이는 학자가 자신을 수양하는 준거로서 예의 중요성을 말한 것이고, 또 "능히 예양을 실천한다면 나라를 다스림에 무슨 어려움이 있겠는가?[能以禮讓爲國乎何有]"라고 하였으니, 이는 국가를 다스림에 예의 실천의 중요성을 말한 것이다. 이처럼 공자는 학문 교육에 있어서 수기(修己)와 치인(治人)의 실천규범으로 예의 중요성을 강조하는 한편, 또 말하기를 "예는 사치스러움보다는 차라리 검소함이고, 상례는 잘 치르기보다는 차라리 슬픔이다[禮與其奢也寧儉 喪與其易也寧戚]"라고 하였으니, 예의 겉치레를 벗어나 그 본질에 충실해야 한다고 가르쳤다. 공자의 제자 유약(有若) 또한 말하기를 "예의 실행에 화가 중요하다[禮之用 和爲貴]"고 하면서 또한 한편으로 "예로써 절제하지 않으면 또한 행할 수 없다[不以禮節之 亦不可行也]"고 하였다. 이는 공자 문하의 세대에 예의 형식성이 중시되었음을 말해주는 증거이다. 이처럼 공자의 시대에 있어서도 예의 형식과 본질 문제가 학문 토론의 중요한 주제였다.

조선시대에 사대부 지식인의 실천규범을 강구하는 예학 논의의 중심이 되었던 것은 주자(朱子)가 중년에 저술한 것으로 알려진 『가례(家禮)』였다. 주자는 「가례서(家禮序)」에 이르기를 "명분을 지키고 애경(愛敬)을 실현하는 것이 예의 근본이고, 관혼상제의 의장제도(儀章制度)는 예의 형식"이라 하면서 "그 형식은 모두 사람의 도리를 실행하는 기강"이기 때문에 하루라도 익히지 않을 수가 없다고 하였다.[1] 명분을 지키고 애경

---

1) 朱熹, 「家禮序」, "凡禮有本有文. 自其施於家者言之 則名分之守 愛敬之實 其本也. 冠婚喪祭儀章度數者 其文也. 其本者 有家日用之常禮 固不可以一日而不修 其文 又皆所以紀綱人道之始終 雖其行之有時施之有所 然非講之素明習之素熟 則其臨事之際 亦無以合宜而應

을 실천하는 것이 인간의 도리이고, 인간의 도리를 실현하는 형식이 예라는 말이니, 주자는 예의 실천이 곧 인간다움의 실현이라고 단정하였던 것이다. 이는 "사람으로서 예가 없으면 금수와 구별되지 않는다"는 「곡례(曲禮)」의 격언에 근거를 둔 것으로, 유가에서 예를 존중하는 기본 명제이다. 주자는 또한 예를 "천리(天理)의 절문(節文), 인사(人事)의 의칙(儀則)"이라고 정의하였다. 정자(程子)가 이른바 "예(禮)는 리(理)"라고 한 말과 함께 성리학자들이 예(禮)를 리(理)의 구체화된 형태로서 간주하는 근거이고, 이것이 채상사가 논한 이른바 "예의 천리화"로서, 예의 강구와 실천이 성리학자에게 있어서 그들의 사상 이념을 실천하는 형식이었음을 말해주는 것이지만, 그 사상 근저에는 도리어 "인간다운 도리[人道]의 실현"이 전제되어 있었다.

조선왕조 전 기간을 거쳐 진행되었던 유가의례의 정착 과정은 단순하지 않다. 고려 말 조선초기 성리학자들이 주동한 풍속개량이 당초 기존의 불교의례와 관습 내지 민간 의례 관습의 불합리성을 타파하고 그것을 유가의례로 대체하여 보급하는 데 주력하였다면, 사대부 집단의 공론에 의한 정치가 확고해진 조선 중기에 가서는 성리학의 이념에 합당한 의식(儀式) 체계를 완비하는 데 논의가 집중되었고, 조선 후기에는 각 학파와 집안마다 세밀하게 예제(禮制)를 강구하여 전범을 확립하는 것이 하나의 풍조를 이루었고, 즈선 말기에는 사회 변동과 외래 문물을 수용하면서 일어난 제사 폐지, 의제(衣制) 개혁과 단발 등의 급격한 예속의 변화에 대항하여 기존의 예지를 보다 견고하게 고수하려는 집단 저항 운동이 잇달아 일어났다.

節. 是亦不可以一日而不講且習焉者也"

조선조 예학의 진면목은 예학 연구가 일천한 현재로서는 그 전모와 그 공과를 밝히고, 각 시대 각 인물이 예학의 발전에 기여한 몫에 대한 정당한 평가를 내리기는 아직 어렵다. 여기서는 다만 조선조 예학이 이렇게 정착 발전하는 초기에 가장 중대한 기여를 하였던 인물로서 세조·성종조의 점필재 김종직과 명종·선조조의 퇴계 이황, 이 두 분을 통하여 '인간과 세계에 대한 투철한 전망을 토대로 인간다운 가치를 실현하고 사회 문화의 기풍을 진작하는데 뚜렷한 모범을 수립한 지식인'으로서 '선비'의 역할을 간접적으로 드러내어 보이고자 한다.

Ⅱ. 조선조 예학의 정착 과정

조선왕조 지식인의 주류 사상이 성리학이었다면, 조선왕조의 예학은 주자의 저술로 알려진 『가례』에 대한 담론을 주제로 발전하였다. 한국고전번역원의 한국문집총간 데이타베이스에서 '가례(家禮)'를 검색하면 무려 4,268개의 항목이 나타나니, 이것만으로도 주자의 『가례』에 대한 논의가 얼마나 활발하게 진행되었는지를 확인할 수 있다. 물론 '가례'라는 검색어에 '방가예악(邦家禮樂)'과 같이 『가례』가 아닌 항목도 포함되어 있지만, 이는 '가례'라는 용어를 사용하지 않고 사당(祠堂), 치상(治喪), 종법(宗法) 등 주자의 『가례』 고유의 용어로 『가례』를 논하는 그 밖의 수많은 사례를 고려하면 극히 미미한 것이다. 사실 조선후기 사대부 사족들은 집집마다 사당과 재사(齋舍)를 건립하고 관혼상제의 의식을 근엄하게 갖추어 동족을 통합하고, 고을마다 향현사(鄕賢祠)를 세우고 향약계(鄕約契)를 조직하여 사족으로서의 위상을 공고하게 하고, 학자마다 가법

(家法)과 사승(師承)을 통하여 전수한 예학의 학설을 축적하여, 예학 서적
들이 한우충동으로 저술되어 가히 "가가례(家家禮)"라 할 만큼 예학이 성
행하였다. 학자의 문집 저술에는『가례』와 관련한 언급을 남기지 않은
인물이 거의 없을 정도로,『가례』는 조선왕조 지식인의 예학 논의의 중
심에 위치하였던 것이다.

위의 자료를 살펴보면 의미 있는 지표를 하나 발견할 수 있다. 4,268
개의 항목 중에 최치원의『고운집(孤雲集)』에서 이준경(李浚慶)의『동고
집(東皐集)』에 이르기까지『퇴계집(退溪集)』이전의 문집에 '가례'라는 말
이 언급된 문헌은『포은집(圃隱集)』[6],『호정집(浩亭集)』[3],『이은집(怡隱
集)』[7],『춘정집(春亭集)』[3], 강희맹(姜希孟)의『사숙재집(私淑齋集)』[3],
김종직(金宗直)의『점필재집(佔畢齋集)』[5], 남효온(南孝溫)의『추강집(秋江
集)』[3], 박영(朴英)의『송당집(松堂集)』[2], 김안국(金安國)의『모재집(慕齋
集)』[6], 이언적(李彦迪)의『회재집(晦齋集)』[2], 이준경(李浚慶)의『동고집
(東皐集)』[2] 등에 불과하고 그 사용 빈도가 극히 희소한데 비하여,『퇴계
집』에 이르면『가례』의 인용 횟수가 80회 이상으로 갑자기 증가한다.
퇴계 이전 다른 인물의 문집에 언급된 '가례'는 대개 '『가례』를 실행했
다'는 간단한 내용이 대부분이다. 내용상으로도 점필재『이존록(彝尊錄)』
의 선공제의(先公祭儀)와 회재 이언적의「봉선잡의서(奉先雜儀序)」를 제외
하고 가례의 내용에 대한 언급이나 논의는 전혀 보이지 않음에 비하여,
『퇴계집』의 관련 내용은 모두가『주자가례』의 예문(禮文) 해석과 실제
행례와 관련된 가부의 판단에 대한 논의들이고, 그 논설이 조지 아니하
여 모두 몇 권의 책으로 편집될 분량이다. 이는 퇴계에 와서 비로소『주
자가례』에 대한 본격적인 논의가 시작되었음을 의미하는 것이다.

이 자료에는 퇴계 이후로 제가의 문집에『가례』에 대한 논의가 활

발하게 나타나, 『고봉집(高峰集)』[11], 『학봉집(鶴峰集)』[10], 『서애집(西厓集)』[22], 『구봉집(龜峰集)』[16], 『한강집(寒岡集)』[52], 『우계집(牛溪集)』[15], 『율곡집(栗谷集)』[23], 『지산집(芝山集)』[19], 『사계집(沙溪集)』[14], 『여헌집(旅軒集)』[33], 『창석집(蒼石集)』[11], 『우복집(愚伏集)』[33], 『월사집(月沙集)』[23], 『잠야집(潛冶集)』[20], 『신독재집(愼獨齋集)』[12] 등에 비교적 빈번하게 나오다가, 황종해(黃宗海)의 『휴천집(朽淺集)』[60], 허목(許穆)의 『미수집(眉叟集)』[23], 송준길(宋浚吉)의 『동춘집(同春集)』[50]을 거쳐 송시열(宋時烈)의 『우암집(尤庵集)』[399]에 와서 극치에 이른다. 이후 19세기 초까지 가례 언급의 빈도가 높은 인물의 문집만 열거하면 다음과 같다.

草廬	李惟泰	28	魯西	尹宣擧	40	明齋	尹拯	67
葛庵	李玄逸	37	南溪	朴世采	246	寒水齋	權尙夏	76
厚齋	金榦	120	屛窩	李衡象	36	芝村	李喜朝	44
密庵	李栽	32	息山	李萬敷	35	冠峰	玄尙璧	44
陶庵	李栽	50	星湖	李瀷	218	南塘	韓元震	24
黎湖	朴弼周	25	屛溪	尹鳳九	120	渼湖	金元行	48
鹿門	任聖周	25	大山	李象靖	44	順菴	安鼎福	62
性潭	宋近洙	54	頤齋	黃胤錫	25	近齋	朴允源	55
立齋	鄭宗魯	25	下廬	黃德吉	33	剛齋	宋穉圭	29
硏經齋	成海應	58	老洲	吳熙常	40	茶山	丁若鏞	225

여기에는 문집과는 별도로 저술된 예서를 남긴 이와, 또 '가례'라는 용어를 사용하지 않고 『주자가례』의 예를 논한 경우, 한국문집총간 원집에 선정되지 않은 인물들의 문집이 포함되지 않았지만, 이것으로 조

선조『주자가례』에 대한 논의의 중심에 있었던 인물들을 대략 짐작하는
데는 충분하다. 퇴계 이후로『가례』연구가 촉발되어 학자마다『가례』
를 행하고 논하였음에도 문집 내용에『가례』라는 용어가 출현하는 빈도
수가 퇴계를 넘어서는 이가 우암(尤庵)·남계(南溪)·후재(厚齋)·병계(屛
溪)·성호(星湖)·다산(茶山) 등 몇몇 인물에 지나지 않으니, 조선조『주자
가례』논의의 초기단계에 퇴계의 역할과 그 영향이 얼마나 지대하였던
가를 알 수 있다.

　위의 자료에서 학자들의 학문적 관심을 나타내는 문집과 별드로 조선
왕조의 중대 국사를 수록한 왕조실록에서 '가례'라는 용어의 출현 빈도
를 검색해 보면 의외의 결과가 나타난다.

太宗 35	世宗 103	文宗, 端宗 19	世祖, 睿宗 5	成宗 15
燕山 2	中宗 34	明宗 15	宣祖 25	光海 6
仁祖 21	孝宗 8	顯宗 24	肅宗 73	英祖 22
正祖 15	純祖 8	哲宗 3		

　이 수치를 살펴보면 조선왕조 조정의『주자가례』에 대한 논의는 조선
건국초기 왕조국가의 문물제도를 창제하였던 태종·세종 시대에 집중되
어 있으며, 왕실의 전례 문제로 당파 간의 논쟁이 치열하였던 숙종대에
다시 활발하게 재연되었음을 알 수 있다. 태종·세종 시대의 논의 내용
을 살펴보면 대개 국가의 전례를 제정하거나 왕실의 중요한 의식 절차
를 조정하는데 참고자료로 인용되는 경우와 사대부에게『주자가례』의
실행을 권장하자는 건의가 주류를 이루고 있다.

　국가 전례(典禮)는 세조조를 거쳐 성종조에『국조오례의(國朝五禮儀)』

가 간행됨으로써 하나의 전범이 수립되었으니, 이 일로 인하여『가례』가 거론될 일은 별로 없었으나, 그 뒤로도 왕실의 국상이나 국혼, 왕통의 계승과 추숭 등의 문제가 불거질 때마다『가례』는 참고자료로 원용되었으니, 명종과 선조·인조·현종·영조·정조 때의 논의는 모두 그런 경우이다. 그 중 세조조와 연산조 때는 왕위 계승과 관련하여 종법(宗法)을 중시한『주자가례』를 조정에서 논의하는 것이 금기되었던 때이니 그 빈도가 적을 것은 당연한 일이고, 성종 때는『주자가례』의 시행을 민간에 권장하자는 건의가 주류를 이루고 있으니, 이때는 아직『주자가례』가 사대부 사족 간에 널리 시행되지 않고 있었다는 증거이다.

　『중종실록』의『가례』관련 항목은 중종 10년(1515)에서 14년(1519)에 집중되어 있는데, 이 시기는 조광조의 정치개혁이 진행되었던 시기로서, 다시『주자가례』의 시행을 권장하고 포상하는 내용이 주류를 이룬다. 그러나 기묘사화 이후 중종 37년(1542)까지 23년 동안 역시『주자가례』의 시행이나 권장에 대하여는 거론되지 않는다. 이처럼『주자가례』의 이행이 왕권승계 과정의 변고와 조정 내 정치세력 간의 갈등이 심화될 때마다 위축되었던 것은, 아마도『주자가례』가 지향하는 종법 체계와 친친경종(親親敬宗)의 윤리의식이 왕권 내지 왕권과 결탁한 권신 세력의 도덕성을 위협하는 행위규범으로 인식되었기 때문일 것이다.

　이러한 상황 하에서 퇴계 이전의 지식인들에게서『주자가례』의 실행에 대한 본격적인 논의를 찾아볼 수 없는 것은 당연한 일인지도 모른다. 「선공제의」를 저술하고『소학』을 권장한 김종직이 천양(泉壤)의 화를 당하였고,『소학』과『주자가례』를 권장하고 이를 실행하는 인재를 등용하자고 주장하였던 조광조와 김안국이 역적으로 몰려 한 사람은 죽고 한 사람은 겨우 죽음을 모면하였으며,『봉선잡의』를 저술하였던 이언적이 을사사화를 당하여 관서로 유배되어 그곳에서 죽었다. 그러니 비록 조선초기 이래 간간히 조정에서 『가례』의 시행을 권장하였지만, 16세기 중반 왕권의 옹호를 빙자한 권신의 전횡이 해소되기 전까지, 왕조사회의 정치권력 구조 아래 종속된 사대부 사족으로서 『가례』의 실천과 이행을 적극 추동하는 것은 참으로 어려운 일이었다.

Ⅲ. 점필재의 『소학』과 『가례』 실천

김종직은 15세기 후반 성종조 당대에 이미 사류들로부터 사림의 종사로 존중되었다. 성종 15년 김종직이 도승지가 되었을 무렵 『성종실록』에 이르기를 "당대 조정에서 벼슬하는 사람들이 그를 종장(宗匠)으로 추대하였다"[2]고 하였으며, 문하에 출입하였던 남효온은 말하기를 "문장과 도덕이 한 시대 사대부의 영수로서 백성에게는 부모와 같고 나라에 있어서는 시귀(蓍龜)와 같은 인물"[3]이라고 하였으며, 조위(曹偉)는 일컫기를 "점필재 선생은 문장과 도덕이 한 시대의 사범이었다."[4]라고 하였고, 안락당(顏樂堂) 김흔(金訢)의 「선집기(先執記)」에는 "후학을 권장하여 한 시대의 종사가 되었다"[5]고 하였다.

---

2) 『성종실록』 권169 성종 15년 8월 경신조.
3) 南孝溫, 『秋江先生文集』 卷4 「潭陽鄕校寶上記」. "金公號佔畢齋 文章道德 爲一代搢紳領首. 朝廷有事 問焉 學者有疑 質焉. 所謂民有父母 國有蓍龜者也. 余師事有年 公亦含容禮待 例視門士 故辱知滋深"
4) 曹偉, 「彜尊錄序」. "文簡公佔畢齋先生 道德文章 師範一世. 學問淵源 出於先司藝公 如致堂之於文定 九峯之於西山 其操履之篤 文詞之富 雖由天分之卓越 而皆先公訓迪而養成者也"
5) 金訢, 『顏樂堂集』 卷4 「先執記」. "金宗直字季昷 嵩善人 登天順己卯 文科. 久屈下僚 大肆於文 奬進後學 爲一時所宗師"

　　그러나 점필재는 또한 당대 조정의 일부 집권 관료 계층으로부터 적지 않은 견제를 받았다. 점필재의 영향을 받은 일군의 젊은 학도들이 『소학』을 강독하고 실천하는 모임을 계속하자, 조정대신 가운데 이를 '소학당'이라고 비방하는 이들이 있었고, 점필재가 도승지로 재직할 적에 조정 일각에서는 점필재와 그 문도들을 '경상도선배당'이라 하여 빈축하는 사람들이 있었는가 하면,6) 점필재 만년에 병으로 귀향할 적에 그 문도인 탁영 김일손이 스승에 대한 조정의 은사를 건의하였다가 스승을 지나치게 옹호하였다는 이유로 관직에서 쫓겨나기도 하였다. 점필재가 죽은 뒤에는 봉상시(奉常寺)에서 그의 시호를 문충(文忠)으로 정하여 올렸는데, 점필재에게 문충(文忠)이라는 시호를 올린 것은 그 문도들이 스승을 지나치게 추숭한 결과라고 비판하는 대신들이 있어서, 마침내 '문충'이란 시호를 올린 봉상시 관원들을 문책하고, 시호를 문간(文簡)으로 바꾼 일도 있었다. 점필재와 절친하였던 훈구 가문의 문인 성현(成俔)마저 「문변(文變)」이란 글을 지어 말하기를 "숭선자(崇善子)가 죽었는데도 아직도 그 편협한 견해를 떠들고 다니는 자가 있다"라고 하였으니, 점필재의 사후에 점필재의 문학과 사상을 추종하는 사류들이 늘어난 만큼 또한 그를 폄하하는 사람들이 적지 않았음을 알 수 있다. 그런 끝에 연산군이 군림한 조정에서는 마침내 「조의제문(弔義帝文)」을 빌미로 역률(逆律)을 걸어 무오·갑자의 참혹한 사화를 일으켜, 죽은 점필재는 물론 수많은 인재들을 점필재의 언동을 추종 옹호하였다는 이유로 처단하였다.

　　한국학술사에 있어서 점필재가 수행한 역할 중에 무엇보다 중요한 것

---

6) 『성종실록』 권169 성종 15년 8월 경신조.

은『소학』의 규범에 따라 인간관계의 미덕 실행을 중시하고,『가례』에 제시된 일상생활과 의식절차의 법도를 준수함으로써, 성리학의 이념을 일상생활 속에 실현하는 모범을 보이고 이를 널리 전파하는데 크게 기여하였다는 데 있다.

점필재는 어려서 그 부친으로부터『소학』을 수학하였다.7) 점필재가 서술한 바에 의하면 그 부친인 강호(江湖) 김숙자(金叔滋)는 어려서 고려 충신 야은 길재로부터『소학』의 절도를 배웠고, 일상생활에 있어서도 『소학』규범을 실천하는 것을 중시하였다.8) 점필재 역시 문도들의 교육에『소학』을 중시하여『소학』으로 학문의 규모를 이룬 이가 많았으니, 김굉필(金宏弼)・정여창(鄭汝昌)・김흔(金訢)・강흔(姜訢)・노조동(盧祖同)・손효조(孫孝祖)・김용석(金用石) 등은 특히『소학』를 강론하고 실천하는 모임을 결성하기도 하였다.9) 조선초기 이래『소학』이 권장되었음에도 불구하고『소학』에 대한 관심이 부진하였던 당대의 사정을 감안하면10) 점필재와 그 문도들의 꾸준한『소학』실천 운동은 대단히 중요한 의미를 가지는 것이다.

『소학』은 남송(南宋)의 주자(朱子)가 편찬한 책이다. 이 책은 주자가 만

---

7) 金紐,『佔畢齋先生年譜』. "先公敎先生曰 爲學不可躐等. 初授童蒙須知 幼學字說 正俗篇. 皆背誦 然後令入小學. 次孝經 次大學 次論孟 次中庸 次詩 次書 次春秋 次易 次禮記. 然後 令讀通鑑及諸史百家 任其所之"

8) 金宗直,『彛尊錄』「先公事業」. "及年十二三 鄕先生吉公再 以嘗仕高麗 辭祿於本朝 累徵 不起 卜築金烏山下 敎授子弟 童卯雲集. 其敎自洒酒掃應對之節 以至蹈舞詠歌 不使之躐 等. 公亦往受業焉.…… 先公天性至孝 凡家居事親 皆從事小學書".

9) 정경주,『성종조 신진사류의 문학세계』, 법인문화사, 1993.

10) 15세기에서 16세기에 걸치는 조선전기『소학』의 보급과정에 대하여는 金駿錫,「조선전 기의 사회 사상-소학의 사회적 기능을 중심으로」, 연세대학교 국학연구원 동방학지, 1981 참조.

년에 그의 완숙한 성리학의 세계관을 근거로 인생의 의의와 가치가 인간관계의 미덕을 실천함에 있음을 확신하고 그 실천의 모범을 제시한 책이다. 이 책은 입교(立敎)와 명륜(明倫)과 경신(敬身)의 세 강령으로 편찬되었는데, 그 내용은 궁리수신(窮理修身)을 통하여 온전한 인격체를 도야하는 것을 학문의 입각처로 하여, 인간관계 속에서 애친경형(愛親敬兄)과 충군제장(忠君悌長)의 미덕을 실천함으로써 궁극으로 사람들이 각기 제 직분과 도리를 지켜 서로 의지하고 돕는 미풍양속을 이루는 것을 목표로 삼고 있다.11) 주자는 또한『소학』을 거쳐『대학』으로 학문 범위를 확대해 나가지만, 그 학문의 근본은『소학』에서 수립된다고 하였다. 주자가 말한 학문의 근본은 곧『소학』의 내용에서 일관하여 제시한 바, 인간관계에서 실현되는 인격 이상을 모범으로 여겨 이를 자신의 가치로 체득하여 실천하려는 의지를 의미한다.『소학』의 규모와 내용은 성리학의 사상 이론을 배경으로 정당화되는 것이기 때문에,『소학』의 실천은 곧 성리학의 실천이다. 성리학은 이기 심성의 치밀한 논리에 따라 우주와 인간의 본질에 대한 세밀하고 깊은 성찰을 토대로 인간 존재의 본질과 삶의 의의를 자각하여, 인격의 수양과 치국평천하의 이상을 실현할 수 있다는 신념 체계이고, 그 실천 방안은 곧『소학』으로 구체화되어 있기 때문이다. 그러므로 그 편찬 의도를 이해하고 실천에 옮기는 것은 성리학의 세계관과 인생관에 대한 투철한 이해와 체득을 바탕으로 가능한 것이다. 점필재가 말한 성리도덕의 학문은 곧 성리학의 이념 실천을

---

11) 朱熹,「小學題辭」."元亨利貞 天道之常 仁義禮智 人性之綱. 凡此厥初 無有不善 藹然四端 隨感而見. 愛親敬兄 忠君弟長 是曰秉彝 有順無彊. 惟聖性者 浩浩其天 不加毫末 萬善足焉. 衆人蚩蚩 物欲交蔽 乃頹其綱 安此暴棄. 惟聖斯惻 建學立師 以培其根 以達其支. 小學之方 灑掃應對 入孝出恭 動罔或悖 行有餘力 誦詩讀書 詠歌舞蹈 思罔或逾. 窮理修身 斯學之大 明命赫然 罔有內外. 德崇業廣 乃復其初"

의미하는 것이고, 그의 학문이 정심(正心)의 학문이라는 것 역시 심성의 내면 수양을 통하여 효제(孝悌)의 미덕을 실천하는 것을 의미하는 것이니, 그 조예의 정도야 측량하기 어려우나 이 역시 도학임에는 다름없다.

점필재는 또한 그 선인으로부터 훈도 받은 대로『가례』를 실천하는 모범을 보였다. 점필재의 행적 가운데 그 후학들에게 가장 심각하게 끼친 영향의 하나는『가례』의 실천이었다. 매계 조위는『이존록(彝尊錄)』의 「선공제의(先公祭儀)」를 논하여 말하기를 “우리나라 사대부의 상·제례는 불가의 의식을 섞어 사용하는데 바로잡는 이가 없었으나, 강호선생이 세속 관습에서 벗어나 주문공(朱文公)의『가례』를 실천하고, 선생이 글로 써서 가범(家範)으로 저술함으로써 세속의 누추한 관습을 한꺼번에 씻었으니, 당대 사대부들이 본보기로 삼아야 할 것”[12]이라고 하였으며, 남효온은 전하기를 “점필재 선생이 거상(居喪)을 하는 모습은 사람을 감동시켰다”고 하였다.

고려 말 공민왕 23년 포은 정몽주가『가례』에 따라 사대부 집안에 가묘를 설치하고 신주를 만들어 제사를 모시도록 하자고 건의한 이래, 조선왕조에 들어와서 누누이 사대부들에게『가례』에 따라 상·제례를 거행하도록 권장하였지만, 극히 일부 집안을 제외하고는 제대로 시행되지 않고 있었다. 조선왕조에서『가례』를 모범으로 하여 사대부 집안에서 사가(士家)의 제례 규범을 마련한 것은 점필재의「선공제의」가 아마 최초일 것이다.

『가례』는 주자가 성리학의 이념에 입각하여 일상생활의 중요한 의식

---

12) 曹偉, 「彝尊錄序」, “況祭禮一事 尤關風敎. 我國家久染習俗 士大夫喪祭 雜用浮屠 莫或正之 獨司藝公 奮不顧流俗 一遵文公之禮 倡於鄕里. 先生又筆之於書 著爲家範 一洗世俗之陋 豈徒金氏一家世守之規 抑亦當世搢紳之所當法也”

절차를 규정한 책이다. 『가례』에서는 조상의 신격을 모시는 사당을 중심으로 가정의 일상생활을 영위하고 친족을 결속하는 한편, 관혼상제의 의례를 친족 집단의 자율 규범으로 집행하게 함으로써, 무격(巫覡)이나 선불(仙佛)과 같은 종교 절차와 그 신념에 의지하여 의식을 행하는 데서 생겨나는 불합리와 재물의 낭비와 인간관계 및 정서의 왜곡을 방지하였다.[13] 상장(喪葬)과 제례 및 관혼 등 일상의 의례 절차는 개인 및 집단이 가지는 인생관을 반영하는 중요한 관습이다. 관습은 임의로 쉽사리 변개될 수 있는 것이 아니다. 『가례』를 스스로 실행하기 위해서는 우선 그것이 함축하는 세계관과 인생관의 의미를 받아들여야 하고, 또한 개인이나 집단 구성원들이 그 전 시대의 종교나 미신을 통하여 받아들이고 있었던 화복길흉과 생사윤회의 관념에서 벗어나 효제충신의 미덕과 신종추원(愼終追遠)의 의리가 인생과 생활에서 실현되어야 할 당연한 가치로 인식되어 있어야 한다. 그러므로 『가례』의 실행 역시 도학의 이념을 생활 속에 실천하는 일이었던 것이다.

점필재의 집안에서는 『가례』의 실천이 일상화 되어 있었다. 점필재는 그의 부친 강호 김숙자를 통하여 어릴 때부터 『가례』의 실천을 일상생활로 체득하였다. 점필재는 부친의 가정생활 법도를 서술하여 이르기를 "평소 가묘를 설치하여 사시 정제(正祭) 및 속절(俗節)과 기일의 제사는 물론 삭망의 참알(參謁)까지 『가례』에 의거하여 실천하였으며, 찬수(饌

---

13) 조선초기 시속 葬祭禮의 병폐는 鄭道傳의 『朝鮮經國傳』 「禮典」에 다음과 같이 묘사되어 있다. "近世以來 喪制大壞 例以浮圖之法治之. 初喪未葬 珍羞盛饌之狼藉 鐘鼓之喧轟 男女 之混雜 而主喪者惟應對供辨之不給是慮 何暇哀死而恤亡哉. 是以 雖居百日之制 無慼容慘 色 而笑語如平. 至親如此 況其下者乎. 見聞習俗 恬不爲怪. 蓋以人子之情 無古今之異 而 習俗使之然也. 其所謂追薦者 直爲人觀美耳 而卒至於傾家破産者亦有焉. 在死者爲無益之 費 而貽生者無窮之患 多見其妄也. 不有在上者作法以防之 其弊有不可勝言者矣"

需)는 또한 이천(伊川)의 제식(祭式)을 사용하여 마련하였는데, 아무리 다른 곳에 나가 있더라도 조금도 게을리 하지 않았고, 자친께서도 극력으로 제수를 장만하여 하나도 흠결이 없도록 도왔다"[14]고 하였다. 점필재는 모부인의 상을 당하여 여막을 지키고 있으면서 승중상의 상주인 형의 장자 치(緻)에게 서찰을 보내어 집안일을 정리하고 상차(喪次)로 오도록 타이르면서 끝에 다음과 같이 말하였다.

> 그렇지만 주자는 "군자가 장차 집을 지을 적에는 먼저 사당을 정침의 동편에 세운다"는 말을 『가례』의 첫머리에 두었는데, 네가 그 뜻을 아느냐?[15]

주자는 『가례』를 저술하면서 사당의 신알(晨謁)을 시작으로 일과를 시작하고 삭망(朔望)의 참례와 사시(四時)의 정제(正祭)와 절일(節日) 및 기제(忌祭)와 평소의 출입은 물론 집안의 대소사와 관혼상제의 모든 의례를 사당을 중심으로 거행하도록 하였다. 사당장 첫머리의 이 말을 이해하는 것은 곧 『가례』의 의도를 이해하는 것이고, 『가례』의 의도를 이해하는 것은 곧 성리학에서 지향하는 삶의 의미를 이해하는 것이니, 결국에는 효제충신의 도리를 이해하고 실천하는 데로 귀결된다.

이 시대 사대부 가문에서 사당의 신알(晨謁)과 삭망참(朔望參)을 행하고, 절일(節日)과 묘제의 시기와 제수(祭需)의 진설까지 규정한 사례는 점필재의 「선공제의」가 유일하다. 이와 유사한 저술로 거의 100년이 지난

---

14) 金宗直, 『彛尊錄』附錄「先妣朴令人行狀」. "先公於家廟四時及俗節忌日之祭 朔望參謁 必按家禮. 其饌具用伊川之式 雖在旅食僑寓 亦不少弛. 夫人必極力營辦 一無虧缺"

15) 金宗直, 『佔畢齋文集』卷1「答緻書」. "雖然 子朱子有云 君子將營宮室 先立祠堂於正寢東 冠之家禮之首 爾其知也歟"

뒤에 이언적의 『봉선잡의』가 나타났으니, 점필재의 이 저술은 조선조 가례학의 최초 저술인 것이다.

　『소학』·『가례』의 실천과 관련하여 점필재 문학의 주요한 주제의 하나가 척불(斥佛)과 미신 타파이다. 점필재의 척불 태도는 젊은 시절의 「安水寺觀齋佛」16), 「書能如寺門扉」를 비롯하여 「盧秀才琇請僧智照詩卷」17), 「盧又爲梁僧求詩」18), 「賀金山李郡守仁亨」19), 「書鄭獬詩卷」20) 등의 시에 잘 보인다. 그 중 그의 제자 노수(盧琇)가 승려 지조(智照)를 위하여 시를 청하자 점필재가 지어준 시의 일부를 보자.

五車初汗牛	다섯 수레 가득한 책 있음에도
千函代以增	일천 질의 책이 시대마다 느는데,
末世恣演譯	말세에 제멋대로 풀이해서는
假託莫能徵	가탁한 말 징험할 수 없구나.
精微或一道	정미하여 혹 한 도라 하겠으나
僞贋尤可憎	거짓과 가짜가 더욱 가증스럽다.
未聞大極中	못 들었네 태극 가운데
何者爲佛僧	무엇이 부처요 중인지를.
未聞五常內	못 들었네 오상(五常) 안에
何者爲三乘	무엇이 삼승(三乘)인지를.
向壁妄見性	벽을 향해 함부로 견성(見性)하고
敢擬傳心燈	감히 심등(心燈)을 전한다 하네.

---

16) 金宗直, 『悔堂稿』「安水寺觀齋佛」.
17) 金宗直, 『佔畢齋文集』권15 「盧秀才琇請僧智照詩卷」.
18) 金宗直, 『佔畢齋文集』권15 「盧又爲梁僧求詩」.
19) 金宗直, 『佔畢齋文集』권16 「賀金山李郡守仁亨」.
20) 金宗直, 『佔畢齋文集』권23 「書鄭獬詩卷」.

悠悠百代底	아득히 백 대 뒤에까지
壞汚幾黎烝	얼마나 많은 백성 그르치려나.
渠今學其道	그 사람이 이제 그 도를 배워
沈迷實哀矜	혼미에 빠지니 실로 가련하구나.
計出下愚下	바보보다 못한 계교를 내니
智照眞虛稱	지조란 게 참으로 헛이름일세.
豈無劉雲刀	어찌 없는가 구름을 헤치는
光芒凜若氷	광채가 얼음처럼 싸늘한 칼로,
未得抉汝眼	네 눈을 도려내지 못하다니.
惜哉吾無能	안타깝다 내 무능함이여.

점필재의 불교 배척은 인간관계의 도리인 강상을 배반한다는 점 외에
도 그 심법이 유가의 법도와 같지 않다는 점을 지적한다. 그는 이르기를
"계징(戒澄)의 관법(觀法)은 동(動)에는 절로 동하고, 정(靜)에는 절로 정하
나, 나의 관법은 동(動)하면서 정(靜)을 구하고, 정(靜)하면서 동(動)을 구
하여 동과 정이 원래 떨어지지 아니한다"[21]고 하였다. 그러나 이연평(李
延平)의 설을 인용하여 불가 심법을 비판하면서도, 그의 논의는 어디까
지나 위의 시에서와 같이 감화를 통하여 그 생각과 처신을 바꾸려는 데
놓여 있다. 그는 그의 제자 유호인이 상례(喪禮)에서 불가식의 칠칠제(七
七祭)를 설행하고 자책하자, 타일러 이르기를 "우리 동방에 상례(喪禮)가
무너져서 문헌고가(文獻古家)라도 시속에서 벗어나지 못하는데, 족하께
서는 상례에 슬픔을 다하였고 칠칠제도 궤연(几筵)에서만 행하였으니 자

---

21) 金宗直, 『佔畢齋文集』 권1 「釋戒澄遊智異山序」. "雖然 澄之觀 動自動 靜自靜. 余之觀
因動而求靜 因靜而求動 動與靜 元不相離. 非余與澄故爲異也 兩師之道 固如是. 余亦不知
其所以然"

책할 것은 없다. 상중에 책을 보고 술을 마신 것도 예서(禮書)를 읽는다는
말이 있고, 약을 복용한다는 말이 있으니 상심할 것 없다. 이런 몇 가지
를 전혀 하지 않으면 참으로 좋지만, 부득이하여 행한 것은 또한 인자(仁
者)의 허물이다."22)라고 하였다.

이처럼 점필재가 살았던 시대에는 성리학의 신념이 아직 뿌리를 내리
지 못하고 있었고, 불교 관습은 완강하게 사람들의 생활과 의식 속에
깊이 침투해 있었던 것이다. 그러므로 점필재는 스스로의 의례 실천과
감화와 교육을 통하여 풍속을 개량하는데 애썼다. 그는 가는 곳마다 생
도들을 모아 학문을 강론하는 한편 향음주(鄕飮酒)와 향사(鄕射), 양로(養
老)의 의식을 거행하였다. 그는 함양군수로 부임하여 향음주례와 양로례
(養老禮)를 거행한 이후, 선산군수와 전라도관찰사로 부임하여서도 매년
봄·가을에 향음주례, 향사례와 양로례를 거행하였다.23) 그는 이런 의
식을 거행함으로써 감화를 통하여 효제충신의 풍속을 일으킬 수 있다고
주장하였다.

나는 향중의 한 기로(耆老)요 사문(斯文)의 한 선진(先進)으로서, 여러
분과 더불어 매년 봄·가을에 향사례와 향음주례와 양로의 의식을 거행할
것이다. 이렇게 하면 관을 덮기 전까지는 모두 선을 책망하는 날이 될

22) 金宗直,『佔畢齋文集』권1「答表少游書」."吾東方喪制壞缺 雖文獻故家 不能拔乎流俗
不恤於陷爲不孝之人. 足下之治喪 則不于易而于哀 而禮亦無所缺焉. 此其所難也. 世之人
苟有小善 鮮不呫呫自言 猶恐人之不知也 而足下則畏人之知 此其所難也. 七七之設 果雖浮
屠之法 然足下則只祭於几筵 非世俗諂佛者之比. 且所謂隧道者 其能備石室金樞葛靈茅馬
以之雜陳於壙內乎. 苟不能是 則先瘞外柩於地 而開一面納棺 不可謂之隧也. 亦不可謂之僭
天子之禮也. 禮有讀禮之文 則觀書無妨 又有服藥之語 則啜酒何傷 凡此數者 絕不爲之 固
大善也. 然事有不得已而爲之 此亦仁者之過也"
23) 金宗直,『佔畢齋集』卷22「全州三月三日行鄕飮鄕射禮」."鄕飮遺謨一日新 盛朝風化冠
群倫"

것이다. 그럴 만한 사람이 아니면 그만이지만, 조금이라도 인의(仁義)의 마음을 가진 자라면, 한 번 두 번 세 번 거듭하는 사이에 어찌 흠칫 두려워하고 마음을 합쳐 따르지 않을 자가 있겠는가![24]

이와 같이 점필재는 인간의 윤리 기강이 혼란스러운 현실을 개량하여 인간관계의 도리를 중시하는 사회 기풍을 형성하는데 힘을 기울였고, 그 방편으로『소학』과『가례』의 학습과 실천을 중시하였다.『소학』과 『가례』는 성리학의 이론에 입각하여 효제충신의 미덕을 실천하는 지침서인 만큼 그 실천은 곧 성리학의 이념에 충실함을 의미한다. 점필재에게 성리도덕(性理道德)의 학문 혹은 정심(正心)의 학문이라는 말은, 모두 성리학의 이념을 근거로『소학』과『가례』에 제시된 규범을 준수하여, 자신의 덕성을 성취하고 인간관계의 미덕을 실현하는 것을 의미하는 것이었다. 일상생활의 윤리 실천을 중시하는 이러한 학풍이 점필재의 모범과 훈도를 통하여 양성된 후학들이 나서서 더욱 심화 확대함으로써 조선조 예악문명의 전기(轉機)를 마련하였던 것이니, 비록 천양(泉壤)의 화(禍)를 당하였으나 또한 한 시대 도덕(道德)의 참신한 기풍을 수립하는데 크게 기여했던 것이다.

Ⅳ. 퇴계의『가례』실천 관점

16세기 중반에 이르러서는 사대부 사이에『가례』에 의거하여 상·제

---

24) 金宗直,『佔畢齋文集』卷1「與密陽鄕校諸子書」. "余則鄕中之一耆老也 斯文之一先進也. 與諸子 每春秋 周旋揖遜乎鄕射鄕飮養老之儀矣. 夫如是 則蓋棺以前 皆責善之日也. 非其人則已 一毫有仁義之心者 一再至三之間 寧有不惕然懼翕然從者乎"

례를 시행하는 것은 하나의 관행으로 정착되었다. 그것은 선조 즉위 정묘년(1568) 중국 사신이 와서 국가의 예제풍속(禮制風俗)에 대하여 물었을 때 동고(東皐) 이준경(李浚慶)이 답한 다음 내용으로 알 수 있다.

> 사대부의 상·장례와 제례는 한결같이 『주문공가례(朱文公家禮)』대로 하며, 부모의 상에 대개 모두 3년 동안 여묘하고, 만약 근신하지 못하는 자가 있으면 선비[士]의 반열에 끼우지 않는다. 그 사이에 간혹 상을 마칠 때까지 죽을 마시거나, 조미한 요리를 먹지 아니하거나, 혹은 손수 밥을 지어 전을 올리는 일도 있다. 혼인에는 반드시 중매를 통하여 납채(納采)하며, 동성(同姓)과 혼인하지 않는다. 사대부는 모두 가묘를 세워서 사시 중월(仲月)에 제향을 올리고, 기일에는 자손들이 육식을 하지 않고 정침에서 그 신주를 모시고 제사한다. 6품 이상은 3대를 제사하고, 7품 이하는 2대를 제사하고, 서인은 고비(考妣)만 제사한다.25)

동고는 조선의 사대부가 상·제례를 모두 『주자가례』대로 행한다고 하였으나, 위에 거론된 내용은 대체로 성종 때 간행 반포된 『국조오례의』의 사서인상례(士庶人喪禮)와 제례의 의식 규정을 근거로 진술한 것이다. 『국조오례의』의 의식 절차는 본디 고려시대로부터 내려온 『상정고금례(詳定古今禮)』와 재래의 관습 및 『주자가례』 등을 절충한 것이라 하나, 사실상 『주자가례』의 기본 골격과 절차를 거의 그대로 준용한 것이었다. 다만 여묘의 풍습은 본디 『주자가례』에 없는 것이나 정몽주가 처음 모범을 보인 이래 효심 깊은 신실한 유자들이 시행해 온

---

25) 李浚慶, 『東皐先生遺稿』 卷5 「錄遺許太史國朝鮮風俗」. "士大夫喪葬祭禮 一依朱文公家禮. 父母之喪 率皆廬墓三年. 若有不謹者 不齒士列. 其間或有啜粥終喪 不食鹽菜 或手自炊爨 以供奠事. ○昏娶 必通媒納采 不娶同姓. ○士大夫皆立家廟 四時仲朔必享 忌日則子孫不食肉 祭其主于寢堂. 六品以上 祭三代 七品以下 祭二代 庶人只祭考妣"

관습이며, 기일제사의 관행과 저사 대수(代數) 역시 고려 이래의 관습을 절충한 것이다. 16세기 중반에 편찬된 회재(晦齋)의 「봉선잡의(奉先雜儀)」나 율곡(栗谷)의 「제의초(祭儀抄)」가 모두 봉사대수를 3대로 한정한 것으로 보면, 이 시대 대부분의 사대부 사족들이 『국조오례의』의 규정에 준하여 제례를 거행하고 있었음은 사실인 듯하다. 또 이 시대의 비지행장류(碑誌行狀類)에는 "상·제례에 불가의 법을 사용하지 아니했다"는 말이 거의 나타나지 않으니, 대부분의 사족들이 『국조오례의』를 표준으로 상례를 거행했던 것으로 추정할 수 있다.

그런데 의식의 표준이 정해져 있다 하더라도 그 실제 거행에는 다양한 변수가 도사리고 있었다. 무엇보다도 의식절차를 사찰이나 승려 또는 무격에 의존하는 재래의 폐단은 어느 정도 사라졌다 하더라도 여전히 관습의 장벽은 남아 있었고, 또 이미 이루어진 『국조오례의』의 의식 규정과 국가에서 권장해 온 『주자가례』 사이에는 약간의 차이가 있었으므로, 각 지방과 집안마다 전수된 규범이 조금씩 차이가 나는 것은 피할수 없는 일이었다. 따라서 여기에는 당대의 사표로 존중받는 사람의 처신이 하나의 표준으로 작용하였다. 그것은 남명(南冥)의 사례에서 볼 수있다.

혼인·상장·제사의 예는 모두 대략 『가례』에 따라 하되 그 대의만 취하고 절문은 모조리 합치되기를 구하지 않았다. 부모의 상을 치름에 곡읍(哭泣)하고 3년 동안 몸에서 최복(衰服)을 벗지 아니하고, 걸음이 여막을 벗어나지 아니하였다. 혼례에 있어서는 국가의 풍속대로 신부 집에서 행례(行禮)하느라 친영하는 절차는 실행하지 못하고, 단지 신랑 신부가 청사에 서로 보고 교배의 예를 행하게만 하였다. 대개 이로써 복고의 단초로 삼은 것이다. 또 혼례와 상례에는 과일 상을 높다랗게 진설하는 시속을

따르지 않으니, 한 때 사대부 집안에서 감화되는 이가 많았고, 풍속이
또한 이 때문에 조금 변하였다.26)

동강(東岡) 김우옹(金宇顒)이 전하는 이 한 단락은 남명의 감화력으로
바꿀 수 있었던 풍속 개량의 한계를 나타낸다. 사실 혼례의 친영한 조목
은 조선이 멸망할 때까지도 학자들의 노력으로 거의 바꾸지 못한 관습
이었다.

따라서 예학의 원칙과 의식 규범의 절차와 의미를 정밀하게 상고하
고, 역대의 예제를 참고하는 한편 시속의 행례 실제를 절충하여 새로운
규범을 정립하는 것은 학자들의 새로운 문제가 되었다. 16세기 중반에
예학의 제반 문제와 관련한 질의 토론의 중심에 있으면서 사대부 사족
사이의 예제 강구와 시행의 한 규범을 수립한 사람은 퇴계이다.

퇴계가 관직을 버리고 은거 강학을 결심한 것이 그의 50대에 들어서
이고, 그가 예속에 유의하여 사대부 사족의 예제에 대하여 문도들과 논
의하는 것은 대부분 60대 이후의 기록에 집중되어 있다. 이는 퇴계가
일찍부터 『가례』의 실행이나 예학에 유의하지 않았기 때문이 아니라,
시대의 사정이 그러했던 것이다. 그러나 『가례』에 대한 본격적인 논의
는 없지만 『가례』에 의한 관혼상제를 시행한 기록은 여러 곳에서 볼 수
있다. 퇴계는 46세 때(1546) 후취부인 권씨의 상을 당하여 아들 준(寯)과
채(寀)에게 편지를 보내어 다음과 같이 당부하였다.

---

26) 曺植, 『南冥先生文集』 卷4 行錄 「金宇顒」. "婚姻喪葬祭祀之禮 皆略倣家禮 取其大意 其
   節文不求盡合. 其執親之喪 哭泣三年 身不脫衰 足不出廬. 於婚禮 則以國俗行禮於婦氏 不
   得行親迎一節 只令壻婦相見於廳事 行交拜之禮. 蓋以是爲復古之漸也. 又於婚喪 不從俗設
   高排果床. 一時士夫之家 多有化之者 而風俗亦爲之少變矣"

상(喪)은 슬픔에서 생기니 매양『가례』를 상고하고 시속에 통용하여 행하기에 적합한 것을 물어 힘을 쓰되, 조심하여 사람들에게 나무람을 받지 말도록 해야 한다.……지금 서울 사대부의 상례는 비록 고두 예에 합치하지는 않지만 또한 볼 만한 게 많다. 너희들이 만약 고례(古禮)를 미처 행하지 못하고 또 지금 사람들에게 나무람을 듣는다면 어떻게 입신할 수 있겠느냐? 다만 기력을 너무 써서 병이 나게 하지는 말아라. 하나만 말하자면 무릇 조문객이 오거든 상주 및 곡비(哭婢)는 모두 곡을 하여 기다리고, 발인할 때 곡소리가 끊어지지 않게 하는 등의 일은 모두 지금 시속으로 예에 맞는 것이다. 이런 등의 일을 유추하고 사람에게 물어 행하여 천만 소홀히 말아라.27)

이 글에서 퇴계 당대의 경향의 상례 관습과 퇴계의 예제 시행의 기본 입장과 태도를 모두 살펴볼 수 있다. 먼저 퇴계는 평소『가례』를 준용하게 하였다. 이 문맥에서 고례는 곧『주자가례』를 가리킨다. 그러면서도 그는 시속에서 통행하기에 적합한 것을 물어서 사람들의 나무람을 듣는 일이 없도록 하라고 시켰다. 이는 당대의 풍속에 크게 어긋나서는 안 된다는 의미이다. 기왕에 고례에 맞추어 하지도 못하면서 지금 시속에도 맞지 않으면 어떻게 되겠는가? 지금 서울 사람들의 사대부 상례가 예에 다 맞지는 않아도 볼 만한 것이 많다는 것도 그런 의미이다. 그러나 그는 계모와 친모의 복(服)이 다르다는 시속의 견해는 강력하게 배척하였다. 조문객을 맞이하는 곡읍(哭泣)의 절도와, 발인할 때 곡하는 시속의

---

27) 李滉,『退溪先生續集』卷7「告寓寀 丙午」. "喪主於哀 每事考家禮 兼問時伶通行之宜 勉
　　力操心 勿取譏議於人 至可至可. 況汝等皆不及行汝母之喪 此喪卽汝母之喪 以此爲心 則自
　　不容於不謹矣. 或云與親母有間 此乃無知率意之論 陷人於非義 不可聽也. 今京中士大夫喪
　　禮 雖未盡合禮 亦多可觀. 汝等若不及於古 而又取譏於今 則其何以立身乎. 但毋使過用氣
　　力而至於生病耳. 以一節言之 凡吊客至 則喪主及哭婢皆哭而待之 及發引時 哭不絶聲等事
　　皆今俗之合禮者也. 如此等事 以類推之. 問人而行之 千萬毋忽毋忽"

절도는 『주자가례』에 명시되지 않았으나, 이는 상례가 슬픔을 위주로 한다는 유가 본디의 인생관에 합당한 것으로 퇴계가 인정하였고, 이는 후대에 정식으로 굳어진 상례 관습이다.

이처럼 퇴계 문집에는 이 시대 사대부 사족 집안에서 행하고 있었던 의례 관습에 대한 풍부한 질의 토론이 실려 있다. 퇴계 이전 인물의 문집에서 가정의 의례 절차에 대한 구체적인 질의 토론 내용을 거의 찾아보기가 어렵다는 점을 상기하면, 이 점은 이 시대의 예학 논의에 있어서 퇴계의 위상을 잘 보여준다.

퇴계는 생후 일곱달에 부친을 여읜 뒤로도 17세 때 스승이자 숙부인 송재(松齋)의 상을 당하고, 27세에 전처 허씨(許氏)의 상을 당한 이후 잇달아 모친상, 맏형 형수, 장인, 장모, 재취부인 권씨, 둘째아들 채(寀)와 여러 형의 상을 몸소 치루었고, 그리고 여섯 형에게 딸린 수많은 가솔들의 길흉사를 직접 거느리고 지도하는 가운데, 집안 전래의 법도를 부지하고 세우는데 진력하였다. 그의 일족은 이미 그 숙부 송재의 지도 아래 종가의 사당을 갖추고 있었고, 그의 맏형은 비록 일찍 별세하였으나 네째 형 온계(溫溪)가 관직에 나가 봉직하고 있었으므로 사대부 사족으로서 소종(小宗)의 사당을 갖추었으니, 관혼상제 의식 전반에 걸쳐 사족으로서의 예식 규모를 갖추고 있었다.

퇴계는 그에게 예를 묻는 사람들에게 자가(自家)의 가법과 『국조오례의』에 규정된 국제(國制)와 『주자가례』와 고대 예경의 사례를 들어 답하면서, 이 여러 가지를 절충하는 입장을 취하였다. 특히 3년상식(三年上食)과 기제고비병설(忌祭考妣幷設), 4대봉사(四代奉祀), 지자봉제(支子奉祭), 외손봉사(外孫奉祀) 등의 문제에 대한 퇴계의 설은 후대 학자들의 중요한 논거가 되었다. 그는 기제(忌祭)의 병제고비(竝祭考妣) 문제에 대하여 고례와『주자가례』, 그리고 사리에 의거하여 기제에는 당위 한 위만 모시는 것이 예의 바른 법도라고 단정하였다. 그럼에도 한편으로는 자신의 집안에서는 예전부터 해 오던 사례대로 양설(兩設)하고 있다고 고백하였다. 또한 삼년 상식을 허용하면서『주자가례』에 분명한 예문이 없더라도 시속의 예가 합당하면 후한 쪽을 따른다[禮宜從厚]는 원칙을 적용하였다. 4대봉사의 문제에 있어서는, "본디 국가의 제도에는 3대봉사를 원칙으로 하고 있으나『주자가례』에 4대봉사설이 있기 때문에 굳이 행하려고 한다면 사대봉사도 무방하다"는 견해를 내었으며, 또한 제사의 찬품(饌品)과 같은 미세한 조목에 있어서는 선대부터 하던 대로 따라도 무방하며, 자신이 행할 수 있으면 행하고 다른 사람에게 강제하지 않는다면 둘 다 병행해도 된다는 견해를 피력하였다. 퇴계의 이러한 논례(論禮) 방법과 단안은 이후 학자들에게 예학 논의의 선례가 되었다.

퇴계의 예학과 예설 논의에 대한 입장은「김이정에게 답한 편지(答金而精書)」에 잘 정리되어 있다. 퇴계는 65세 되던 을축년(1565) 12월 초에 서울 사는 잠재(潛齋) 김취려(金就礪, 1527-?, 字 而精)가 집상(執喪)하면서 저술한『예의(禮疑)』1책과『예강(禮講)』1책을 보내오면서 그 교정을 부탁하였다. 잠재는 화담(花潭) 서경덕(徐敬德)의 문인 이소재(履素齋) 이중호(李仲虎)에게 수학한 이로서, 경신년(1560) 이래 부단히 학문상의 문답을 제기하여 퇴계가 작성한「심통성정도(心統性情圖)」와「대학도(大學圖)」에 의문을 제기하여 고치게 한 매우 열성적 학도의 한 사람이었다. 퇴계는 그의 요청을 정중하게 거절하면서 다음과 같이 자세히 그 이유를 말하였다.

전년 공이 이곳에 왔을 때『가례』의 의문되는 곳과 지금 시행하기에 합당한 것을 묻기에, 이는 천박한 소견으로 언급할 바 아닌지라 그렇게 곧장 답장을 드려 실로 미안하였습니다. 이제 다시 『의문(疑問)』한 책을 부쳤는데, 또 전일에 묻던 데 비할 것이 아니라, 장차 『가례』의 '상·제(喪祭) 두 부분을, 주자의 의식을 근본으로 하여 제유(諸儒)의 설을 참작하고 시왕(時王)의 제도를 준칙으로 삼아 시속의 잘못을 밝히고, 자신의 뜻을 붙여 고증하고 변론하여 종위가부(從違可否)의 적절한 답을 얻고자 하시어, 폐단을 교정하고 변례(變禮)에 대처하는 도리까지 상세하지 않은 것이 없는데, 나로 하여금 일일이 헤아려 재정(裁定)하여 한 부의 예서를 만들어서, 이것으로 한 세상을 인도하고 후세에 전하고자 하십니다. 오호라, 이 얼마다 중대한 일인데 우리 두 사람이 감히 하겠습니까? 저는 공께서 효성이 독실하여 신종추원(愼終追遠)의 일에 마음을 다하고, 궤전(饋奠)의 여력으로 예서를 읽은 공부가 깊어 감발된 바 있어서 이런 계획을 내었고, 그 계획이 좋지 않은 것이 아님은 알지만, 우리 두 사람의 분수로는 참으로 장자(莊子)가 이른바 너무 조급하다고 한 계획입니다. 공으로 말하자면 학문이 이루어지지 않고 이름도 알려지지 않았으며, 나로 말하자면 덕은 낮고 식견이 몽매한데다, 옛날에 이른바 '예는 천지와 그 질서를 같이한다'고 하였는데, 이미 그 본원을 엿보지도 못한데다, 이른바 '예의삼백(禮儀三百)과 위의삼천(威儀三千)'은 또 그 절문조차 모르는데, 이제 서로 지위를 벗어나 분수를 범하며 제멋대로 함부로 대현(大賢)이 만든 책을 늘이고 줄이면서 능히 '제작(制作)'의 뜻을 얻어 어긋남이 없겠으며, 말세의 피폐한 법도를 반박하여 바로잡으면서 능히 제멋대로 참람한 짓을 한다는 비방을 받지 않거나 죄를 모면할 수 있겠습니까?[28]

---

28) 李滉, 『退溪先生文集』卷29 「答金而精別紙」. "前年公來此日 問家禮所疑及今所宜行 此非淺陋所及 而輒答云云 實有未安. 今復蒙寄疑問一册 則又非前問之比, 將家禮喪祭兩門 本朱子之儀 參諸儒之說 準時制 明俗失 附以己意 考訂辯論 欲得從違可否之宜 以至矯弊處變之道 靡不致詳 欲令滉一一商酌裁定 以成一部禮書 意若以是牽一世而傳後來. 嗚呼 此何等重事 而吾二人敢爲之哉. 滉固知公之孝謹誠篤 盡心於愼終追遠之事 乃以饋奠餘力 讀禮功深 有所感發而出此計也. 其爲計非不善也 而在吾二人分上 眞莊子所謂太早計者耳.

시속의 잘못을 바로잡아 옛날의 법도로 돌이키는 일은 참으로 군자의 일이지만, 또한 마음대로 가벼이 할 수 있는 것이 아닌 것은, 화를 피할 뿐만 아니라 도리에 있어서도 당연한 것입니다. 공자는 말하기를 "어리석으면서 제멋대로 하기를 좋아하고, 천하면서 함부로 하기를 좋아하며 지금 세상에 살면서 옛 도를 돌이킨다면 이러한 자에게는 재앙이 그 몸에 닥친다"고 하였으며, "천자가 아니면 예를 논의하지 않고, 제도를 만들지 않고, 문자를 바로잡지 않는다"고 하였습니다.……소강절(邵康節)이 말하기를 "나는 지금 사람이니 마땅히 지금의 복장을 입어야 한다"고 하였는데, 정자는 그 말에 이치가 있다고 깊이 탄복하였습니다. 성현도 오히려 그러하였는데 어리석고 천한 사람이야 어찌해야 하겠습니까? 대정자(大程子)는 말하기를 "의리에 해가 되지 않는 일은 시속을 따름이 옳고, 의리에 해가 되면 따라서는 안 된다"고 하였습니다. 이는 또한 둘 다 마땅하고 간절하고 지극한 논의입니다. 이제 공 등은 일마다 반드시 그 반고(反古)의 도리를 요구하여, 지금 시속에서 하는 것이 비록 의리에 해가 되지 않는 것도 반드시 사람들과 달리 옛 법도대로 하여, 비언(裴彦, 李國弼)이 기일에 행소(行素)하는 것을 당일에만 행하고자 한다든지, 석회(石灰)에 유수(楡水)를 사용하지 않는다든지 하려고 합니다. 공에게서 이런 병은 전후로 또한 많이 있으니 곰곰이 생각하면 스스로 알 것이나 지금 일일이 말하지 못합니다. 이렇게 하는 것은 시속을 거스르고 사람들과 삐걱거리는 일인지라 뭇 사람들의 원망과 비방이 일어나고 화기(禍機)가 잠복하는 것이 어찌 괴이하겠습니까?[29]

何者. 自公而言 則學未成而名未顯, 自滉而言 則德愈下而識愈慚. 古所謂大禮與天地同其序 旣未窺其本原. 所謂禮儀三百 威儀三千 又未知其節文, 而乃相與出位犯分 率意妄作 增損乎大賢之成書 其能得制作之意而無乖繆乎. 駁正乎末世之敝典 其能無專僭之謗而免罪戾乎"

29) 李滉,『退溪先生文集』卷29「答金而精別紙」. "正俗失反古道 固君子之事. 然亦有未可率意輕作者 非但避禍 道理有所當然者. 子曰 愚而好自用 賤而好自專 生乎今之世 反古之道 如此者 烖及其身者也. 非天子 不議禮 不制度 不考文. …… 邵康節曰 我爲今人 當服今人之

문맥으로 보면 잠재는『주자가례』를 근간으로 하여 상·제례에 대한 일종 전문 서적을 새로 편찬하여 하나의 표준을 세우려고 한 것이 아닌가 생각된다. 그러나 퇴계는 예서를 함부로 짓지 않는 이유를 간곡하게 진술하여 반대하고 책을 되돌려 보냈다. 퇴계의 생각을 요약하자면『주자가례』가 완벽하지는 않지만 대현이 이미 만든 책인데 이를 가감한다는 것이 외람스럽고, 또『주자가례』의 법이 이미 조선의 현실과는 같지 않은데 이를 기준으로 엄밀한 법도로 세워서 시속을 바로잡고자 하는 의도는 가상하지만, 그 역시 경솔하게 단안을 내릴 일이 아니라는 견해이다.

잠재와 같이 시대의 고금과 지역의 원근을 뛰어넘어 사대부 사족은 물론 서민에게까지 널리 통용될 수 있는 완벽한 하나의 예서를 편찬하여 의식의 표준을 명료하고 세밀하게 정립하고자 하는 것은 예학에 뜻을 둔 학자로서는 뿌리칠 수 없는 유혹이었을 것이다. 그런데 퇴계는 스스로 이미 당대에 시행되고 있는 의식 절차에 상세한 변석을 가하고 변례(變禮)의 새로운 절차를 정밀하게 다듬고 상황에 따라 변통 절충하는 중심에 있었으면서도, 이를 하나의 완성된 책으로 편성하는 데는 매우 신중하였다.

예서 편찬에 대한 퇴계의 신중함에는 필시 그 이유가 있을 것이나, 여기서 자세히 해명하지 못한다. 다만 그는 일찍이 학봉 김성일이 기제의 재계하는 기간을 묻는 물음에 답하여 말하기를 "『가례』에는 기일 전날 하루 동안 재계하고 마는데, 만약 10일 동안 재계한다면 비록 매우

服 程子深歎其言之有理. 聖賢尙如彼 愚且賤者當如何耶. 且吾聞之 大程子曰 事之無害於義者 從俗可也. 害於義則不可從也. 此則又爲兩當切至之論也. 今公等事事必欲求其反古之道. 故凡今俗所爲 雖無害於義者 必欲異衆而效古, 如裴彦忌日行素 欲只行當日, 石灰不用 楡水之類是也. 在公此病 前後亦多有之 細思當自知之 今 不一一. 如是所爲 無非忤俗軋人之事 朋怨衆謗 禍機潛伏 何足怪乎"

후하기는 하지만, 한 사람의 독실한 선비가 행하는 것으로는 참으로 지극한 효성이라 하겠으나, 이것을 천하 만세에 통용할 법도로 삼아서는 지나칠 듯하다"30)고 하였다. 아무리 좋은 법도라도 스스로 독실하게 행하는 것이야 나무랄 바 없으나, 지나치게 엄격하고 정밀한 규정은 오히려 사람을 옭아매게 되는데, 이를 염려한 것이 아닐까?

조선조의 『주자가례』에 대한 논의는 퇴계에 와서 비로소 활발하게 전개되었고, 그 내용과 논의 방식은 후대 예설 논의의 한 모범을 이루었다. 그러나 퇴계는 『주자가례』를 예학 논의의 한 전범으로 사용하였을 뿐 이를 만세 표준의 규범으로 절대시하려고 하지 않았다. 오히려 퇴계는 예의 본질에 비추어 예제의 합당성과 융통성을 중시하여, 기존의 국제(國制)와 시속의 관습을 고대의 예제를 빌어 정당하게 논증하여 존속하기도 하고, 이미 확정된 규범을 중시하여 쉽사리 변개하는 것을 경계하기도 하면서도, 특정한 예제를 불변의 규범을 확립하는 데는 신중을 기하였다. 이런 점은 자칫하면 경직되기 쉬운 예제 논의에 신중성을 기한 결과이지만, 한편으로 또한 활발한 논의를 불러일으킨 장본이 되었다.

이우성 선생은 일찍이 한 글에서, 퇴계의 사고에 귀천의 신분을 넘어 인간 연륜을 중시하는 것이 있음을 지적하여 이르기를 "퇴계의 참뜻은 그의 온화겸공한 천품과 권위주의를 싫어하는 학문성향 속에서 찾아져야 할"31) 것이라고 한 적이 있다. 대만의 학자 주하(周河)도 퇴계의 예학에 대하여 논하면서 그 논례(論禮)에 있어서 근신(謹愼), 숙변(熟辨), 궐의

---

30) 『退溪先生文集』 卷34「答金士純問目」. "『家禮』忌日 言前期一日齊戒而已. 家間每遇親忌 自有不忍之意 從前二日齊戒, 今若並七日 則爲十日齊戒 雖甚厚, 自一个篤行之士言之 誠 是至孝. 然以是爲天下萬世通行之法 則恐或過中矣"

31) 이우성, 「退溪의 禮安 鄕約과 鄕坐 문제」, 『퇴계학보』 제6호, 1990.

(闕疑)의 태도로 일관하였다고 하였다. 이는 모두 온당한 평론이다. 퇴계는 스스로 예서를 짓지 아니하고 국제(國制)를 따르고 가례를 준용하되 시속의 관행과 인정에 적합하게 조정하면서, 매사에 고례(古禮)와 고사(古事)를 고거(考據)하고 지례자(知禮者)에게 묻고 부형의 관행을 어렵게 여겨 변경에 신중하였다. 예는 나 혼자만의 독단이나 강제에 의하여 억지로 이루어지는 것이 아니고, 나 자신이 편하게 행할 수 있을 뿐 아니라 그 예를 공유하는 이들이 함께 마음으로 공감하여 행하여야 성립되는 것이라는 점을 생각한다면, 퇴계의 예학 논의 태도는 오늘날 예의 규범을 논하는 사람들의 한 귀감이 되리라 생각한다.

V. 결어

조선왕조는 건국초기부터 유가 사상의 합리성에 근거하여 국가는 물론 사대부 사족과 민간의 생활 널리 침투해 있었던 전대의 불교 관습을 개혁하여 풍속을 일신하는 것을 국가의 기본 정책 노선을 채택하였고, 조선왕조 500년 동안은 유가 의례가 왕실은 물론 사대부 사족과 서민의 생활에 널리 전파되는 과정이었다. 풍속의 개량에는 당연히 그 당위성과 필요성을 투철히 인식하고 모범을 보인 선각자가 앞장서 인도하고, 해박한 학식과 정밀한 이론과 존중받는 덕성을 갖춘 이가 조절하고 지도함으로써 가능하였으며, 그 풍속이 유지되는 데는 또한 이루어진 법도를 함부로 변개하지 않고 성법(成法)을 준수하면서 갖가지 변고에 적절하게 대처하는 인물이 있음으로 인하여 가능하였다.

조선왕조의 마지막에는 또한 각 지역 사족의 근거지였던 서원과 사우가 훼철되고 조상의 신주가 훼손되고 제사가 폐기되며 의복제도를 개혁하고 상투머리를 끊는 일이 이어지면서 왕조가 멸망하였다. 조선왕조의 종묘와 사직이 문을 닫은 뒤 1921년 조선의 유민(遺民) 회봉(晦峰) 하겸진(河謙鎭)은 「국성론(國性論)」을 지어 이르기를 "예의가 우리나라의 국성(國性)이니, 국성이 남아 있으면 국가가 보존되고, 국성이 망하면 나라도 망한다[禮義之爲國性 而性存國存 性亡國亡]"고 하였다. 왕조국가가 퇴장하고 사람들의 취향과 사회의 기풍이 사분오열할 적에 능히 민족의 정체성을 담보할 수 있는 가치로 인식되었던 것이 예의였다. 보발(保髮)과 의관과 관혼상제의 관습은 그 자체로 말없는 항일이었고 민족적 동질성을 담보하는 표지였다.

왕조는 멸망하였지만 조선왕조 500년을 통하여 수립된 예의 규범은 민족의식의 중요한 한 부분을 이루었으니, 예학을 통하여 인간관계의 도리를 실천하는 것을 인생의 가장 소중한 가치로 알고, 그것으로 인격을 완성하고 그것으로 화평한 사회를 이루고자 하였던 선학들의 고심과 노력이 헛되지는 않았다고 할 것이다.

그렇다면 조선왕조가 사라진지 근 백년이 지난 오늘에 와서, 조선왕조의 지식인들이 추구했던 것처럼 인격의 가치와 인간관계의 질서와 조화로운 사회를 이루기 위한 예학의 대안은 무엇인가? 오늘날에 살면서 옛날의 법도로 되돌아가려고 하는 것이 위험한 일이라는 것은 이미 옛 사람이 지적했던 바이거니와, 그만한 덕성과 식견과 그만한 지위를 가지지 않고서 예를 논하는 것이 또한 분에 넘치는 일이라고 했으니, 우선은 내 힘이 닿는 대로 이미 이루어진 관습의 법도를 근신하여 준수할 뿐이다. 그런 가운데 현재의 예속 가운데 도리에 벗어나는 것을 바로잡거나, 이미 시속과 어긋나는 재래의 관습을 시대의 변화에 맞추어 재정하는 일은 또한 덕망과 견식이 투철한 현자를 기다려 절충해야 할 것이니, 이에 도덕을 닦아 '한 시대 도덕 행위의 모범을 수립하는' 훌륭한 선비가 다시 출현하기를 간절히 기대하는 것이다.

조선시대 유림의 역사의식

이이화

서론. 유림의 개념

이씨 조선은 건국이념을 유교 교화에 두고 유교국가를 지향했다. 그리하여 샤머니즘은 물론 불교·도교를 이단으로 규정해 배척했으며, 모든 제도와 문물을 유교의 가치관에 따라 정비했다.

고려 말기 남송(南宋)의 성리학, 곧 주자학(朱子學)이 전래되었다. 이를 연찬(硏鑽)한 학자들은 이곡(李穀)·이색(李穡)과 그의 문인들인 정몽주(鄭夢周)·정도전(鄭道傳) 등이었다. 이들을 신진 유학자라 불렀다. 정몽주는 불교를 이단으로 배척하면서도 일정한 수준에서 신앙으로 받아들일 수 있다고 보았으나, 정도전은 불교와 도교를 철저하게 배척해 이단으로 몰고 이 관련의 저술을 발표했다.[1]

그 뒤 이단론은 유학을 신봉하는 사림(士林)들이 때때로 제기해 논란과 충돌을 빚었다. 특히 성균관에서는 도교와 불교 등 이단의 학(學)을

---

1) 『삼봉집(三峰集)』의 「심기리 삼편(心氣理三篇)」과 「불씨잡변(佛氏雜辨)」이 있다.

가르치지도 않고 그 관련의 책을 금서(禁書)로 지정해 읽지도 못하게 했다. 그래서 성균관 유생들은 사찰의 사리탑을 헐기도 하고, 조정에서는 도첩제(度牒制)를 실시해 승려를 압박했다. 왕실에서 불교−도교를 신봉하는 것조차 이단론을 내세워 강렬하게 저지하려 들었다. 세종 시기 궁중의 내불당(內佛堂) 설치 반대와 중종 시기 궁중의 소격서(昭格署) 철폐를 그 보기로 들 수 있다.

조선시기 유교 지식인으로 유림(儒林)이란 집단이 있었다. 이들은 『소학(小學)』과 『예기(禮記)』 등을 익혀 수신과 예절에 대한 교양을 쌓고 인간의 본성 문제를 다룬 성리학의 기초를 학습하였는데, 이를 위기지학(爲己之學)이라 했다. 이들은 또 향촌에서 향음주례(鄕飮酒禮)와 향사례(鄕射禮)를 통해 향촌의 질서를 바로잡고, 때로는 유일(遺逸)로 벼슬자리에 나서 위인지학(爲人之學)을 실천했다. 조선 중기 이후 전국에 걸쳐 서원이 설치되었을 적에는 서원에서 선현을 받들기도 하고 제자를 가르치기도 했다. 서원을 주도한 집단을 '유림'이라 부른 것이다.

선비는 유림과 개념이 조금 달랐다. 유림은 자격증이 주어지지는 않으나 일정한 연원이나 학파나 서원을 중심으로 집단을 이루고 있었다. 이들은 조정에 국가 현안의 문제가 있을 때 개인 자격으로 상소를 올려 의견과 정책을 제시하기도 했으며, 집단으로 상소운동을 벌이기도 했다. 조정의 언관과 함께 여론을 주도하는 계층이었다. 조선후기에 들어서는 당론(黨論)에 휩쓸려 특정 당파를 옹호하는 경향으로 흐르기도 했다.

선비는 유림 계층과는 달리 독자적 개성을 유지하는 경향이 있다고 풀이할 수 있다. 재야에서 벼슬하지 않고 글을 읽으면서 자기 수양에 열중하기도 하고, 세상일에 관심이 없는 것은 아니나 굳이 간여하지도 않는다. 물욕과 권력욕을 멀리하고 유유자적한 삶을 살아가는 것이다.

그래서 선비라 하면, 글을 읽는 지식인을 의미하기도 하지만 지사(志士)의 이미지를 더 풍겼다고 볼 수 있을 것이다. 당쟁이 치열하게 전개된 조선후기에는 이들 선비들이 정치에 간여하지 않는 하나의 풍조를 일으켰다. 그래서 유림과 선비는 한 줄기에서 나왔다고 볼 수 있지만 그 행동거지는 달랐던 것이다.

한편 양반은 벼슬도 하고 권력도 누리고 문벌도 자랑하고 재산도 불리고 교양도 쌓고 있어, 세밀하게 따져 또 다른 계층으로 구분되었다. 그래서 사뭇 양반문화와 선비문화는 구분되었다고 볼 수 있을 것이다.

신진 유학자의 등장은 시대 상황과 맞물려 있었다. 고려 말기는 중국에서 원명(元明) 교체기였다. 이때 고려 조정에서는 친원파와 친명파가 갈라졌고 조선 건국을 주도한 신진 유학자들은 친명파를 천명했다. 친명파들은 말할 나위도 없이 유교국가를 지향했으며 조선조의 헌법이라 할 『조선경국전(朝鮮經國典)』에 이를 반영했던 것이다.[2]

이들 친명파들은 중화 의식에 철저히 젖었다. 주자(朱子)는 여진족이 세운 금(金)나라를 두고 화이론(華夷論) 또는 존왕양이(尊王攘夷)를 제창했다. 오랑캐인 금나라 왕조를 인정할 수 없다는 이론으로 중화의 제왕을 정통으로 내세워 금 왕조를 물리쳐야 한다는 것이다. 이 이론은 그대로 중국을 지배하는 원의 왕조에도 적용되었다. 그리고 배원존명(排元尊明)으로 이어졌다.

조선후기에 들어 여진족인 청(淸)이 명 왕조를 멸망시키고 중국을 지배하자 다시 존명배청(尊明排淸)의 이론과 정책이 확립되었다. 이후 조청전쟁[병자호란]이 일어나고 척화파와 주화파로 갈라져 정치적 갈등을 벌

---

2) 『조선경국전』「정보위(正寶位)」·「국호」·「정국본」 등에 조선의 건국이념을 제시했다.

이는 가운데 주자의 중화사상 이론이 풍미했다. 정치적으로나 유림사회를 압도한 기호(畿湖)의 노론(老論)과 영남(嶺南)의 남인(南人)들이 이를 주도했다.

이런 과정을 거치면서 유림의 역사의식이 형성되었다. 다시 말해 중화사상과 화이론이 유림의 의식을 지배했던 것이다. 이런 의식은 19세기 끝 무렵 서양과 일본의 침략세력을 배척하는 운동을 벌인 척사위정 계열에게 그대로 계승되었다. 그 보기로 척사운동을 주도한 이항로(李恒老)의 이론을 들 수 있다.[3]

I. 사서 편찬에 나타난 역사의식

조선 왕조는 많은 역사서를 편찬했다. 이들 역사서를 통해 유학자 출신의 관인(官人) 또는 유림의 역사의식이 명확하게 드러나고 있다. 그 중심에는 유학의 원조인 공자의 춘추대의(春秋大義)를 내세운 춘추필법(春秋筆法)이 자리잡고 있었다. 춘추필법을 두 가지로 요약하면, 신시기군(臣弑其君)하고 자시기부(子弑其父)하는 난신적자(亂臣賊子)에 철저하게 필주(筆誅)를 가하고, 이 가치관에 따라 필즉필(筆則筆) 삭즉삭(削則削)하는 것이다. 여기서 말하는 난신적자는 중국을 지배한 오랑캐가 세운 왕조에도 적용되는 것이다.

1) 고려사 편찬과 제도 용어의 변개

조선은 건국한 해인 1392년 유교국가의 관례에 따라 전조(前朝)인 고

---

3) 이이화, 『조선후기의 정치사상과 사회변동』, 한길사, 1994.

려의 역사 편찬을 시작했다. 하지만 여러 정치적 사정에 얽혀 개수(改修)를 거듭한 끝에 착수한 지 60여 년만인 1451년 완성해 반포되었다. 관찬 사서인 『고려사(高麗史)』를 조선왕조에서 객관적 관점에서 서술하려는 것이었지만, 조선왕조 건설의 당위성과 이성계와 이방원 등의 행위를 미화하려는 의도가 곳곳에 작용되었다. 그런데 그 서술체계와 용어를 두고 많은 논란을 빚었다.

고려는 조종법(祖宗法)을 사용했다. 중국 한나라는 황제의 묘호(廟號)를 고조(高祖)나 태종(太宗)과 같이 조(祖)나 종(宗)을 붙였고, 그 아래 제후의 임금에게는 한 단계 격을 낮추어 왕이라 붙였다. 그러므로 조종법은 황제에게만 붙이는 게 하나의 명분이었다. 고구려·백제·신라의 임금들은 중국의 황제를 자극하지 않으려고 내제외왕(內帝外王)[4]의 방법을 써서 묘호(廟號)에 왕이라 표기했다.

고려는 왕건을 태조라 하는 등 역대 임금에게 조종법을 쓰면서 황제에 걸맞는 궁중 용어를 사용했다. 이는 고구려를 계승했다고 표방하면서 내제외왕의 이중성을 벗어나는 것이기도 했다. 그런데 고려후기 원나라의 지배를 받으면서 조종법을 버리라는 강요를 받았고, 원의 조정에서 하사하는 왕자 묘호를 쓰라고 강요했다. 그리하여 충렬왕(忠烈王)·공민왕(恭愍王) 등 왕(王) 자가 붙은 묘호가 등장했던 것이다.

또 고려 왕실의 용어는 황제의 관례를 따랐다. 곧 임금 자신을 가리킬 때 짐(朕, 과인), 신하가 임금을 부를 때 폐하[전하], 임금의 정실 아내를

---

4) 국내에서는 천자국을 표방하고 황제의 격식에 맞는 용어와 의례를 행하면서 국외적으로는 중국의 황제국을 자극하지 않으려고 용어와 의례를 제후에 맞추어 외교문서를 작성했다. 고구려와 발해는 이런 형식을 준수했고, 고려는 임금의 이름에 당의 황제와 같이 조종법을 사용했다.

태후(太后, 왕후), 임금 지위를 계승할 아들을 태자(太子, 세자)라 호칭했으며, 임금의 분부를 조서(詔書, 敎)·칙서(勅書)라 했던 것이요, 천지에 제사지내는 곳을 원구단(圓丘壇, 사직단)이라 했던 것이다. 모든 조정 또는 궁중 용어를 여기에 맞추었다.

편찬자인 변계량(卞季良) 등 유학자는 사대명분론에 따라 고려의 자주의식을 깎아내리고 조종을 비롯해 제왕의 용어를 삭제하려 했다. 세종은 초고를 연달아 읽어보고 여러 가지 지침을 내렸으나 유학자 출신 사관들의 반대는 쉽게 누그러지지 않았다. 이를 두고 세종과 변계량은 자주 부딪쳤는데, 대화 한 대목을 보자.

> 변계량; 이러한 용어는 이제현(李齊賢)·이색(李穡) 같은 옛 분들도 이
> 미 고쳐 놓았습니다. 참람된 일은 미처 고치지 않은 것까지 모두
> 지난 관례에 따라 고쳤습니다. 참람된 용어를 이미 고쳤는데도
> 다시 예전처럼 쓴다면 지금의 사관들이 또 이 사실을 기록할
> 것입니다. 사실대로 쓰는 것은 온당치 못하다고 생각합니다.
> 세종; 경의 말에 내가 의혹을 풀지 못하겠소. 나는 이제현이 시도한
> 일을 가지고 시비를 걸고 싶지는 않소. 하지만 옛 사람이 '앞
> 사람의 잘못을 뒷사람이 금방 안다'고 했소. 경은 오늘의 사관이
> 보고서 기록할 것이라 했는데 사실대로 써 놓은 말을 사관이
> 기록한들 무엇이 해가 되겠소?[5]

세종은 있는 사실 그대로 기술하라고 종용해 왜곡을 중지시켰다. 세종의 역사의식은 사실에 근거하되 그 평가는 후세에 맡기라는 것으로 요약할 수 있을 것이다. 세종은 한 가지 사실만은 양보했다. 고려의 기

---

5) 세종실록 5년 계묘 12월 병자.

록에 "천하에 대사면령을 내렸다"[大赦天下]에서 '천하'라는 구절을 빼되 천하를 '경내(境內)'로 고치지는 말라고 당부했다. 경내는 고려 영역이란 특정한 지역을 의미하고, 천하는 온 세계를 나타낸다.

그리하여 "무릇 종(宗)이라 호칭하고, 폐하·태후·태자라 호칭하고, 절일(節日, 황제 생일)·제조(制詔, 황제의 지시)라 하는 것들은 비록 참람되고 넘치는 것이지만 당시에 일컫는 바를 그대로 써서 그 사실을 보존한다"고 편찬의 기준을 밝혔다. 이렇게 해서 사실대로 기술한 것은 물론 개찬(改撰)으로 인한 혼란을 막았던 것이다.

하지만 기본 편찬은 중국 사서(史書)의 방식을 따라 사대명분론을 적용했다. 곧 실록 서술에 있어 세가(世家)를 적용했다. 이를 두고 "살피건대 『사기(史記)』에 천자에게는 기(紀)라 했고 제후에게는 세가라 했는데, 지금 『고려사』를 편찬하면서 왕의 기(紀)를 세가라 해서 명분을 바로 잡았으며, 그 서법은 『한서(漢書)』·『후한서(後漢書)』 및 『원사(元史)』의 사실과 언사를 준거해서 썼다"라고 밝히고 있다.

한편 편찬에 참여했던 정총(鄭摠)은 "그 군신(君臣)의 현부(賢否)와 정교(政敎)의 득실과 예악의 연혁과 풍속의 미악(美惡)은 비록 갖추어 싣지는 않았으나 모두 썼다"고 기록했다. 하지만 불교국가인 고려에서 승려의 활동을 적은 승려열전이 빠진 것 등 고의적 사실 누락이 개재되어 있었다. 특히 불교의식과 다양한 풍속은, 허탄(虛誕)한 이야기는 기재하지 않는다는 유가 사관에 따라 거의 삭제되었다.

이런 과정을 거쳐 『고려사』가 완성되었는데도 그 사실 오류와 고의적 누락은 그대로 잔존했다고 볼 수 있을 것이다. 유교 명분론 등 유가 사서 방식을 따랐기에 고려의 자주적 면모와 독자성을 많이 훼손했다. 그 결과 『삼국사기(三國史記)』에 삼국의 역사 사실을 본기(本紀)로 분류한 것보다 후퇴했던 것이다.

2) 『동국사략』·『동국통감』의 편찬과 단군 기자 문제

『고려사』가 반포된 뒤 다시 왕명에 의해 관찬 사서들이 이루어졌다. 먼저 『동국사략(東國史略)』이 편찬되었고 이어 『동국통감(東國通鑑)』이 완성되었다. 두 사서는 유교 이념이 조선왕조 사회 저변에 뿌리를 내리는 시대 배경에서 이룩되었다. 그런 탓으로 유교 사관이 더 반영되었다고 볼 수 있다. 정도전은 일찍이 조선 국명의 유래를 다음과 같이 제시한 바가 있었다.

> 해동의 나라는 국호가 일정하지 않았다. '조선(朝鮮)'이라 한 것도 단군(檀君)·기자(箕子)·위만(衛滿) 등 셋이나 있다. 박씨·석씨·김씨의 경우는 서로 연달아 신라(新羅)라 했고, 또 고주몽은 고구려(高句麗)라 했고, 궁예는 후고구려(後高句麗)라 했으며, 왕씨는 궁예를 대신해 곧 고려의 국호를 이었다. 이는 한 모퉁이에 있으면서 중국의 명을 받지 않고 스스로 연호를 세워 서로 빼앗았으니, 비록 명칭이 있다한들 어찌 취할 수 있으랴. 오직 기자는 주 무왕(周武王)의 명을 받아 조선후(朝鮮侯)로 봉해졌다.[6]

조선이란 국명의 유래를 기자의 '조선후'에 정당성을 부여하고 명 황제가 지정해 준 조선이 명분에 들어맞는다고 주장한 것이다. 이는 불문율로 유자(儒者) 사관의 의식을 지배했다.

『동국사략』은 왕명을 받은 권근(權近) 등이 고려 이전의 고대사의 편

---

6) 『조선경국전』 권1 국호.

찬에 착수해 1403년에 완성되었다. 이 책은 중국 사서의 기본 서술 방식인 강목체(綱目體)를 충실하게 따르고 있다. 곧 머리에 표제를 내세우고 그 아래 세부 사실을 기술하는 방식이다. 또 이 책의 특색은 무엇보다 춘추필법에 따라 대의를 내걸고 명분론에 따라 명분에 맞지 않는 사실은 과감하게 바꾸거나 삭제해 버린 점이다. 곧 하늘에는 두 해가 없고 땅에는 두 임금이 존재할 수 없다는 것이다. 이는 중국의 천자를 그 중심에 두는 의식이다.

그리하여 신라 고유의 왕호인 거서간(居西干)·이사금(尼師今) 따위를 왕으로 바꾸었으며, 여왕을 인정치 않고 여주(女主)로 표기했으며, 호칭도 제후의 명분에 맞게 고쳤다. 게다가 고대의 제천의식이나 불교-도교 행사나 건국 신화나 전설 등은 제후의 명분에 맞지 않거나 이단의 의식 또는 허탄한 것이라 해서 삭제하거나 강한 비판을 가했다.

한편 역대 왕조 사실로는 단군조선·기자조선·위만조선을 서술하고서 한사군(漢四郡)·삼한(三韓)·삼국(三國)의 사실을 기술하면서, 마한(馬韓)을 기자의 후손으로 이어지고, 진한(辰韓)을 중국 진(秦)의 유망민이 세우고, 변한(弁韓)을 근거가 불명한 나라로 규정했다. 고려시기에 이루어진 『제왕운기(帝王韻紀)』에는 삼한을 단군의 후예로 본 것을 중국에서 온 기자 중심으로 바꾼 것이다. 또 신라의 연기(年紀) 밑에 고구려·백제의 사실을 서술했고, 부여·발해·옥저·가야 등 고대국가의 독립적 지위를 깎아 내렸다.

그 결과 이 책은 고대사의 다양성을 인정치 않았고 중국 중심적 사대 사관에 충실해서 고구려-발해의 자주성을 말살했다. 그러나 신라 중심의 서술 등 많은 비판을 받으면서도 유자 사가들에게는 하나의 역사 서술방식의 기본이 되었고 후세에 영향력도 컸다.

다음 『동국통감』의 편찬과정과 서술 내용을 살펴보자. 이 책은 1458 년(세조 4) 고대사와 고려사를 정리하기 시작했고 1485년 성종의 왕명에 따라 개찬해 완성되었다. 개찬에는 노사신(盧思愼)·서거정(徐居正) 등 명 신들이 참여했다. 처음 시작한 지 27년 만에 완성을 본 셈이다.

이 책은 편년체로 서술되어 있는데 단군조선에서 삼한까지를 본기(本 紀)가 아닌 외기(外紀)에 분류했다. 다시 말해 정통성이 없다는 뜻이다. 또 주제마다 382건의 사론(史論)을 붙였는데 기존의 사론을 인용하기도 하고 찬자(撰者)들이 새로 사론을 쓰기도 했다.

이들 사론은 춘추대의론에 따라 명교(名敎)의 존중, 절의 숭상, 난신적 자의 성토, 간유(奸諛)의 필주에 두었다. 또 중국에 사대를 다한 사실에 는 칭송을 아끼지 않고 사대를 소홀하게 하거나 중국에 대항한 경우에 는 매도를 서슴지 않았다. 단군조선과 삼한을 외기(外紀)에 두고 단군· 고구려·백제·발해를 깎아내리고, 기자조선과 신라를 정통으로 내세웠 다. 불교·도교·토속 등 신앙을 배척하였다.

그러면 끝으로 단군과 기자의 문제를 풀어보자.

『삼국유사(三國遺事)』에서 조선의 첫 임금으로 단군을 받들고 국조(國 祖)로 추앙했는데 중국 고대 요(堯) 임금의 시대에 나라를 열었다고 했다. 그러다가 중국 은(殷)의 기자가 동래(東來)하자 선위하고 당장경(唐藏京) 으로 들어갔다가 신선이 되었다고 했다. 이승휴(李承休)의 『제왕운기(帝 王韻紀)』와 『세종실록(世宗實錄)』 지리지(地理誌) 등에도 단군을 국조로 받 들었고, 그 뒤 사서들은 이를 그대로 따르고 있다. 그런데 기자에게 선 위했다는 기록이 늘 논쟁거리로 등장했다.

중국의 고전인 『상서(尙書)』와 역사책인 『사기(史記)』에는 주나라 무왕 이 기자를 조선에 봉했다고 기록했다. 또 『후한서(後漢書)』에는 다음과 같이 기록하고 있다.

> 예전 주의 무왕이 기자를 조선에 봉했는데 기자는 조선 백성에게 예의
> 와 농사짓는 법과 길쌈하는 법을 가르쳤다. 또 8조 금법(禁法)을 제정하자
> 그 백성들이 마침내 서로 도둑질하지 않아 밤에도 문을 닫지 않고 부인들
> 은 정절을 지켰으며 음식을 그릇에 담아 먹었다.

이를 종합하면 천자국인 주나라에서 기자를 조선에 봉했으며, 기자는
조선을 예악 문물로 다스리면서 문화국가로 만들었다는 것이다.

이로 해서 조선조에 들어와 유학자들 사이에서 기자를 받드는 풍조가
일어났다. 다시 말해 국가 율령이라 할 8조의 금법을 실시하고 정전법(井
田法)을 시행해서 미개한 나라를 나라답게 만든 군왕이었다고 보는 견해
이다. 조선이 건국한 뒤 국조를 받드는 분위기가 있었다. 그래서 조선조
초기 제도를 정비하는 과정에서 국조묘(國祖廟)를 평양과 한양에 세웠다.
단군과 기자의 발상지가 평양에 있었기에 왕도인 한양 이외의 지역에
별도로 세운 것이다.

그런데 위패를 모시면서 단군 위패를 기자 위패의 아래 자리에 두게
했고, 여기에 딸린 제전(祭田)을 배정하면서 단군 제전은 제외하고 기자
제전만을 지정했다. 제사 드리는 절차도 모두 이런 규정에 따랐다. 그러
니 첫 임금인 단군은 기자에게 더부살이를 한 꼴이 되고 말았다. 이를
세종과 세조가 잘못되었다고 바로잡으려 했으나 완강한 반대에 부딪쳐
서 완전하게 회복하지 못했다.

한편 위만조선이 기자조선을 몰아냈을 때 기자의 후예인 기준(箕準)이
남쪽으로 내려와 마한의 왕이 되었다는 설이 제기되었으며, 확실한 사

료의 근거도 없이 삼한은 기씨들의 후손이란 설이 일어났다. 위의 두 사서는 이런 사실을 진실로 믿고 역사 사실로 규정한 것이다. 후기 유림 출신의 벼슬아치들은 이런 역사의식으로 정책과 교화와 교육을 폈다.

18세기의 실학자로 꼽는 안정복(安鼎福)은 『동사강목(東史綱目)』에서 '삼한정통론(三韓正統論)'을 제기했다. 삼한정통론은 한국사의 정통이 삼한에 있다는 이론이다. 그 근거는 주나라에서 봉한 기자조선이 명분에 맞는 정통성을 확보했으며 그 기자의 후예가 삼한에서 왕노릇을 하고 지배했으니 정통성이 삼한에 계승되었다는 주장이다.[7]

삼한정통론을 받아들인다면, 단군조선은 기본적으로 정통에서 배제되며, 고구려·백제·발해는 외기(外紀)에 포함되며, 신라마저 정통에서 제외되는 것이다. 독자 역사 또는 자주 역사는 여기에서 말살되는 결과를 빚는다. 삼한정통론은 새로운 자주 역사의 이론이 아니라 해묵은 유가 사학들의 편협한 주장에 지나지 않는다. 안정복의 뒤를 이어 활동한 정약용(丁若鏞)이나 유득공(柳得恭)이, 고구려·발해를 한국사의 주요 국가로 인정한 사관과는 많은 차이를 보이고 있다. 아무튼 실록을 편찬하는 사관이나 사찬 사서를 짓는 유림들에게 이런 사대사관은 적어도 전근대 시기 절대적 영향을 끼쳤다. 특히 19세기 근대 시기에 일어난 척사위정계열 유학자들에게도 그대로 잔존했다.

Ⅱ. 교과서에 나타난 역사의식

조선조의 교과서는 사서삼경 등 유교 경서를 기초로 해서 편성되었

---

7) 이이화, 『한국사 이야기 1』, 한길사, 1998.

다. 그런 속에서 청소년 관련 교과서는 몇 가지 특징을 보여주고 있다.

1) 유교의 기본서는 사서삼경

조선시대 가장 공부를 열심히 그리고 많은 교과서를 공부하는 서생은 과거 응시생일 것이다. 과거에 합격해 벼슬자리를 얻는 게 출세의 기본이 되기 때문이다. 그래서 평생 동안 과거 공부에 매달린 부류들도 있었다.

그런데 과거의 시험에 사장(詞章) 짓기, 논책(論策) 짓기, 사서삼경을 기본 과목으로 하고 역사 과목은 빠져 있었다. 시무에 관한 논책의 제목을 낼 적에도 『사기』나 『한서(漢書)』나 『자치통감(自治通鑑)』에 나오는 고사를 냈지, 우리 역사에서 소재를 거의 찾지 않았다. 중국의 역사를 정통사로 보아 정책 입안자들도 이를 통독하고 반영했다. 그래서 사서삼경을 읽으면서 보충 수업으로 중국의 역사책을 읽을 뿐이다.

조정에서 임금의 학문을 익히는 자리인 경연(經筵)이나 세자의 학문을 익히는 서연(書筵)에서도 우리 역사는 거의 토론의 주제가 되지 못한다. 다만 중국의 역사에서 교훈이 될 주제를 내걸고 토론을 하기도 하고 시책을 짓기도 했을 뿐이다.

그런 탓으로 벼슬아치들은 유학의 교양을 쌓고 군주의 통치이념을 백성에게 전달하려면 기본적으로 사서삼경에 근거를 두어야 하였다. 국가 정책이 이러하다 보니 관학인 향교와 성균관에서도 경서를 익히게 했고 사설 교육기관인 서당에서나 서원에서도 이를 답습했다.

게다가 교과서의 서목에도 우리 역사를 배제했다. 그러나 청소년의 중급 단계에서는 『자치통감』을 요약한 『통감절요(通鑑切要)』와 중국의

여러 역사책에서 초록한『십팔사략(十八史略)』8)을 배웠다.『통감절요』와
『십팔사략』을 배운 청소년들은 우리 역사는 까맣게 모르면서 중국 역사
에는 통달하다시피 했으며, 장년이 되어서 좀 더 중국 역사를 알고 싶은
욕망을 지닌 학자들은 원전의『자치통감』을 익혔던 것이다. 이런 경향
이 유학자들의 역사의식을 형성케 했다.

2) 초등 교과서인『천자문』과『동몽선습』

다음 청소년의 기본 교과서인 두 책의 내용을 더듬어 보기로 한다.
『천자문(千字文)』과『동몽선습(童蒙先習)』은 국가의 기본 법전인『경국
대전(經國大典)』에 규정된 교과서는 아니었지만 청소년의 필독서였다.『천
자문』은 7세 무렵부터 배우기 시작했고 그 다음『동몽선습』·『명심보감(明
心寶鑑)』·『소학(小學)』·『통감절요』순서로 초보와 중급 단계를 밟았다.

『천자문』은 중국 남북조시대 양나라의 주흥사(周興嗣, 468-521)가 지었
다는 전설이 있는데9) 기본 틀은 4글자의 짝으로 이루어져 있으며, 천지
-계절과 학문-도리와 궁정-건축 등, 곧 자연과 정치, 세상과 인간에
관련된 뜻을 모두 천 글자에 담은 것이다. 여기에는 고대 요순(堯舜)과
전국 칠웅(戰國七雄) 등 중국의 역사를 알려주는 구절이 들어 있다. 그
보기를 몇 가지 들어보자.

첫째, 중국 고대 제왕에 관련된 구절이 있다.

---

8)『통감절요』는 주희가『자치통감』을 강(綱)강과 목(目)으로 나누어 편찬했는데 분량이
　많아 이를 제자들이 요약한 책이며,『십팔사략』은 원나라 증선지가 중국의 18사를 요
　약해서 편집한 책이다.
9) 왕인이 일본에 전해주었다는『천자문』은 주흥사의『천자문』과 구분해야 할 것이다.
　주흥사는 521년에 사망했고 왕인은 4세기 후반에 활동해서 100여 년의 연대 차이가 난다.

보기; 추위양국(推位讓國) 유우도당(有虞陶唐), 조민벌죄(弔民伐罪)
　　　주발은탕(周發殷湯).
풀이; 제위를 물려주고 나라를 양여하니 순 임금과 요 임금이요, 백성
　　　을 불쌍히 여기고 죄 있는 자를 벌하니, 주 무왕과 은의 탕왕이라.
의미; 고대 요임금은 제위를 아들에게 세습하지 않고 어진 순 임금에게
　　　선양했다는 것이요, ㅎ-나라의 걸(桀) 임금이 모질고 은나라의
　　　주(紂) 임금이 사납게 정치를 하자 백성을 위해 탕왕이 걸을 치고
　　　무왕이 주를 쳤다는 것이다.

둘째, 전국시대나 한(漢) 왕조의 사실을 적은 구절이 있다.

보기; 진초갱패(晉楚更覇) 조위곤횡(趙魏困橫), 하준약법(何遵約法)
　　　한폐번형(韓弊煩刑)
풀이; 진나라 초나라가 다시 패권을 다투니 조나라 위나라ㄱ 어쩔 줄
　　　몰라 하고, 소하가 약법을 따르나 한비는 번거로운 형벌에 걸
　　　렸다.
의미; 전국시대 진나라와 초나라가 엎치락뒤치락 패권을 다투니 작은
　　　나라인 조나라와 위나라는 누구를 섬겨야할지 쩔쩔 매다가 진나
　　　라를 섬기고 만다. 한나라의 명신 소하는 한 고조를 도와 약법
　　　3장으로 나라를 다스렸지만 진왕을 도운 한비는 형벌을 번거롭
　　　게 하다가 그 형벌에 걸려 죽은 고사를 말한 것이다.

셋째, 중국 통일에 관련된 구절이 있다.

보기; 구주우적(九州禹跡) 백군진병(百郡秦幷)
풀이; 우 임금이 구주를 구분하고 진시황이 백 개의 군을 아울렀다.
의미; 고대 하왕조의 우 임금은 홍수를 다스리고 땅을 구주로 나누었

고, 진시황은 통일을 한 뒤 봉군의 법을 폐지하고 중앙집권적 군현제를 실시한 사실을 말한 것이다.

군데군데 중국 역사 사실을 엮었으나 당연히 우리 역사를 나타낸 구절은 없을 수밖에 없다. 이 책이 언제 우리나라에 들어왔는지 확실치 않으나 후기 신라시기나 고려초기로 추정되며, 어린이 교과서로 자리 잡은 연대는 조선시대로 보인다. 이 책은 어린이 문자학 책으로는 글자와 의미가 모두 어려워 부적합하지만 여기에서 거론할 문제는 아닐 것이다.

다만 어린이에게 뜻도 모를 복잡한 중국 역사를 담은 구절을 가르치면서도 아무런 회의나 반성이 없었다는 고루함에 있을 것이다. 더욱이 우리나라 역사는 한 구절도 없다는 것에 반성이 전혀 따르지 않았다. 이는 자주적 역사의식이 형성되지 않았다는 뜻이 된다.

다음 『동몽선습』은 조선 중기 박세무(朴世茂)가 지었는데, 저자의 발문에 의하면 1541년 이전에 저술된 것으로 보인다. 박세무는 문과에 급제한 뒤 안변부사 등 낮은 벼슬을 지낸 인물이었으나 유교가 한창 진흥하던 성종 재위시기를 살았다. 이 책이 알려지자 16세기 이후 어린이 교과서로 널리 보급되었다. 1670년 유림의 거두 송시열(宋時烈)이 발문을 쓴 것으로도 짐작할 수 있을 것이다.

이 책은 앞에 유교의 기본 윤리인 오륜(五倫)을 설명해 놓아 이 책의 교육 목적을 드러내고 있다. 영조가 직접 쓴 서문에는 다음과 같이 기재되어 있다.

태극이 처음 열려서 삼황(三皇) 오제(五帝)와 하은주(夏殷周)와 한(漢) 당(唐) 송(宋)을 거쳐 황조(皇朝, 명나라)에 이르기까지 역대 세계를 자세하게 모두 기록하고, 우리 동방에 이르러 처음 단군과 삼국을 거쳐서 우리 조선에 이르기까지 모두 실려 있다. 글은 비록 소략하나 기록은 넓고, 권수는 비록 적으나 안은 것은 크도다. 하물며 요순의 도는 효제일 뿐이랴.

중국의 역사와 우리나라의 역사를 뒤에 덧붙인 것을 두고 찬사를 보낸 것이다. 이어 다음과 같이 기술하고 있다.

> 나는 이 책 끝에 나라를 처음 개창해 조선이란 호를 받은 글에 개연히 추모하여 감격했노라……우리 동방의 예의가 비록 기자의 교화를 받았으나 삼한 이후에 거의 민몰되었더니, 우리 조선에 들어와 예악이 모조리 들려지고 문물이 모두 갖추어졌는데, 아깝도다 기술한 자가 이를 빠뜨렸구나.[10]

조선이 예악 문물을 일으켰는데 이에 대한 기술이 없다는 점을 아쉬워한 것이다. 아무튼 임금이 서문을 써서 반포할 정도였으니 이 책이 어린이 교과서로서 확고하게 자리 잡았음을 알려준다. 그러면 그 내용 기술을 조금 더 알아보자.

오륜의 서술 뒤에 고대부터 명나라까지 중국 역사를 장황하게 수록했다. 여기에는 정치사만이 아니라 공자의 출현과 그 제자들, 춘추-전국시대의 쟁패, 진시황의 통일, 주희(朱熹)의 등장과 유학의 진흥, 남송이 중원에서 쫓겨난 사실을 나열하고 다음과 같이 적었다.

> 거란과 몽고와 요와 금이 번갈아 침략해서 멸망에 이르러서 문천상이

---

10) 각주15)와 같은 어제서에 나옴.

송나라에 충성을 다하다가 끝내 연나라 감옥에서 죽었느니라. 오랑캐 원이 송을 멸망하고 중국을 통일해 백년을 이으니, 이적의 성함이 이와 같은 적이 없었다.

이어 명이 등장해서야 윤기가 바로잡혔다고 결말을 지었다. 중국을 종주국으로 보고 오랑캐를 매도하는 역사의식을 깔아놓았다. 따라서 이적이 세운 왕조를 인정치 않고 있다. 그 뒤에 우리 역사를 더부살이로 붙여 놓았다. 중국 역사에 비해 2분의 1분량에도 미치지 못하고 있다.

더욱이 끝에 '天命이 歸于眞主하니 大明太祖皇帝가 賜改國號曰 朝鮮이라'고 붙여 자주의식을 말살했다. 다시 말해 명나라 황제가 조선 국호를 지정해 준 사실을 두고 영광스럽게 찬탄한 것이다. 그리고 조선이 중화의 의관 문물을 수용해 풍속과 교화가 중화에 짝하여 소중화라 한다고 하고, "어찌 기자가 끼친 교화가 아니리오? 아아, 너희 소자들은 이것을 보고 느끼어 떨쳐 일어날진저!"라고 마무리했다.

이런 서술 체계와 역사의식에 따라 단군은 국조의 이미지를 깎아내리고 있으며, 삼국이나 고려의 역사는 중국의 제후국과 같은 종속 관계에 놓이게 되었다. 초보자에게 중화의식과 소중화 의식을 철저하게 강요한 것이다.

『천자문』이 문자의 학습 단계를 무시하고 먼저 알아먹지도 못할 의미를 강요했다면, 『동몽선습』은 윤리를 강조하고 우리 역사를 중국 종속 관계로 만들어간 반자주적 교과서라 할 수 있을 것이다. 이에 대한 반성은 조선후기 실학자와 19세기 후반기에 일어난 계몽사상가들에 의해 제기되었다.

Ⅲ. 척화와 존명배청 의식의 만연

존명배청(尊明排淸)과 척화(斥和) 그리고 소중화 의식은 조선 중·후기로 넘어서면서 더욱 강화되었다. 1차로는 조일전쟁[임진왜란], 2차로는 조청전쟁[병자호란], 3차로는 명청(明淸) 교체에 따라 단계적으로 강화되고 고착되었다.

1) 존명의식의 현실적 구체화

1592년 조일전쟁 때 명 구원병의 힘을 빌려서 일본을 물리친 뒤, 자소(字小) 재조(再造) 등 은혜의식에 따라 존명(尊明)사상이 만연했다. 명에서 구원병을 보낸 것을 두고 중화사상에 따라 대체로 두 가지로 해석했다.

하나는 '자소'라고 본 것이다. 자소는 작은 것을 사랑하는 것, 곧 제후의 나라가 난관에 처했을 때 도와주는 것을 말한다. 중국에서 춘추전국시대 이후 여러 군웅이 패권을 다툴 때 작은 나라가 다른 나라의 침략을 받으면 도와서 구원했다. 명도 이런 전통을 답습했다. 도움을 받아 나라를 구한 작은 나라는 기반(羈絆)국가가 되고 만다. 응분의 대가를 얻는 것이다.

또 하나는 명의 구원병으로 인해 망할 조선이 다시 나라를 세울 수 있었다는 것인데 이를 '재조'라 했다. 사실관계로만 따진다면 이는 엄연한 역사적 진실일 것이다. 당시 조선의 군사력으로는 오랜 침략 준비를 거쳐 대륙으로 진출한 일본군을 자력으로 물리칠 수 있는 군사적 역량이 없었다. 하지만 자소·재은의 의식에 빠져서 마치 종교적 맹신과 같이 자기반성과 성찰, 냉철한 국제질서에 대한 판단력이 흐려졌다. 이에 대해 이익은 다음과 같이 기술했다.

명조의 책략은 작은 나라를 사랑해서만이 아니다. 연도(북경)는 요(遼, 요동반도)와의 거리가 지극히 가깝고 조선은 결코 버티고 보존할 형세가 못되었다. 만약 왜병이 와서 웅거한다면 요는 반드시 그들의 소유가 될 것이니 그 해가 특히 강절(江浙, 중국의 남쪽)의 수비와 환란에 대한 우려만이 아니요 이는 내지가 침범 당할 우려가 있는 것이다. 이것이 석성(石星, 명의 정승)이 죽기를 한사코 출병하게 한 까닭이다. 수많은 병력과 비용을 대고 우리나라가 보조했는데도 오히려 결정적 승리가 없었다. 다행히 토요토미 히데요시의 죽음에 힘입어 겨우 미봉했던 것이다.[11]

이 지적은 당시의 정세를 예리하게 분석한 결론일 것이다. 실제 토요토미 히데요시[豊信秀吉]는 명을 향해 중원을 차지하겠다고 공언했고, 명은 일본이 조선을 차지하면 명의 본토가 유린될 수 있다고 판단한 것이다. 명과 조선은 순치(脣齒)의 관계라고 말한다. 따라서 명은 자기 보호의 한 수단으로 군사를 보냈다고 보아야 한다.

다음 조선은 명에 군국대사인 군사지휘권과 외교 교섭권을 내주었다. 명은 조선의 군사를 부릴 권한을 거머쥐고 온갖 비리와 수탈을 저질렀으며, 또 조선을 제쳐두고 직접 일본과 강화 휴전 등 교섭을 벌였다. 당시 조선의 당국자들은 이런 국제문제에 대한 회의를 별로 갖지 않고 내맡겨 두고 있었다. 그 결과 명에 대한 은혜에만 집착했던 것이다. 더욱이 1636년 조청전쟁을 겪고 청나라가 중원을 지배할 시기 더욱 존명배청 의식이 팽배했다. 만주 일대 여진족의 후예는 후금을 건설하고 조선이 복종하기를 요구해 왔다. 조선은 후금을 오랑캐로 보고 이를 거절했으나 광해군은 그들의 욱일승천의 기세로 뻗는 힘을 보고

---

11) 『성호사설(星湖僿說)』 권9 논사문 임진천병 조.

타협을 시도했다.

하지만 광해군이 인조반정으로 왕위에서 쫓겨난 뒤 이런 실리적 타협적 외교정책은 수정되었다. 그리하여 후금의 사자를 거절하기도 하고 국서의 형식을 두고 논쟁을 벌이면서 후금과 외교적 단절을 시도했다. 후금은 중국 땅을 넘겨다보면서 그 배후의 가시인 조선의 향배에 눈을 떼지 않으면서 복종을 시도했다. 하지만 조선의 조정은 사대 존명정책을 수정하지 않고 후금을 적대했다. 이를 척화(斥和)라 한다.

후금이 국호를 청으로 바꾸고 황제국을 표방하자 조선의 척화파들은 더욱 강경해졌다. 이 과정에서 청은 대거 조선 침략을 도모해 1627년과 1636년 두 차례에 걸쳐 청일전쟁을 도발했고, 조선은 1627년에는 형제의 맹약을 맺어 화의를 했지만 내부로는 척화정책을 수정하지 않았다. 그래서 다시 1636년 대규모의 군사를 보내 남한산성 아래에서 항복을 받아내고 군신의 맹약을 맺었다. 조선 역사에서 가장 굴욕을 맛본 사건이었다. 이어 청은 1638년 북경을 점령해 명 왕조를 몰아내고 명실상부한 청 제국을 건설했다. 조선은 자기들의 의지와는 아무 상관없이 명에 하던 사대의 예를 청에 해야 했다.

이 과정에서 척화파와 주화파의 대립이 격화되었다. 주화파는 최명길(崔鳴吉), 척화파는 김상헌(金尙憲)으로 대표되었는데, 이들은 현실 대처나 사상적으로도 갈등과 대립을 끊임없이 벌였으나 명분론에 있어서는 언제든지 척화파가 우위를 점령했다. 척화파들은 사림세력을 기반으로 해서 내부의 결속을 다져 나갔다.

그들은 현실에 있어서는 북벌(北伐)을 내걸면서 청에 대한 반감을 들어내고 내부로는 사상 통제를 시도했다. 척화파의 후세대인 송시열 등은 존왕양이를 끊임없이 제창했던 주자학을 내걸고 이단론을 제기했다.

곧 주자의 학설을 반대하거나 수정하는 학자를 두고 사문난적(斯文亂賊)
으로 몰아 죽이기도 하고 압제를 가했다. 그 사례로 남인 윤휴(尹鑴)는
노론 송시열에 밀려 사문난적으로 죽임을 받았다. 이 문제는 정치 투쟁
으로 얽혀져 복잡한 양상이 전개되었다.

한편 조정에서는 공식 외교문서에는 청의 연호를 썼지만 사적으로는
명의 마지막 황제 신종의 연호인 숭정(崇禎) 기원을 사용했다. 숭정 연호
는 실제로 사라진 것인데도 이를 기원으로 삼아 '숭정 기원 후 갑자' 또
는 '숭정 기원 후 2갑자' 따위로 연대를 표시해 숭정을 앞에 표기하고
갑자년이 한번 지나고 나서 다시 돌아오면 2갑자 3갑자 따위로 표시했
던 것이다. 이런 풍조는 사림들 사이로 더욱 퍼져 나가 간지의 연대 표시
와 사용했다. 중국 역대에서 찾아볼 수 없는 희한한 사례였다.

조선후기는 사대명분, 존명배청, 존왕양이 그리고 모화사상, 소중화
의식이 사림사회에서 더욱 고착화되었고 주자학에 반대되는 이단론과
사문난적에 대한 공격이 끊임없이 제기되었다. 또 공맹(孔孟)에서 주자
로 이어지는 정통론과 화이론(華夷論)도 제기되어 중국 주변국가의 역사
는 종속 관계로 소홀하게 다루거나 매도를 당했다. 그 결과 조선 독자의
역사는 실학자들에 의해서만 명맥이 이어졌다.

2) 서학과 척사위정운동

존명배청과 척화사상은 18세기부터 서학이 들어오자 더욱 선비의 의
식을 지배했다. 특히 개항 이후 이항로(李恒老) 등 전통 유림은 존왕양이
론과 결부시켜 일본 또는 서양을 배척하는 논리를 전개했다.

서학은 16세기 북경을 통해 소개되었다. 청나라 수도가 있는 북경에
는 많은 서양 선교사들이 들어와 선교활동을 벌였고 천주교당도 여러

곳에 들어섰다. 또 이탈리아 선교사 마테오 리치[중국명 利瑪竇]는 유교의 상제와 천주교의 창조주가 같다는 이론을 적은『천주실의(天主實義)』를 저술해 중국인들에게 읽히게 했다.

조선의 사신들과 수행원들도 이런 사정을 알고 천주교당을 들아보기도 하고 천주교 서적을 비롯해 서양의 문물과 과학기재를 들고 들어와서 소개했다. 초기에는 허균(許筠)·이수광(李晬光) 그리고 볼모로 오래 북경 생활을 한 소현세자(昭憲世子) 등이었다. 이 시기에는 배청의식과 함께 서학을 배척하는 수준이었지 탄압을 가하는 정도로 발전하지는 않았다.

18세기에 들어 북경에 서양의 선교사들은 조선 선교에 주목했다. 특히 이승훈(李承薰)은 북경에서 세례를 받고 십자가 등 신물을 들고 와서 은밀하게 선교활동을 벌였다. 그 뒤에 사신의 수행원들과 역관 등이 연달아 서양 문물과 서적을 들여와서 소개했고, 조선 천주교는 두 갈래로 퍼져 나갔다. 하나는 호기심 많은 젊은 지식인들이 서학에 대한 관심이 늘어났다. 이들은 이벽(李蘗)·권철신(權哲身)·정약종(丁若鍾) 등이다. 다른 하나는 김범우(金範禹) 등 중인 그룹이었다.

이럴 때 하나의 사건이 터졌다. 충청도 진산(珍山)에 사는 선비인 윤지충(尹持忠)과 권상연(權尙然)이 부모의 초상과 제사에 신주를 불사르고 제사를 지내지 않는다는 고발이 들어왔다. 두 선비는 사교(邪敎)를 신봉했다는 죄명으로 처형을 당했다. 이를 진산사건이라 부른다. 정조는 이 정도로 마무리 짓고 덮어 두려는 정책을 썼다. 하지만 정조가 죽고 난 뒤 정치적 음모가 결부되어 1801년 천주교 박해가 대대적으로 일어났다.

그런데도 19세기에 들어 서학은 지하로 번져갔다. 특히 프랑스 외방 선교회에서는 조선에 선교사를 파견했고 중국인 신부 주문모(周文謨)도 파견되었으며, 이들을 통해 김대건(金大建) 등 조선인 신부가 등장하기도 했다. 이에 따라 천주교도 탄압이 더욱 가해지자 황사영(黃嗣永)이, 조선을 쳐서 선교의 자유를 확보해 달라는 백서(帛書)를 보내려다가 발각되어 다시 탄압의 바람을 일으켰다. 프랑스에서는 이런 조선의 사정을 알고 1871년 병인양요(丙寅洋擾)를 도발했던 것이다. 이런 일련의 천주교 선교와 탄압 과정에서 전통적 유학자들, 특히 주자학파들은 반서학 또는 반천주교 이론을 내걸었다. 그 이론은 크게 두 가지로 나누어 살펴볼 수 있을 것이다.

첫째는, 무부무군(無父無君)의 이론이다. 이를 간단하게 풀이하면 천주교는 '아비도 업신여기고 임금도 업신여긴다'는 것이다. 유교는 충과 효를 실천윤리의 기본으로 내세웠다. 충은 국가와 임금, 효는 조상과 부모를 받드는 인간의 도리라 보면서 효를 충보다 중시했다. 그래서 부모의 초상이 나면 벼슬을 버리고 상례를 지키는 것이다. 또 임금은 하늘이 냈기에 여느 사람과 구별해야 한다고 보았다.

그런데 천주교에서는 창조주 하느님 아래에는 임금이든 벼슬아치든 인간은 누구든 똑같다고 가르친 것이다. 이는 충을 저버리는 가르침이라고 보았다. 또 부모와 조상의 제사를 지내지 못하게 하는 인간의 가장 기본 도리를 저버린다고 보았다. 제사는 천주교에서 말하는 우상숭배가 아니라 조상의 은덕을 기리는 추모의 의식이라 본 것이다. 이런 소박한 초기 이론은 윤리의 문제와 결부되어 있었다.

둘째는, 인수론(人獸論)을 제기했다. 이 이론은 19세기 전통유림인 이항로와 그 제자들이 처음 제기해서 유림 사회에 퍼져 나갔다. 인수론에서 무부무군은 바로 인간됨을 포기한 것이라 했다. 화이(華夷)는 문명의 중국과 야만의 오랑캐를 대비해 규정했는데 천주교도 또는 서양 사람들은 무부무군의 무리이므로 금수와 다름없다는 것이다.

그러므로 화이 관계에서는 인간이 문명하냐 미개하냐에 초점이 있었는데, 천주교 또는 이를 신봉하는 서양 사람들은 금수가 된다는 것이다. 인수론은 19세기 후반기 프랑스와 미국이 침략전쟁을 벌인 병인양요와 신미양요 그리고 여러 열강과 개항조약을 맺을 시기에 제기된 이론이었다.

또 이항로는 주자의 강목체 역사 서술을 본받아『화동합편강목(華東合編綱目)』을 저술해 완고한 보수성을 보였다. 이 저술은 중국 역대의 사실을 정통으로 내세우고 우리나라 역사를 부기한 서술방식을 취했다.

아무튼 전통 유림은 처음에는 주자학의 화이론에서 출발해 시대 상황에 따라 새로운 인수론을 계발하였다. 서양 열강의 침략에 대비하는 논리라 할지라도 철저한 배외 이론이었고 조정을 향해서는 철저한 척화정책을 펴라고 강렬하게 요청했다.

Ⅳ. 실학자와 개화기의 자주역사 의식 전개

중국 중심적 중화주의 또는 소중화 의식에서 벗어나 자주 역사를 써야 한다고 주장한 학자들은 개신 유학자라 할 실학파들이었다. 실학파들은 조선후기 곧 18세기에 활기찬 활동을 벌였다. 이들은 시의 소재도 곤륜산이 아니라 금강산에서 찾고, 그림의 소재도 무릉도원이 아니라 진경산수에서 찾았다. 다시 말해 '조선의 시를 쓰고 조선의 그림을 그리자'는 외침이었다. 특히 한국사의 정통성과 영역에 관심을 기울였다.

1) 고구려 발해를 찾아서

박지원(朴趾源)은 「양반전(兩班傳)」 등을 쓴 문사였으나 실질적 학문에 관심을 쏟았다. 홍대용(洪大容)은 『주해수용(籌解需用)』을 쓴 과학자였으나 우리 역사에 관심을 기울였다. 그들의 화이관에 대한 새로운 이론을 보자.

> 하늘이 낳고 땅이 기른 바는 혈기가 있으니 사람은 다 같다. 무리에서 뛰어나 한 곳을 다스리니 군왕은 다 같다. 겹문에 호를 깊이 파고 자기 당을 조심해 지키니 나라는 다 같다. 중국의 의복과 용모나 오랑캐가 몸을 꾸미는 습속은 다 같다. 하늘이 보면 어찌 안팎의 구분이 있으랴. 이로써 그 인민을 친애하고 각각 그 임금에 충성하며 각각 그 풍속을 편안하게 하면 화이는 같은 것이다.[12]

이들과 이들의 제자들은 화이론의 허구성을 파헤치면서 존명배청의 풍조를 나무랐다. 그들의 이론은 청의 문물이 우수하면 이(夷)가 화(華)로 바뀐 것이라 주장했고, 공허한 성리학보다 청의 실질적 학문 문화 그리고 산업 기술을 배워야 한다고도 외쳤다. 또 조선 조정에서 청을 치자는 북벌론의 허위성을 폭로하기도 했다.

이들을 북학파(北學派)라 부른다. 북학파의 주장은 박지원의 『열하일기(熱河日記)』, 홍대용의 『담헌서(湛軒書)』, 박제가(朴齊家)의 『북학의(北學議)』 등의 저술에 잘 드러난다. 이들은 무엇보다 주자학적 존왕양이와 존명배청을 강하게 비판하면서 서학에서도 배울 것은 배워야 한다는 사상적 기저를 지니고 있어 새로운 역사의식을 보여주고 있었다.

---

12) 홍대용의 『담헌서』 「의산문답(毉山問答)」.

다음 유득공·정약용 등 실학자들은 애써 존명배청 사상을 거부하고 고구려·발해의 역사를 중시했다. 또 자주적 역사 기술을 강조했다. 유득공은 발해를 고구려의 계승자로 보고 한국사에 편입해야 한다고 주장했으며 이에 근거해 남쪽에는 신라, 북쪽에는 발해가 존재한다는 역사관을 가지고 남북국시대를 설정했다. 다시 말하면 신라 정통론을 거부하고 발해의 대씨(大氏) 왕조를 중국에 맞선 자주국가로 인정해 한국사에 편입시키는 것이다.[13]

정약용은 구체적 역사 이론을 제시했다. 무엇보다 동방 예맥족의 근거를 제시하고 고구려의 뿌리를 캤다. 또 발해의 구성원이었던 말갈족의 실체를 정리하고 여진족의 연원을 캐냈다. 다시 말해 진(眞) 말갈족은 북쪽에서, 위(僞) 말갈족은 만주 일대에서 근거를 틀고 각기 발전했으며 그 위 말갈족이 여진으로 청 제국을 건설한 사실을 밝히고 있다. 따라서 예맥의 갈래인 우리 민족은 여진족과 긴밀한 관계에 놓여 있다고 설파했다.[14]

2) 단군과 을지문덕을 찾아서

19세기 후반기 실학을 계승한 신진 유학자들은 한국사 전반에 걸친 반성을 제기하고 자주역사를 강조했다. 이들은 애국계몽을 표방하고 역사책과 논술을 발표했다. 그들의 의식은 개항 이후 서양세력과 일본세력의 침투를 우려해 위기의식을 가지고 서양 문물을 수용하자는 주장을

---

13) 유득공은 발해를 북조(北朝)로 보아 우리 역사에 편입해야 한다는 논지를 편 「발해고(渤海考)」와 함께 고구려·발해 등 역대 나라에 대한 회고시를 지었다.

14) 『여유당전서(與猶堂全書)』 제1집 권12 논(論)의 신라론·고구려론·백제론·요동론·탁발위론(拓跋魏論)·동호론(東胡論) 등에서 한민족의 연원과 고대사의 독자성을 강조했다.

펼치면서도 자국의 역사에 관심을 기울였다.

무엇보다 단군을 국조로 받드는 운동을 벌였다. 개신 유림이라 할 수 있는 나철(羅喆)·이기(李沂) 등은 대종교(大倧敎)를 창시하고 민족의 뿌리 찾기 운동을 벌였다. 그들은 이 운동을 통해 민족의 정체성을 확립해 민족을 보위하고 국가의 독립을 유지하는 이념으로 삼으려 했다.

이 운동은 후기에 들어 일본 제국주의자들의 방해를 받아 국내에서는 활발하게 전개되지 못했으나 1910년 이후 해외 독립운동가에게 이어졌다. 1920년 만주에서 청산리-봉오동 전투를 이끈 서일·김좌진 등이 대종교 지도자였으며, 1920년대 만주와 연해주 일대에서 활발한 독립운동을 전개했다.

이런 역사의식은 독립운동 과정에서도 나타났다. 박은식(朴殷植)이나 신채호(申采浩)를 대표로 꼽을 수 있다. 이들은 단군을 국조로 받들면서 중국과 맞선 을지문덕·연개소문·묘청을 부각시켰고, 청나라를 배척하는 전통유림에 맞서 여진족이 동족의 뿌리라는 논저도 펴냈다.15) 또 일본군과 대결해 승리를 거둔 이순신(李舜臣)을 부각시키기도 했다.

그리하여 「을지문덕전(신채호)」·「연개소문전(박은식)」·「이순신전(박은식)」 등 영웅 전기를 냈으며, 광개토대왕의 행적을 부각시키기도 했다. 따라서 삼국의 신라 정통을 부정하고 고구려를 중심에 내세웠다. 국내의 애국계몽가들이 자주국가를 지향하려 했다면 후기 독립운동가들은 자주 역사의식을 고양하는 것을 독립운동의 한 방략으로 내세웠던 것이다. 이 단계에 와서는 삼한-신라 정통론이나 존왕양이나 화이론이나 존

---

15)『박은식전집』중권 「몽배금태조(夢拜金太祖)」에는 꿈에 금나라를 세운 태조(누르하치)를 뵙고 꾸지람을 듣는 소설 형식의 에세이로 엮었다. 누르하치는 우리 민족과 동족 출신으로 청 제국을 건설했는데 우리 민족의 기상이 모자람을 꾸짖는 내용을 담았다.

명배청 따위의 케케묵은 의식은 거의 불식되어 있었다.

마무리-새로운 역사학의 길

전통유림의 역사의식은 명청 교체기인 초기 단계에서는 유교와 주자학의 춘추대의론이나 사대명분론 따위에 근거를 두고 전개되었다. 이어 서세동점의 19세기 후기에는 해묵은 중화사상에 몰입해 소중화의 우월 의식 속에서 침략세력을 물리치는 도구로 삼으려 했다. 전통 유림들은 시대 상황에 적절하게 더처하지 못하고 고루한 의식 속에서 벗어날 줄 몰랐다.

하지만 19세기 후반기, 개신 유학파라 할 역사학자들은 전통 유림이 고수한 고루함과 퇴영적 의식에 저항의식을 보여 새로운 변신을 도모했다. 이들은 자주의 역사를 정립해 민족의식을 고취하려 했으니 민족사학 또는 근대 사학의 길을 열었다고 볼 수 있을 것이다.

한국유교와 유교지식인의 역할

진성수

Ⅰ. 문제제기

현대사회는 눈부신 과학기술의 발전으로 인해 매일 같이 엄청난 량의 새로운 지식과 정보가 생산되는 시대이다. 따라서 어떤 한 개인이 이러한 지식과 정보를 모두 이해하려고 생각한다면, 그는 결국 자신의 한계를 깨닫고 패닉(panic)상태에 빠지게 될지도 모른다. 새로운 지식과 정보가 우리 실생활에 유용한 것은 분명한 사실이다. 그러나 잠재적으로는 이러한 지식과 정보가 현대인들에게 일종의 부담이 되는 것도 엄연한 사실이다. 더욱이 현대인들은 새로운 지식과 정보의 홍수 속에서 자신의 과거를 제대로 돌아 볼 여유가 없어졌다. 이러한 상황을 단지 한 개인의 일로 치부할 수 없는 것은 그 문제가 이미 우리문화 전반으로 확산되고 있기 때문이다.

먼저 방송계를 보자. 뉴스와 다큐멘터리 분야는 이미 넘치는 정보를 신속하게 전달하기에 여념이 없다. 소위 '트렌드(Trend)' 드라마는 이미

신세대의 관심과 흥미에 몰두해 있다. 물론 역사드라마나 전원적인 삶을 다루는 '전통적인[템포가 느린]' 드라마가 없는 것은 아니다. 그러나 이 역시 젊은 세대의 기호에 맞게 빠르게 변해가고 있다. 이러한 트렌드 열풍은 비단 드라마에만 국한되지 않는다. 대부분의 교양프로그램[예술, 문화 등]과 오락프로그램 역시 마찬가지이다. 이러한 상황은 비교적 보수적인 언론계[신문과 잡지 등]도 예외는 아니다. 즉 한류(韓流)를 다룬다는 미명하에 연예인 기사가 넘치는 실정이다. 이밖에 학계와 문화계는 또 어떠한가? 이처럼 우리 시대는 이미 '포스트모던(post modern)'을 넘어 '탈(脫)포스터모던'을 지향하고 있다. 다시 말해 의식 '비틀기'와 경계 '넘나들기'라는 말이 나올 정도로 하루가 다르게 새로운 가치가 만들어지고 있는 것이다.

이러한 시대에 전근대의 상징물로 인식되고 있는 유교를 문제 삼는 것이 과연 어떠한 의미가 있는가? 더구나 유교지식인의 역할과 사명을 논하는 것이 무슨 의미가 있을까? 과연 지식정보화 시대에 유교지식인은 존재하는 것일까? 만일 존재한다면, 그들을 어떻게 정의할 수 있을까? 또한 현대사회에서 이러한 문제제기가 과연 어느 정도 유효한 것일까? 이러한 의문들이 본 연구의 주된 문제의식이 되었다.

현대 한국사회의 인문학이 위기를 맞이했다는 것은 이미 해묵은 논의가 되었다. 2006년 9월, 한국인문학의 위기를 극복하기 위해 '열림과 소통으로서의 인문학(Humanities as Crossroads)'이라는 슬로건으로 인문주간 행사가 열렸다.[1] '인문학의 위기는 세계적 현상인가, 한국적 현상

---

1) 한국연구재단·전국인문대학장단 공동주최로 열린 이 행사(2006.9.25-9.30)에서는 한국 인문학의 위기를 초래한 원인으로 ① 급변하는 시대 상황에 부응하는 새로운 가치체계 창출 미흡 ② 배타적 학문연구 풍토로 인한 연구 성과의 사회적 소통 부족 ③ 경제논리

인가'를 다룬 이날 학술행사에서 기조강연을 맡은 이어령 교수(이화여대)는 "인문학은 지팡이가 없으면 걷지 못하는 노인의 학문이 아니다.……정치·경제를 살리기 위해선 인문학을 살려야 한다."고 주장했다. 한편 이기동 교수(성균관대)는 "참선이 뭐냐는 주제로 박사학위를 받은 사람이 한 시간도 참선을 해 본적이 없고, 공자 사상을 공부한 사람이 전혀 어질지 못한 게 인문학의 현주소이다.……인문학이 인품을 향상하는 게 아니라 물질주의적·경쟁주의적 지식을 쌓는 수단이 됐다."고 말했다. 또한 "인문학을 망치는 주범은 나 같은 대학교수……인문학이 위기인 줄 모르고 안주하고 지식을 남에게 강요하고 있다."고 말했다. 또한 임상우 교수(서강대)는 "남들이 못 알아들을수록 자신은 지고한 가치나 첨단의 기발한 지식을 추구하는 인문학자라고 자위하고 있지나 않은지 우려된다.……자부심을 지키려면 자신의 학문 영역을 다른 사람에게 보장해 달라고 외치기만 해선 안 된다."고 말했다. 이 밖에 신경숙 교수(연세대) 역시 "지금까지 대중의 무지함과 저속함을 슬퍼하거나 세태와 영합하여 돈을 말하거나 대중 쪽으로 고개를 돌린 동료 연구자나 교육자들의 전향을 비난하는 데 시간을 보내지는 않았는가?"라고 자문하는 등 진솔한 자기반성을 내놓았다.[2]

　이처럼 당시 제기된 문제의식은 '기존의 학문연구 방법을 과감히 쇄신하여 학제 간 융합연구를 통한 새로운 학문적 패러다임의 창출'로 요약할 수 있다. 이러한 '새로운 패러다임'의 문제제기가 유효하다면, 한국사회의 중요한 바탕문화인 유교의 과거·현재·미래는 과연 어떻게

에 기반한 인문학 발전방안으로 인한 고유한 창조성 약화 ④국제적 소통 및 확산을 통한 글로벌 시대에 부합한 국가 이미지 쇄신노력 부족 등을 지적했다.

2) 〈중앙일보〉, 2006년 9월 27일자.

이해할 수 있을까? 이렇게 유교를 새삼 거론하는 것은 단지 현대사회의 소멸하는 종교로서 유교를 재조명하기 위함이 아니다. 오히려 유교를 통해 한국의 사회·문화적 현실을 진지하게 성찰해 보기 위한 것이다. 여기에 또 한 가지 중요한 이유를 덧붙이자면, 현대문화의 무게중심이 온통 미래를 향하고 있기 때문에 전통문화를 제대로 평가할 겨를이 없는 현실에서 우리문화의 중요한 바탕문화 중 하나인 유교를 다시 한 번 검토해 보고자 한다. 이를 통해 유교연구자들의 현재 모습과 그 위상을 다시 한 번 생각해 볼 수 있을 것이다.

이에 본고에서는 우선 유교의 본질적 의미를 살펴보고, 현대사회의 지식인과 유교지식인의 개념을 정의하며, 한국유교의 미래상을 생각해 보고, 현대사회에서 유교지식인의 역할과 사명에 대해 검토할 것이다. 이러한 논의는 기본적으로 한국유교 쇠퇴의 중요한 원인 중 하나가 바로 유교에 종사하는 사람들이 자초한 것이며, 특히 관련 분야 전문가들의 정체성 혼란에서 기인한 것이라는 문제의식에서 출발한다. 따라서 이러한 문제제기는 인문학, 특히 유교와 유교문화를 연구하는 전문학자들의 자기정체성 문제와 무관하지 않다. 따라서 본 연구의 목적은 어설픈 유교의 부흥이 아니라, 유교의 본래정신과 당대의 시대정신을 재확인하기 위함이다. 즉 현대사회에서 유교의 역할을 새롭게 정의하고, 유교연구자 즉 '잠재적 유교지식인'의 자기성찰과 자기정위(自己定位)를 통해 진정한 의미의 '유교지식인'으로서의 역할과 사명을 반성하기 위한 것이다.

Ⅱ. 유교의 본질과 특징

1) 유교의 본질: 인(仁)

유교의 본질은 인(仁)이다. 인(仁)은 특정한 대상에 국한되지 않는 모든 존재에 대한 지극한 사랑을 의미한다. 그러나 유교의 인(仁)이 기독교의 사랑이나 불교의 자비와 구분되는 것은 기독교와 불교에 비해 '절제된 사랑과 자비'이기 때문이다. 즉 영혼구원과 열반해탈을 위한 무한정의 무조건적 아가페(agape)와 자비가 아니라, 그 안에 시비분별과 엄격한 질서가 존재하는 사랑이다. 이러한 일종의 절제된 사랑은 언제나 그 대상을 엄격히 구분한다. 그럼에도 불구하고 유교는 궁극적으로 타인을 평가하고 구별하기 보다는 자신의 내면성찰을 무엇보다 우선하는 이론 체계이다.3)

유교에서는 기본적으로 사랑의 대상을 '나와 너'로 구분한다. 나에 대한 사랑이 대자적(對自的)인 사랑이라면, 너[타인]에 대한 사랑은 대타적(對他的)인 사랑을 의미한다. 또한, 대자적 사랑의 완성을 '내성(內聖, 修己)의 수양론'이라고 한다면, 대타적 사랑의 완성은 '외왕(外王, 安人)의 정치학'이라고 말할 수 있다.4) 또한 유교에서 말하는 자신에 대한 철저한 반성과 수양을 의미하는 '거경함양(居敬涵養)'은 객관적 현실을 외면하고 자신의 내면공부만을 주장하는 고집스러움이 아니라 실천을 위한 기초 만들기이다. 따라서 타인에 대한 사랑을 실현하는 '박시제중(博施濟衆)' 역시 궁극적으로는 대중 구제를 통한 자아(自我) 완성으로 환원되는

---

3) 『論語』「里仁」. "子曰 惟仁者, 能好人, 能惡人"
4) 『論語』「憲問」. "子路問君子, 子曰 修己以敬. 曰 如斯而已乎, 曰 修己以安人. 曰 如斯而已乎, 曰 修己以安百姓, 修己以安百姓, 堯舜其猶病諸"

것이다.5) 이처럼 유교는 '내성의 자기완성'과 '외왕의 세계평화'라는 성속(聖俗)6)의 지향과 합일을 통한 인(仁)의 실현을 주장한다. 따라서 『대학』의 8조목 중 격물·치지·성의·정심·수신(格物致知誠意正心修身)이 나의 성스러움을 위한 '내성의 공부'라고 한다면, 제가·치국·평천하(齊家治國平天下)는 세속에서의 '외왕의 실천'이라고 말할 수 있다.7)

그러나 유교의 사랑에는 '나와 너'라고 하는 대상의 구분 외에 또 하나의 특징이 있다. 그것은 바로 "배움을 시작하는 어린아이는 집에 들어가서는 효도하고, 나가서는 공경하며, 매사에 삼가고 미덥게 하며, 널리 사람들을 사랑하되 어진 사람과 친해야 한다. 이것을 행하고도 남은 힘이 있으면 글을 배운다."8) 혹은 "내 집의 노인을 노인으로 섬긴 뒤 그 마음이 다른 노인에게까지 미치고, 내 집의 어린이를 어린이로 사랑한 뒤 그 마음이 다른 어린이에게 미친다."9) 등으로 대표되는 선후(先後)의 구분이다. 이것은 "먼저 할 것과 나중에 할 것을 알면, 곧 도(道)에 가까

---

5) 『論語』「雍也」. "子貢曰 如有博施於民而能濟衆何如, 可謂仁乎. 子曰 何事於仁, 必也聖乎, 堯舜, 其猶病諸. 夫仁者, 己欲立而立人, 己欲達而達人. 能近取譬, 可謂仁之方也已"

6) 聖俗의 개념으로 유교를 이해하는 하나의 견해로서 공자의 유교를 '聖스러운 주술적인 힘(magic power)'과 '세속적인 도덕주의'가 공존하는 이론으로 이해하는 입장도 있다.(Robert N. Bellah 지음, 노인숙 옮김, 『공자입니다 성스러운 속인』, 일선기획, 1990.) 한편 막스 베버는 유교의 본질을 단지 윤리에 불과한 것으로 보고, 이 윤리에 있어서 道는 印度의 'Dhamma[法]'에 해당하는 것으로 보았다. 따라서 유교는 오로지 현세적인 '俗人人倫(Laiensittlichkeit)'이며, 유교의 이론체계는 현세와 그 질서·관습에의 적응을 위한 교양있는 세속인이 되기 위한 정치적 準則과 사회적 禮儀凡節의 거대한 法典에 불과하다고 평가했다. 막스 베버 著, 이상률 譯, 『유교와 도교』(문예출판사, 1991, 225-227쪽 참조)

7) 유교에서는 이러한 內外의 공부가 출발하는 곳을 格物[배움 혹은 학문]로 본다. 따라서 유교에서의 배움[학문]이란, '나를 완성하고 타인을 완성시키는' 출발점이기 때문에 이 배움의 과정을 인간수양의 가장 중요한 덕목으로 설정하고 있다.

8) 『論語』「學而」. "子曰 弟子入則孝, 出則弟, 謹而信, 汎愛衆, 而親仁, 行有餘力, 則以學文"

9) 『孟子』「梁惠王 上」. "老吾老以及人之老, 幼吾幼以及人之幼"

워질 수 있다."[10]라는 논리로서 자기수양을 통해 나를 완성한 후에야 비로소 타인에 대한 사랑을 실현할 수 있다는 것이다. 이것은 사상사적으로 볼 때, '겸애설(兼愛說)'을 주장한 묵자(墨子)와 '위아설(爲我說)'을 주장한 양주(楊朱)에 대한 유교의 경계의식이 반영된 것이기도 하다. 이처럼 유교에서 나를 중심으로 친소(親疎)와 선후관계를 구분할 때 가장 먼저 고려되는 것이 바로 가족이다.

2) 유교의 가족주의

유교에서는 가족을 중심으로 인간관계의 기초를 구축한다. 예를 들면, 부자(父子)의 상하윤리와 부부(夫婦)의 수평윤리, 그리고 형제(兄弟)관계에서의 상하윤리와 수평윤리의 조화 등이다.[11] 유교에서는 이 세 가지 상호윤리의 모형을 인간관계망의 핵심으로 규정한다. 따라서 인간이면 누구나 이미 태어나면서부터 가족 내에서 자기에 대한 사랑과 타인에 대한 사랑의 조화방법을 배우게 된다. 이처럼 유교에서 가족이란, '내가 태어난 곳'인 동시에 '나를 인간답게 만들어 주는 곳'이다. 즉 가족은 '탄생의 공간'이며 '교육의 공간'인 것이다. 유교의 성격을 언급할 때 가족주의 혹은 공동체주의를 자주 언급하게 되는 것도 이와 무관하지 않다.[12]

---

10) 『大學』「經1章」. "知所先後, 則近道矣"

11) 김충열 지음, 『유가윤리강의』, 예문서원, 2000, 70-71쪽 참조.

12) 1970-80년대 후반, 동아시아의 비약적인 경제발전에 대해 서구학자들은 '유교자본주의'와 '가족주의 경영' 등의 개념으로 정리하였다. 그러나 1990년대 후반의 동아시아 경제위기 상황에서는 오히려 유교의 '연고주의'와 '정실주의' 등과 같은 공동체적 요소의 폐단을 지목했다. 이처럼 유교의 가족주의와 공동체주의는 보는 입장에 따라 '愛憎'이 교차하고 있는 듯하다. 이와 관련된 자세한 내용은 이승환, 「동아시아의 공동체: '유사 공동체'의 해체와 '진정한 공동체'의 재건을 위하여(『아세아연구』 통권 106호, 고려대학

유교의 이러한 가족주의와 윤리덕목은 사회와 국가·세계 등으로 확장된다. 이것을 종교학적 입장에서 보면, 고전적 사유형태 중 하나인 '상동성(相同性, Homology)'의 개념과 유사하다. 즉 상동성이란, 여성을 토지(土地) 및 대지(大地)와 동일시하고, 남녀의 성(性) 행위를 하늘과 대지의 신성혼(神聖婚)·씨뿌리기와 동일시하며, 눈[目]을 태양, 두 눈[兩目]을 태양과 달, 호흡을 바람, 머리카락을 풀과 상동관계에 있는 것으로 이해하는 것을 말한다.13) 이러한 상동성에 기초할 때, 가족에서 부모는 일국의 군왕과 스승이며,14) 형제는 군왕의 신하 혹은 스승의 제자로 이해되고, 먼 친척은 변방의 이웃나라로 이해된다. 이러한 가족주의와 공동체주의는 결국 고대 중국의 종법제(宗法制)에서 '천하일가(天下一家)'라고 하는 강한 통치이데올로기 성격을 형성하게 되었다.15)

이처럼 사회와 국가 및 세계를 가족이 확장된 모습으로 이해하는 유교적 세계관은 적어도 동아시아 근대시기까지 여러 가지 형태로 변모하며 계승되었다. 그 한 가지 예로서 일제 식민지에서 해방된 우리 한국의 근대화 과정을 들 수 있다.

우리나라는 해방 후 미군정에 의해 서구식 민주주의가 이식되었다. 그 후 5.16 군사 구테타를 계기로 등장한 군사독재정부는 냉전논리에

교 아세아문제연구소, 2001)」를 참고해 볼만 하다. 이와 관련하여 20세기 초 막스 베버는 아시아에서 자본주의가 발전하지 못한 이유를 '가산관료제'·'조상숭배'·'정의적 인간관계' 등 유교의 공동체적 요소 때문이라고 분석하기도 했다.

13) 멀치아 엘리아데 著, 이동하 譯, 『聖과 俗; 종교의 본질』, 학민사, 1997, 148-150쪽 참조.

14) 『小學』「明倫」. "欒共子曰 民生於三, 事之如一, 父生之, 師敎之, 君食之, 非父不生, 非食不長, 非敎不知, 生之族也"

15) 진래 지음, 진성수·고재석 옮김, 『중국고대사상문화의 세계』, 성균관대학교출판부, 2008, 357-437쪽 참조.

입각한 분단이데올로기를 내세우며, '충효(忠孝)'라고 하는 유교의 덕목을 지배이데올로기로 활용함으로써 국가에 대한 충성[忠]이 곧 부모에 대한 효도[孝]임을 강조했다. 이러한 통치방식은 조선시대에서 개인과 가정윤리를 사회와 국가윤리로 확대·적용하는 방식과 크게 다르지 않은 것이었다. 이처럼 국가를 가족의 연장선에서 이해하는 공동체적 국가관은 현재 북한체제에서도 상당히 유효하게 기능하고 있다.16) 그러나 이러한 가족주의 혹은 공동체주의가 유교의 특징 중 하나임에는 틀림없지만, 결코 '인(仁)'을 근본으로 하는 유교의 본질이 될 수 없다는 점은 두 말할 나위 없다.

3) 유교와 근대성

흔히 가족주의는 동아시아와 유교를 대표하는 특징으로 받아들여지고 있다. 그러나 가족주의와 공동체적 윤리 자체가 유교의 핵심은 아니다. 물론 孔孟의 유교가 가족 내에서의 강상질서를 중시한 것은 사실이다. 그렇다고 해서 가부장적 가족주의와 공동체적 윤리가 개인과 사회의 공통윤리이며, 유교의 핵심이라고 말할 수는 없다. 그렇다면 유교 윤리의 핵심은 무엇인가?

유교 윤리의 핵심은 "부모에 대한 효와 어른에 대한 공경은 인을 실천하는 근본이다."17)라고 한 것에서 알 수 있듯이 '효제(孝悌)'이다.18) 이처

---

16) 김일성이 '주체'에 관해 공식적으로 언급한 것은 '사상사업에서 교조주의와 형식주의를 퇴치하고 주체를 확립할 데 대하여(1955.12.28)'라는 연설이다. 그 이후 1982년, 김정일은 「주체사상에 대하여」라는 논문을 발표하여 수령과 인민대중의 관계를 부모와 자식의 主從관계로 규정하고, 수령의 절대화를 주장하며 주체사상을 더욱 강화시켜 나갔다.

17) 『論語』, 「學而」. "孝弟也者, 其爲仁之本與"

18) 『論語』, 「學而」. "子曰 弟子 入則孝, 出則弟, 謹而信, 汎愛衆, 而親仁, 行有餘力, 則以

럼 유교 윤리의 본질을 '효제'라고 했을 때, 유교는 그다지 특별할 것도 대단할 것도 없는 것으로 보이기 십상이다. 그러나 이러한 유교의 본질 이야말로 동서고금을 꿰뚫는 세계적 보편윤리가 될 수 있는 가능성이 있다. 또한 유교의 본질[仁]을 실현하기 위한 근본으로서의 '효제'는 비 단 전통사회에서뿐만 아니라 근대 개인주의 유입으로 인한 현대사회의 핵가족제도 하에서도 여전히 사회윤리의 중심축으로 기능할 수 있을 것 이다. 나아가 유교의 '효제'는 어떠한 종교나 철학·이념과도 소통할 수 있는 시공의 한계를 초월하는 보편윤리가 될 수도 있다. 이처럼 유교는 적어도 그 본질에 있어서는 전근대와 근대, 근대와 탈근대, 서양과 동양 의 구분을 초월하고 있는 듯 보인다. 이 때문에 유교가 전근대적인 요소 와 근대적인 요소를 모두 가지고 있는 사유형태라고 하는 평가가 가능 한 지도 모른다.19)

한편, 유교의 근대성에 관한 논의 중 '개인의 도덕적 자율성'을 강조하 여 '완전한 정의의 실현'을 목적으로 하는 유교 이념을 서구식 현대화의 단초로 이해하는 시각도 있다. 이러한 '유교식 현대화'를 주장하는 사람 들은 인간의 존재론적 근거를 '외재적 초월'에서 찾는 서양과는 달리 현

學文"

19) 유교의 근대성과 전근대성에 관한 담론을 학술계에서 정식으로 제기한 연구자 중 탈근 대적 유교옹호론을 펼친 대표적인 학자로는 함재봉(『탈근대와 유교─한국정치담론의 모 색』, 나남출판, 1994)과 이승환(『유가사상의 사회철학적 재조명』, 고려대학교출판부, 1998) 등을 들 수 있다. 특히 함재봉은 우리사회가 근대사회로 발전할 수 있었던 요인을 유교의 규율과 기강에서 찾았으며, 유교의 민본사상에 함축된 진보적인 요소에 대해서도 적극적으로 인정하고 있다. 한편 이승환은 서구의 근대를 부분적으로 긍정하고 부정하는 그만큼 유교를 부분적으로 긍정하면서 부정하고 있으며, 유교의 근대성을 사회계약론적 윤리관에서 찾는 시도를 하고 있다. 그러나 이러한 논의 자체가 유교의 본질과는 동떨어 진 것이라고 비판하는 견해도 있다. 최진덕의 『인문학, 철학, 그리고 유학』, 청계, 2004, 191-211쪽 참조.

세 긍정적인 '내재적 초월'에서 찾고 있는 유교의 근대적 성격과 현대화 가능성을 새롭게 제기했다. 물론 이러한 입장에 대해 비판이 없는 것은 아니다.[20] 그러나 여전히 미흡하기는 하지만 유교 내에서 근대적 요소를 찾아 현대에 맞게 재해석하여 적용하려는 시도 자체에 대해서는 높이 평가할 수 있다.

이상의 내용을 종합해 볼 때, 유교는 절제된 사랑[仁]을 본질로 하며, 이를 실천하는 핵심윤리는 효제이다. 그러나 인의 완성은 내성외왕(內聖外王)의 합일을 통해 완성되며, '親親而愛人'·'修己以安人'이라는 단계를 통해 구현된다. 한편 인이 구현되는 장으로서의 가족은 '탄생과 교육의 공간'이며, 또한 개인이 사회와 국가로 나아가는 출발점이 된다. 따라서 유교적 전통에서는 자연스럽게 가족과 사회·국가·세계를 동심원 구조로 이해하는 공동체적 국가관이 성립된다. 그러나 이러한 국가공동체 개념은 자칫 유교의 본질을 훼손하는 방향으로 흐를 수도 있다. 이에 대한 대안으로서 유교에서는 개인과 사회, 개인과 국가의 이익이 대립할 때 '공(公, public)'의 개념으로 판단하게 된다. 그러나 유교의 이러한 합리성 혹은 근대성이 개인의 사회참여를 보장하는 것은 사실이지만, 이 역시 유교의 본질인 인과 효제의 하위범주임은 분명한 사실이다.

---

20) 개인의 자율적 도덕실현으로 완전한 사회정의가 실현될 수 있다는 유교의 이상에 대해 서양적 전통에 서있는 서구인들은 가망성 없는 'Utopia的 망상'이라고 비판하기도 한다. 특히 베버(Weber, Max)는 유교의 '절대적 이상 가치'의 실현을 꿈꾸는 과도한 '신념윤리(Gesinnungsethik)'가 결국 실제로는 현실정치에 대한 무리한 비판을 불러일으키고 혼란만을 조장한다고 주장한다. 따라서 베버는 오히려 일의 결과에 확실한 책임을 부여할 수 있는 '책임윤리(Veranywortungsethik)'를 정치윤리로 제안하고 있다. 자세한 내용은 이종수의 『막스 베버의 학문과 사상(한길사, 1985, 186-190쪽)』 참조.

Ⅲ. 유교지식인의 의미

1) 지식인의 개념

현재 한국사회를 간략하게 정의한다면, '농촌사회 해체, 산업사회 쇠퇴, 정보화시대 도래'라고 말할 수 있다. 이러한 의미에서 한국사회를 '지식정보화사회'라고 말한다. 지식정보화사회 패러다임에서는 지식과 정보가 모든 부가가치 창출의 기본요소가 된다. 여기에서 지식과 정보를 다루는 사람들을 우리는 흔히 '전문가' 혹은 '지식인'이라고 부른다.

그런데 우리사회의 전문가와 지식인 특히, 사회지도층에 대한 사회적 시선은 그다지 곱지 않은 것이 사실이다. 여기에는 여러 가지 이유가 있다. 몇 년 전 한국의 대표적인 기업의 불법적 비자금 문제와 국내 유명 대학 모교수의 줄기세포 해프닝, 그리고 최근 교육계와 법조계 비리 등을 생각해 보면, 전문가와 지식인들에게 부여된 사회적 책임에 대한 실망으로 인한 것이 아닌가하는 추측을 가능케 한다. 물론 전문가와 지식인들 역시 보통 사람들에 비해 그리 특별한 존재는 아니다. 그렇다고 해서 그들을 전적으로 평범한 사람으로 볼 수도 없다. 이러한 의미에서 현대의 지식인들은 특별한 존재도 평범한 존재도 아닌 것이다. 그렇다면 그들은 누구인가?

먼저 '전문가'에 대해 생각해 보자. 전문가는 흔히 의사·한의사·변호사·회계사·변리사·건축사·요리사·교사 등 대체로 '사(師·士)'자로 끝나는 '전문 직종에 종사하는 사람'을 가리킨다. 사전적의미로는 '어떤 한 가지 일을 전문으로 하거나, 한 가지 분야에 전문적인 지식이나 기술을 가진 사람'을 의미한다.

한편, '지식인'은 한 마디로 정의하기가 쉽지 않다. 왜냐하면, '전문(專

門)'이라는 단어와 달리 '지식'이라는 단어는 사용자에 따라 매우 다르게
사용하기 때문이다. '지식'의 사전적인 의미는 '어떤 사물에 대한 명료한
인식과 판단' 혹은 '배우거나 연구하여 알고 있는 내용', '인식에 의해
얻어져 객관적으로 확증된 성과' 등이다. 따라서 지식인이란, '지식 계
급에 속하는 사람'·'일정한 수준의 지식과 교양을 갖춘 사람', 그리고
'어떤 사물이나 사건에 대해 명료하게 인식하여 깨달음을 얻은 사람'이
라고 정의할 수 있다.21) 여기에서 특히 주목해야 할 것이 바로 '명료함'
이다. 지식인에게 필요한 명료함이란, 사실을 있는 그대로 명확하게 파
악한 후 얻어진 '진실'에 기초한다. 따라서 지식인은 '대상 세계에 대한
명료한 인식과 그것에 근거한 진실성과 진정성을 소유한 존재'라고 정
의할 수 있다.22) 이러한 의미에서 현대 서구지성을 대표하는 노암 촘스
키는 지식인을 "우리가 속한 공동체에서 우리의 관심사와 행동에 대해
숨김없이 말할 수 있는 진실한 존재이다."라고 정의한다.

한편, 지식인의 실존적 의미를 제시한 사르트르(Jean Paul Sartre)는 지
식인에 대해 '사회적으로 중간계층에 속해 있는 가장 불우한 의식을 가
진 존재'라고 정의한다. 왜냐하면 지배계급은 언제나 지식인을 자신의
지배수단을 연구하는 단순한 기능인으로밖에 생각하지 않기 때문이다.
즉 지배계급에게 지식인이란, 불편하지만 없어서는 안 될 일종의 '필요
악'인 것이다. 반면 피지배계급의 입장에서 보면, 지식인은 지배계급의
앞잡이로 인식된다. 이처럼 지식인은 어떠한 계급에 의해서도 자신의

---

21) 현대 한국사회의 지식인을 ① 지식이 있는 사람 ② 일정한 수준의 교양과 지식이 있는
  사람 ③ 아는 것이 많은 사람 ④ 똑똑한 사람 등으로 구분하여 설명하는 견해도 있다.
  자세한 내용은 김종인의 『한국의 대학과 지식인은 왜 몰락하는가(집문당, 2004, 34-38
  쪽)』 참조.
22) 노암 촘스키 지음, 강주헌 옮김, 『지식인의 책무』, 황소걸음, 2005, 43쪽.

정체성을 인정받을 수 없게 된다. 따라서 지식인이 사회의 어떠한 모순에 대해 비판하려고 할 때, 그는 '자기와 무관한 일에 참견하려고 하는 귀찮은 존재'로 여겨지기 십상이다.

　그러나 사르트르는 '자신의 권한 밖에까지' 관여하는 데에 지식인의 진정한 의미가 있다고 주장한다. 이러한 관여의 기준에서 그는 (지식)전문가와 지식인을 구별하고 있다. 즉 (지식)전문가는 지배계급이 통치수단으로 제시하는 기존 이데올로기의 '전문적 연구자'·'지배권의 봉사자'·'전통의 수호자'로 기능한다.23) 그러나 자신의 연구 분야에서 보편적 진리를 얻음으로써 자각한 (지식)전문가가 그것을 사회와 인간 전체에게로 '보편화'시킨다면 그는 진정한 지식인으로 거듭나게 된다.24) 이때 그가 지향하는 보편성은 지배계급과 자신의 계급적 특수주의를 파괴하려는 경향을 띤다. 따라서 지식인이 빠지게 되는 모순과 갈등은 바로 이와 같은 특수주의와 보편주의의 갈등에서 오는 것이다.25)

　이상의 내용을 통해 볼 때, 지식인이란 '대상세계에 대한 명료한 인식과 끊임없는 자기반성(Self-reflection)을 통해 주체적으로 실천하는 존재로서 현실의 대립·갈등을 화해(Harmony)로 이끄는 존재'라고 정의할 수 있다.

---

23) 사르트르 지음, 조영훈 옮김, 『지식인을 위한 변명』, 한마당, 2006, 29-33쪽 참조.

24) 이러한 의미에서 자신의 내면에서 끝없는 갈등을 겪는 이상, '지식전문가'들은 누구나 '잠재적인 지식인'이라고 말할 수 있다.(사르트르 지음, 위의 책, 44쪽 참조)

25) 사르트르는 지식인이 얼마나 끝임 없는 투쟁을 계속해야만 하는가에 대해 실존적으로 설명한다. 그러므로 "지식인들은 자기 내부로부터 변증법적 통일성을 확립하기 위해 끝없는 노력을 해야 한다."고 주장한다. 이것은 지식인에게 있어서 갈등과 모순은 필수적이며, 상반되는 견해를 초월하는 변증법적 화해가 필요함을 의미한다.(사르트르 지음, 위의 책, 138-139쪽 참조)

2) 지식인의 책임

현대 지식인의 책임을 강조했던 사이드(Edward Wadie Said)는 지성인[26]의 문제점을 '안정적인 경제적 요건을 갖추고 있으면서 자신의 연구실 밖의 세계에 대해서는 전혀 관심이 없는 폐쇄적인 문학교수와 같은 태도'에 있다고 보았다. 또한 '이러한 유형의 지식인들이 사회변동에 관한 것보다는 주로 학문적 진보만을 목표로 하는 난해하고 비세속적인 화려한 산문을 쓴다'고 비판한다.[27] 따라서 사이드는 현대의 지식인이 당면한 가장 큰 문제점을 '전문직업인'의 태도 즉, '전문직업주의(Professionalism)'[28]라고 지적한다. 이러한 문제를 해결하기 위해 그는 지식인의 '아마추어리즘(Amateurism)'을 강조한다. 사이드가 주장하는 아마추어란, 단순히 직업적인 전문성을 갖추는 단계를 뛰어 넘어 자신을 둘러싼 모든 것에 대해 도덕적·철학적으로 성찰할 수 있는 순수한 정신과 태도를 갖춘 사람을 의미한다.[29]

한편, 노암 촘스키(Avram Noam Chomsky)는 "지식인의 책무는 진실을 말하는 것이다."라고 주장하며,[30] 몇 가지 수식어를 덧붙여 지식인의 책무를 밝히고 있다. 즉 지식인의 도덕적 과제는 '중요한 문제'에 대해 '적합한 대중'에게 '가능한 범위' 내에서 '진실을 찾아내 알리는 것'이라

---

26) 지성인을 의미하는 'Intellecture'는 사회과학에서 일반적으로 '지식인'으로 번역한다. 이러한 지식인은 단순히 지식과 교양을 갖춘 기능적인 지식인이라기보다는 이성적 판단과 실천력을 가진 지성인의 의미에 가깝다.(에드워드 W. 사이드 지음, 전신욱·서봉섭 옮김, 『권력과 지성인』, 도서출판 嶤, 2006, 15쪽 역자주 참조) 경우에 따라서는 지식인과 지성인을 구분하지만, 본고에서는 지식인 개념으로 통괄하여 사용한다.
27) 에드워드 W. 사이드 지음, 위의 책, 125쪽 참조.
28) 에드워드 W. 사이드 지음, 위의 책, 129쪽 참조.
29) 에드워드 W. 사이드 지음, 위의 책, 141-142쪽 참조.
30) 노암 촘스키 지음, 강주헌 옮김, 『지식인의 책무(황소걸음, 2005, 14-16쪽)』 참조.

고 말한다. 이처럼 도덕적 행위자로서 지식인이 갖는 책무는 '인간사에 중대한 의미를 갖는 문제'에 대한 진실을 '그 문제에 대해 무언가를 해낼 수 있는 대중'에게 알리려고 노력하는 것이라고 주장한다. 그러나 그는 현대사회의 지식인에게는 이러한 진실성이 절대적으로 부족하다고 비판한다.[31] 이처럼 지식인의 진실성을 강조한 촘스키는 대중에게 진실을 알리는 이유에 대해 '교화의 목적'도 있지만, 무엇보다 중요한 목적은 '진정한 의미에서의 인간적인 행동을 촉구하기 위함'이라고 말한다. 그는 이렇게 해야만 세상의 고통과 슬픔을 비로소 줄여갈 수 있다고 주장한다.

이처럼 지식인의 책임은 '진실을 말하는 것'으로 요약할 수 있다. 그렇다면 진실을 말한다는 것은 과연 어떤 의미일까? 촘스키는 당대에 존경받고 대우받는 지식인들이 종종 몇 세기가 지난 뒤에 거짓 선지자(先知者) 혹은 간신 등으로 평가되어 경멸의 대상이 되는 경우를 예로 들고 있다. 반면 당대에 배척받은 지식인들이 몇 세기가 지난 후에 진정한 선구자와 예언자로 존경받는 경우를 상기시킨다. 경우에 따라서 이들은 자신의 정직과 성실의 대가로 당대에 가혹한 처벌을 감수하는 경우도 있다고 말한다.[32] 이것은 지식인에 대한 평가가 단시간 내에 이루어질 수 없음과 오직 지식인의 책임과 그에 대한 평가는 진실성의 여부에 달

---

31) 특히 촘스키는 현대사회의 지식인에게 '서방세계의 수치스러운 행위'에 대한 진실을 서방세계의 대중에게 알려서 대중이 범죄행위를 신속하고 효과적으로 종식시킬 수 있도록 해야 한다고 주장한다. 그러나 그는 대중에게 진실을 알리려면 올바로 선택된 대중에게 진실을 알려야 한다고 말한다. 이것은 지식인에게 진실을 고발할 수 있는 대상에 대해 분별할 수 있는 통찰력이 있어야 함을 강조한 것으로 이해할 수 있다.(노암 촘스키 지음, 위의 책, 24-25쪽 참조)

32) 노암 촘스키 지음, 위의 책, 26-28쪽 참조.

려 있음을 보여준다. 또한 여기에서 중요한 사실은 진실을 말하는 지식인이라 하더라도 항상 당대에 사회적 보장이 수반되는 것은 아니라는 점이다.

현대사회의 지식인을 비판했던 레지 드브레(Régis Debray)는 자신의 저서 『지식인의 종말』에서 지식인의 언어가 자신이 속한 공동체에 대해 듣기 좋은 소리일 필요는 없으며, 지식인은 우리의 관심사와 행동에 대해 숨김없이 말할 수 있어야 한다고 주장한다.[33] 특히, 그는 지식인의 허위의식을 '도덕적 나르시시즘(Moral Narcissism)'이라고 비판하며, "실제로 우리는 도덕적으로 살려고 노력하는 사람들보다 도덕적이어야 한다고 목소리를 높이는 사람들에게 더 큰 찬사를 보내고 있지 않았던가!"[34]라고 말한다.[35] 드브레는 이러한 지식인의 허위와 위선·직무유기·무기력함에서 벗어남과 동시에 지식인 스스로 자신의 사회적 지위에서 내려와야 한다고 주장한다. 드브레의 이러한 비판은 본래 현대 프랑스 지식인들을 겨냥한 것이지만, 한국의 지식인들도 그의 비판에서 그리 자유로울 수는 없을 것 같다. 왜냐하면 최근 우리 사회에서 제기되고 있는 지식인들에 대한 사회적 비판은 사실 드브레의 비판과 전혀 무관하지

---

33) 레지 드브레 지음, 강주헌 옮김, 『지식인의 종말(예문, 1995, 43쪽)』 참조.

34) 레지 드브레 지음, 위의 책, 107쪽 참조.

35) 레지 드브레는 『지식인의 종말』에서 현대 지식인들의 5가지 병폐를 지적하고 있다. 즉 ①자신들의 도그마에 빠져 대중과 소통하지 못하고 단절되어 있는 '집단자폐증', ②연구 부족으로 인해 현실을 제대로 바라볼 수 없는 '현실감 상실', ③통찰력 부족으로 인해 잘못된 예측을 내놓는 '비전의 부족', ④자신의 부도덕을 감추고 위선적으로 사회의 도덕을 선도한다는 '도덕적 나르시시즘', ⑤대중으로부터 유리되는 것을 두려워하며 엉성한 주장을 유창한 언변으로 감추는 '즉흥성' 등이다. 드브레는 진정한 의미의 지식인 전통에서 벗어난 그들을 '최후의 지식인'이라고 부른다. 특히 드브레는 현대 지식인과 언론의 결합에 대해 '어떠한 노블레스 오블리제'도 발견할 수 없는 '혼성집단'이라고 비판하기도 한다.(레지 드브레 지음, 위의 책, 166쪽 참조)

않기 때문이다.

그렇다면 한국사회에서 지식인의 책임은 무엇인가? 우선 지식인의 사회적 기능에서 중요한 요소 중 하나인 글쓰기를 예로 들어보자. 글쓰기란, 지식인의 지식전달 방법 중 말하기와 함께 매우 중요한 기능 중 하나이다. 그럼에도 불구하고 '현실에서 유리된 글쓰기' 혹은 '자기성찰 없는 글쓰기'는 자칫 자신의 허위의식을 정당화하는 것으로 전락할 위험성이 크다. 본래 지식인의 글쓰기는 '어떠한 사실을 전달한다'는 의미와 '그 사실이 내포하고 있는 진실을 기술한다'는 의미를 모두 가지고 있다. 따라서 일반대중은 지식인의 글쓰기를 통해 어떠한 사실을 깨닫거나 스스로를 자각하게 되고, 좀 더 심오한 진실의 세계에 인도됨으로써 점차 인식의 지평을 넓혀갈 수 있는 것이다. 이것이 바로 지식인 글쓰기의 사회적 책임 중 하나이다.[36]

그러나 이러한 지식인의 글쓰기가 자칫 허위의식으로 포장되는 경우에는 그의 양심과 필연적으로 내적인 갈등이 발생하게 된다. 아래의 인용문은 거의 30년이 지났으나, 지식인의 내적 갈등을 묘사한 대표적인 사례 중 하나이다.

> 한국 지식인들 가운데 허위의식을 폭로하지 못하는 데서 오는 양심의 압박에서 해방되기 위해서 몇 가지 교묘한 방식을 개발한다는 점에 주목할 필요가 있다. **첫째, 애매모호한 표현을 즐겨 사용한다**.……그 표현은 강자층의 허위의식 핵심에 가까워질수록 더욱 애매모호해진다. **둘째, 글**

---

36) 이와 관련하여 한국 인문학의 현 상황을 비판하며, 인문학의 본래 기능은 '사람의 마음을 가꾸고 인격을 향상하는 것'이라고 주장하는 견해로서 참고할 만한 자료는 이기동의 「인문학의 현실과 한류문화(『유교사상연구』 제25집, 한국유교학회, 2007, 363-383쪽)」가 있다.

을 어렵게 쓴다. 굳이 어렵게 씀으로써 현학적 자만심도 채울 수 있기 때문에 보신책과 자만심을 만족시킬 수 있는 이중의 효과가 있다. …… **셋째, 외국 학자나 지식인의 언어와 업적을 열심히 인용한다.** 자기가 하고 싶은 얘기와 비슷한 말을 이미 발표한 외국인을 앞세워서 자기 발언과 비판에 대해서 책임지지 않으려고 한다.[37]

  이상의 내용을 종합해 볼 때, 지식인의 책임은 개인적으로는 연구하고, 가르치고, 기록하고, 발표하는 것이다. 그러나 사회적으로는 자신의 한계를 자각하고, 여기에서 출발하여 사회의 대립과 갈등을 직시하고, 이것을 근본적으로 해결하기 위해 끊임없이 노력하는 것이라고 말할 수 있다. 이러한 점에서 지식인의 미덕은 역시 자기가 아는 것만을 드러내고 주장하는 것이 아니라, 오히려 자신이 모르고 있는 사실을 감추지 않고 '끊임없이 묻고, 스스로 새롭게 깨달으며, 그것을 실천하는 것'이라고 말할 수 있다.

3) 유교지식인의 정의

  유교지식인을 정의하기 위해서는 우선 한국에서 통상적으로 사용하는 유교인(儒敎人)을 의미하는 '유림(儒林)'[38]이라는 개념을 정리할 필요가 있

---

37) 한완상, "지식인과 허위의식", 『지식인과 현실 인식』, 청년사, 1986, 83~84쪽 참조.(김영민 지음, 『지식인과 심층근대화─접선의 존재론(철학과 현실사, 22쪽)』에서 재인용) 김영민은 현대 한국의 지식인 사회를 '죽은 지식인의 사회'라고 정의하고, 이 상황을 극복하기 위해서는 지성과 반지성의 대립과 대결구도 속에서 최소한의 공통분모를 발견한 다음 이를 유지·확대해 나아가야 한다고 주장한다.(김영민 지음, 위의 책, 112~114쪽 참조)

38) 『儒敎大事典』에 따르면, '儒林'은 '儒者의 무리'로서 사마천의 『사기』 「유림열전」에 언급된 이후에 통용되기 시작했으며, 대체로 '학자군'을 의미한다고 정리하고 있다. 한편 '儒者'에 대해서는 『맹자』 「등문공 상」에서 처음 나타나는 말로서 '공맹의 학문을 연마하

다. 유림의 사전적 의미는 '유학을 신봉하는 무리' 혹은 '사림(士林)'[39]이
다. 역사적으로 사림이란, 고려 말~조선 초부터 사용되기 시작된 용어
로서 두 차례의 사화(士禍)를 겪으며 정치세력화 되었던 유교 진영의 개
혁성향의 인물들을 가리킨다. 이들은 조선 중기 이후 중앙정계에는 진
출하지 않고 당시 중앙권력을 견제하는 세력으로서 지방의 서원 혹은
유향소 등을 중심으로 영향력을 행사했으며, 한말에는 의병을 주도하던
유교지식인이었다. 그렇다면 고려 말~조선조에 유교적 소양을 가지고
활동했던 학자들을 모두 유교지식인이라고 정의할 수 있을까? 이러한
물음을 해결하고 우리시대 유교지식인을 새롭게 정의하기 위해서는 한
국과 중국의 유교지식인 전통에 관해 검토할 필요가 있다.

우선 중국의 유교적 전통에서 지식인 개념의 변화를 살펴보자. 은·주
대(殷·周代)에는 지식인을 '다사(多士)'·'서사(庶士)'·'경사(卿士)'로 불렀
다. 당시 '사(士)'는 대부분 귀족계급이었다. 특히 은대의 복사(卜辭)에 등
장하는 '복인(卜人)'은 당시 지식인의 대표였다. 한편 주대(周代)에는 주로
육예(六藝) 중심의 교육을 실시했는데, 이러한 교육을 받은 사람은 '술사

고 그 교의를 준봉하는 사람들의 범칭'으로서 '儒士·儒生·儒林' 등이 모두 이 속에 포함
된다. 즉 유사·유생·유림이 모두 공맹의 가르침을 배우고 실천한다는 공통점을 가지고
있으면서도 유사는 어느 정도 완숙된 지식인, 유생은 배움의 과정에 있는 사람, 유림은
그 집단을 가리키는 데 비해 유자는 그것들의 함의를 모두 내포하고 있다.(儒敎大事典編
纂委員會 編, 『儒敎大事典』「天; 學術篇」, 성균관, 2007, 1580쪽 및 1598쪽 참조)

39) 士林이란, 조선조 중기의 사회·정치 주도세력으로서 조선 초기 世祖 때에 갈라진 유림
의 일파이며, 전원산림에서 유학을 연구하던 문인·학자를 가리킨다. 이들은 고려 말의
길재·김숙자를 그 조종으로 하고, 조선의 김종직·김굉필·조광조로 이어진 학통을
중심으로 군집한 학자들이다. 成宗 때부터 김종직·김굉필·정여창·조위·김일손·유
호인·조광조 등이 官界에 진출하면서 기존 정치 질서를 비판하고 이상적·도덕적인
유교정치를 실현해 보려고 노력했으나, 기존 정치세력이었던 훈구파와의 대립에서 패배
하여 무오·갑자·기묘·을사 士禍의 희생을 치렀다.(儒敎大事典編纂委員會 編, 『儒敎
大事典』「天; 學術篇」, 성균관, 2007, 1580쪽 및 836-837쪽 참조)

(術士)'·'유(儒)'라고 불렀다. 이들 역시 은대(殷代)의 '복인(卜人)'고- 마찬가지로 대부분 일정한 관직이 있었다. 이처럼 공자 이전의 중국고대 지식인이란 봉건귀족이거나 관직에 임명된 자로서 육예(六藝)를 겸비한 비교적 신분이 안정된 사람들이었다.[40]

　그러나 춘추시대에 이르러 봉건질서가 해체되고 신분질서의 변동이 가속화됨으로써 당시 지식인의 사회적 지위 역시 변화되었다. 특히 "선비로서 도에 뜻을 두고서도 나쁜 옷과 나쁜 음식을 부끄러워하는 자와는 더불어 의논하지 못할 것이다."[41]라고 하는 공자의 말에서도 알 수 있듯이 특정한 지위 없이 기존의 지배계층인 선비가 된 자가 점차 증가하고 있었다. 또한 지식의 내용 역시 육예에 국한되지 않고 인간 '내면적 초월(Inward transcendence)'의 영역으로 확장되기 시작했음을 알 수 있다.[42] 더욱이 공자 이후부터는 비교적 자유롭게 활동하는 지식인계층이 새롭게 등장하게 되는데, 이들이 바로 '유사(游士)'이다. 진·한대(秦漢代)에 이르러 관리와 백성의 계급구분이 강화됨으로써 당시 지식인의 주류였던 관리들은 세습적 신분인 '사족(士族)'으로 활동했다. 그러나 위진남북조시대에 이르러 유교가 쇠퇴하게 되자, 도가(道家)의 '명사(名士)'와 불교의 '고승(高僧)'들이 당대의 지식인 역할을 일정기간 대체하기도 했다. 한편 수·당대(隋唐代)에는 두보와 백거이 등과 같은 시인문사들이 등장하여 '사회적 양심'을 대표하였다. 또한 송대에 이르러서는 유교가 다시 부흥하여 범중엄(范仲淹)과 같이 '천하를 자기 책임으로 인식하

---

40) 余英時, 『余英時文集』 제4권 「中國知識人之史的考察(廣西師範大學出版社, 2004, 1-3 쪽)」 참조.

41) 『論語』 「里仁」. "子曰 志於道 而恥惡衣惡食者 未足與議也"

42) 余英時, 위의 책, 10쪽 참조.

는'43) 사대부(士大夫)가 등장함으로써 유교지식인의 새로운 표준이 되기도 했다.44) 이러한 성격을 가진 '지식인[士]'의 개념은 명·청대(明淸代)까지 지속되었다.

이상에서 살펴본 바와 같이 중국 지식인 개념의 변천과정에서 유교지식인의 특징을 3가지로 요약할 수 있다. 1)신분적으로는 사회의 특정한 계급에 국한되지 않았으며, 2)학습내용은 대체로 고대의 예악전통을 위주로 하였고, 3)내면적으로는 도의 우월성과 가치를 인식하고 있었다.45)

다음으로 한국의 유교적 전통에서의 지식인 개념을 살펴보자. 한반도에 유교가 전해진 시기는 대체로 한자의 전래시기와 일치하거나 혹은 그 이전시기로 볼 수 있다. 다만 고구려 소수림왕 2년(372)에 태학을 세워 『논어』와 『효경』을 가르친 것으로 보아 이미 유교가 당시 국가의 통치이념이었음을 알 수 있다. 『삼국사기』에 따르면, 신라 역시 신문왕 2년(682)에 국학을 설립하여 『논어』·『효경』을 가르쳤다. 특히 당시 대표적인 국가인재였던 화랑이 세운 것으로 알려진 임신서기석과 신라를 대표하는 유학자인 강수(强首)와 설총(薛聰) 등은 신라의 지식인이 어떠한 성격이었는지를 짐작할 수 있게 한다. 백제는 고이왕 62년(285)에 왕인박사(王仁博士)가 『논어』·『천자문』 등을 일본에 전한 것과 중앙정치기

---

43) '以天下爲己任'은 范仲淹(989~1052)이 『岳陽樓記』에서 "其必曰 先天下之憂而憂, 後天下之樂而樂歟"라고 말하여 지식인의 책임을 강조한 것에 대한 주희의 존경심을 표현한 말이다.(朱熹, 『朱子語類』 129권: 且如一個范文正公, 自做秀才時使以天下爲己任, 無一事不理會過) 범중엄의 말은 마치 孟子가 爲政者의 도리를 묻는 질문에 대해 齊宣王에게 '與民同樂'을 강조했던 가르침(『孟子』「梁惠王 下」: 樂民之樂者, 民亦樂其樂, 憂民之憂者, 民亦憂其憂. 樂以天下, 憂以天下, 然而不王者, 未之有也)을 연상케 한다.

44) 余英時, 위의 책, 119-121쪽 참조.

45) 道의 내용은 孔孟의 유교에서부터 애초에 형식적인 틀이 없기 때문에 이후 다양한 의미로 해석된다. 따라서 우주의 원리·사회질서 혹은 인간 윤리 및 내적 본질 등 다양한 의미로 점차 확대되었다.(余英時, 위의 책, 142쪽 참조)

구인 남당제도46)를 통해 유교가 정치·교육 등 사회 전반적인 질서를 형성하는 기초가 되었음을 알 수 있다.

한편 고려시대에는 불교가 국민통합의 중요한 도구였으나, 고려 태조 '훈요십조'를 통해 볼 때 여전히 유교가 국가통치의 중요한 수단이었음을 알 수 있다. 또한 통일신라의 독서삼품과를 계승한 과거제 실시는 이를 반증하는 좋은 예이다. 한편 려말·선초에 전해진 성리학은 정교이념(政敎理念)의 핵심으로서 500여 년간 조선조의 국가통치와 생활문화 전반에 영향을 주었으며, 당시 지식인을 의미하는 사대부·선비는 곧 유교지식인의 표상이 되었다.47) 그러나 한말에 이르러 국권상실을 겪으면서 조선의 유교지식인들은 크게 존왕양이(尊王攘夷)의 척사위정계열과 개화·계몽계열로 나누어진다. 특히 일제시기의 신지식인들은 유교를 국가패망의 주된 원인이며 청산해야 할 구시대적 유산으로 지목하기도 했다.48) 이처럼 한국 전통사회에서의 유교는 당시 지식인에게 개인적인

---

46) 南堂의 기원은 『예기』에서 비롯되었는데, 『논어』에서 군왕이 백성을 통치한다는 의미에서 사용하는 '南面'과 관련된 것으로 알려져 있다.

47) 조선조 유교지식인을 대표하는 퇴계와 율곡을 예로 들어보자. 퇴계는 16세의 나이로 왕위에 오른 宣祖를 위해 68세(1568년)의 나이에도 불구하고 『聖學十圖』를 지어 바치고 經筵에서 강의를 하였다. 율곡 역시 40세의 나이(1575년)로 『聖學輯要』를 바친다. 퇴계의 『성학십도』는 성리학의 기본 개념을 10개의 그림으로 표현하고 상세하게 설명함으로써 君王 스스로가 내적 수양을 통해 聖人이 되기를 희망하는 책이다. 반면 율곡의 『성학집요』는 『대학』의 수기치인 원리를 실천할 수 있는 구체적인 방안을 제시한 책이다. 즉 율곡은 성리학적 이념과 왕도를 직접 조선조의 현실에 실현함으로써 태평성세를 만들어 달라는 염원을 담아 이 책을 바친다. 이 두 책은 내외의 수양을 통해 이론적인 지식과 실제적인 능력을 겸비한 왕도정치를 지향하고 있는 점에서 동일한 성격을 가졌다고 평가할 수 있다.

48) 일제시기 식민사관의 등장으로 인해 이러한 비판은 더욱 설득력을 얻게 되었다. 특히 일본의 대표적인 어용학자 타카하시 토오루(高橋亨;1877-1966)의 왜곡된 유교인식의 확산은 단순한 정치적 비판차원을 넘어 조선조 500여 년의 역사에서 유교의 의미를 배제함으로써 제대로 된 검토와 연구도 없이 무조건적인 부정으로 치우치게 만들었다. 한편,

학문교양의 필수요소이거나 사회·정치적인 입신출세의 중요한 수단이었다.[49] 이러한 유교와의 관련성은 일제시기 이전까지 지속되었다.

이상에서 살펴본 바와 같이 유교의 본질적인 의미와 지식인의 정의, 그리고 지식인의 사회적 책임 등을 통해 우리시대의 유교지식인을 정의해 보면 대체로 5가지로 요약할 수 있다.

첫째, 유교지식인은 유교의 본질을 명료하게 인식한 존재이다. 즉 유교의 본질은 인(仁)이며, 그 핵심윤리는 효제(孝悌)라는 사실을 깨달은 사람을 가리킨다. 여기에서의 인은 '절제된 사랑'으로서 '나·너'와 '선·후'의 엄격한 구분이 있으며, 내성(內聖)의 수양론과 외왕(外王)의 정치학이 합일되어 있다. 구체적으로는 친소(親疎)의 구분에 따라 인이 실현되어야 함을 인식하며, 이러한 단계적 실천이 인간행위의 선후 원칙임을 깨달은 존재이다. 이것은 개인적인 연구와 수양을 통해 자신의 한계를 자각함으로써 비로소 새로운 인식의 지평을 개척하고, 궁극적으로는 '내면적 초월'을 달성한 사람을 의미한다. 따라서 유교지식인은 지식인의 기본적인 자세로서 박학·심문·신사·명변·독행(博學審問愼思明辨篤行)[50] 등 끊임없는 하학(下學)의 과정을 통해 비로소 상달(上達)에 이르는 군자를 지향하는 존재인 것이다.[51]

일제시기 心山 金昌淑(1879-1962)은 嶺南과 湖西의 유림 137명을 규합하여 조선의 독립을 '파리만국평화회의'에 청원하는 '유림단진정서'를 작성하는 등 유교지식인의 행동규범을 보여줌으로써 오늘날에 이르기까지 '마지막 선비'라는 칭호를 받고 있다.

49) 조선조 사회에서 수기치인은 학자적 관료로서 입신하려고 노력했던 선비들에게는 필수적인 덕목이었다. 즉 당시 지식인들은 "성리학적 이념을 실천하는 學人으로서 '士'의 단계에서는 '修己'하고, '大夫'의 단계에서는 '治人'하는 '修己治人'을 근본으로 한 학자적 관료[士大夫]가 되는 것이 최종 목표였다.(정옥자, 「새로운 지식인상의 모색」, 『전통과 현대(1997년 여름, 293쪽)』 참조)

50) 『中庸』 「20章」. "博學之, 審問之, 愼思之, 明辨之, 篤行之"

둘째, 유교지식인은 유교윤리를 가족·사회·국가로 확산시키는 존재이다. 즉 유교의 핵심윤리인 효제를 가족 내에서 실천하고 나아가 자신이 속한 공동체로 확산시켜 나가는 사람을 가리킨다. 특히, 유교에서 말하는 가족은 인간의 '탄생과 교육의 공간'이며, 개인 윤리를 실천하는 최초의 場임을 자각한다. 따라서 유교윤리의 핵심은 엄연히 가족과 공동체질서를 중시하는 것이지만, 결코 가족주의와 공동체주의에 머물러 그것이 모든 행동원칙을 결정하는 불변의 준거틀이 되어서는 안 된다. 이것은 오히려 『논어』의 "인으로써 자기 책임을 삼고, 죽은 뒤에야 그친다."[52)는 말처럼 막중한 윤리적 책임을 자임하는 것이며, 끊임없는 실천과 확산의 과정을 통해 자신을 끊임없이 완성해 가는 것을 의미한다.

셋째, 유교지식인은 진실을 공동체 구성원들에게 알리는 존재이다. 즉 자신이 확보한 진실을 개인이 독점하지 않고 건전한 비판의식을 통해 사심 없이 사회적으로 공개하는 사람을 가리킨다. 유교지식인은 보이는 현실의 이면에 존재하는 진실의 세계를 인식하고, 이것을 구성원들에게 올바로 알려주며 그들로 하여금 현실을 직시하게 만들고, 더 나아가 인식의 지평을 넓혀주는 계몽적 존재이다. 특히 사회계몽은 지식인의 고유임무이기도 하지만, 인간계몽을 통한 현실개혁이라는 측면에서 보면 유교의 교학이념을 현실사회에 실현하는 것을 의미한다. 또한 지식인의 기본적인 의무를 '계몽(啓蒙)'과 '구망(救亡)'이라고 할 때,[53) 진

---

51) 『論語』「憲問」. "子曰 莫我知也夫, 子貢曰 何爲其莫知子也, 子曰 不怨天, 不尤人, 下學而上達, 知我者, 其天乎"

52) 『論語』「泰伯」. "曾子曰 士不可以不弘毅, 任重而道遠. 仁以爲己任, 不亦重乎. 死而後已, 不亦遠乎"

53) 동양철학의 현대적 문제를 '啓蒙과 救亡의 二重 變奏'로 정의한 李澤厚는 현대중국의 동양철학이 왜곡된 이유를 이 두 가지 중 '救亡'에 치우친 것에서 찾고 있다. 이러한

실을 전체 구성원에게 확산하는 것은 '계몽을 통한 구망[救國]'의 의미도 포함하고 있다.

넷째, 유교지식인은 '개인과 개인'·'집단과 집단'을 소통하게 하는 존재이다. 즉 유교적 소양을 갖춘 지식인으로서 단순히 '전문적 연구자'에 머물러 일정한 틀에 얽매이는 것이 아니라, 적극적으로 자신의 한계를 초월하기 위해 노력하는 사람을 가리킨다. 그러나 결코 당대의 지배권력에 종속되어 '전통의 수호자'에 만족하며 자신의 고유한 사회적 책임을 방기해서는 안 된다. 이러한 의미에서 보면, 조선시대에 정치권력에 몰입하여 유교를 도구화했던 일부 유교정치인들은 진정한 의미에서 유교지식인이 될 수 없음을 알 수 있다. 이처럼 유교지식인은 당대의 '사회적 양심'·'실천적 지성'으로서 의연하게 자기의 위상을 정립해야 하며, '자신의 권한 밖에까지' 항상 관여하고 끊임없이 사회·국가 공동체와 소통함으로써 자신의 존재를 확인하는 존재인 것이다.

다섯째, 유교지식인은 유교 이념을 토대로 새로운 미래를 지향하는 존재이다. 즉 개인의 도덕적 수양의 결과를 가족과 사회, 그리고 국가와 세계로 확대시켜 나감으로써 자신과 공동체를 仁의 공동체로 만들려고 노력하는 '대동사회로의 지향'을 가지고 있는 사람을 가리킨다. 이처럼 유교지식인들은 당대에 자신의 이상을 실현하는 것도 중요하지만, 이것에 머무르지 않고 장래의 이상사회(Utopia) 건설의 주체가 되고자 하는 ―천하를 자기 책임으로 인식하는― 포부를 가진 존재이다. 이것이 바로 유교지식인의 역사적 책임인 동시에 2,500여 년이 지난 현재에도 시대

점에서 현대 동양철학은 '계몽'에 대한 '救亡'의 그늘에서 이 두 가지를 절충해야 한다고 주장한다.(이택후 著, 김형종 譯, 『중국현대사상사의 굴절(지식산업사, 1998, 13-62쪽)』 참조)

를 초월하여 여전히 현실적 대안으로 공맹의 유교에 주목할 수 있는 이유가 될 수 있는 것이다.

IV. 한국유교와 유교지식인

1) 한국유교의 미래

미래란, 현재의 결과이다. 또한 현재는 과거의 미래이며, 미래의 과거이다. 프리드리히 니체(Friedrich Wilhelm Nietzsche)는 일찍이 "미래란, 오지 않은 시간이 아니라 이미 왔지만 오해되는 시간"이라고 정의했다. 이처럼 미래는 언제나 현실과 마주서 있지만, 우리는 그것을 외면하고 있는 지도 모른다. 한편 니체는 "미래란, 오늘의 규칙을 폐기하는 것에 있다."라고 말하면서 우리의 미래를 '끊임없는 자기극복의 과정'으로 정의했다. 이러한 미래에 대한 정의는 현재 우리들의 삶의 자세를 다시 한 번 진지하게 돌아보게 한다.

에리히 프롬(Erich Pinchas Fromm)은 "현재란, 과거와 미래가 만나는 지점이며, 시간의 경계역(境界驛)이다."라고 정의했다. 즉 현재는 하나의 '종착역'이 아니라 과거에서 미래로 옮겨 가는 '환승역'이라는 뜻이다. 이것은 우리가 현재라는 환승역에서 어떠한 미래를 선택하느냐가 우리의 미래를 결정하는 관건임을 의미한다. 따라서 과거의 역에서 미래로 '환승[변화]'하지 않는 사람들에게 미래란 있을 수 없다. 왜냐하면 미래는 언제나 그것을 인정하는 사람들의 '지향[Utopia]' 속에 있으며, 눈앞에 다가오기 전에는 항상 현실의 '가능태(可能態)'로서 존재하기 때문이다. 이렇게 볼 때, 한국유교의 미래는 과연 있는 것일까? 한국유교의 미래를 알기 위해 먼저 객관적인 현실을 보자.

2007년도 통계청 자료에 따르면, 한국의 유교는 현재 불교·개신교·천주교와 함께 7대 종교 중 하나로 분류되어 있다. 아래 〈도표〉를 통해 한국 유교 인구의 변화를 살펴보자.54)

〈도표-1〉

구분	종교인	불교	개신교	천주교	儒敎	원불교	천도교	대종교
1985년	42.56%	46.8%	37.7%	10.8%	2.8%	0.53%	0.15%	0.06%
1995년	50.72%	45.7%	38.8%	13.1%	0.93%	0.38%	0.12%	0.03%
2005년	53.08%	42.9%	34.5%	20.6%	0.41%	0.52%	0.18%	0.01%

○ 총인구- 1985년: 40,419,652명 / 1995년: 44,553,710명 /
　　　　　 2005년: 47,041,434명
○ 종교인- 1985년: 17,203,296명 / 1995년: 22,597,824명 /
　　　　　 2005년: 24,970,766명
＊ 불교·개신교·천주교 등의 통계 수치는 종교인(100%) 중 해당 종교인의 비율임.
＊ 종교인구 중 대순진리회 등 기타로 분류된 소수 종교도 있으나 여기에서는 생략함.

위의 〈도표-1〉을 보면, 대체로 두 가지 관점으로 한국 유교를 진단할 수 있다. 1)한국유교는 시간이 흐름에 따라 자연적으로 소멸할 것이라는 견해, 2)한국유교는 결코 소멸하지 않을 것이라는 견해이다.

먼저 한국의 유교를 '자연적으로 소멸할 것'으로 보는 견해에 대해 생각해 보자. 이러한 견해를 가진 사람들은 아마도 '과연 유교는 종교인가?'라는 물음을 가지고 있을 가능성이 많다.55) 이러한 비관적인 물음

---

54) 국가통계포털 http://www.kosis.kr 참조.
55) 유교에 대한 종교논쟁에 관해 참고할 만한 자료는 한국종교연구회 지음, 『종교 다시 읽기(청년사, 2001, 105-118쪽)』가 있다.

에 기초한 관점은 근본적으로 보면, '유교가 종교인가 아닌가'라고 하는 의문에서 나온 것이 아니다. 오히려 일정한 종교 개념—대체로 서구의 종교적 입장—을 가지고 유교를 바라보는 시각이라고 보아야 할 것이다. 따라서 이러한 관점으로 유교를 바라보는 사람들에게 유교의 미래는 당연히 존재할 수 없다.[56] 또한 그들은 서구적 관점에서 종교가 아닌 유교는 결국 소멸하고 말 것이라고 주장한다. 왜냐하면 그들의 입장에서 보면, 종교가 아닌 유교의 미래는 적어도 종교별 분류의 통계수치—그들이 말하는 엄연한 현실—에서 자연히 사라질 것이기 때문이다.

다음으로 한국의 유교는 '결코 소멸하지 않을 것'으로 보는 견해이다. 이러한 견해는 '유교를 현대의 종교 중 하나로 받아들이는 사람들은 줄고 있으나, 그것이 한국 유교의 소멸을 의미하는 것은 결코 아니다'라고 주장한다. 왜냐하면, 유교는 과거 조선조 500년의 유구한 역사 위에 서 있으며, 또한 우리의 바탕문화로서 여전히 미래에도 존재하는 것으로 인식하기 때문이다. 따라서 이들은 유교문화를 보존·계승·발전시키는 것이 곧 유교를 살리는 일이라고 생각한다. 이러한 입장에서 보건, 호주제 폐지를 골자로 한 민법개정안 국회법사위 통과(2005년 3월), 2008년 1월부터 새로운 가족법 실시, 핵가족화의 가속화로 인한 가족주의 약화 등, 오늘날의 현실이 비관적이고 절망적으로 보이기 십상이다.

그러나 이상의 두 가지 입장 도두 유교의 본질과는 다소 거리가 있

---

56) '유교는 宗敎인가?'에 관한 論爭은 오랜 기간 지속되어 왔다. 특히 서양 종교가 유입된 19세기 후반부터 시작된 논의는 20세기 초반 조선의 패망과 함께 커다란 성과 없이 중단되고 말았다. 그 후 20세기 후반에 다시 한 번 '儒敎의 宗敎化 宣言'이 이루어졌으나, 일부 儒林의 반발로 무산되고 말았다. 즉 1995년 당시 崔根德 成均館長(第27代)은 유교의 종교화를 선언하며 유교개혁을 주장했다. 그러나 儒林 내부의 반발로 인해 결국 큰 성과를 거두지 못했다. 이후 현재까지 이 문제는 집중적으로 다루어 지지 않고 있다.

다. 왜냐하면, 공맹(孔孟)의 유교에서는 결코 '현대종교로서의 유교'를 주장한 적이 없으며, 또한 현대의 문화적 위기는 물론 정도의 차이는 있으나 공맹시대의 유교 역시 겪었던 문제였기 때문이다. 무엇보다 중요한 것은 그 결과 유교가 쉽게 소멸하지는 않았다는 점이다. 즉 문화적인 위기는 인류역사가 시작되었을 때부터 존재하는 우환의식의 한 형태였다. 어찌 보면, 인류의 역사는 언제나 문화적 위기에 '직면했거나'·'직면하고 있거나'·'직면하게 될 것'으로 보는 것이 타당할런지도 모른다. 따라서 이러한 인류문명의 흐름에서 유교만이 예외가 될 수는 없을 것이다.

현실적으로 현대사회에서 유교가 점차 정치·사회·문화적인 헤게모니를 상실하고 있는 것은 엄연한 사실이다. 그러나 이것이 미래사회의 유교 소멸을 입증하는 증거가 되거나, 혹은 쉽사리 유교 소멸의 원인이 되지는 않을 것이다.[57) 왜냐하면 인류역사는 그렇게 단순하게 추측하거나 예단할 수 있는 것이 아니기 때문이다. 다만 공자가 그의 제자 자공과의 대화중에 "너는 羊을 아끼느냐? 나는 이로 말미암아 곡삭(告朔)의 예(禮)가 완전히 없어질까 그것이 두렵다."[58)라고 말한 것의 의미를 다

---

57) 한국인들에게 儒敎文化는 여전히 매력적인 소재이다. 예컨대 한국의 대표적인 작가인 崔仁浩가 쓴 『儒林(全 6권, 2005)』은 출판과 동시에 거의 2년 간 베스트셀러였다. 또한 2007년 韓國放送公司(KBS)는 開局 80주년을 기념하여 〈아시아 儒敎 2,500年의 旅行: 2007년 7월, '이 달의 좋은 프로그램' 선정〉이라는 대형 다큐멘터리와 최초의 南北合作 史劇드라마인 〈死六臣: 총 24부작, 조선중앙텔레비젼(제작), KBS(재원)〉을 제작·방영 했다. 특히 2010년에는 成均館을 소재로 한 베스트셀러 小說 『成均館 儒生들의 나날(정은궐, 파란미디어, 2009)』原作의 역사드라마인 〈成均館스캔들: 最高視聽率 15%〉이 방영되어 全國的으로 큰 인기를 누렸다. 물론 기존의 〈大長수(2004: 最高視聽率 57.8%)〉과 〈同伊(2010: 最高視聽率 35.6%)〉만큼의 호응을 얻지는 못했으나, 儒敎는 한국인들이 꾸준히 관심을 갖는 주제임은 틀림없는 사실이다.

58) 『論語』「八佾」. "子貢欲去告朔之餼羊, 子曰 賜也, 爾愛其羊, 我愛其禮"

시 한 번 깊이 생각해 볼 필요가 있다.

공자는 '버릴 것[羊]은 버릴지언정 버릴 수 없는 것[禮]은 결코 버릴 수 없다'고 말했다. 그렇다면 공자가 버릴 수 없다고 말한 것은 과연 무엇인가? 더 나아가 역사적 관점에서 볼 때, 유교에서 변화 혹은 소멸되어도 좋을 것과 변화·소멸되어서는 안 될 것은 과연 무엇인가? 혹시 이러한 현실적인 혼란 속에서 유교진영 특히, 유교지식인 진영에 있는 전문연구자들은 시대적·역사적 책임을 방기하고 있는 것은 아닐까? 우리들은 이러한 문제의식을 가지고 현대사회에서 유교지식인의 역할을 다시 한 번 생각해 보아야 할 것이다.

2) 유교지식인의 역할

유교는 지식(知識)과 지성(知性, 人格)의 중용을 지향한다.[59] 즉 지식[앎]이 인격[삶]과 단절될 때, 그 지식인은 사이비요 위선자가 될 것이다. 따라서 아는 만큼 실천하는 것, 실천하는 만큼 말하는 것, 이것이 유교지식인의 기본적인 책임이며 역할이라고 해도 과언은 아닐 것이다. 그러나 주어진 현실은 그렇게 긍정적이지만은 않다. 이러한 현실을 냉소적으로 비판하는 많은 수사(修辭) 중 한국의 지식인 사회를 '죽은 지식인의 사회'[60]로 규정하는 것에 주목하게 되는 것도 이 때문이다.[61]

---

59) 先秦儒家에서 본 人格의 의미에 관해서는 진교훈 외 지음, 『인격(서울대학교출판부, 2007, 3-17쪽)』 참조.

60) 전상인 지음, 『우리시대의 지식인을 말한다』, 에코리브르, 2006, 107-114쪽 참조.

61) 현대사회를 죽은 지식인의 사회로 규정하는 것은 마치 1908년 안국선이 지은 『금수회의록』에서 인간의 허위와 오만한 태도에 대해 동물들이 모여 '禽獸會議所'를 만들어 놓고 ① 사람 된 자의 책임, ② 사람 행위의 옳고 그름, ③ 사람 중에 人類의 자격이 있는 자와 없는 자를 조사하는 것에 관해 논한 일을 떠올리게 한다.

　　지금까지 논의했던 유교의 본질에 기초하고, 서구 지성들의 지식인 비판을 참고하여 이미 앞 장에서 현대 한국의 유교지식인을 5가지로 정의했다. 이러한 정의에 근거하여 현대 유교지식인의 역할을 3가지 개념 즉, **'통찰·소통·중용'**을 중심으로 정리하면 다음과 같다.

　　첫째, 유교지식인은 유교의 본질을 명확히 이해하고 있어야 한다. 이것은 끊임없는 자기부정과 자기성찰의 과정에서 얻어진 진리[내용]를 치밀한 지식[논리]체계로 재구성하는 것을 의미한다. 따라서 이것은 지식인의 고유임무이며, 유교지식인의 본질적인 과제이다. 구체적으로는 '博學·審問·愼思·明辯'과 '格物·致知·誠意·正心·修身'의 과정을 의미한다. 이러한 과정은 '이론과 실제'라는 측면에서 보면, 확고한 이론체계 구축을 의미한다. 이러한 이론체계 구축은 궁극적으로는 실천을 위한 것이다. 따라서 제대로 된 이론이 아니라면 그것에 의한 실천 역시 더 큰 문제를 야기할 뿐이다. 이것을 다시 '내성과 외왕'의 측면에서 살펴보면, 내성의 수양공부가 외왕의 실천문제로 인해 왜곡되거나 침해되어서는 안됨을 의미한다. 따라서 이러한 내적 수양과 심도있는 연구를 통해 한국의 유교 내에 존재하는 '반(反)'유교적인 것 혹은 '비(非)'본질적인 것들에 대한 명확한 이해[통찰력]를 가져야 할 것이다. 이러한 본질적인 이해에 기초한 '통찰'이야말로 현대 한국의 유교지식인이 가져야 할 내적인 필수조건이라고 말할 수 있다.

　　둘째, 유교지식인은 유교의 본질을 널리 확산시켜야 한다. 이것은 현실과의 끊임없는 긴장관계에서 얻어진 성찰의 결과이며, 유교이론의 동심원 구조에 근거한 실천과정을 의미한다. 따라서 이러한 확산은 지식인의 사회적 책임이며, 유교지식인의 실천적 과제이다. 즉 '仁以爲己任'과 '以天下爲己任'이며, '博施濟衆'이라고 하는 군자[선비]정신의 실현과

정이다. 이것을 '이론과 실제'라는 측면에서 보면, 현실에서의 구현을 뜻한다. 이러한 실천은 이미 언급했듯이 바로 이론적 완성의 진정한 목적이다. 따라서 구체적 실천 없는 이론구축은 허위이며, 위선일 수밖에 없는 것이다. 이것을 다시 '내성과 외왕'의 측면에서 보면, 외왕의 실천 문제는 내성 수양공부의 '증명'과 '외화(外化)' 과정이기 때문에 외적인 실천이 없는 내적인 수양은 결국 무기력하거나 무의미함을 뜻하게 된다. 따라서 유교지식인은 이러한 외적인 실천을 통해 유교의 '계몽'과 '구망'을 실천하고, 당대의 '시대적 양심'으로서 자기존재를 증명하는 실천력을 가져야 할 것이다. 이러한 끊임없는 자기와 대상세계와의 '관여[간섭]'를 통한 '소통'이야말로 유교지식인의 사회적 관계에 있어서 필수 조건이라고 말할 수 있다.

셋째, 유교지식인은 과거와 현재를 미래에 합일시키려고 노력해야 한다. 이것은 과거 전통에 대한 비판과 계승을 통해 얻어진 결과이며, 유교의 Utopia인 대동사회로의 지향을 의미한다. 또한 이것은 유교진영 내에서의 자기성찰과 유교진영 밖으로부터의 비판적 시선을 종합하는 것을 뜻하기도 한다. 구체적으로는 '수시변혁(隨時變易)'과 '치중화(致中和)'이며, 앎[이론; 言]과 삶[실천; 行]의 미래적 완성이기도 하다. 이러한 태도를 견지한 유교지식인은 결코 과거의 공맹만을 희구하지 않는다. 다만 공맹의 에스프리(Esprit)만을 찾아내려고 노력할 뿐이다. 역사는 항상 변해왔듯이 유교 역시 시대의 흐름에 따라 새롭게 조명될 것이다. 이렇게 볼 때, 이제 유교진영에서 이러한 변화에 답할 수 있는 새로운 가치를 내 놓아야 할 때이다. '변화는 준비하는 사람의 것'이다. 따라서 진정한 유교지식인은 기존의 유교적 형식[틀] 보다는 변화에 능동적으로 대처할 수 있는 시대정신을 창조해야 한다. 이로써 역사의 한 가운데에

서서 과거와 현재를 아우르는 미래를 창조하기 위해 노력하고, 좌로나 우로 치우치지 않으며, 과함도 부족함도 없는 포용력을 가져야 한다. 이러한 '중용'의 실현이야말로 유교의 본질을 제대로 이해[洞察]하고, 그 것을 사회와 국가, 더 나아가 세계에 올바로 실천[疏通]해야 하는 유교지 식인의 진정한 역할이라고 말할 수 있다.

V. 맺음말

미래사회에서 유교는 살아남을 것인가, 아니면 소멸 할 것인가? 만약 살아남는다면 어떠한 역할과 기능을 담당할 것인가? 소멸한다면 그 시 기는 언제가 될 것인가? 살아남아야 한다면 그 이유는 무엇인가? 소멸 한다면 그 원인은 무엇인가? 유교는 미래사회에서 변할 것인가, 변하지 않을 것인가? 변한다면 어디까지 변할 것인가? 유교는 한국사회에서 종교인가, 문화인가? 종교라면 기존의 종교와 무엇이 다른가? 종교가 아니라면 왜 종교로 인식되고 있는가? 유교는 전근대의 산물인가, 미래 의 대안인가? 가족해체 혹은 새로운 가족형태의 등장은 유교의 소멸을 의미하는가? 유교의 최후 보루는 개인의 도덕인가, 가족인가, 제사인 가? 가족과 제사는 유교의 최후 보루가 될 수 있는가? 현재의 이러한 논의가 과연 의미가 있는가? 이러한 의문들에 대한 답변은 과연 누가 해야 하는가? 성균관인가, 유림인가, 유교를 연구하는 전문 연구자들인 가, 아니면 그 누구인가? 본 연구는 기본적으로 이러한 문제의식에서 출발했다.

본고에서 한국의 '유교지식인' 문제를 다룬 것은 단지 '유교 부흥을

위한 방안 모색'이나 '유교 이론에 대한 연구 및 검토'를 위한 것이 아니
다. 그것은 유교연구자로서 과연 '우리 자신을 어떻게 정위(定位)할 수
있는가?'라는 자기성찰에서 출발하고 있다. 예컨대 유교의 핵심을 '수기
치인(修己治人)'이라고 했을 때, '유교연구자들에게 맡겨진 책임과 역할
은 무엇인가?'라고 하는 것으로 요약할 수 있다. 따라서 본 연구의 결론
을 한 마디로 정의하기란 애초부터 불가능할는지도 모른다. 왜냐하면
필자가 제기한 문제에 대한 해답의 상당부분이 바로 유교연구자 개개인
의 의지에 달려 있기 때문이다. 즉 유교를 연구하는 전문연구자들이 바
로 한국 유교의 엄연한 현실이며, 또한 한국 유교의 미래가 될 수 있다는
것이다.

　모든 관심사가 미래사회에 집중되어 있는 오늘의 현실에서 한국유교
의 미래와 유교지식인의 역할을 제기하는 것은 근본적으로 우리의 현재
모습을 성찰하기 위한 것이다. 또한 이러한 논의가 '잠재[可能]'에서 '현
재[現實]'로 나아가기 위한 하나의 시도가 되었으면 하는 바람도 포함되
어 있다. 이제는 더 이상 '인문학의 위기' 혹은 '유교의 쇠퇴' 원인을
외부에서만 찾으려 해서는 안 될 것이다. 오히려 유교진영 내부에서 보
다 적극적으로 찾아보아야 할 때인지도 모른다. 왜냐하면 '나[주체]'와
관련된 모든 문제의 '절반의 책임'은 바로 '나'에게도 있기 때문이다. 이
렇게 볼 때, 이제 진정으로 중요한 문제는 '문제를 어떻게 바라보느냐에
달려있다'고 말할 수 있다. 즉 유교의 미래는 사회와 시대의 변화에 매우
밀접한 관련이 있지만, 동시에 여전히 중요한 요인은 유교지식인 스스
로가 현재와 미래사회의 변화에 어떻게 능동적인 역할과 기능을 담당할
수 있느냐에 달려있기 때문이다.

민족주의와 유럽통합

-헤르더, 마치니, 르낭의 경우-

김승렬

Ⅰ. 문제의 소재

유럽과 미국의 민족주의 연구는 주로 파시즘과 민족사회주의(National
-sozialismus)를 비판하는 시각에서 이루어졌다. 이런 시각은 민족 독립과
통일의 문제로 점철된 한국의 민족 문제 접근방식과 거리가 있었다. 하
지만, 1987년 민주화 이후 민족 문제가 자유주의와 민주주의 문제와 분
화되면서 서구와 같은 비판의 잣대는 점점 더 우리에게도 친숙하게 되었
다. 주관적·시민적(공민적)·자유주의적·서유럽 민족주의와 객관적·종
족적·권위주의적·동유럽 민족주의의 구분이 그 첫 번째 잣대다. 이것
은 나치즘의 민족주의를 비판해 왔던 서유럽 민족주의를 대변한다. 그
특성 여하를 물문하고 모든 민족주의는 안과 밖에서 폐쇄적이고 배타적
일 수밖에 없다는 본질론적 비판이 그 두 번째 잣대다. 냉전 종식 후
세계의 '불량국가'들을 응징하는 미국의 전쟁들은 이런 견해를 더욱 널
리 전파하고 있다. 왜냐하면, 미국이야말로 소위 '좋은' 민족주의의 전형

으로 여겨지기 때문이다. 민족주의 유형을 구분하는 첫 번째 경우에는 닫힌 민족주의를 열린 민족주의로 전환해야 하는 필요성과 가능성이 존재하지만,[1] 두 번째의 경우에는 이 필요성과 가능성이 아예 존재하지 않는다. 그야말로 탈민족주의 이외에는 그 해결책이 없는 셈이다.[2]

필자는 이 둘의 입론 자체에 이의를 달기보다 이것들이 서 있는 전제를 바꾸어야 한다고 주장한다. 파시즘과 민족사회주의를 극복한 오늘날의 유럽에서 민족주의 문제를 바라보면 어떤 이야기가 가능할까? 점점더 통합되어 가는 유럽은 민족주의 전체를 극복한 것일까, 아니면 부분적으로 극복한 것일까? 통합유럽의 민족국가들은 객관적·종족적·권위주의적·동유럽 민족주의를 극복하고 주관적·시민적(공민적)·자유주의적·서유럽 민족주의로 발전하고 있는 것일까? 이것도 아니면 탈민족주의로 발전하고 있는 것일까? 이러한 문제에 대한 답을 얻는다면, 가치가개입된 민족주의 유형 분류와 탈민족주의는 어떻게 평가할 수 있을까?

이 문제는 유럽통합의 성격 논쟁과 연관되어 있다. 오늘날의 유럽통합은 레지스탕스가 민족사회주의의 대안으로 구상한 유럽 질서가 냉전의 조건 속에서 실현된 것이며, 그 가장 두드러진 특징은 초민족주의(supranationalism)다. 초민족주의는 참여 국가들이 주권의 일부를, 그 국가 규모나 위상과 관계없이 평등하게 그리고 자발적으로, 민족국가보다 상위에 위치한 통합체에 이양하고 공유하는 통합의 특징을 가리킨다. 나폴레옹과 히틀러에 의해서도 유럽이 통합되었지만, 이것은 비자발적이고 불평등했다는 점에서 오늘날의 유럽통합과 구별된다. 그러나 이것

---

1) 신기욱, 『한국 민족주의의 계보와 정치』, 이진준 역, 창비, 2009.
2) 임지현, 「'국사'의 안과 밖—헤게모니와 '국사'의 대연쇄」; 임지현/이성시 편, 『국사의 신화를 넘어서』, 휴머니스트, 2004, 13–33쪽.

은 특정한 입장에서 인식된 유럽통합이지 실제 모습이 아니다. 사실, 유럽통합의 초민족주의와 민족주의의 관계는 논쟁거리다. 이 둘이 제로섬(zero-sum) 게임을 하는 길항관계의 대립물인가, 아니면 파지티브섬(positive-sum) 게임을 하는 상보적인 관계의 보완물인가? 필자는 후자의 입장이다. 1950년대 이후 실현된 유럽통합의 실제를 분석한 결과다.

본고는 18~19세기 독일, 이탈리아, 프랑스의 대표적인 민족주의 논객인 헤르더, 마치니, 르낭의 사상을 살펴봄으로써 민족주의와 초민족주의의 관계에 대한 필자의 테제를 보완할 수 있는 역사적 증거를 확보하고자 한다. 보통 민족주의를 다룰 때 필요한 것은 민족 또는 민족주의에 대한 개념 정의부터 시작한다. 하지만, 서로 다른 시기와 국가적 맥락에서 전개된 세 사람의 민족주의 논의를 하나의 일관된 개념 정의부터 시작하는 것은 부적절해 보인다. 이들은 약간씩 다른 의미에서 nation, Volk, nationality, patriotism, nationalism, race 등의 개념을 사용했지만, 이들이 이 개념들을 사용한 용례 속에서는 그 의미가 크게 혼란스러울 것 같지 않다. 필자는 민족주의를 근대 민족국가의 구성 원리 및 정당화 이론으로 이해하고, 이런 차원에서 민족주의와 초민족주의의 관계를 살펴볼 것이다.

Ⅱ. 요한 고트프리트 헤르더(Johann Gottfried Herder, 1744~1803)

예수의 제자 요한과 신의 평화(Gottfried)를 뜻하는 단어에서 이름을 차용한 헤르더는 그 이름에 걸맞게 신학자요 목사로서 활동했다. 하지만 그는 여기에 머물지 않고 독일의 질풍노도(Strum und Drang) 운동을 주도한 문학이론가요 역사철학자였다. 그는 계몽주의자 칸트로부터 비판철학을, 계몽주의에 비판적인 신학자 하만으로부터 언어학, 자연과 역사에 내재된 신의 의지에 대한 통찰을 배웠으며, 괴테와 교류하였다. 그는 프랑스의 본편주의적인 계몽철학의 세례를 받았지만, 이를 비판하고 독일 낭만주의 및 역사주의 사상의 초석을 닦은 인물이었다.

헤르더의 인간관은 기본적으로 신학적이다. 헤르더의 주저 『인류의 역사철학에 대한 이념(Ideen zur Philosphie der Geschichte der Menschheit)』(1784)의 한 구절을 보자. "내 형상(속성: 필자)대로 땅 위의 신이 되어라. 지배하고 마음대로 처리하라. 너희가 고귀하고 <u>훌륭한 본성</u>(밑줄은 필자)에서 할 수 있는 것을 만들어라. 너희의 운명을 너희 인간의 손에 맡길 것이니, 나는 기적을 부려 너희를 도와주지 않을 것이다. 그러나 나의 모든 신성하고 영원한 자연 법칙은 너희를 도와줄 것이다."[3] 마치 구약성서 창세기를 보는 듯하다.[4] 이 인용문은 "인간성(Humanität)은 인간 본성의 목적이며, 신은 이 목적과 함께 인간 자신의 운명을 인간에게 위임했다"라는 긴 제목이 달린 장의 끝부분에 있는 것이다. 그러므로 "훌륭한 본성"을 성취하는 것이 헤르더의 "인간성"으로 해석할 수 있다. 하지만 인용구 후반부("너희의 운명을 너희 인간의 손에 맡길 것이니, 나는 기적을 부려 너희를 도와주지 않을 것이다. 그러나 나의 모든 신성하고 영원한 자연 법칙은 너희를 도와줄 것이다.")는 그가 이신론(理神論)적 입장을 견지했음을 짐작케 한다. 역사는 신의 직접적 개입 없이 인간 스스로 꾸려나

---

3) J. G. 헤르더, 『인류의 역사철학에 대한 이념』, 강성호 역, 책세상, 2002, 26쪽.

4) "하나님이 자기 형상 곧 하나님의 형상대로 사람을 창조하시되 남자와 여자를 창조하시고, 하나님이 그들에게 복을 주시며 그들에게 이르시되 생육하고 번성하여 땅에 충만하라, 땅을 정복하라, 바다의 고기와 공중의 새와 땅에 움직이는 모든 생물을 다스리라 하시니라"(창세기 2:27, 28)

가는 것이기 때문에 그 역사 속에서 인간 내면의 깊숙한 것(인간성의 이념)을 파악할 수 있고, 그러해야 한다.

신이 부여한 인간의 형상(속성)은 많을 것이지만, 헤르더는 이 중 무엇을 중시했을까? 신학자인 칸트와 같이 그도 인간의 본질은 자유이며, 인간의 자유는 자기결정성에서 확인된다고 보았다. 그는 말한다. "인간은 자유롭게 탄생한 최초의 피조물이다. 인간은 선과 악, 참과 거짓에 대한 균형 감각을 보유하고 있다. 따라서 선하거나 악하거나, 참되거나 거짓되거나 인간은 인간이다. 약하기는 해도, 자유롭게 태어난 인간인 것이다."[5] 신이 부여한 자연 법칙(이것은 자연뿐 아니라 인간 세계에서 적용된다), 즉 선과 악 그리고 참과 거짓 사이에서 자기 책임 하에 결정하고 선택하고 "훌륭한 본성"을 성취하는 자유다. 이것은 오래된 기독교 사상 논쟁의 주제인 '자유의지' 논쟁을 보는 듯하다. 그러나 헤르더는 자유 개념을 인간관계에까지 확대한 영국과 프랑스의 계몽주의와 같은 입장을 견지한다. 그에 따르면, 연약함 때문에 인간은 "훌륭한 본성(인간성)"을 성취하기 위해 인간을 필요로 한다. 그러므로 "인간은 사회 속에서 태어난다."[6] 그렇지만 영국의 자유주의가 로빈슨 크루소처럼 독립된 개인이라면 헤르더의 자유로운 개인은 관계(사회) 속에서 자신을 실현하는 존재다. 위의 인용문은 마치 마르크스의 진술을 읽은 듯한 느낌까지 든다.

헤르더는 인간 사회 중 가장 중요한 것이 언어공동체라고 본다. 왜냐하면, 언어가 인간 관계를 형성하는 최초의 매개가 되기 때문이다. 언어

---

5) 박의경, 「헤르더(Herder)의 문화민족주의」, 『한국정치학회보』 29집, 333-334쪽, 재인용.

6) 김완균, 「J. G. 헤르더의 '민족 Nation' 거념 이해」, 『독어교육』 제39집, 184쪽, 재인용.

의 공유는 단순한 소통에 그치지 않고 문화와 유산의 공유로까지 나아
갈 수 있는 토대가 된다. 헤르더는 이 언어·문화 공동체가 민족이라
본다. 민족은 개인을 억압하는 것이 아니라 반대로 개인의 인간성을 발
전시키는 필수적인 조건인 셈이다. 헤르더의 민족 모델은 구약성서에
나오는 헤브루 민족이었다. 헤브루 민족 속에서 신의 영원한 이념이 구
체화되었듯이, 인간성의 이념은 각 민족 속에서 구체적으로 실현되는
것이었다. "모든 인간적인 완성은 민족적(national)이고, 세속적이며, 가
장 정확히 관찰하자면, 개체적(individuell)이다."7) 그러므로 계몽주의자
들이 비판하고 멸시한 중세 속에서 독일 민족의 시원을 찾는 것은 매우
의미 있는 일이다. 헤르더는 독일 민요(Volkslied; 이 말 자체가 헤르더에 의해
만들어졌다)를 탐구하고 체계화하였다.8)

　독일에서 Volk와 Nation 개념이 중요시된 것은 헤르더의 공이다. 그
가 독일어 Nationalismus를 처음 사용한 저술가다. 그런데 그는 Volk와
Nation을 동시에 사용하였다. 그는 Volk(민중)을 "전체 대중 가운데 가장
거대하고 존엄한 계층"9)으로 규정하였다. 이런 의미에서 Volk는 우민
과 구분되고, 귀족과 성직자와 구분된다. 굳이 계층 구분을 하자면, 상
업이나 수공업이나 농업에 종사하는 생산 계급 다수를 뜻한다고 볼 수
있다. 하지만 헤르더는 Volk를 "민족성이 구체화된 실체(Körper der
Nationalität)"10)라 하여 다른 언어와 문화를 지닌 Volk와 구분된다는 의
미에서도 많이 사용하였다. 코젤렉에 따르면, 후자의 Volk는 민족 내부

---

7) 김완균, 「J. G. 헤르더의 '민족 Nation' 개념 이해」, 194쪽 재인용.
8) 이광주, 「Herder와 문화적 민족주의」, 『역사학보』 제89집, 200쪽.
9) 김완균, 「J. G. 헤르더의 '민족 Nation' 개념 이해」, 188쪽 재인용.
10) 김완균, 「J. G. 헤르더의 '민족 Nation' 개념 이해」, 189쪽 재인용.

의 사회 계층을 지칭하기보다 민족(Nation)을 뜻한다. 헤르더는 '우리 민족'과 같이 민족 구성원을 향해 말할 때는 주로 Volk를, 다른 민족과 구분하는 맥락에서는 주로 Nation을 사용하였다. Volk와 Nation은 헤르더 이후 거의 같은 뜻으로 사용되기 시작했다.[11]

여기서 주목할 것이 있다. 영국의 민중은 1세기 전 시민혁명을 통해 영국을 patria로 느낄 만큼 어느 정도 위상이 상승하였고, 프랑스 민중은 신분 차별로 억압받고 있었으며, 독일의 상황은 프랑스보다 더 형편 없었다. 민중(Volk)이라는 개념에는 지배계급과 구분되는 피지배 계급이라는 뜻이 포함되어 있었다. 헤르더가 이를 "민족성이 구체화된 실체(Körper der Nationalität)", 즉 "전통을 운반하는 우리(die Tradition tragenden Wir)"라 하여 존엄한 존재로 본 것은 당시의 이러한 유럽 상황에서 특별하다. 이것은 아직 이루어지지 않은 신분 해방, 즉 자유주의의 요구를 사상적으로 선취한 것이다. 그러므로 헤르더는 프랑스 혁명에서 민중의 해방을 환영했다. 하지만 공포정치 시기에 확인된 '대중의 지배'는 비판하였는데, 이는 그가 평소 비판하던 절대주의의 변형을 그 속에서 보았기 때문이다.[12]

헤르더는 "모든 민족은 스스로 그들 자신의 완성의 표준이며 다른 민족과 어떠한 비교도 할 수 없는"[13] 개체(Individuum)라 하였다. 왜냐하면, 모든 민족은 보편적인 인간성의 이념이 다양한 조건 속에서 실현된 결과이기 때문이다. 이것이 민족 개체성 사상이다. 역사주의의 시원적 사

11) Reinhart Koselleck, "Volk, Natior., Nationalismus, Masse", *Geschichtliche Grundbegriffe. Historische Lexikon zur politisch-sozialen Sprache in Deutschland* Bd. 2(Stuttgart 1975), 283쪽.
12) 이광주, 「Herder와 문화적 민족주의」, 218쪽.
13) 이광주, 「Herder와 문화적 민족주의」, 207쪽 재인용.

상을 여기서 발견할 수 있다. 특수한 민족성(Nationalität)과 보편적 인간성(Humanität)을 대립 관계로 보는 칸트나 괴테와 달리 헤르더는 이 둘을 필연적인 상보 관계로 보았다. 즉, 인간은 민족 없이 자아실현을 할 수 없고, 인간성 없는 민족은 국수주의적이며 배타적이며 파괴적이 된다. 계몽주의에서 중시하는 이성은 헤르더에게 인간성 개념에 포함된 한 부분에 불과하다. 인간성 개념은 이성 이외에 감성과 영혼까지 포함되는데, 이것이 바로 민족정신에서 나타난다는 것이다.[14]

헤르더에게 이상적인 국가는 민족국가(Volksstaat)였다. "가장 자연적인 국가는 그 자신의 민족적 특성을 지닌 국가다." '자연적' 국가란 민족의 역사와 문화 전통에 뿌리박고 있기 때문에 강력한 정치권력의 행사를 필요로 하지 않는 민족공동체 국가다. 프로이센은 헤르더의 민족국가와 거리가 멀었다. 그는 프리드리히 2세(프로이센)의 계몽절대주의를 전제주의와 다름없는 것으로 비판하였다. 전제주의는 개인과 시민의 자유를 침해하고 획일화를 일삼을 뿐이었다. 자신의 정치적 이상을 자세히 논하지는 않았지만, 헤르더는 민중(Volk)의 自己決定(self-determination)을 중시하는 데 자유주의자들과 같은 입장을 취했다. 그리고 그는 문화의 다양성을 중시하는데, 이것이 가능하기 위해서는 국가는 소규모여야 한다는 것이다. 그리고 헤르더는 반드시 하나의 민족이 단일한 중앙집권국가를

---

14) 스파르타식 프로이센을 혐오한 괴테는 1792년 발미 전투에서 프로이센이 패하자 이를 기뻐하였다. 이는 프랑스의 승리가 그에게는 자유와 인권의 승리를 의미했기 때문이다. 그에게는 민족적 감정이 없었다. 볼테르는 조국을 위한 희생을 어리석다고 비아냥거렸다. "조국을 위해 죽는 것은 아주 값진 운명이니, 저마다 무리 지어 이 아름다운 죽음을 다투도다, 어리석도다!"(장 바티스트 뒤로젤, 『유럽의 탄생』, 이용재 역, 지식의풍경 2003, 131쪽 재인용) 이러한 태도는 예나 전투 후 독일인들의 반나폴레옹-반프랑스 태도와 대조를 이룬다. 바로 이런 변화에 헤르더의 민족주의가 영향을 미쳤음에 틀림없다.

건설해야 한다고 보지 않았다.[15] 그의 여러 진술로 추정해 볼 때, 독일 같은 경우는 다양한 민족 전통을 발전시키는 소국들의 독자성이 유지된 연방국가가 필요하다는 것이 그의 견해인 것 같다.

더욱이 헤르더는 국가들 사이에 균형을 유지하고 있는 유럽을 찬양했다. 이것은 모든 민족 문화에 동등한 가치를 부여하며 어느 민족 문화의 일방적 헤게모니를 인정하지 않는 그의 민족문화론과 부합하는 것이다. 다시 말하면, 헤르더의 민족주의는 자민족의 우수성을 강조하고 타민족을 멸시하는 자민족 중심주의 내지 국수주의와는 구별되는 것이다. 그리고 더욱이 타민족의 침략을 정당화하는 민족주의는 헤르더 입장에서 결코 용납할 수 없었다. 왜냐하면, 이것은 되풀이되는 보복의 악순환을 야기할 것이기 때문이었다.[16]

하지만 헤르더의 민족주의는 나폴레옹의 독일 침략 이후 본격화된 독일 민족주의의 사상적 계기를 제공해 주었다. 나폴레옹 군에 격파당한 프로이센은 즉각 자체 개혁에 힘썼다. 그 일환으로 농노제를 폐지했다. 군사전략가 클라우제비츠는 군 사기를 군 전력의 필수불가결한 요소로 생각하기 시작했다. 프랑스 혁명에 열광했던 피히테는 「독일 민족에게 고함」(1807)에서 군소 국가들로 나누어진 독일의 통일을 촉구하였다. 그의 민족 개념은 어디서 온 것일까? "내 말을 올바로 이해해 주게. 프로이센 사람들을 나머지 게르만인들과 갈라놓는 것은 순전히 인위적인 것이야. …게르만족을 다른 유럽의 민족들과 갈라놓는 것은 자연에 근거한 것이지. 게르만족을 연합시키는 공통의 언어, 공통의 민족적(völkisch) 특성에 의해 그들은 다른 민족들과 구분되는 것일세."(『애국심과 그 반대』

15) 이광주, 「Herder와 문화적 민족주의」, 220쪽.
16) 김완균, 「J. G. 헤르더의 '민족 Nation' 개념 이해」, 195쪽.

(1807) 피히테와 마찬가지로 프랑스 혁명에 열광했던 아른트(Arndt)는 「독일인의 조국」이라는 시에서 "독일인들의 조국이란 무엇인가?"라고 묻고 있다. "사람들이 독일어를 말하고,……바로 그런 곳이어야 한다. 그것을 당신의 것이라 부르라, 용감한 독일인들이여!……그곳이 독일인의 조국이니, 분노가 외국의 넌센스를 뿌리 뽑고, 모든 프랑스인이 적이라 불리고, 모든 독일인이 친구라 불리는 곳, 그곳이 우리 조국이어야 한다. 그것은 독일 전부이어야 한다!"[17]

이것은 일견 당연하다. 이들에게 프랑스는 열광의 대상에서 이제 적국이 되었다. 이를 이기기 위해 프랑스와 같은 방식으로 부국강병을 이루어야 하는데, 그것은 바로 신분해방과 해방된 인민의 단결, 그리고 독일 군소국가들을 민족주의의 원리에 따라 통일하는 것이었다. 그러나 불행하게도 수백 년 동안 독일은 수많은 군소국가들로 나뉘어져 프랑스와 같은 국가를 갖고 있지 못했다. 이들은 독일 민족이 본래 하나였기 때문에 이제 공통의 적을 맞이하여 단합해야 한다는 논리를 종족 민족주의에서 찾았다. 민족의식의 확산은 통일과 근대화에 대한 요구로 귀결되었다. 이것은 '모방과 반동'을 동반하는 민족주의 확산 양식을 말해주는 것이다.[18]

피히테와 아른트는 프랑스 혁명을 보편적 이성의 승리로서 환영했지만, 이것이 침략적으로 변질되었을 때 독일 민족의 이름으로 저항하였다. 이 둘은 헤르더가 개발한 언어와 민족성에 대한 이론에 기반하여 독일 민족개념을 구축하였다. 헤르더는 1803년 죽었기 때문에 나폴레옹

---

17) 엘리 케두리, 「민족자결론의 연원과 문제점」 ; 백낙청 편, 『민족주의란 무엇인가』, 창작과비평, 1981, 79-80쪽 재인용.

18) 조홍식, 『유럽통합과 '민족'의 미래』, 푸른길, 2006, 17쪽.

의 침략에 대한 대응을 할 수 없었지만, 아마도 피히테와 아른트에 그리 반대하지 않았을 것이다. 그런데 프랑스에 대한 저항 정신이 프랑스 민족에 대한 영원한 증오로 탈전하기 매우 쉬운 일이었다. 아른트의 예를 들어보자.

> 어느 민족이든 미덕과 결함을 가지고 있으며, 인간사가 그러하듯이 몇몇 미덕들은 몇몇 결함들과 어김없이 비슷하기까지 하다. 하지간 단계와 정도가 있기 마련이며, 독일 민족이 세계의 역사에서 프랑스 민족보다 더 중요했고 또 그러하리라고 내가 믿고 있다는 사실을 조금도 부끄러워하지 않는다.…나는 프랑스인들을 단지 이 전쟁 동안에만 미워할 것이 아니라 아주 오래 동안 그리고 영원토록 미워하기를 바란다.…이 증오심이 독일 민족의 신앙처럼, 심장 속에 타오르는 성스러운 광기처럼 붉게 물들기를, 이 증오심이 우리의 충성심, 우리의 진솔함, 우리의 용맹을 보장해 주기를 바라노니.[19]

아른트의 인용문에서 특정한 민족 문화의 우수성을 비교할 수 없다는 헤르더 사상의 흔적이 확인되지만, 프랑스 민족에 대한 영원한 증오를 주장하는 대목은 헤르더 사상과 매우 멀리 떨어져 있다. 이 증오는 이후 역사를 통해 심화되고 확대되었다. 프로이센은 프랑스 전쟁에서 승리하여 독일을 통일하고 언어와 민속의 동일성이라는 이유를 들어 (실제로는 전략적 이유가 더 컸다) 알자스를 병합하였다. 이는 프랑스의 보복주의를 야기했다. 나치의 "민족공동체(Volksgemeinschaft)" 개념의 연원이 헤르더 이지만 선천적이며 인종주의적이며 침략적인 그 내용은 헤르더와 아무

---

19) 아른트, 『인민의 증오에 대하여』(1813), P. Geiss & G. de Quintrec, *Histoire/Geschichte. L'Europe et le monde du congrès de Vienne à 1945*(Nathan/Klett 2008), 21쪽 재인용.

상관없는 것이다. 헤르더는 결코 혈통의 순수성을 민족 형성의 전제조건이라 하지 않았다.

그러므로 헤르더의 민족주의와 19세기 후반의 민족주의로 변질될 가능성은 분명 존재하지만, 양자 사이에 논리필연적 연관성을 말하는 것은 헤르더의 보편적 인간성 개념을 너무 과소평가하는 일이 될 게다. 여기서 헤르더 전문가 강성호의 진술은 경청할 만하다. "헤르더의 사상은(통일: 필자) 독일이 새로운 방향으로 나아가는 데 중요한 역사적 토양을 제공해준다는 점에서 큰 의의가 있다. … 헤르더는 민족이나 국민의 독자성을 강조했으나 그것은 어디까지나 인류의 보편적인 인간성을 전제로 한 것이었다. 따라서 민족을 강조하는 헤르더의 개체성 사상을 상대주의나 독일 국가지상주의에 연결해 해석해서는 안 된다."20)

필자는 여기서 더 나아가 헤르더의 민족주의를 유럽 차원으로 확장할 필요가 있다고 본다. 바나드(F. M. Barnard)는 헤르더가 어떻게 다원성과 통일성을 조화시켰는가를 묻고 다음과 같이 답을 한다. "인간성(Humanität)은 개별자의 독특성에도 불구하고 자체 내부에 보편적 조화의 가능성을 내포한 모든 개별자의 삶을 움직이는 힘이다. 교육, 사회/경제 제도, 교역, 예술과 과학 등 모든 것이 이 궁극 목표를 위한 수단으로 제공된다고 하겠다."21) 헤르더는 보편적인 인간성 개념이 특수한 민족 문화가 타민족 문화와 조화롭게 발전하는 데 근거가 된다고 보았다. 오늘날 통합유럽문화의 원칙은 '다양성 속의 통일성'이다. 반나치 레지스탕스의 유럽통합 구상의 핵심 사상은 휴머니즘이며, 이것은 유

---

20) 헤르더, 『인류의 역사철학에 대한 이념』, 강성호 역, 10-11쪽.

21) F. M. Barnard, *Herder's Social and Political Thought*(Cambridge 1965), 105쪽, 박의경, 「헤르더(Herder)의 문화민족주의」, 343쪽 재인용.

럽통합의 사상적 기반이다. 인간성(Humanität) 개념에 기반 한 헤르더의 민족주의는 민족국가로 구성된 유럽의 균형을 전제로 한 것이며, 오늘날 각 회원국의 민족 문화의 독자성을 인정하면서도 민족국가의 필요에 따라 사회경제 분야에서 초민족적 방식으로 통합하는 유럽통합과 연결될 수 있다. 헤르더는 민족 간 폭력을 동반한 약탈이 모두를 제약하는 규칙에 근거한 고역으로 발전하는 역사를 높이 평가했다. 그러므로 민족국가와 유럽통합의 상보적 관계는 헤르더의 민족주의론 속에 내재해 있다고 볼 수 있다.

Ⅲ. 주세페 마치니(Giuseppe Mazzini, 1805~1872)

마치니는 일반적으로 민족주의자로 알려져 있지만, 그의 민족주의에 내포된 유럽 사상은 별반 주목받지 못했다. 마치니의 민족주의와 유럽 사상이 어떻게 연결되어 있는지 살펴보자.

빈 회의(Wiener Kongress, 1814/1815)는 왕조국가의 정통성 원칙에 따라 유럽의 구질서를 재건하려 했다. 군주들의 유럽은 민족 독립과 민족 통일을 주장하는 민족주의운동에 의해 도전을 받았다. 이들의 시각에 따르면, 각 민족은 독자적인 정체성과 주권을 간직해야 한다는 것이다. 이탈리아의 상황은 유럽 복고체제의 축소판이었다. 나폴레옹 몰락 이후 이탈리아의 상당 부분이 오스트리아 합스부르크 왕가의 지배를 받게 되었으며, 마치니의 고향 제노바는 사보이아 왕조의 피에몬테의 지배 아래 들어갔다.

이러한 상황에서 마치니는 공화주의와 함께 이탈리아 통일의 꿈을 키워갔다. 1829년 마치니는 자유주의적 비밀결사 단체인 카르보나리(Carbonari) 단원이 되어 민족 통일에 투신하게 되었다. 1931년 그는 카르보나리 방식, 즉 소수 선동가들의 비밀 활동을 지양하고 대중 교육과 대중 봉기에 입각한 새로운 민족적 정치 활동 노선을 구체화하기 시작했다. 그 결과 탄생한 것이 "청년 이탈리아(Giovine Italia)" 운동이었다. 마치니는 1933년 피에몬테 정부에 맞선 쿠데타 음모로 체포되어 고초를 겪은 후 스위스로 피신하였다. 1834년 스위스 베른(Bern)에서 마치니는 독일인과 폴란드인과 함께 "청년 유럽(Giovine Europa)"을 만들었으며, 군주들의 신성동맹에 맞서 "민족들의 신성동맹(la Sainte-Alliance des nations)"을 결성할 것을 주장하였다.22) 이것이 최초의 유럽주의자운동으로 칭송받을 정도로 당시에서 매우 새로운 것이었다.23)

먼저 마치니의 민족 개념을 살펴보자. "우리 동포는 2천만에서 2천 1백만이나 된다. 우리는 아득한 옛날부터 이탈리아인이라는 같은 이름으로 불려 왔고, 신이 그어 놓은 가장 정밀한 자연적 경계 안에서 함께 살아 왔으며, 같은 언어를 말하고, 같은 신앙, 같은 풍속, 같은 습성을 지녔고, 유럽 역사에 알려진 가장 영광스러운 정치적, 학문적, 예술적 전통을 쌓았다. 우리는 두 차례나, 달리 말하자면 한번은 로마 제국에 의해, 그리고 다른 한번은 교황들이 아직은 사명을 저버리지 않았을 당시에 로마 교황에 의해, 인류에게 유대를, 즉 통일이라는 구호를 부여했다.⋯우리는 국기도 없고, 정치적 호칭도 없으며, 유럽 민족들과 어깨를 나란히 하지도 못한다. 우리는 공통의 중심도, 공동 조약도, 공동 시장

---

22) 장문석, 「유럽통합을 주창한 민족주의자 주세페 마치니」, 통합유럽연구회, 『인물로 보는 유럽통합사』, 책과함께, 2010, 44-46쪽.

23) Geiss & de Quintrec, *Histoire/Geschichte*, 358쪽.

도 없다. 우리는 7개 국가로 나뉘어 있다. 이 국가들 중에서 반도의 거의 1/4를 차지하는 한 국가는 오스트리아에 복속되어 있다. 다른 국가들은 더러는 가문의 유대로 인해, 더러는 약소국가라는 상실감으로 인해 오스트리아의 영향을 받고 있다."[24] 분열과 외세의 압제에 시달려온 이탈리아인들의 통일과 독립을 역설한 이 문장에서도 '모방과 반동'을 동반하는 민족주의 확산 양태를 확인할 수 있다.

이 인용문만 보면 마치니는 순수한 이탈리아 종족을 전제한 것처럼 보인다. 그러나 그에 따르면, 순수한 종족이 유럽에 존재하지 않으므로 민족의 기초는 종족이 될 수 없다. 위 인용문에서 보듯이, 마치니는 면면히 전승된 아름다운 이탈리아어와 풍속, 알프스 산맥과 바다로 둘러싸인 지리적 조건이 이탈리아 민족 형성에 매우 결정적 의미를 지닌다고 보았다. 그렇지만, 그가 더욱 중요시한 것은 인민의 의지였다. 마치니의 전기 작가 킹(B. King)의 평가를 들어보자. 마치니에게 "민족성이란 하나의 감정, 하나의 도덕적 현상으로서 물질적 원인에 의해 발생될 수도 있지만 도덕적 사실에 의해 존재하는 것이다. 자유주의 이론이든 민주주의 이론이든 민족의 명확하고 의미 있는 기초는 될 수 없다. 인민의 의지만이 민족의 기초가 된다."[25] 인민의 의지는 헤르더에게서보다 마치니에게서 더욱 명확히 드러난다. 그러하기에 마치니는 이탈리아 변경 지역에 사는 독일어권 및 슬라브어권 소수 종족들도 이탈리아의 민족이 될 수 있다고 보았다.[26]

---

24) 마치니, "이탈리아, 오스트리아, 교황", 『독립 잡지(Revue indépendante)』, 1845년 7월, Geiss & de Quintrec, *Histoire/Geschichte*, 21쪽 재인용.

25) 장문석, 「유럽통합을 주창한 민족주의자 주세페 마치니」, 49쪽 재인용.

26) 장문석, 「유럽통합을 주창한 민족주의자 주세페 마치니」, 51쪽.

마치니의 통일론은 지방자치를 원칙으로 하지만 중앙집권적 통일을 주장했다. 이는 이러한 통일만이 강력한 프랑스와 오스트리아에 대항할 수 있다고 판단했기 때문이다. 이 점에서 마치니의 통일론은 소국들의 연방적 구성으로 독일 민족국가를 건설해야 한다는 헤르더와 다르다. 차이는 이뿐이 아니다. 마치니의 민족 개념은 단지 타민족과의 구분에서뿐 아니라 국내 계급 관계에서도 그 특징을 명확히 드러냈다. 그는 헤르더에게 불명확하게 남아있던 자유주의와 인민주권의 원칙을 내세웠다. 그는 인민주권의 원칙 위에서 일관되게 양심과 종교의 자유, 언론과 집회의 자유, 폭정에 대한 저항권 등을 주장했다. 마치니는 당대의 자유주의보다 한 단계 더 나아갔다. 그는 보통선거를 기반으로 한 민주주의까지 주장했던 것이다. 그는 1849년 '로마 공화국' 건설을 주도하며 보통선거제를 헌법에 명기했다.27)

마치니는 헤르더처럼 민족국가들의 유럽적 차원을 고민하였다. '청년 유럽'의 저변에 흐르고 있던 사상은 자유로운 민족국가들이 공동의 이해관계를 조정하는 의회를 수립하여 느슨한 유럽연방체를 구성하는 것이었다. 이것이 '민족들의 신성동맹(la Sainte-Alliance des nations/Die heilige Allianz der Völker)' 구호 속에 담긴 뜻이었다. "청년 유럽" 협정서 캐치프레이즈는 "자유, 평등, 인류"였다. 이것은 프랑스 혁명 구호를 모방한 것 같지만, 인류(민족들의 형제애)는 프랑스 혁명의 '우애'보다 더 넓다. 왜냐하면, '인류'는 민족들의 형제애, 즉 국제적 차원의 '우애'이기 때문이다. 더욱 정확하게 말하면, 이것은 유럽적 차원에서도 실현될 수 있었지만 그렇게 되지 못했던 구호 '우애'를 구체화 할 것을 요구하는

---

27) 장문석, 「유럽통합을 주창한 민족주의자 주세페 마치니」, 53쪽.

구호였다. 협정서는 말한다. "모든 인간과 모든 민족에 특유한 사명이 있으며 이 사명은 한 인간과 한 민족의 개체적 가치를 보장하면서도 필연적으로 인류의 일반적인 사명을 완수하는 데 공헌한다." "민족들은 동등한 민족국가들로 연합해야 한다. … 민족들의 생활공간은 거의 비슷한 크기라야 한다. 따라서 민족 차원의 의회와 함께 전체 유럽회의는 유럽지도를 새로 그리고, 군대의 사단과 같이 민족들을 공통의 전투로 모아내야 한다."28) 마치니가 예상한 유럽 민족국가 수는 12이었다. 여기에는 민족국가가 독자성을 유지하기 위해 적당한 '규모'를 유지해야 한다는 전제가 깔려있다.

 마치니는 1848/49년 유럽 혁명 속에서 이를 기대하고 헌신했지만, '민족들의 신성동맹'은 이루어지지 않았다. 마치니는 그 이유를 다음과 같이 분석했다. 민족의 봄이 실패한 이유는 "<u>민족 정신</u>(esprit de nationalité) (밑줄은 필자)의 자리에 <u>민족주의의 정신</u>(esprit de nationalisme)(밑줄은 필자)이 들어섰다는 데 있다. 각 민족은 정치·경제·사회 문제들을 독자적인 방식으로 자기 스스로 해결할 수 있는 힘을 가졌다는 정신 나간 주장에 그 원인이 있다. 민족들의 목적은 한 가지라는 진실을, 즉 조국(patrie)은 <u>인류</u>(humanité)(밑줄은 필자)에 기초해야 한다는 진실을, (…) 민족들의 신성동맹(Sainte-Alliance des nations)이 우리 투쟁의 목표이며 이것만이 특권과 이기적인 이익으로부터 자라난 세력들의 야합을 무너뜨릴 수 있는 유일한 힘이라는 진리를 망각한 데 그 원인이 있다."29)

---

28) 뒤로젤, 『유럽의 탄생』, 237쪽; 볼프강 슈말레, 『유럽의 재발견』, 박용희 역(을유문화사 2006), 144–145쪽 재인용.

29) 주세페 마치니, 『믿음과 미래(Foi et avenir)』, Paris 1850, Geiss & de Quintrec, Histoire/Geschichte, 360쪽 재인용.

여기서 마치니는 '민족주의' 개념을 민족 이기주의라는 의미를 사용했다. 마치니 전기를 쓴 역사가 맥 스미스(D. Mack Smith)에 따르면, 마치니는 스스로를 이런 부정적 의미의 민족주의자 대신에 애국주의자로 불리기를 원했다. 왜냐하면, 애국주의는 "우리의 궁극적 목표라고할 인민(민족)들 사이의 형제애", 다시 말하면, 민족국가를 달성한 민족들(nations/Völker)의 형제애를 뜻하기 때문이다.30) 여기서 주목할 것은 마치니의 '민족들의 형제애'는 '인류(humanité)'에 기초해야 한다는점이다. 마치니의 인류 개념이 헤르더의 인간성(Humanität) 개념과 어떤 점에서 유사하고 다른 지 확인할 수 없지만, 한 가지 분명한 것은이 개념이 '특권과 이기적인 이익'을 추구하는 세력들로 민족국가들이대립하는 것을 막고 민족국가들의 협력과 조화를 가능케 하는 상위이념이었다는 점이다. 이 정도면 헤르더의 경우와 마찬가지로 마치니의 민족주의와 유럽통합 사상은 대립하기보다 상보적이라고 보아야할 것이다.

헤르더가 독일 민족주의의 원조로 포장되었듯이, 마치니도 그러하였다. 무솔리니는 자신이 100여권에 달하는 마치니의 저작 도두를 읽은

---

30) 볼테르가 18세기 말 집필한 『철학 사전』 '조국(patrie)' 항목에 '재산을 가진 소수의 행복한 사람들만이 자신은 조국이 있다고 믿는다'고 적고 있다. (장 바티스트 뒤로젤, 『유럽의 탄생』, 이용재 외 역, 지식의풍경, 2003, 131쪽) 이것은 프랑스뿐 아니라 애국주의 개념이 일상화된 영국에도 적용되는 것인데, 볼테르는 양국에서 '파트리'의 의미를지적한 것이었다. 민주주의자 마치니는 혁명의 시대에 이를 확대하여 민중의 애국주의로까지 확대했다. 개념사의 입장에서 매우 흥미로운 변화다. 오토 단은 민족운동과 민족주의를, 볼프강 슈말레는 민족국가 건설과 민족주의를 구분함으로써 마치니의 예를 따르고있다. 오토 단, 『독일 국민과 민족주의의 역사』, 오인석 역, 한울, 1996, 22쪽; 슈말레, 『유럽의 재발견』, 133쪽. 필자에 따라 자기의 저술에서 이를 구분할 수 있지만, 일반적으로 이런 구분은 불필요해 보인다. 민족주의의 유연성과 다양성을 인정하는 것이 더 좋을듯싶다.

몇 안 되는 독자 중 하나라고 자랑하기도 했다. 민족파시스트당(Partito Nazionale Fascista)의 이념을 구축한 철학자 젠틸레(G. Gentile)는 마치니라는 인물 속에서 걸출한 민족주의-파시즘의 조상을 발견했다.[31] 파시스트 유럽 건설을 주장한 펠리치(C. Pellizzi)의 논리는 이들보다 더욱 교묘했다. 그는 마치니의 민족주의와 유럽 사상에 근거하여 파시스트 유럽 건설을 정당화했다. 1942년 11월 23일부터 26일까지 "유럽 이념"이라는 주제로 개최된 국립파시스트문화연구소 학술대회에서 소장 펠리치는 나치 독일처럼 무력으로는 유럽이 창조될 수 없으며 그렇다고 의회주의적 표결을 통해 만들어 질 수 없다고 강변하였다. 그는 리소르지멘토를 벤치마킹할 것을 제안했다. "다른 이탈리아 왕국과 도시들과 동맹을 맺은 피에몬테가 이탈리아를 만들었다. 하지만 피에몬테는 피에몬테의 깃발이 아니라 이탈리아 깃발을 쳐들었다. 피에몬테는 이 이탈리아 깃발에 몇 가지 보편적 원칙을 새겨 넣었다. 모든 이탈리아인은 각자 고유한 정체성을 지니면서도 사려 깊은 도덕적 사람으로서 그리고 이탈리아인으로서 재발견할 수 있다는 것이 그 원칙 중 하나였다."[32] 펠리치는 피에몬테가 이탈리아 정신을 재발견함으로써 이탈리아를 통일했듯이 파시스트 세력은 유럽정신을 재발견하고 공고히 해야 한다고 주장하였다. 얼핏 보면, 마치니와 별반 다를 바 없다. 그렇지만, 각국 내부 차원에서 개인의 권리와 평등이 전제되지 않은 채 민족들 간의 통합이 아무리 대등한 입장에서 이루어진다고 할지라도 이것은 마치니의 자유의 이념이나 유럽 사상과는 거리가 먼 것이었다.

---

31) 장문석, 「유럽통합을 주창한 민족주의자 주세페 마치니」, 41쪽.

32) 김승렬, 「"대독일제국" vs "파시스트 유럽"; 나치 유럽의 내부 균열」, 『독일연구』 제11호 (2006), 10-11쪽.

Ⅳ. 에르네스트 르낭(Ernest Renan, 1823~1892)

우리에게 르낭은 자유주의 신학의 걸작 『예수의 생애』[33]의 저자로 잘 알려져 있다. 르낭은 가톨릭 신학교에서 줄곧 수학하였지만, 결국 초자연적 존재를 부정하고 이성의 진보를 신뢰하기에 이른다. 『예수의 생애』는 이런 사유의 결과였다. 르낭은 인간의 생득적 능력의 차이를 후천적으로 극복할 수 없으므로 인종 간에는 극복할 수 없는 차이가 존재한다고 보았다. 이러한 보수주의적이며 인종주의적인 사상으로 르낭은 샤를 모라스 등 우파가 좋아하는 인물이 되었다. 하지만 그의 반성직 자주의는 좌파가 르낭을 선호하는 이유이다. 그렇다면 르낭이 선호했던 정치체제는 어떤 것이었나?

그는 1789년 프랑스 혁명의 자유주의적 측면(신분 해방, 봉건제 폐지 등)을 환영했지만, 평등의 원칙은 결코 인정하지 않았다. 르낭은 1848년 2월혁명과 1871년의 파리코뮌을 겪으면서 민중에게 두려움을 갖게 되었다. 그렇기 때문에 그는 민중의 의견이 직접 반영되는 보통선거제에 대해 비판적이었다. 자신의 물질적 이해와 안락함을 추구하는 '천박한 대중'이 보통선거를 통해 권력을 휘두르기 시작했고, 그 결과 프랑스는 약화되어 독일에게 패했다는 것이 그의 견해였다. 그렇지만 그가 반드시 의회제나 민주주의를 반대한 것은 아니었다. 르낭은 "편협한 군대의 호언장담이나 변덕스러운 외교관들의 원한, 그리고 그들의 상처받은 자만심에 한 민족의 존재 여부가 좌우되는" 정치제도와 진지하고 온건한

---

33) 이것은 르낭이 십 수 년에 걸쳐 저술한 대작 『크리스트교 기원에 대한 비판적 역사(1863 ~1883)』의 첫째 권으로서 예수를 영적 구원자가 아닌 이스라엘의 구원자인 인간 예수로 묘사하였다. 이 책 때문에 그가 재직하던 콜레주 드 프랑스에서 쫓겨났지만, 프랑스학술원 회원이 되고 콜레주 드 프랑스에 복귀하였다.

정당들의 진정한 정부인 의회제도를 비교한다. "의회제도는 변덕이 심한 인민의 의지가 지배하는 것이라 생각하는 민주주의적 공상이 아니라, 신중한 사유들을 통하여 사정을 잘 알아서 판단하는 인민들의 선한 본능의 결과인 민족적 의지가 지배하는 제도다." "민주주의가 자신의 자만심과 증오심을 위하여 수많은 사람들을 학살하는 그런 부류의 사람들에게서 인류를 해방시키는 데에만 한정한다면, 나는 민주주의에 전적으로 동의하며 감사와 공감을 보일 것이다."34) 르낭은 오늘날 정치학자처럼 개념을 엄밀하게 사용하지 않았다는 점을 감한하면, 그의 의회제와 민주주의는 제한선거제(régime censitaire)에 기초한 엘리트의 의희제, 즉 자유주의 정치제제였다고 볼 수 있다.

프랑스는 1870/71년 프랑스-프르이센 전쟁에서 패하고 알자스-로렌을 독일에 내어주어야 했다. 이후 프랑스에서는 애국주의 열기가 일었다. 다양한 형태의 애국주의 단체가 조직되었으며, 전쟁, 군대와 관련된 소설, 노래가 등장했다. 초등학교에서는 벽에 걸린 프랑스 지도에서 알자스-로렌 지역을 검정색으로 표시했으며, 그 지역에서 프랑스 사람들이 겪는 고통이 거론되곤 하였다.

알자스-로렌이 병합된 후, 독일에서는 알자스를 민족주의의 이름으로 합리화했다.35) 독일의 고대사가 몸젠(Theodor Mommsen)은, 사람들은

34) 우카이 사토시, 「국민이란 무엇인가? '시민 캐리번' 혹은 에른스트 르낭의 정신의 정치학」, 『당대비평』(2000년 봄), 267-268쪽; 에르네스트 르낭, 「프랑스와 독일의 전쟁」, 『민족이란 무엇인가』, 신행선 역(책세상 2002), 44, 50, 85-89쪽.

35) 정확히 말하면 불어사용 지역인 로렌 전체가 아니라 그 일부가 병합된 것이며, 이는 독일에게 전략적 방어 요충지였다. 알자스-로렌의 병합을 다음과 같은 과정을 통해 이루어졌다. 프랑크푸르트 강화조약에 따라 알자스와 로렌의 주민들은 1872년까지 프랑스를 선택할 권리가 주어졌다. 약 16만 명 정도가 프랑스 시민권을 선택했으나 이들 중 5만 명만이 실제로 프랑스로 이주했다(전체 주민: 160만). 그러므로 영토 병합은 프로이센의

프랑스인이나 독일인으로 태어나는 것이지 프랑스인이나 독일인이 되는 것이 아니라고 주장함으로써 언어와 종족의 선천적 특성을 민족의 주요 근거로 제시하였다. 알자스가 종족적으로나 언어적으로 독일이기 때문에 병합은 당연하다는 논리였다. 이에 대해 프랑스 역사가 퓌스텔 드 쿨랑주(Fustel de Coulanges)는 1870년에 이미 다음과 같이 반박하였다.

"몸젠 교수, 당신은 알자스가 독일 민족에 귀속(nationalité) 된다는 점을 증명했다고 생각합니다. 이곳 주민들이 게르만 종족(race)이고 독일어를 쓴다는 이유에서이지요. 그러나 교수님과 같은 역사가께서 민족 귀속(nationalité)을 정하는 것은 종족(race)도 언어도 아니라는 사실을 간과하시다니 무척 의외입니다. … 프랑스에서는 다섯 가지 언어가 사용되고 있지만, 그 누구도 우리의 민족적 통일성을 의심하지 않습니다. 스위스에서는 세 가지 언어를 사용하지요. 그렇다고 해서 스위스가 하나의 민족국가 아니며 애국심이 모자란다고 말하겠습니까? …민족들을 구분하는 것은 종족(race)도 언어도 아닙니다. 사람들이 하나의 민족이라고 마음속에 느끼는 것은 그들이 사상, 이해관계, 정감, 기억, 희망 따위를 공유하기 때문이지요. 이것이 바로 조국(patrie)입니다. 그러기에 사람들은 서로를 위해 함께 행진하고 일하고 싸우고 살아가고 죽는 것입니다. 사람들이 사랑하는 것, 그것이 바로 조국입니다. 알자스가 종족(race)이나 언어로는 독일일 수 있습니다. 그러나 민족성(nationalité)이나 조국애로 볼 때 알자스는 프랑스입니다. 알자스를 프랑스로 만든 것이 무엇인

자의에 의해 이루어졌지만, 주민들의 국적 선택권은 그들의 동의에 맡겼다. 1871년 이후 알자스-로렌 지방은 독일의 경제발전에 기여했다. 그러나 자체의 정부와 의회(Landtag)를 갖고 있던 독일의 다른 주들과는 달리, 합병된 이 지역은 제국영토(Reichsland)로서 황제의 직접적 통치를 받았으며 1911년에야 의회를 갖게 되었다. 그나마 이 의회의 권한은 너무도 제한적이어서 강력한 자치주의 운동이 태동했다.

지 아십니까? 그것은 루이 14세가 아니라 1789년 프랑스 혁명입니다.…
그들에게 조국은 바로 프랑스이고 독일은 외국입니다."[36]

　르낭은 1882년 소르본 대학 강연 속에서 쿨랑주가 설파한 민족 개념
을 체계화하였다. 그는 독일 지식인들이 설정한 민족 개념을 하나하나
비판하고 자신의 민족 개념을 주장했다. 그는 먼저 종족과 민족을 혼동
해서는 안 된다고 전제 한 뒤 유럽사가 얼마나 종족적으로 혼합되어 있
는가를 입증하려 한다. 르낭에 따르면, 로마 제국 붕괴 이후 "민족체
(nationaltés)의 존재 기반을 제공했던 것은 게르만족 대이동"이었으며,
게르만족들이 자신의 고유한 언어를 망각하고 크리스트교를 받아들였
고, 왕국들이 신민들을 통합 노력하였다. 이로써 다양한 종족들은 자신
의 기원을 망각하고 서로 융합하게 되었다. 특히 프랑스 는 매우 민족적
이어서 왕조가 붕괴한다 해도 민족으로서 지탱할 수 있었다. 통합된 프
랑스 민족이 존재한다는 점은 프랑스 혁명을 통해 입증되었다. 과거 왕
가의 이해관계에 따라 영토와 주민의 국적이 좌지우지 되었던 주민 귀
속 원리가 프랑스 혁명 이후 민족 원칙으로 대체되었다. 그렇지만 독일
의 종족 원리는 이와 다른 것이다. 알자스의 병합을 합리화하는 독일인
들의 종족 원리는 이미 망각되고 서로 융합되어 확실치 않은 게르만 구
성원들 모두를, 그들의 의사와 상관없이, 결합할 것을 요구한다. 이 요
구는 과거 왕권신수설과 유사한 일종의 원초적 권리인 셈인데, 민족 원
칙을 대체한 종족 원칙은 유럽 문명에 종지부를 찍을 수 있는 오류다.
왜냐하면, 순수한 종족(혈통)은 이미 유럽에 없기 때문이다. 독일인 스스

---

36) Fustel de Coulanges, "L'Alsace est-elle allemande ou française? Réponse à M.
　Mommsen, professeur à Berlin", 1870, Geiss & de Quintrec, Histoire/Geschichte,
　58쪽 재인용.

로도 슬라브인들 및 프랑스인들과 이미 혼합되어 있다.[37]

다음으로 르낭은 언어와 민족의 관계를 논한다. 르낭의 논리를 따르면, 미국과 영국, 스페인계 아메리카와 스페인은 언어가 같지만 다른 민족이며, 몇 개의 서로 다른 언어가 병존하는 스위스는 하나의 민족이므로 민족 형성의 기준은 언어가 아니라 주민의 의지다. 르낭은 묻는다. "서로 다른 언어를 사용하는 사람들은 (조국에 대한: 필자) 동일한 감정과 사고를 가질 수 없습니까?" 더욱이 언어의 유사성이 종족의 유사성을 담보하지 않는다. 원시 아리안 족이나 원시 셈어족의 경우, 주인과 노예가 동일한 언어를 사용하지 않았지만, 후에 동일한 언어를 구사했다. 이를 볼 때, 한 민족의 언어는 역사적 산물이다. 그러므로 언어의 유사성을 근거로 한 민족 언어 및 문학의 우수성을 주장하는 것은 합리적이지 않다. 중요한 것은 민족 언어와 문학 이전에 인류의 언어와 문학이 있음을 잊어서는 안 된다. 르낭은 말한다. "르네상스 시대의 위대한 사람들을 생각해 봅시다. 그들은 프랑스 사람도, 이탈리아 사람도, 독일 사람도 아니었습니다. 그들은 고대와 지적으로 교류하면서 인류 정신의 진정한 교육의 비밀을 발견했으며, 거기에 몸과 마음을 바쳤습니다. 그 얼마나 잘한 일인지요!"[38] 르낭은 언어와 종족(Volk)의 필연적 관계를 설파한 헤르더를 비판했지만, 그를 인류에 대한 신념을 심어준 독일 사상가로 극찬했다.[39] 바로 위의 인용문은 이를 입증한다.

르낭은 종교, 경제적 이해관계, 지리도 민족 형성의 결정적 요인이 안 된다고 설파한다. 스파르타나 아테네에서는 종교 예식의 참여 자체

---

37) 르낭, 『민족이란 무엇인가』, 55–73쪽.
38) 르낭, 『민족이란 무엇인가』, 73–75쪽.
39) Geiss & de Quintrec, Histoire/Geschichte, 72쪽.

가 민족 구성원의 권리이자 의무였지만, 이미 알렉산드로스가 건설한 국가에서는 그렇지 않았다. 심각한 종교 전쟁을 치룬 후 유럽에서 종교는 개인의 선택 문제가 되었다. 독일의 관세동맹이 민족 형성의 절대적 근거가 될 수 없었던 것은 민족 형성에는 주민들의 감성적 측면이 있기 때문이다. 르낭에 따르면, 산이나 강으로 국경을 새롭게 설정하는 행위는 폭력으로 탈취한 영토를 정당화하는 매우 치명적인 주장이다. 산이나 강이라는 자연적 경계가 국경이 되어야 한다는 주장에 대해서도 르낭은 일침을 가한다. "산이 분할의 역할을 하고 있다는 것은 반박할 수 없지만, 강은 오히려 결합시키는 역할을 합니다. 그리고 모든 산이 국가들을 분할할 수는 없습니다." 그러므로 "민족은 토지라는 외형에 의해 결정된 집단이 아니라 역사의 깊은 분규의 결과로 생긴 정신적 원칙이며 영적인 가족으로서의 집단입니다."[40]

  "역사의 깊은 분규의 결과로 생긴 정신적 원칙이며 영적인 가족으로서의 집단"인 민족 형성에서 가장 결정적인 요인에 대해 르낭은 무엇이라 하는가? 르낭의 말을 인용해 보자. "하나의 민족은 하나의 영혼이며 정신적인 원리입니다. 둘이면서도 사실 하나인 것, … 한쪽은 과거에 있는 것이며, 다른 한쪽은 현재에 있는 것입니다. 한쪽은 풍요로운 추억을 가진 유산을 공동으로 소유하려는 의지(volonté)이며, 다른 한쪽은 현

---

40) 르낭, 『민족이란 무엇인가』, 75-79쪽. 이 주장은 라인 강을 독일과 프랑스의 경계로 해야 한다는 프랑스의 자연국경설을 반박하는 논리이기도 하다. 1793년 당통은 다음과 같이 말했다. "프랑스 공화국에 너무 큰 땅덩어리를 주는 것이 아닐까 걱정하게 하는 것은 헛된 일이라고 나는 말합니다. 공화국의 경계는 자연에 의해 결정됩니다. 우리는 사방으로 즉 라인 강으로, 대서양으로, 알프스로 그 경계까지 뻗쳐 갈 것입니다. 우리 공화국의 경계는 바로 여기서 끝나야만 하며, 어떤 권력자도 우리가 이 경계에 도달하는 것을 방해할 수 없을 것입니다." (뒤로젤, 『유럽의 탄생』, 155쪽 재인용)

재의 묵시적인 동의, 함께 살려는 욕구, 각자가 받은 유산을 계속해서
발전시키고자 하는 의지입니다.""한 민족의 존재는 개개인의 존재가
삶의 영속적인 확인인 것과 마찬가지로 매일매일의 인민투표(plébiscites)
입니다. 아! 그것이 신권(왕조적 이해관계 또는 왕권신수설: 필자)보다는 덜
형이상학적이고, 이른바 (종족 개념에 근거한: 필자) 역사적 권리보다는 덜
가혹하다는 것을 알고 있습니다."41) 그러므로 르낭에게 알자스 주민의
동의 없이 병합하는 것은 이러한 민족 원칙에 어긋나는 것이었다.

　이상만 보면 르낭이 독일의 종족 민족주의에 반대하는 프랑스 자유주
의적 민족주의를 내세운 프랑스 민족 지상주의자인 것처럼 보인다. 르
낭은 영국과의 대결 속에서 프랑스 민족이 형성되고, 나폴레옹의 침략
과 그 조카의 간섭으로 독일 민족이 형성되는 역사적 연쇄 고리를 잘
알고 있었지만, 반독 감정을 프랑스 민족주의를 강화하는 데 활용하는
데 반대하였다. 그는 독일 문화를 높이 평가하는 프랑스인이었다. 심지
어 나폴레옹 3세가 언어가 유사하다는 이유로 사보이를 주민의 뜻을 묻
지도 않은 채 병합한 것이 프랑스 혁명 정신에 위배될 뿐 아니라 비스마
르크의 영토 확대에 선례가 되었음을 비판하기까지 했다. 독일의 통일
은 프랑스 혁명의 원리인 민족 자결 원칙에 따른 것이므로 프랑스는 이
를 지지해 주어야 했지만, 나폴레옹 3세는 거꾸로 이를 방해했다고 그는
비판한다. 한마디로 르낭의 민족주의는 패권적이며 침략적인 민족주의
를 단호히 배격한다.42)

　르낭은 양국간의 민족주의적 보복의 연쇄에 대해 깊이 우려했다. "나
는…민족자결주의의 원칙이 인민들의 투쟁을 인종 말살투쟁이 되도록

---

41) 르낭, 『민족이란 무엇인가』, 80–82쪽.
42) 르낭, 「프랑스와 독일의 전쟁」, 15–52쪽.

하지는 않을까, 또한 과거의 소규모 왕조 전쟁이나 정치적 전쟁들을 인정했던 그러한 중용이나 예절을 인권조항에서 없애버리지 않을까 우려했다." 이후 역사는 르낭의 예견이 적절했음을 입증했다. 르낭은 민족대립이 격화될 때 민족주의는 이를 더욱 악화시킬 수 있음을 간파한 것이다. 그는 말한다. "독자적인(밑줄 필자) 민족자결주의의 원칙만으로는 … 전쟁의 참화에서 인류를 벗어나게 하기에 부족하다.…(그러므로: 필자) 민족자결주의라는 원칙에 유럽 연방의 원칙, 즉 모든 민족들에 우선하는 집단의 원칙을 결합(밑줄은 필자)시킬 때에야 비로소 전쟁의 종말을 보게 될 것이다." 르낭은 이것만이 민족주의의 이름으로 정당화된 '봉건적 거만함, 극단적인 애국주의, 과도한 개인적 권력'의 민족 대립을, 특히 프랑스와 독일의 대립을 막을 수 있는 궁극적 힘이라고 보았다.[43]

르낭은 현실적으로 요청되는 유럽 연맹의 정당성을 자신의 민족 개념으로 확보하려 한다. 그는 민족이 영속적이지 않다고 본다. 민족이 역사적 산물이며 주민의 자발적 동의(民族 自決)에 기초하는데, 바로 주민의 자발적 동의가 역사의 변천에 따라 민족의 경계를 뛰어 넘을 수 있기 때문이다. 그는 말한다. "인간의 의지는 변하는 것입니다." 르낭은 현재 시점에서(19세기 후반) 민족이 좋기도 하고 필요하다고 주장하지만, 장차 필요한 때 민족들 간의 대립을 조정할 수 있는 유럽 연맹이 민족들을 '대체'할 것이라 예상했다. 그는 유럽 연맹을 다양한 성격의 소리를 한데 모아 낱개의 합보다 훨씬 더 훌륭한 소리의 조화를 창조해 내며 불협화음을 스스로 조정하는 交響曲(symphony) 연주에 비유한다. 르낭은 민족국가와 유럽 연맹의 관계를 대체적 관계인지 상보적(결합의 필요성) 관계

---

43) 르낭, 「프랑스와 독일의 전쟁」, 40, 50쪽.

인지 분명히 하지 않았다. 그러나 그에게 명확한 것은 민족 국가가 民族
自決에 의한 것처럼 유럽 연맹도 民族 自決에 따를 것이며 그래야 한다
는 것이다. 그는 말한다. "버릴 수 있는 자유를 보장하는 것이 바로 민족
의 존재 이유입니다."[44]

V. 결론에 대신하여

: 民族 自決(self-determination)과 民族 自決(suicide) 사이에서

독일, 이탈리아, 프랑스를 대표하는 민족주의 이론가들인 헤르더, 마
치니, 르낭은 각각 18세기 말, 19세기 중반, 19세기 후반 민족주의 관련
저술이나 활동을 했던 인물이다. 주요 사건으로 구분하면, 프랑스 혁명
직전, 프랑스 혁명의 후속 혁명인 1830년혁명, 1848/49년 혁명, 프랑스
-프로이센 전쟁 이후로서 각각 50년 정도의 차이를 보인다. 이 셋의
민족주의 이론은 시차만큼, 사건들의 차이만큼, 나라가 처한 상황의 차
이만큼 존재한다.

아직 혁명을 경험하지 않았던 18세기 말 독일에 살던 헤르더의 민족
사상에는 정치적 자유주의나 민주주의, 인민주권이 희미한 형태로만 나
타났다. 이에 반해, 19세기 전반기 유럽 혁명 속에서 사유했던 마치니와
르낭의 민족 사상에는 이러한 사상들이 보다 진전된 형태로 나타났다.
물론 마치니가 민주공화정을, 르낭이 자유주의 정치체제를 지지했다는
차이를 보였지만 말이다. 민족 형성에 있어 마치니와 르낭은 민족 구성
원의 의지 즉, 민족 자결(동의)을 결정적인 요소로 보았던 데 반해, 헤르

---

44) 르낭, 『민족이란 무엇인가』, 82쪽; 뒤로젤, 『유럽의 탄생』, 283쪽.

더는 언어와 민속 등 선험적 요소를 보다 강조했다. 하지만 인간성을 강조하는 헤르더의 민족정신은 주관적 요소인 민족의식을 배제했다고 단정할 수 없다. 한 민족이 반드시 한 국가를 형성해야 한다고 주장하는 대신 소국의 분립된 느슨한 독일 연방을 선호했던 헤르더가 알자스 병합을 몸젠처럼 '객관적 민족론'을 근거로 정당화할 것 같지 않다. 이 셋의 차이는 또 있다. 프랑스 혁명 공포정치 시기이 나타난 대중의 폭력성(또는 독재)에 대해 헤르더와 르낭은 깊은 우려를 갖고 있던 데 반해 마치니의 우려는 적었다.

필자가 주목하는 것은 이러한 차이 속에서 확인되는 유사점이다. 이 셋은 모두 프랑스 혁명 속에서 선언된 민족 자결(민족의 자유와 독립)을 지지하지만, (이 셋은 이 때문에 민족주의 이론이다) 침략적 민족주의를 반대했고, 민족주의가 침략적으로 변질되거나 민족 국가들 간에 발생할 수 있는 민족 갈등을 예방하고 해결하기 위해 민족주의와 인간성(인류) 이념 그리고 유럽 이념이 결합되거나 서로를 보완해야 한다고 주장했다. 물론 헤르더는 사상적 차원에서만 언급했고, 마치니는 너무 낭만적으로 실천했으며, 르낭은 미래의 일로 돌렸다는 한계가 있지만 말이다. 이 셋은 민족주의가 침략적으로 변질될 가능성을 경고했지만, 불행하게도 20세기 전반 두 차례의 민족주의 전쟁이 발발했다. 인간성(인류) 이념과 유럽 이념은 무기력했다. 오히려 이들은 자신들이 경고한 민족주의 세력들에 의해 악용되었다. 그렇다면, 이들의 민족주의는 실패한 것일까? 아니면, 인간성과 유럽 이념은 단지 민족주의를 포장한 미사여구에 불과한 것일까? 제2차 대전 이후 실현된 유럽통합의 실제를 보면서 답을 찾아보자.

레지스탕스의 문헌을 연구하여 민족주의와 초민족주의가 길항관계라고 보는 립겐스의 논법에 따르면, 민족국가 건설의 근거인 '民族 自決 (national self-determination)' 사상은 파국의 자중지란(양차 대전)을 겪으면서 역사적 사명을 다했고, 민족국가들은 프로이센이 독일 통일을 완수하고 제2차 대전 이후 소멸되었듯이, 유럽 민족국가(유럽합중국)의 건설을 위해 유럽통합체에 자신의 주권을 이양함으로써 '民族 自決(national suicide)'해야 하며, 부분적으로 그렇게 하고 있다는 것이다. 그러므로 르낭의 민족주의론은 유럽 이념을 전제했다 해도 민족 대립과 파국으로 귀결될 수밖에 없다.[45]

하지만 민족주의와 초민족주의가 상보적 관계라고 보는 밀워드의 논법에 따르면, 민족국가 건설의 근거인 '民族 自決(national self-determination)' 사상은 파국의 자중지란을 겪은 후 유럽적 차원에서 진성한 역사적 사명을 수행하기 시작했으며, 민족국가들은 유럽통합체 속에서 주권을 서로 공유함으로써 발전해야 하며, 부분적으로 그렇게 하고 있다는 것이다. 그러므로 위 세 민족주의는 오늘날의 유럽통합의 현실에 조응하는 민족주의를 주장했고, 민족 자결 사상은 유럽통합의 근거가 된다고 평가할 수 있다. 드골과 대처가 각각 1960년대와 1980년대에 프랑스와 영국의 국익을 내세움으로써 유럽통합의 발전에 제동을 걸었던 사건은 초민족적 유럽통합이 얼마나 어려운 일인지 입증하는 자료로 주로 인식되었다. 하지만 드골이나 대처가 국익을 주장하되 초민족적 유럽통합이 다시 민족국가로 분열되기를 원치 않았고, 그래서 그 범위 내에서 활동했다는 점은 별로 주목받지 못했다.[46] 이점을 주목한다면, 이 사건은 오히려 밀워드의 주장

---

45) 립겐스와 밀워드의 논지에 대해 다음을 참조. 김승렬, 「초기단계(1945-1957) 유럽통합사의 연구방법론들과 쟁점들에 대한 고찰」, 『독일연구』2, 2001.12, 117-151쪽.

46) 통합유럽연구회 편, 『인물로 보는 유럽통합사: 빅토르 위고에서 바츨라프 하벨까지』,

을 입증하는 하나의 대표적인 예라고 해석해야 될 것 같다. 필자는 드골과 대처의 민족주의가 헤르더, 마치니, 르낭의 민족주의와 상통한다고 보는 것이다. 그러므로 헤르더, 마치니, 르낭의 민족주의는 밀워드의 설명모델에 역사적 근거를 제공해 준다. 자유에 기초한 민족국가와 상위의 유럽 통합체의 결합 필요성을 강조한 헤르더, 마치니, 르낭의 민족주의는 미사여구로 포장된 민족주의가 아니며 실패한 것도 아니다. 다만 본래의 전망을 실현하기 위해 먼 길을 돌았던 것이라고 보아야 할 것이다.

이 세 민족주의 이론가들에 대한 평가를 적극적으로 해야 할 이유가 하나 더 있다. 반나치 레지스탕스의 유럽통합안이 전후 유럽통합의 사상적 기반이 되었다는 것은 주지의 사실이다. 그런데 이들은 기본적으로 애국자들이다. 조국의 해방을 위해 투쟁했던 이들이 조국의 주권을 이양해야 하는 초민족적 유럽통합을 구상했다는 사실을 어떻게 설명할 것인가? 헤르더, 마치니, 르낭이 만약 나치즘과 같은 극단적 민족주의의 피해를 경험했다면 어떤 입장을 취했을지 자못 궁금한 대목이다. 필자는 이들이 반나치 레지스탕스와 같은 구상을 했을 것이라는 역사적 추측을 하며, 뒤집어서 보면, 반나치 레지스탕스의 조국 해방투쟁은 헤르더, 마치니, 르낭의 민족주의와 연결되어 있다고 본다. 나치즘은 민족주의의 부정적 결과를 상징하지만, 이것이 민족주의의 전모가 아니라는 것이 필자의 견해다. 민족주의는 신분 해방 등 인류 발전의 결정적 계기가 되었듯이, 인민의 해방을 유럽적 차원으로 확장할 수 있는 자정 능력을 내장하고 있다고 보아야 하지 않을까? 이것이 헤르더, 마치니, 르낭의 민족주의론을 적극적으로 해석해야 할 또 다른 이유다.

책과함께, 2010. 이 책은 국민국가의 국익과 초국적 유럽통합이 균형을 유지하며 발전되었다는 논리를 인물 중심으로 살펴보았다.

최근 발간된 ≪독일-프랑스 공동 역사교과서≫에 다음과 같은 기술은 필자의 테제를 입증해 주고 있다. "오늘날 유럽통합을 민족 주권의 부분적 극복과 연관이 되어 있다고 보는 사람들이 많다. 즉, 유럽통합과 민족 주권이 상반되어 있다고 생각하는 사람들이 많다. 하지만 19세기는 민주주의에 터 잡은 통합된 유럽과 민족 주권의 원칙이 상반되지 않는다고 보았던 사람들이 많다. 오히려 주세페 마치니와 빅토르 위고와 같이 민족 주권의 원칙을 주장한 사람들이 최초로 유럽통합을 주장한 사람들이었다."[47]

벌써 반세기 이상 동안 모진 풍파를 견뎌낸 유럽통합의 입장에서 보면, 주관적·시민적·자유주의적·서유럽 민족주의와 객관적·종족적·권위주의적·동유럽 민족주의의 유형 구분법을 어떻게 평가할 수 있을까? 민족국가 건설의 근거인 국민의 의지는 자신을 포기할 수 있는 자유까지 포함한다는 르낭의 논법은 자유주의적 민족주의가 초민족적 유럽통합으로 발전할 수 있는 근거가 될 수 있다. 이와 달리, 종족적 민족주의론은 초민족적인 유럽통합으로 발전할 가능성이 거의 없다. 왜냐하면, 민족의 기초인 종족은 폐쇄적이기 때문이다. 더욱이 오늘날 통합유럽 회원국들은 시민적 민족주의에 가깝다. 이것만 보면, 유럽통합은 시민적 민족주의가 발전한 것처럼 보인다. 하지만 유럽통합이 부정한 민족주의는 이 둘 모두다. 이 유형 구분은 민족 구성 원리의 차이에서 비롯되는데, 민족주의 대립에 있어서는 그다지 유용한 구분이 아니며, 바로 이 점이 유럽통합에서 중요하다. 그러므로 시민적 민족주의라 해서 통합유럽에서 대접 받는 것은 아니다. 유럽통합의 산파 모네(Monnet)의 구

---

47) Geiss & de Quintrec, Histoire/Geschichte, 360쪽.

상 속에 이 두 유형의 민족주의의 구분은 그다지 큰 의미가 없었다. 다만 그에게 중요했던 것은 르낭이 우려했던 민족주의의 악순환이었다.[48] 이것은 마치 모든 민족주의가 결국 대외적으로는 침략적으로 나아갈 수 있다는 탈민족주의자들의 논법과 결과적으로 같아 보인다.

하지만 유럽통합주의자들과 탈민족주의자들은 같지 않다. 탈민족주의자들은 볼테르처럼 민족주의를 극복하고 세계 공화국을 일시에 달성하려 하기 때문에 매우 이상적이지만 그만큼 비현실적인 반면, 유럽통합주의자들은 "확대된 도시국가요 축소된 세계"(조베르티V. Gioberti)[49]인 유럽을 매개로 하기 때문에 덜 이상적이지만 현실적이다. 이런 관점에서 보면, 민족주의가 종족적이냐 공민적이냐라는 문제보다 유럽적 차원과 연계된 것이냐 그렇지 않느냐가 더 결정적인 문제인 셈이다. 이는 종족적 민족주의가 공민적 민족주의로 발전할 가능성이 없어서가 아니다. 모방과 반동으로 점철되는 민족주의적 대립의 악순환을 끝을 수 있는 보다 더 큰 틀의 필요성이 두 유형의 우위와 차이를 논하는 것보다 더 중요하기 때문이다. 장문석의 표현을 빌리면, 유럽통합을 통한 "민족주의 길들이기"가 더 중요하기 때문이다.[50]

---

48) 김승렬, 「초국가 유럽의 산파: 장 모네」, 『인물로 보는 유럽통합사』, 163–184쪽.

49) 뒤로젤, 『유럽의 탄생』, 238쪽 재인용.

50) 장문석, 『민족주의 길들이기: 로마 몰락에서 유럽통합까지 다시 쓰는 민족주의의 역사』, 지식의풍경, 2007.

황우석 사태의 전개 과정과 지식인의 행동 양상

홍석영

I. 서론

황우석 전 서울대 교수는 2004년과 2005년에 사이언스지에 조작된 줄기세포 논문을 발표한 이후 환자맞춤형 줄기세포 실용화 가능성을 과장해 농협과 SK로부터 20억 원의 연구비를 받아내고 정부지원 연구비 등을 빼돌린 혐의와 난자 불법매매 혐의로 2006년 5월 불구속 기소되었다. 2009년 8월 서울중앙지법 1심 결심공판에서 검찰은 "한 연구자의 올바르지 못한 연구태도와 과욕 때문에 실험 데이터와 논문을 조작하고, 연구비를 편취·횡령한 공소사실이 43회에 걸친 공판을 통해 입증됐다"고 하면서 황우석 박사에게 징역 4년을 구형하였다. 반면 황 박사의 변호인은 "검찰의 연구비 편취 주장은 공동 업무의 특성을 왜곡한 데 따른 것이며, 후원금과 논문 사이에는 인과관계가 없어 무죄"라고 주장하였다. 이 재판의 선고는 2009년 10월 19일로 예정되어 있다.[1]

---

1) 서울중앙지법 형사합의26부는 2009년 10월 26일 선고공판에서 "논문을 조작하고 연구

체세포 복제를 통해 줄기세포를 획득하는데 성공했다고 발표한 시기에 황우석 전 서울대 교수는 우리 시대의 '영웅'이었다. 그는 2004년 6월 노무현 전 대통령으로부터 과학기술인으로서의 최고 훈장인 '창조장'을 받았고, 이후 국가 요인급 경호를 받았으며, 2005년 2월에 정보통신부는 황우석 특별우표를 발행했고, 2005년 6월에는 '제1호 최고 과학자'로 선정되기까지 했다. 그를 영웅시 하는 인식은 심지어 그의 논문 조작 사실이 밝혀진 후에도 그리고 1심 재판에서 유죄 구형을 받은 현재에도 계속되고 있다. 1심 선고를 앞두고 그의 지지자들은 법원에 선처를 요구하는 탄원서를 제출하였으며, 경기도는 그와 공동연구 협약을 맺기까지 했다.[2]

과연 황우석 전 서울대 교수는 어떻게 이렇게 영웅이 되었을까? 그리고 지식인의 키워드로 볼 때 그는 행동 양상은 어떻게 평가될 수 있을까? 이 글에서는 이 두 물음에 관심을 가지면서 논의를 전개해 보고자 한다.

Ⅱ. 황우석 사태의 전개 과정

여기서는 그가 우리나라의 최고 과학자로까지 대우받게 되는 과정 및

비를 횡령한 혐의와 난자를 불법매매한 혐의는 유죄, 실용화 가능성을 부풀려 연구비를 타낸 혐의 등은 무죄"라며 징역 2년에 집행유예 3년을 선고했다. 이 판결에 대해 검찰과 황우석 전 서울대 교수 측 모두 항소하였다.

2) 황우석 박사 연구재개를 염원하는 기독교인 탄원서 제출 기자회견, [뉴시스] 2009. 9. 9; 황우석 재판부에 선처 요청 탄원서를 전달하는 조계사 불자들, [뉴시스] 2009. 9. 14; 경기도와 황우석 연구팀의 공동연구 협약 (수원=연합뉴스) 신영근 기자, 2009. 8. 26 drops@yna.co.kr

몰락 과정을 그가 연구한 내용에 초점을 맞추어 살펴보도록 하겠다.[3]

1) 수정란 복제 연구에서 체세포 복제 연구로

1997년 2월 영국의 이언 윌머트(Ian Willmut) 연구팀은 복제양 돌리의 탄생을 발표했다.[4] 이로써 그 동안 불가능한 것으로 여겨진 포유류의 체세포 복제가 성공한 것이다. 복제양 돌리의 탄생으로 인간 복제의 가능성이 예견되었고, 이를 둘러싼 윤리적·종교적 논쟁이 격렬하게 일어났다. 복제양 돌리의 탄생은 한국에도 큰 반향을 일으켰다. 체세포 복제에 대한 이해가 부족한 상태에서 이를 곧바로 인간 복제의 현실화로 연결하기까지도 했다.

이 무렵 한국의 대표적인 복제 전문가로 주목을 받은 이는 당시 서울대학교 수의과대학의 황우석 교수였다. 그는 1995년에 국내에서 처음으로 수정란 복제소 생산에 성공[5]하여 복제 연구 분야의 선두주자로서의 이미지를 갖고 있었다. 이때까지만 해도 국내에는 동물 복제 연구자가 매우 드물었으며, 대부분의 사람들은 수정란 복제와 체세포 복제의 차이를 알지 못하는 상황이었다. 복제양 돌리에 대한 황우석의 생각은 의외로 차분했다. 수정란 복제를 연구하던 그는 체세포 복제가 과학적·산업적 가치는 크지 않은 반면, 윤리적·사회적으로는 심각한 문제를 불러일으킬 것이라고 진단했다. 그는 당시 한 학술지에 다음과 같을 글을

3) 이 부분은 김근배, "동물복제에서 인간복제로: 황우석 연구팀의 복제기술 진화", 『역사비평』 74호(2006년 봄호), 22~54쪽을 참고하였음.

4) I. Willmut et al., "Viable offspring derived from fetal and adult mammalian cells" Nature Vol.385, 27 February 1997, 810~813쪽.

5) 황우석 외, "소 핵이식 수정란에 의한 산자 생산에 관한 연구", 『한국수정란이식학회지』 10권 1호, 1995, 83~90쪽.

게재했다.

> 매우 낮은 성공률, 높은 조기태아사율 및 유산율 등의 문제들은 이
> 기술[체세포 복제 기술: 필자 추가]이 순수한 발생생물학적 가치와 의미
> 외에는 현재로선 생식세포를 이용한 복제기법(즉 수정란 복제)과 견주기
> 가 어렵지 않을까 한다. ……(중략)…… Wilmut 박사의 복제양 기술이 앞으
> 로 발전된다면 난자와 정자 등 생식세포가 없어도, 극단적으로는 몸의
> 세포 일부분만 있어도 동물을 복제해낼 수 있게 된다는 것이다. ……(중
> 략)…… 이 기술이 인간에게 이용되어 인간의 존엄성이 훼손되면 사회적
> 혼란을 야기할 수도 있을 것이다. 그리고 이 기술로부터 인간의 통제가
> 불가능한 생명체가 탄생되어 인류를 재앙에 빠뜨릴 생물재해의 근원이
> 될 수도 있을 것이다.[6]

체세포 복제에 대한 관심과 평가가 서로 다른 이유는 황우석과 윌
머트가 추구하는 복제 연구의 목표가 서로 달랐기 때문이다. 윌머트
는 인간에게 유용한 미량의 희소 물질 예를 들면 인슐린, 인터페론 등
의 생산을 목표로 한 반면, 황우석은 소, 돼지, 말 등의 우량 가축의
대량 개발과 증식을 목표로 하였다. 윌머트는 복제의 성공률보다는
체세포 복제 자체를 가치롭게 여겼지만, 황우석은 새로운 복제 방법
보다 복제의 성공률을 더 중시했다. 이러한 차이점에도 불구하고 두
사람 모두 복제 연구의 학문적 가치보다는 산업적 유용성을 더 중시
했다는 공통점을 가지고 있다.

이 당시 윌머트의 체세포 복제 방식에 관심을 가진 국내 학자는 서울
대학교 의과대학의 서정선 교수다. 그는 체세포 복제 기술을 20세기 초

---

6) 황우석, "생명공학기술과 인간생활", 『생명공학동향』 5권 1호, 1997. 3, 26–28쪽.

양자 역학과 맞먹는 생물의학 혁명의 시작으로 보았다. 그는 복제 기술
에 유전자 이식 기술의 결합 가능성을 생각했다. 예를 들어 면역거부
유전자가 제거된 형질전환 복제돼지를 생산하고 이로부터 이종장기를
획득하는 방안이 모색될 수 있다. 그는 체세포 복제가 큰 성과를 가져올
연구 분야로 이종장기개발과 줄기세포 연구를 예상했다.[7]

　복제양 돌리 탄생에 이어서 윌머트 연구팀에 의해 복제양 폴리가 탄
생했다는 소식[8]이 알려졌다. 복제양 폴리는 인간의 유전자를 삽입한
최초의 형질전환 체세포 복제양이다. 이를 계기로 국내에서도 체세포
복제 연구에 대한 관심이 급증하였다. 형질전환 복제양 폴리의 탄생은
체세포 복제 기술의 학문적 가치뿐만 아니라 실용적 가치까지도 보여주
는 것이기 때문이다. 황우석은 "폴리 탄생에서 우리가 눈여겨 볼 것은
바로 폴리가 'PPL 테라퓨틱스사'라는 생명공학 자본의 산물이라는 점이
다. 폴리는 복제 기술의 상업적 이용에 큰 전기를 마련한 것이다."[9]라고
주장했다. 이때부터 황우석과 서정선 연구팀은 서로 결합하여 이종장기
를 위한 형질전환 돼지 복제 연구를 공동을 추진하였다. 이후 황우석
연구팀은 체세포 복제 연구를 본격적으로 시도한다. 이들은 1997년 10
월부터 소의 체세포 복제 연구를 시작한다.[10]

---

7) 서정선, "생명체 복제기술의 문제점", 『과학과 기술』 1997. 6, 52-55쪽.
8) 폴리에 대한 연구 논문은 1997년 12월 Nature에 발표되었으나, 탄생 소식은 그 이전에
　미리 알려졌다.
9) "인간유전자 복제양 '폴리' 탄생의 의미와 전망", 문화일보 1997. 7. 28.
10) "생명공학 전기 복제 송아지", 경향신문, 1999. 2. 20; "황우석 교수와의 인터뷰", 국민일
　보, 1999. 2. 20. 황우석 교수는 이 인터뷰에서 체세포 소복제 연구를 1997년 10월 말부터
　시작하여 다음 해 5월에 대리모에 이식했다고 밝히고 있다.

2) 복제 젖소 '영롱'(Young-Long)과 복제 한우 '진이'의 탄생

황우석 연구팀의 복제소 탄생이 임박했다는 소식은 1998년 8월에 처음 알려졌다. 황우석은 언론과의 인터뷰에서 "어른 소의 체세포를 복제한 한우 한 마리와 젖소 세 마리(이중 두 마리는 쌍둥이)가 현재 대리모 세 마리의 자궁에서 4개월 넘게 건강하게 자라고 있으며, 네 마리 모두 무사히 출생할 것으로 보인다."[11]고 말했다. 이 중 복제 젖소 한 마리가 1999년 2월에 태어났으며, 그 이름을 '영롱'(Young-Long)으로 붙였다.

복제 젖소 영롱이의 탄생으로 황우석 교수에 대한 세인들의 관심은 더욱 강화되었다. 황우석은 한국의 스타 과학자로 부상했으며 국가로부터 전폭적인 지원을 받게 되었다. '영롱'이 탄생 전에 황우석 교수가 받은 연구비는 천만원대였지만, '영롱'이 탄생 이후부터는 수십 억 원대의 연구비를 받게 되었다.

그런데 '영롱'이가 체세포 복제소가 아니라는 의혹이 제기 되었고 이에 대해서는 아직까지 그 진위가 과학적으로 밝혀지지 못하고 있다. 그 이유는 '영롱'이의 탄생이 국내 언론에 대대적으로 보도된 것과는 달리 학계에 연구 논문으로 발표된 적이 없기 때문이다. 체세포 핵을 제공한 어미 소는 '영롱'이 탄생 전에 이미 늙어 죽었고, 그 체세포와 사진도 보관되어 있지 않다고 한다.

'영롱'이의 탄생 보도로 일약 스타가 된 황우석은 이때부터 연구 결과를 논문보다는 언론을 통해 발표하기 시작했다. 언론을 통한 연구 결과 발표는 대중의 지지와 국가의 후원은 물론 연구 시간의 단축 및 까다로운 연구논문 검증 회피 등의 이점을 동시에 제공했다.

---

11) "'복제소' 내년 1월 탄생한다." 한겨레, 1998.8.29.

'영롱'이 사례와 달리 1999년 3월 태어난 것으로 알려진 복제 한우 '진이'에 대해서는 관련 논문들이 여러 편 발표되었다. 여기에는 젖소 복제가 이미 뉴질랜드에서 1998년 7월에 성공한 반면 한우 복제는 황우석 연구팀이 처음으로 성공했다는 점이 영향을 미친 것으로 추정할 수 있다. 한우 복제 연구를 계기로 황우석 연구팀은 국내에 머무르지 않고 외국의 학술 잡지에 연구 성과를 본격적으로 발표하기 시작했다.

황우석은 '영롱'이 탄생을 발표하는 자리에서 "앞으로 3년 이내에 고품질 젖소와 한우의 복제 수정란을 2천 마리 이상 전국 농가에 무료로 보급하겠다."[12]고 밝혔다. 이 계획은 바로 성사되었다. 정부는 '영롱'이와 '진이'의 탄생을 계기로 한국의 복제 기술이 세계 수준에 근접했다고 판단하고 복제소 보급 사업을 추진했다. 마침 당시는 축산물 수입 개방으로 소 값이 폭락하고 있을 때였다. 농림부는 2000년에 '복제 기술을 통한 우량소 보급 사업 계획'을 세우고, 복제 수정란을 대대적으로 보급하여 2003년까지는 3천 마리, 2008년까지는 10만 마리로 복제소를 확대하겠다고 계획하였다.[13] 복제 가축을 국가 차원에서 대대적으로 보급하여 산업화를 꾀한 것은 한국이 세계에서 처음이다.

복제소 보급 사업은 시작과 동시에 난관에 부딪쳤다. 2000년에 838마리의 소에 복제 수정란을 이식하여 이듬해에 39마리의 복제소가 태어난 것으로 알려졌으나, 유전자 검사 결과 6마리만이 진짜 복제소로 밝혀진 것이다. 황우석은 축산기술연구소와 인공수정사들의 관리 운영 기흡을,

---

12) "한국 생명 공학 세계적 수준 올랐다." 조선일보, 1999. 2. 20; "(인터뷰) 황우석 교수", 국민일보, 1999. 2. 20.

13) 농림부, "23. 복제 기술을 통한 우량소 보급 사업 계획," 산업자원부, 『대통령 주재 바이오 산업 발전 방안 보고 회의 자료』 국회도서관 소장, 2000. 10. 6. 98쪽.

축산기술연구소 측은 낮은 기술적 확률과 성급한 산업화 추진의 이 사
태의 원인으로 제기했다.[14) 이 사태는 잠시 논란이 되었지만 곧 잠잠해
졌고, 복제소 보급 사업도 이후 흐지부지 되었다.

복제 기술과 관련하여 주목할 점 중에 하나는 체세포 복제의 낮은 성
공률이다. 윌머트 연구팀의 경우 434개의 성숙 난자를 사용하여 그 중
1마리의 복제양이 탄생했으므로 복제 성공률은 0.2%에 불과했다. 당시
복제소 연구에서 가장 앞서 있던 일본의 쓰노다 연구팀의 경우는 249개
의 성숙 난자를 사용하여 4마리의 복제 화우를 탄생시켜 1.6%의 성공률
을 보여주었다. 황우석 연구팀의 경우도 273개의 성숙 난자를 사용하여
복제 한우 1마리를 탄생시켰으니 그 성공률은 0.3%이다.[15)

3) 체세포 복제 기술의 적용 분야의 확장

체세포 복제 기술이 적용될 수 있는 분야는 많았다. 황우석은 주요
적용 분야로 동물의 번식과 개량, 치료용 단백질의 생산, 특정 영양 물
질의 생산과 이용, 장기이식용 동물 생산, 질환 모델 동물 생산, 세포
유전자 치료 등의 분야를 꼽았다. 그는 이중에서도 형질 전환을 통한
이종장기와 줄기세포를 이용한 세포 치료 두 분야를 자신의 연구팀이
앞으로 가장 역점을 둘 분야로 선택했다. 1999년 '영롱'이 탄생이 언론에
보도될 때부터 그는 이미 "인간에게 장기를 제공할 수 있는 형질 전환
돼지의 복제 생산과 암 등의 불치병을 치료하기 위한 세포 이식 치료법

---

14) "소도 웃을 가짜 복제 송아지", 한겨레, 2002. 1. 9; "기고: '가짜 복제소' 기술적 확률
   탓", 문화일보, 2002.1.16.
15) W.S. Hwang et al., "Cloning of Hanwoo(Korean Native Cattle) by Somatic Cell
   Nuclear Transfer," *Theriogenology* Vol. 53 No.1, 2000, 20쪽.

을 개발하는데 주력하겠다."[16]고 밝혔다. 이와 동시에 그는 "중점 적용 분야의 경우 신속한 정보 입수 및 관련 유전자 및 조작 기술의 특허를 선점하는 등의 조치가 이뤄져야 기술 종속을 면할 것"[17]이라는 의견을 피력하여 특허의 선점을 강조하였다.

황우석 연구팀이 인간 배아줄기세포 연구에 관심을 갖고 이 분야 연구를 본격적으로 시작한 것은 1998년 말 국내외에서 몇 건의 인간 배아 관련 연구들이 성공한 것과 관련 있다. 미국의 톰슨(J. A. Thomson)과 기어하트(J. Gearhart)는 각각 인간의 냉동 배아와 태아를 가지고 줄기세포 추출에 성공했다. 미국 ACT사의 시벨리(J. B. Cibelli)는 소의 난자를 이용하여 인간의 복제배아를 8세포기까지 배양했다. 월머트가 소속된 영국의 로슬린 연구소도 핵이식 기술을 이용한 줄기세포 연구에 착수할 것이라고 발표했다. 국내에서는 경희의료원의 연구팀이 인간 난자를 가지고 복제 배아를 4세포기까지 배양하는데 성공했다고 발표했다.

이러한 국내외 분위기에 자극받은 황우석 연구팀은 1999년부터 인간 배아복제연구를 추진했다. 복제 한우 '진이'가 태어날 무렵 의욕이 넘쳐나던 황우석은 "전 세계는 복제 기술을 이용한 불치병 치료 기술 개발 경쟁을 벌이고 있어요. 우리 연구팀은 세계 최초로 이 기술을 개발하는데 인생을 걸었습니다."[18]라고 밝히기까지 했다. 그는 심지어 "인간 세포를 동물 난자에 적용해 세포 이식 기술을 개발할" 것이라고 했는데, 이는 인간복제배아를 만드는데 동물 난자를 이용하겠다는 것이었다. 인

---

16) "인터뷰: 황우석 교수," 국민일보, 1999. 2. 20; "소복제 성공한 황우석 서울대 교수", 매일경제, 1999. 2. 20.

17) 노상호·한용만·이경광·황우석, "체세포 핵이식을 이용한 형질전환기술의 현황 및 전망", 『발생과 생식』3권 2호, 1999, 122쪽

18) 황우석, "인간 배아복제 기술의 전망", 『과학과 기술』 2000. 11. 55-56쪽.

간배아 복제에 필요한 많은 수의 인간 난자를 구하기 힘드니 이를 동물 난자로 대체하겠다는 것이었다. 당시 국민과 언론은 이 말의 의미를 제대로 이해하지 못한 채 지나쳤다. 소난자를 이용한 인간배아복제연구는 비교적 순조롭게 진행된 듯하다. 2000년 8월 황우석은 남성의 체세포를 복제해 세계 최초로 배반포기까지 배양하는데 성공했다고 발표했다.[19)]

2001년 1월부터 서울대학교 농생명대 임정묵 연구팀, 의과대학 문신용 연구팀과 공동으로 이종간 핵이식 연구를 추진한 황우석 연구팀은 그 성과를 2003년 외국 저널에 발표한다. 이 연구에서는 1,742개의 난자를 사용해 11개의 배반포를 만들었다(배반포 형성율 0.6%). 그러나 아직 목표했던 줄기세포는 얻지 못했고 그 가능성도 매우 낮을 것으로 예상됐다. 게다가 이종간 핵이식은 제정 중인 '생명윤리 및 안전에 관한 법률'에도 저촉될 뿐만 아니라 반인반수라는 이미지로 인해 사회적 반대에 부딪쳤다.

21세기를 맞아 황우석은 백두산 호랑이 복제 사업과 광우병 내성소 연구 사업이라는 새로운 연구 프로젝트를 추진했다. 호랑이 복제와 관련해서는 박사학위 논문 1편이, 광우병 내성소 연구와 관련해서는 공동 연구논문 1편이 발표되었다.[20)] 그러나 호랑이 복제는 이종간 핵이식으로 다른 대리모를 구해 완전한 개체를 복제하는 일이어서 결코 쉽지 않은 과제였다. 광우병 내성소 연구도 질병의 메커니즘이 완전히 밝혀지지 않은 상태에서 시도한 과감한 도전이었다. 이 두 연구 과제에서 황우

---

19) "세계 첫 '배반포 배양' 성공", 한국일보, 2000.8.10.

20) 김정태, "호랑이 체세포의 이종간 복제기법 수립", 서울대학교 박사학위논문, 2004;
Sang-Gyun Kang et al., "Cloning, Sequencing and Expression of cDNA Encoding Bovine Prion Protein," *J. Microbiol. Biotechnol.* Vol. 14 No. 2, 2004, pp.417-421.

석 연구팀은 큰 성과를 내지 못했다.

그러나 이 야심찬 프로젝트 덕분에 그는 복제 연구의 대부로서 사회적 명성과 국가적 지지를 얻을 수 있었다. 삼성은 호랑이 복제 개발비로 2000년 9월부터 30억 원을, 정보통신부는 광우병 내성소 개발비로 2001년부터 3년 동안 43억 원을 지원했다. 과학기술부는 장기이식용 복제돼지 연구비로 2003년에 20억 원을, 보건복지부는 이종장기 개발 공동연구자인 서울대학교 의과대학 안규리 교수에게 2001년부터 3년 동안, 그리고 다시 2004년부터 2년 동안 45억 원을 지원했다.21) 이러한 막대한 연구비는 황우석 연구팀이 의욕을 보여 온 이종장기개발연구와 줄기세포 연구를 위한 풍부한 재원이 되었다.

4) 인간복제배아 줄기세포 연구와 소위 '환자맞춤형 줄기세포 연구'의 조작

황우석은 2002년부터 인간 난자를 이용한 인간 복제배아 즐기세포 연구에 본격적으로 착수했다. 서울대 수의대 황우석, 의대 문신용, 미즈메디병원 노성일이 힘을 합쳐 줄기세포 연구를 추진했다. 황우석 연구팀은 복제배아 생산을, 문신용 연구팀은 복제배아 배양을, 노성일 연구팀은 줄기세포 추출과 배양을 책임졌다.

그동안 황우석은 동물 난자를 이용한 이종간 핵이식을 복제배아 줄기세포 연구의 바람직한 방식으로 생각했다. 무엇보다 이 연구에 매우 많은 수의 난자가 필요했기 때문이다. 그럼에도 황우석 연구팀은 이번에

---

21) 감사원, "국가연구개발사업 관리실태' 감사결과 중간발표 – 황우석교수 연구비 집행 관련," 2006; "황 교수팀 정부지원 연구비 7년간 84억' 첫 확인", 동아일보 2006.1.10.

는 동물 난자 대신에 인간 난자를 실험 재료로 선택했다. 이들이 한양대
학교 기관심사위원회(IRB)에 연구계획서를 처음 제출한 시기는 2001년
후반이다. 이때는 미국 ACT사 연구팀이 인간 난자를 이용해 복제 배아
생산에 성공했다는 뉴스가 보도된 무렵이다. 인간 난자를 가지고 줄기
세포 연구를 수행하는 다른 팀이 등장한 것이다. 한편 2002년에 발표된
'생명윤리 및 안전에 관한 법률' 시안에서는 체세포 복제연구를 원칙적
으로 금지한다는 내용을 담고 있었다. 이런 상황을 고려해 황우석은 법
률이 제정되기 전에 인간 난자를 이용한 줄기세포 연구를 서둘러 추진
하는 것이 좋겠다는 판단을 내린 것을 추정된다. 이 무렵 공동 연구자
문신용의 주도하에 프런티어 21 사업의 하나로 '세포응용사업단'이 구성
되어 2002년부터 거액의 연구비가 줄기세포 연구에 지원되었다.

드디어 2004년 황우석 연구팀은 세계 최초로 인간체세포복제배아로
부터 줄기세포를 획득하는데 성공했다는 연구 결과를 발표했다.[22] 이
연구에 필요한 난자는 미즈메디 병원에서 공급했다. 나중에 밝혀진 사
실에 따르면, 미즈메디 병원은 2002년 11월부터 2003년 3월까지 21명의
여성으로부터 423개의 난자를 채취해 제공했다고 한다.[23] 비록 많은
수의 난자를 제공받아 사용했음에도 불구하고 연구 결과는 쉽게 나오지
않았다. 성공을 위해 동일 여성의 난자와 체세포를 이용하기도 했다.

---

22) Woo Suk Hwang, et al., "Evidence of a Pluripotent Human Embryonic Stem Cell
   Line Derived from a Cloned Blastocyst," *Science* Vol. 303, 12 March 2004, pp.
   1669-1674. 이 논문은 그의 연구조작 사실이 밝혀지면서 2006년 1월 12일 *Science*로부터
   논문 취소 결정을 받았다.
23) 서울대학교 조사위원회, 『황우석 교수 연구의혹 관련 조사 결과 보고서』, 2006. 1.
   10. 32쪽. 황우석 연구팀의 연구 기록에는 최초 핵이식일 이후로 359개의 난자를 제공받
   아 이중 254개를 실험에 사용했다고 적혀 있다. 한편 *Science*에 발표한 논문에서는 16명
   의 여성으로부터 242개의 난자를 기증 받아 사용했다고 밝히고 있다.

그러나 복제 배아를 만들어 그것을 배반포기까지는 배양을 했으나 이로부터 줄기세포를 얻기는 매우 힘들었다. 논문에서는 배반포기까지 30개를 배양하는데 성공했으나 줄기세포는 1개밖에 얻지 못했다고 밝히고 있다.[24] 이 연구 결과는 낮은 성공률뿐만 아니라 인간의 배아를 복제해 파괴했다는 점과 인간 복제로 이어질 개연성이 크다는 생명윤리 논란을 불러일으켰다. 이에 황우석은 생명윤리 문제가 해결될 때까지 연구를 중단하겠다고 선언한다.[25]

그러나 황우석은 같은 해 10월 연구 재개를 발표 했다. 영국, 중국, 일본 등 다른 나라에서 관련 연구가 활발히 추진되고 있는 상황에서 우리가 연구를 중단하고 있으면 연구 관련 특허를 다른 나라에 내줄 수밖에 없다는 논리였다. 또한 그는 수천만 명의 국내외 난치병 환자를 위해서라도 하루 빨리 연구를 재개해야 한다고 주장했다. 체세포 복제배아 줄기세포 연구를 실제로 재개한 시점은 2004년 9월이었다. 서울대학교 조사위원회의 조사 결과에 따르면 최초 핵이식 날짜는 2004년 9월 17일이었고, 10월 6일에 콜로니 확인이 이루어졌다.[26] 이 연구 결과는 '환자 맞춤형 줄기세포'라는 이름으로 2005년 5월 발표되었다.[27] 당시 발표

---

24) 물론 이 1개의 줄기세포도 후에 서울대학교 조사위원회의 조사에 의해 체세포복제배아 줄기세포가 아님이 밝혀졌다.

25) 백승재, "황우석 '사람난자 이용 복제실험 중단' 귀국 기자회견 – 윤리적 문제 해결 때까지", 조선일보, 2004.2.19.

26) 서울대학교 조사위원회, 『황우석 교수 연구의혹 관련 조사 결과 보고서』, 2006.1.10. 4–5쪽.

27) Woo Suk Hwang, et al., "Patient-Specific Embryonic Stem Cells Derived from Human SCNT Blastocyst," *Science* Vol. 308, 17 June 2005, pp.1777-1738. 이 논문 역시 그의 연구조작 사실이 밝혀지면서 2006년 1월 12일 *Science*로부터 논문 취소 결정 을 받았다.

논문에 따르면 총 185개의 난자로부터 11개의 환자 맞춤형 줄기세포를
추출했다고 한다. 물론 이 연구 과정 및 연구 결과 역시 조작된 것으로
밝혀졌다. 환자 맞춤형 줄기세포는 존재하지 않았으며, 사용한 난자의
수도 크게 축소되었다. 이 연구에 사용된 난자의 수를 서울대학교 조사
위원회는 2,061개로 집계하였으나, 국가생명윤리위원회의 조사에서는
이보다 160개가 많은 2,221개로 집계되었다.

황우석 교수의 2004년 연구와 2005년 연구가 조작되었다는 사실은
국민들에게 매우 큰 충격을 주었다. 논문 조작, 비윤리적 난자 취득,
일부 연구비의 부적절한 관리 등이 드러나면서 승승장구하던 황우석 연
구팀은 몰락하였다.

Ⅲ. 지식인의 키워드로 본 황우석의 행동 양상

1) '지식소유자'로서의 황우석의 행동 양상

강수택[28]은 현재 우리 사회에서 사용되는 지식인이라는 단어는 한편
으로는 서양의 인텔렉추얼에 해당하는 의미로, 다른 한편으로는 "지식
소유자" 혹은 "교육받은 사람"이라는 보다 일반적인 의미로 사용된다고
한다. 여기서는 '지식소유자'로서의 황우석의 행동 양상을 그가 즐겨 사
용한 수사법(修辭法, rhetoric)을 통해 살펴보도록 하겠다. 그의 주요 연구
성과가 조작으로 판명되고 1심 재판에서 유죄 선고가 내려졌음에도 아
직 그를 지지하는 사람들이 있는 것은 그의 남다른 수사법의 힘이라 할

---

28) 강수택, 「지식인, 권력, 시민사회」, 경남문화연구원 인문한국(HK) 제2회 월례세미나
　　발표문, 2쪽.

수 있다('참고 자료: 황우석 전 교수의 1심 최후 진술' 참조). 그가 즐겨 사용한 수사법을 검토함으로써 온전한 의미의 지식인이기보다 '지식소유자'로서의 그의 행동 양상을 유추해 볼 수 있다.

아리스토텔레스는 연설을 통해 청중을 설득하기 위해서는 다음의 3가지 방법을 사용해야 한다고 정리하고 있다. 첫째는 논증 또는 이성을 이용하는 것[로고스]이고, 둘째는 청중의 감정에 호소하는 것[파토스]이며, 셋째는 청중에게 호감을 주는 성품을 드러내는 것[에토스]이다.[29] 아리스토텔레스가 제시한 이 3가지 방법을 준거틀로 하여 황우석의 수사를 다음과 같이 분석할 수 있다.[30]

(1) 로고스의 오용

로고스와 관련해서 황우석을 포함한 배아복제 연구자들은 다음과 같은 몇 가지 수사법을 사용하였다. 우선 "줄기세포는 생명파괴와 무관하다"는 수사법을 사용한다. 그들은 자신들의 연구는 "생명이 될 가능성이 없는 줄기세포이므로 생명을 파괴한다는 일각의 주장은 잘못된 것"[31]이라는 주장을 펼친다. 황우석은 유전 물질이 없는 빈 난자를 사용했고 따라서 결코 수정이 이루어지지 않았으므로 자신이 만든 것은 배아가 아니라는 주장까지 한다.[32] 그러나 배아줄기세포를 추출하기 위해서는 먼저 배아가 만들어져야 하고 이 배아를 파괴해야만 배아줄기세포를 만

---

29) Aristotle, *The Art of Rhetoric*, 1403b 11-13.

30) 이와 유사한 분석을 다음 연구자도 실시하였다. 전방욱, "우리나라 언론보도에 나타난 배아복제 연구자들의 수사 분석", 생명윤리 제6권 제1호, 2005년 6월, 109-122쪽.

31) 최수문, "배아줄기세포 연구 논란 지속", 서울경제, 2005. 6. 12.

32) J. Brooke, "Scientist at work/ Woo Suk Hwnan; without Apology, Leaping Ahead in Colning," *The New York Times*, May 31, 2005.

들 수 있기 때문에 줄기세포 연구는 생명파괴와 무관하며 자신들이 만든 것은 배아가 아니라는 주장은 명백히 오류이다.

이들은 또한 자신들이 하는 복제는 치료용 복제이며 이는 인간 개체 복제와 명백히 구분된다는 주장을 펼친다. 2005년 6월 15일 정진석 대주교와의 면담에서 황우석은 자신의 "배아줄기세포 연구는 난자와 정자의 결합이라는 수정의 과정을 일체 거치지 않고 있으며, 이렇게 만들어진 배아를 사람의 자궁에 착상할 가능성 또한 전혀 없어 인간복제로 발전한 과학적 근거가 없다."고 설명했다. 그러나 이 역시 사실과 다른 주장이다. 체세포 배아 복제와 인간 복제는 동일한 기술이다. 연구진도 "다만 가능성이 거의 없지만, 체세포 핵이식 수정란을 자궁에 착상시킨다면 인간복제가 이론적으로는 가능하다."33)고 말하고 있다.

이렇게 잘못된 사실을 의도적으로 그리고 반복적으로 주장하여 황우석을 포함한 배아 복제 연구자들은 자신들의 연구가 생명 파괴와 무관하며 인간 개체 복제로는 이어지지 않는다는 기억을 일반 대중에게 심어 주려 하였다. 그들의 주장은 로고스를 매우 논리적으로 사용하는 것처럼 보이지만 사실은 로고스를 오용한 잘못된 수사법이다.

(2) 파토스의 남용

황우석이 가장 즐겨 사용하는 파토스이자 가장 강력한 파토스는 환자를 동원하는 것이다. 척추마비 환자나 어린이 환자를 동원하는 것은 대중의 지지를 받는데 매우 효과적이다. 황우석은 "눈물없이 볼 수 없었던 어느 척수 환자를 기억한다."며 "줄기세포 연구는 세계적으로 80만 명에

---

33) 이근영·김양중, "배아줄기세포, 뜨거워지는 윤리논란", 한겨레, 2005. 6. 15.

달하는 척수신경증 환자들의 희망이 될 수 있을 것"이라고 말했다. 그는 "줄기세포를 문의하는 이메일이 하루 3백여 통 온다."며 "줄기세포 연구로 다시 걸을 수 있는 희망이 생겼다던 강원래 씨의 이메일을 잊을 수 없다."고 소개하기도 했다.[34]

또 다른 파토스로 치료 가능성의 과장을 들 수 있다. 체세포 복제 배아 연구를 '치료용' 복제로 부르는 것이 이에 해당한다. 체세포 복제배아 줄기세포를 통한 치료 효과는 현재까지 거의 보고되고 있지 않으며 관련 연구가 임상적으로 성공하려면 적어도 수년 또는 수십년이 필요하고 상용화까지는 더 오랜 시간이 요구됨에도 불구하고 '치료용' 복제라는 용어를 사용하여 치료에 대한 혼상 및 성급한 기대를 갖게 하였다.

또 다른 파토스로 애국주의 또는 민족주의를 들 수 있다. 우리나라는 세계 그 어느 나라보다 애국주의와 민족주의가 강하다. 황우석은 이를 적절히 활용하였다. "생명공학의 고지에 태극기를 꽂고 왔다.", "외국으로부터의 거액의 스카우트 제의를 물리치고 한국을 위해 연구한다"[35], "과학에는 국경이 없지만 과학자에게는 조국이 있다"[36] 등의 수사법은 그를 애국주의의 화신으로 이미지화했다. 그를 비판하는 사람은 심지어 반애국자자로 평가받기까지 했다.

그가 또 즐겨 사용한 파토스는 경제 발전이다. 황우석은 자신의 연구가 차세대 성장 산업이며, 삼성전자의 반도체 사업에 이어 '한 사람이 백만 명을 먹여 살릴 수 있는' 프로젝트라고 강조한다. 그리하여 그는

34) 김진희, "황우석 교수 '강원래 감사 이메일 못 잊어'", 오마이뉴스, 2004. 11. 18.
35) 최훈·심재우, "황우석 교수 1조원 '유혹'에도 미국 안 갔다. 해외 러브콜 잇단 거절, 정부 '국가 차원 지원'",중앙일보, 2004. 8. 11; 한영순, "동아일보를 읽고/ 1조 거절한 황교수 아낌없는 지원을", 동아일보, 2004. 8. 13.
36) 권은중, "과학엔 국경 없지만 과학자에게는 조국이 있다", 문화일보, 2005. 6. 7.

자신의 연구를 특허화 하려고 끊임없이 노력했으며, 다른 나라보다 먼저 성공해야 한다는 것을 지속적으로 강조하였다. 그의 연구가 경제 가치와 연결되어 있다는 것은 재판이 진행 중인 현재에도 입증되고 있다. 2009년 6월 8일 그는 사단법인 장영실 선생 기념사업회로부터 '장영실 과학문화상 대상'을 수상한다. 황 교수의 수상 소식이 전해지자 그의 연구와 관련있는 기업들의 주식이 크게 올랐다.[37]

환자 동원, 치료 가능성 과장, 애국주의, 경제 발전의 파토스를 활용하여 황우석은 자신의 연구에 대한 광범위한 지지 기반을 확보할 수 있었다.

(3) 에토스의 남용

언론은 황우석을 헌신적인 과학자로 자주 그려낸다. "머리만 좋다면 너도 나도 의대에 가려는 판에 성적이 뛰어나 의대에 진학하라 권해도 1, 2, 3 지망을 모두 수의학과로 적은 고집쟁이"; "직장을 얻게 되면 우선 아파트 평수 늘릴 궁리부터 하는 세상에 35평형 아파트에 전세를 사는 서울대 교수"; "30대 회사 과장만 돼도 비즈니스석을 타려는 여객기에서 이코노미석만 고집하고, 미국 주최측인 특급호텔을 예약해 줘도 연구원들과 함께 있기 위해 50달러 미만의 허름한 모텔에 묵은 50대의 세계적 과학자."[38]

이런 미덕을 가진 황우석은 자주 영웅과 동일시된다. 신화학자 캠벨

---

37) 황우석, '장영실 과학문화상 대상 수상, 출처:http://www.mt.co.kr/view/mtview.php?type=1&no=20090608 14367095778&outlink=1; 황우석닷컴(http://www.hwangws.com/)에서 재인용.

38) 최정호, "영웅없는 시대의 영웅", 동아일보, 2004. 2. 25.

에 따르면 영웅은 자신을 둘러싼 속박을 극복한 입지전적인 인물이다.39) 황우석은 "담임 반대에도 수의과로; 주변 만류에도 '줄기세포' 밀어붙여 '하늘을 감동시키자'는 좌우명 그대로 하늘을 놀라게 한 뚝심", "난치병 치료의 희망인 인간 배아줄기세포 배양에 성공하여 세계적 생명공학자로 우뚝 선 서울대 황우석 교수: 분단과 가난을 이겨낸 한국인의 성공기, 한눈팔지 않고 한길만 파온 우직한 '황소 정신'의 승리"40) 등으로 묘사되었다.

과학자의 연구 성과를 세계적으로 인정받는 방법 중 가장 확실하며 영광스러운 것은 노벨상 수상이다. 우리나라 언론은 황우석의 연구를 자주 노벨상 수상과 관련지었다.

> 한국이 낳은 세계적 과학자 황우석 서울대 석좌교수는 과연 노벨과학상을 탈 수 있을까. 한국과학기술기획평가원 이호성 전문위원은 "황 교수의 업적은 새로운 영역을 연 독창성, 인류 복지 공헌 등의 측면에서 충분한 노벨상 수상감"이라고 말했다. 그는 황 교수의 연구가 후속 연구를 통해 환자 치료로 이어질 경우 노벨 의학상 외에 인류 복지 공헌 측면에서 노벨 평화상도 가능할 것으로 평가했다.41)

황우석 자신도 노벨상에 관심을 갖는다. 하지만 한편으로는 노벨상에 대해 초연한 태도를 취한다. 이러한 태도는 언론의 요란한 조명과 대비되면서 그의 에토스를 더욱 강화시키는 결과를 가져왔다.

---

39) 조셉 캠벨, 이윤기 역, 『세계의 영웅 신화』 대원사, 1989, 25쪽.
40) 탁상훈, "뚝방길 소 몰던 소년, 황소정신 만세", 조선일보, 2005. 5. 25.
41) "노벨상 수상 가능성", 조선일보, 2005. 5. 20.

> 노벨상을 어떻게 하는지 [나는] 전혀 모른다. 나의 목표도 아니다. 저는
> 역사에 만약 한 줄 기록이 된다면 '참과학도였다.'는 기록이 어느 가치보
> 다 소중한 재산으로 남을 것이다. 한국의 젊은 과학도들이 열악한 상황에
> 서 연구실에서 밤을 지새고 있다. 정부의 지원과 국민들의 격려가 필요하
> 다. 노벨상은 그분들이 타야 한다.[42]

이러한 에토스의 남용을 통해 황우석은 연구 능력이 뛰어날 뿐만 아
니라 성품도 매우 훌륭한 지식소유자로 대중에게 각인되었다. 이상에서
살펴본 로고스의 오용, 파토스와 에토스의 남용으로 인해 대중은 지식
소유자 황우석에 대해 올바른 판단과 평가를 내릴 수 없었다. 그는 그
자체로 영웅시되었다.

2) 지식인의 정의로 본 황우석의 행동 양상

강수택은 지식인을 "현실 세계의 공공적인 사안에 관심을 갖고 지성
으로써 참여하는 자"로 정의한다.[43] 이 정의에서는 지성과 공공적인 관
심이 지식인의 핵심 요소이다. 그렇다면 황우석은 이 정의에 비추어 볼
때 지식인이라 할 수 있을까? 우선 그가 공공적인 관심을 가진 것은 사
실이나 이것이 전적으로 공적 이익에 대한 관심인가에 대해서는 의문의
여지가 있다. 그가 연구 과정 및 성과의 특허화를 강조하면서, 특허의
상당 부분을 자신의 것으로 만들고자 했던 사실은 그의 공공적 관심의
한계를 보여주는 사례라 할 수 있다. 다음으로 그는 지성을 가지고 있었
을까? 강수택은 지성은 비판 또는 창조로 나타나야 한다고 지적하고 있

---

42) 안효조·신소여, "줄기세포는 반드시 메이드 인 코리아 돼야", 헤럴드경제, 2005. 6. 8.
43) 강수택, "지식인, 권력, 시민사회", 경남문화연구원 인문한국(HK) 제2회 월례세미나
　　발표문, 3쪽.

는데, 과연 황우석의 연구는 비판으로 볼 수 있을까 아니면 창조로 볼 수 있을까? 부단히 남과 다른 연구 방법을 추구한 점은 창조로 볼 수도 있을 것이다. 그러나 지성에서 당연히 전제하고 있는 도덕성의 측면에서 그는 매우 부족한 모습을 보였다. 그는 논문을 조작했고, 연구원의 난자 채취 과정에 대해 거짓 증언을 하였고, 연구비의 일부를 부당하게 집행했으며, 연구 논문에 공저자 표기 부당하게 하였다. 이러한 도덕성의 흠결은 그의 지성에 대해 의심하게 한다. 물론 강수택의 정의에 부합하는 지식인을 현실에서 찾기는 쉽지 않을 것이다. 그렇다고 해서 연구 부정행위를 한 연구자를 지식인의 범주에 포함시키기는 어렵다.

3) 지식인과 권련 사이의 관계에서 본 황우석의 행동 양상

루이스 코저(L. A. Coser)는 지식인과 권력 사이의 관계를 다섯 유형으로 분류하였다.[44] 첫째, 권력을 소유한 지식인이다. 코저는 역사적인 예로서 프랑스 혁명 후의 자코방파 지식인과 러시아 혁명 후의 볼셰비키 지식인을 든다. 이들은 공통적으로 자신들의 이상을 실현하기 위해 권력을 직접 장악하였으나 그 기간이 오래 가지는 못했다.

둘째, 기존의 권력권 내부에 들어가서 이를 변화시키려는 지식인으로서 코저는 19세기 말 영국의 페이비언주의자들과 1930년대 미국 프랭클린 루스벨트 대통령의 브레인 트러스트 구성원들을 그 대표적인 역사적인 사례로 제시하였다. 이들은 공통적으로 당시 권력을 장악한 정치인들을 지도하고 조언하는 방식으로 권력에 영향을 끼치려고 노력하였다.

---

44) 강수택, "지식인, 권력, 시민사회", 경남문화연구원 인문한국(HK) 제2회 월례세미나 발표문, 7-8쪽에서 재인용.

셋째, 권력을 정당화시켜주는 지식인 유형으로서 나폴레옹 시대의 프랑스 이데올로그들과 고물카 정권 당시의 폴란드 수정주의자들이 대표적인 역사적인 사례이다. 이들은 권력자들을 직접 정당화하거나 또는 이들에게 정당화하는 이념을 제공함으로써 기여한 지식인들이다. 하지만 이들은 결국 권력자로부터 배척당하거나 혹은 권력에 실망하여 스스로 떠남으로써 권력과 결별하게 되었다.

넷째, 권력에 대한 비판자로서의 지식인 유형이 있다. 코저는 1830년대 미국의 노예제도 폐지론자들과 1890년대 프랑스의 드레퓌스 옹호자들을 여기에 분류하였는데, 이들은 공통적으로 정의를 절대 표준으로서 옹호하면서 당시에 권력을 행사하던 정치인의 타협과 잘못을 신랄하게 질타한 지식인들이었다.

다섯째 유형은, 자기 나라의 정치인들에게 영향력을 행사할 수 없다는데 절망하여, 자신들이 바라는 바가 좀 더 가까이 실현되어 있는 것처럼 보이는 해외의 정치체계에로 마음을 돌려버리는 경우이다. 코저는 계몽주의 시대에 프랑스 지식인들 사이에 널리 퍼져 있던 러시아 및 중국에 대한 찬미와 1930년대 영국과 미국 지식인들이 보인 러시아 애찬을 두 가지 역사적 사례로 제시하였다. 이들 지식인에게는 사회의 조화 및 질서, 지식인의 역할에 대한 평가 등에 있어서 자기 나라와 다른 나라가 대조되는 것으로 여겨졌다. 그래서 이들은 다른 사회에 관한 강력한 신화를 만들고 심지어 이들 사회에서 자행되는 잔혹한 권력행사조차 정당화하는 반면에, 자신들의 사회에 대해서는 충성을 거부하고 권력 소유자로부터는 이반되어 갔다는 것이다.

코저의 이 분류를 참고할 때 황우석 전 교수는 권력을 소유한 지식인, 권력을 정당화시켜주는 지식인에 해당한다고 할 수 있다. 그는 자신의 이상을 실현하기 위해 끊임없이 권력을 소유하려고 했으며, 또한 정부와 정치권에서는 그를 활용해 자신들의 권력을 정당화하려고 노력했다. 황 우석과 정치 권력은 묘한 동맹 관계를 형성하였다. 1999년 복제 젖소 영롱이의 탄생을 계기로 그는 김대중 대통령을 만났다. 이어 과학기술부 는 1999년에 처음 설립된 '국가과학기술위원회'(위원장: 대통령)의 제1차 회의에서 황우석 교수에게 복제소 탄생 과정을 직접 보고할 기회를 준 다. 이후 황 교수는 이 위원회의 정책전문위원으로 발탁된다. 노무현 대통령 시절 청와대 보좌관인 박기영은 BT 산업의 대표적 성공 사례로 황우석을 들었다. 그는 '김대중 정부 = IT 산업', '노무현 정부 = BT 산업' 이라는 업적지향적 캐치프레이즈를 완성하기 위해 황우석의 연구 성과 를 활용했다. 2005년 10월 세계줄기세포허브(World Stem-cell Hub) 개소식 에서 노무현 대통령은 "생명윤리에 관한 여러 가지 논란이 이와 같은 훌륭한 과학적 연구와 진보를 가로막지 않도록 잘 관리해 나가겠다."[45] 고 말하기까지 했다. 황우석 교수는 현직 대통령과의 관계뿐만 아니라 차기 대권주자들과의 관계도 능숙하게 관리했다.[46] 그는 참으로 권력을 적절히 정당화 시켜주면서 활용한 지식 소유자라 할 수 있다.

Ⅳ. 결론

이상에서 황우석 사태의 전개 과정과 지식인을 키워드로 해서 황우

---

45) 한국정책방송, 2005. 10. 19.
46) 김종영, "복합사회현상으로서의 과학과 과학기술복합동맹으로서의 황우석", 『역사비 평』 74호, 2006년 봄, 101-103쪽.

석의 행동 양상에 대하여 살펴보았다. 황우석은 '지식소유자'이기는 하지만 온전한 의미의 지식인이라 보기 어렵다. 온전한 의미의 지식인은 지식, 지성, 도덕성, 비판 정신, 창조 정신 등을 균형있게 갖추고 있어야 한다. 이중에서 가장 기본적으로 강조되어야 할 것은 도덕성이다. 왜냐하면 도덕성은 지식인의 다른 능력들이 나아갈 방향을 지시하기 때문이다. 아리스토텔레스도 『니코마코스 윤리학』에서 "선한 사람이 되지 않고서 실천지 있는 사람이 되기란 불가능하다."(1144a)고 갈파하고 있다. 인류 역사에서 얼마나 많은 '지식소유자'들이 수많은 범죄를 저질러 왔는가를 생각할 때 도덕성을 갖춘 온전한 지식인의 중요성이 감지될 수 있다.

　지식인을 키워드로 해서 황우석 사태를 돌아보면서, 왜 대중은 황우석을 그토록 지지했는가하는 의문이 생겼다. 이는 그가 사용한 현란한 수사법에 대중이 현혹된 면도 있겠지만, 다른 한편으로 대중의 요구에 그가 응답한 면도 있기 때문이다. 대중은 지식인에게 근면, 겸손, 대중에 대한 사랑, 국가에 대한 사랑 등을 요구하는 면이 있고, 황우석은 이런 대중의 요구에 적절히 응답했다. 물론 대중의 요구의 건전성과 대중의 요구에 대한 응답의 진정성이 검토되어야 하지만 황우석 사태로부터 배울 수 있는 점은 그간 지식인이 대중의 요구에 너무 무심하지 않았나하는 반성의 계기를 가진 점이다. 그동안 적지 않은 지식인들이 지식인의 계몽적 역할에만 충실했던 것은 아닌가하는 성찰을 하게 된다. 이제 대중은 참여하는 대중 또는 시민으로 변모하고 있다. 지식인은 이런 대중의 변화에 관심을 가져야 한다.

참고 자료

• 황우석 전 교수의 1심 최후 진술

다음은 1심 구형 공판(2009.8.24 서울중앙지법 417호 대법정)을 방청한 한 참석자가 속기한 황우석 박사 최후 진술 전문이다.[47]

"사실 오늘 이 자리에서 조금 전까지만 해도 그동안의 과오를 자숙하는 의미로 최후진술을 사양하려 했습니다. 그러나 상 피고인 3분에 대한 구형과 증언을 들으며 (제가) 아무 이야기도 없이 그대로 있다면 너무 비겁한 사람이라는 악평을 듣게 될까봐 조심스레 최후진술을 합니다.

저는 이 사건 수사가 끝나고 (검찰에 의해) 기소된 뒤 억지로 잠이 들었다가도 새벽녘이 될 때 '사기횡령'이라는 단어가 떠오르면 소스라치게 잠에서 깨어나 결국 뜬 눈으로 지새우며 살아왔습니다.

지난 20년간 나름대로는 금욕적인 생활과 스스로 정한 생활의 범주를 넘지 않으며 많은 노력을 했습니다. 남들 다가는 노래방이라는 곳에도 가본 적이 없고, 아침 햇살이 환히 비출 때까지 잠자리에 누워 본 적도 없었습니다. 이와 같은 연구생활을 나눠 온 저와 저의 연구팀의 등에 '사기꾼 집단'이라는 낙인을 맞게 되면서부터 극심한 고통과 혼란에 빠지게 되었습니다.

63일 동안 서울지방 검찰청 1235호실에서 8명의 검사님과 수십 명의 수사관들에게 심문을 당할 때, 그 이후 약 3년에 걸친 재판 과정을 겪어오면서, '왜 수사 또는 재판 과정에 있던 사회지도층 인사들이 극단적인 선택을 하는가'에 대한 이해와 동감을 얻었습니다. 하지만 이 자체가 저의 운명이고 이 세상에서의 수행과 수양 과정이자, 제가 그토록 꿈꾸던 과학도로서의 자세에 다가가지 않을까 나름대로 생각해봅니다.

오늘 저 자신에 대한 변명보다 상 피고인들에 대한 저의 소회를 말하고자 합니다. 먼저 장상식 피고인…. 제가 오늘 맞고 있는 중압감과 고통보다도 장

47) http://www.seoprise.com/board/view.php?table=seoprise_12&uid=82319

상식 피고인이 법정에 저렇게 앉아 있는 모습을 보는 것이 저에게는 더 큰 고통으로 다가옵니다. 제가 안규리 교수의 소개를 받아 장원장을 뵈었을 때 흔쾌히 (연구용 난자 제공을) 도와주겠다는 한 말씀에 얼마나 고마웠는지 모르겠습니다. (난자 제공 후) 일정기간이 지나면 마치 (꿔준) 빚 받아가듯이 또박또박 받아가던 어느 분과는 다르다는 것을 느꼈습니다. 2005년 1월까지만 해도 저는 장 원장님이 자발적 난자 기증을 해주신 분들께 개인 사재를 털어 어느 만큼의 시술비를 감면해 주셨는지 몰랐습니다. 2005년 3월에 이르러 (장원장님) 개인의 비용이 어느 정도 들어가느냐고 여쭤봤더니 이러저러하다고 듣게 되었습니다. 그렇다면 최소한도 (제가) 과배란 주사만이라도 공급해드리겠노라 말씀드렸더니 장원장님은 '됐다' 고 거부하셨습니다. 뿐만 아니라 장원장님께서 저에게 '모든 힘을 다할테니 (난자 제공이) 법에 위반되지 않는다는 가이드라인을 달라'고 요청해오셨습니다. 저는 그 뒤 의사로서 법학을 다시 공부해 법대 교수가 된 당시 국가생명윤리위원회 위원이시던 정규원 교수님을 수차례 만나 법적 자문을 구했습니다. 일주일 뒤 그 분께서 (당시 방식이) 법에 위반되지 않는다는 말을 듣고 장원장님께 그대로 말씀드린 바 있습니다.

존경하는 재판장님. 만일 검찰의 구형을 받아들이시어 장상식 원장께 탓하실 것이 있으시다면 (그것을) 저에게 물어주십시오. (당시) 장상식 원장님의 행위는 널리 알려지고 칭송받을 일이지 범법자 낙인찍힐 일이 아니라 모든 책임은 제가 지겠습니다.

강성근 교수... 가슴 아픕니다. 강성근 교수는 원래 저의 제자가 아니었습니다. (당시) 서울대 총장께서 국제 연구를 잘 하기 위해 너의 연구실에 교수를 1명 더 뽑을 수 있는 T.O.를 주겠다고 하셨을 때 총장께 저는 저의 제자가 아닌 국제 연구를 잘 할 수 있는 훌륭한 전문가를 영입하겠다고 말씀드렸습니다. 그 후 이병천 교수와 상의해, 이병천 교수의 고등학교 후배인 강성근이 좋겠다고 해서 (당시) 여러 명 대기하던 저의 제자들을 뒤로 하고 강 교수를 신규 교수로 채용했 습니다. 강교수 정말 훌륭한 사람입니다. 그 성실성은 누구보다도 뛰어난 사람입 니다. 만일 그 때 제가 강교수를 뽑지 않았더라면 강 교수는 (아마) 이 불행한 사태를 접하게 되지 않았을 것입니다.

몇 달 전 강교수가 입원해 수술을 받은(강성근 전교수는 사태 이후 위암 초기로 판명, 수술을 받았음) 삼성병원에 (제가) 병문안을 갔을 때 저를 붙잡고 강교수의 부인은 하염없이 울었습니다. 저도 23년 전 간암으로 한쪽 간을 떼어내는 수술을 받았던지라 그 모습을 보며 가슴이 너무나 아팠습니다. 이러한 강 교수에게 법의 온정을 베풀어주시기를 간곡히 청합니다.

윤현수 교수... 훌륭한 사람입니다. 모교의 교수가 되는 것이 꿈이라던 윤 교수를 위해 제가 당시 한양대 의대 학장님과 해부학 교실 주임교수님을 만나 간청했고 그 뒤 윤교수가 임용되었습니다. 만일 윤 교수도 저와의 이런 인연이 없었더라면... 그대로 미즈메디 연구소장으로 있었더라면 아마도 (저와 같이 피고인석에 서는) 이런 불행한 사태는 피할 수 있었을 것입니다.

이 세 분의 교수... 훌륭한 교수들... 이 분들에게 (다시) 기회를 주시길 바랍니다.

마지막으로 김선종 박사... 제가 매일 아침 5시50분에 연구실에 출근하면 꼭 10분 전에 그것도 1년 365일 김선종 박사가 먼저 출근해 기다리고 있었습니다. (저는) 살아오면서 김선종 박사처럼 성실한 사람을 만나보지 못했습니다. 이런 사람이 어떻게 해서 그런 범죄행위에 가담했거나 실행에 옮겼는지 저는 모르겠습니다. 그것도 모르고서 (저는) 김 박사를 서울대 의대 교수로 받아주실 것을 요청하기도 했습니다.

만일 김 박사가 과거의 일을 진심으로 참회하고 그 성실성을 더욱 배가시켜 참회의 여생을 살아가겠다고 한다면... 저는 (그를) 제 연구팀에 합류시키고 싶습니다. 그래서 (지난날) 국민들이 꿈꿨던 그 과학의 열매를 김 박사와 함께 따고 싶습니다.

의례적 인사 치례도 아니고, 여기 계신 재판부와 방청석에 호소하기 위해 의도적으로 드리는 말씀이 아닙니다. (저는) 지난 2006년 1월12일 서울대를 떠나며 드렸던 마지막 기자회견에서 국민들 앞에 드렸던 대국민 약속....(환자-맞춤형 줄기세포의 존재) 그 약속을 지키도록 하겠습니다. 그리 머지않은 어느 날 그 약속을 실천하는 것을 맞으시게 될 것입니다.

저에게는 소박한 꿈이 하나 있습니다. 만일 재판장님께서 기회를 주신다면 저의 마지막 열정을 그 꿈을 실현시키기 위해 쏟아 붓고 싶습니다. 그 꿈이 실현되는 날이 오면, 10대 여중생 민지가 그 추운 겨울날 청와대 앞에서 오돌오돌 떨며 외쳐왔던... 그리고 그 추운 겨울철 어느 날 광화문 이순신 동상 앞에서 일면식도 없는 저의 이름을 외치며 자신의 몸을 불사른 한 선생님의 유가족을 찾아 나서고자 합니다. 그 가족들과 민지와 함께 어느 날 이 서울중앙지법 417호를 둘러보는 그 날이 되기를...

OOO검사님, 그리고 ***검사님, 고생시켜 드려서 죄송합니다.

존경하는 재판장님, 이 어려운 재판을 장기간 끌어오시게 된데 대해 사죄드립니다. 마지막으로 베푸실 온정이 있다면... 저 때문에 불행하게 된 상 피고인들에게 좀 더 따뜻한 온정을 베풀어 주시기를 바랍니다.

제3부

지식인의 세계관 형성과 그 토대

조선시대의 서원과 서원교육론

정만조

I. 서원의 성립과 변천

조선시대 서원은 한 시대를 주도하던 사림의 본거지였다[1]. 이곳에서는 강학과 장수(藏修)를 통하여 온유한 덕성과 불의를 배격하는 굳센 기상을 겸비했던 사림이 태어났고, 국가경영과 사회운영을 논하는 대경륜(大經綸)이 창출되기도 하였다. 판소리, 사물놀이와 같은 민중문화는 찾아지지 않는다 해도 유가(儒家) 최상승의 경지에서 창조된 형이상의 사림문화가 또한 여기에 자리하고 있다.

조선사회는 16세기에 들어오면서 새로운 변화를 맞이하게 된다. 사림[2]이라 불리는 이념집단으로서의 사회세력이 대두하게 된 것이다. 그

---

1) 이 節의 서술은 정만조, 『조선시대 서원연구』(집문당, 1997)에 의거하였다 따라서 일일이 註를 붙이는 것은 생략하였다.

2) 汎稱으로서 '사림'의 字意는 일단 '文士의 집단'이라고 풀이할 수 있다. 그러나 이런 범칭이 아니라 조선시대 하나의 사회세력으로서 '사림'의 존재가 드러나고 주목되기는 中宗 때 趙光祖 등의 신진세력이 정계로 진출하면서부터였다. 그 대부분이 조선 초 관직에 있던 사대부의 후손이며 서울 인근의 경기와 호서지역 출신이던 그들은 당시의 집권

들은 사화(士禍)와 같은 시련을 겪기는 했으나 마침내 16세기 후반 훈척
(勳戚)을 누르고 집권을 실현, 18세기 전반기의 탕평책으로 그들의 존재
가 부정될 때까지 이른바 '사림의 시대'를 이끌었다. 서원은 바로 이러한
사림의 양성소요, 그 활동기반이며 근거지였다. 서원은 사림의 대두와
함께 출현하였고 퇴조와 함께 쇠퇴하는 운명을 공유하는 동반자적 관계
에 놓여 있었다.

우리나라 서원은 중종 38년(1543) 풍기군수 주세붕(周世鵬)이 순흥(順興)
에 세운 백운동서원(白雲洞書院)으로서 그 효시를 삼는다. 그것이 창건된
시점은 마침 사림세력이 대두하던 기간이었다.

향촌사회에 자리를 잡기 시작한 15세기 이래 사림은 향촌질서를 그들
중심으로 구축하고자 여러 가지 방법을 모색하였다. 이러한 과정에서
교육과 교화를 표방함으로써 사림의 향촌활동을 합리화할 수 있는 求心
處로서의 서원이 나올 수 있었다. 그러나 서원이 중종 말기에 성립하게

세력을 勳舊로 지목하고 이들과 구별하여 자기들 스스로를 士林이라 불렀다. 『論語』,
「里仁」에서 "士志于道"라 하였듯이 道學에 뜻을 두었다는 '士'의 집단임을 드러내고자
하는 목적에서였다고 할 것이다. 이것은 그들의 후배인 栗谷 李珥가 "마음속으로 三代의
古道를 그리워하고 몸으로는 儒行에 힘쓰며 입으로 法言을 말함으로써 公論을 가진 무
리"(『栗谷全書』권3, 玉堂時 陳弊疏)라고 사림을 정의한 데서 보다 분명해진다. 이들은
앞선 성종연간 영남출신으로서 중앙정계에서 활약하며 학적 교류관계를 통해 하나의
정치세력을 형성했다가 연산군 대에 왕과 훈구대신으로부터 박해를 받았던 金宗直과
그 黨與들을 선배사림으로 추숭하고[사림을 鄕村在地세력으로 보는 지금까지의 일반적
인 견해는 실상 여기에 토대하였었다], 고려 말의 유학자로 忠節을 지켰던 鄭夢周에서
吉再·金叔滋·김종직을 거치는 학문적 계보를 설정하여 자신들의 학적 연원인 金宏弼에
연결 지움으로써 사림으로서 자신들의 역사적 위치를 선명히 하고 현실 정치에서의 입지
를 든든히 구축하였다. 이후 시대에 따라 사림으로 자처하는 구성분자들의 인적요소는
다양하였겠지만, 마치 중국 宋代의 士大夫가 그러하였던 것처럼 "道學정치의 구현을 담
당할 役軍임을 自任하고 이를 위해 힘쓰는 이념적 文人集團"이라고 하는 공통적 요소는
변함없었다고 보인다. 정만조, 「조선시대의 士林政治」, 『반란인가? 혁명인가?』, 韓日歷
史家會議 조직위원회, 2008.

된 직접적 계기를 찾는다면 조광조 등 신진사류들이 추진하던 정몽주(鄭夢周)·김굉필(金宏弼)의 문묘종사와 새로운 교학(敎學)체제의 모색에 있었다. 물론 그들이 곧 실각함으로써 이런 운동은 중단되었지만 사림계 인물의 제향과, 강학(講學) 및 장수(藏修)를 겸하는 서원의 선구적 형태는 여기서 마련되었던 것이다.[3]

조선시대 서원의 전형은 이 시기 사림의 대표이던 퇴계(退溪) 이황(李滉)에 의해 제시되었다. 그의 정치 목표는 유학의 이상적 정치모델인 삼대(三代)의 지치(至治) 재현에 있었다. 그것은 인심(人心)을 바로 잡는 데서부터 비롯되며 교화를 통해서 가능하다고 보았다. 이를 위해서는 군주의 수기(修己)와 함께 교화를 담당할 주체인 사림을 양성하고 훈련시켜야 하였다. 퇴계는 그 구체적인 실천도장을 바로 서원에서 구하였던 것이다.

이러한 논리적 근거 위에서 그는 마침 풍기군수에 임명됨을 기회로 우선 서원을 공인화(公認化)하고, 나라 안에 그 존재를 널리 알리기 위해 백운동서원에 대한 사액과 국가의 지원을 요구하였다. 이후에도 그는 10여 곳의 서원 건립에 직접 참여하거나 문인을 파견해 지원하는 등 그 보급에 주력하였다. 뿐 아니라 사림 간에 강학하고 덕(德)을 닦는 내적 수양공간으로서의 강당(講堂) 서재(書齋)와, 사림의 사표(師表)가 되는 인물에 대한 제향공간으로서의 사묘(祠廟)를, 서원의 기본 체제로서 정식화하고 원규(院規)를 지어 서원에서의 학습활동과 운영방안을 규정하였다.

서원은 마침내 이황에 의하여 이상사회를 건설할 주역으로서 사림을

---

3) 정만조, 「조선 서원의 성립과정-중종연간 사림을 위한 敎學振興策과 관련하여」(위의 『조선시대 서원연구』에 수록) 참조.

양성하는 강학·장수와 제향을 겸한 학교형태로 정착 보급된 것이다.[4]

사림세력은 명종 말의 문정왕후 죽음을 계기로 윤원형(尹元衡) 등 척신세력을 축출하는데 성공하고 선조(宣祖)의 옹립에 적극 참여하였다. 이제 그들은 그 출신기반이었던 향촌사회의 운영은 물론 정치의 실권까지 장악, 사회전반을 이끌어 가는 명실상부한 주도세력이 되었다. '사림의 시대'가 시작되는 것이다. 따라서 이를 예측한 퇴계에 의해 미리 준비되었고, 실제로 그동안 다수의 사림을 양성하여 사림계 관료층의 형성에 기여해 왔던 서원이 이 '사림의 시대'를 맞아 널리 보급되고 큰 발전을 보게 될 것임은 말할 것도 없다.

우선 양적으로 볼 때, 서원은 선조에서 현종 말까지 106년 간 약 2백여 개소가 설립되었으며 사액 된 곳은 91개소였다. 초창기인 명종까지의 20여 개소에 비하면 상당한 증가라고 할 수 있다. 지역별로도 경상도 일변도에서 점차 벗어나 전라·충청·경기도는 물론, 한강이북지역에까지 확산되고 있다.

서원발전의 양상은 질적으로도 확인된다. 퇴계·남명과 율곡·牛溪 등 저명한 유학자의 학통을 각기 계승한 문인과 학자들이, 그들을 제향하는 서원을 세우거나 아니면 이미 세워진 곳을 근거지로 하여 강학활동을 활발히 하였다. 이 시기의 학계를 양분하는 영남학파 또는 기호학파라고 하는, 학통과 사승(師承) 관계에 따른 학파의 형성은 주로 이를 통하여 이루어졌다.

그런데 사림의 집권 후 얼마 안 되어 발생한 붕당(朋黨)은 대체로 학연(學緣)을 매개로 학파에 따라 결정되는 측면이 강하였다. 퇴계문인이 주

---

4) 정만조, 「退溪 李滉의 書院論─그의 교화론과 관련하여」(위와 같음) 참조.

로 남인으로, 화담(花潭)이나 남명의 학댁은 북인, 그리고 율곡·우계의 문인들인 기호학파가 서인이 된 것이 이를 말해준다. 이렇게 본다면 학파형성 거점으로서의 서원은 곧 붕당결성의 토대였다.

뿐만 아니라 서원은 의리 명분문제와 관련된 사안을 놓고 이를 공론화 하는 과정에서 벌어지는 토론이나 논쟁에 대해 향촌별 사림들의 견해를 조율하고 수렴하며, 나아가 자기들이 지지하는 붕당에 유리한 여론을 조성하는 장소로서의 기능을 수행하였다. 율곡·우계의 문묘종사 찬반논쟁이나 복제(服制) 문제의 논란인 예송(禮訟)을 둘러싸고 서원을 근거로 한 유생들의 상소가 빗발쳤던 것은 그 대표적인 예였다. 이제 서원은 그 본래의 기능 이외에, 사림의 정치활동 근거지로서의 역할을 더하고 있는 셈이다.

여기서 하나 덧붙일 것은 서원에서의 사림활동이 중앙정치에만 국한되지 않았다는 사실이다. 사림이 향촌에 기반을 둔 사회세력이었으므로 정치이전에 당연히 향촌문제가 먼저였을 것이다. 그러므로 그들은 서원이 나오기 전부터 훈척의 방해를 받으면서도 향촌활동의 기반이 될 적절한 기구 모색에 부심 했었다. 이제 그런 방해나 제한이 없어진 마당에 서원이 향촌활동의 근거지가 되었음은 말할 것도 없다.

'사림의 시대'에 있어서 바로 그 사림을 양성하고 그들에 의해 운영되며 그 활동의 근거지였던 서원이, 양적으로나 내용상으로 확대되고 발전하였던 것은 극히 당연한 일이었다.5)

이러한 서원도 숙종 이후에 들어가면 변화의 과정을 겪게 된다. 무엇보다도 서원 수가 급격히 증가되어 남설(濫設)의 경향을 보인다. 숙종

---

5) 정만조, 「조선조 서원의 정치·사회적 역할-사림활동의 전개와 관련하여」(위와 같음).

일대 46년 간 건립된 서원은 모두 170여 개소를 헤아릴 정도이다. 여기에 이때 와서 서원과 별다른 구분이 없어지게 된 사우(祠宇)의 수(180여 개소)까지 합하면 실로 350여 개소에 이른다. 엄청난 양적 팽창이다.

뿐만 아니라 이제는 제향인물 마저도 유학자여야 한다는 원칙이 무너지고, 정쟁(政爭)에 희생된 인물이나 행의(行誼) 있는 유생, 심지어는 단지 자손이 귀하게 되었다는 사실만으로서 제향 되는, 남향(濫享)과 외향(猥享)의 경향이 노골화되었다. 이러한 양상은 이제 서원이 그 발전기를 지나 폐단을 나타내기 시작했음을 의미한다. 서원의 이런 변화는 붕당간의 정쟁이 격화되고 경제력 발전에 따른 사회의 변동으로 '사림의 시대'가 크게 흔들리고 있음에서 유래하였다. 정쟁에 희생된 자파계(自派系) 인물을 제향함으로써 자파당론(自派黨論)의 정당성을 인정받고자 한데서 비롯된 제향 위주의 기능 전환이, 남설과 외향을 불러왔으며 사우와의 혼동을 초래하였던 것이다. 이런 서원에서 강학과 장수란 그 본래의 모습은 기대할 수 없는 일이었다.

사묘만 덩그렇게 큰 건물로 있고 강당과 동·서재는 함께 합쳐져 소규모로 되는 서원의 건물구조 양식은 이 시기부터 비롯된다. 따라서 서원 수는 날로 증가하지만 사문(斯文)은 더욱 침체하고, 의리 또한 어두워질 뿐이라는 서원무용론(書院無用論)까지 대두하게 되며, 이것이 뒷날 서원 철폐의 한 명분이 되는 것이다.

서원에 대한 적절한 통제가 필요하다는 주장은 일찍이 선조(宣祖) 때부터 있었다. 그러나 기본적으로 숙종 말까지의 국가 시책은 장려하는 방향을 벗어나지 않았다. 통제책이 본격화하는 것은 전국적으로 173개소의 서원을 훼철하는 강경책을 취한 영조 때부터였다.

이런 강경책이 나오게 된 이면에는 제향 위주로 인한 서원무용론의 대두와 함께, 영조가 실시한 탕평책이 놓여 있다. 탕평책을 추진함에 있어서 영조는 정치의 모든 폐해가 당론에서 비롯된다고 믿었다. 붕당은 당연히 타파되어야 하고 그 모집단인 사림은 정리되어야 하였다. 그러므로 영조이후 사림과 사림적 요소는 정치로부터 철저히 소외되었다. 그러지 않아도 경제적 변화 속에 신분적 위기를 맞고 있던 사림의 사회적 존재는 점차 퇴락의 길을 걷지 않을 수 없었다. 탕평파에 의해 당론 유발요인으로 간주된 서원에 대한 훼철의 단행은 이런 배경 위에서 이해될 것이다.[6]

영조의 훼철책으로 서원 남설의 경향은 크게 꺾였다. 그럼에도 불구하고 서원에 대한 통제책은 정조와 철종 연간에 다시 몇 차례씩 취해지고, 적지 않은 서원들이 금령에 저촉되어 철폐되었다. 그것은 사림의 전반적인 퇴조 속에 이 시기 서원이 지녔던 두 가지 폐단 때문이었다.

하나는 서원이 미치는 사회적 폐단이었다. 금령의 강화는 지방관의 서원에 대한 물질적 지원을 거의 단절케 함으로써 서원재정을 악화시켰고 끝내는 대민작폐(對民作弊)를 불러오게 하였다. 화양동(華陽洞) 서원의 횡포는 그 대표적 사례이다.

다른 하나는 이제 서원이 제향자 후손에 의해 운용됨으로써, 사림의 공적인 기구로서의 성격에서 조차 벗어나고 있다는 점이었다. 18세기 이후 사림이 퇴조하면서 사족지배 체제가 무너지자 이제 혈연적으로 보다 가까운 족적결속 쪽으로 눈을 돌리게 된다. 이 시기에 현저해지는 족보의 성행과 문중계(門中契)·동성촌락(同姓村落)의 발달 등이 이를 말해 준다. 서원에 문중적 성격이 강화되는 것은 이런 사정에서였다.[7]

---

6) 정만조, 「서원의 폐단과 그 대책」(위와 같음)
7) 이해준, 「조선후기 門中書院 연구」(경인문화사, 2008) 참조.

실추된 왕권의 회복과 강력한 중앙집권하의 국가체제 정비를 꾀하던 흥선대원군에 의한 대대적인 서원 훼철과 정리도, 지방 세력에 대한 통제라는 정책적 고려 아래, 이런 폐단의 개혁을 명분으로 내세워 단행되었던 것이다.

Ⅱ. 서원교육론의 전개

서원교육과 관련된 지금까지의 연구는 매우 부진한 편이었다. 겨우 교육사 연구자 쪽에서 주로 개설서를 통하여 간략히 언급한 것이 전부이다시피 하였다. 그것도 교육제도란 항목 속에서 서원에 대한 일반적 설명을 하는 중에 교과목이『소학』을 위시하여 사서오경(四書五經)과『근사록(近思錄)』등 성리학(性理學) 관계 서적 및 역사·문집류였다고 언급하는 정도였다.8) 이런 정도의 서술로는 서원이 향교와 다른 사학(私學)이었다는 점 이외에, 왜 출현하였으며 관학과 다른 교육이념이나 방식, 내용의 차이가 어떤 것인가 하는 여러 특징들은 말해질 수 없었고 또 그에 관한 연구논문도 나오지 않았다.

다만 퇴계 이황의 유학사상과 관련하여 서원교육론을 다룬 연구는 몇 편 있다. 송긍섭(宋兢燮)의「이퇴계의 서원교육론 고찰」, 정순목의「퇴계의 서원교육관」, 그리고 필자의「퇴계 이황의 서원론」이 그것이다.9) 퇴

---

8) 예컨대 李萬珪의『朝鮮敎育史』(1947) 제 2部 8章「조선시대의 교육기관」, 5. '서원'의
　敍述이 그러하다.

9)宋兢燮,「李退溪의 書院敎育論 考察」,『韓國의 哲學 2』, 경북대학교 퇴계연구소, 1974;
　丁淳睦,「退溪의 書院敎育觀」,『韓國書院敎育制度』, 영남대학교출판부, 1979; 鄭萬祚,
　「退溪 李滉의 書院論」,『韓㳓劤博士停年紀念韓國史學論叢』, 1981.

계의 교학(敎學)관계 자료와 각종 서원기(書院記), 원규(院規) 및 서원 관계
의 내용을 담은 서신(書信)의 분석을 통해 이루어진 이들 연구를 통해
적어도 퇴계의 경우 서원은 삼대(三代)의 지치재현(至治再現)을 실현할 주
체세력인 사림을 양성할 목적으로 창설되었으며, 따라서 그 교육내용은
유교경전에 대한 자발적이고 자율적인 학습방식에 의해 덕성(德性)을 함
양(涵養)하는 강학과 장수. 그리고 존현을 위한 향사를 특징으로 한다는
점이 밝혀졌다. 그러나 그의 사상을 계승하였던 이른바 퇴계학파(退溪學
派)는 물론이고 남명학파[10]나 율곡학파의 서원관 내지 서원교육론에 대
해서는 아직 별다른 연구가 없었다.

1) 퇴계학파

(1) 이황의 서원교육론

앞에서 잠시 언급하였지만 다른 유학자들과 마찬가지로 퇴계 이황
(1501-1570))의 정치적 목표 역시 삼대지치(三代至治)의 재현에 있었다. 그
리고 그것은 만인의 인심(人心)을 바른 경지[正人心]에 이르게 한 뒤에라
야 가능하다고 보았다. 그런 인심을 바른 경지에 이르게 하는 방법으로
는 교화가 유일한데 그 교화를 담당할 주체로는 임금과 사림의 두 세력
밖에 없다는 것이 16세기 당시 이른바 도학자들의 공통된 생각이었다.
그래서 조광조 등은 '人主一心 萬化之源'을 앞세워 군덕격정(君德格正)을
통한 교화에 치중하였고 율곡 또한 「성학집요(聖學輯要)」를 편술하여 군
주학(君主學)을 제시하였다. 「성학십도(聖學十圖)」를 올린 퇴계 역시 다름

---

10) 남명학파의 서원교육론은 아직 자료를 완전히 찾지를 못하여 여기서는 다루지 못하
    였다.

이 없다고 보지만, 그러나 그 강조점은 달랐다. 「성학집요」가 군주의 수기(修己)에서부터 일반정치에서의 군주판단과 행동까지 세세히 규정한 것이라면 성학십도는 성인지학(聖人之學)의 요체를 밝힌 것으로써 군주뿐만 아니라 관료와 사림까지 대상으로 하였다. 다시 말해 정암(靜庵)·율곡(栗谷) 등 근기(近畿) 출신 유학자가 군주를 통한 지치달성을 추구했다면, 퇴계는 군주와 더불어 사림에 의한 교화 쪽에 더 비중을 두었다고 하겠다.[11]

이러한 퇴계적인 견지에서 본다면 당시의 현실에서 가장 시급한 일은 교화를 담당할 사림을 양성하는 것이었다. 사림 양성을 위해서는 적절한 기구가 필요하였다. 그것은 장차 사림이 될 유생을 도학적 이념으로 무장시키고 철저한 자기수련과정을 거치게 하는 학교형태 외에 달리 구할 수는 없었다.

이런 경우 이미 사족의 외면을 받고 있는 관학인 향교는 더 이상 고려의 대상이 아니었다. 여기서 그가 주목한 것이 주자(朱子)에 의해 교학기구로서 확립을 보았던 서원이었다. 그가 서원에 대한 국가의 공인과 장려를 뜻하는 사액을 요청하고, 스스로 서원 창건과 보급에 앞장섰던 이유는 여기에 있다. 그러나 서원을 세운다고 하여 바로 사림이 배출되는 것은 아니었다.

사림이 되기 위해서는 "聖學之體要는 主敬 以立其本하고, 窮理 以致其知하며 反躬 以踐其實하는데 있다"[12]는 말처럼 도학(道學)을 향한 확고한 입지(立志)와 그에 대한 학습, 학습한 바를 몸으로 체인(體認)·실천(實踐)하는 수기의 과정을 반드시 거쳐야만 하였다. 그래서 퇴계는 유생

---

11) 남명의 『學記類編』도 이런 면에서 비교 검토되고 재조명될 필요가 있다.

12) 宋時烈 撰, 『東儒師友錄』 권2 「圃隱(鄭夢周)神道碑」.

의 강명도학(講明道學)과 내적 수양공간으로서의 강당, 동·서재와, 유생
의 사표가 될 만한 인물을 제향하는 공간으로서 사묘(祠廟)를 서원제도
의 외면적 구조(Hardware)로 정식화함과 더불어, 내면적 기본규정
(Software)으로써 원규(院規)를 지어 강학·장수(藏修) 및 서원운영과 관련
된 제반규정까지 사림의 자치적 조직과 규제 위주로 마련하였다. 이를
테면 퇴계의 서원교육론이 성립한 것이다. 이산서원(伊山書院) 원규(院
規)[13]에 제시된 그 내용은 아래와 같다.

> ① 독서는 사서오경을 근본으로 하되 『소학』·『가례(家禮)』르써 문호
>   를 삼아야 한다.
> ② 국가의 인재양성과 성현의 가르침을 준수하여 만선(萬善)이 본래
>   나에게 갖추어져 있음을 알고 고도(古道)를 오늘에 가히 행할 수
>   있음을 믿어서 대체로 궁행심득(窮行心得)하고 명체적용(明體適用)
>   에 힘써야 한다.
> ③ 나머지 사학(史學)·백가(百家)·문집 및 문장·과거의 공부도 하지
>   않을 수 없으나 본말경중(本末輕重)의 순서를 알아서 항상 스스로
>   힘써야 한다.
> ④ 입지(立志)를 견고히 하고 뜻하는 바를 바르게 하되 학업은 원대한
>   것으로 자기(自期)하고 행동은 도의에 맞게 해야 한다.

①은 독서의 방향을 제시한 것이고, ②와 ④는 고도(古道) 실현에 대한
자신의 뜻을 굳게 하고 고도를 전하고 있는 경전의 내용을 체인하여 실
천에 힘써야 한다는 수기의 방식을 말한 것이었다. 그런데 여기서 유의
하여야 할 점은 이 모든 것이 사장(師長, 교사)의 강의나 간섭에 의한 것이

---

13) 『退溪全書』 권41 「伊山院規」.

아니라 유생 스스로의 분발과 흥기에 의존한다는 자율성의 극대화를 도모하고 있다는 사실이다. 퇴계는 우리나라에는 대유학자를 얻기 어렵기 때문에 중국과 같은 서원의 산장(山長)·동주(洞主)를 두기가 사실상 바랄 수 없다고 보고, 그 대신 유생 스스로의 학습을 통한 장수(藏修)와 유생 상호간의 강론(講論), 즉 붕우강습(朋友講習)의 실현을 촉구한 것이다. 말하자면 서원에서의 교육은 유생 스스로의 학습과 실천을 통해 자각해 가는 과정이어야 하며, 따라서 관학에서 하는 교사에 의한 주입식 교육과는 다른 것으로, 이 점이 그 서원교육론의 가장 큰 특징이었다.

퇴계의 이상과 같은 서원론은 조선시대 서원의 성격을 규정한 것이거니와 그의 뒤를 이은 조선 유학자들의 서원(교육)론도 바로 이것을 출발점으로 하여 전개되었다.

(2) 정구의 서원교육론

한강(寒岡) 정구(鄭逑, 1543-1620)의 서원교육론은 아마도 도동서원(道東書院) 중건시기인 선조 말 광해군 초(1600년대)에 작성했을 것으로 보이는 역동서원 원규(道東書院院規)[14]에 잘 표현되어 있다.

여기서 한강은 먼저 상정일(上丁日)이 되면 원임(院任) 들이 유생을 이끌고 향교에 가서 석존제(釋奠祭)부터 행하고 다음 중정(中丁)에 서원 향사(書院 享祀)를 할 것을 말하고 있다. 국가 설립의 향교가 서원보다 선행(先行)의 위치에 있음을 밝힌 것인데 이는 향교가 있음에도 불구하고 서원을 세우는데 대한 일부의 비판을 의식하여 양자가 표리관계에 있음을

---

14) 『寒岡先生文集』 續集 卷4 「雜著」(『총간』 53, 400-402쪽). 이 도동원규에 대해서는 渡部 學이 「道東書院規目について」, 『村上四男退官紀念 朝鮮史論文集』(開明書店, 1981)에서 분석한 바 있다.

드러내려한 뜻이라고 생각된다. 그런데 이 향사조(享祀條)[15]에는 뒤이어
서원향사 불참자를 기록해 두었다가 면책하며 7번 이상이거나. 이유 없
이 5번 이상 불참한 자는 서원에서 축출한다는 상당한 강제규정을 기록
해 놓고 있다. 퇴계의 이산원규(伊山院規)에는 보이지 않는 향사조가 있
는 것도 이채롭거니와, 위와 같은 강제규정을 둔 이유는 어떻게 설명될
수 있을까.

　그것은 두 가지 면으로 생각해 볼 수 있다. 하나는 퇴계가 강조해 온
바의 사림장수와 강학위주의 서원 운영에서 점차 존현의 비중이 커지고
있음을 나타낸다는 면이다. 이 점은 한강보다 10여 년 연배가 낮은 장현
광이 「서원설(書院說)」에서 서원건립은 국가의 간섭을 받지 않은 채 한가
지로 사림의 공론에 따라 이루어져야 한다는 원칙을 강조하면서, 근래
에 후손이나 문인에 의해 공론을 거치지 않고 남향의 성격을 지닌 서원
건립이 일어나고 있음을 경계한 데서도 확인된다. 그러나 장현광 역시
인정하였듯이 중국에서부터 "鄕先生沒而可祭於社"하는 형식으로 서원
이 세워지듯 조선의 경우도 특정인물을 제향하려는 동기로 서원이 세워
지는 측면이 애초부터 강하였다.

　다음 강제규정과 관련해 생각되는 것은 서원에 적(籍)을 둔 유생이 갖
는 일종의 자격 내지 특권의 문제이다. 도동원규(道東院規)에 보면 '인신
진(引新進)'이란 항목 속에 향사일에 원유(院儒)들이 신진을 한 명씩 천거
하게 하고 권점하여 '입원록(入院錄)'에 추천자를 붙여서 이름을 올리게
하는 엄격한 절차를 기록하고 있다.

　입원록의 녹명(錄名) 절차가 이렇게 엄격하다는 것은 그 자격이 갖는

---

15) 道東院規는 '謹享祀・尊院長・擇有司・引新進・定坐次・謹講習・禮賢士・嚴禁防'의
　　8개 조목으로 되어 있다.

일정한 특권 때문일 것이다. 이는 향촌사족의 명단인 '향안(鄕案)'을 떠올려 본다면 금방 이해될 수 있을 것 같다. '입원록' 역시 '향안'과 동일한 성격을 가졌던 것이다. 즉 원유로 녹명된다는 것은 바로 그 지방의 지도층으로 향촌사회를 주도하는 사림의 일원으로서의 자격을 부여받는 셈이었고 그러기에 제향 불참자에게 출적(黜籍)이 벌이 될 수 있었던 것이다.

다음으로 도동원규를 통해 한강(寒岡)의 서원교육론을 살피자면 원유(院儒)의 자격 수준을 정해놓은 '인신진(引新進)'조와 실제의 교과과정을 규정한 '근강습(勤講習)'조를 보아야 한다. 우선 '인신진(引新進)'조에 보면 기성원유(旣成院儒)의 추천을 받을 수 있는 자격은 원칙적으로 20세 이상으로서 학행이 가히 볼만한 인물이어야 한다고 하며, 예외적으로 비록 20세가 안된 약관이라도 사마시에 입격했다던가 향시에 여러 차례 붙었고 재행(才行)이 뛰어나서 삼익우(三益友, 友直·友諒·友多聞)의 대열에 설 수 있는 인물이어야 한다고 했다. 그리고 인물 평가는 그 사람의 학행성취를 위주로 해야지 과거의 득실로 삼아서는 안 된다는 단서를 붙이고, 원유(院儒)로 결정되면 원장이 정중하게 청하여 맞아 들여야 한다고 하였다.

이러한 자격기준으로 보건대 적어도 도동서원 원유의 수준은 사림의 일원으로서 과거(科擧)의 속된 이해관계에 구애되지 않으며 유교경전에 대한 상당한 지식을 갖춘 인격의 소유자여야 하였다. 그러므로 이런 원유에 대해 당시 향교에서 행하는 바와 같은 훈장의 감독 하에 과거시험에 대비한 장구(章句)의 해석이나, 암송한 바를 시험 보는 배강(背講) 및 제술(製述)따위는 있을 수 없었다(18세기 이후는 나타남). 어디까지나 제향자로부터 감발흥기(感發興起)한 원유의 자발적인 장수와 원유 사이의 군거강습(群居講習) 및 토론을 통한 군자로서의 인격완성을 도모하는 것이 퇴계의 서원교육론이었고 한강 역시 이점에 초점을 두었다.

그래서 과거공부를 부정하지는 않으면서도 위기지학(爲己之學)에 보다 큰 가치를 두며 특히 정자(程子)가 드러내고 도동서원의 주향자인 김굉필(金宏弼)이 일생의 목표로 삼았던 "경(敬)"공부에 힘쓸 것을 당부하면서 겨울·봄으로는 사서오경 및 성리서를, 여름·가을에는 역사, 제자백가, 문집 등의 책을 읽되 원유의 자율에 맡긴다고 하였다. 그리고 조정의 시비나 수령의 장단과 득실 등은 말해서는 안 되며 여색이나 잡기 등을 가까이 하지 않을 것과 특히 문 위에 걸어 놓은 백록동학규를 조석으로 보고서 향학(向學)의 뜻을 도타이하며 여씨향약의 내용에 따라 서로 책망하는 마음을 가져서 돈가짐을 근정히 하고 행동을 조심해야 하는 등 군자로서의 인격도야에 필요한 지침을 제시하고 끝 부분에 가서 이웃에 어진 학자가 있으면 사장(師長)으로 모셔서 강학에 도움이 되게 할 것이며, 나아가 지방 수령도 학령(學令)으로 간섭해서는 안 되겠지만 공사의 틈을 타서 서원에 나와 원유와 더불어 경전을 토론하여 강학을 이끌 것을 당부하였다.

한강의 서원교육에서 흥미로운 사실 하나는 서원 부설로 양몽재(養蒙齋)를 개설하여 20세 미만의 신학소아(新學小兒)와 미처 원사(院士)로 선발되지 못한 유생을 여기에 속하게 해서 가르치게 한 점이다. 일종의 예비학교 격인 여기서는 자율적인 서원과는 달리 교육과정을 정해 놓고 엄격한 학습과 예절을 연다, 장차 원유가 될 준비를 하게 하였다. 이산원규에는 동몽(童蒙)·우생(寓生)이라고 단순히 표현된 것이 도동원규에서는 별도의 건물을 세워 교육하는 것으로 제도화되는 발전을 본 것이다.

(3) 이광정의 서원교육론

조선의 서원은 17세기 후반인 숙종대에 들어가면 큰 변화를 겪게 된다. 무엇보다도 서원수가 급격히 늘어나고 남설되는 양상이 나타난다. 서원의 이런 현상은 그 설립이 정치적 목적에 따라 좌우되었던데 원인이 있다. 숙종대는 산림과 외척의 결합으로 명분 의리론을 앞세운 정쟁이 격렬하였다. 여기서 각 붕당은 자파(自派)의 정치적 명분강화의 한 방법으로 사회적 존경의 척도가 되는 서원에 자파계(自派系)의 유학자는 물론 관료·유생까지 입향 시켰던 것이다.

정치적 이유로 고삐가 한 번 풀리자 향촌사회에서 그 동안 사림의 공론 때문에 주저하고 있던 후손의 서원 관여와 건립이 표면화하였다. 사회경제적 여건의 변화로 기존의 사족중심 향촌체제의 심한 동요를 경험하고 있던 지방 사족으로서는 문중조직을 통한 족적 결속에서 그 돌파구를 찾고자 하였고 이런 경우 족보·족계(族契) 등과 함께 서원이 그 구심점의 구실을 수행할 것으로 기대되었기 때문이었다.

서원의 남설·남향은 필연적으로 그 질적 저하를 수반하고 사회적 폐단을 야기하였다. 특정인물에 대한 제향이 우선되다보니까 본래부터 제향기능만 가졌던 사우와의 혼동을 초래하였다. 이에 더하여 사우 역시 제향 공간 이외에 소규모나마 서재를 좌우 협실에 두는 변화를 보이면서 그런 경향을 부채질하였다. 이제 서원은 사우와 명칭만 다를 뿐 제향중심이란 기능면에서는 동일해졌다. 그러나 이에 반비례하여 재정상의 문제로 인해 그나마 부진하던 강학활동은 더욱 위축되었고 유생 장수(儒生藏修)는 유명무실해지고 말았다. 따라서 서원은 날로 증가하지만 사문은 날로 침체하고 의리 또한 어두워질 뿐이라는 서원무용론까지 나오게 된다. 영조 17년(1741)에 단행된 서원철폐는 이러한데서 그

명분을 찾았다.

　그 존폐가 문제 될 정도로 서원이 위기에 처해있던 18세기를 전후한 시기에 조선 유학자들의 서원론은 따라서 그에 대한 대응 내지 대책론의 성격을 지니지 않을 수 없었다. 그것은 통제책을 강행하려는 조정에 대해서는 교화를 앞세운 서원 역할론으로, 그리고 자체적으로는 강학 기능의 회복을 주 내용으로 한 서원교육론으로 나타났다.

　이휘일(李徽逸)·이재(李栽)[16] 등의 서원론이 대개 여기에 속한다. 그러나 이들의 서원론은 한결같이 사림 각자의 맹렬한 반성과 분발을 촉구하며 양심에 호소하는 소극적인 것으로서 퇴계나 한강의 서원교육론 선상에 머무는 것이었다.

　이에 비해 영조 17년(1741)에 내려진 갑오년(숙종40) 이후 사건(私建)된 서원의 일체 훼철령에 대해 영남사림을 대표해 반대의견을 올리고 또 몇 군데 서원에 관여하여 자신의 견해를 밝혔던 눌은(訥隱) 이광정(李光庭, 1674~1756, 본관 原州, 안동에 거주하며 영조 때 영남 文苑의 모범이었던 인물. 延安 李氏로 광해 때 판서를 역임했던 海皐 李光庭과는 다른 인물)의 대책론은 보다 적극적인 성격을 지녔고, 이때까지의 자발성 위주의 서원교육에 강제성을 도입함으로써 시대의 변화에 대응하는 융통성을 보였다는 면에서 주목된다.[17]

　그는 금령을 어겼다고 하여 회철하려는 조정의 처사에 대해 서원이 국가의 명맥을 무강(無彊)하게 한다는 논리로 맞섰다. 즉 그는 사림은 국가의 원기이며 그 원기를 기르는 곳이 서원이면서 또 한 나라의 풍교

---

16) 『存齋集』 권2 「與宜城士林論淸溪立祠書」; 『密庵集』 권8 「擬與三溪書院士友」.

17) 李光庭의 서원교육론에 관해서 필자는 "퇴계학파의 서원교육론"(『퇴계학과 남명학』, 경북대 퇴계연구소, 경상대 남명학연구소 편, 2001)에서 다루어 본 적이 있다.

가 여기에 의존하므로 비록 역적 간흉이 난역을 도모하려 해도 발붙일 곳을 없게 만들고, 만일 국가에 변란이 생긴다 해도 군인이 막기 이전에 서원을 근거로 사림의 의려(義旅)가 먼저 일어나 앞장서는데다, 서원의 제향인물을 통해 또 이런 충절을 펼치게 됨으로 백성에게 이륜(彝倫)을 심고 나라의 기강을 유지하는데 있어서 서원이 기여하는 공은 숨길 수 없다고 하였다. 바로 영조 초의 무신란(戊申亂) 때 안동내의 병산서원(屏山書院) 등을 중심으로 의병이 조직되어 향교에 집결하였던 전례(前例)로써 서원의 효능성을 입증하고 있다. 이광정은 사림을 향촌교화의 담당자로 보고 서원이 바로 그러한 사림을 양성하는 곳이라는 퇴계의 서원론에 의거하여 백성에 대한 교화의 장이라고까지 그 역할을 확대하고 있는 것이다.

조정의 훼철론뿐 아니라, 서원이 술 마시고 노는 장소가 되었다는 일반의 비판 때문에 정월 초하루의 참알(參謁)에서 주식(酒食)을 차리는 것은 폐지해야 한다는 일부의 주장에 대해서도 이광정은 이는 1년에 한번 있는 붕우가 모여 장로(長老)의 가르침을 베푸는 의식이므로 없앨 수 없다고 하고는 서원이 사림의 교제의 장소임을 강조하였다. 한마디로 비난의 표적이 된 서원에 대한 당당한 변론이라고 할 것이다.

서원에 대한 비난 여론과 무용론에 이처럼 맞섰던 만큼 이광정은 서원 자체의 정비에도 보다 적극적인 주장을 폈다. 그는 영조 22년(1746) 봉화에 있는 삼계서원(三溪書院)의 거재권유문(居齋勸諭文)[18]과 절목을 지으면서 사우(士友)가 모이면 소란스럽기만 하여 강습에 전념할 수 없는 현실을 들어 리(里)―면(面)―삼계서원(三溪書院)이란 효과적 강습을

---

18) 『訥隱集』 卷6 「三溪書院居齋勸諭文」.

위한 단계적 조직과, 강습의 성과를 평가하기 위한 시험제의 도입을 주장하였다.

살고 있는 동리를 기초로 하여 리 유사(里有司)—면 훈장(面訓長)—서원의 산장(山長) 및 도훈장(都訓長) 조직을 두되 평소에는 거주하는 동리단위로 몇몇이 모여 리 유사의 지도하에 강습 토론함으로써 수미(首尾)를 관통하여 경전의 본뜻을 깊이 탐구하는데 오로지 힘쓰게 하며, 그리고 매달 초하루에는 제생이 면 훈장의 집에 모두 모여 그 동안 공부한 바를 면강(面講)을 통해 점검하면서 잘 모르고 의심나는 부분을 묻고 토론하되 평가결과에 따라 고하를 매기고, 이어서 사맹삭(四孟朔), 즉 1·4·7·10월이 되면 그 초하룻날 면 훈장이 제생을 거느리고 서원에 다함께 모여서 금향(焚香)의 예를 행한 후, 산장과 도 훈장이 좌정한 뒤 월강(月講)에서처럼 강독하고, 『근사록』을 끝내면 경서와 『홍범연의(洪範衍義)』를 차례로 강학하되 기한에 구애되지 말고 깊이 통달하여 몸으로 체득하는 데까지 이르게 한다는 것이다.

서원예하에 면리(面里)의 하부구조를 두고 효율적인 학습을 도모하도록 하며 학습을 강제하는 성격을 지닌 평가제를 도입한 것은 종래의 서원(교육)론에서는 찾아볼 수 없는 구상이었다. 관(官)의 통제로부터 벗어난 자유로운 학습 분위기 속에서의 자율성과 자발적인 학습을 특징으로 삼던 퇴계의 그것과는 교육방법의 면에서 큰 차이를 보인다. 그의 주장대로라면 퇴계가 서원의 대표적 기능으로 강조하였던 서원에서의 거재(居齋)를 통한 장수(藏修)는 더 이상 필요 없게 된다.

장수(藏修)가 한 사람의 인격적 도야를 거친 군자 즉 사림이 되기 위하여 유생 스스로 독서를 통해 이루게 되는 덕성함양과 자기수양의 과정이라면 이광정은 이 점에 별다른 가치를 부여하고 있지 않는 것이다.

대개 퇴계학맥으로 알려진 이광정에게서 퇴계서원론의 핵심적 요소가
변화하고 의미를 상실해 감을 통해 거기에 토대했던 사림의 시대가 막
을 내리고 있음을 확인할 수 있는 것이다.

그렇다면 이광정의 이렇게 혁신적이랄 수 있는 서원교육론은 어떻
게 해서 나왔을까? 이와 관련하여 흥미로운 것은 영조전반기 영의정까
지 역임하면서 탕평책을 실질적으로 이끌어갔고 특히 영남남인의 정
치적 후원자 내지 보호자 구실을 하였던 조현명(趙顯命)의 「권학절목(勸
學節目)」의 내용이다.[19] 모두 14개조로 된 「권학절목」은 영조8년 그가
경상도관찰사로 재임할 때 도내의 흥학과 풍속을 돈독히 하기 위해 마
련한 것이었다. 여기서 이것을 자세히 소개할 여유가 없으나 그 내용
의 핵심은 교육의 내실을 기하기 위하여 첫째 기존의 향교중심 교학체
제를 개편, 보다 작은 단위의 면 훈장과 도 단위의 낙육재(樂育齋)를 신
설하여 면[서원·山堂 : 면훈장, 各面學徒]―읍[향교 : 都訓長·校任, 居齋儒生]―
도[낙육재 : 都訓長, 居齋儒]의 단계별 조직을 갖추게 하고, 둘째 학습은 경
서위주로 하되 과거공부 역시 권장되어야 하며 매 단계마다 반드시 시
험에 의한 평가를 거치게 하고, 세 번째는 거재유생 즉 향교에 거접(居
接)하는 유생은 오로지 사족에게 국한시킨다는 것이었다. 면 훈장·도
훈장의 명칭이라든가 매 단계마다의 학습평가를 규정하고 있는 점 등
에서 위의 이광정의 주장과 유사한 발상을 하고 있음을 찾게 된다.

실제로 이광정은 조현명이 이러한 「권학절목」에 따라 감영에 낙육제
를 설치했을 때 한 도를 대표하는 사장(師長)으로 초빙되어 애초부터 여
기에 관여하였고 뒤이어, 그 낙육재의 도훈장에 취임, 면·읍을 거쳐 선

---

19) 이에 대해서는 정만조, 「朝鮮後期의 鄕村敎學振興論에 대한 檢討」, 『朝鮮時代 書院硏
究』 참조.

발된 도내의 유생들에게 성리학을 강의하였다. 따라서 조현명의 「권학절목」내에는 이광정의 의견도 많이 반영되었을 것이며, 마찬가지로 이광정이 「삼계서원권유문」을 작성하여 서원교육의 개혁을 도모할 때에도 이 「권학절목」을 많이 참고하였을 것임에 틀림없다.

다만 「권학절목」에서는 향교를 지방교육의 주축으로 하고 서원을 보조적인 존재로 활용, 면 단위의 학교로 삼았으나 「삼계서원권유문」에서는 향교와는 관련 없이 서원을 최상부에 두고 면–리를 그 예하에 소속시킨 것에 차이가 있다. 관리가 아닌 재야산림학자로서의 입장과 또 「권학절목」의 내용을 실시하면서 쌓게 된 경험이 10여 년 뒤 서원중심의 향촌교학체제 수립으로 구체화되며 도 위와 같은 서원교육의 내용으로 나타난 것이라 하겠다.

이광정이 구상한 이런 향촌중심의 교학체제와 서원교육론이 당시에 어느 만큼 공감을 얻고 또 어느 정도 서원교육에 반영되었는지는 확실치 않다. 오히려 이후에 서원의 폐단이 더욱 문제되고 서원무용론이 보다 많은 지지를 얻었던 것으로 브아 별다른 영향을 미치지 못했다고 보는 것이 사실에 가까울 것 같다.

그러나 이광정의 후배로서 영조중반기 영남사림을 대표하는 위치에 있던 청대(淸臺) 권상일(權相一)이 임호서원 학규(臨湖書院學規)[20]를 지으면서 서원에서의 강학과 더불어 그 권타(勸惰)·숙지(熟知) 여부를 측정하는 배강(背講) 및 문의(文義)에 대한 질문 등의 권과(勸課) 항목을 두고 통(通)·조(粗) 등으로 평가하며 그 성적에 따른 상벌을 강조하였던 것이나, 병자호란 때 순절한 무장 화흥립(崔震立)을 제향하는 숭렬사우(崇烈祠宇)

---

20) 『淸臺集』卷10.

에서 출발했다가 후일 옥산(玉山)·서악(西岳)과 더불어 경주를 대표하는 3대 서원 중의 하나로까지 손꼽히게 된 용산서원(龍山書院)의 성장배경이, 재정부족으로 강학기능은 상실한 채 향사만 지내는 다른 서원과 달리, 풍부한 재력을 바탕으로 유생을 접대하는 흥학활동을 전개하는데 있었던 바, 바로 그 흥학활동의 구체적 내용이 고강(考講)과 순제(旬題)·과시(課試)·백일장(白日場) 등에 있었던 것[21]으로 보아, 적어도 서원의 자율성·자발성에 대한 통제와 서원의 교육적 효과를 높이기 위해서는 강제적인 권학 방식인 시험제를 도입해야 한다는 주장은 널리 공감을 얻고 있었다고 할 것이다.

2) 율곡학파

(1) 이이의 서원교육론

율곡(栗谷) 이이(李珥, 1536-1584)는 이통기국(理通氣局)과 갱장론(更張論)을 주장한 성리학자로 알려져 있지만, 사림의 교육에 관해서도 일가견을 가졌었다. 그래서 『격몽요결(擊蒙要訣)』이란 초학자의 도학 입문을 위한 교재를 작성하였고, 왕명에 의해 학령(學令)과 훈육의 내용을 담은 『학교모범(學校模範)』을 편찬하였다. 뿐만 아니라 우거지인 해주 석담(石潭)에 은병정사(隱屏精舍)를 세워 주자(朱子)와 조광조·이황을 제향하며 생도를 모아 강학을 베풀고, 「도봉서원기(道峰書院記)」·「문헌서원학규(文憲書院學規)」·「은병정사학규(隱屏精舍學規)」 등 서원 교육과 관련된 저술을 남기기도 하였다.

율곡 역시 퇴계와 마찬가지로 정치와 사회를 이끌어 갈 세력으로서

---

21) 정만조, 「조선후기 서원의 재정운영문제에 관한 一試論」(『용산서원』, 집문당, 2005)

사림의 존재를 중시하였다. 그는 사림을 "마음속으로 삼대의 고도(古道)를 그리워하고 몸으로는 유행(儒行)에 힘쓰며 법언(法言)을 말함으로써 공론을 가진 무리"[22]라고 정의하였으며, 나라의 원기에 비유하면서 "사림이 성하여 화협하면 나라가 다스려지고[士林盛而和 則其國治] 사림이 격해져서 나누어지면 나라가 어지러워지며[士林激而分 則其國亂] 사림이 패하여 없어지면 나라는 당하게[士林敗而盡 則其國亡] 된다"[23]고까지 하였다. 다만 퇴계가 관학인 향교가 더 이상 사림의 독서 장수할 만한 곳이 못 된다 하여 서원을 그 대안으로 제시하며 보급에 힘쓴데 비해, 율곡은 향교에 대해서도 그 교육기구로서의 기능을 무시하지는 않으면서, 특별히 서원의 경우 도학 강습을 위한 장수처로서 보다 적합하다는 점을 강조하였다. 그래서 문헌서원이나 은병정사의 학규를 지어 서원운영이나 조직 거재(居齋) 시의 의절(儀節) 등을 구체적으로 자세히 규정하면서도 막상 독서절차와 같은 교육내용에 대해서는 별반 언급함이 없었다. 관학이나 사학을 막론하고 함께 통용되는 『학교모범』 속에 자세히 언급되어 있으므로 이를 보면 된다는 것이다.

이에 따라 율곡의 교육론을 본다면 우선 독서의 순서에서, 먼저 근본을 기르기 위해 『소학』에서 출발할 것과 다음으로 『대학』·『근사록』으로서 규모를 정하고, 그 다음 단계에서 오경과 역사, 선현의 성리서를 읽도록 되어 있다. 퇴계가 첫 출발에 『소학』과 더불어 읽도록 했던 『가례』[24]가 보이지 않는 점을 제외하고는 대동소이하다. 특이한 점이라면 매달 그믐[朔日]에 사제(師弟)와 붕우가 서원에서 모여 5~6일 동안 머물면서

---

22) 『율곡전서』 권3 「玉堂時陳弊疏」.
23) 『율곡전서』 권7 「辭大司諫兼陳洗滌東西疏(己卯)」.
24) 이 점에 대해서는 좀 더 면밀한 검토가 있어야 할 것이다.

함께 이런 책들을 읽고 의리를 강론한 바를 기록해 강의록을 작성하도록 하고, 이를 담당할 임원으로 직월(直月)을 둔다는 규정이다. 퇴계의 원규에 비해 강학의 규정이 보다 구체화되고 있음을 말해준다.

그런데 율곡은 은병정사의 학도에게 도학 공부에 매진할 것을 당부한 「시정사학도(示精舍學徒)」에서, 도학에 들어가는 기본은 입지(立志)를 원대하게 갖고 존심(存心)을 독실하게 하는 것인바, 이런 일은 사우의 힘에 의지할 수 없고 오직 스스로 면려(勉勵)하는 길밖에 없다고 하였다. "사우의 도움은 그저 강론을 통해 깨우치고 독려하는데 그칠 뿐이므로 뜻이 크지 않고 마음이 독실하지 못하다면, 비록 날마다 경책함을 듣고 날마다 강론을 익힌다 한들 단지 이야기에 불과할 뿐 심신과 성정에 아무런 효과가 없다"는 말에서 그가 강학에 앞서 입지·존심을 보다 근본으로 보고 있음을 알 수 있다.

이어서 그는 입지·존심하기 위해서는 주정(主靜)을 근본으로 하여 정좌징심(靜坐澄心)해야 하니, 이는 바로 존덕성(尊德性)하는 일이며, 시비를 강론해 분석하는 것은 도문학(道問學)의 일이라고 풀이하였다. 주렴계(周濂溪)가 '무욕(無慾)'을 위한 수양공부의 방법으로 말한 '주정(主靜)'이나, 정명도(程明道)의 '정좌(靜坐)', 심신의 청정한 상태를 말하는 '징심(澄心)' 등의 표현은 바로 '수기(修己)'의 내용이다. 서원의 주 기능이 장수와 강학에 있는 점과 관련해 위의 「시정사학도」에 나온 율곡의 말을 풀어본다면, 입지·존심을 위한 존덕성은 바로 장수 쪽에 가깝고, 강학은 도문학과 연결된다고 할 것이다. 존덕성과 도문학은 크게 보면 모두 수기의 방법으로써 응당 양자를 겸해야 하는 것으로 말해지지만, 그러나 둘 중에서 어느 쪽에 더 비중을 두느냐 하는 문제로 인해 주자와 육구연의 학설이 달라지는 출발점으로 말해진다.

물론 율곡도 이 두 가지는 죽을 때까지 힘써야 할 일로써 어느 하나를 빠뜨려서는 안 된다고 말하고 있다. 그러나 그러면서도 "만약에 이런 [志大心篤한] 실심(實心)이 없다면 하루 종일 말하는 것이 속된 일일 뿐으로 오래되면 어찌 속인이 되지 않으랴[若無此實心 則終日云爲 皆是俗事 久久 安得不爲俗人乎]"라고 하여 존덕성과 관련된 장수를 보다 근본으로 보았다.25) 서원은 일차적으로 바로 그런 장수를 위한 공간이었고 그런 면에서 향교와 구별될 수 있었던 것이다.

그렇다고 하여 그가 서원의 강학적 측면을 소홀히 한 것은 아니었다. 오히려 위에서 보았듯이 강학을 위한 구체적인 절목을 마련하고 강의록까지 작성하도록 규정을 강화하였다. 요컨대 그의 서원교육론은 정사의 생도들에게 부탁하는 글의 끝부분에서 "입지·존심이 비록 다른 사람의 힘을 빌어서 되지는 않는다고 하더라도 사우 사이의 서로 강습하는 힘으로 점차 좋은 경지에 들어갈 스 있으니, 정사를 세운 것은 다른 뜻이 아니라 (스스로) 장수하고 (師友 간에) 보인(輔仁)하는 실효를 보고자 함이라[欲見藏修輔仁之實]"한 데서 보듯이, 퇴계에 의해 제시되었던 장수와 강학기구로서의 서원 성격을 분명히 천명하고 그에 따른 구체적인 교육의 과정을 규정한데 있었다고 할 것이다.

율곡의 이런 서원교육론은 그의 학맥을 받은 율곡학파 인물들에 의해 계승되고 발전되었다.

---

25) 朱子는 陸九淵이 尊德性에 편중하였다고 비판하며 存心을 위한 덕성수양과 함께 致知를 가져올 道問學을 상대적으로 더 강조하였다고 한다(中國儒學百科全書, 414쪽, '尊德性道問學'항목, 中國孔子基金會編, 1997). 朱子를 절대적 기준으로 삼았던 율곡이 尊德性을 보다 근본으로 보고 實心이나 靜坐 澄心 등 老佛的 禪味가 있는 표현을 쓴 것은 어떻게 설명해야 할지는 좀 더 고민해 보아야 하겠다.

(2) 박세채의 서원교육론

조선의 서원은 사림이 명실상부하게 사회를 이끌어 가는 17세기 이후 지역적인 확산에 따른 수적인 증가를 보이면서 크게 성행을 하게 되지만, 동시에 그로 인한 각종 폐단도 점차 드러나게 된다. 그리하여 서원에 대해 피역의 소굴이 된다든가 민원(民怨)을 야기한다는 등의 문제에서 출발하여, 특정인물의 제향을 놓고 사림 간의 분쟁을 야기해 오히려 풍교를 해친다는 비판까지 일어나게 되면서, 마침내 서원의 존재가치마저 논란의 대상이 되기에 이른다.

서원의 수적인 증가가 반드시 그 발전의 측도를 말해주는 지표는 아니겠지만, 그러나 성행과 쇠퇴를 가늠하는 판단의 기준은 된다. 앞서 언급하였듯이 조선 서원은 숙종 연간 엄청나게 증가하였다(서원명칭 170, 사우명칭180개소). 통계의 추세로 보아 말한다면 성행의 극점에 이르렀다 할 것이다. 그러나 그와 동시에 첩설(疊設)과 남설 외향에 따른 비판과 서원에 대한 통제책이 조정에서 본격적으로 논의된 시점이기도 하였다.

남계(南溪) 박세채(朴世采, 1631-1695)는 바로 이런 시점에서 실종된 서원 본래의 기능 회복을 외치며 서원제도의 정비를 논리적으로 주장한 당대 제일의 서원 연구자였다. 숙종 전반에 산림(山林)으로 징소되어 좌의정에까지 올랐던 그의 학맥은, 기왕의 『율곡집』[原集]에 빠진 글을 모아 속집·외집을 추가하고 별집까지 편찬한 데서 보듯이 율곡 계열에 속하였다. 따라서 그의 서원교육론 역시 율곡의 그것에 기초하고 있었다.

그는 당시 조정이 당면했던 현안 중의 하나인 서원 문제의 해결을 위해 먼저 중국의 서원제도부터 연구하였다. 그의 문집에 실려 있는 「서원

고증(書院考證)」26)이 바로 그것이다. 이러한 공부를 바탕으로 그는 자운
서원(紫雲書院), 문헌서원(文憲書院), 동양서원(東陽書院) 등의 학규(學規)·
원규(院規)·서원기(書院記) 등을 다수 남겼다. 이와 함께 조정에서 서원
남설의 폐단이 문제되자, 숙종에게 문묘에 종사(從祀)된 선현을 제외하
고는 첩설함을 금하고 사액도 하지 않게끔 건의해 서원정책으로 삼게
하였다.

남계는 당시 사회에서 서원이 논란의 대상이 된 가장 본질적인 이유는
사사로운 이해관계에 따라 특정인물을 드러내고자 제향을 구실삼아 함
부로 서원을 세우는데 있다고 진단하였다. 그래서 위에서 언급했듯이
서원첩설을 금하는 정책을 건의하고, 제향할 인물에 대해 도학에 기준하
여 종사문묘(從祀文廟)·서원제향(書院祭享)·향사입향(鄕祠入享)으로 등급
을 정하는 제도의 정비를 구상하였다.27) 그러나 남계가 이러한 것 보다
더욱 강조한 것은 쇠퇴한 서원의 강학기능을 회복하는 일이었다. 강학과
관련하여 그는 「문회서원학규(文會書院學規)」·「자운서원원규(紫雲書院院
規)」·「남계서당학규(南溪書堂學規)」·「문회서원강의(文會書院講義)」·「화
곡병사강의(花谷丙舍講義)」 등의 글을 지었다.

여기에 나타난 바로써 그의 서원강학 방안을 정리해 보면, 우선 강
학에 참여할 대상을 서원을 출입하는 원유(院儒)로 정하고, 그 신분의
범위는 사족과 교생(校生) 및 서파(庶派)로 규정하였다. 사족이야 더 말
할 것이 없지만, 교생은 향교의 유생을 말하는데 본래 일반 백성의

---

26) 『남계집』 권63 「속집」 권20.
27) 『남계집』 「속집」 권20 「書院考證補」. "自書院鄕祠混爲一道而後 上自朝廷下至士林 莫知
    其大小輕重之分 … 然則道學之至者 當從祀文廟 其次當設書院以享之 又其次當享于鄕祠
    所謂道學之旨者 如今靜·晦·退·栗·牛是已 所謂其次者 如花潭·聽松·南冥諸賢是已(雖從祀之
    人 若有藏修處 不妨立院) 所謂又其次者卽道學名論 未及於院享及忠孝直節之士皆是也"

준수한 자제들로 되어 있어 원칙적으로 상민(常民) 신분까지 포함된다고 보아야 할 것이다. 그러나 이들이 상민 일반이기보다는, 경제력이 조금 낫거나 문자를 어느 정도 이해하는 상층상민일 것임은 물론이다.28) 서파의 경우도 대개 사족의 서자(庶子) 일족을 의미한다. 어떠하였던 이들에게는 법전규정에 따라 향교의 문이 열려 있었고, 사족과 함께 향교 유생[校生]의 명단인 교안(校案)에 이름이 올라 있었다. 남계는 이런 교안에서 학문에 뜻을 둔 유생만을 따로 선발해 서원의 유생, 즉 원유로 삼게 한 것이다. 이런 원유들은 매달 초하루 보름[朔望]에 시행되는 금향(焚香) 행사에 반드시 참례하고 그 후에 이어지는 강독회(講讀會)에 빠짐없이 참석해야 하였다. 이를 위해 강의 출석자의 명부인 강안(講案)을 작성하고, 또 장의(掌議)에 의해 주관되는 강의내용은 별도로 설치된 2명의 임원인 직월(直月)이 기록해 강의록으로 남겨 후일의 참고에 대비하게 한다고 한다. 강안과 강의록의 작성은 서원에서의 강학활동을 강제하고 강화하기 위해 남계가 특별히 제안한 서원개혁책의 일환이었다.

박세채는 강학의 중요성과 내용을 비단 학규에 규정하는 것으로만 그치지 않았다. 스스로 배천의 문회서원이나 파주의 자운서원 등에서 문인들과 함께 강회를 열고 강학을 실천하였다. 그것은 그의 문집에 수록되어 있는 「문회서원강의(文會書院講義)」에서 확인된다.29)

이에 의하면 숙종 8년(1682) 5월, 황해도 배천의 문회서원에서 행한 강의에 민진원(閔震元) 이하 11명의 문도들이 참여했는데, 여기서 박세채는 자신이 십여 년 전에 주자의 글에서 채록해 모두 14편으로 편술

---

28) 이범직, 「조선전기의 校生신분」, 『한국사론』 3집, 서울대, 342–356쪽.
29) 『南溪集』「正集」권65 「文會書院講義」.

한「교법요지(敎法要旨)」를 교재로 하여 각 편을 하나씩 읽고 그 대의를 함께 토론하며 풀이하였다고 한다. 강의의 실상을 파악하기 위해 내용을 잠시 살펴보면, 우선「교법요지」를 통독하고, 이어서「백록동게시(白鹿洞揭示)」에서『소학』과『대학』의 요지를 드러내어 주자가 성현의 뜻을 풀이해 낸 과정을 이해시키고, 다음으로「여장자수지서(與長子受之書)」를 통해 스승을 섬기는 예와 자식을 가르치는 의를 밝히며, 다음으로「여위응중서(與魏應仲書)」를 읽어 수신(修身)의 요체를 설명하고,「옥산강의(玉山講義)」에서 인의(仁義)의 설을 풀이한 후,「맹자강의서(孟子講義序)」와「백록동서원강의(白鹿洞書院講義)」를 읽어 의리(義利)의 엄정한 분별을 밝혔다. 그 다음『대학혹문(大學或問)』의 첫 장을 강의해 경(敬) 공부를 상세히 논하고, 끝으로 주자의 행장을 읽어 주자의 도학과 덕행의 전체를 밝히는 것으로 강의를 마무리하였다고 한다.

당시 대부분의 서원이 제향에만 그치고 강학하는 곳은 거의 없었으며, 서원에 뜻을 둔 학자라도 그저 원규(院規)에 사서오경이나『소학』·『가례』·『근사록』의 성리서와 역사서 등 읽을 서적만 규정하고 신칙하는 정도에 그친데 비해, 박세채의 이런 강학 활동은 분명 이채로운 일이었다. 그러나 그런 박세채에 있어서도 강학은 어디까지나 사석(師席)에 의해 주자의 견해를 충실히 풀이하는 강의(Lesson)의 범주에 머물렀을 뿐, 주자가 백록동서원으로 육상산(陸象山)을 초빙하여 수백 명의 유생 앞에서 의리(義利)의 분변을 강론하고 토론하게 한 것이라든가, 왕양명(王陽明)이 용강서원(龍岡書院)에서 수천명 유생을 상대로 새로운 학설을 발표하는 것과 같은, 참신한 견해나 새로운 주장을 발표하는 강회(Symposium)는 아니었다.

이런 경향은 박세채보다 2세대 정도 뒤지는 후배로서 영조연간 노론

내의 낙론(洛論)을 대표하던 도암(陶庵) 이재(李縡, 1680~1746)에게서도 찾
아진다. 그 역시 군거강습(群居講習)의 미풍은 볼 수 없고 단지 선현을
향사할 뿐이라면 서원은 없는 것과 마찬가지라면서 강학을 강조하였
고,30) 실제로 자신의 거주지인 경기도 용인에 소재하는 충렬서원(忠烈書
院)과 심곡서원(深谷書院) 등의 학규나 강규를 제정하고 그에 따라 유생들
에게 십여 년 간 강학을 베풀거나 강회를 열기도 하였다.31) 그의 강학
강화방안은 강안(講案)에 들어 있는 강생(講生)에게 매년 여름과 겨울 끝
에 그 성취한 바를 평가하여 시상한다는 평가항목을 넣은 것과, 서원의
경제력이 부족해 거재자(居齋者)에게 공궤(供饋)는 못한다 하더라도[居齋
하려면 식량 지참할 것] 강회 할 때만은 요기(療飢)할 것을 제공하는 것이
좋겠다고 규정한 것32) 외에는 박세채의 그것과 별다른 차이를 보이지
않는다. 충렬서원과 심곡서원에서 10여 년을 산장(山長)으로 있었던 도
암 역시 『소학』·『사서오경』·『가례』·『심경(心經)』·『근사론』 등을 제생
에게 강의하는데 그쳤을 뿐이었다.

왜 이처럼 강의를 통한 제생의 학습이나 더 나아가 사생(師生) 간에
강토(講討)한다 하더라도 기껏해야 교학상장에 그칠 뿐 회강(會講)을 통
한 새로운 학설 발표나 서원에서의 연구 활동이 부진하였는가 하는 점
에 관해서는 아래에서 중국서원과 비교하여 다시 검토될 것이다.

---

30) 『陶庵集』 권25 「諭道峰院任」.

31) 같은 책, 권25 「忠烈深谷兩院講儒勸諭文」. "自忝山長以來 仰體先生之遺志 下憫鄕俗之
貿貿 勸以講學 今已十年有餘 斯文威儀動作之節講論問答之說 略有勝於未講之前"

32) 같은 책, 권25 「深谷書院學規」. 그러나 안성 소재의 「道基書院學規」에서는 "會講時
自院當供饋諸生 而院財不給 實有難繼之患 故宜人各持糧 以爲蓄力徐議之地"라 하여 강회
시에도 식량을 지참하도록 하였다.

(3) 윤광소의 서원교육론

소곡(素谷) 윤광소(尹光紹, 1708-1786)는 윤순거(尹舜擧)의 현손이며 윤
동원(尹東源)·윤동수(尹東洙)의 문인인만큼 숙종~영조시기 소론의 핵
심가문이던 파평윤씨 팔송(八松, 尹煌)집안 출신이었다. 그래서 영조의
탕평책 덕으로 청직을 거쳐 병조참판 등의 요직에 오르기도 했으나
을해옥사 때 노론의 탄핵으로 투옥되는 등 시련을 겪기도 하였다. 그
러나 그는 거기에 굴하지 않고 노론이 가장 매도하는 명재(明齋) 윤증
(尹拯)의 연보(年譜)를 편찬함에서 보듯이 영조의 탕평정권 내에서 소론
의 당론을 지키고 변호하는 이론가로 활동하였다. 소론 내에서의 그
위치가 이러하였던 만큼 그의 서원교육론은 소론의 그것을 대변한다
고 보아도 무방할 것이다.

그의 서원교육론은 그가 영조 27년(1751) 안동부사로 재임할 때 제정
한 「흥학규범(興學規範)」 10조를 통해 드러난다. 그는 당시 안동사림의
습속이 날로 무너져 내리고 있다고 진단하고, 이를 바로잡아 노선생(老
先生, 퇴계를 말함)이 서원을 애호한 가르침에 부응하기 위해서는 각 서원
별로 선비들을 모아 강학과 학습을 독려하지 않을 수 없다고 「흥학규범」
을 짓게 된 까닭을 밝혔다. 「흥학규범」에서 보이는 그의 서원교육 방안
의 초점은 강학과 훈회(訓誨)를 담당하는 훈장과 집례(執禮)를 별도로 둔
다는데 있었다. 이를 좀 더 구체적으로 살피면 다음과 같다.

우선 각 서원마다 20세~35세 사이의 유생을 일정한 수만큼 선발해
군거이습(群居肄習)하게 하되 이들의 명단을 적은 강안을 작성하고 그 이
름 아래 그가 읽고 공부한 서적과 성과를 기록하게 한다.

둘째, 기존의 원장 재임과 같은 임원조직 이외에 1~2명의 훈장을 두
어 오로지 훈회하는 것을 담당케 하되, 특히 삭망으로 제생과 함께 회강

하도록 하며, 여기에 1명의 집례를 별도로 두어 강서(講書)과정과 일상 거재(居齋)의 생활 속에서의 지도를 맡아보게 한다.

셋째, 독서의 순서로써 3과(科)를 두되 제1과는 사서오경을 읽는 과정이고, 제2과는『소학』·『가례』·『심경』·『근사록』·정주서(程朱書)를, 제3과는 역사와 제자류(諸子類)를 읽게 한다. 1과는 배송(背誦)을 주로 하여 익숙하도록 하고, 2과는 사생(師生)이 함께 강론하도록 하며, 3과는 편리한 바에 따라 통독을 하든지 배송하게 한다. 과거공부도 허용하되 그 과정을 독려하여 성취하도록 한다.

넷째, 봄·가을로 정해진 날에 (안동)부 내의 서원 유생을 향교에 모아 수령이 친히 임해서 강경(講經)과 문예(文藝)를 시험하게 한다.

다섯째, 서원에서 군거강학하는 유생의 공궤(供饋)를 위해 관에서 비용을 지급한다.[33]

이상에서 정리한 윤광소의 서원진흥책은 앞서 말했듯이 강학의 강화에 초점이 있었다. 강학을 담당하기 위해 훈장과 집례를 두고 초하루와 보름에 회강하도록 하며, 특히 독서의 순서로써 3과를 구체적으로 적시한 것이라든가, 강학을 위해 거재하는 유생의 공궤 비용을 관에서 지원하도록 한 것은 모두 강학의 강화를 염두에 둔 조처였다. 박세채가 강학의 내용강화에 치중했다면, 윤광소는 강학을 담당할 인적조직에 더 유의하고 있는 것이다.

윤광소가 서원의 강학에 이렇게 힘을 기울인 것은 물론 그 자신이 안동부사였다는 사실과 관련해 생각해야 할 것이다. 안동이 조선의 추로

---

33)『素谷遺稿』권13 福州錄「興學規範」. 이 규범의 말미에 각 서원별 講案에 들어갈 인원수를 책정하여 놓았다(虎溪書院 20인, 屛山 20인, 三溪 20인, 靑城 12인, 勿溪 8인, 道淵 10인, 龜潭 10인).

지향(鄒魯之鄕)으로 불리어지는 만큼 거기에 걸맞게 안동사림의 분발을 촉구하고 퇴계가 말한 서원의 본뜻을 회복한다는 의미를 지닌다고 할 수 있다. 그러나 그것보다는 조선후기에 들어와 기호지역 서인학자들의 서원강학 강화방안과 연결지어 이해해야 할 것 같다. 강안이라든가 강학을 담당할 인적조직에 대해서는 앞에서 본 박세채나 이재에서 이미 나타나고 있었다.

그런데 윤광소의 이런 서원교육론은 앞에서 검토하였던 눌은(訥隱) 이광정(李光庭)의 그것과 상당한 차이를 보인다. 앞에서 보았듯이 이광정은 서원예하에 면과 리의 하부구조를 두고 교육을 담당할 인적조직으로 리유사(里有司)-면 훈장(面訓長)-서원 산장(書院山長)을 구상하였다. 같은 시기에 안동지역의 서원교육의 강화방안을 놓고 다 같이 교육을 담당할 인적조직의 개혁을 구상하면서도 그 구체적인 방안에서 이렇게 차이를 보이는 이유는 어디에 있을까?

윤광소의 훈장·집례의 설치가 서원강학을 강조하는 기호지역 서인학자들의 공통된 의견을 반영한 것이라면, 이광정의 그것은 장수(藏修)를 고집하며 제향 위주로 흐르는 영남 남인의 서원 운영을 목도하고 그 문제점을 비판하며 새로운 교육방안을 모색하는 과정에서 갖게 된 것이라 할 수 있다. 그러나 이보다는 한사람은 지방관이고 다른 한쪽은 지방의 유명 학자였다는 점이 아마도 더 해답에 가깝지 않을까 한다. 지방관이기 때문에 흥학의 차원에서 구상하다 보니 기존의 서원체제 안에서 강학의 강화방안을 모색할 수밖에 없었던데 비해, 향촌 사회의 교육문제와 폐단을 몸으로 겪으면서 피부로 느끼는 학자이기에 향촌 교육의 근본적인 개혁책을 강구하는 차원에서 서원교육을 다루게 된 입장의 차이가, 이처럼 구체적인 방안에서 방향을 달리해 나오게 했다고 말할 수 있기 때문이겠다.

Ⅲ. 중국 서원교육론과의 비교

끝으로 중국 서원(교육)론과의 비교검토를 통해 조선 유학자들의 서원 (교육)론의 특징이라 할 만한 점을 제시하면서 동시에 아쉽게 여긴 점을 피력하자면 다음과 같다.

중국의 경우 물론 주자를 제향하는 서원이 한 지방 안에 5~6개소가 된다고 말해질 정도로 존현이 그 동기가 되는 측면도 보이지만, 그러나 제향인들을 갖지 않고 순전히 강학만을 위해 세워진 서원도 흔히 찾아 진다. 뿐만 아니라 조선과 같은 시대인 명대(明代)에 국한시켜 보더라도 서원의 운영이 지방관의 적극적인 지원 아래 재정기반을 구축한 위에서 원유(院儒)들에게 매월 일정한 액수의 장학금을 지급해가면서까지 오로 지 강학을 중심으로 이루어지고 있었다.[34] 그러므로 서원의 구분도 조 선처럼 사현(祀賢)이나 강학을 위한 서원이 아니라, 강학하는 방식에 따 라 산장(山長)·동주(洞主)로 불리어지는 교사에 의한 강의와 평가가 따르 는 고과식(考課式, Lesson형) 서원과, 산장·동주와 제생이 함께 모여 경전 의 내용을 연구하고 토론하며 함께 실천함으로써 학설탐구와 교학상장 을 추구하는 강회식(講會式, Symposium형)서원으로 분류되었다.[35]

요컨대 중국의 서원은 유현(儒賢)의 향사는 꼭 필요하지는 않은 부차

---

34) 『天下書院總誌』(上)의 卷5 江西 南昌府 南昌縣條의 王昶의 書院規條 참조.

35) 盛郞西, 『中國書院制度』(臺灣 華世出版, 1977), 116; 權五重, 「東林派의 形成에 대한 일고찰」, 『全海宗博士華甲紀念史學論叢』, 일조각, 1979, 339쪽 참조.

적 요소였으며, 주기능은 그것이 고과식이든 강회식이든 간에 강학 위주였고, 그런 면에서 특히 명·청대에는 관학에 보조적인 학교 구실을 하였던 것으로 말해진다.

이에 비해 조선의 그것은 초기의 서원보급 당시 퇴계가 강학적인 요소를 강조하지 않은 것은 아니고, 또 창건 초기인 16세기 후반에서 17세기 전반까지는 일부에서 우려할 만한 경향이 일기는 해도 그래도 대부분 강학 중심으로 운영되었으나, 시일이 갈수록 향사 중심이 되어 18세기의 권상일(權相一)이 "마침내 제사지내는 서원만 줄지어 있게 되는 한심한 상황에 이르렀다"[36]고 탄식할 정도로 사현(祀賢)이 그 특징이 되어버린다. 물론 향사도 서원의 2대 기능 중의 하나이니만큼 그 자체가 잘못이라고는 할 수 없으나, 향사에 비중을 두다보니 특정인물을 드러내고자 하는 이해 당사자들의 공론을 무시한 사사로운 논의에 따라 서원이 건립되고 그에 따른 시비 분쟁과 폐단이 생겨난 것이 문제였다.

그러면 왜 중국의 강학적 요소와 달리 조선의 서원이 향사 위주가 되었을까. 그것은 앞에서 사림정치 내지 사족적(士族的) 사회체제와 관련하여 언급하였으므로 생략하지만, 위의 권상일이 그저 그동안 국가에서 취해 온 문치주의의 말폐 대문이라고 피상적인 지적을 하는데서 보듯이, 조선 학자들의 경우 그 폐단에 대한 상세한 고발에 비해 원인에 대한 철저한 분석은 상대적으로 약하거나 거의 이루어지지 않았다. 하기야 인조 이래 갈수록 정권 참여의 범위가 기호(畿湖) 내지 근기지역에 집중됨으로써, 영남을 위시한 타 지역은 그나마 족적 결속을 강

---

36) 권상일, 『청대집』 권5, 再疏(신해 9월).

화하고 선조의 문집을 발간하며 현조(顯祖)를 제향하는 서원이나, 좀 격이 떨어지기는 하나 사우라도 가져야 사회적으로 행세할 수 있고 그 사족으로서의 지위를 유지할 수 있었던 사정[37]에서 본다면, 이 점에 대한 분석이 철저할 수 없었던 처지에 이해가 가기는 한다.

그러나 그렇다고 하더라도 이미 세워진 서원에서 강학이 충실하게 이루어지지 못한데 대한 책임은 면치 못할 것이다. 그들 개인에 따라서는, 박세채나 이재가 자신의 거주지 부근에 소재하는 자운서원·문회서원·충렬서원·심곡서원에서 유생들에게 강학을 종종 베풀거나 강회를 열었던 예에서 보듯이, 유명한 서원에서 제생들과 더불어 강학에 전념한 예가 찾아지지 않는 것은 아니나, 그러나 조선의 유학자들에게는 서원에서의 강학보다는 사사로이 세운 서재나 정사·서당[이 경우의 서당은 18세기 이후 성행하는 초등교육 기구로서의 서당과는 다른 바, 퇴계가 도산서당을 세운 것이 그 예가 된다]에서 후진을 양성하고 문인들과 더불어 강학·토론하면서 학문을 연구하는 것이 보다 일반적인 경향이었다. 정구(鄭逑)의 무흘정사(武屹精舍, 星州), 이재(李栽)의 후산초당(后山草堂, 안동), 이광정(李光庭)의 녹문정사(鹿門精舍, 안동), 박세채의 남계서당(南溪書堂, 파주), 이재(李縡)의 한천정사(寒泉精舍)(용인)가 바로 그런 장소였다. 주자가 백록동서원에서, 그리고 왕양명이 용강서원(龍岡書院)과 계산서원(稽山書院)에서 각기 수 천 수 백명의 유사(儒士)를 상대로 자신들의 연구한 바를 강론함에 의해 주자학(朱子學)과 양명학(陽明學)을 성립시켰던 예는 조선에서는 찾아지지 않는다.

『중국서원제도(中國書院制度)』란 책을 쓴 성랑서(盛郎西)가 "북송의 제

---

37) 洪翰周, 『智水拈筆』「嶺南文集」.

유(諸儒)는 대부분 사가(私家)에서 강학하였으며 남송의 제유는 대부분 서원에서 강학하였기 때문에 남송 때에 서원이 가장 성행하였다"[38]고 한 지적대로라면, 퇴계학파를 비롯한 조선의 학자들은 북송의 유풍을 이어받은 셈이 된다. 학문은 남송의 주희(朱熹)를 가장 존봉하면서 강학 방식은 북송의 유제(遺制)를 따른 셈이 되어 얼른 설명하기가 어렵지만, 남설이 문제될 정도로 서원이 많이 존재함에도 불구하고 강학과 학문 연구의 장소로서 서재·서당이 별도로 세워졌다는 사실에서, 향사와는 비교가 되지 않을 정도로 강학적 요소가 약한 조선 서원 성격의 한 측면을 퇴계학파를 통해서도 확인할 수 있는 것이다.

조선유학자의 서원교육론에서 찾아지는 또 하나의 아쉬운 점이라면, 퇴계에 의해 서원의 성격과 강학 내용의 방향 및 독서할 교재가 「이산원규(伊山院規)」 등을 통해 한번 정해진 이후, 거의 1세기 반을 지내면서도 이를 충실히 계승하고 조술할 뿐 새로운 방식의 개발이라든가 운영상의 변화를 적극적으로 시도한 흔적이 별로 찾아지지 않는 사실이다. 권상일이 「도원약조(道院約條)」에서 한가지로 「이산원규」에 따를 것을 강조한 것이라든가, 심지어는 퇴계의 서원(교육)론에 대해 처음으로 변화를 시도한 눌은 이광정마저 서원의 교재에서는 새로운 것을 추가한다든가 독서의 순서를 바꾸는 등의 노력은 전혀 보이지 않는 것 등이 그러한 예가 된다. 물론 퇴계가 규정하고 제정한 서원(교육)론이 그만큼 완벽하고 또

---

38) 盛郎西, 『中國書院制度』(上海中華書局, 1934) 27쪽. 이것은 제향인물의 傳記 위주로 구성된 우리나라의 서원지와 달리 중국의 서원지가 講義錄을 적은 會語(東林書院志), 明敎(課語, 講義), 學規(陸九淵書堂講義, 太極圖說, 朱子講義, 白鹿洞書院志) 등을 중심으로 편찬되고 鵝湖書院은 아예 講學會編을 따로 두었으며, 19세기 초의 阮元은 詁經精舍文集이란 강의록을 서원지로 편찬하였던 것 등에서도 사실로 확인된다. 정단조, 「조선시대 書院志 編纂體例에 관한 연구」의 제2장인 '중국서원지의 체례'를 참조.

그러기에 후생이 감히 손댈 수 없다는 상고주의(尚古主義)에서 오게 된 결과로도 볼 수 있겠지만, 그러나 사설(師說)을 계승하되 이를 발전적 방향으로 변개시켜, 변화하는 현실에 적극적으로 대응하려는 진취적인 창의성은 이광정 등 약간의 예를 제외하고는 찾을 수 없는 것이다. 아마도 이러한 점들이 화려하게 시작했던 '사림의 시대'가 1세기 반 정도 만에 쇠퇴하게 되는 여러 이유 중의 하나가 되며 또 그 한계가 아닐까 한다.

유교문화와 조선시대의 서원건축

이상해

I. 조선시대 서원 개관

조선(1392-1910) 왕조의 건국은 갏은 면에서 고려(918-1392) 왕조와 성격을 달리하는 새로운 사회의 탄생을 의미한다. 정치, 경제, 사회, 종교, 사상, 문화, 대외 관계 등 모든 면에서 조선 왕조는 고려 시대와 성격이 다르다. 그 중에서도, 조선 왕조는 성리학(性理學)을 국가 통치 이념(理念)으로 내세우고, 도교(道敎)나 고려 왕조가 국교(國敎)로 삼은 불고(佛敎)와 같은 비유교(非儒敎) 사상을 배척한 점이 크게 두드러진다.

중국 송(宋, 960-1279)나라 때 회암(晦庵) 주희(朱熹, 1130-1200)에 의해 집대성된 신유학(新儒學)인·성리학은 우주의 본체(本體)와 인성(人性)을 형이상학적으로 설명하였다. 신유학은 송나라를 이어 중국을 지배한 원(元, 1271-1368)나라 조정(朝廷)에 받아들여지고, 불교가 지배하던 고려 사회의 신진 학자들은 원나라 조정으로부터 신유학인 성리학을 수용하였다.

성리학을 지배 이념으로 받아들인 조선시대의 사대부는 사(士)의 단계에서는 수기(修己)하고, 대부(大夫)의 단계에서는 치인(治人)하는 수기치인을 근본으로 하여 행동하였다. '수기'는 자기 자신의 인격 수양과 학문 도야를 하는 것이고, '치인'은 사람들을 위해 세상을 다스리고 봉사하는 것이다. 수기치인의 도학(道學) 이념을 실현하기 위해, 조선시대 사대부들은 조선 중기 이후 향촌(鄕村)에 서원(書院)을 건립하기 시작하였다.

서원은 성리학이 지배하던 조선시대에 향촌 사회에 근거지를 둔 사림 세력이 건립한 새로운 사립 교육기구의 하나로서, 본받을 만한 유학자, 충절을 지킨 인물 등 정신적 구심점이 되는 선현(先賢)에게 제사지내고, 학문을 연구하며 제자를 양성하고, 향촌을 교화(敎化)하기 위해 설립한 자치운영기구였다. 이러한 기능을 수행하기 위해 서원은 성리학이 지향하는 학문과 교육을 위한 강학(講學)공간과 선현의 위패를 모시고 제향(祭享)의 기능을 수행하기 위한 제향공간을 반드시 갖추어야 했다.

서원은 제향과 강학의 기능을 가진 점에서는 조선시대의 관학(官學)인 향교와 크게 차이가 없었지만, 제향의 중심 대상이 공자와 그의 제자가 아닌 선현이라는 점, 설립의 주체가 국가가 아닌 사림(士林)이라는 점, 설립의 동기와 배경이 과거 준비를 위한 곳이 아니라 학문하고 수양하는 곳이라는 점, 그리고 설립된 장소가 중앙 정부의 직접적인 관여를 받는 군현 소재지나 그 주변이 아니고 산천경개가 빼어난 곳이라는 점에서 관학과 차이를 가지고 있다.

조선시대의 서원은 풍기군수 주세붕(周世鵬, 1495-1554)이 고려말 성리학자였던 안향(安珦, 1243-1306)의 고향인 경상도 순흥에 그를 기리기 위한 사당을 건립하고 강당인 명륜당을 1543년(중종 38)에 세움으로써 시작되었다. 백운동서원(白雲洞書院)의 건립 이후 조선시대의 서원은 선현의 사후(死後) 지방 유림의 공의(共議)로 선현의 학문과 덕행을 추모하기 위한 서원 건립의 필요성을 상소하여 왕의 허락을 받은 다음 건립되는 과정을 거쳤다. 특히, 사액(賜額)서원은 그 형식상 설립은 민간에서 하였지만 재정적인 후원은 국가가 하는 형식을 취하게 되었다.

역사적인 흐름으로 보면, 서원은 조선시대 사대부 계층이 성리학을 차차 자신의 것으로 정착시키며 조선 중기에 만들어 낸 시대적 산물이라고 할 수 있다.

조선왕조가 건국될 때 신왕조 건설에 참여하지 않은 사림들은 향촌에 내려가 후학의 교육과 향촌 교화에 주력하였다. 사림은 향촌에 근거지를 가지고 영향력을 행사하던 선비를 말한다. 사림 세력이 조선 초기를 거치면서 세력을 구축하여 중앙정계에 본격적으로 진출하는 것은 지방에서 인재를 발탁하여 등용한 성종(재위: 1469-1494) 때부터다. 사림세력은 중앙정계에 새로운 정치세력으로 부상하는 과정에서 당시 집권층이자 기득권 세력인 훈구파의 방해와 탄압을 받게 된다. 특히, 사림세력은 무오사화(1498, 연산군 4) 등 사화를 당하면서 일대 타격을 받게 된다. 중종반정(1506) 이후 조광조(趙光祖, 1482-1519) 등 신진 사림이 다시 중앙정계에 등장하면서 소위 도학(道學)정치의 실현을 위한 사림들의 활동은 활발해졌지만 기묘사화(1519, 중종 14)로 조광조 등 신진 사림세력이 숙청, 제거됨으로써 다시 실패하였다. 기묘사화 이후 사림파는 중앙정계에서는 훈구파에 밀리고 있었으나 향촌사회에서는 더욱더 착실하게 지지 기반을 다져갔다.

비록 훈구파에 밀렸지만, 사림세력의 성장이라는 시대적 대세는 어쩔 수 없었다. 사림세력은 마침내 16세기말 중앙정계에 진출하여 정치의 주도권을 차지하게 된다. 이후 사림은 중앙에 나가면 정치에 참여하고,

정치에서 물러나면 향촌에 근거지를 가지고 활동을 한다. 이 과정에서 마침내 1543년(중종 38) 경상도 풍기에 조선 최초의 서원인 백운동서원이 출현하게 되고, 이를 계기로 서원은 전국적으로 건립된다. 사림세력이 향촌사회의 구심점을 서원으로 바꾼 것은 송대에 발전한 중국 서원제도의 영향도 있었으나 서원 자체가 교육과 교화를 표방하였기 때문에 정치적으로 반대세력으로부터 서원 건립에 대한 견제를 덜 받을 수 있었기 때문이다.

서원이 성립되는 16세기는 여러 면에서 조선사회의 전환기였다. 정치적으로는 사림파가 정치세력으로 등장하여 집권 훈구 세력과 대립하면서 여러 희생을 치른 끝에 집권하고, 사상적으로는 성리학이 이기론(理氣論) 중심으로 발전하여 확고하게 조선사회에 뿌리를 내리는 시기였다. 서원의 성립은 이러한 정치, 사회적인 여러 변화와 사림세력이 성장한 결과 나타난 시대적 산물이다.

조선 초기에 가장 많이 세워진 건축은 통치에 필요한 궁궐과 관아, 유교 이념 보급에 필요한 제사시설인 종묘, 사직, 그리고 교육시설인 성균관, 향교 등이었다. 서원제도의 성립은 조선사회가 어느 정도 건국에 필요한 시설과 건축물들이 성립되고 난 다음 성리학이 조선사회에 뿌리를 내리고 사림세력이 중앙정계에 진출하면서 나타난 하나의 현상이다.

본격적인 차원의 서원의 발생은 당시의 정치·사회적인 구도와 사림 세력의 향촌 활동과 연관시켜 읽어야 한다. 성리학은 조선시대에 인재를 양성하고 교화하기 위해 관학의 주요 교육 내용으로 채택되고, 동시에 조선시대 교육기관의 전형을 형성케 하는 사상적 배경이 된다. 그런데, 조선 중기를 지나면서 관학인 향교는 국가의 지원 부족으로 교관이 한직(閑職)으로 되자, 자격을 갖추지 못한 사람이 향교 교육을 담당하게 되어, 교관의 질이 저하되고, 이에 따라 학생들은 향교에서 수업 받기를 거부한다. 이와 함께 세조(재위: 1455-1468)에 의한 집현전의 폐지, 연산군(재위: 1494-1506)에 의한 성균관의 황폐화 등은 학관(學館)이 비게 되는 원인으로 작용하기 시작했다. 이리하여 향교는 점차 교육기능의 역할을 제대로 못하고 쇠미해졌고, 사대부들은 사숙(私塾)인 서당(書堂)과 서재(書齋)에서 수학하기를 좋아했다. 이러한 현상은 시간이 갈수록 일반적인 현상이 되고 이에 따라 당시의 정치·사회적인 현상과 맞물려 서원이 성립하기 시작했다. 말하자면, 서원의 대두는 조선 초기에 형성된 관학을 중심으로 하는 교육제도가 그 한계에 달했을 때 관학 교육의 모순을 극복하고, 새로운 시대정신과 지식을 구하는 16세기 조선 사회가 필요로 한 사회 문화 속에서 나타난 하나의 해결안이었다.

이와 같이 조선시대 서원의 성립은 시간적으로는 고려말 조선 초기에 발전하여 온 사학(私學)과 사묘(祠廟) 양자의 결합에서, 정치·사회적으로는 사림파의 정계 진출로 빚어진 사화 이후 유림의 정치 기피와 학문연구 및 선현에 대한 숭배열이 합하여, 조선 초기를 지나면서 사림 세력의 학문이 축적되고 수가 확대됨에 따라 사림 세력이 향촌 질서를 재확립하고 구심적인 역할을 하면서, 그리고 관학이 쇠퇴함에 따라 현실적으로 새로운 교육 형식의 요구가 대두되면서 향촌민(鄕村民)에 대한 교화라는 명분에서 비롯되었다고 할 수 있다.

서원의 성립에 결정적인 역할을 한 조선시대의 사림은 재야의 지식인을 가리키는 것으로 경제적으로는 중소 지주의 기반을 누렸다. 중소지주층은 고려시대에는 향리(鄕吏)의 신분으로 중앙정치에서 소외되고 있었으나, 고려말 사회의 혼란과 불안 속에서 향리에서 품관(品官)으로 신분 상승을 하게 되고, 따라서 중앙정치에 참여할 수 있는 자격을 획득하게 된다. 이들은 이뿐만 아니라 사상적·학문적인 면에서 신유학인 성리학을 적극적으로 수용한다. 고려말 조선왕조가 들어설 즈음 중소지주층 출신의 사대부 세력은 기성체제를 부정하는 데는 입장을 같이하였으나 고려를 멸망시키고 조선을 건국하자는 역성혁명론에 대하여는 찬반양론으로 갈리었다. 마침내 조선왕조가 들어서고 역성혁명을 반대한 계열의 학통을 이어받은 사림들은 향촌에서 사학(私學) 활동을 통해 맥락을 잇고 있다가 15세기 후반에 들어 하나의 세력으로 등장했다. 이들이 곧 사림 세력이다. 이들은 주로 영남 지방을 중심으로 한 활약상이 뚜렷했다. 사림 세력은 향리에 근거지를 두고 도덕정치를 이상으로 내세우면서 훈신(勳臣)과 척신(戚臣)들의 정치 독점에 저항하며 정치개혁을 요구한다. 15세기 성종 대를 지나면서 사림 세력은 중앙정계에 진출하여 도학정치를 이루려고 하는데, 이들 신진 사류(士類)들에게 위협을 느낀 훈신, 척신들은 사화를 일으켜 정치적 탄압을 한다. 그러나 이러한 사화에도 사림 세력은 기세가 꺾이지 않고, 이미 전국적으로 확산되어 중앙정계에 진출하여 도학정치의 실현을 이루기 위해 노력하거나 향리에 은거하여 자기세력 기반 구축의 한 방법으로 향촌 활동을 하게 된다.

이와 함께 사림들은 도학정치를 실시하는 방안으로 도학(道學)에 뛰어난 유학자를 문묘(文廟)에 제향해야 한다는 문묘종사운동(文廟從祀運動)을 전개한다. 문묘종사운동은 정몽주(鄭夢周, 1337-1392), 길재(吉再, 1353-1419), 김숙자(金叔滋, 1389-1456), 김종직(金宗直, 1431-1492), 김굉필(金宏弼, 1454-1504), 조광조(趙光祖, 1482-1519) 등으로 이어지는 성리학의

도통을 확립하기 위한 운동이었으며, 이는 곧 사림계의 학문적 우위
성과 정치 입장을 강화해 주는 측면과 함께 향촌민에 대한 교화라는
명분을 동시에 가지게 하는 운동이었다. 이러한 논의 과정에서 사림
의 교학 진흥을 위해 특정 인물을 제향한다는 방안이 제시되었으며,
이는 사림의 존현처(尊賢處)로서 서원이 발생하고 발전할 수 있는 토대
를 제공했다. 이러한 과정 속에서 1517년(중종 12) 정몽주가 문묘에 종
사되고, 백운동서원은 이황(李滉, 1501-1570)의 노력으로 1550년 '소수서
원'으로 사액 된다. 이를 계기로 1554년(명종 9)에는 정몽주를 모신 임
고서원, 1566년(명종 21)에는 정여창(鄭汝昌, 1450-1504)을 모신 남계서원
이 각각 사액 되며, 서원 건립은 지방으로 확산된다. 그리고 1610년(광
해군 2)에는 동방오현(東方五賢)으로 불리는 김굉필, 정여창, 조광조, 이
언적(李彦迪, 1491-1553), 이황이 문묘에 종사(從祀)된다.

이리하여 서원은 16세기 중엽 명종대(재위: 1545-1567)의 초창기를 거
쳐 16세기말 선조대(재위: 1567-1608)에 이르러 사림계열이 정치의 주도
권을 잡게 되면서 본격적으로 설립된다. 이러한 현상은 광해군(재위:
1608-1623), 인조(재위: 1623-1649), 효종대(재위: 1649-1659)에 이르기까지
그대로 지속된다. 이 시기에 서원은 전국적으로 확산되면서 지방 관
료들도 간섭할 수 없는 세력으로 성장해, 중앙정치 세력의 후원과 경
제적 기반을 발판으로 하여 조선사회를 이끌어가는 주도적인 역할을
하게 된다.

Ⅱ. 서원의 기능

1) 서원의 교육 기능

서원은 조선 중기를 거치면서 관학인 성균관과 향교의 교육 기능을 대신하는 중심 기구로 건립되었다. 초창기의 서원은 관학과 달리 교육의 자율성이 존중되어 과거 시험을 통한 출세나 공리주의 대신 유생들의 호연지기(浩然之氣)를 키우고 인격을 도야하는 산실이 되었으며, 그 교육은 사서오경 등 유교 경전을 통한 성리학, 그리고 우주 본질과 인간의 내면을 탐구하는 것으로 이루어졌다. 서원에서 이루어진 이러한 교육과 학문을 통하여 조선의 성리학은 주자학적 세계관이 투영된 사상적 깊이를 더 해 갈 수 있는 계기를 마련하였다. 서원 교육에서 구현하려고 한 것은 '선비의 길'로 표방되는 사림 정신이었기 때문에 도통(道統)의 연원을 이으려는 것으로 나타났고, 이에 따라 초기의 서원들은 거의 모두 빼어난 성리학자들의 위패를 사당에 모신 도학(道學) 서원들이었다.

서원의 교육은 선생이 학생에게 일방적으로 강의하여 자신의 지식을 주입시키는 방식이 아니라 학생들의 자율적인 학습에 바탕을 두고 있었다. 유생들은 재사(齋舍)인 동재(東齋)와 서재(西齋)에서 경전 내용을 바탕으로 다른 사람들과 자유로운 토론과 논증을 통하여 자신의 경전에 대한 이해의 깊이를 더욱 깊게 했다. 학생들의 공부의 성취도는 강회(講會)를 통하여 확인되었다.

학생들은 강회가 열리면 강당(講堂) 대청에서 한 사람씩 선생 앞에 나가 공부한 내용을 소리높이 읽고 의리(義理)를 문대(問對)하는 방식을 통해 학습의 정확성을 검증받는 '강(講)'이라는 교수방법으로 학문의 성취도에 대한 평가를 받았다. 강(講)은 단순히 경전을 암송하는 것으로 그치는 것이 아니라 문리(文理)를 터득하는 일이 중요하다. 서원의 교육은 학생이 강회에 합격하면 다음 진도를 나가는 방식을 취하여 철저하게 학생의 능력에 맞추어 이루어졌다. 강은 순강(旬講), 망강(望講), 월강(月講) 등으로 나뉜다. 순강은 10일마다, 망강은 보름마다, 월강은 매월 열리는 것을 말한다. 강을 받는 데는 다음과 같은 일정한 의례와 절차가 있었다.

- 강회가 열리는 날 당번은 강당 대청마루 한가운데 뒤에 선생의 자리 앞에 책상을 갖다 둔다.
- 선생의 자리는 강당 대청 중앙 뒤에 둔다.
- 교수진[司講]은 선생 앞 좌우에 각각 동향, 서향을 하여 앉는다.
- 학생들은 강당 대청 앞부분 좌우에 앉는다.
- 학생을 차례로 호명한 다음, 지정된 학생은 선생 앞 책상 앞으로 나아가 두 번 절하고 무릎을 꿇고 앉는다.
- 학생은 주어진 글을 읽고 질의에 응답을 한다.
- 끝나면 선생과 교수진은 처점[考柱]을 하고 기록한다.
- 학생은 두 번 절하고 물러난다.
- 강을 마치면 집례(執禮)가 선생 자리에 나가 강을 마쳤음을 아뢴다.
- 선생이 자리에서 일어나면 학생들은 일제히 일어나서 선생을 향하여 함께 두 번 절한다.
- 이에 선생은 고개를 숙여 답하고 강을 끝낸다.

이와 같이 서원의 강당은 유생들이 공부한 경전에 대한 토론을 통해 스승들의 학문을 계승하며 유학적 이상을 추구하던 학문 수련의 장이었다.

유교가 정치적으로 국가의 기본 기틀로 정해진 뒤, 조선시대 한양에는 중앙 국립대학인 성균관이 있어 한양 뿐 아니라 전국의 인재들을 선발하여 교육시켜왔고, 지방에는 향교가 있어 그 지방의 인재들을 모아 교육시켜왔다. 그러나 성균관이나 향교는 중국의 제도를 모방했을 뿐 아니라 사당에 배향하는 인물마저도 공자와 그의 제자 등 중국의 성현(聖賢)을 중심으로 했다. 또한 교육의 내용도 과거시험을 위주로 한 것이었기 때문에 지방의 특색 있는 학풍이 성립되거나 독특한 사상적 발전은 이루지 못했다.

하지만, 조선시대의 서원들은 서로 비슷한 학풍을 갖고 있는 다른 서원들과 교류하면서 유대관계를 형성하여 학풍에 따라 붕당을 형성하였고, 서로 다른 학풍을 갖고 있는 다른 지방의 서원들과는 서로의 주장을 논하는 사이에 학문의 깊이를 더해 갔다. 그 중 대표적인 학파가 퇴계 이황을 중심으로 한 영남학파와 율곡 이이(李珥, 1536-1584)를 중심으로 한 기호학파다.

2) 서원의 제향 기능

서원의 제향 기능은 교육 기능과 함께 서원의 양대 기능을 형성한다. 서원의 제향은 사당에서 행한다. 사당이란 선현의 신주나 영정을 봉안하고 제향을 행하던 곳을 뜻한다. 숭유(崇儒) 정책을 표방하던 조선시대 서원은 사당에 모셔진 선현의 학덕으로 그 지방의 풍속(風俗)과 예속(禮俗)의 교화에 크게 이바지하였다.

서원의 향례(享禮)는 매월 초하루와 보름에 향(香)만 사르는 간단한 향례를 올리는 분향(焚香)과 봄가을에 제사 음식인 제수(祭需)를 올리는 향사(享祀)로 나뉜다. 서원의 향사는 일반적으로 음력 2월과 8월의 중정일(中丁日, 그 달의 日辰 중 중간에 있는 丁日), 또는 음력 3월과 9월의 중정일에

행하였는데, 지금은 봄가을 두 번 향사(享祀)를 행하지 않고 일년에 한번 만 향사를 행하는 서원도 있다.

3) 서원의 도서관 기능

서원은 그 설립의 일차적인 목적이 학문 연구에 있었으므로, 서원은 학문의 연구를 위한 교육문고로서 도서의 수집 · 보존의 역할을 함으로 써 도서관의 기능도 하였다. 서원이 도서관의 기능을 당시에 할 수 있었 던 것은 조지(造紙) 기술이 발달하였을 뿐만 아니라, 인쇄술의 발달로 대량으로 도서를 인쇄할 수 있었기 때문이다.

서원이 도서관 역할을 하였음은 최초의 서원인 백운동서원에서 이미 입증된다. 주세붕은 백운동서원을 세우면서 그 터에서 나온 그리 그릇 300여 근을 팔아 경사자집(經史子集) 등 성리학 서적들을 구입하였다. 그 뒤 사액을 받아 백운동서원이 소수서원으로 발전하면서 국가로부터 때 때로 많은 서적을 하사 받았으며, 서원에서도 자비로 서적을 구입하기 도 하였고, 또한 각 서원과 문중에서 간행된 서책을 보내옴으로서 소수 서원은 1600년경에 107종 1,678권의 서적을 소장하고 있었다.

서원은 이러한 도서관 역할뿐만 아니라 서적을 직접 출판하기도 하여 지방 출판문화의 중심지로서 문화 창달과 지식 보급에 큰 역할을 하였 다. 서원에는 출판을 전담하는 간소(刊所)가 있었으며, 간행된 책은 주로 교육용과 서원에 배향된 인물의 믄집과 유고(遺稿) 등이었다. 간행된 서 책은 다른 서원 및 각 문중과 홍문관 · 규장각 등에 배부되었다.

1796년(정조 20)에 편찬된 서유구(徐有榘, 1764-1845)의 「누판고(鏤板考)」 에 의하면 이때까지 78개 서원에서 167종의 책이 출판되었다고 한다.

4) 서원의 운영과 학사 기능

서원의 학사(學事) 제도에 속하는 서원의 규모와 조직, 학생 구분, 입학 자격, 교육 내용 등은 그렇게 조직적으로 이루어지지 않았으며, 서원마다 차이가 있었다고 한다.

교육은 원생(院生)들의 목표와 학문 수준이 달랐기 때문에 비형식적 자득 교육으로서 도학의 정맥을 잇는다는 목적을 가지고 자율적으로 행해졌다. 서원 원생의 생활은 관학의 학령(學令)이나, 주희의 백록동서원(白鹿洞書院) 원규(院規), 또는 독자적으로 마련된 원규에 따르게 되어 있었으나 상당히 자유로운 편이었다.

교육과정은 청계서원(靑溪書院)의 경우 『소학(小學)』·『대학(大學)』·『논어(論語)』·『맹자(孟子)』·『중용(中庸)』·『시경(詩經)』·『서경(書經)』·『역경(易經)』·『춘추(春秋)』의 순서로 읽었으며, 그 외 경(經)·사(史)·자(子)·집(集)은 수시로 읽었다.

참고로, 소수서원 원생의 입학 자격을 보면, 생원, 진사를 선발하는 사마시(司馬試, 小科)를 통과한 자를 우선으로 하여 성균관에 입학하는 것과 같이 수속을 취하게 하였으며, 그 다음은 사마시의 초시(初試) 합격자로 했다. 비록 불합격자라도 향학열이 높고 조행(操行)이 있는 자는 유사(有司)가 유림의 승인을 얻어 입학을 허락하였다. 이와 같이 입학 조건이 있는 곳도 있었지만, 무성서원(武城書院)이나 이산서원(伊山書院)의 경우 나이, 신분에 구애됨이 없이 독서에 뜻이 있고 배우고자 하는 자는 모두 입학할 수 있다고 규정한 서원도 있다. 일반적으로 서원 원생이 되자면 학문의 수준이 높은 선비여야 했으며, 연령은 20대에서 30대에 이르렀다.

서원 원생의 정원은 소수서원의 경우 초기에 열 명으로 하였고, 다른 서원들도 이와 비슷한 정도였으며, 후대로 오면서 일반 서원들의 정원은 증가를 보여 서른 명 내외가 되었다. 숙종대(재위: 1674-1720)에 이르러 사액서원의 경우 스무 명, 문묘에 종사된 선현의 서원인 경우 서른 명, 미사액서원(未賜額書院)은 열다섯 명이었으나 서원의 재정 형편에 따라 그 수가 조정되었다. 그러나 조선 후기로 올수록 서원에 투숙해서 각종 역(役)을 피하는 자가 상당수에 이르렀다.

서원은 원장(院長)·유사로 대표되는 원임(院任)의 책임하에 운영되었는데, 서원이 사립교육기관이었기 때문에 원중(院中)의 유림이 모여서 자치적으로 원임을 선출하였으며, 원장·유사의 임명에 대한 특별한 자격 규정은 없으나 한 고을을 대표할 수 있는 명망 있는 인사로 선출하는 것이 관례였다.

원장은 원사(院事)를 총괄하며 서원을 대표하는 책임자이고, 유사는 서원의 대소사를 운영해 나가는 담당자였다. 이외에도 원장을 보좌하고 원장이 유고시 직무를 다 행하는 원이(院貳), 강학을 담당하는 강장(講長), 원생을 훈도하는 훈장(訓長), 재(齋)의 일체 사무를 결재하는 재장(齋長), 서원의 대소사를 감독하는 도유사(都有司), 도유사를 보좌하는 부유사(副有司), 서원의 사기 장려를 담당하는 집강(執綱), 유회(儒會) 때 사무 집행을 담당하는 직월(直月), 직월을 보좌하는 직일(直日), 서원 대소사에 대한 평의(評議)를 담당하는 장의(掌議), 서원 내 제반 사무를 담당하는 색장(色掌) 등이 서원 운영에 관여하고 있었다.

그러나 서원의 중대사 및 각종 결정사항은 유생들의 모임인 유회(儒會)에서 결정하였고, 이때 지방관의 영향력도 컸다. 초기 서원의 규모와 제도를 실질적으로 규정한 이황도 서원운영의 자치성을 강조하였지만 경제적 문제 등은 지방관이 담당하여야 한다고 하여 서원과 관(官)과의 유기적 관계를 강조하였다. 이는 서원이 사립교육기관이지만 기본적으로는 국가의 문교정책을 대행하는 기관이었기 때문이었다. 이러한 서원 운영을 위하여 원규가 제정되었는데 여기에는 원임·원생의 자격과 선출절차, 교육목표, 교육내용, 서원운영에 관한 사항들이 수록되어 있다.

서원운영을 위한 경제적 기반은 서원전(書院田)과 노비(奴婢), 그리고 현물(現物) 등이었다. 서원은 국가의 공인을 받기 위해서 사액을 청하기도 하였지만, 사액서원이 되면 미사액서원이 누리지 못하는 많은 특혜를 받게 된다. 사액을 내리면 왕은 서적, 서원전, 노비를 내리고, 지방관(地方官)은 서원에 서적 외에 필요한 일체 생활용품을 공여(供與)한다. 규모가 큰 서원은 광대한 농장과 많은 노비를 가지고 있었는데, 사액서원은 국가로부터 토지 3결(結, 1결= 약 1만m2, 1ha)을 지급받았다. 노비는 서원 운영에 필요한 서원의 수직(守直), 각종 사역(使役), 서원전의 경작 등에 종사하였다. 서원의 노비 숫자는 숙종 때 사액서원 7인, 미사액서원 5인으로 정하기도 하였다. 서원에는 피역(避役)을 목적으로 서원에 투속한 원속(院屬)이 있었는데, 원속은 노비와 같이 서원의 수직이나 서원내의 제반 잡역을 담당하였다.

5) 서원의 사회 기능

이미 앞에서 언급하였듯이, 서원은 기본적으로 유생들이 모여 강당에서 학문하는 강학의 기능과 사당에 선현의 위패를 모시고 제사를 드리는 제향의 기능을 갖춘 곳이다. 하지만 서원은 이러한 기능에만 머문 것이 아니라, 향촌에 사회 윤리를 보급하고 향촌 질서를 재편성하며 향촌 지역공동체를 이끌어 간 정신적 지주가 되는 기능을 하였다.

서원은 향촌사림의 강학 및 장수처(藏修處)로서 향촌사림의 여론을 수렴하는 거점이 되어 향약의 시행을 통해 지방민의 교화에도 크게 이바지하여 지방민들이 서원을 중심으로 일체감을 느끼는 구심점이었다. 또한, 서원은 인근의 선비들이 모여 세상사를 논의하는 지방 문화의 중심지 역할을 하는 장소였으며, 선현이 쓰던 각종 집기(什器)를 보존하기도 하였고, 서원을 찾아 온 선비들에게는 숙식을 제공하기도 하였다.

서원은 또한 시대가 내려오면서 붕당의 분화와 이에 따른 당쟁의 심화로 사론(士論)·공론(公論) 조성의 집약소 역할을 하였다. 서원은 조선 후기로 접어들면서 집성촌의 증가와 함께 문중 내부의 상호결속과 사회적 지위 유지의 필요성에 따라 그 중심 기구로서 사회적 역할을 증대시켜 나갔다. 그러나 시대가 내려오면서 서원은 당쟁 및 문중의 시비에 휘말리고 또한 대민(對民) 작폐(作弊)의 온상으로 변모되어 사회문제화되자 국가의 통제를 받게 되었으며, 마침내 조선말에 이르러 흥선대원군[이하응, 1820-1898]에 의하여 서원철폐령이 내려져 전국의 47개 서원을 제외한 원사(院祠)들은 철폐되었다.

Ⅲ. 서원이 설립되는 장소

서원들은 주로 앞이 낮고 뒤가 높은 경사면에 자리를 잡았다. 서원 뒤로는 건물들이 기대어 설 수 있는 나지막한 산이 있고, 서원 앞으로는 내가 흐르거나 넓은 들판이 펼쳐져 있으며, 들판 건너편에는 서원에서 마주보는 안산(案山)이 멀리서 받치고 있다. 이러한 곳에 자리 잡은 서원

들은 서원 주변의 자연 경관과 조화되도록 서원을 구성하는 건물들을
배치하였는데, 이는 궁궐이나 관학 교육기관인 향교와 같이 엄격하게
중심축이 남북이 되도록 해서 중요한 건물들을 남향으로 배치하는 방식
과는 다르다. 도산서원이나 필암서원, 병산서원 등과 같이 중요한 건물
들을 남향으로 배치한 서원들이 있지만, 이들 서원들은 주변 자연환경
을 무시하며 중요한 건물들이 남향을 하도록 배치한 것이 아니라 그렇
게 배치함으로써 주변 자연 지형지세 및 경관과 잘 조화되기 때문에 남
향으로 건물을 배치한 것이다. 중요한 건물들을 남향으로 배치하지 않
으면서 주변 자연과 어울리게 건물을 배치한 서원들을 보면, 옥산서원
의 경우 서쪽을 향하도록 중요한 건물들을 배치하여 서원 앞으로 흐르
는 계류(溪流)를 건너 자옥산을 바라보며 주변 경관과 조화를 이루고 있
고, 도동서원은 서원 앞으로 흐르는 낙동강을 바라보며 동북향을 하고
자리 잡음으로서 주변 자연 지세에 가장 잘 어울리도록 하였으며, 돈암
서원 역시 동향을 하며 서원 앞으로 펼쳐진 넓은 들판을 내다보게 배치
함으로서 자연의 한 부분이 되고 있다.

서원이 들어설 자연환경과 입지조건을 갖추며 설립된 곳은 서원에 봉
향(奉享)하고자 하는 선현의 연고지가 가장 많다. 이러한 연고지는 선현
의 출생지거나 고향, 성장지, 은거하여 후학을 지도했던 곳, 관리로 있
었던 곳, 유배지, 충절과 연관된 곳, 무덤이 있는 곳 등으로 구분된다.

선현의 출생지거나 고향에 세워진 서원을 보면, 풍기 소수서원은 안
향(1243-1306), 영천 임고서원은 정몽주(1337-1392), 함양 남계서원은 정
여창(1450-1504), 김포 우저서원은 조헌(1544-1592), 안동 임천서원은 김
성일(1538-1593)의 고향이다. 김종직(1431-1492)을 모신 밀양 예림서원은
이웃에 김종직의 생가가 있는 마을이 있으며, 나주의 미천서원은 허목

(1595-1682)이 어린 시절을 보낸 곳에 세운 서원이다.

선산 금오서원은 길재(1353-1419)가 고려가 망하자 불사이군(不事二君)하며 세상과 인연을 끊고 은거한 고향에, 파주 파산서원은 성수침(1493-1564)이 은거하며 학문하던 곳에, 경주 옥산서원은 이언적(1491-1553)이 은거하며 학문했던 곳에, 청주 화양서원은 송시열(1607-1689)이 은거하며 거처한 곳에 각각 세운 서원이다. 산청의 덕천서원은 조식(曺植, 1501-1572)이 만년(61-71세까지)에 서당인 산천재(山天齋)를 짓고 학문과 정신을 제자들에게 전하고 경륜을 편 곳에서 멀지 않은 곳에 위치하였다.

강학하던 곳, 또는 서당이 모체가 되어 서원이 설립된 곳으로는 이황(1501-1570)의 안동 도산서원, 김장생(1548-1631)의 논산 돈암서원, 윤황(1571-1639)의 논산 노강서원, 김인후(1510-1560)의 장성 필암서원, 정구(1543-1620)의 성주 회연서원 등이 있다.

정읍 무성서원은 신라갈에 최치원(857-?)이 태산 고을에서 현감을 지내며 선정을 베풀었던 곳에 세운 태산사(泰山祠)를 모체로 하여 세운 서원이며, 순천의 옥천서원은 김굉필(1454-1504)이 1498년의 무으사화 때 이곳에 유배되었다가 사약을 받은 곳에 세운 서원이다. 용인 충렬서원은 정몽주의 무덤, 용인 심곡서원은 조광조(1482-1519)의 무덤, 파주 자운서원은 이이(1536-1584)의 무덤이 있는 곳에 세운 서원이다. 이항복(1556-1618)을 모신 포천 화산서원은 이항복의 무덤이 있는 화산이 건너다보이는 곳에 세운 서원이다.

이와 같이 서원이 설립되는 장소는 존경받을 만한 선현의 연고지였지만, 그와 동시에 사림들이 은거하여 수양하며 독서하기에 좋은 곳, 즉 산수가 빼어난 곳이기도 하였다. 이러한 조건은 백운동서원이 사액을 받도록 주도적인 역할을 하였고, 또 서원창설운동을 펼쳤던 이황이 주

장한 내용이다. 선현의 연고지는 서원이 인문조건을, 산수가 뛰어난 곳
은 서원이 지리조건을 갖춘 곳에 건립되어야 함을 말한 것으로서, 실제
로 조선 최초의 서원인 백운동서원을 포함하여 그 이후에 세워진 많은
서원들은 그러한 조건을 갖춘 곳에 건립되었다. 이러한 지리조건을 갖
춘 곳을 골라 서원은 풍수에서 중요시하는 주변 지세(地勢)를 잘 관찰하
고 산의 생김새와 물의 흐름에 잘 맞추어 건물을 배치하여 자연과 잘
조화하도록 하였다.

　서원이 주변 풍광이 좋은 곳에 자리를 잡게 되는 요인으로는 성리학
자들이 자연 속에 은둔하여 심신을 수양하며 천인합일(天人合一) 할 수
있는 곳을 찾았던 것이 중요한 이유였다. 성리학자들에게 천인합일사
상은 가장 중요한 유가적 정신 관념으로서 자연과 인간은 하나가 되어
우주의 생명 전체는 융화하고 교섭할 수 있다는 인생의 최고 이상이었
다. 따라서 자각적으로 천인합일의 경지에 이르는 것은 중요하였다. 이
런 이유로 사대부들은 골짜기가 있어 물이 흐르고, 산이 있어 풍월을
가까이 할 수 있는 자연에 서원을 건립하여 학문을 연마하고 후학을 양
성하였다.

　또, 사림들은 그들이 추구하는 도학과 사회개혁적인 성향 때문에 겉
으로 부각시키지는 않았으나 가사문학(歌辭文學)을 이끄는 중심적인 역
할을 하였다. 벼슬살이가 아닌 산림생활을 하는 그들에게는 자연 경관
을 대상으로 그들의 정서나 마음가짐을 표현하기에 시(詩)나 가사(歌辭)
가 적합했기 때문이다. 퇴계의 「도산십이곡(陶山十二曲)」은 그 중의 좋은
예이다. 그들의 이러한 취향은 서원 건립의 입지조건으로 산수가 수려
한 곳을 선호하게 하였다.

　예로서, 소수서원이 자리를 잡은 순흥은 소백산 아래에서 발원한 죽

계(竹溪)가 흐르고, 산천은 그윽하고 깊숙하여 구름에 잠긴, 골짜기가 아늑한 곳이다. 주세붕이 이곳에 서일 터를 잡고 서원 이름을 '백운동'이라고 한 것은 중국 송나라 때 주희가 재흥시킨 백록동서원이 있는 "여산(廬山)에 못지않게 구름이며, 산이며, 언덕이며, 강물이며, 그리고 하얀 구름이 항상 서원을 세운 골짜기에 가득하였기" 때문이라고 한다. 이곳은 퇴계 이황이 언급한 것처럼 유생들이 노닐고 강독(講讀)하는 장소로 삼을 만한 곳이다. 소수서원에 들어서는 길목 노송들과 계곡을 바라보고 서 있는 서원 전경은 요산요수 자체만의 취향과는 거리가 있으면서, 자연 속에서 도학의 중요성을 깨우치고 이를 숭상하며, 또한 도학에 뛰어난 학자를 제향해야 할 만한 곳임을 알게 한다. 이는 은거하여 뜻을 구하는 선비와, 도학을 강명(講明)하고 업(業)을 익히는 무리가 노닐고 강독하는 장소로 삼을 만한 곳이 되기 위하여, 흔히 세상에서 시끄럽게 다투는 것을 멀리해야 하기 때문이었다.

　퇴계를 모신 도산서원 역시 이러한 입지조건을 갖추었다. 원래 도산서원 남쪽 바로 아래에는 퇴계가 지은 도산서당이 있었다. 도산서당은 퇴계가 1557년 쉰일곱 살 때, 도산 남쪽에 터를 잡아 짓기 시작하여 1561년에 낙성한 건물이다. 퇴계는 서당을 짓고 난 다음「도산잡영(陶山雜詠)」을 썼는데, 서당 주변의 경개와 그의 마음가짐을 엿볼 수 있게 하는 글이다.「도산잡영」을 요약하면 다음과 같다.

　　영지산(靈芝山)의 한 줄기가 동쪽으로 나와 도산(陶山)이 되었는데, 이 산은 그리 높거나 크지 않으며, 그 골짜기가 넓고 형세가 뛰어나고 치우침 없이 높이 솟아, 사방의 산봉우리와 계곡들이 모두 손잡고 절하면서 그 산을 사방으로 둘러 안은 것 같다. 도산 왼쪽에 있는 산을 동취병

(東翠屛)이라 하고, 오른쪽에 있는 것을 서취병(西翠屛)이라 한다. 동병
은 청량산(淸凉山)에서 나와 산 동쪽에 이르러서 벌려 섰고, 서병은 영지
산에서 나와 서쪽에 이르러 봉우리들이 우뚝우뚝 솟았다. 두 병풍이 마
주 바라보면서 남쪽으로 꾸불꾸불 팔, 구 리쯤 내려가다가 동병은 서쪽
으로 달리고, 서병은 동쪽으로 달려서 남쪽의 넓고 넓은 들판의 아득한
밖에서 합세(合勢)했다. 산 뒤에 있는 물을 퇴계(退溪)라 하고 산 남쪽에
있는 것을 낙천(洛川)이라 한다. 퇴계는 산 북쪽을 돌아 낙천에 들어 산
동쪽으로 흐르고, 낙천은 동병에서 나와 서쪽으로 산기슭 아래에 이르러
넓어지고 물이 깊어졌다. 거기에는 조그마한 골이 있는데, 앞으로는 강
과 들이 내다보이고, 깊숙하고 아늑하면서도 멀리 트였으며, 산기슭과
바위들은 선명하며 돌우물은 물맛이 달고 차서 이른바 비둔(肥遯)할 곳
으로 적당했다.

이러한 산세(山勢), 수세(水勢), 야세(野勢)를 보아 합당한 위치를 택하
여 퇴계는 도산서당을 지었다.

이외에도 도동서원, 옥산서원, 남계서원, 돈암서원, 고산서원 등은
서원이 들어설 자연조건이 잘 구비된 곳에 건축적으로 승화시켜 건물을
세운 대표적인 서원들이다. 그 중에서도, 서원이 들어선 주변 자연을
가장 잘 건축적으로 승화시킨 대표적인 서원은 유성룡(柳成龍, 1542~
1607)을 모신 안동 병산서원(屛山書院)이다.

병산서원은 조선시대 유학자들이 한국의 산하를 알고, 그 속에 건축
을 얽어 만든 정신과 방식을 아는 데 길잡이가 되는 실례를 보여주는
건축이다. 낙동강 물줄기가 넓게 트이면서 센 물살을 만들며 항아리 모
양으로 돌아 나가는 강변에, 병풍처럼 산이 펼쳐져 있다고 하여 이름
붙인 산이 병산(屛山)이다. 이 병산이 강물 깊게 그림자를 띄우는 맞은편

으로는 모래사장이 펼쳐지며 노송(老松)들이 꿈틀거리며 서 있고, 그에 잇대어 하회마을로 넘어가는 산자락이 시작된다. 병산서원은 바로 이러한 강물과 병산을 마주 보는 산자락에 자리 잡고 있다. 병산이 있고 낙동강이 설정된, 이러한 산하를 갖춘 곳에 병산서원은 공간을 열리게 하고, 트이게 하는 방식으로 조영되어, 건물을 앉힐 땅과 그 주변 경관을 나름으로 이해하며 해석한, 탁월한 건축공간을 만들고 있다. 특히 병산서원 강당인 입교당(立敎堂) 대청 기둥 사이로 그 앞의 만대루(晩對樓)와, 그 넘어 병산과 강물로 이어지는 전경(前景)을 보면, 만대루 이 층 다락 일곱 칸 공간 얼개 속으로 일곱 폭 병풍이 되어 들어오는 경관은 안도 아니고 바깥도 아닌 극적인 분위기를 만든다. 이것은 건축을 둘러싼 산천경개가 어떻게 건축 공간미학으로 재구성되어 되살아 날 수 있는가를 보여주는 서원건축의 특성을 이루는 한 부분이다.

Ⅳ. 조선시대 서원의 역사

조선시대 최초의 서원은 풍기군수 주세붕이 1543년(중종 38) 경상도 순흥에 세운 백운동서원이다. 앞에서도 이미 언급하였듯이, 서원이란 선현을 제향하기 위한 시설인 사당과 유생들을 가르치기 위한 교육시설을 갖춘 것을 말하는데, 주세붕은 고려말 성리학자였던 안향(1243-1306)을 기리기 위한 사당인 문성공묘(文成公廟)와 유생들의 교육을 위한 강당인 명륜당을 1543년에 세웠다. 그 후 백운동서원은 1548년(명종 5) 풍기군수로 부임한 퇴계 이황의 노력으로 1550년(명종 5) 2월 조정으로부터 '소수서원'으로 사액(賜額) 받음으로써, 한국 최초의 사액서원이 되었다.

사액이란 임금이 사당이나 서원 등에 이름을 지어 편액(扁額)을 내리는 것을 말한다. 임금으로부터 사액을 받은 서원을 사액서원이라고 부르는데, 임금이 사액서원에 편액을 내릴 때는 서원의 품위 유지와 관리를 위해 노비, 토지, 전적(典籍)을 함께 내렸다. 따라서, 조선시대의 서원들 중에서 사액서원은 사액을 받지 않은 서원과 많은 점에서 사회적 위상이 달랐다.

소수서원은 조선 최초의 사액서원이 되면서, 서원이 관립 교육기관인 향교에 대응하며 조정에 의하여 공인된 교육기관으로서 성리학이 지향하는 도학의 아카데미가 되는 정통성을 인정받게 하는 계기가 된다. 사액을 내려 국가가 서원의 사회적 기능을 인정한다는 것은, 곧 서원이 갖는 중요한 기능인 선현의 봉사(奉祀)와 교화(敎化) 사업을 조정(朝廷)이 인정한다는 의미를 지닌다.

퇴계 이황의 노력으로 백운동서원이 소수서원으로 사액되면서 서원의 존재가 경향(京鄕)간에 널리 알려지게 되고, 이어 명종(재위: 1545-1567)년간 수개소에 서원이 창설되면서 마침내 서원은 조선사회에 뿌리를 내리게 된다.

이황은 당시 어지러운 사회를 바로잡고 조선을 진리의 나라로 끌어올리려면 먼저 인심을 바로잡아야 하고, 그러기 위해서는 무엇보다 정학(正學), 즉 참다운 성리학을 가르칠 교육기관으로서 서원이 필요하다고 생각하고 서원창설운동을 주도하였다. 이황의 서원창설운동은 이황이 당시 경상도관찰사 심통원(1499-?)에게 백운동서원의 사액을 조정에 청할 것을 건의하며 1549년에 올린 글에 나타난 서원관(書院觀)에 근거한다.

이황은 이 글에서, 서원은 향교에 대응하는 교육기관이 될 수 있고,

그러하기 위한 교육기관으로서의 서원은 반드시 국가의 인정을 받아야
하며, 그러기 위해서는 국가로부터 사액을 받아야 하고, 국가는 사액서
원에 서적과 편액, 그리고 토지와 노비를 내려야 하며, 사액서원은 어느
특정 고을이 아닌 국가 차원의 교육기관이 되어야 하고, 선현의 옛터에
서원이 서면 교학(敎學)이 밝아지고 선비들의 풍습과 습속을 아름답게
하여 임금의 다스림에 보탬이 될 것이라고 하였다.

이황은 중국에서 서원을 숭상한 까닭은 "은거하면서 자신의 뜻을 추
구하는 선비와 도를 강론하고 학문을 닦는 무리가 대부분 세상의 시끄
러움을 싫어하여 경전을 안고 드넓은 들녘, 한적한 물가에 숨어 선왕
(先王)의 도(道)를 노래하고 고요히 천하의 의리를 열람하면서 덕(德)을
쌓고 인(仁)을 성숙시킴으로 낙을 삼기 때문"이라고 하면서 "국학(國學)
과 향교는 저자와 성곽에 있으며 전에는 학령(學令)에 구애받고 후에는
다른 일에 얽매이게 되니 그 공효(功效)를 어찌 함께 말할 수 있겠는가"
라고 한 후, "선비의 학문은 서원에서 얻어질 뿐 아니라 국가에서 필요
로 하는 어진 인재 또한 서원에서 훨씬 많이 배출 될 것이다'고 하였
다. 퇴계에게 "학교 제도는 도의(道義) 규범의 근원이며 학생은 그 원천
이고 추진 세력이기 때문에 학교를 설립하는 목적은 도의 규범의 확립
과 사기의 진작"에 있었다.

퇴계는 교화(敎化)의 대상과 주체를 일반 백성과 사림으로 각각 나누
어, 교화의 주체인 사림의 습속을 바로잡고 학문의 방향을 올바르게 정
하는 작업이 선행되어야 한다고 생각하였다. 이를 위한 구체적인 실천
도량으로서 퇴계는 중국에서 송대 이후 발달한 서원의 존재 이유를 제
시하고, 서원이 조선사회에서 제대로 정착하여 기능하려면 조정의 공인
이 필요하다는 것을 절감하고 백운동서원이 조정으로부터 사액을 받게

하는데 결정적인 역할을 하였다.

퇴계의 서원창설운동은 바로 새로운 인간 형성을 위해 무엇보다 먼저 참다운 성리학을 토착화시켜야 하고 그 교육의 현장인 학교에서 이를 실천해야 한다고 자각한 데에 근거한다. 즉, 퇴계의 서원창설운동은 신진 사림들을 흡수해서 참다운 공부를 시킬 교육환경 조성운동이었다.

퇴계는 영천(榮川, 현재 영주시에 편입) 이산서원(伊山書院)·성주 영봉서원(迎鳳書院, 川谷書院으로 사액)·예안(현재 안동시에 편입) 역동서원(易東書院)·대구 연경서원(研經書院) 등 여러 서원의 건립에 참여하거나 서원기(書院記)를 지어 보내는 등 서원 건립과 운영에 깊이 관여하였다. 명종 말년까지 세워진 서원의 숫자가 20개 미만인데, 그 중 반 수 이상이 퇴계가 관여한 서원들이다. 또한, 퇴계는 1565년 2월 풍기 죽계서원(竹溪書院, 소수서원)·영천 임고서원·해주 문헌서원(文憲書院)·성주 영봉서원·강릉 구산서원(丘山書院)·함양 남계서원·영천 이산서원·경주 서악서원·대구 화암서원(畵巖書院)에 대해「서원십영(書院十詠)」이란 시(詩)로 지어 서원의 역할에 대해 깊은 관심을 보였다.

퇴계는 서원이 고유한 독자성을 가지고 정착·보급되도록 하기 위해 서원 특유의 자율성과 특수성을 보이는 유생들의 수학(受學)규칙, 거재(居齋)규칙, 교수실천요강, 독서법 등을 규정한「이산서원원규(伊山書院院規)」를 1559년(명종 14) 만들었는데, 이는 조선시대 서원 원규의 근간이 되어 이후 건립되는 서원의 성격과 서원제도의 전형을 정착시켜 나가는 데 크게 영향을 주었다.

「이산서원원규」에 의하면, 서원은 강당과 사묘를 모두 갖추어야 하지만, 그 중요성에서는 강당이 앞선다. 서원이 조선사회에 정착하던 초창기에는 사묘의 존재가 서원 건립의 필수요건은 아니었다. 1558년 퇴계의 주도로 군수 안상(安瑺)에 의해 세워진 이산서원은 사묘 없이 건립되었고, 1564년 창건된 연경서원도 사묘 없이 강학공간이 먼저 건립되었다. 퇴계 사후에 조영된 도산서원 역시 강당이 먼저 지어지고, 그 다음 해에 사당이 건립되었다.

1560년 7월에 지은「영봉서원기(迎鳳書院記)」에도 퇴계의 서원관이 보인다. 이를 요약하면, 서원은 첫째, 강명도학기구(講明道學機構)의 역할을 해야 하고, 둘째, 위기지학(爲己之學)하는 사자(士子)의 장수처(藏修處)여야 하며, 셋째, 강당과 사묘를 함께 갖는 구성이어야 하며, 넷째, 사현(祀賢)은 부차적(副次的)이고, 사묘는 꼭 필요한 것이 아니라는 점, 다섯째, 제향되는 인물은 정치가가 아닌 도학자(道學者)가 위주여야 한다는 점 등이다.

퇴계에 의하여 서원은 사림의 강학(講學) 장수처(藏修處)로서 그 성격이 분명해지면서 사림세력의 향촌 활동에 중요한 기반으로 자리를 잡게 되고 이후 급속도로 확산되었다. 비록, 조선시대 최초의 서원인 백운동서원은 지방관인 풍기군수에 의해 창립되었으나, 그 후로는 지방유림의 공의로 학덕이나 충절이 빼어난 선현을 추모하고 유생을 교육하기 위해 창건되었다.

강학의 기능이 우위를 차지하자, 이 시기의 서원건축의 배치 형식도 강당을 중심으로 공간이 형성되어 조선시대 서원건축 배치 형식의 한 전형이 성립된다. 이 시기 서원은 주로 앞이 낮고 뒤가 높은 전저후고(前低後高)의 경사면에 터를 잡으며, 건물 배치는 사당이 서원 영역 뒤에, 강당이 그 앞에, 그리고 동·서 재사(齋舍)가 강당 앞에 마당을 사이에 두고 마주보는 형식으로 이루어진다. 사당을 중심으로 형성된 제향공간과 강당 및 재사를 중심으로 형성된 강학공간은 둘레담을 조성하여 각각 독자적인 영역을 형성하고, 각 건물 상호간의 위계가 분명하여지며, 건축 배치상의 축(軸)이 뚜렷하게 표현된다. 도산서원을 비롯하여 이 시기에 세워진 남계서원(1552)·서악서원(1561)·예림서원(1567)·도동서원(1568)·금오서원(1570)·역동서원(1570)·옥산서원(1573) 등은 모두 이러한 입지조건을 갖춘 곳에 외문(外門)·재사(齋舍)·강당(講堂)·내문(內門, 神門)·사당(祠堂)의 순서로 배치되었다.

명종 이후 선조(재위: 1567-1608)대에 이르러 서원 건립은 현저하게 증가하기 시작했는데, 명종대에 18개소이던 서원이 선조대에 이르러서는 60여 개소를 헤아리게 되었다. 이 당시 세워진 대표적인 서원을 들면, 소수서원, 문헌서원, 남계서원, 임고서원, 1567년(명종 22) 김종직을 봉사하기 위해 경상도 밀양에 세운 덕성서원(후에 예림서원이 됨), 1568년(선조 1) 김굉필을 위해 경상도 현풍에 세운 쌍계서원(후에 도동서원이 됨), 1570년(선조 3) 길재를 위해 경상도 선산에 세운 금오서원, 1573년(선조 6) 이언적을 위해 경상도 경주에 세운 옥산서원, 1574년 이황을 위해 경상도 예안에 세운 도산서원, 1576년 조식(1501-1572)을 봉사하기 위해 경상도 산청에 세운 덕천서원 등이 있다. 이 당시 서원에 제향된 인물은 성리학의 발전에 크게 기여한 인물들로서 서원이 도학적 정통성 부여를 위한 사회적 역할을 제대로 수행하였음을 보여준다.

이와 같이 서원은 16세기 중엽 명종대(재위: 1545-1567)를 거쳐 16세기 말 선조대(재위: 1567-1608)에 이르러 사림 계열이 중앙 정치의 주도권을 잡게 되면서 설립숫자가 점점 증가하여 선조대에 건립된 서원의 수는 60개를 넘게 된다. 이러한 현상은 광해군, 인조, 효종대에 이르기까지 그대로 이어져 전국적으로 확산되면서 서원은 지방 관료들도 간섭할 수 없는 세력으로 성장해, 중앙 정치 세력의 후원과 경제적 기반을 발판으로 하여 조선 사회를 이끌어 가는 주도적인 역할을 하게 된다. 이러한 현상은 16세기말에서 17세기에 이르는 시기는 예학(禮學)이 중요한 위치를 차지하여 예를 실천궁행(實踐躬行)할 뿐만 아니라 예를 위하여 몸을 바치는 데까지 이르는 이른바 예학시대를 형성하였기 때문이다. 따라서, 이 시기에 세워진 서원은 강학과 장수(藏修)가 우위를 보인다.

서원은 조선 후기로 들어서면서 엄청나게 첩설(疊設)되고 남설(濫設)되었다. 이 당시 이황을 모신 서원은 전국 31개 서원, 송시열을 모신 서원은 26개, 이이를 모신 서원은 21개나 되었다. 이와 같이 서원은 점점 서원 성립 당시의 본래 정신을 벗어나 강학보다는 향사 우위로, 붕당, 파당의 근거지로, 또는 가문 결속의 근거지로 작용해 정권을 견제하게 되고, 또 면세(免稅)·면역(免役)의 특권을 누려 국가재정과 병력을 약화시키면서 정치·사회적으로 많은 폐단을 낳게 되었다. 이에 따라 17세기 이후 숙종(재위: 1674-1720), 영조(재위: 1724-1776) 등 역대 왕들은 서원의 폐단을 없애기 위한 노력을 기울였으나 큰 성과를 보이지 못하다가, 드디어 고종(재위: 1863-1907) 때 흥선대원군에 의하여 1864년(고종 1)부터 1871년(고종 8)에 이르기까지 네 차례에 걸쳐 단행한 서원철폐령(書院撤廢令)을 통해 많은 서원과 사우들이 훼철되었다.

대원군은 우선적으로 1865년(고종 2) 3월 노론 세력의 중심이었던 충청도 청주의 만동묘(萬東廟)를 본보기로 철폐하였고, 다음으로 지방 유림들의 완강한 반발을 물리치며 전국적으로 서원을 철폐하기 시작하였다. 특히, 대원군은 당시 세력이 막강하였던 노론 세력의 약화시킴으로써 추락한 왕권을 다시 강화하려는 숨은 의도를 가지고 있었다.

만동묘는 송시열의 유언에 따라 그의 문인(門人) 권상하(1641-1721) 등이 임진왜란 때 조선에 군사를 보낸 명나라 황제 신종(神宗, 재위:

1573-1620)과 명나라 마지막 황제인 의종(毅宗, 재위: 1628-1644)에게 제사를 지내기 위해 1703년(숙종 29) 북향하여 만든 사당으로서, 1704년 명나라 황제에 대한 최초의 제사를 지냈고 1776년 사액되었다. 만동묘 앞에는 화양서원이 있었다. 화양서원은 송시열을 모시기 위해 1696년(숙종 22)에 붕당정치의 논쟁이 극심한 와중에 송시열이 은거했던 화양동(華陽洞)에 건립되었다. 그런 만큼 송시열을 제향한 수많은 서원 중에서 가장 대표적인 노론 집권 세력의 본거지가 된 서원이었다. 처음 건립된 장소는 화양동 밖의 만경대(晩景臺)였는데, 그 후 만동묘 오른쪽 앞으로 이건하여 마치 만동묘를 앞과 옆에서 둘러싸듯 ㄱ자 형태로 북향하는 건물 배치를 하였다.

조선 후기에 들어 막강한 세력으로 국가 사회를 어지럽힌 서원의 대표적 존재를 논할 때 가장 지탄을 받는 곳이 화양서원과 만동묘다. 송시열이 노론계 세력의 상징으로 추앙됨에 따라 이 서원은 노론계 사림의 본거지가 되어 토지를 늘리며 점차 민폐를 끼치는 온상으로 변해 갔다. 화양서원의 폐해는 이른바 '화양묵패(華陽墨牌)'로 불리는 묵인(墨印)을 찍은 고지서 발급에서 극을 이루었다. 이 묵패를 받은 자는 관(官)과 민(民)을 막론하고 화양서원의 유지나 건축에 필요한 재화(財貨)나 제수전(祭需錢)을 봉납(奉納)해야 했고, 만약에 불응하면 잡혀가서 협박과 사형(私刑)을 당했다.

흥선대원군은 1865년(고종 2) 3월 9일 대왕대비의 전교로 만동묘의 지방(紙榜)과 편액을 서울 창덕궁 안에 있는 대보단(大報壇)의 경봉각(敬奉閣)으로 옮기게 하고 만동묘를 철폐시켰으며, 화양서원은 1871년(고종 8) 노론 사림의 강경한 반대에도 불구하고 철폐되었다. 이곳은 빈터로 남아 있다가 최근에 일부가 다시 세워졌다.

　만동묘를 철폐시킨 대원군은 1868년에는 전국의 서원 중에서 사액을 받지 않은 서원 1천여 개소를 철폐하였으며, 1871년에는 사액서원 중에서 봉향 인물 한 사람을 위한 서원은 하나만 남긴다는 '일인일원(一人一院)'의 원칙에 의하여 47개소만 남기고 전국의 나머지 서원과 사우는 모두 훼철하였다. 훼철되지 않은 서원과 사우 중에서 36개소는 남한에, 11개소는 북한에 소재한 것들이다.

　대원군이 단행한 서원 철폐로 직접적인 피해를 입은 당사자인 전국의 유림들은 이에 대하여 대대적으로 서원 철폐에 반대하는 상소를 하며 항거하였다. 1871년에는 영남 유생들이 크게 반발하며 수차례 격렬하게 상소를 올렸고, 1873년에는 위정척사론(衛政斥邪論)으로 유명한 최익현(崔益鉉, 1833-1906)이 서원 철폐 등의 정책을 비판하며 대원군을 탄핵하여 대원군이 실각하는 계기를 만들었다.

　대원군이 서원 철폐를 하게 되자 많은 서원들은 서원의 명맥을 유지하기 위해 강당 일곽을 철거하고 사당만을 남겨 두거나, 사당 일곽을 없애고 강당 영역을 서당으로 이름으로 고치거나, 또는 사당은 그 자리에 두고, 강당을 다른 자리로 옮겨 강당과 사당을 분리하여 짓게 되어 서원 형식에 변화를 가져온다. 하지만, 대원군이 실각한 이듬해인 1874년 이후부터 당시의 정치·사회 상황어 의하여 서원은 다시 하나 들씩 복설(復設)되기 시작하여 오늘에 이르고 있다. 이들 서원 대부분은 서원 본래의 강학 기능은 상실한 채 향사 기능만으로 그 명맥이 이어지고 있는 상태다.

　조선시대 서원은 17세기 중반까지만 해도 뛰어난 유생을 뽑다 성리학으로 무장시키는 강학과 장수의 근거지였다. 장수는 수기를 통해 덕성(德性)을 함양한다는 아름다운 뜻을 지닌 것으로서, 서원의 중요한 기능인 교육과 학문 연구를 행하도록 하여 조선 중기 이후 조선사회를 이끌어가는 기본 힘을 제공하였다. 그러나 문치(文治)가 너무 성해지다 보니 17세기 후반을 지나면서 서원은 서서히 그 폐단을 나타내어 "여러 고을의 선비들이 다투어 이를 모방하여 서원을 세우고 선배(先輩)로서 조금이라도 이치를 깨달은 자가 있으면 그 행적을 깊이 살피지도 않고 모두 받들어 봉안"하는데 이르게 되어 "한 고을의 권세를 독차지하여 방자하게 위세를 부리거나 관리들이 감히 대적하지 못하였다." 이와 같이 조선시대 서원은 정치, 사회적인 영향으로 어떤 때는 흥성하고 어떤 때는 쇠락하기도 함에 따라 서원의 역할과 사회적 기능도 순기능과 역기능을 하게 되었다.

서원이 조선사회에 끼친 순기능을 든다면, 문화교육 사업의 발전 촉진, 국가 사회에 필요한 인재 배양, 성리학의 발전과 전파 촉진, 유교 우량 전통 확립, 향촌 사회에 도덕 교화 기지 확보 등이 된다.

V. 성리학적 세계관과 서원 건축

1) 성리학적 세계관과 천인합일사상

유학은 중국 사상의 주류를 이루는 학문이었다. 유학은 그것이 성립된 선진시대(先秦時代, 秦: 기원전 221-기원전 206)에는 예(禮)를 바탕으로 한 도덕의 실천 및 윤리의 학(學)으로서 크게 일어났다. 이 유학은 송대(宋代, 960-1279)에 이르러 성리학이라고 불리는 극히 형이상학적이고 우주론적인 내용을 바탕으로 한 학문으로 집대성되었다.

송대의 유학자들은 유교 경전의 내용을 윤리·도덕의 차원으로 이해하던 기존의 관점에서 한 걸음 더 나아가 그것을 형이상학적인 차원으로 해석하여 유학의 이론 체계가 우주론적인 인식 및 인성론에 까지 미치도록 재구성하여 유학의 새로운 국면을 열었다.

이러한 학풍을 일으켰고 발전시킨 대표적인 유학자들은 소옹(사오용, 邵雍, 1011~1077), 주돈이(저우뚠이, 周敦頤, 1017~1073), 장재(장짜이, 張載, 1020~1077), 정호(츠엉하오, 程顥, 1032~1085), 정이(츠엉이, 程頤, 1033~1107) 등이며, 이를 집대성한 유학자는 주희(주시, 朱熹 1130~1200) 이다.

성리학자들이 학문을 하고 제자를 양성한 근거지인 조선시대의 서원건축 역시 성리학자들이 추구한 우주론적 인식 및 인성론과 밀접하게 연관되어 있다. 이를 위해서는 성리학자들이 궁극적으로 추구한 천인합일사상에 대한 이해가 필요하다.

천일합일사상은 자연과 천명(天命)에 순응하려는 사상으로 집약된다. 성리학의 하늘[天]은 가시적인 실체로서의 하늘이나, 모든 자연 현상을 내포하는 상징적인 개념 등의 물리적 의미에서부터 자연 법칙, 운명, 도덕의 근원이나 우주의 주재자 등의 관념적이고 추상적인 의미의 하늘에 이르기까지 다양한 뜻을 담고 있다.

하늘의 관념적인 의미는 중국 고대에는 천명사상 등으로 나타났으며, 서한(西漢, 기원전 206-기원후 8)대에 이르러 유교의 국교화(國敎化)에 결정적인 기여를 한 동중서(董仲舒, B.C. 179-B.C. 104)에 의해 사람의 일은 하늘의 감시 속에 놓여 있으며 사람의 일이 잘못되면 재앙을 통해 미리 경계하도록 알려준다는 천인상관설(天人相關說)로 나타났다.

천명사상은 하늘도 인간처럼 현실적인 욕구, 욕망, 감각을 가진 존재로서 인간의 행위를 보고 들으면서 그에 대한 자신의 의지를 나타낸다는 것을 표현한 것이다. 천명사상은 정치적인 면에서 천명은 지상의 덕이 있고 어진 사람에게 하늘을 대신해서 백성을 다스리게 한다는 것으로, 개인적인 면에서 인간은 하늘로부터 받은 본래적인 덕성의 모습을 완전히 발현해내는 사명을 가져야 하는 것으로 해석되어 덕을 쌓고 수양을 강조하는 도덕적, 윤리적 개념으로 발전되었다.

천인감응설(天人感應說)로도 불리는 천인상관설은 자연 현상과 인사(人事)가 서로 대응 관계에 있다고 주장하는 설로서, 하늘이 인간 세계의 정치, 사회 등에 간섭하여 재이(災異), 상서(祥瑞) 등으로써 인간을 견책, 권장하고, 인간 또한 하늘로부터 윤리, 정치적 질서를 본받아야 한다고 주장한다. 말하자면, 천인상관설은 자연계와 인간 사회가 밀접한 내적 연관성을 가지고 있다고 하는 일종의 신비주의이다. 특히, 동중서는 사람과 하늘의 상관관계에 대해 하늘은 만물을 낳았지만 사람은 하늘을 그대로 본뜬 소우주라고 했다.

한대(漢代)를 지나면서 천명사상과 천인상관설은 세운(世運)과 인사(人事)의 미래를 예언하는 신비사상인 참위설(讖緯說)과 적극적으로 결부되는 등 남북조시대(420-589)에 이르기까지 장기간에 걸쳐 부가(附加), 개변(改變)되면서 축적되었다. 천인상관설은 특히 신비적, 주술적인 내용과 정권 획득을 위한 천명사상으로 인심을 선동했기 때문에 당(唐, 618-907) 시기에 이르기까지 국가 권력에 의해 자주 금지되었다.

하지만, 천인상관설은 당, 송을 거치면서 우주론적인 해석과 이울러 철학적 개념으로 발전하여 송대 성리학자들에 의해 천인합일사상으로 집약되었다. 천인합일사상은 하늘과 인간의 선천적 동일성과 그에 따른 인간의 실천적 당위성을 밝히는 성리학의 핵심적 이론이다.

하늘과 사람이 서로 같은 류(類)라고 주장한 동중서의 천인상관설도 일종의 천일합일사상이라고 할 수 있지만, 송대 성리학자들에 의해 형이상학적으로 체계화된 천일합일사상은 하늘과 사람이 상통한다는 것을 더욱더 체계적으로 이론화한 것이다.

성리학자들의 하늘과 사람이 상통한다는 이론은 하늘의 근본적인 덕성(德性)이 인간의 심성(心性) 속에 내재되어 있다는 인식구조로서, 천도(天道)와 인도(人道)가 일관되어 있다고 본다. 이에 대해, 성리학자 정이(程頤)는 "도(道)는 처음부터 하늘과 사람의 구별이 있지 않다. 다만 하늘에 있어서는 천도(天道)가 되고, 땅에 있어서는 지도(地道)가 되고, 사람에게 있어서는 인도(人道)가 된다."고 하여 도(道)로써 하늘과 사람을 합일화 시킨다.

정이가 천인합일설을 말하면서 중시한 성(性)은 주희에 의해 '성즉리'(性卽理)로 제창되었다. 주희는 "하늘이 사람과 만물에 부여하는 것은 명(命)이며, 사람과 만물이 받은 것은 성(性)이다"라고 하여 '천명'과 '인성'을 구분하면서, '성이 곧 이'(性卽理)라는 입장에서 잘못되기 쉬운 인간의 욕구와 구별하여 인간의 도덕적 본래성을 나타내기 위해 천리(天理)라는 용어를 사용하였다. 이러한 해석이 곧 성리학의 형이상학적 주조가 되었다. 이에 근거하여 성리학은 성명(性命)과 이기(理氣)에 관한 학문이라고 한다.

또한, 성리학자들은 인간은 인간다운 본질을 가지고 태어나는데 그것은 바로 덕(德)이라고 한다. 덕의 본체는 항상 빛나고 있으며, 배우는 사람들은 늘 그것을 밝게 닦아 천부의 상태로 유지해야 한다고 한다. 특히, 성리학자들은 인간의 도덕적 요구에 의해 하늘 자체에 인간의 도덕성을 부여하는 천인(天人) 합덕(合德)이라는 개념을 중시하였으며, 자연의 대덕(大德)은 반드시 인간의 삶 속에서 인간의 문화적 창즈와 창조적 잠재력으로 표현되어 인간을 자연의 완성으로까지 고양(高揚)시킬 수 있다고 하였다.

성리학자들은 하늘을 단순한 자연의 한 부분으로 인식하지 않았다. 성리학자들에게 천인합일의 경지는 하나의 최고 이상으로 간주되어, 하늘의 움직임이 가진 조화, 질서 등의 이치를 지상의 만물에 끌어 내려와 존재 의미의 근거를 마련해내는 것은 일종의 천도(天道)의 자기내재화(自己內在化)로 인식되었다.

성리학의 인식론은 하늘이 가지고 있는 원리와 만물의 원리가 궁극적으로 서로 다르지 않다는 전제 속에서 이루어지는 것이었으며, 인간의 삶은 그 원리에 따르는 것을 이상으로 삼았다. 때문에 성리학자들이 보는 자연은 '하늘의 원리(天理)'를 가지고 질서 지워진 것이었지만 그들이 언급하는 우주론은 단순한 우주의 생성 이론이 아니라 현실과의 관계 속에서 이해되는 것이었으며, 그 속에 가치의 문제를 함축하고 있는 것이었다.

따라서 성리학자들은 자연 속의 사물로부터 궁극적인 이치를 구하고자 하였다. 이를 위해 성리학자들은 『대학(大學)』의 '격물치지'(格物致知)를 학문의 방법으로 삼았다. '격물'은 이(理)를 궁구(窮究)해 가면 사물의 겉과 속, 정밀(靜謐)함과 거칠음을 꿰뚫어 알 수 있게 된다는 것을 뜻하고, '치지'는 나의 지식을 끝까지 추구하여 모르는 것이 없도록 하려는 것을 뜻한다.

성리학자들에게 천인합일은 단순한 지식이 아니라 깨달음을 통하여 감통하는 것이어야 한다. 그러한 단계에 이를 때, 그것은 곧 정신적으로 최대의 자유의 경지에 오르는 것이기도 하였다. 천인합일을 가능케 하는 것은 곧 자연과 인간은 둘이면서 하나가 되는 경지일 때 가능하다. 이것은 바로 성리학이 추구하는 천인합일사상을 '유기적(有機的) 사고체계'라고 해석하는 관건이며, 인간이 만든 건축 역시 자연과 분리해서 생각 될 수 없고, 동시에 인간과 사회가 별개로 존재할 수 없는 이유를 밝혀주는 기본 사상체계이다.

때문에 성리학자들은 자연 속에서 자연을 흠상하고 인격을 수양하기 위해 아름다운 산수가 있는 곳을 배움의 터전으로 삼았다. 정자(亭子), 정사(精舍), 별서(別墅), 서원(書院) 등은 이러한 곳에 성리학자들이 조영한 대표적인 건축이다. 이러한 건축은 소요(逍遙)와 음풍(吟諷)을 위한 공간이기도 했지만, 성리학자들이 가지고 있던 학문과 삶의 이상을 구현해내는 장소이기도 했다.

성리학자들은 산수를 매개로 하여 그들의 인격과 우주를 연결시킬 천일합일사상의 근간이 되는 천지자연의 조화와 질서를 구체화시키기 위한 건축을 하였다. 그들은 인간을 하늘과 합일적으로 파악하려는 수단으로 건축과 자연이 하나가 되게 할 수 있는 곳에 자연 대상과 내가 하나의 이(理)로 통하는 건축을 조영하였다. 정자, 정사, 별서, 서원건축이 자연과 조화를 이루는 것은 성리학자들이 추구한 이러한 천인합일사상이 크게 작용하였기 때문이다.

건축에서 이러한 것들을 이룩하기 위한 기술적인 해결은 선지(選地), 입지(立地) 및 건물 배치 등에 나타났다.

2) 천인합일사상과 누정 및 서원건축

천일합일사상은 건축이 들어설 터를 선정하는 데에도 크게 영향을 끼쳤는데, 그 중에서도 조선시대 성리학이 꽃을 피우면서 만들어낸 대표적인 산물에 속하는 누정(樓亭)이나 서원건축의 입지 선정에 잘 나타나 있다. 서원을 형성한 주체 세력인 사림들은 은거하여 수양하며 독서하기에 좋은 곳, 즉 골짜기가 있어 물이 흐르고, 산이 있어 풍월을 가까이할 수 있는 곳에 누정이나 서원을 세웠다. 이러한 곳은 퇴계가 언급하였듯이 산천경개가 수려하고 한적한 곳에 머물며 번잡한 세속적인 환경의 유혹에서 벗어나 학문을 닦음으로써 교육적 성과가 컸기 때문이다.

특히, 사방으로 트인 누정 형식의 건축은 주변 자연 속에 건물이 그대로 스며들게 하여 그 속에 자신을 투영해 세계를 관조하게 하는 공간을 만들었다. 이러한 건축은 건축물 자체를 밖에서 바라보는 감상의 대상이 되게 하지 않고, 오히려 건물 안에서 밖을 내다보며 자연을 감상하는 것을 더 중요하게 여기는 건축이다. 뿐만 아니라, 성리학자들은 주변 자연경관을 이루는 나무·돌·물·산 등에도 성리학적 사고로 전환케 하는 이름을 붙여 그 존재 가치를 부여해 사람들이 다양하게 자연과 조우하도록 하였다. 이와 같이 자연을 의인화·인간화 함으로써 세계 속에서 개체의 가치를 확인하며 천인동구(天人同構)하는 차원의 건축 공간을 만들었으며, 이러한 건축은 한국건축의 중요한 특성을 이루는 공간이 되었다. 다시 말하면, 누정건축은 먼 산이나 구릉, 또는 강물이 보이는 곳에 세운 풍경지기와 같은 것이다. 누정은 바람과 빛이 그 안을 스쳐 지나가게 하고, 사람이 들어와 자연과 주변에 마음을 열게 하는 곳이다.

성리학이 조선사회에 정착하면서 조선의 성리학자들은 16세기를 전후해 산수의 경개가 **빼어난** 곳에 정사(精舍)나 별서(別墅)를 지어 거처하며 자신을 수양하고 자연과 함께 하며 자연의 이치와 합일하는 천인합일의 세계를 본격적으로 궁구하기 시작한다.

특히, 조선시대 사대부 선비들은 성리학을 집대성한 주희가 중국 복건성 숭안현(崇安縣)에 무이구곡(武夷九曲)을 경영하며 무이정사(武夷精舍)

를 짓고 세상의 질곡에서 벗어나 자신의 학문을 발양하고 자연과 함께한 삶을 이상으로 여기기 시작하고, 주희가 지향한 이상향을 실현하기 위해 점차 적극적으로 구곡(九曲)을 경영하며 자연에 은거하는 틀을 형성해 나갔다.

그들은 주희의 인격과 학문에 심취하여 주희가 은거하고 강학했던 무이산(武夷山)을 가장 이상적인 자연으로 생각하였으며, 그들에게 무이산은 성스러운 동시에 아름다운 곳으로 동경하는 현실 속의 유토피아 그 자체였다. 그들은 무이산에 직접 가 볼 수 없음을 한탄하며 「무이산지(武夷山志)」를 탐독하고, 무이산 그림을 걸어 놓고 흠모하는 시를 읊기도 하였으며, 무이구곡도(武夷九曲圖)를 테마로 한 그림을 그리기도 하였다. 이와 같이 구곡도류(九曲圖類)는 퇴계 이후 조선의 성리학자들에게 주희의 학문을 파악하는 보다 적극적인 수단이었다.

주희가 무이산에 무이구곡을 정하고 아름다운 자연을 완상하고 그 자신의 학문을 연마하며 자연에 은거하면서 무이도가(武夷櫂歌)를 지으며, 한천정사(寒泉精舍), 무이정사(武夷精舍), 죽림정사(竹林精舍) 등 정사를 건축하고 은거생활을 하면서, 한편으로는 백록동서원(白鹿洞書院), 악록서원(岳麓書院) 등을 수복(修復)하여 후학을 가르쳤던 것처럼, 조선중기의 사대부 선비들은 주희의 높은 학문적 세계를 흠모하였으며, 더 나아가 주희의 삶을 모방하는 건물을 지으며 생활을 하였다.

불교에서 '승려들이 수행하고 거주하는 고요하고 정밀한 공간'을 'Vihāra'라고 하는데, 중국에 불교가 전래되면서 Vihāra는 정사(精舍)로 번역되었다. 유학자들도 이 용어를 '학문을 닦거나 독서를 하기 위한 곳'이라는 뜻으로 사용하게 되었는데, 조선 시대 성리학자들도 주희가 산림에 은둔하며 정사를 경영한 것을 이상향으로 삼으며 강학과 학문을 연마하기 위해 정사를 경영하였다.

　조선의 사대부 선비들에게 무이산은 단순히 자연물이 아니라 주희의 학문 세계를 함축한 표현이었다. 그들은 주희가 집대성한 성리학을 숭신(崇信)하였기 때문에 주희가 구상하고 있던 생각을 실천에 옮기려고 하였다. 조선시대 성리학자들에게 무이산은 그 경치의 아름다움이 빼어날 뿐만 아니라 주희가 도학을 연마한 곳으로서, 진실로 우주간에 다시 없는 숭앙해야 할 땅으로 간주되었다. 그래서 성리학자들은 무이구곡도에 나와 있는 것과 같이 조선의 빼어난 산수를 갖춘 곳을 찾아 그 곳에 '구곡(九曲)'을 경영하였으며, 또한 정사를 짓고 은거생활을 하며 후학을 가르치는 생활을 하였다.

　예를 들어, 퇴계 이황은 주희가 무이정사를 짓고 「무이정사잡영병기(武夷精舍雜詠并記)」를 지었듯이 안동에 도산서당을 짓고 「도산잡영병기(陶山雜詠并記)」와 「도산십이곡(陶山十二曲)」을 지었으며, 율곡 이이(1536~1584)는 황해도 해주에 은병정사(隱屛精舍)를 짓고 「고산구곡가(高山九曲歌)」를 지었고, 송시열(1607~1689)과 김수증(金壽增, 1624~1701)은 이이의 고산구곡(高山九曲)에 영향을 받아 정사를 짓고 각각 화양구곡(華陽九曲), 곡운구곡(谷雲九曲)을 청주와 화천에 경영(經營)하며 은거하였다.

　「도산십이곡」은 퇴계가 관직에서 물러나 도산서당을 건립하고 후진교육을 양성시키고 있을 때 지은 작품으로 퇴계가 자연에 은둔하며 천인합일하려는 사상이 잘 나타나 있다. 「도산십이곡」의 첫째 구절은 다음과 같다.

　　　　이런들 엇더하며 져런들 엇더하료
　　　　초야우생(草野愚生)이 이러타 엇더하료

하믈며 천석고황(泉石膏肓)을 곳쳐 무습하리.

(이렇게 산들 어떠하며, 저렇게 산들 어떠한가
시골에 묻혀 사는 어리석은 서생이 이렇게 산들 어떠할 것인가.
더구나 자연을 사랑하는 것이 고질병처럼 된 버릇을 고쳐ㅅ 무엇하리)

여기서 '초야우생'은 시골에 묻혀 사는 어리석은 사람을, '천석고황'은 자연 속에 살고 싶은 마음의 절실함을 나타낸다. 퇴계는 세상의 명리(名利)를 떠나 늘 마음으로 그리던 초야에 묻혀 사는 사람이 무엇을 그리 탐낼 것도 없이 자연과 한가지로 지낸들 무슨 상관이 있겠느냐는 것이다. 이러한 퇴계의 사상은 「도산십이곡」 곳곳에 나타나는데 다음 구절은 대표적이다.

청산(靑山)은 엇뎨하야 만고(萬古)애 프르르며,
유수(流水)는 엇뎨하야 주야(晝夜)에 긋디 아니하는고.
우리도 그치디 마라 만고상청(萬古常靑)호리라.

(푸른 산은 어찌하여 영원히 푸르며.
흐르는 물은 또 어찌하여 밤낮으로 그치지 않고 흐르는가?
우리도 저 물과 같이 그치지 말며, 저 푸른 산과 같이 항상 푸르게
살리라.)

이 구절은 '청산'과 '유수'라는 자연의 영원 불변성을 소재로 하여 인생무상을 먼저 극복하고, 자연을 닮아 변치 않는 지조와 인품으로 살아가겠다는 다짐과 아울러 교훈적인 의미를 전하고 있다. 허무와 회의에 빠진 삶이 아니라, 정신적인 학문 수양을 꾸준히 그침 없이 나아가 한결

같은 마음으로 '만고상청'하는 우리의 삶을 이루어 보자는 내용이다. 퇴계는 여기서 인간 속세를 떠나 자연에 흠뻑 취해 사는 자연 귀의(歸依) 생활과 후진 양성을 위한 강학(講學)과 사색에 침잠하는 학문 생활을 솔직 담백하게 표현해 놓았다.

성리학자들이 은거하며 천인합일하는 삶을 살려는 의지는 정사(精舍)의 경영에서도 나타난다. 정사는 자연 속에서 학문과 인격을 수양하려는 목적으로 조영되었는데, 향촌에 내려가 학문과 교육에 주력한 사림들에 의해 주로 이루어졌다. 따라서 정사가 이루는 건축공간은 성리학자들의 정신세계, 그들이 추구한 가치를 통해 구현되었다.

성리학자들이 조영했던 정사의 건축공간은 간단한 방과 마루만으로 단촐한 구성을 한다. 그러나 정사의 공간은 건축물만으로 한정되지 않고 건물 외부로 확대되어 자연을 건물 속으로 받아들이고 있다. 정사의 공간이 단촐한 구성을 하며 자연과 전체를 이루는 것은 '경건한 마음으로 이치를 구하는 것[居敬窮理]', '사물의 이치를 통해 깨달음을 얻는 것[格物致知]'을 이상적으로 생각한 성리학자들의 학문수양의 방법과 연관된다.

정사가 들어서는 곳은 궁극적으로 어떤 자연 속에서 학문을 닦고 인격을 수양할 것인가와 연관되며, 정사의 공간은 자연과 건축공간이 어떤 관계에 의해 만날 것인가와 밀접한 관계를 이룬다. 이와 같이 학문을 닦고 인격을 수양할 자연을 선택하고, 그 자연과의 관계를 설정하는 것은 정사를 조영한 성리학자의 자연에 부여한 관념과 연관되는 천인합일사상을 반영한다.

정사를 경영한 대표적인 성리학자로 이언적과 이황을 들 수 있다. 이언적은 독락당(獨樂堂)을, 퇴계는 계상서당과 도산서당을 각각 안강과 안동에 건립하고 경영하였는데, 이들 건물은 정사로서의 특징을 잘 나타낸다.

이언적은 벼슬에서 물러나 은거하며 학문을 수양할 곳으로 살림채를 짓고, 계곡을 흐르는 냇가를 끼고 독락당을 지었다. 독락당은 사랑채로 서, 담으로 둘러싸인 앞마당은 극히 정적(靜的)인 내밀(內密)한 공간을 이룬다. 이언적은 담에 작은 살창을 뚫어 독락당 대청에서 계곡의 냇가로 공간이 이어지도록 하여 자신의 정신을 자연에 투영되게 하였다. '독락(獨樂)'은 경건한 마음가짐으로 이치를 구하며 홀로 자적(自適)한다는 뜻으로, 독락당을 조영한 이언적의 조영 의지를 읽을 수 있다.

퇴계가 지은 도산서당은 정사건축이 갖는 입지에 대한 좋은 예가 된다. 정선이 그린 도산서원도(陶山書院圖)를 살펴보면 도산서당을 둘러싼 산줄기와 그 앞을 흐르는 강물이 도산서당을 중심으로 둘러싸고 있는 것을 알 수 있다.

이와 같이, 조선시대의 성리학자들은 정사를 통해 자연에 더한 의미를 부여하고, 정사를 자신의 학문적인 이상을 실현하는 공간으로 생각했다. 정사건축은 자신을 비움으로써 더 많은 것을 얻어내는 건축이다. 높고 웅장하며, 화려한 권위건축과는 다르다. 정사의 공간을 건축물 내로 한정하지 않고 건축의 외부를 구성하는 자연으로 확대하면, 자신을 비움으로써 전체를 받아들여 풍요로워지는 건축 공간이 된다.

정사건축의 공간구성을 이루는 기본은 방과 마루라고 할 수 있다. 대개의 정사건축은 3칸의 단출한 구성을 한다. 정사건축의 공간구성의 특징은 방과 마루는 주변의 산수와의 관계 속에 존재하면서, 방과 마루가 한 건물에 공존하는 것에 있다.

별서건축을 포함한 누정건축은 원래 방이 없이 마루로만 형성되었는데, 조선중기의 정사건축은 마루에 온돌방을 들인 것으로 변화한다. 이는 정사건축에 대해서 성리학자들이 가졌던 사고가 이전과 달라진 것을 의미한다. 성리학자들에게 정사건축은 단순히 산수를 즐기거나 놀이를 위한 공간이 아니라, 거기에 기거하며 자연과 함께 학문을 닦거나 인격을 수양하고 후손과 후학들에게 강학을 하는 공간으로서 역할을 하는 것으로 변했다.

또 다른 정사건축의 실례로, 청주 화양동에 있는 암서재(巖棲齋)를 들수 있다. 암서재는 송시열이 정치를 그만두고 은거할 때 학문을 닦으며 제자들을 가르치던 곳으로, 화양구곡의 제4곡인 금사담 절벽에 있는 정사이다. 송시열은 일찍부터 주희의 학문에 취해 그의 '운곡정사(雲谷精舍)'를 모방해 '암서재(巖棲齋)'를 세운 것이다.

암서재는 정면 3칸, 측면 2칸 규모인데 남쪽 전면에 툇마루가 있고, 동쪽 두 칸은 온돌방이며 서쪽 1칸은 누마루 형식으로 흐르는 계곡을 바라보고 있다. 이곳에서 송시열이 읊은 시가 있는데 그의 사상을 잘 나타낸다.

> 냇가 벼랑 열렸으니
> 그 사이에 집을 지었노라
> 조용히 앉아 경서(經書)의 가르침을 찾아서
> 분촌(分寸)이라도 따르려 애쓴다네

성리학자들이 자연을 찾아 은둔하며 정사를 경영하여 건축과 자연이 조화를 이루며 공존하는 방식은 건축과 자연이 어우러져 하나의 인문환경을 이루게 하는 한 방법이다. 이러한 환경은 곧 천인합일의 경지에 이르는, 심미(審美) 의경(意境)이 인생의 최고 경계임을 보여준다. 성리학자들이 조영한 이러한 건축의 종지는 자연을 인간화하고, 인간을 자연화 하기 위해 만든 건축에 속한다. 이러한 사상을 요약하면, 천인합일사상은 문화와 자연을 격리시키지 않는 사상으로 해석할 수 있다. 문화적 현상은 곧 자연의 현상이며, 자연의 현상 속에는 문화적 의의가 내포되어 있는데, 이러한 건축은 서원의 누정건축에 그대로 나타난다.

Ⅵ. 서원건축

1) 서원을 구성하는 공간과 건물 배치

유교 윤리규범에서 예(禮)는 중요하다. 예는 통치자가 국가를 경영하는 데 사상적인 기반이 되었을 뿐만 아니라 사람들의 행동에 대한 사항까지를 언급하고 있다. 유교사회에서 건축은 예에 입각한 유교적 기능을 충족시켜야 한다. 특히 건축형제(建築形制)는 유교의 예제(禮制)가 지니는 중요한 내용의 일부여야 하고, 이에 따라 예의 요구에서 나온 예제건축이 별도로 형성되었다.

예제건축이란 의례(儀禮)에 필요한 건축물, 또는 예부(禮部)에 소속된 건축물을 뜻한다. 제사를 위해 설치한 교구(郊丘), 종묘(宗廟), 사직(社稷), 교화(敎化)를 위해 설치한 명당(明堂), 벽옹(辟雍), 학교 등은 예제건축에 속한다. 예제건축에는 무엇보다도 제사지내는 공간이나 사당이 있어야 한다. 따라서 성균관, 향교나 서원과 같은 교육기관에 제사를 지내기 위한 사당이 있는 것은 유교적 규범에서는 필수적이다.

또한, 유교적 사고에서 종법성(宗法性)은 중요한 의미를 지닌다. 종법성이란 법통(法統)의 전수, 즉 정통성을 의미한다. 성리학의 도통(道統)이나 문묘종사(文廟從祀) 등은 모두 종법성에 근거한다. 조선시대 왕과 왕비의 신위를 모시는 종묘에서 역대 왕들의 적통(嫡統)을 논의하는 것도 종법과 연관된 것이며, 풍수에서 산줄기의 조종(祖宗)을 따지는 것도 종법을 중시하기 때문이다.

성리학을 국가의 통치 이념으로 채택한 조선왕조는 예제와 종법성을 함께 중요시했다. 궁궐·종묘·사직·성균관 문묘 등은 모두 종법성과 예제를 구현하는 중요한 건축인 동시에 시설물이다. 문묘에 공자 등 성현을 모시고 유학의 적통을 상징했듯이, 서원의 사당도 마찬가지로 선현을 모시고 성리학의 도통을 이음을 상징한다. 조선시대 최초의 서원인 백운동서원도 안향을 봉사(奉祀)함으로써 동방 성리학의 종법을 이었음을 상징했다.

조선시대 관학은 중앙에서는 사학(四學), 지방에서는 향교에서 담당했으며, 중앙의 성균관은 사학(四學)과 향교의 상위 교육기관이었다. 조선시대의 관학은 공자를 비롯한 성현을 봉사하는 제향공간인 문묘의 대성전(大成殿)과 동무(東廡) 및 서무(西廡), 그리고 학문을 강의하는 강학공간인 명륜당과 생도의 재사인 동재 및 서재를 기본으로 하여 구성되었다.

서원이 성균관이나 향교 건축을 모델로 하여 제향공간과 강학공간을 갖추는 것도 이러한 유교의 예제적 질서체계를 따른 것이다. 서원 역시 관학과 마찬가지로 사림의 교육을 위한 장소와 선현 봉사의 공간을 필요로 했기 때문이다. 다만 봉사의 대상이 문묘의 경우 국가적인 기준에 의하여 선정된 것이었다면, 서원의 경우는 사적인 기준에 의하여 선정되었음이 다를 따름이다.

서원을 구성하는 공간은 선현을 배향하고 제사를 지내기 위한 제향공간, 유생들의 장수(藏修)를 위한 강학공간, 유식(遊息)을 위한 누문(樓門)

공간, 제향과 강학 기능을 지원하고 관리하는 부속공간, 그리고 서원의 주변공간으로 구분된다. 배향이란 선현의 신위를 모신 것을, 장수란 유생들이 마음을 집중해서 학문에 힘쓰며 수양을 하는 것을, 유식이란 학문하는 긴장에서 벗어나 편안히 쉬고 즐기면서도 학문에 마음을 두는 것을 뜻한다.

일반적으로, 서원 영역의 가장 앞에는 누문공간이, 누문공간 뒤에는 강학공간이, 그 뒤에는 제향공간이 각각 별도의 담으로 둘러싸여 배치되어 있으며, 서원을 둘러싸고 있는 자연 풍광이 주변공간을 이룬다. 강당은 강학공간의 중심을 이루며, 학생들이 공부하며 잠자는 공간인 동재와 서재는 강당의 전면이나 후면에 위치한다. 강학공간과 누문공간은 사람들의 드나듦이 개방되도록 조성되어 있어서 항상 활달하고 생동하는 공간으로 느껴지며, 제향공간은 사람들의 출입이 제한되어 항상 존엄하고 정밀한 느낌이 들도록 공간이 조성되었다.

창건 당시의 백운동서원(소수서원)은 제향공간과 강학공간은 별개의 것으로 받아들여졌던 시기의 서원이다. 이는 후대에 강학공간인 강당 및 재사와 제향공간인 사묘를 모두 갖춘 것을 서원으로 인식한 것과는 크게 다르다. 이를 반영하듯, 소수서원의 건물 배치형식은 아직 서원 배치의 정형이 성립되지 않은 시기에 속한다. 소수서원은 제향공간과 강학공간이 별개의 영역에 설립되어 있지만, 서로간의 유기적 상관성을 거의 보여주지 않으며 배치되어 있다. 그리고 강학공간의 주건물인 강당(명륜당)과 재사도 일정한 관계의 설정 없이 배치되어 있으며, 서원의 정문도 한 칸의 대문으로 되어 있어 후대의 서원에 보이는 삼문(三門) 형식을 하고 있지 않다. 이와 같이 소수서원의 배치형식은 사당·강당·재사 간의 상호관계가 뚜렷하지 않다.

서원이 강학의 기능을 가지며, 동시에 제향의 기능을 갖게 되고, 특히 강학의 기능이 우선하게 된 것은 퇴계 이황의 노력에 의해서다. 명종 말, 선조대(1568-1608)에서 현종대(1660-1674)까지 약 백여 년 간에 이르는 시기에 세워진 많은 서원들은 강당 중심의 서원건축 배치를 보여준다. 이 시기에 이르면 사림 세력이 정치의 주도권을 잡게 되는데, 이때부터 조선시대의 서원건축 배치가 정착하게 된다. 특히, 이 시기는 서원에서 강학의 기능이 우위를 차지하는 시기로, 이와 궤를 같이하여 서원건축의 배치형식에서도 강당 중심으로 공간이 형성되는 조선시대 서원건축 배치형식의 한 전형이 성립된다.

이때 건립된 서원의 입지 및 배치의 특징을 살펴보면, 서원은 주로 앞이 낮고 뒤가 높은 전저후고(前低後高)의 경사면에 입지하며, 건물 배치는 사당이 가장 후면에, 강당이 중간에, 그리고 동재와 서재가 강당 전면에 서로 마주보며 위치한다. 그리고 제향공간과 강학공간은 둘레담으로 각각 독자 영역을 확보하며 분리되고, 각 공간 상호간 영역의 위계가 분명하다. 특히 건축 배치상의 축이 뚜렷하게 표현되는 시기다. 이 시기에 세워진 대표적인 서원을 들면, 남계서원(1552)·서악서원(西岳書院, 1561)·예림서원(1567), 도동서원(1568)·금오서원(1570)·옥산서원(1573)·도산서원(1574)·덕천서원(1576)·서계서원(西溪書院, 1606)·병산서원(屛山書院, 1614)·노강서원(魯岡書院, 1675, 논산) 등이 있다.

숙종대(재위: 1675-1720)에서 영조(재위: 1724-1776) 초 서원 훼철이 이루어지는 1741년(영조 17)까지 약 칠십 년에 이르는 서원 남설기에 건립된 서원은 사당 중심의 배치를 한다. 영조 때에만 300여 개소에 달하는 서원이 훼철되었고, 그중에서 1741년에 훼철된 것만 173개소에 달한다. 이 시기에 이르면 서원은 급격한 증설 현상을 보이는데, 이에 따라 강학기능은 약화되고, 제향기능이 상대적으로 우위를 차지하게 되며, 공간의 주종이 뚜렷하게 분화되는 현상이 사라지게 된다. 특히 전사청, 장서각 등 부속건물들이 건물배치에 차지하는 일정한 질서를 찾아볼 수 없게 된다. 특히, 조선 후기에 이르러 서원은 강학 위주의 기능보다는 사현(祀賢) 위주의 기능으로 전환하게 되고, 그 결과 강당 중심의 전형에서 벗어난 형식이 많이 나타난다.

2) 서원을 구성하는 건물과 시설물

(1) 진입공간

- 홍살문

서원의 영역은 홍살문에서 시작된다. 홍살문은 서원이 엄숙하고 신성한 구역임을 알리는 상징적인 문(門)으로서 서원을 찾아오면 입구 길목에 제일 먼저 나타나는 구조물이다. 홍살문에는 실제로 출입문은 달려 있지 않고, 지붕도 없다. 홍살문은 서원으로 가는 길의 좌우 양쪽에 기둥 하나씩을 세워 기둥 상부를 가로 방향으로 서로 연결하는 부재를 걸치고, 그 위에 나무살을 죽 박은 문이다. 구조물에 붉은 칠을 하고 나무살을 박았기 때문에 홍살문이라는 이름이 붙여졌다. 홍살문은 왕능, 향교 등의 입구에도 세워졌는데, 왕이나 선현들의 위패를 봉안한 신성한 지역임을 표시하고 동시에 중요한 곳으로 통하는 기점을 알리는 일종의 표지성(標識性)을 가진 구조물이다.

- 하마석(下馬石)

하마석은 서원과 같이 사당에 선현의 위패를 모신 존귀한 장소 앞을 지나는 사람이라면 신분의 높고 낮음을 가리지 않고, 누구든지 거기에 모셔진 분에 대한 존경심의 표시로 말이나 가마에서 내려야 한다는 글을 새긴 돌비석이다. 하마석은 하마비(下馬碑)라고도 하는데, 일반적으로 서원으로 들어가는 홍살문 주변에 세웠다. 존귀한 장소인 궁궐, 종묘, 성균관, 향교 등에도 그 앞에 하마비를 세웠다.

서원 앞이나 홍살문, 하마석 주변에는 서원이 교육 시설임을 상징하는 은행나무가 한 두 그루 심어진 경우가 많다. 은행나무는 하늘을 향해 뻗어 올라가는 기운이 강해서 기상 높은 선비를 기르는 것을 상징하며, 해마다 많은 열매를 은행나무가 맺듯이 해마다 많은 선비들을 배출하려는 소망을 상징한다.

- 외문(外門), 누문(樓門) 및 누(樓)

외문은 서원의 정문이다. 일반적으로 세 칸으로 구성되었기 때문에 외삼문(外三門)이라고도 한다. 외삼문은 가운데 칸 지붕의 용마루가 좌·우의 칸 용마루보다 높은 솟을삼문으로 된 것도 있고, 그렇지 않고 지붕 용마루가 수평으로 하나로 이어진 평삼문으로 된 것도 있다.

서원이 주변 풍광이 좋은 곳에 자리를 잡게 되는 요인으로는 성리학자들이 자연 속에 은둔하여 심신을 수양하며 천인합일 할 수 있는 곳을 찾았던 것이 중요한 이유였다. 자연과 함께 하기에 가장 적합한 건축은 외부로 공간이 트인 누(樓) 형식의 건물이다. 누에서 선비들은 격렬한 논쟁도 하고 시회(詩會)도 열며 풍류를 즐겼다. 이와 같이 누는 선비들이 긴장된 학문의 길에서 벗어나 자연을 바라보며 휴식을 취하고 심신을 고양하는 유식공간으로 사용되었다. 이러한 누는 서원이 자연과 접하는 위치인 서원 진입부에 배치되었다.

누는 사방으로나 앞뒤로 크인 2층 다락 건물이다. 서원에 따라서는 외문을 설치하지 않고, 누를 세의 외문을 겸하도록 한 서원도 있고, 밖에서 서원으로 들어오며 외문을 지난 다음 그 안에 별도의 누 건물을 세운 서원도 있고, 누가 없는 서원도 있다. 남계서원의 풍영루, 도동서원의 수월루, 필암서원의 확연루, 무성서원의 현가루 등은 모두 외문 대신에 세운 누문(樓門)이고, 옥산서원의 무변루, 병산서원의 만대루 등은 외문을 지나면 그 앞에 서 있는 누다.

(2) 강학공간

외문이나 누문을 지나면 그 다음에 나오는 공간이 강학공간이다. 강학공간은 유생들이 강독하고 수양하는 공간으로서 강당과 재사(齋舍)로 이루어졌다. 강당과 재사의 배치 관계는, 강당이 강학공간 안쪽에, 재사인 동재와 서재가 강당 앞쪽의 마당을 사이에 두고 서로 마주보며 들어선 형식이 주를 이루지만, 조선 후기에 건립된 서원 중에는 강당이 강학공간 앞에, 동재와 서재가 강당 뒤에 들어선 형식도 나타난다. 전자의 배치를 한 대표적인 서원으로는 남계서원, 옥산서원, 도산서원, 도동서원, 예림서원, 병산서원 등이 있고, 후자의 배치를 한 서원은 호남지방에 있는 서원 중에서 많이 보이는데, 필암서원, 흥암서원, 봉암서원 등이 있다.

– 강당

강당은 유생들이 유교 경학을 공부하는 중심 건물이며, 원장과 원이(부원장)가 기거하는 곳이기도 하다. 강당에서 원장은 유생들에게 강회(講會)를 베풀었는데, 강회는 반드시 유생들이 백록동규(白鹿洞規)와 향약

(鄕約) 등을 봉독(奉讀)하고 난 다음 시작하였다. 강당은 또한 유회(儒會)
나 제사 때는 유림들의 회의장소가 된다.

강당은 정면이 다섯 칸이 되는 규모의 건물이 가장 많고, 서원에 따라
강당 규모의 증감이 있는 경우가 있다. 강당이 다섯 칸일 경우, 중앙의
세 칸은 대청이고, 그 양측 각 한 칸은 온돌방이다. 건물 앞에서 건물
쪽으로 봐서, 오른쪽 온돌방에는 원장이, 왼쪽 온돌방에는 원이가 기거
한다. 강당의 대청마루는 스승과 학생이 강론(講論)하고, 행례(行禮)가 일
어나는 장수(藏修)의 중심공간이다.

강당의 이름은 도산서원의 전교당(典敎堂), 남계서원의 명성당(明誠堂),
옥산서원의 구인당(求仁堂), 필암서원의 청절당(淸節堂)처럼 당(堂)으로
주로 이름지었다. 강당 건물 전면 처마 아래에는 서원의 이름을 쓴 편액
을, 강당 대청 뒷벽 상부에는 강당의 이름을 쓴 편액을 걸어 둔 경우가
가장 많으며, 대청 좌우 온돌방 출입문 상부 벽에도 방의 이름을 적은
편액이 걸린다. 그리고, 강당 대청 벽과 천정에는 백록동규를 비롯하여
원기(院記), 그리고 각종 잠(箴)이나 명(銘)이 걸린다. 강당 앞 기단에는
보통 동쪽과 서쪽에 각각 계단을 설치하여 동쪽 계단은 일반 유림이나
유생이 이용하고, 서쪽 계단은 노복(奴僕)과 같은 신분이 낮은 사람이
이용하였다. 외관상, 강당 건물은 유학자들의 가치관과 세계관을 표명
하듯 대체로 규모가 아주 크지 않고, 전아(典雅)한 모습을 하였다.

강당 건물은 성균관이나 향교, 그리고 불교 사찰에도 있다. 성균관과
향교의 경우, 명륜당이 서원의 강당과 같은 기능을 하였다. 불교 사찰에
서는 경전을 강(講)하거나 부처님의 법(法)을 설(說)하는 곳을 강당이라고
한다. 한국 고대 사찰에서는 강당이 금당(金堂) 뒤에 세워졌으나 고려시
대를 거치면서 강당의 기능이 법당에 합쳐졌거나, 법당 앞 마당 오른쪽

이나 왼쪽에 강원(講院)이 세워지면서 강당 기능을 겸하게 되었다.

– 재사(齋舍)

재사는 원생들이 기거하며 독서를 하는 곳으로 일반적으로 마루와 온돌방으로 구성되어 있다. 재사는 일반적으로 동재(東齋)와 서재(西齋), 두 건물로 구성되며, 강당의 전면이나 후면에 마당을 사이에 두고 두 건물이 서로 마주보고 있다. 재사가 강당 전면에 배치될 경우, 동재는 강당에서 앞으로 보았을 때 왼쪽에 위치한 건물이고, 서재는 오른쪽에 위치한 건물이다. 재사가 강당 후면에 배치될 경우, 동재는 강당에서 앞을 보았을 때 오른쪽에 위치한 건물이고, 서재는 왼쪽에 위치한 건물이다. 동재에는 서재보다 선임(先任)이 되는 원생이 기거하는 것이 원칙이었다.

재사는 대개 정면 2~5칸, 측면 1~3칸 정도로 그 규모가 다양하다. 재사는 강당 건물 보다 지면 높이가 한 단 낮은 곳에, 강당보다 규모가 작은 건물로 세워졌고, 지붕도 강당이 팔작지붕인데 비하여 격이 낮은 맞배지붕이 되도록 하여 성리학적 위계를 반영하도록 세워졌다.

– 장판각(藏板閣), 장서각(藏書閣)

서원은 유생들이 공부하는 곳이기 때문에 서적의 수집, 보관, 관리 및 인간(印刊)은 중요하였다. 조선시대의 서적은 금속활자본, 목판본, 필사본, 석판본 등이 있다. 재정적인 능력이 있는 서원은 서적을 직접 제작하였는데, 그럴 경우 대개 선현들의 문집 등을 나무에 판각하여 인쇄하였다. 장판각은 서적을 펴내는 목판을 보관하는 곳이며, 장서각은 판본이나 서적들을 수장한 곳으로 강학공간에 부속되는 건물이다. 규모가 큰 서원은 장판각과 장서각을 별도로 설치하기도 하였다. 장판각이나 장서각은 강학공간에 위치하면서도 다른 건물의 화재 등으로 화를 당하는 것을 피하기 위해 강당이나 재사에서 떨어져 있도록 세심한 배려를 하여 배치하였다. 서원의 서적 관리는 매우 엄격하여 서원 문 밖으로 가져나가지 못하도록 하였고, 귀한 장서의 출입은 매우 엄격하게 관리되었다.

장판각이나 장서각은 일반적으로 맞배지붕을 한 건물로서, 정면에는 가운데 칸이나, 각 칸마다 판문을 달았고, 내부는 마루를 깔았다. 습기는 종이와 목판을 상하게 하므로 공기가 잘 통하도록 벽에는 환기구나 살창을 설치하였고, 대부분의 벽체는 흙벽에 비해 통풍 효과가 큰 판자벽으로 하였으며, 건물 바닥은 지면에서 띄워 올려 마루를 깔아 지면에서 올라오는 습기를 방지하였다.

책의 보급과 열람이 어렵던 시대에 장서의 기능은 매우 커다란 문화적인 기여를 하였기 때문에 조선시대 서원의 서적 간행 및 보급, 그리고 수집 및 보관 등의 업무는 오늘날의 도서관 내지 대학출판사에 준하는 중요한 기능을 했다.

(3) 제향공간

강학공간 뒤에는 별도의 담으로 둘러싸인 사당 일곽이 있는 제향공간이 형성되어 있다. 제향공간은 신문, 사당, 전사청 등으로 구성되었다.

- 신문(神門)

신문은 사당으로 통하는 제향공간의 정문으로서, 서원의 강학공간과 제향공간을 경계 짓는 기능을 한다. 신문은 서원 가장 깊은 곳에 있는 문이기 때문에 서원 정문인 외문에 대하여 내문(內門)이라 하고, 일반적으로 세 칸으로 구성되었기 대문에 내삼문(內三門)이라고도 한다. 내삼문의 경우, 가운데 문은 제향시 제관(祭官)과 제수(祭需)만이 통과할 수 있고, 평상시에는 서쪽문을 열어 넣고 출입을 한다.

- 사당(祠堂)

사당은 제향공간의 중심으로서 사림의 정신적인 지주가 되는 선현의 위패나 영정을 모시고 봄가을에 제향을 베푸는 곳으로서, 서원 경내에서 가장 깊숙한 곳에 자리 잡고 있는 지존(至尊)한 곳이다. 사당에는 성균관이나 향교의 문묘에 공자와 그 제자들을 모시는 것과는 달리, 안향·정몽주·이황 등과 같이 도덕과 학문이 높은 인물들을 모시고 있다. 서원에 따라서는 충절로 이름이 높은 인물을 모신 경우도 있으며, 조선후기로 가면 문중에서 받드는 인물을 모시는 경우가 나타나기도 한다. 이러한 현상은 조선시대의 서원을 도학서원, 충절서원, 문중서원으로 나누게 한다.

사당에 봉향하는 인물의 수는 건립 당시에는 주로 한 분을 주향(主享)으로 하여 모시나, 훗날 여러 가지 이유로 존숭하는 인물을 추가로 모셔 종향(從享)하는 경우가 많다. 사당은 원칙적으로 하나의 건물로 구성되었으나 남계서원, 도동서원처럼 사당 옆에 별사(別祠)를 두었다가 고종 때 훼철된 서원도 있고, 강릉의 오봉서원, 고흥의 재동서원과 같이 두 개의 사당으로 이루어진 서원도 있다. 18세기 후반을 지나면서 서원이 점차 교육의 기능을 잃고 제향의 기능이 더욱 중요하게 됨에 따라 서원에서 사당이 더 중요시되는 시대상을 보인다.

사당 건물은 정면 3칸, 측면 2칸 규모가 가장 많다. 건물 기단에는 전면 좌우에 계단을 각각 설치하였고, 건물 전면에는 툇칸을 설치하여 제향 때 의례공간으로 사용토록 하였고, 지붕은 주로 맞배지붕으로 만들었다. 사당 건물은 신위를 모시는 곳이기 때문에 정면에만 출입문을 내고 나머지 세 벽에는 두터운 벽을 둘러 내부를 어둡게 하여 유현(幽玄)한 분위기가 감돌도록 하였다. 건물 내부에 신위를 모시는 방법은 뒷벽 가운데에 주향하는 분의 신위를 모시고, 그 좌우에 종향하는 분의 신위를 모신 경우도 있고, 뒷벽 오른쪽(서쪽)에서 왼쪽으로 신위의 서열에 따라 차례로 모신 경우도 있다.

(4) 부속공간

– 고직사(庫直舍)

고직사는 서원을 지키고 관리하며, 서원의 기능을 수행하는 원지기가 거주하는 곳이다. 일반적으로 고직사는 강학공간 일곽 밖 좌측이나 우측에, 담으로 둘러싸인 별도의 영역에 위치하고 있다. 원지기는 평상시에는 유생과 원생들의 식사를 준비하고, 제향 때에는 제수를 준비한다. 이를 위해, 고직사에는 식량, 용품 등을 보관하는 창고가 있다.

고직사는 방과 대청, 부엌 등으로 평면이 구성되는 점에는 일반 살림집과 비슷하나, 안마당이 부엌 공간이 연장된 작업공간으로 되어 있고, 사대부 주택의 남성들의 공간인 사랑채가 없는 점이 다르다. 고직사의 평면 유형은 일반적으로 ㅁ자형이나 ㄷ자형이 많은데, 전라도 지방은 ㅡ자형, 충청도 지방은 ㄱ자형, 경상도 지방은 ㄷ, ㅁ자형이 주로 나타난다. 고직사에서 장만한 음식은 강학공간과 고직사 사이의 협문을 통해 운반되며, 원장 등은 강당의 원장실 등에서 각 상을 받아 식사를 하고, 원생은 동재와 서재에서 겸상을 한다.

– 전사청(典祀廳), 제기고(祭器庫)

제향공간에 부속되는 건물로는 전사청, 제기고 등이 있다. 전사청은 제향시 제수를 마련하는 곳이고, 제기고는 제사에 필요한 제기와 제례 용구를 보관하는 곳이다. 서원에 따라서는 전사청에 제기를 보관하는 공간을 함께 마련하여 별도의 제기고를 두지 않는 곳도 있고, 전사청과 제기고를 별도의 건물로 세운 경우도 있다.

전사청과 제기고는 건물의 기능상 사당영역에서 가까운 곳에 위치한다. 남계서원, 서악서원, 자계서원 등과 같이 전사청이 사당 영역 내에 있는 경우도 있고, 도동서원, 도산서원, 병산서원 등과 같이 제향공간 밖에 담으로 둘러싸인 별도의 영역에 있는 경우도 있다.

(5) 부속 시설물

– 생단(牲壇)

생단은 향사에 쓸 희생을 검사하는 단(壇)이다. 희생을 검사하고 품평하는 의(儀), 즉 생간품(牲看品)은 헌관과 관계관들이 생단에 나아가 생단 주위에 서서 행한다. 생단 서쪽에 선 축관(祝官)이 생단에 준비된 희생이 정결한가를 '돌(腯)'하고 물으면, 헌관이 좋으면 '충(充)'하는 것으로 의식이 끝나고 제수를 준비하게 된다. 생단은 주로 전사청 근처에 위치한다. 예외적으로, 남계서원의 생단은 강당 오른쪽인 북쪽에 있고, 예림서원은 강당 앞에 있으며, 필암서원의 경우는 생단 대신에 내삼문 앞에 계생비(繫牲碑)가 설치되어 있다.

– 관세위(盥洗位)

관세위는 향사 때 헌관들이 제례를 행할 때 정결함을 상징하기 위해

손을 씻는 대야를 두는 곳이다. 관세위는에는 석재 기둥을 세워 그 위에
관분(盥盆), 즉 대야를 올려놓는다. 사당이 남향을 할 경우 사당 앞 동쪽
계단의 동쪽에 위치한다. 헌관은 사당 앞뜰에 사당을 향하여 옆으로 길
게 서 있다가, 동쪽 계단으로 올라 사당에 들어가 제향하기 전에 관세위
에 이르러 손을 씻는다.

– 망례위(望瘞位)

망례위는 제향공간에 부속된 시설로서 제향을 지내고 난 뒤 축문을
태우고 묻는 곳이다. 망례위는 망료위(望燎位)라고도 한다. 향사가 끝나
면 축관(祝官)은 축판과 폐백(幣帛)을 모시고 사당 앞 서쪽 계단으로 내려
와, 사당 서쪽에 마련된 망례위에 나아가 축을 태우고 난 뒤 거기에 묻는
다. '례(瘞)'는 묻는 것이고, '료(燎)'는 태우는 것을 뜻한다. 도동서원은
담에 감(坎)을 설치하여 불을 사른 후 거기에 묻는다.

– 석등, 정료대

석등은 석조로 된 구조물로서 불을 밝히는 관솔불을 놓는 곳이다. 사
당과 강당 앞 마당에 설치된다. 정료대(庭燎臺) 또는 요거석(燎炬石)이라
고도 한다.

VII. 서원 및 건물의 명칭과 성리학의 반영

서원이 건립되면 서원의 이름을 짓게 된다. 많은 경우, 서원의 이름은
서원이 위치한 지역의 산이나, 강, 지형, 또는 지명에 따라 붙이게 된다.

이는 사액서원의 경우도 마찬가지다.

도산서원, 옥산서원, 병산서원, 금오서원 등은 서원이 위치한 곳의
산 이름인 도산, 병산, 자옥산, 금오산에서 각각 붙인 이름이다. 남계서
원은 정여창이 살던 곳의 개천 이름 남계에서, 덕천서원은 서원 앞으로
흐르는 덕천강에서 따온 것이다. 임고서원은 서원이 위치한 영천의 별
호인 '임고'에서 취한 것이고, 황희(黃喜, 1363-1452)를 모신 옥동서원은
상주의 '백옥동' 지명에서 붙인 것이다. 필암서원과 돈암서원은 서원 근
처의 바위 이름인 '필암', '돈암'에서 각각 가져온 것이다. '필암'은 필암
서원이 창건된 마을인 기산리 동구(洞口)에 마치 붓처럼 예리한 형상을
하며 서있는 붓바위이고, '돈암'은 돈암서원이 원래 있던 연산면 하임리
숲말 산기슭에 있는 큰 바위이다.

그러나, 예외적인 서원의 이름도 있다. 조선시대 최초의 서원인 소수
서원은 "이미 무너진 유학을 다시 이어 닦게 했다"는 뜻에서 '소수(紹修)'
라는 이름을 취하였고, 도동서원은 서원에 모신 김굉필의 학문을 높이
는 말로 "공자의 도(道)가 동쪽으로 왔다"는 뜻에서 '도동'으로, 역동서원
은 서원에 모신 우탁(1263-1342)의 『주역』에 대한 넓고 깊은 지식에 대해
원(元)나라 학자가 "원나라의 역(易)이 동(東)으로 갔구나"라고 찬탄한 말
을 인용해 명명했다.

한국 유학자의 효시로 꼽히는 최치원(857-?)을 모신 정읍 무성서원의
'무성'은 예(禮)와 악(樂)을 잠시도 잊어서는 안 된다고 생각하는 유학자들
의 문치(文治)를 중요시한 공자의 『논어』에 나오는 노(魯)나라의 고을 이
름에서 취한 것이다. 장현광(1554-1637)을 모신 동락서원(東洛書院)의 '동
락(東洛)'이란 '동국(東國)의 이락(伊洛)'이란 뜻에서 취한 것이다. 이락의
'이(伊)'는 송나라 때 성리학자인 이천(伊川) 정이(程頤, 1033-1107), '낙(洛)'

은 낙양(洛陽)을 말하며, 이락이란 정이와 그의 형 정호(程顥, 1032-1085)가 강학하던 곳을 뜻한다.

서원의 명칭뿐만 아니라, 서원을 구성하는 모든 건물과 방에도 성리학의 이념을 반영한 이름이 붙여졌는데, 이들 건물의 이름은 기본적인 원칙을 가지고 붙여졌다. 그러한 원칙은 초기에 세워지는 서원일수록 더욱 뚜렷하다.

서원에서 가장 중요한 위상을 차지하는 사당 이름을 보면, 도산서원의 사당인 '상덕사(尙德祠)'는 『주역』 소축(小畜) 괘(卦)의 "이미 비 오고 이미 그침은 덕을 숭상하여 가득함이니[旣雨旣處 尙德載]"와 "문덕을 아름답게 하느니라(懿文德)"는 내용에서 '상(尙)'자와 '덕(德)'자를 취해 이름을 지음으로서 사당에 모신 퇴계 이황의 학문과 덕(德)을 숭상하고자 하였다. 옥산서원의 사당인 '체인묘(體仁廟)'의 '체인(體仁)'은 어질고 착한 일을 실천에 옮긴다는 말로서, 성리학에서 제일 중요하게 여기는 부문이다.

강당 이름을 보면, 남계서원의 강당인 명성당(明誠堂)의 '명성(明誠)'은 『중용(中庸)』에서 "밝으면 성실하다[明則誠]"는 뜻을 취하였고, 도동서원 강당인 중정당(中正堂)의 '중정(中正)'은 음과 양이 조금도 지나치거나 모자람이 없이 조화를 이루고 있는 상태를 말한다. 중정(中正)은 또한 어느 한쪽으로도 치우치지 않고, 바르게 실천한다는 중용(中庸)을 나타낸다. 옥산서원 구인당(求仁堂)의 '구인(求仁)'은 성현의 학문이 다만 '인(仁)'을 '구(求)'하는 데 있다는 회재 이언적의 성리학의 핵심을 나타낸다.

덕천서원 강당인 경의당(敬義堂)의 '경의(敬義)' 두 글자는 조식의 학문을 집약해 주는 것으로, 『주역』「문언전(文言傳)」 '곤괘(坤卦) 문언'에 나오는 "정직한 것은 바른 것이요, 방정한 것은 옳은 것이다. 군자는 공경으로 내적인 면을 정직하게 하고, 의리로 외적인 면을 방정하게 하여 공경과 의리가 서서 덕기 외롭지 않다[直其正也 方其義也 君子敬以直內 義以方外 敬義立而德不孤]"에서 따 왔다. 경(敬)은 내향적인 정신을 함축하고, 의(義)는 외향적인 자세를 뜻한다. 병산서원 강당인 입교당(立敎堂)은 '가르침을 바로 세운다'(立敎)는 뜻에 걸맞게 지은 이름이다.

남계서원 강당의 왼쪽 협실은 거경재(居敬齋), 오른쪽 협실은 집의재(集義齋)라 하였다. '거경(居敬)'은 「정자가훈(程子家訓)」에 "경(敬)에 거(居)해서 이(理)를 궁구한다[居敬窮理]"에서, '집의(集義)'는 『맹자(孟子)』에 "의(義)를 모아 산다[集義以生]"는 뜻에서 취했다고 한다. 옥산서원 구인당의 좌측 협실인 양진재(兩進齋)의 '양진(兩進)'은 '명(明)'과 '성(誠)'의 양진을 말하는 것으로, 명(明)은 도덕을 밝힌다는 뜻이고, 성(誠)은 의지를 성실하게 한다는 뜻이다. 우측 흡실인 해립재(偕立齋)의 '해립(偕立)'은 '경의해립(敬義偕立)', 즉 경건한 마음가짐과 신의로써 사물에 대처한다는 뜻에서 취한 것이다. 경의(敬義)와 덩성(明誠)은 성리학의 으뜸 되는 뜻이다.

서원에서 유생들이 수학하며 기거하는 재사 이름을 보면, 소수서원의 일신재(日新齋)는 일반 교수와 원임(院任)들이 쓰던 방으로서 『대학(大學)』에 나오는 "나날이 새로워지라"는 뜻의 '일신(日新)'에서 딴 것이며, 직방재(直方齋)는 원장이 쓰던 방으로서 『주역(周易)』의 안[내심, 內心]과 밖[외행, 外行]을 곧고 바르게 하라는 뜻에서 따온 것이다. 소수서원의 학구재(學求齋)와 지락재(至樂齋)는 유생들이 공부하며 기거하던 곳으로서 '학구(學求)'는 "학문을 구한다"는 뜻에서, '지락(至樂)'은 "배움의 깊이를 더하면 즐거움에 이른다"는 뜻에서 취한 것이다.

남계서원의 동재를 '양정재(養正齋)'라고 한 것은 『주역(周易)』의 "산업을 바르게 기른다[蒙以養正]"는 뜻을 취한 것이고, 서재를 '보인재(輔仁齋)'라고 한 것은 『논어(論語)』의 "벗으로써 인(仁)을 돕는다[以友輔仁]"는 뜻을

취한 것이다. 양정재와 보인재에는 각각 남쪽으로 애련헌, 영매헌이라
고 이름 붙인 누마루가 있다. 정여창은 송나라 때의 성리학자 주돈이
(1017~1073)의『애련설(愛蓮說)』에 영향을 받아 연꽃과 매화를 사랑했다
고 한다. 누(樓) 이름을 애련헌, 영매헌이라고 한 것과 연당 주변에 매화
를 심고 연당 안에 연꽃을 심은 것도 이를 반영한다.

　도동서원의 동재와 서재의 이름인 거인재(居仁齋)와 거의재(居義齋)의
'거인(居仁)'과 '거의(居義)'는『맹자』에 나오는 "자신이 인(仁)에 머물러 의
(義)를 행할 수 없다고 말하는 것은 스스로 버리는 것이다"에서 나온 것
으로 자기의 재주를 뽐내지 말고, 언제나 인(仁)을 바탕으로 의(義)를 실
천하는 것이 가장 가치 있는 삶이다는 뜻이다. 옥산서원 동재인 민구재
(敏求齋)의 '민구(敏求)'는 "인(仁)을 구(求)함에 민첩해야 한다[好古敏以求
之]"는 뜻에서 취한 것이고, 서재인 암수재(闇修齋)의 '암수(闇修)'는 주희
의 "가만히 고요히 자수한다[闇然自修]"는 뜻에서 취한 것이다. 도산서원
의 동재인 박약재(博約齋)의 '박약(博約)'은 "학문을 넓히고 예를 지키라[博
文約禮]"는 글에서 취하여 지행(知行)이 함께 할 것을 강조하였다. 서재인
홍의재(弘毅齋)의 '홍의(弘毅)'는 "도량이 넓고 의연함"을 뜻한다.

　서원의 문, 누문, 누(樓) 이름을 보면, 도산서원의 진도문(進道門)은.
'도(道)로 나아가는 문'이라는 뜻을 가지고 있고, 옥산서원의 역락문(亦樂
門)은『논어』「학이(學而)」에 나오는 "벗이 멀리서 찾아오니, 이 또한 즐
겁지 아니하냐[有朋 自遠方來 不亦樂乎]"에서 취한 것이다. 옥산서원 무변
루는 주돈이(周敦頤)의 '풍월무변(風月無邊)'에서 취하여 '무변루'라고 하
였다. 도동서원의 문루인 수월루(水月樓)는 물위에 비친 달빛으로 책을
읽는다는 뜻을 가졌으며, 환주문의 '환주(喚主)'는 '내 심성의 주(主)가 되
는 근본을 찾아 부른다'는 뜻을 가졌다. 필암서원의 누문 이름을 '확연

루'라고 한 연유(緣由)는 정자(程子·程頤, 1033~1107)의 말씀에 군자의 학(學)은 확연(廓然)하여 크게 공정하고, 하서 김인후 선생은 가슴이 맑고 깨끗하여 확연(廓然)히 크게 공정하므로 이에 우암 송시열이 특별히 '확연'이란 두 글자로 이름을 지었다고 한다. 무성서원의 누문을 '현가루'라고 이름한 것은 『논어』 「양화」에 나오는 "예악을 울리는 것은 백성을 교화하는 것[絃歌禮樂敎化之衆也]"의 뜻을 취한 것이다. 복례문은 병산서원의 정문이다. '복례(復禮)'는 『논어(論語)』 「안연(顏淵)」에 나오는 '극기복례위인(克己復禮爲仁)'에서 따온 말이다. '자기를 누르고 예로 돌아감이 인이다'라는 이 뜻은, 곧 세속적인 자신의 마음과 자세를 극복하고 예를 다시 갖추라는 뜻을 갖고 있다.

천인합일, 천인감응, 그리고 자연미

김덕현

  '천인합일(天人合一)'은 유교 도학자가 추구하는 최고의 경지인 동시에 동아시아인의 전통적 자연관이며 세계관이다. 천인합일의 자연관은 동아시아 온대계절풍 기후 지역의 초기 농업사회에서 형성된 '인간–자연의 조화' 라는 역사적 기초에서 탄생하여, 선진(先秦), 한당(漢唐), 송명(宋明) 시대를 통해서 수천 년 동안 발전해 왔다. 한국에서도 조선시대 유학자들이 세계관·인생관으로 삼아 평생 추구하는 바였다.

  제4기 유학이라고 할 수 있는 현대에서 유교문화 전통의 '천인합일'은 환경 파괴로 나타나는 인간과 자연의 충돌에 대한 대안 생태철학으로서 재조명되고 있다.[1] 뿐만 아니라 현대는 인간 자체의 몸과 마음이 심각하게 왜곡되고 있다. 일상생활의 기계화와 경험세계의 진정성 상실은 이성의 소외를 초래하고, 다른 한편으로는 공허하고 획일화된 동물적인 욕구의 배설로 감성의 소외도 심화되고 있다. 따라서 오늘날 '천인합일'

---

 1) 喬淸擧, 「仁의 측면에서 본 유교문화의 가치와 불변성」, 한국국학연구원 심포지엄 발제문, 2010.

이라는 동아시아 문화전통을 재음미하고 조명하는 일은 우리에게 익숙
한 고전 언어에 새로운 의미를 부여함으로써 '천인합일'에 대한 현대적
관심과 활력을 회복시킬 수 있다.[2] 그 하나의 방향으로, 여기서는 '천인
합일을 진정한 자기실현을 통한 미의 창조 양식'으로, 그리고 '천인감응
을 자연미에 대한 감수(感受) 양식'으로 파악한다. 자연미의 창조와 감수
라는 관점에서 천인합일(天人合一)과 천인감응(天人感應)[感通]의 역사적
변화와 그 의미를 검토해본다.

Ⅰ. 천인합일, 미학, 자연미

1) 천인합일 추구와 자연미

인간이 인간으로서 추구할 수 있는 최종 목표는 무엇인가? 동아시
아 철학자들에 의하면, 성인(聖人)이 되는 일이고, 성인이란 천인합일
의 경지에 이른 사람이다. 공자가 '從心所慾不踰矩'라고 했을 때 이 경
지를 말한 것이다. 또 '유어예(遊於藝)'의 경지는 육예(六藝) 중에서 단지
그 기예만이 아니라 그 객관 규율을 전면적으로 통달하여 운용하고,
현실적으로 사람의 자유로 실현함으로써 천리와 합일한다는 인격 실
현을 말한다.

이 경지에 도달하자면 어떻게 하여야 하는가? 성직자가 되어 출세간
(出世間)해야 하는가? 송대(宋代)에 이르러 도학이 새롭게 밝힌 방향이 있
다. 그들은 "일상의 생활을 지속하면서도, 곧장 선천의 순수한 경지에
도달한다."[不離日用常行內, 直到先天未畵前]고 보았다.[3] 천인합일은 인(仁)

---

2) 李澤厚 지음, 노승현 옮김, 『학설(己卯五說)』「인간의 자연화를 말하다」, 들녘, 2005.

의 체득인데, "인이란 천지가 만물을 낳은 마음이요, 사람이 그것을 얻어 마음으로 삼는 것이다."[仁者 天地生物之心, 而人之所得以爲心] 이 '천지생물 지심(天地生物之心)'은 곧 생의(生意)로 드러나는데[仁本生意, 乃惻隱之心], 어떻게 천지의 생의를 함께 하는가? 공자와 안자가 좋아했던 즐거움[孔顔樂 處]을 실천하는 것이며, 증점(曾點)이 즐겼던 자연미의 감수가 그것이다.

2) 미학과 자연미

미학 이론에서 아름다움이란 인간의 본질적 능력이 대상화된 것으로 정의한다. 하나의 사물이 아름다운 까닭은 사물 속에 인간의 본질적 능력이 형상으로 체현되어 있기 때문이다. 인간의 자유로운 의지·힘·지혜·사상 등이 노동실천을 통하여 대상 속에 형상적으로 표현된 '인간화된 자연'이 아름답다는 것이다. 어째서 인간화된 자연계가 아름다움의 성질을 지니며, 아름다움이란 인간의 본질적 능력이 대상화된 것이라고 말할 수 있을까? 그 해답은 인간은 자연이 창조한 대상 세계로부터 자신의 본질적인 능력이 구현되어 있음을 확인함으로써 진정한 기쁨을 맛본다는 데 있다.4) 아름다움이란 자유로운 인간 의지가 실현되어 대상화된

---

3) 풍우란, 정인재 역(1983), 『중국철학사』, 32; "曾點之學... 樂其日用之常"...-『논어집 주』 선진; "敦頤 每令 尋孔顔樂處, 所樂何事"-『宋史』 권427.

4) "자유롭고 의식적인 본질적 능력에서 아름다움이 이르기까지 무엇이 그 고량 역할을 수행하는가? 그것은 이른바 대상화이다. 인간 창조물의 아름다움은 본질적인 면에 있어서 인간의 본질적인 능력이 대상 속에 형상적으로 표현된 것에 있다. 인간과 자연의 관계는 대립하기도 하고 통일되기도 한다. 인간의 자연의 일부분이지만, 자연을 인식할 수 있으며 노동과 갖가지 사회적인 실천을 통하여 자연계에 대한 개조를 행할 수 있고 재생산할 수 있다. 인간이 재생산해낸 자연계가 바로 '제2의 자연'이다. '인간화된 자연', 즉 '인간의 비유기적 신체'인 것이다. 인류의 노동과정은 곧 '인간화된 자연계'를 창조하는 과정, 즉 인간의 본질적 능력이 대상화되는 과정이다. 어째서 인간화된 자연계가 아름다움의 성질을 지니며, 아름다움이란 인간의 본질적 능력이 대상화된 것이 말할

것이며, 인간이 이것을 확인하는 기쁨을 맛보는 것이 심미가 된다.

그렇다면 인간의 노동실천이 개입되지 않은 순수한 자연은 아름답지 못한가? 여기서 미학은 나누어진다. 서구 미학이론에서 미는 '의미 있는 형식(significant form)'으로 정의된다. 자연풍경, 산과 물 등은 비록 아름답기는 하지만 '의미 있는 형식'이 아니기 때문에 진정한 심미적 의미에서 미는 아니라고 여겼다. 건축학·조경학에서, 한국 전통건축의 아름다움을 이른바 '균제미(均齊美)'로 기술하는 것도 미의 본질을 '의미 있는 형식'에 두기 때문이다.5)

자연미 역시 본질적으로 사회생활 실천에서 유래한다. 이택후(李澤厚)는 미의 본질을 '미의 객관성과 사회성의 상호통일', 곧 '자연의 인간화설'로 제시하였다.6) 여기서 '자연의 인간화'는 노동에 의해 개조된 자연만을 대상으로 간주하는 좁은 의미에 한정되어서는 안 된다. 자연의 인간화는 광의와 협의 두 가지 의미로 나눌 수 있다. 노동 기술을 통하여 자연사물을 개조하는 것이 협의의 인간화이다. 그러나 이택후가 말하는 '자연의 인간화'는 일반적인 경우 모두 넓은 의미의 '자연의 인간화'이다. 광의의 자연의 인간화는 하나의 철학적 개념이다. 자연의 인간화는 다음 두 가지 측면을 포함한다. 외재적 자연 곧 산과 들, 강의 인간화이다. 인류가 노동을 통해 직 간접적으로 자연을 개조한 역사적 성과의 총체로 인간과 자연이 관계가 변화한 것은 협의의 인간화를 가리킨다. 다른 한 측면은 내재적 자연의 인간화이다. 인간 자신의 감정 요구 욕망

수 있을까? 그 해답은 인간은 자연이 창조한 대상세계로부터 자신의 본질적인 능력이 실현됨을 형상적으로 확인함으로써 진심으로 기쁨을 맛본다는 데 있다." -周筠韜 지음, 유홍준 편역, 1998, 『미학에세이』, 청년사, 126쪽.

5) 형식미의 법칙이란 '질서·단순·가지런함·일치·균형·비례·대칭' 등이 기본이다.

6) 이택후, 『중국미학입문(美學四講)』, 중문, 2000.

및 감각기관의 인간화, 즉 생리적 내재적 자연을 '인간성'으로 변화시키는 것을 가리킨다. 이는 곧 사회화와 교육을 통한 인성의 조소(彫塑) 과정이기도 하다.

동아시아 자연미를 서구적 미학개념으로 분류하자면, 숭고미(崇高美)에 가깝다. 서양에서는 자연적인 환경을 주체에 대한 어떤 압박·포기 강요, 심지어는 박해로까지 표현한다. 따라서 자연과의 투쟁을 통해 얻어지는 정신적 승리에 의해서 세워진 자유의 쟁취는 숭고로 나타난다.[7] 숭고감은 '정신과 영혼의 즐거움[悅志悅神]'의 즐거움과 관련된다. 이는 고통·처참함·잔인·비이성적인 강렬한 갈등의 요소나 극복 과정을 포함하고 있으며, 실제로 영혼을 씻어내는 카타르시스, 종교적 체험으로 나아간다. 성경·그리스 로마 신화·베토벤의 음악, 도스토예프스키와 니체에 이르기까지 다양한 방식으로 이러한 특징을 드러낸다. 동아시아에서는 다르다. 자연미 감수는 특별한 도의 경지를 즐기는 일종의 '낙감문화(樂感文化)'이다. 숭고에 대한 감수로서 '정신과 영혼의 즐거움[悅志悅神]'은 주로 대자연의 생명역량에 대한 긍정적인 앙쿤(昻奮)으로 표현된다. 이른바 '천행건(天行健)'의 양강(陽剛)의 기세는 '천지와 더불어 참여한다.'는 인간의 자연화 경지로 나타난다. 어렵고 힘든 자아수련을 통해 인간이 우주의 법칙과 하나로 합쳐지는 도가의 기공에서부터 불가의 좌선에 도달하는 여러 경험에 이르기까지, 그리고 송명이학에서 말하는 '공안낙처(孔顔樂處)'의 삶의 경지 등 모든 것이 실제로 가리키는 것은 감성에 뿌리박으면서도 감성을 초월한 정신과 영혼의

---

7) 國歌 등 노랫말에서 비(非) 유교문화권 나라는 '자유·희망·승리·정의·위대함·노력·투쟁·전투·지옥·압제·하나님' 등의 어휘가 많은데, 거친 자연이나 압제자에 저항하는 투쟁을 통한 극복을 찬양하는 내용이 된다.

즐거움에 대한 심미이다. 이 '정신과 영혼의 즐거움'은 마치 하늘의 조화에 참여하고 있는 것과 같은, 즉 우주의 합법칙성 및 합목적성에 대한 깨달음의 감수이다. 천인합일의 경지를 말하는 것이다.

Ⅱ. 천인감응의 역사적 전개

중국을 중심으로 하는 동아시아에서 '천(天)'은 운명을 결정하거나 주재하는 뜻과 객관적 자연의 의미, 두 가지 함의가 줄곧 존재해왔다. 이 두 가지는 섞여 분명하게 구분되지 못했다. 천(天)과 인(人)의 관계에서도 천은 인간을 지배하는 하나님일 수도 없고 인간이 정복 개조할 극복 대상도 아니었다. 따라서 천인합일은 자연법칙에 대한 능동적 적응과 동시에 천의 주재와 운명에 대한 피동적 순종과 숭배라는 이중적 의미를 가진다.

1)『역전(易傳)』

『역전』은 "자연계의 운행은 건전하고, 군자는 그것을 본받아 끊임없이 노력한다."[天行健 君子以自强不息 -『周易』乾掛 象傳]하여, 자연적 천에 긍정적인 가치와 의의를 부여하고, 天이 도덕적, 감성적 내용을 가진 것으로 해석하고 있다. '계사전(繫辭傳)'에는, "끊임없는 생성과정을 역이라 하는데[生生之謂易], 천지[자연]의 큰 공덕을 일컬어 생이라 부른다."[天地之大德曰生]고 하였다. 우주 자연의 특성이 생명활동이기 때문에 자연의 변화는 생명체의 생성 소멸로 대표되고 자연은 생명체로서 인식된 것이다. 뿐만 아니라 천지자연에 친근한 감정을 가지도록 하여 천은 '외재적' 천이 아니고 '주재적' 천도 아니다. 외재적이지만 도덕적 품격과 감정적 색체를 지닌 '합일적 천(天)'인 것이다.

"언행은 군자가 천지를 움직일 수 있게 하는 것이니 어찌 신중하게 하지 않으리오."[言行, 君子之所以動天地也, 可不愼乎 −『周易』繫辭傳 상편]에서 이미 천도(天道)가 인도(人道)에 영향을 주고 인도 역시 천도에 작용과 영향을 미친다는 생각과 인간은 천지의 변화에 참여할 수 있다는 관념이 들어 있다. 이런 이유에서 "무릇 대인은 천지와 그 덕을 합하고, 일월과 그 밝음을 합하고 사시와 더불어 그 순서를 합하고 귀신과 더불어 그 길흉을 합하는 사람이다."[夫大人者與天地合其德, 與日月合其明, 與四時合其序, 與鬼神合其吉凶 −『周易』乾卦. 文言傳]하여, 사람은 반드시 천도에 순응하고 음양의 이치에 따르고, 자연(天) 역시 인간의 품격과 성능을 가진다. 여기서 자연과 인간은 하나가 되고, 인간과 자연은 서로 '감통(感通)'하여 인간이 자연(天地)의 변화에 참여 한다는 생각이다. 인간의 감성이 우주적 원리와 공감하여 통한다는 '감통(感通)'이 '천인감응(天人感應)'의 의미이다. "한 번 음하고 한 번 양하는 것을 도라고 하고, 그것을 이어받는 것이 선이고, 그것을 이룬 것이 성이다."[一陰一陽之謂道, 繼之者善也, 成之者性也 −繫辭傳 상편]하여, 인간이 천도에 따라 주동적인 작용을 해야 함을 밝히고 있다.

2) 『맹자(孟子)』

맹자는 동아시아 미학의 범주에 숭고(崇高)·양강(陽剛)의 미를 수립하고, 선(善)을 실현하는 개인의 자각적인 노력으로서 인격미(人格美)와 관련시켜 탐구하였다. '호연지기'는 인격미의 표현이며, 개체의 인격을 선·신·미·대·성·신(善信美大聖神)의 여섯 단계로 나누었다. "미(美)는 곧 충실로 개체의 전 인격이 완전하게 실현된 선(善)으로, 선을 포함하면서 초월한 것이다. 대(大)는 충실하면서도 광체가 나는 장관(壯觀)의 미이다. 성(聖)은 빛나는 장관을 가지고 영원한 모범이 되어 극대의 감화력과 교육적인 힘을 구유하고 있다. 신(神)은 성스러우면서도 알 수 없다는 의미다. 성인은 인력에 의해서 가능하지만 신은 오히려 인력으로 이루어지는 것이 아닌 듯하다. 소위 성·신(聖神)이란 대자연과 더불어 천입합일에 도달하였음을 가리키는 것이다."8) '호연지기'는 인간과 우주[자연]의 관계에 관한 것이다. 맹자의 호연지기는 의가 모여서 생겨난 감성을 통해서 우주천지와 합일한다는 것이다. 호연지기가 있으면 대자연 앞에 당당하게 서서 두렵거나 부끄럽지 않을 수 있다.

> 나는 지언(知言)하며 내 호연지기를 잘 함양한다…말로 표현하기 어렵다. 그것은 지극히 크고 굳세다. 아무런 방해 없이 올바로 함양될 수 있으면 온천지를 충만시킬 것이다. 그 기는 바로 의와 도를 배합해야 한다. 그것들이 없으면 그 기는 이내 풀이 죽는다. 호연지기는 의로운 기를 축적해서 생기는 것이지 단 한 번의 의로서 기습 탈취하듯 취해지는 것이 아니다.

함양의 방법에는 도(道)와 의(義) 두 측면이 있다. 도란 '천리지자연(天理之自然)'이다.[주자집주] '아침이 들으면 저녁에 죽어도 좋다.'고 말할 때의 도이다. 곧 우주자연 대한 올바르고 정확한 이해가 도이다. 다른 측면은 인간이 대자연 속에서 해야 할 의무를 힘써 행하는 도덕적 의미이

---

8) 이택후, 『華夏美學』, 동문선, 1990, 86-87쪽.

다. 항상 의를 행하는 것이 의의 축적이고 의의 축적이 오래되면 호연지기는 저절로 생긴다. 조장할 일이 아닌 것이다. 호연지기는 개인이 도달할 수 있는 최고의 경지 속의 정신 상태이다. 맹자의 호연지기는 응집한 도덕성이 감성의 역량(氣)을 통해 대자연과 서로 교통하고, 천인합일에 도달하게 된다. 중국철학에서 맹자 계열은 사심(私心)을 제거하여 대자연과 합일하는 것을 개인수양의 최고 경지로 여긴다. 아래의 구절처럼 사욕을 물리쳐 만물과 일체가 되는 것이 가장 큰 기쁨이 된다.

> 나와 만물은 본래 일체인데 장벽 때문에 나와 만물이 분리된 것처럼 보인다면 이것이 참되지 못한 것이다. 만일 자신을 돌이켜보아 참될 수 있으면 만물과 더불어 일체가 될 수 있는 경지를 회복한 것이므로 그보다 더 큰 기쁨은 없다.[萬物皆備於我矣, 反身而誠 樂莫大焉, 强恕而行, 求仁莫近焉 -『孟子』13: 4]
>
> 호연지기가 있는 사람은 지나는 곳마다 감화를 기치고 머무는 곳마다 신묘한 영향을 미치고, **위로 하늘과 더불어 아래로 땅과 더불어 흘러 갈 수 있다.**[夫君子所過者化, 所存者神, 上下與天地同流)-『孟子』13: 13]
>
> 운수대통해도 보태지지 않고 곤궁 속에 은거해도 덜해지지 않으며[大行不加 窮居不損], 부귀로도 현혹시킬 수 없고 빈천으로도 굴복시킬 수 없는데, **이런 사람이 대장부이다.**[富貴不能淫 貧賤不能移 威武不能屈 此之謂大丈夫 -『孟子』6:2]

3) 한(漢) 시대의 천인감응 우주론

'천인합일'은 한대(漢代) 사상에서 주인공으로 활약했다. 인간[정치 사회]과 천[자연 우주]를 연결하고 소통시켜 진한(秦漢) 통일제국 통치에 이론적 체계를 제공하였다. '천인합일'은 자연계와 인간사회의 원리가 동

일하다는 사고이다. 천인합일의 자연관은 생명계를 구성하는 우주적 질
서와 인간적 규범은 서로 감통(感通)·감응(感應)하는 피드백의 조절관계
를 이룬다고 보고, 자연과 인간의 일대일 대응하는 천인상부(天人相符)하
는 관계를 '천인감응(天人感應)'으로 부른다. 유학자들이 제기한 '천인감
응설'은 신성한 우주시스템을 가지고 인간의 세속적 행위를 규범지우고
군주의 활동마저 제약했다. 당시 자연을 지배하는 능력의 한계 속에서
인간의 외적 활동의 자유를 수립하기 위한 우주모델이다. 음양오행과
천인감응은 동아시아의 역사와 문화전통에 지대한 영향을 미친다.

○ **오덕종시설(五德終始說)**

추연(鄒衍)의 오덕전이설(五德轉移說)은 역사의 변화를 오행상승(五行相
勝)의 순서로 설명한다. 덕의 전이는 부응으로 상징된다. 부응은 물상(物
象)을 징표로 삼으며, 민심이 아니라 물상의 변동을 통하여 천명의 변동
을 체찰한다. 도참(圖讖)은 일종의 특수한 부응이다. '오덕전이'는 같은
민족 간에는 선양(禪讓)의 전통을 낳기도 했다.

○ **『회남자(淮南子)』**

회남자는 자연과 인간을 소통시키려는 시도에서 객관적 경험적 법칙
을 관찰하거나 주관적 억측과 신비적 목적론을 통하여 천인감응을 논하
고 있다.

성인은 하늘의 마음을 품고 명성과 위엄으로 천하를 움직이고 변화시
키는 자이다. 그러므로 정성이 안에서 느껴지고 형기가 하늘을 감동시키
면 상서로운 별이 출현하고 황룡이 내려오며 상서로운 봉황이 날아온다.

하늘과 사람은 서로 통하는 바가 있다. … 만물을 서로 연결되는 부분이 있고, 정기는 서로 움직이게 하는 것이 있다. […天之與人 有以相通 …萬物 有以相連, 精禯有以相蕩也 −『淮南子』泰族訓]

하늘이 바람을 일으키려고 할 대에는 초목이 아직 움직이지 않았는데도 새들이 먼저 날아오르고 비를 내리려고 할 때에는 어두침침한 기운이 이직 몰려들지 않았는데도 물고기의 호흡이 빨라진다. 이것은 음양의 기운이 서로 감동하여 움직였기 때문이다. 그러므로 추위와 더위 마르고 습한 것은 같은 종류끼리 서로 따른다. −「泰族訓」

땅은 각자 다른 종류에 따라 특성이 다른 사람을 낳는다. 그러므로 산의 기운이 잇는 곳에는 남자가 많이 나오고, 못의 기운이 있는 곳에는 여자가 많이 나오며, 물의 기운이 있는 곳에는 장님이 많이 나오고 바람의 기운이 있는 곳에는 벙어리가 닳이 나온다… 모두 그 기운을 본받고 같은 종류에 감응하는 것이다. −「地形訓」

○ 동중서

동중서(董仲舒, BC 179~104)는 음양가의 오행설을 개조하여 유가의 인본주의 사상과 결합시켜, 한(漢) 제국 질서의 '천인우주론'을 도식화하였다. 동중서의 천인우주론은 음양오행설과 유가 윤리, 자연과 인간을 결합시킨 천인감응의 우주모델이다. 우주에는 10가지 표상 형태(十端) 즉 '天·地·陰·陽·木·火·土·金·水·人'이 있다. 천지의 기는 합해지면 하나가 되고 나누어지면 음양이 되고, 쪼개져서는 사시가 되고, 나열되어서는 오행이 된다. 하늘에는 오행이 있는데 '목화토금수(木火土金水)'가 그것이다. 이러한 우주론은 분명 음양가에서 나온 것이다. 그러나 "천지인(天地人)은 만물의 근본이다. 하늘은 만물을 낳고 땅은 기르고 인간은 완성시킨다. 이 세 가지는 서로 수족이 되어 일체를 이루니 이 중 하나라도 없어서는 안 된다."[9]라는 동중서의 주장은 인간을 중심에 두고 인간의 주동적 위치와 능동적 노력을 강조했다는 의미에서 음양가의 이론에서 중대한 발전이다. 하늘과 인간, 그리고 땅이 이처럼 밀접하고 친근한 까닭에 인간정치의 모든 잘못은 하늘의 이상한 현상, 즉 천재지변을 통하여 표현된다는 '천인감응설' 혹은 '재이설(災異說)'은 통치자로 하여금 과오를 시정토록 경고하는 방식으로 이해된다. 그는 나아가 유가의 다섯 가지 규범 도덕인 오상(五常), 곧 '인의예지신(仁義禮智信)'을 오행과 천지운행에 도식적으로 관련시켰다.[10] 이처럼 동중서는 유가의 기본이론을 전국시대 이래 유행하던 오행의 우주론과 구체적으로 배합시켜, 사람만이 "천지와 함께 셋이 된다."는 유가의 세계관을 자연 법칙과 관련시킨 것이다.

4) 송(宋) 시대의 천인합일 경지

송·명(宋明) 시기에 이르러, 성리학자들은 인(仁)을 인간과 천지만물의 상감(相感)과 상통(相通)으로 이해하고, 감성적으로 지각되는 '천인합일'을 인[生意]이라는 도덕세계로 격상시켰다. 이러한 배움과 즐거움은 모두 윤리적 수양을 거쳐 '만물이 모두 나에게 갖추어져 있고', 위와 아

---

9) "天地人萬物之本也. 天生之, 地養之, 人成之"(『春秋繁露』, 立元神 19)
10) 인을 목과 동에, 의를 금과 서에, 예를 화와 남에, 지를 수와 북에, 신을 토와 중앙에 관련시킨다. 한편 사덕(四德)을 말하는 경우, ①유가(儒家)의 네 가지 덕행. 효(孝)·제(悌)·충(忠)·신(信); ②역경(易經)의, 천지자연의 네 덕. 원(元)·형(亨)·이(利)·정(貞); ③군주(君主)가 지켜야 할 네 가지 덕. 흠(欽)·명(明)·문(文)·사(思); ④부인(婦人)이 갖추어야 할 네 가지 덕. 부덕(婦德)·부언(婦言)·부용(婦容)·부공(婦功); ⑤물[水]의 네 덕. 인(仁)·의(義)·용(勇)·지(智)가 있다.

래가 천지와 함께 흘러가는 '천인합일'의 심령경계 도달하는 것을 가리키는데, 이것이 바로 송명이학이 말하는 '공자와 안자가 즐거워한 일[孔顏樂處]'이다. 그들은 이를 "배움이란 이런 즐거움을 배우는 것이며, 즐거움이란 이런 배움을 즐기는 것이다."라고 크게 자랑하였다.

성리학자들은 기(氣)가 서로 통한다고 느끼는 감통을 인간의 손과 발에서부터 천지만물과의 관계로 확대시켰다. 인간은 자신의 측은지심으로 천지만물과 서로 감응하여, 그로써 하나가 되어야 한다고 생각한 것이다. 장재(張載)는 "백성은 모두 내 동포요, 만물은 모두 내 짝이다.[民吾同胞 物吾與也]" 하여, 자연계의 모든 것이 자신과 직접적으로 연결되지 않은 것이 없다 하고, "자기 마음을 확대하면 천하만물을 한 몸으로 여길 수 있다."[大其心則體天下之萬物 -정몽] 하여 수양 공부를 통한 천인합일을 주장하였다. 명도(明道) 정호(程顥)는 "의가에 사체불인이란 말이 있는데, 이는 인(仁)을 가장 잘 체득한 명칭이다."[醫書言四體不仁 最能體認之名也] 하고, 인이란 천지만물을 일체로 삼으니 자신이 아닌 것이 없다. 모두가 자신임을 깨달으면 어디엔들 이르지 못하겠는가? 그러나 자신에게 있지 않은 것이라면 저절로 자기와 상관없게 된다. 수족이 통하지 못하여(感通) 아픔을 느끼지 못한다면 모두 자기에게 속하지 않는 불인(不仁)과 같다."[11] 명도는 "인이란 것은 천지만물을 한 몸으로 여기니 나 아닌 것이 없다.[仁者以天地萬物爲一體 莫非己也] 배우는 자는 모름지기 인을 체득해야 한다."[學者須先識仁] 하여, 천지만물과 일체가 되는 것이 인(仁)을 인식하는 방법이라고 하였다. 그들은 자연이 스스로 이치를 가지고 있다고 보았고[萬物靜觀皆自得 事事物物皆有定理], 자연

---

11) 박상리 외 옮김, 『정명도의 철학-정명도사상연구』, 예문서원, 2004, 118-122쪽에서 재인용.

이 만물을 낳는 마음(生意)을 가장 볼만한 아름다움으로 받아들여[萬物之生意最可觀], 자연과 하나가 되는 것을 성인의 경지로 추구했다. 또 정호는 "인이란 것은 천지만물을 한 몸으로 여기니 나 아닌 것이 없다."[仁者以天地萬物爲一體 莫非己也]하고, "배우는 자는 모름지기 인을 체득해야 한다."[學者須先識仁]하여, 천지만물과 일체가 되는 것이 인(仁)을 인식하는 방법이라고 하였다. 그들은 자연이 스스로 이치를 가지고 있다고 보았고[萬物靜觀皆自得, 事事物物皆有定理], 자연이 만물을 낳는 마음(生意)'을 가장 볼만한 아름다움으로 받아들여[萬物之生意最可觀], 자연과 하나가 되는 성인의 경지를 추구했다.

성리학자들은 만물이 새로운 생명을 틔우는 봄날 생의를 체득하는 증점의 지취에 크게 찬동하여 "나는 증점과 함께 하리라!" 하는 공자의 뜻을 주목한 것이다.12) "천지만물과 함께 위아래로 함께 흘러간다."는 '증점의 즐거움[曾點之樂]'은 '공자와 안자가 즐거워 한 일[孔顔樂處]'이며, 성리학자들은 이 즐거움을 바꾸지 않는 삶을 통해 천인합일에 다가서고자 했다. 천인합일의 경지를 느끼는 장소는 생기 넘치는 아름다운 자연경관이고 그 뜻을 담아서 표현하는 방법은 시문이다. 정호는 새 생명이 찬란한 봄철 동천 계곡의 자연을 거닐며 천인합일을 느끼는 마음의 즐거움을 읊었다.13) 신유학을 종합한 남송(南宋)의 주희는 "인(仁)이란 천지가 만물을 낳는 마음이다. 사람이 그것을 얻어 자기의 마음으로 삼는

12) "子路曾晳冉有公西華侍坐 子曰 以吾一日長乎爾 毋吾以也 居則曰不吾知也 如或知爾 則何以哉 子路率爾而對曰……曰 莫春者 春服旣成 冠者五六人 童子六七人 浴乎沂 風乎舞雩 詠而歸 夫子喟然歎曰 吾與點也"-『論語』 '先進'제25장.

13) "옅은 구름 산들바람 한낮이 다 된 때에, 꽃을 끼고 버들 길 따라 집 앞 시내 지나네. 주변 사람 내 마음의 즐거움을 모르고서, 한창 공부할 소년이 한가로이 거닌다 말하리. (雲淡風輕近午天 傍花隨柳過前川 旁人不識予心樂 將謂偸閒學少年)"-『二程集』, '偶成'

것이다."[仁者 天地萬物生之心, 而人之所得以爲心]하고, 따뜻한 봄날 정자에 올라 바라보는 시내와 숲의 모습에서 느끼는 생의(生意)로부터 만물을 낳은 천지의 말없는 조화(仁)를 깨닫는 천인합일의 경지를 노래했다.[14] 자연경물과의 정감적 일체화를 통하여 천입합일의 경지를 체득한다는 심미적 자연관은 중국 송나라 시대 이후 신유교의 전통 속에 확고하게 뿌리박았다. 그 실천으로서 정자문화가 조선시대 우리나라 유교문화에 영향을 미쳤다. 특히 주자의 '무이구곡(武夷九曲)'은 조선시대 유학자들의 삶에 본보기가 되었다.

Ⅲ. 천인감응과 동류감응

1) 천인감응의 성격 변화

한(漢)나라 유학이 말한 것을 주로 외왕(外王)이라면 송나라 유학이 말한 것은 주로 내성(內聖)의 측면이라 할 수 있다. 이러한 두 측면이 가진 특성이 천인감응에도 반영되어, 한나라의 천인감응은 외적 행동의 규율을 수립하기 위한 우주 모델로서, 천(天)은 실질적으로 기(氣)이고 자연이며 거기에 대응하는 인(人)은 신체 혹은 사회제도였다. 송나라의 천인감응은 내적 도덕윤리를 수립하기 위한 인성사상으로서, 천(天)은 실제로 리(理)이고 정신이었다. 거기에 대응하는 인(人)은 개인의 심성 지취

---

14) "높이 솟은 정자에서 급어보는 시내, 이른 새벽에 올라 저녁에 이르도록 보는구나. 아름답고 따뜻한 봄날에. 이 시내 건너편 나무들을 바라보도다. 잇달아 숲을 이루어 아름다움을 뽐내니, 각각 생의가 드러난다.—위대한 조화는 본래 말이 없거늘 뉘라서 이 마음 함께 깨달을꼬.(危亭俯淸川 登覽自晨暮 佳哉陽春節 看此隔溪樹 逼林爭秀發 生意各呈露 大化本無言 此心誰與晤)"—『朱子大全』권6 '題林澤地之欣木亭'

였는데, 이는 주로 지연미에 대한 감수로 표현되었다. 이를 부연하면 다음과 같다.

천인감응은 천인동구 동류상감의 관념에서 도출된 것으로 원시인의 유비연상(類比聯想)과 축술종교(呪術宗教)로부터 기원했다. 전국시대에 음양과 오행의 결합이 이루어지면서 오행이 상생상승(相生相勝)이라는 구체적 작용을 할 수 있는 것은 음양이라는 상호의존하면서 모순적인 역량이 원동력이 되어 오행의 작용과 전환을 끊임없이 추진하기 때문이다. 오행의 상생 상승의 서열관계는 '홍범(洪範)'의 경우와 마찬가지로 자연 자체의 성질 기능의 상호관계와 활용의 생활 경험에서 기원한 것이다. 이러한 실용 이성이 확대되어 구조로 발전하면서, 마침내 한나라에 와서 전체 우주의 오행구조 도식이 나타났다. 이 이론체계는 인간의 경험에서 유비된 특성을 보존하는 차원에서 "만물의 이치는 각기 비슷함에 의지하여 움직인다."[萬物之理 各依類而動 −禮記 樂論]라는 '천인감응'을 중심으로 한 관념형태였다. 여기서 동중서는 인류의 정감과 천지자연을 아주 구체적으로 도식화하여 비유하고 감응시켰다.

송명이학에서 말하는 천인합일은 주관적 심성 세계이다. 주희는 사람의 기(氣)와 천지의 기는 항상 연속하고 있지만 다만 사람이 보지 못한다. 사람의 마음이 움직이면 곧 반드시 기에 이르니 굴신 왕래하는 것과 함께 서로 감통한다.15) 자연계의 기와 사람의 기의 연결에는 마음의 개입이 필요함을 말하고, 또 오행과 도덕(五常)의 연결도 마음을 매개로 하여 구체적이 된다고 말한다. 성리학자들은 '天人合一 萬物同體'라는 주관적 목적론을 가지고 사람이 도달하는 초윤리적인 본체 경계를 인간

---

15) 『朱子語類』 상, 권3, 귀신; 『범주로 보는 주자학』, 132쪽.

의 최고 경지로 간주한다. 이는 정감의 영역에 속하므로 감성 자체가
중요성을 부여 받지만, 실제로는 어떤 주관적 의식의 투사(投射)이다. 송
명 도학자들은 이러한 투사를 도덕본체로 앙분(昻奮)시켜 윤리와 대자연
을 서로 통하여 하나로 결합한 것이다. 투사가 곧 감응으로 간주된다.

정호(程顥)는 "천지간에 감응이 있을 뿐이다."[天地之間 只有一箇感應而
已…天下只有箇感應]라고 하였다. 주희(朱熹)는 "모든 일과 모든 사물에는
감응이 있다."[事事物物皆感應]라 하고, "천지간에 감응의 리가 아닌 것이
없다.[在天地間非無感應之理]"고 하였다. 또 『논어』의 '德不孤 必有隣'을 설
명하면서, "같은 소리는 서로 응하고 같은 기는 서로 구한다."[同聲相應
同氣相求'−『朱子語類』]는 동류감응을 말하였다. 그러나 "사물에서 감응하
는 것은 심이다."[感於物者 心也 −『朱子大全』 상 권32 答張敬夫]라 하고, 심이
사물에서 감응하는 한 심과 사물은 주객의 구별이 있다. "그 심을 확대
하면 천하의 사물을 체득한다. 그러나 세상 사람들의 마음은 좁은 견문
에서 그치기 때문에 천하사물을 체득하지 못한다."[大其心 則能體 天下之
物, 世人之心 止於見聞之狹 故不能體天下之物 −『朱子語類』하, 권 98, 張子之書1] 따
라서 마음과 사물은 주객의 관계로 구별된다. 『대학』에서 사물에 응해
도 능히 움직이지 않는 것을 고요함[靜]이라고 하였는데, 주희는 마음이
외물에 동요되지 않는 것을 고요함이라고 하여 심과 사물을 분명히 구
별하고, 사심이 끼어들면 체득인식이 불가능하다고 주장한다. 감응은
물과 물의 기계적 감응에 한정되지 않고, 사심(私心) 없는 정성스러운
마음에 감하여 응(應)이 발생하는 예를 제사나 기우제의 예를 들어 설명
한다.16)

---

16) 『朱子語類』, 90.4a1.

2) 감응과 동형구조대응

주희의 감응에 관한 논의를 검토한 연구에서, 감응을 하나의 범주에 속하면서 연관된 사상(事象)들 간의 공명적(共鳴的) 작용과 계기적(繼起的)으로 교체되는 현상 간의 상호작용으로써 감응을 구분한다.[17]

(1) 상보감응과 동류감응

○반복되는 사물 현상들 간의 교체 관계로 발생하는 감응을 상호보완적 감응이라고 할 수 있다. 주희는 "해와 달, 추위와 더위는 한번 감하고 한번 응하여 한번 가고 한번 오니 그 리는 무궁하다. 감응의 리는 이와 같다."[18] 하였다. 이는 "두 기가 감응하여 서로를 돕는다."[19]는 『주역』 택산감괘(澤山咸卦) 단사(彖辭)와 "가는 것은 굽힘이요, 오는 것은 펼쳐짐이다. 굽힘과 펼쳐짐이 서로를 감하여 이(利)가 생겨난다.[20]"는 계사전과 이에 대한 정자의 해설을 부연 설명하는 과정에서 나타난다. 이러한 상보적 계기적 감응은 경험적 관찰에 근거를 둔 것이며, 현대적 관점에서는 인과적 관계와 비슷하다.

○동류감응

한 가지 범주에 속하면서 서로 연관된 사물 현상, 개념 들 사이에 감

---

17) 김영식, 『주희의 자연철학』, 예문서원, 2005, 208–221쪽.

18) 『朱子語類』, 72.2.b3

19) "咸 感也, 柔上而剛下, 二氣感應, 以相與 止而說" – 『周易』 澤山咸卦 彖辭.

20) 易曰, "憧憧往來, 朋從爾思." 子曰, "天下何思何慮? 天下同歸而殊塗, 一致而百慮, 天下何思何慮? 日往則月來, 月往則日來, 日月相推而明生焉, 寒往則暑來, 暑往則寒來, 寒暑相推而歲成焉. 往者屈也, 來者信也, 屈信相感而利生焉. 尺蠖之屈, 以求信也, 龍蛇之蟄, 以存身也."

응의 상호작용이 있다. 『서경』 「홍범(洪範)」의 오행 범주에서 나타난 천인상감(天人相感)이 단초를 제공한다. 이는 파장이 유사한 물상 간에 일어나는 일종의 공명현상(resonance)으로 해석할 수 있다. 동류감응은 다시 목적론적 설명과 기계론적 설명을 구분할 수 있다. 예를 들어 재이설도 군주의 잘못이 하늘을 노하게 하여 그로 말미암아 자연재해가 일어난다. 이는 하늘이 군주에게 주는 경고이다. 다른 하나는 군주의 악행은 자연계의 질서를 혼란시켜 기계적으로 괴변이 일어난다. 그러나 전자의 목적론과 후자의 기계론은 섞여서 이해되고 사용된다.

> 하늘 또한 기쁨과 노여움의 기가 있고, 슬픔과 즐거움의 마음이 있어 사람과 더불어 서로 짝이 되어 비슷한 것으로 합하니 하늘과 사람은 하나이다. -『春秋繁露』「陰陽儀」

> 지금 평지에 물을 부으면 마른 곳을 피하고 젖은 곳으로 갈 것이다. 장작에 불을 지피면 축축한 조각은 피하고 마른 곳으로 번질 것이다. 모든 물건은 다른 것은 피하고 비슷한 것을 좇는다. 그러므로 기가 같으면 모이고 수리가 일정한 비례관계에 있으면 서로 응하니 그 증거가 지극히 분명하다. -『春秋繁露』「同類相助」

(2) 동형구조 대응

동류감응(同類感應)은 일종의 공명현상(resonance)으로 보는데, 이는 미학의 '동형구조적 대응론'과 관련시켜 이해할 수 있다. 미(美)는 객관적인 사물의 성질과 형태가 주체의 주관적인 의식 형태와 맞아 떨어져 하나로 융합되어 하나의 완전한 형상이 되는 그러한 성질이다. 즉 인간의 주관적인 정감·의식과 대상이 결합하여 주 객관이 '의식형태', 곧 정감과 사상을 바탕으로 통일되어야 비로소 미를 낳을 수 있다는 것이다. 다시 말해서 심미대상은 심미감수 심미태도에 의하여 창조된다는 것이다. 객체로서 심미대상은 주체의 작용을 전제로 비로소 대상이 된다. 또 게슈탈트 심리학에서는 물리학과 생리학에서 출발하여 외재 세계[물리]와 내재[심리]의 힘이 형식구조에서 동일한 형태의 동일한 구조 혹은 '이질적이지만 동일한 구조'의 관계를 갖고 있기 때문에, 즉 그것들이 어떤 구조적 상호대응 관계가 되고, 사물의 형식 구조와 인간의 생리—심리구조는 대외에서 동일한 뇌파를 발생시키기 때문에, 외재적인 대상과 내재적인 심리정감이 박자가 맞고 상호 협조하여 서로 같아진다고 주장한다. 예를 들어 인간은 좌우대칭이므로 완전히 닮은꼴을 한 좌우 대칭을 보면 심미쾌감을 느낀다.

이러한 동형구조설로 심미성분의 근원과 유래를 해석하여 일정한 형식구조는 동형구조로 감응되어 특정한 지각과 정감을 유발시키기 때문에 심미 질을 가진다고 지적한다. 인간의 이러한 생물적인 동형구조적 반응은 바로 인류의 역사적 실천과정의 성과로 볼 수 있다. 외재 자연물의 기능과 형식이 인류의 탄생 이전이 이미 미적존재로서 심미적 성분을 가진 것은 아니다. 그것들은 인류의 객관적이고 물질적인 사회적 실천의 합법칙적인 기능 형식과 동형 구조로 대응하기 때문에 비로소 미가 되는 것이다. 인간의 심미감지는 생활경력 교육 문화전통에 의하여 형성된다. 인류가 장기적인 생활실천을 통하여 외재적 자연이 인간화된 후에 내재적 자연[감각기관] 역시 점차적으로 인간화된 역사적 성과가 동형구조적 대응을 나타낸 것이다. 이는 인간이 자연의 법칙성과 질서성을 점차 장악하고 숙지 운용함으로써 미적 활동이 창립됨과 동시에 인간의 감관이 외계 사물과 동형 구조적으로 대등하게 된 것이다. 객관세

계를 개조하는 과정에서도 자신의 목적에 도달하여 합법칙성[개인의 심리
상태]과 합목적성[외재 자연의 법칙]이 감성구조[노동활동 자체] 속에서 통일
(합일)될 때 유쾌한 감정이 발생하는데 이것이 바로 최초의 미감이다.
이것이 '문화심리구조'의 원시침전이다.21) "어진 사람은 산을 좋아 하고
지혜로운 사람은 물을 좋아 한다."에 대한 퇴계 이황의 아래 설명은 천
인감응을 동형구조적 대응으로 이해한 것으로 볼 수 있다.

> 요산요수(樂山樂水)는 성인의 말이지만, 산은 어질고 물을 지혜롭다는
> 말도 아니며 또한 사람과 산수는 본래 성이 같다는 것을 이르는 말도
> 아니다. 다만 어진 자는 산과 비슷하다고 말할 수 있기 때문에 산을 즐긴
> 다는 것이며, 지혜로운 자는 물과 비슷하기에 물을 즐긴다고 하는 것이다.
> 이른바 비슷하다고 하는 것은 특히 어질고 지혜로운 사람의 기상과 의사
> 를 지적해서 하는 말일 뿐이다. 이 두 가지 즐거움의 뜻을 알려고 하면.
> 마땅히 어진 사람과 지혜로운 사람의 기상과 마음을 탐구해야 한다. 어진
> 사람 지혜로운 사람의 기상과 마음을 탐구하려고 하면 다른데서 구할
> 수 없다. 자신의 마음을 돌이켜보아 그 깊은 곳의 진실을 취할 수밖에
> 없다. 내 마을에는 어짐과 지혜의 씨앗(實)이 있다. 그것이 마음을 채우고
> 바깥까지 확산될 때, 자연스럽게 산을 즐기고 물을 즐기게 되며, 구하려고
> 하지 않아도 마음이 어진 사람 지혜로운 사람의 즐김을 볼 수 있을 것이다.
> 그런 어짐과 지혜의 씨앗을 확충하지 않고서, 오로지 높이 솟은 나무가
> 무성한 산을 보고 어진 사람이 즐기는 것을 즐긴다고 하고, 거칠고 도도하
> 게 흐르는 냇물을 보고 어진 사람이 즐기는 것을 즐긴다고 하는 것은
> 심하게 틀린 것이며, 구하려고 하면 할수록 진실에서 더욱 멀어지지 않을
> 수 없다…… -『退溪先生文集』 권37 「答權章仲好文」

---

21) 이택후, 『중국미학입문』, 1990.

퇴계는 '요산요수'의 의미를 수양과 학습을 통해 축적한 어질고 지혜로운 기상을 가진 사람이 아름다운 산수와 만났을 때 그의 기상과 비슷하다는 느낌을 아름다운 산수에서 발견함으로써 즐거워진다고 풀이한 것이다. '요산요수'란 인간이 자신이 가진 착한 본성의 씨앗을 확충하는 끊임없는 배움을 통해서 함양된 기상과 뜻이 아름다운 산수와 만났을 때, 비슷한 기상을 가진 산수에서 동형구조적 공감반응을 일으켜 서로 통한다는 즐거움을 말한다는 퇴계의 주장은 유교적 감통·감응의 진정한 의미로 경청할 필요가 있다.

Ⅳ. 자연미, 정신과 영혼의 즐거움

1) 문화심리구조

동아시아 유구한 역사에서 최근 이 백년동안 서구의 과학기술과 물질문명은 도구본체로서 동아시아를 압도하였다. 천인합일을 정감적으로 추구하는 동아시아 문화전통은 퇴영적 신비주의로 생명을 다한 것 같았다. 그러나 자연에 대한 정복을 통한 도구본체의 승리에 대한 부정적 인식이 증대하고 있다. 현대에서 도구본체[과학기술-사회발전]에서 심리본체(문화심리구조)로의 미래를 찾는 새로운 길이 보인다. 도구본체는 인류가 노동을 통해 직간접적으로 산과 들 강, 그리고 바다까지도 개척하여 자연을 개조한 인류의 역사적 성과의 총체를 가리킨다. 이택후는 이를 '외재적 자연의 인간화'로 부른다.[22] 다른 한편 인류가 자신의 감정 욕구 감각 등 생리적 내재적 자연을 인간으로 변화시키는 인성의 조소

―――――――――
22) 이택후, 1990, 앞의 책.

를 '내재 자연의 인간화'로 부를 수 있다. 인성은 천성적으로 완성되는 것이 아니라 사회적 교육을 통해 길러진다. 전자가 객체적 자연세계를 미적 현실로 만들고, 후자는 주체 심리로 하여금 심미감정을 획득하게 한다. 이 심미감정은 감관의 사회화·인간화이며, 정욕의 인간화이다. 인간의 감정이 개체적이며 동물처럼 생물적 근원과 생리적 기초를 가지고 있지만, 그 속에는 역사적 누적을 통해서 이성적인 것의 침전이 있다. 프로이드가 예술은 상상을 통한 욕망의 만족이라고 한 것은 바로 인간과 동물의 이러한 차이를 간파한 것이다. 심미는 바로 이러한 초 생물적 욕구와 향유의 중심에 있다.

2) 낙감문화(樂感文化)

동아시아 문화에는 초시공적 초월 세계를 상정하지 않고 현실생활을 본체로 삼고, '개인의 자유로운 직관을 통해 얻는 깨달음 느낌 체험'[以美啓眞]·의지[以美儲善]·자유로운 즐김을 중시하는 낙감문화의 전통이 오랜 역사를 통해서 침전되어 왔다. '정신과 영혼의 즐거움[悅志悅神]'은 인류가 지닌 최고 등급의 심미능력으로 볼 수 있다. 눈과 귀의 즐거움이 생리에 기초하지만 생리적 감관의 쾌감을 초월하여 인간의 감지를 개발한다. 마음의 즐거움은 일반적으로 이해 상상 등의 제 기능의 배치하여 인간의 정감 마음을 배양한다. 그러나 정신과 영혼의 즐거움은 도덕의 기초 위에서 어떤 초 도덕적 삶의 감성적 경지에 이르는 것이다. 이른바 '정신의 즐거움[悅志]'은 맹자의 호연지기가 나타내는 것처럼 어떤 합목적적 도덕 이념에 대한 추구와 만족이고, 인간의 의지·기백·기개의 도야와 배양이다. 이른바 영혼의 즐거움[悅神]은 본체적 존재에게로 뛰어

드는 어떤 융합이며, 초도덕적이자 무한함과 동일한 정신적 감수이다. 이른바 초도덕이란 도덕을 부정하는 것이 아니라, 자연법칙 도덕법칙의 강제와 속박을 받지 않는 동시에 이러한 모든 법칙에 부합하는 자유로운 감수이다. 영혼의 즐거움은 서구 미학에서 말하는 일종의 숭고미이다. 헤겔은 역사철학에서 "바다가 우리에게 끝없고 망망한 관점을 주고, 바다의 무한함 속에서 동시에 자기 자신의 무한함을 함께 느낄 때, 인류는 유한한 모든 것을 초월하려는 용기가 용솟음치게 된다." 하였다. 동서양의 유명한 예술[베토벤의 음악 등]과 건축·조각 등은 이러한 숭고한 태도를 낳는다.

숭고한 태도는 대자연에 대한 감상에서도 나타난다. 험산준령·망망한 사막·성난 파도와 거센 물결·아득한 들판 등은 일정한 문화적 소양을 지닌 사람에게 '정신과 영혼의 즐거움[悅志悅神]'의 심미쾌감을 환기시킬 수 있다. 이러한 정신과 영혼의 즐거움은 단지 이목기관이나 마음과 정감의 감수에만 그치는 것이 아닌, 모든 생명과 존재를 전부 내던지는 것이다. 힘든 자아수련을 통해 인간이 우주의 법칙과 하나로 합쳐지는 삶의 경지이다. '정신과 영혼의 즐거움[悅志悅神]'은 마치 신(神)의 작업에 참여하고 있는 것과 같은 것, 즉 우주의 법칙성 및 합목적성에 대한 깨달음의 감수이다. 서양에서는 이 '정신과 영혼의 즐거움[悅志悅神]'을 항상 하나님에 대한 귀의감과 연결시켰다. 그렇기 때문에 종교로 나아갔다. 그러나 동아시아에서는 대자연과 상호 융합되는 '천인합일의 정신 경지'로 나타난다. 하나님에의 귀의와 천인합일의 정신 경지는 인간은 결국 죽게 되고 개체는 모두 유한한 시공 속에 있기 때문에 이 유한을 초월하고 감성적 개체를 초월하여 영원한 본체 혹은 본체의 영원을 기대하고 추구한다는 점에서 같다. 서양에서는 이 불후의 영원한 본체가 하나님이기에 영혼의 불사를 추구하고 감성의 시공을 초월하여 순수한 정신적 영원의 세계를 희망한다. 그러나 동아시아에서는 이러한 초 시공적인 정신을 추구하지 않고 이 시공 안에서 초월과 불후에 이르려고 하는 것이다. 감성적 생명과 현 순간의 존재 속에서 영원을 깨치려고 하는 것이다. 이것이 대자연과의 천인합일이다. 이러한 경지를 공자는 "逝者與斯夫", 맹자는 "上下與天地同流"로 표현하고, 『예기』에서는 '大樂與天地同和'라고 했다. 이러한 말들이 공통적으로 담고 있는 의미는 사람이 자연과 하나가 되어야만 최고 지극한 즐거움의 경지와 감수에 도달할 수 있으며, 동시에 바로 이 시점과 이 공간에서 그 시간과 공간을 초월할 수 있다는 것이다. 이처럼 동아시아에서 최고의 경지는 종교적인 것이 아니라 자연심미이다. 이 경지는 감성을 비하하거나 도외시하지 않으며 자연을 항상 크게 긍정한다. 그것은 대상이 되는 물질적 자연과 주체가 되는 생명적 자연을 하나로 하는 감성 속에서 영원을 추구하므로 그 심미감은 당연히 단순한 눈과 귀의 즐거움이나 마음의 희열어 그치는 것이 아니다. 그것은 영혼의 환희에 속하는 것이다.

Ⅴ. 『택리지(擇里志)』의 천인감응

1)

조선시대에는 유학의 천인감응 전통가운데 송명의 심성론이 주류를 이루었으며, 『택리지』에서는 '산수론'에 집중적으로 나타난다. 천인감응 사상은 택리지에 인걸지령(人傑地靈), 명당론(明堂論): '영기가 모이는 땅[靈氣鍾聚]', 산수에 대한 시적 지각(詩的 知覺) 등에서 내외(內外, 내적 심성과 외적 경관) 대대론(待對論)으로 나타나고 있다. 실학자로서 '성리학적' 자연관에 비판적인 이중환은 심성수양의 현장으로서 산수를 절대시하는데 비판적이다. 그렇지만 유교적 자연관에 입각하여 기본적으로 '천입합일' 관점을 동 시대 유교지식인과 공유하고 있다. 『택리지』에는 '지령(地靈)', 혹은 '땅의 정기(鍾毓)', '영기(靈氣)' 등의 표현이 자주 등장하는데, 이는 땅이나 자연현상의 속성이라기보다는 인간이 자연에 대하여 느끼는 지각적 정감이며, 이 자연 정감이 어떠한 내용을 가지는가는 정감주체의 정신세계에 따른다고 본다. 이중환은 높은 유교 문화적 소양을 가진 조선시대 지식인 계급의 일원이다. 그도 땅의 영기를 구체적으로 보는 사례에서는 정감적 감통·감응으로 생각한 것이 분명하다.

2)

청풍의 귀담(龜潭)을 보고 느낌을 읊은 시에서, 이중환은 "땅위에 높은 형상은 단정한 선비이며, 물결 속에 움직이는 그림자는 꿈틀거리는 용이구나." 하고, 또 "정신은 빼어나 강산의 경치에 있고, 기세는 높아서 우주의 형상을 이루었네." 하였다. 앞의 구절은 마음을 시원하게 하는 정기가 느껴지고 나중의 구절은 거기서 감흥 받은 고결한 정신세계를 읊었다. 아름다운 산수를 보았을 때 느끼는 정기와 감흥은 관찰자의 주관적 풍취와 정신세계에 달려있다. 같은 경치를 함께 감상하더라도 보는 사람의 지취와 배움에 따라 달라지는 것이다. 서기어린 산과 맑고 유연한 시냇물, 유서 깊은 건축물, 그리고 푸른 숲과 꽃들, 이런 땅에 속한 생명의 기운들이 그곳에 사는 사람들의 마음에 신령스러운 느낌을 전해서 마침내 사람이 영적인 정신세계를 더욱 확충해 갈 수 있다. 땅을

통한 신령스러운 느낌은 땅 자체로부터 나오는 일방적인 것이라기보다
는, 그 기상이 비슷하여 서르 통하게 되어 함께 흘러간다는 즐거운 감
통·감응의 정감현상으로 볼 수 있다. 그래서 산수경치를 보고, 유학자
들은 "배움이란 이런 즐거움을 배우는 것이며, 즐거움이란 이런 배움을
즐기는 것이다."라고 한 것이다.

　그러나 사람과 땅이 영기(靈氣)를 감응하는 관계는 실제 사례에서 그
렇게 엄격하게 원론적으로 적용되는 것은 아니었다. 오히려 신비스럽게
선천적으로 주어지는 것으로 많이 다루어진다. 나아가 인물과 땅과의
관계는 상투적으로 규정되고 심지어 인과적 관계로 읽히는 경우는 비단
『택리지』뿐 아니라 조선시대 자료에서 흔하게 발견된다. 『동국여지승
람』에는 "풍천의 산수 승경이 관서에서 제일인데 생각하건대 옛사람이
이르기를 인걸은 지령이라 하였으니, 대개 땅이 영묘하면 인걸이 반드
시 나며 사람이 걸출하면 땅이 더욱 영묘해지는 것이다." 하였다. 『택리
지』 「팔도총론」 전라도 편에는 '인걸은 땅의 영기[人傑地靈]'라는 표현이
직접 언급된다. 지역별로 버출인물을 논하면서, 훌륭한 인물은 땅의 신
령스러운 정기로 태어난다고 언급하고, 산천의 경치가 좋고 훌륭한 곳
이 많은데도 고려에서 조선까지 크게 드러난 인물이 없었으니 한번쯤은
모여 있던 정기가 드러날 만도 하다고 하였다. 그 밖에도 지역을 평가하
면서 땅의 정기와 산수의 아름다움이 있으니 인물이 배출된다는 사례는
무수히 등장한다. 땅의 지리와 산수가 인물의 배출에 영향을 준다고 느
끼게 하는 『택리지』의 기술은 이른바 환경결정론의 증거로 지적되고,
풍수사상이 일반적으로 수용되었던 18세기에 살았던 이중환의 어쩔 수
없는 한계로 비판된다.

3)

　'인걸지령'의 의미는 인간과 자연을 분리시켜 보지 않고 서로 감통 감응하는 관계로 보는 동아시아의 직관적 천인합일의 자연관 세계관의 관점에서 적극적으로 해석하는 것도 가능하다. '인걸지령'이란 말은 중국 당나라 시대 시인 왕발의 「등왕각서(滕王閣序)」에 나오는 말이다. 풍수 책인 『설심부(雪心賦)』에도 '땅이 신령하니 사람이 걸출하고, 기는 변화하여 형상으로 나타난다.[地靈人傑 氣化形生]'이란 구절이 있는데, 이 경우 땅의 영기를 받아 인물을 탄생시킨다는 의미로 봐도 무방하다. 그러나 이 책은 당나라 시대의 저술이라고 하지만 근거가 없고 훨씬 후대의 것으로 보인다. 따라서 고대로부터 많이 인용되어온 '인걸지령'은 왕발이 등왕각의 경치를 보고 남창 땅의 인물과 산수를 병렬적으로 논한 말에서 나온 것인데, 후대 사람들이 땅과 인물을 인과적으로 관련시켜 평하는 용어로 널리 사용하게 된 것이라 하겠다. '인걸지령'이란 말의 의미는 '인물은 걸출하고, 땅은 영기가 있다.' 라는 병렬적 기술로 보아야 하겠지만, 이 말이 구체적으로 어떤 지역이나 장소를 평가하는 과정에서 사용되면서 달라진다. 즉, '인물이 뛰어난 곳인데, 과연 땅도 영묘하구나.' 라는 의미로 해석되고 더 나아가 '인걸은 땅의 영기로 태어난다.'는 환경 결정론적인 의미로 과대 해석된다. 『택리지』에도 이러한 해석이 가능한 예가 많이 보인다. 인걸과 지령의 관계를 병렬적으로 보느냐 아니면 인과적으로 보느냐 뿐 아니라, "인걸은 지령이다."라고 하더라도 '지령' 즉 '땅이 영묘(靈妙)하다.'는 의미를 어떻게 해석하느냐 하는 것도 중요하다. 앞에서 논한 것처럼 유교적 관점에서는 땅을 관찰 지각하는 인식 주체의 감통 감응하는 정감 교류 현상으로서 땅의 영기가 느껴진다. 그러나 풍수적 관점에서는 땅에 흐르는 영묘한 기(氣) 자체를 중시하고 복(福)으로 영향을 미치는 지기(地氣)를 감응 받는다고 보기 때문에 '지령'이란 인과적이고 실질적 의미가 된다. 다시 말해서, 기(氣)가 땅속으로 흐른다고 보고 기가 형체로 나타난 산줄기(龍)가 어떻게 흘러 들어오고 어떻게 자리 잡는가를 알아서 터를 잡아야 한다고 한다. 여기서 영기가 있는 땅 곧 지령은 땅의 형상을 의미하게 된다. 땅 자체가 영기를 가지고 있고 그 영기를 받은 곳에 살거나 부모의 묘를 쓴 사람이 영기를 받아 인걸이 된다는 것은 환경결정론적 사고이고 술법의 문제이다. 『택리지』가 『형가요람(形家要覽)』이라는 풍수서로도 널리 읽혀진 것을 보면, 그 시대 사람들에게 땅의 영기는 풍수적 의미로 받아들여진 것으로 간주해도 큰 무리는 없다. 그러나 유학자의 한사람으로서 이중환이 진정으로 말하고자 한 지령 혹은 영기의 의미는 아름다운 산수에 대한 정감적 감응과 일맥상통하는 것으로 필자는 보고 싶다. 『택리지』에서 정기가 모인 땅을 생리와 함께 가장 중시하는데, 정기라는 것은 유학자들에게 생기를 의미하고 유학자들은 자연의 생기를 자신의 마음으로 함께 하는 생의(生意), 곧 인(仁)로 인식한다. 따라서 산수경치에서 자연의 영기를 느낌으로써 얻어지는 '생기감응'은 곧 '천인합일'의 체득이 되어 유학자들의 도덕수양에서 결정적 관건이 된다.

4)

이중환의 가거지 논의는 「복거총론」 '산수' 편 '계거(溪居)'에서 가장 잘 집약되었다. 무릇 거주지란 산과 물이 만나는 곳이다. 그런데 전해오는 말에 "시냇가에 사는 것이 강가에 사는 것보다 못하고 강가에 사는 것이 바닷가에 사는 것보다 못하다."라는 얘기는 생리 즉 경제적 이로움만을 두고 하는 말이라고 지적한다. 마치 현대사회에서 대도시에 사는 것이 유리하다는 생각의 한계를 말한 것이다. 그러나 조선시대 유교지식인의 거주지 선택기준에서 보면, 경제적 가치인 생리 추구는 예(禮)를 지킬만한 수준에서 그친다. 무한하게 추구해야 할 가치인 심성수양에서 산수 경치는 없어서는 안 된다. 그래서 이중환은 오직 시냇가에 사는 것만이 평온한 아름다움과 시원스러운 운치가 있으며, 또 물을 대어 농사짓는 이로움이 있다. 그러므로 "바닷가에 사는 것은 강가에 사는 것만 못하고, 강가에 사는 것은 시냇가에 사는 것만 못하다고 말해야 한다." 라는 결론에 도달한다. 그 사례로 예안의 도산과 안동의 하회를 첫째로 삼고, 이어 안동 임천(내앞), 내성과 춘양 등을 이어 거론하였다. 이들 계거지를 가장 선호한 이유는 이 지역이 생리와 산수를 겸비하였다는 객관적 조건 때문만은 아닌 것 같다. '인물이 뛰어나고 땅은 영묘하다.' 는 인걸지령 논의에 비추어서, 이 지역이 배출한 인물에 대한 호감이 작용한 결과로 이해될 수도 있다. 그것은 정약용이『택리지』발문에서 "나라 안의 장원 중에 아름답기로는 영남이 제일이다. 까닭에 사대부로서 수백 년 동안 때를 만나지 못했어도 그 존귀함과 부유함이 줄지 않았다." 하고, 그 예를 경북 일대의 유명 사대부 촌락들을 거명한 데서도 알 수 있다. 조선 후기 권력 투쟁에서 서인노론의 일당독재가 확립되면서 중앙의 고위 권력으로부터 남인세력은 배제되는 추세였다. 이 과정에서 기호 지방의 남인들은 향촌에서도 세력 기반이 약화된데 비해서 영남의 남인들은 여전히 향촌에서 변성했기 때문이다. 기호 남인 출신인 이중환의 계거지 논의에는 밀려난 세력이라는 점에서는 비슷한 실정임에도 터전을 계속 확보함으로써, 사대부의 예를 지키면서 산수의 즐거움을 누리는 영남 씨족촌락에 대한 부러움이 담겨있다.

5)

이중환의 가거지론(可居地論)에는 몰락한 사대부의 슬픔이 깔려 있다. 그러나 이 슬픔이 개인적이거나 패배 세력의 한으로 끝나지 않고 문자 밖에서 참 뜻을 구하라고 암시한 것처럼, 성인의 삶을 배우고자하는 모든 이의 가거지에 대한 열망으로 『택리지』가 읽혀질 때 책의 가치는 보다 영속적일 수 있다. '여가의 시대'·'정보와 이동의 시대'에 사는 현대인에게 『택리지』는 도시에 살면서도 물질문화에 매몰되지 않고 산수 경치를 자주 찾아야 하는 진정한 의미를 부여한다. 이중환이 살았던 시대와 지금은 닮은 점이 있다. 부의 독점이 나날이 심화되고, '부자 되세요.'가 인사말이 될 만큼 세속은 천박해지고 있다. 수명은 늘어나지만, 노년의 삶은 사회로부터 버림받고 '나이 듦'을 부끄러워해야 하는 것이 이 시대이다. 이 글의 전개에 결정적으로 의존한 이택후는 우리의 삶이 삼중의 비애 속에 있다고 했다.[23] 하나는 물론 생노병사의 고뇌이다. 둘은 권력과 지식, 그리고 금력의 담론을 벗어나지 못하는 지식인의 한계이다. 셋은 역사와 윤리의 이율배반이다. 21세기에도 여전히 경제적 성장과 풍요를 절대시하는 사회추세 앞에 인(仁)을 실천하자는 윤리주의의 무력함이 있다. 이러한 혼돈 속에서 이른바 천인합일의 '천지경계'를 '자연심미경계'로 좁히는 것이 얼마나 자기 위안이 될 수 있겠는가?

---

23) 이택후, 『역사본체론』, 들녘, 2004, 205-207쪽.

선험적 논리학의 발생 계기와 그 과제

-칸트, 피히테, 후설을 중심으로-

문장수

Ⅰ. 서론

일반적으로 논리학사에서 제시된 논리학의 체계들은 형식논리학을 말한다. 그러나 칸트, 피히테 그리고 후설의 논리학에 대해서는 특별히 선험적 논리학이라고 명명하며, 헤겔의 논리학에 대해서는 변증법적 논리학이라고 명명한다. 그렇다면, 형식 논리학, 선험적 논리학 그리고 변증법적 논리학 사이에는 어떠한 차이가 있는가? 달리 말하면, 칸트, 피히테 그리고 후설은 당시까지 전개된 형식논리학의 발달에도 불구하고 왜 선험적 논리학이라는 새로운 논리학을 전개하게 되었는가? 이 문제의 해명은 결국 형식논리학의 한계와 선험 논리학의 과제를 이해하게 할 것이다. 그러나 다시 헤겔은 변증법적 논리학이라는 새로운 논리학을 개진했다. 이에 형식 논리학, 선험 논리학, 변증법적 논리학 삼자 사이의 관계를 이해하는 것은 인류의 학적 사유방법의 변형 과정을 이해하는데 매우 중요할 것이다. 그러나 변증법적 논리학의 발생 동기와 과제에 대해서는 다음 지면을 위해 남겨 두고, 이 논문에서는 우선 선험 논리학의 발생 동기와 과제만을 탐색하는데 한정하고자 한다.

Ⅱ. 형식논리학의 일반적 전제들

형식논리학자들은 그 누구도 형식논리학이 모종의 형이상학에 근거하고 있다고 주장할 자는 아무도 없을 것이다. 왜냐하면, 형식논리학자들이야 말로 형이상학에 대해 가장 비판적이기 때문이다. 그러나 선험적 논리학이나 변증법적 논리학을 주장하는 학자들은 형식논리학도 모종의 불충분한 형이상학적 전제들에 근거한다고 주장한다. 이들에 따르면, 형식 논리학은 명시적으로 주장하지는 않지만 통상 다음과 같은 전제들에서 진행한다는 것이다.

1) 세계를 구성하는 궁극적 요소들은 순수 개별적인 원자적 실체들이다.[1]

2) 이러한 개별적 원자들 사이의 관계는 전적으로 외적이다. 즉 서로 다른 두 실체가 있다고 하자. 그러면, 이들 둘 실체 사이의 관계는 어떠한 내적 관계도 가질 수 없을 것이다. 이 양자가 모종의 관계를 가진다면 이는 이들을 대면하여 인식하는 인식주관이 모종의 기준이나 범주를 가지고 와서 이들에 적용하는 결과로 주어진다. 즉 이들이 가지는 관계는 외부의 제 삼자에 의해 주어진 간접적 관계일 뿐이다.[2]

---

1) Errol E. Harris, Pensee formelle, transcendantale et dialectique, traduction de P. Muller et E. Vial, L'Age D'Homme, 1989, p.52.

2) Ibid., p.52.

3) 이들 개별적 실체들은 실로 엄청나게 다양하며, 제 3자가 이들에 적용할 속성이나 특성들도 각자의 관점에 따라 얼마든지 다양할 수 있을 것이다. 따라서 이들 다양한 개별적 실체들은 다양한 속성들이나 특성들에 의해 실로 엄청 다양하게 서로 연결될 수 있을 것이다. 따라서 이들 실체들 사이에 성립하는 관계성은 전적으로 우연적이다. 설사 그 관계가 우연적이지 않다손 치더라도 우리는 그들의 내적 관계를 인식할 수 없다.[3]

4) 이들 다양한 개별적 실체들은 그들의 특성상의 유사성에 의해 일련의 류(분류)나 집합으로 분류될 수 있다. 우리가 통상 말하는 보통명사들이나 일반적 개념들은 바로 이러한 식으로 구성된 분류들 또는 집합들 외에 다른 것이 아니다. 달리 말하면, 이들 개별자들을 일련의 유로 묶어 하나의 기호로 표현한 그 명칭은 바로 그들 대상들 사이에 존립하는 공통 성질, 즉 개념을 드러낸다. 따라서 이러한 개념들을 공유하는 그러한 개별자들의 전체 집합은 바로 그 용어의 외연이다. 결국 개념이란 추상적이고 일반적이다.[4]

5) 한편에서 어떤 특별한 특성이 어떤 특별한 사물에 고유하게 존립할 때, 다른 한편으로 두 사물들 사이 또는 여러 개별자들 사이에 특별한 관계가 고유하게 성립할 때, 이를 우리는 '원자적 사건(사실, 사태)'이라고 한다. 이러한 원자적 사건들이 유한적인지 무한적인지 우리가 결정하기는 어렵지만, 어쨌든 이러한 모든 원자적 사건들은 이원적 가치로 존립한다. 달리 말하면, 세상의 모든 사물들은 이러한 원자적 사건들을 지지하든가 지지하지 않든가 양자택일이지, 제 3의 중간적 상태는 어떠한 종류도 없다.[5]

6) 이러한 원자적 사건을 긍정(인정)하여 언어적 기호로 표현한 것이

3) Ibid., p.52.

4) Ibid., p.52.

5) Ibid., p.52.

원자(적) 명제이다. 따라서 원자적 명제들은 일자에서 다른 일자를 연역할 수 없다.[6]

7) 따라서 모든 연역추리는 분석적일 수밖에 없다.[7]

8) 외적 사태(사건, 사실)들에 대한 인식은 오직 직접적 관찰이나 이러한 직접적 관찰에 근거한 귀납적 추리에 의해서만 획득될 수 있다.[8]

이상은 프레게나 러셀의 논리주의를 상기하게 할 것이다. 그러나 논리주의는 사실 영국 고전 경험주의에 고유한 인식론의 원리들을 보다 명료화한 것이다. 즉 형식논리학의 전제는 바로 고전적 경험주의의 인식론의 전제와 완전 일치한다. 즉 고전 경험론의 인식론에 따르면, 사실에 대한 인식은 감각적 지각을 통해서만 직접적으로 획득될 수 있다. 그러나 칸트는 형식논리학이 흄의 경험주의의 전제들에 근거하고 있다는 것을 인식하지는 못했다.[9] 칸트는 당시의 형식논리학은 그 자체만으로 완전하게 완성된 과학이라서 더 이상 여기에 어떠한 것도 첨가할 것이 없다고 생각했다. 그러나 칸트는 흄의 경험론적 인식 원리에 대해서는 조사되고 수정되어야 할 사항이 있다는 강한 신념을 가졌다. 여기서 '개념이 사실들에 일치되어야 한다'는 흄의 인식론적 전제를 뒤집어, '사실들이 개념에 일치되어야 한다'는 원리를 착안하게 되었다. 즉 흄에게서는 사태가 객관적 실재적 토대이기에 우리가 사용하고 교환하는 개념들이 의미를 가지려면 사태들에 일치해야 한다는 것이다. 그러나 칸트는 반대로 우리의 주관적 범주들이 일차적 구성자이고 대상은 이러한

---

6) Ibid., p.52.

7) Ibid., p.52.

8) Ibid., 52.

9) 참조, Harris, 전게서, p.75.

형식이나 범주들의 구성결과 ˙기에 대상이나 사태가 개념에 일치되어야 한다는 것이다. 이렇게 하여, 흄의 인식론을 수정하려고 한 칸트의 작업은 결과적으로 자기도 모르게 당신의 형식논리학을 수정하는 방향으로 나아가게 되었다. 칸트의『순수이성비판』이라는 인식론서는 사실상 문자 그대로 선험논리학으로 가득 채워지게 되었다.

Ⅲ. 칸트의 선험적 논리학

잘 알고 있듯이, 칸트의 철학은 비판철학이라고 명명된다. 칸트의 이러한 비판철학은 "과학은 어떻게 가능한가?"라는 질문을 던지면서 시작한다. 이 질문은 다시 아래와 같이 세 가지 질문으로 구체화된다 : "수학은 어떻게 가능한가?", "순수 물리학은 어떻게 가능한가?", '형이상학은 어떻게 가능한가?'. 그리고 이들 세 가지 질문은 궁극적으로 "선천적 종합판단은 어떻게 가능한가?"라는 단 하나의 질문으로 환원되었다. 여기서 칸트는 분부들 사이의 내적 관계를 지배하는 전체성의 원리를 우리가 증명한다면, 선천적 종합판단의 가능성을 해명한 격이 되리라고 생각했다. 왜냐하면, 그러한 전체성의 조직원리가 일단 승인될 수만 있다면, 보편적이고 필연적인 판단은 그러한 전체성의 구조와 부분들 사이에 존립하는 원리에 의해 선천적으로 가능할 수밖에 없다는 것이 귀결될 것이기 때문이다. 이러한 조직화의 원리를 칸트는 범주들이라고 생각하면서, 따라서 범주들은 바로 오성의 순수 개념들이고 인식의 선천적 결정원리라고 생각했다. 이에 이러한 오성의 순수 범주들은 일체의 대상이나 사물의 경험에 불가피한 조건으로 간주했다. 여기서 대상 경험의 가능성의 궁극적 조건을 탐구하는 이 새로운 과학을 칸트는 선험적 논리학이라고 명명했다. 따라서 칸트가 말하는 선험적 논리학이란 그 용어의 경험주의적 의미에 있어서 경험의 가능성의 궁극적인 조건을 탐구하는 과학이다.10) 이처럼 칸트의 『순수이성비판』은 인식론이면서 동시에 선험적 논리학이다.

칸트의 선험적 논리학은 사변철학의 형태를 유지하며, 바로 이 때문에 논리학의 역사에서 통상 제외된다. 왜냐하면, 일반적으로 형식 논리학만이 논리학이라는 학문에 합법적으로 속한다고 대부분의 논리학자들에 의해 지지되기 때문이다. 그러나 칸트는 종합적 원리에 따르는 경험의 조직화에 고유한 내적 관계들의 논리를 제공하려는 이러한 선험적 논리학이야 말로 진정한 논리학이라고 주장한다. 왜냐하면, 이러한 선험논리학은 대상 인식의 불가피하고 궁극적인 조건들을 탐구하며 그 결과로 학적 인식의 가능성의 조건 그 자체를 탐구하는 것이기 때문이다. 선험적 논리학의 입장에 볼 때, 종래의 형식 논리학은 논리학의 한 부분일 뿐이다.

그러나 형식논리학자들은 다음과 같이 비판한다. 칸트가 말하는 대상 경험의 조건이라는 것은 한편에서는 대상의 일반적인 본성들에 관여하기도 하지만 다른 한편에서는 이러한 대상들의 본성에 영향을 미칠 수도 있다. 대상의 가능성의 조건을 탐구하는 이러한 연구는 따라서 논리학이라기보다는 인식론에 속한다. 인식론적 탐구는 근본적으로 심리학적 탐구에 속하는 것이고 따라서 엄밀한 객관주의를 요구하는 논리학 바깥에 존립한다. 왜냐하면 인식론은 그의 논의의 자료들의 대부분을

---

10) Kant, Logique, traduc., par L. Guillermit, J. Vrin, paris, p.14.

심리적 양상들과 깊이 관여되어 있는 경험적 내용들에서 취하기 때문이다. 왜냐하면 진리의 형식적 조건이 아니라, 실질적 조건은 대부분 심리학적인 것이기 때문이다. 달리 말하면, 논리학의 순수 형식적 연역은 사실의 실질적 정보에 어떠한 접근도 갖지 못하기 때문이다. 이런 차원을 극단적으로 강조하면, 사실의 인식은 오직 직접적인 지각을 통해서만 주어진다고 생각하계 된다. 그렇게 하여 논리학과 인식론을 완전히 분리시켜야 한다는 주장들이 출현했다.

그러나 논리학이 과학의 토대 문제나 진리의 기준 문제 등을 완전히 등한시 할 수는 없을 것이다. 후자들의 문제는 바로 인식론의 문제들이다. 이런 점에서 논리학과 인식론을 완전 분리시키는 것은 불가능할 것이다. 잘 알다시피 진리는 정신적 조작들의 결과로 주어지는 문장과 감각적 직관에 주어지는 감각 소여들 사이의 대응에 의존하는 것으로 간주된다. 이런 점에서 보면, 형식 논리학은 인식론의 한 지엽적인 영역일 뿐이다. 그러나 관찰과 개념적 해석은 불가분의 관계에 있다. 모든 인식론은 개념들 및 개념들에 대한 이론들을 불가피하게 포함하고 있다. 그러나 이러한 개념론들은 또한 논리학의 본질적 부분들이다. 바로 이런 차원에서 칸트는 개념 없는 지각도 지각없는 개념도 다 같이 공허하다고 했다. 이에 기존의 인식론과 형식논리학을 발전적으로 종합하는 새로운 유형의 논리학을 주장하게 되었는바, 이것이 바로 선험적 논리학이다. 그렇게 하여 칸트는 제 1비판의 범주들의 선험적 연역에서 바로 이러한 선험적 논리학의 토대를 세우려고 노력했다.

그렇다면, 선험적 논리학은 도대체 어떠한 내용들로 채워져야 하는가? 선험적 논리학을 한 마디로 정의하자면, 그것은 의식 주관에 의해 선험적으로 수행되는 필연적 종합의 관점에서 객관적 세계경험의 가능성을 해명하려는 시도이다.11) 여기서 말하는 수행이란 앞에서 '선험적 수행'이라고 언급한 것처럼, 일상적 현실에서 우리가 어떤 일을 수행할 때처럼 경험적으로 확인할 수 있는 그런 수행이 아니다. 우리가 모종의 인식활동을 수행할 때, 우리는 일련의 대상을 먼저 확보해야 한다. 이러한 대상을 우리는 어떻게 하여 가지게 되는가? 우리가 인식하는 대상을 대상으로 가지기 위해서는 우선 그러한 원초적 대상을 먼저 가져야 할 것이다. 경험론자들이 주장하듯이, 이러한 대상을 경험을 통해서 수동적으로 단순히 수용한다고 주장할 수도 있을 것이고, 선천주의자들이 주장하듯이 우리의 정신이 처음부터 가지고 태어난다고 할 수도 있을 것이다. 이에 대해 칸트는 선천적 관념과 후천적 경험적 관념을 동시에 주장한다. 즉 그에 따르면, 일부의 개념은 경험을 통해서 획득하며 다른 일부의 개념은 선천적으로 가지고 태어난다는 것이다. 그러나 경험적 개념도 경험론자들이 주장하듯이 외적으로 실재하는 대상을 그대로 모사하는 데서 성립하는 것이 아니라, 모종의 물자체의 자극을 토대로 오성의 순수 개념들에 의해 구성된다는 것이다. 이에 이러한 오성의 순수 개념들은 바로 대상을 대상으로 구성하는 원리 개념이며 선천적 개념이다. 이러한 선천적 원리 개념들을 칸트는 범주들이라고 말한다. 물자체의 자극들을 토대로 범주들을 적용하여 우리의 감각적 지각내용을 우리에게 제공하는 것, 즉 최초의 대상성을 우리에게 제공하는 것, 이것은 우리가 경험적으로 확인할 수 있는 사항이 아니다. 그러나 여기서 우리의 어떠한 정신적 작용도 없었다고 할 수는 없을 것이다. 이런 맥락에서 이러한 정신적 작용을 선험적 수행이라고 한다. 이러한 선험적 수행을

---

11) 참조, 칸트, 『순수이성 비판』, 최재희 역, 99-100쪽.

칸트는 대상 통각의 선천적 조건이라고 한다.

따라서 칸트의 선험적 논리학은 다음과 같은 몇 가지 사항을 강조하고 정당화하는데 총 매진한다. 우선 첫째로, 지각과 개념의 분리불가능성이다. 우리가 가지는 아무리 단순한 지각이라도 거기에는 이미 일종의 개념들에 의한 통일이 있다는 것이다.[12] 그리고 우리가 가지는 아무리 추상적 개념이라도 거기에는 일종의 지각적 내용이 대응한다는 것이다. 만일에 어떠한 개념도 가지지 않는 순수 지각이나 어떠한 지각적 대응자도 가지지 않는 순수 개념이 있다면, 이는 더 이상 우리들 서로 간에 의미 있는 의사소통의 가능성을 보장할 수가 없다. 이러한 사태를 두고 칸트는 "개념 없는 직관도 직관 없는 개념도 다 같이 공허하다"고 주장한다. 이를 학적 차원어서 학적 탐구의 가능성에 관련하여 말하면, 관찰 없는 이론도, 이론 없는 관찰도 불가능하다는 것이다. 즉 관찰과 이론은 분리불가능하다. 둘째로, 일체의 인식에 있어서 종합의 불가피성이다. 즉 우리가 아무리 단순한 인식을 할지라도 거기에는 다양한 계기들이 관여하며, 따라서 이를 하나의 통일 원리에 따라 통일해야 한다는 것이다.[13] 셋째로, 이러한 통일은 오직 의식 주체에 의해, 즉 우리 자신에 의해 선험적으로 수행되지 않으면 안 된다는 것이다.[14] 그리고 바로 그렇기 때문에 이러한 종합적 통일은 객관적인 것이 된다는 것이다. 왜냐하면, 이러한 종합의 메카니즘은 인간이라는 종에 공통적이고 동일해야 하기 때문이다. 그러나 물론 이점에 있어 칸트가 인간 유기체가 동일한 인식 원리를 가지고 있다는 것을 경험적으로 관찰한 것은 아

---

12) 참조 전게서, 150–151쪽.
13) 참조 전게서, 147–151쪽.
14) 참조 전게서, 148쪽.

니다. 반대로 칸트는 우리에게 수학적 인식들이나 물리학적 인식들처럼 객관적이고 보편적인 인식들이 있다는 것을 기정사실로 인정하면서, 이러한 보편적 인식의 가능성을 설명하기 위해서 모든 인간에게 공통적인 인식의 원리가 있어야 한다고 상정하고 요청하는 입장이다. 넷째로, 주관은 경험들을 이처럼 하나의 통일체 전체로 통일시킬 때, 거기에 무한한 쾌감을 가진다. 우리는 누구나 자기가 원하는 방식대로 일체를 통일시킬 때, 거기서 무한한 쾌의 감정을 가지지만, 그렇지 못할 때는 불쾌의 감정을 가진다.[15] 다섯째로, 따라서 경험의 흐름 속에 내던져 있는 주관은 그에게 제시되는 일체의 잡다들을 주관 자신이 가지고 있는 어떤 조직화의 원리에 따라 필연적으로 조직화하고 구조화해야 한다. 이러한 것들이 바로 칸트가 객관적 과학의 가능성의 조건으로, 즉 객관적 세계의 인식의 가능성의 조건으로 논증하고자 한 내용들이고 곧 선험적 논리학의 내용들이다.

　그러나 칸트는 세계에 대한 우리의 인식을 오직 현상적 지식에 한정한다. 즉 우리는 오직 경험적으로 지각할 수 있는 현상계에 대해서만 객관적인 인식을 가질 수 있지, 이러한 경험적 지식과 물자체와의 관계나 물자체에 대해서는 어떠한 인식도 가질 수 없다. 따라서 우리들의 일체의 인식은 단순한 착각이나 환상에 비교하면 객관적이라고 할 수 있지만, 이러한 인식은 어디까지나 우리의 정신과의 관계에서만 드러나는 현상적 지식, 즉 주관적 지식이다. 달리 말하면, 이러한 현상의 배후에 있을 것이라고 추정되는 물자체는 우리에게 완전히 미지이다. 그럼에도 불구하고 우리는 이러한 미지의 물자체를 이해하려는 시도를 끊임

---

15) 이는 칸트의 『판단력 비판』의 주요 논제 중의 하나이다.

없이 수행한다. 그리고 이때, 오직 현상적 세계에만 타당하게 적용되는 오성의 범주들을 이러한 물자체의 세계에 적용하기도 한다. 그 결과 우리는 초월적 관념들(이념들)을 발생시킨다. 그런데, 이번에는 이러한 초월적 관념들이 우리들 인간사의 행동들과 심지어는 지식의 탐구를 규제한다. 경험적 진리의 기준 그 자체도 다른 어떤 것들보다도 바로 이러한 초월적 이념들에 근거하여 조정된다.

칸트가 말하는 진리의 기준은 정합성이다.[16] 달리 말하면, 어떤 명제의 진리성은 우리가 경험하는 세계의 체계적 전체성 내에서의 일치성이다. 그런데 사실은 우리가 경험하는 세계는 오직 합리적인 것 외에 다른 어떤 것도 있을 수 없다. 왜냐하면, 우리가 경험하는 세계는 이미 우리의 오성이 가지고 있는 선험적 범주들에 의한 선험적 종합의 결과로 주어진 것들이기 때문이다. 따라서 일체의 다양한 학적 탐구들은 궁극적으로 하나의 체계로 통합되어야 한다. 이것이 칸트가 바라는 인식의 이상이며 따라서 인식의 규제적 원리이다. 이러한 정합성 또는 일치성의 기준은 또한 지각된 문제의 대상이 실제적인 것인지 상상적인 것인지를 결정하게 하는 유일한 기준이다. 간단히 말하면, 정합성으로서의 진리 개념은 칸트의 선험적 논리학의 본질이다. 우리가 인식의 확장을 위해서 끊임없이 정진할 수 있는 것도 궁극적으로 일체의 인식들은 하나로 통일될 수 있고 또한 통일되어야 한다는 것을 함축하는 정합성의 기준 때문이다.

이러한 정합성의 논리학은 결국 전체성의 논리학이다. 따라서 칸트의 선험적 논리학은 내적 관계들에 대한 체계적 논의를 수락해야 하고 그

---

16) 참조 칸트, 『순수이성비판』, A 237, B 296 ; A 651, B 679.

자신 제공해야 한다. 정합적인 것, 그것은 결국 전체성 외에 다른 것이 아니다. 그런데 전체란 부분들의 상호적 조정 및 의존에 의한 체계이다. 우리가 전체를 이해한다는 것은 결국 그러한 전체를 구성하는 부분들 상호간의 의존 관계를 이해한다는 것이다. 분분들 사이의 이러한 상호 관계의 이해는 다시 부분들 각자를 이해하는 것이고 결국은 그러한 부분들의 내적 본성을 이해한다는 것이다. 따라서 칸트의 선험적 논리학은 결국 내적 관계의 논리학이다. 이러한 내적 관계의 논리학을 진행시키기 위해 칸트는 선험적 개념과 경험적 개념을 구분한다. 극단적 합리주의자들이 우리들의 일체의 관념의 기원을 선천적 본유 관념에서 찾고, 극단적 경험주의자들이 그것을 감각 지각과 상상력의 협력에 의한 후천적 추상적 구성에서 찾는다면, 칸트는 양자를 적절히 종합하여, 경험론자들의 경험개념을 인정하되 그러한 경험을 구성하게 하는 오성의 순수 원리들은 선험적 개념들이어야 한다는 것이다. 이러한 선험적 개념은 종합의 원리이고 경험의 조직화의 원리이다. 이를 칸트는 오성의 범주들이라고 한다. 따라서 선험적 개념들인 이러한 오성의 범주들이 선천적 종합 인식을 가능하게 한다는 것이다. 이러한 칸트의 주장은 그 나름대로 정당성을 가질 수 있는데, 그 이유는 이러하다. 예로 어떤 체계를 가능하게 한 조직화의 원리를 우리가 이해한다면, 그 체계를 구성하는 요소들 상호간에 성립하는 관계의 일반적 특성들을 추리하는 것이 가능할 것이고 따라서 전체성의 그 체계 내에서 한 요소의 내적 본성에서 다른 요소의 내적 본성의 이해에로 이행이 가능할 것이다. 체계 내에서의 일치성과 정합성을 유지하면서 어떤 특정 문제의 해명과 이해를 우리에게 제공하는 추리들이 다름 아닌 선천적 종합 판단이다. 따라서 예를 들면, 산술의 10진법 덧셈 체계에서 그러한 덧셈 조작을 가능하게 한 군의 구조를 해명할 수 있듯이, 따라서 여타의 구체적인 일체의 덧셈조작들은 선천적 종합판단이며, 그러한 덧셈조작들에서 발견하는 의미 있는 일체의 속성들이나 명제들을 도출하는 추리들은 다 선천적 종합판단이다.

Ⅳ. 피히테의 선험적 논리학

피히테는 칸트에 헌신한 칸트주의자이다. 특히 그는 칸트의 비판 철학을 그대로 전수하는 데 헌신했다. 그러나 물자체 문제에 대해서는 칸트와 대립적인 견해를 보였다. 칸트는 물자체가 인식론적 차원에서는 그 존재를 증명할 수 없는 한 가상이고 요청 개념이지만, 실천적 차원에서는 그 존재를 의심할 수 없다고 주장한 바 있다. 이 때 칸트가 말한 물자체란 우리의 인식 주체에 대립적인 외적 존재를 의미했다. 그리고 이러한 물자체가 우리들의 감각적 인식을 가능하게 하는 원인으로 간주되었다. 그러나 피히테는 칸트가 말하는 외적 존재로서의 이러한 물자체도 감각적 인식을 가능케 하는 원인으로 간주된 그 물자체도 선험적 자아의 자발적인 활동성의 산물로 해석한다. 달리 말하면, 칸트가 말하는 오성의 범주들이나 이성의 초월적 관념들(이념들)이 다 선험적 자아의 자발적 활동성의 결과이듯이, 칸트가 말하는 물자체도 다 이러한 선험적 자아의 자발적인 활동성의 결과라는 것이다. 즉 피히테는 우리가 경험적 발생들을 설명하기 위해서 의식적 차원을 넘어서 있는 어떤 근원이나 토대를 상상하거나 요청하는 것은 결도 정당화될 수 없다는 것이다. 선험철학이 그 자신의 입장에 일관성 있게 머물기 위해서는 모든 지평, 모든 종류의 인식들을 다 근원적 주체의 자기의식에 귀속시켜야 한다는 것이다.

사실 자아 관념, 자기 관념 그 자체 자기 객관화를 포함한다. 우리가 '나는…'이라고 말할 때 의식된 그 '나'는 주체이면서 동시에 객체인 그러한 자기의식이다. 우리는 여기서 의식 주체로서의 자기(Moi)와 대상으로서의 자기(soi)를 구분하여 말할 수는 있지만, 여기서 우리가 만나는 그 역설적 대립적 상황은 우리의 언어적 설명으로 완벽하게 해소하기는 너무나 복잡할 것이다. 피히테의 선험논리학이 노리는 일차적 목표는 바로 이러한 역설적 상황을 설명해 내는 것이다. 내가 나를 인식할 때, 우리가 만나는 최초의 상황은 바로 이러한 대립성이다. 즉 주체적 자기와 객체적 자기의 대립이다. 그러나 이러한 종류의 대립은 오직 자아 인식에만 한정되는 것은 아니다. 내가 세계를 표상하거나 인식할 때에도 동일한 종류의 대립이 문제시된다고 피히테는 말한다. 즉 내가 세계를 이해할 때, 주체로서의 나는 객체로서의 세계에 대면한다. 이러한 대립은 사실 양자의 상호적 한계를 함축할 것이다. 그러나 이러한 대립은 주체 그자신의 자발적 활동성에 의해 정립되었다는 것이 피히테의 소신이다. 따라서 우리가 최소한의 진보라도 성취하려면, 출발부터 주어지는 이러한 대립모순을 제거하지 않으면 안 된다는 것이다.[17]

여기서 피히테적 선험 논리학의 토대가 출현한다. 그것은 자아 외부에 자아로부터 독립적으로 존재하는 것은 그 어떤 것도 있을 수 없다는 것이다. 왜냐하면, 일체의 정립활동은 오직 자아 자체에 의해서만 성취될 수 있기 때문이다. 따라서 자아는 일체를 포함하며, 무한계적이며 무한하다. 그렇다면, 도대체 어떻게 하여 이러한 무한한 자아가 자기

---

17) 참조, Fichte, Grundlage der Gesamten Wissenschaftlehre, Erste Teil, 3 D 4.

자신을 제한하여 한갓 대상으로 한정될 수 있었는가? 이점에 대한 피히테의 대답은 이러하다. 감각적 대상이 대상으로서 의식 주체에 의식되기 위해서는 무의식적 대립자로 의식 주체에 정립되는 한에서만 가능하다. 마찬가지로 자아가 주체적 자기를 의식하기 위해서는 자기 자신을 대상으로 전락시켜 일종의 무의식적 대상으로 대립시키는 과정을 피할 수 없다는 것이다. 즉 아무리 우주의 중심자가 자기라 하더라도 자기가 자기를 의식하기 위해서는 이러한 대상화가 불가피하다는 것이다. 그러나 이러한 의식적 주체 외에 다른 어떤 것도 존재할 수 없기 때문에, 일체의 감성적 대상도 이러한 무한한 자기의 자발적인 활동성의 산물이다. 그러나 이러한 대상성의 성립 과정은 주체 그 자체의 심오한 신비에 속하는 것으로 우리의 일체의 언어적 설명을 넘어서는 충격이다. 이러한 분명한 딜레마에서 피히테가 주는 대안은 대립자들 사이의 종합을 요청하고 발견하는 것이다. 일체의 대립자들은 종합을 함축한다. 달리 말하면, 일체의 종합은 자기 자신 속에 대립자들을 포함한다.[18] 즉 우리의 인식에는 이미 어떤 종류의 인식주관과 인식 대상이 대립되어 종합되어 있다는 것을 증명할 수 있다. 그렇다면, 이러한 종합 그 자체는 그 하부에 있는 대립들보다 상위에 속하는 것이다. 이런 맥락에서 보면, 일체의 체계들은 하위에 대립자들을 가지며 동시에 상위의 체계에 대해서는 그 자신이 대립적 계기일 뿐이다. 이것은 사실 칸트의 범주들의 삼분법에 고유한 변증법적 추론과정에 일치한다. 이로써 우리는 헤겔의 변증법의 선형 모델이 칸트와 피히테의 선험적 논리학에서 이미 싹텄다는 것을 알 수 있을 것이다.

---

18) Ibid., D. 7.

선험적 논리학의 관점에서 부연하면, 대상 A가 A로 존재하려면, 'A'와 동시에 '-A'를 사유해야 한다. 마찬가지로 자아가 자아로 사유되고 존재하려면, 비아와 대립에 의해서만 가능하다. 대상'A'와 '-A'의 대립을 동시에 사유하기 위해서는 양자를 포괄하는 보다 상위의 종합적 사유가 요구되듯이, 자아와 비아의 대립을 사유하는 그 자아는 이미 보다 상위의 체계로서의 자아이다. 이렇게 하여, 최고의 절대적 자아를 생각할 수 있겠는데, 그러나 이는 단순한 언어상의 개념이 아니라, 유한과 무한의 무한한 매개 과정을 거쳐서 도달할 수 있는 어떤 극점이다. 이러한 극점을 선험적 자아라고 한다. 따라서 이러한 자아는 헤겔의 변증법적 논리에서 탄생된 절대정신의 다른 표현일 것이다. 이처럼 피히테의 선험적 논리는 칸트적 선험 논리와 헤겔의 변증법적 논리 사이에서 매개적 역할을 한다고 하겠다.

V. 후설의 선험적 논리학

피히테 철학이 등장한 이후 1세기가 지나서 후설의 철학이 등장했다. 후설의 철학은 많은 점에서 칸트의 선험철학에 크게 의존한다. 실로 후설은 20세기의 선험적 논리학의 지지자라고 할 수 있다. 그러나 그는 칸트적 주관주의나 피히테적인 유아론을 더 이상 찬양하지 않는다. 그리고 피히테와 그의 계승자들의 철학에 고유한 변증법적 사고도 더 이상 후설의 철학에서는 자리를 잡을 수 없었다. 후설은 헤겔의 개념들과 방법들을 노골적으로 비판하면서 그 자신 이러한 방향의 사고를 일체 개진하지 않았다. 그의 최대의 관심은 '객관적 존재'를 드러내는 것이었다. 이러한 작업의 핵심이 바로 그의 선험적 논리학이었다.

후설의 선험적 논리학은 당연히 형식 논리학에 대한 비판을 함축한다. 후설이 형식논리학에 대해서 제공하는 비판은 칸트의 비판과 유사하다. 그러나 후설 그 자신 형식 논리학의 근본 구조와 내용은 아리스토텔레스 이후 지금까지 어떠한 진정한 비판도 이의도 받지 않고 지속되어 왔고 앞으로도 지속될 것이라는 것을 분명히 주장한다. 그러나 형식논리학은 진정한 논리학의 한 부분일 뿐이라고 말한다. 『형식논리학과 선험적 논리학』 속에서 후설은 형식논리학의 일반적인 특성들을 제공한다. 후설에 따르면, 형식논리학은 과학의 과학이다. 즉 형식논리학은 사유와 인식에 있어서 엄밀하고 체계적인 질서의 원리를 찾아서 세우는 과학이다. 때문에 형식논리학은 과학의 과학성의 기준을 마련하는 학문이라는 것이다. 후설은 우선 논리학을 객관적 논리학과 주관적 논리학으로 구분한다. 주관적 논리학을 후설은 현상학적 논리학 또는 선험적 논리학이라고 부른다. 그리고 객관적 논리학을 다시 "형식적 변증학"(apophantique formelle)과 "형식적 존재론"(ontologie formelle)으로 양분한다. 형식적 변증학은 다시 "판단논리학", "추리논리학" 그리고 "진리논리학"으로 삼분된다. 그에 따르면, "진리논리학"이 "형식적 존재론"에 대응하거나 이를 총망라한다.[19]

후설은 『논리연구』 속에서 논리학에 있어서 심리주의의 문제점과 한계를 정확하게 그리고 풍부하게 지적한다. 그에 따르면, 심리주의자들은 일체의 사유현상에 동반되는 심리적 과정들로부터 본질적으로 논리적인 개념들 및 타당성의 원리를 구분하지 못하고 혼돈하고 있다

---

19) 참조, Husserl, *Logique formelle et Logique transcendantale*, introduction.

는 것이다. 후자들은 주관적인 심적 과정이 아니라, 사유의 내용들이
고 따라서 객관적이다. 이러한 개념들과 추리규칙들은 주관적인 심적
과정들로부터 독립적이다. 우리는 심적 과정들을 통해서 판단과 추리
를 하는 것이 사실이다. 그러나 개념들과 추리규칙들은 이상적인 것들
이지 사실적인 것이 아니다. 결국 심리주의자들의 혼돈은 사실적이고
실질적인 차원과 이상적이고 가치적인 차원의 혼돈이다. 이러한 혼동
은 Erdmann, Sigwart, Mill, Spencer 등과 같은 현대초기의 논리학자
들 대부분에게 공통된 실수였다. 후설의 결론은 일체의 심리학으로부
터 독립적이며 선행하는 순수한 논리학이 있다는 것이다. 형식논리학
이 일체의 개별과학들에 선행한다면, 선험논리학은 이러한 형식논리
학보다도 선행하는 논리학의 논리학이다. 후설의 논리학이 밀 계통의
심리주의와 경험주의를 비판하지만, 현대논리학 전체와 특히 프레게
의 논리학적 체계들에 대해서도 노골적인 비판을 가하는 것은 아니다.
왜냐하면, 그는 사실 현대논리학적 발전들 전체에 대해서는 손대지 않
고 그대로 두고 있으며, 그가 원하는 것은 단지 형식논리학에 미흡한
면들을 보완한다는 것만을 강조하기 때문이다. 후설이 형식논리학을
비판한다면, 형식논리학적 전제들이 추상적이고 개별적인 자료들에
한정된다는 사실보다는 형식논리학은 그가 활용하는 근본적 관념들과
조작들의 선험적 조건들을 취급하지 않는다는 사실이다. 우리는 형식
논리학이 놓치고 있는 따라서 아직도 여전히 숨어 있는 논리학의 다양
한 전제들을 찾아야 한다는 것이다. 이러한 임무를 수행하는 것이 바
로 선험논리학이라는 것이다. 선험논리학을 후설은 달리 형상과학이
라고 명명하기도 한다.

　후설에 따르면, 형식논리학은 나이브하다. 후설이 사용하는 용어로

말하자면 실증적이다. 개별과학들이 실증적이듯이 형식논리학도 실증적이라는 것이다. 자연과학들은 외적 물리적 세계가 객관적으로 존재한다고 생각하고 이러한 세계를 자기의 과학의 대상으로 고려한다. 즉 자연과학들은 외적으로 독립적으로 존재하는 객관적 세계에서 객관적 정보를 그대로 수용할 수 있다는 것이다. 이러한 태도를 후설은 자연적 태도라고 한다. 형식논리학도 후설에 따르면 바로 이러한 자연적 태도의 연장에 있다. 자연적 실증적 태도를 수용하는 자연과학어서 문제시되는 판단과 추리들의 원리 등을 반성하면서 진리와 타당성의 기준을 마련하는 것이 형식논리학이다. 그런데 형식논리학자들이 관단원리와 추리의 규칙들을 마련할 때, 아무런 전제 없이 수행하는 것은 아니다. 형식논리학자 자신들은 자신의 그러한 전제들에 대해서 아무런 반성도 하지 않지만, 논리철학자의 지위를 갖는 선험적 논리학자는 반드시 이러한 전제들에 대해서 반성해야 한다는 것이다.

　자연과학이나 형식논리학도 비판적일 수 있는 것은 사실이다. 그러나 후설은 비판에 두 가지 단계가 있다는 것을 강조한다. 우선 첫째로 자연과학의 전형적인 판단들과 고유한 추리들에 대한 비판적 반성이 있다. 이것이 바로 형식논리학적 반성들이다. 그러나 이러한 일반적 판단과 추리들의 선천적 조건 및 경험들의 유형에 대한 비판은 또 다른 종류의 비판이다. 이러한 두 번째 종류의 비판은 자연적 태도들뿐만 아니라, 이러한 자연적 태도에서 성립한 보다 고차적인 과학들에 함축되어 있는 전제들을 비판적으로 검토한다. 이것이 바로 선험적 논리학의 과제이다. 이에 후설이 제시하는 선험 논리학의 과제들은 아래와 같다.

　1) 논리적 개념들, 판단들, 추리들 및 이들의 논리적 관계들은 심리적

과정들로부터 아무리 독립적이라 하더라도 완전히 독립적일 수는 없다. 왜냐하면, 일체의 개념들 및 판단들은 심적 과정 없이는 발생할 수 없기 때문이다. 그런데 이러한 논리적 사고는 다양한 맥락, 다양한 형식들 하에서 다양한 의미로 드러나는 것이 아니라, 그 맥락과 형식의 차이에도 불구하고 항상 동일한 의미를 가진다. 다시 말하면, 다양한 맥락, 다양한 형식들의 차이와 상관없이 항상 일정하고 동일한 개념, 동일한 판단, 동일한 추리가 있음을 우리는 자주 본다. 즉 우리는 독어, 불어, 한국어 등에서 그 언어의 형식이 다르고 그러한 언어적 표현을 야기한 상황이 서로 다를지라도, 우리가 한 언어를 다른 언어로 번역하거나, 추리하는 것이 가능한 것은 바로 동일한 개념, 동일한 판단, 동일한 추리가 문제시된다는 것을 보여주는 것이라 할 것이다. 형식 논리학자들은 바로 이러한 동일한 개념, 동일한 판단, 동일한 추리들을 발견하고 정리하여 그 형식과 구조를 체계화하는 것이라고 주장한다. 그러나 후설이 여기서 문제 삼는 것은 바로 이러한 동일한 개념, 동일한 판단, 동일한 추리들의 가능성의 조건, 즉 논리적 실체들의 구성의 선천적 조건들이다. 즉 오늘날 명제 계산 논리학자들이 논리학의 연역체계를 구성하려고 노력한다면, 여기서 중요한 것은 이러한 연역체계의 공리들의 토대가 무엇인지를 물어야 한다. 이보다 더 중요한 것은 논리적 대상의 동일성, 즉 대상 항구성이나 개념이 어떻게 구성되는가를 물어야 한다. 즉 대상 동일성이 어떻게 구성되며, 왜 우리는 다른 방식이 아니라 하필이면 그러한 방식으로 대상 동일성을 구성해야만 했던가에 대해서 물어야 한다. 간단히 말하면, 개념, 판단, 추리 등의 사실적 실질적 과정이 있을 때, 이러한 개념, 판단, 추리 등의 가능성의 선천적 조건을 묻는 것은 바로 인식론이나 의미론의 문제이겠는데, 후설은 이러한 작업을

선험논리학이라고 말한다.[20]

2) 어떤 판단이 처음에 명증성을 가진 것으로 고려되면, 이 판단이 추론상의 다른 맥락에서도 동일한 명증성을 가진다고 형식논리학자들은 생각한다. 즉 어떤 항진 명제는 일체의 다른 맥락에서도 항상 동일한 명증성을 가진다고 생각한다. 추론을 진행하면서 등장하는 다양한 발화 형식들은 원래의 명제의 가치를 전혀 변형시킬 수 없다고 생각한다. 그러나 후설은 추론은 언제나 새로운 의미화가 문제시된다고 주장하려고 한다. 말하자면, 판단에서 추론으로 나아갈 때, 애초의 판단은 보다 확장되고 발달된다. 이는 마치 개념에서 판단으로 나아갈 때, 사고의 새로운 확장과 발전이 문제시되는 것과 같다. 이는 Bradley와 Bernard Bosanquet의 입장인데, 이 입장의 근원은 사실 헤겔이다. 이는 오늘날 의미론적 차원에서 말하면, 단어 지평의 의미와 문장 지평의 의미와 텍스트 지평의 의미 사이에는 위계가 있다는 것을 지시한다.[21] 이에 선험 논리학은 이러한 의미화의 확장의 메카니즘을 해명하려고 한다.

3) 논리학, 특히 수리 논리학에서는 소위 수학적 반복의 형식이 인식론적으로 중요한 한 문제를 구성한다. 논리학에는 $A \cup A = A$이다. 그러나 수학에서는 $A+A = 2A$이다. 이러한 차이는 어디서 유래하는가? 그리고 논리학이든 수학이든 그 추론의 형식은 진보적이다. 즉 $A \geq B$이고, $B \geq C$이면, 그러면 $A \geq C$이다. $1+1 = 2$, $2+1 = 3$, $3+1=4 \cdots$ 여기서 우리는 일종의 공식을 알게 된다. 이러한 공식은 일종의 연속적인 계열성의 원

20) 참조, Husserl, Logique formelle et Logique transcendantale, paragr. 73.
21) 참조, Ibid., paragr. 88.

리에 의존한다. 이러한 공식의 토대와 정당화를 어디서 찾을 수 있을까? 무한성의 개념에는 공간의 무한성, 시간의 무한성 그리고 수의 무한성이 있다. 그러나 전자 둘은 결국 수의 무한성에 의존한다. 수의 무한성이란 수적 계열의 무한성에 의존한다. 즉 수는 아무리 큰 수라도 여기에 〈+1〉하면 보다 더 큰 수가 출현한다. 이를 통상 〈N+1〉의 원리라고 한다. 우리 인간은 어떻게 하여 이러한 수적 계열성의 원리를 획득할 수 있게 되었을까? 이러한 문제가 또한 후설의 선험논리학의 과제이다. 그러나 이러한 문제는 후설 자신도 분명히 해결하지 못한 체 남겨 둔 문제이다. 이러한 문제는 아마도 오늘날 쟝 피아제의 발생학적 인식론에서 가장 잘 해명할 것이다.[22]

4) 논리적 추론의 중요한 한 계기는 모순의 법칙이다. 우리의 추론적 사고는 〈서로 모순되는 상반자들은 서로 배척한다〉라는 원리에 근거하여 진행한다. 그렇다면, 모순 또는 모순율은 어떻게 구성되었으며 그 속에 함축되어 있는 필연성은 어떤 종류의 필연성인가? 이들 외에도 무모순성의 원리, 배중률, modus ponens의 규칙, modus tollens의 규칙 등의 가능성의 토대에 대해서 후설은 탐구한다.[23]

이러한 탐구 과정 속에서 후설이 노리는 것은 이러한 객관적 법칙들 하부에 주관적 명증성이 있다는 것이고 이러한 주관적 명증성을 해명하는 것이다. 그에 따르면 어쨌든 형식논리학은 우리의 사고 과정 속에서 발견되는 의미화와 관련된 객관적 양상들을 정리하는 작업이다. 그런

---

22) 참조, Ibid., paragr. 74.
23) 참조, Ibid., paragr. 76-80.

데, 후설은 형식 논리학의 이러한 객관적 양상에는 반드시 주관적 양상이 또한 있다고 말한다. 그러나 여기서의 주관적 양상은 소위 심리적 양상을 의미하지는 않는다. 심리학적 양상들은 주관적이지만 명증적이지 않지만, 후설이 여기서 말하는 주관적 양상은 주관적이지만 명증적인 양상이고 이러한 주관적 명증성이 바로 형식논리학의 객관적 양상을 기초 지운다고 말한다. 즉 심리적 과정으로서의 주관성 말고 형식 논리학적 객관성의 토대로서 주관적인 양상이 있다는 것이다. 이를 포착하는 것이 후설의 선험논리학의 사명이다. 따라서 주관적으로 명증적인 것은 무엇이며, 이러한 주관적 명증성은 어떻게 구성되는가? 이것이 선험논리학의 과제이다. 그러나 후설의 명증성 개념은 대단히 애매하고 모호해서 그 구체적 의미를 개괄하기가 무척 어렵다.

　다른 한편으로 후설의 선험논리학 속에서 우리는 진리의 객관성, 경험의 객관성 그리고 실질적 세계의 객관성 문제를 만난다. 그리고 또한 진리의 절대성과 존재의 절대성을 만난다. 이러한 모든 문제를 후설은 상호주관성 개념으로 해결한다. 그리고 다시 이러한 상호주관성 문제는 〈일반적 상황 지평〉이라는 개념으로 환원한다. 즉 후설에 따르면, 우리가 우리의 일상적인 대화나 사유 속에서 객관적인 의미교환에 도달할 수 있는 것은 우리의 경험에서 무언으로 등록된 〈일반적 상황 지평〉 때문이라는 것이다. 그러나 이러한 〈일반적 상황 지평〉은 이미 주객의 통일 상황이라서 이를 객관의 것으로 또는 주관의 것으로 분류하는 것은 무의미하다. 이러한 지평을 다시 분석한다면, 지향성이라는 개념으로 다시 환원된다. 그러나 여기서 지향하는 자와 지향된 것이라는 분류는 다시 전통적인 이원법을 염두에 두는 것이다. 이러한 일체의 선입견을 중단해야 한다고 후설은 말한다. 이것이 소위 판단중지, 환원이다. 그러나 후설의 환원 개념도 애매모호하기는 마찬가지다.

VI. 결론

결국 선험논리학이 해야 할 과제는 절대 의식에 원초적으로 주어진 바의 것의 의미 내지는 의미화의 구성을 조사하고 연구해야 한다. 이점에 있어서, 후설은 칸트와 마찬가지로 의미는 전적으로 나의 것에 속한다는 입장을 견지한다. 왜냐하면, 의식이든 절대 의식이든 일체의 의식은 나의 의식이기 때문이다. "의식의 생이 멈추거나 멈출 수 있는 사유 가능 능력은 없다"[24]고 후설은 말한다. 우리가 발견한다고 믿고 있는 일체의 초월들(경험들, 의미들)은 초월적 의식의 주체성 내부에서 지향되고 구성된 것들 외에 다른 것이 아니다. 주체성 그것은 바로 자아 그 자체이며, 나의 의식이다. 나의 의식이야말로 유일하게 나의 것이다. 그리고 내가 접근할 수 있는 것은 바로 이러한 나의 의식이다. 대상 없는 의식이 없듯이, 의식 없는 대상은 없다.[25] 따라서 내가 의식하는 모든 것은 경험의 주체로서의 선험적 자아의 지향적 구성에 의해 구성된 것이다. 주체로부터 독립되고 낯선 어떤 근원을 갖는 경험이란 있을 수 없다. 의식 그것은, 로크가 말하듯이, 어두운 방안에 이미 들어 있는 물체들을 비추어 그 물체들이 드러나게 하는 그러한 빛이 아니다. 방과 그 안의 모든 물체들을 이미 선험적으로 구성하는 구성자이다. 내가 경험하는 일체의 것들, 따라서, 내 자신의 심적 자아, 나의 물리적 유기체,

---

24) 참조, Ibid. paragr. 94.

25) 참조, Ibid. paragr. 94 et 97.

외적 세계, 다른 주체들(타인들), 존재, 환상, 진리, 거짓, 이러한 모든 것들이 이미 다 선험적 자아의 활동성에 의해 선험적으로 구성된 것이다. 데카르트가 말하는 〈나는 존재한다〉라는 것도 사실은 그것을 발화하는 주체, 즉 자아의 지향적 의미이다. 이 명제는 이미 정확한 의미를 가지고 있는데, 이러한 의미는 초월적 자아의 의미이다. 나의 세계의 원초적 토대 그것은 정확한 의미 외에 다른 것이 아니다.[26] 그리고 이러한 정확한 의미는 바로 선험적 의미이다.

결국 선험 논리학은 대상의 구성 원리를 탐구하는 과학이라고 하겠다. 이런 점에서 선험 논리학은 인식론, 혹은 비판적 인식론이다. 형식 논리학이 이미 주어진 대상들 상호 간의 외적 관계성에 대한 법칙을 탐구하는 과학이라면, 선험논리학은 그러한 형식 논리학의 재료인 대상 자체의 구성 원리를 탐구하는 과학이다. 그러나 사실 대상이 원초적으로 우리에게 어떻게 주어졌는가 또는 어떻게 가능했는가를 따지는 학문은 자칫 형이상학적 상상력에 의존할 수가 있다. 이에 칸트의 범주들, 피히테의 선험적 자아, 후설의 판단 중지나 명증성 등의 개념은 그 자체 객관적으로 검정될 수 있는 사태가 아니라, 고도의 언어적 상징에 의한 이해에 의존하는 개념들이다. 이점이 선험적 논리학의 심오함이면서 동시에 그 한계성이라고 하겠다. 그러나 전체적 명증성을 획득하려는 인간의 욕망은 이런 방향의 연구를 결코 중단시키지 않을 것이다.

---

26) 참조, Ibid. paragr. 95.

도시, 트라우마, 숭고
-공간의 문화사 연구를 위한 방법론의 모색-

전진성

I. 서론-공간의 문화사 연구가 왜 필요한가?

공간은 우리 시대의 화두다. 공간에 대한 전반적인 관심은 이른바 세계화의 물결 속에서 우리의 생활터전이 급격히 와해되고 있는 현실적 체험과 직결되지만 보다 근본적으로는 시간이 공간을 침투하는데서 비롯된다. 공간이란 본래 가장 안정되고 고정된 것으로 여겨져 왔다. 예컨대, 도시라는 삶의 거처와 그 안에 무수히 존재하는 건축물, 혹은 공원이나 기념물들은 인간 삶의 안정성을 보장하는 토대로 여겨져 왔다. 프랑스 과학철학자 가스통 바슐라르(Gaston Bachelard)는 『공간의 시학』(1957)에서 공간이란 "지속성의 화석"이라고 규정한 바 있다.[1] 그러나 이제 모든 것은 변형가능하고 일시적인 것으로, 시간의 부침에 종속된 것으로 여겨진다. 이러한 점에서 혹자는 현대 도시를 끊임없이 지우고 또 쓰는 양피지에 비유하기도 한다.[2] 물론 이 같은

---

1) 가스통 바슐라르/곽광수 역, 『공간의 시학』, 동문선, 2003, 84쪽.

현상을 공간에 대한 시간의 우위를 나타낸다고 볼 수는 없다. 이는 오히려 시간성의 소멸 내지는 위축으로 보는 것이 합당할 것이다.

시간이 공간에 대해 우위를 점했던 것은 18세기 계몽사상의 '역사' 프로젝트가 현실성을 얻게 되면서부터였다. '역사'는 지적인 추상화에 의해 창안된 균질화 된 시간의 질서로, 이른바 '혁명의 세기'인 19세기의 체험에 걸맞게 기존의 정태적인 공간의 질서를 무너뜨리고 항상적인 변화 가능성을 근대적 '세계관'으로 제시했다. 역사는 시간을 기존의 안온하고 경건했던 삶의 보금자리에서 떼어내어 세속화 내지는 정치화했다. 하지만 20세기의 격동을 거치며 더 낳은 미래에 대한 기대가 힘을 잃어가면서 역사는 점차 개인들의 기억으로 대체되었다. 그것은 삶의 보금자리를 초월하기는커녕 자신의 옹색한 게토(ghetto) 안에 웅크리게 되었다. 우리 시대에는 이처럼 시간의 의미가 소멸되면서 그 대안으로, 부유하는 세계 속에 안정적인 정박지를 찾고자하는 움직임이 나타난다. 그러나 그러한 정박지는 어디에도 없다. 우리가 일상생활에서 늘 지나치는 무수한 공간들은 버스정류장이나 호텔, 쇼핑몰, 아케이드, 통행로 등이 그렇듯, 순간순간 교체되고 명멸한다. 이들은 우리에게 아무런 정체성도, 일관된 시간의 의미도 제공하지 않는다.

바로 이와 같은 유랑민 같은 실존 상황이 공간에 대한 새로운 관심을 촉발시킨 근거이다. 프랑스 철학자 미셸 푸코(Michel Foucault)는 이미 1967년에 건축학도들 앞에서 행한 "다른 공간들에 관하여"라는 강연에서, 역사에 집착한 19세기와는 달리 20세기는 "공간의 세기"로 파악될 수 있다고 주장한 바 있다. 그것은 동시성과 계열성, 가까움과 멈, 병렬

---

2) Andreas Huyssen, *Present Pasts. Urban Palimpsests and the Politics of Memory* (Stanford, 2003).

과 분산 등과 같은 공간적 범주로 규정되는 시대이다. 푸코의 '20세기적'
시각으로는 우리가 사는 세계란 더 이상 옛 역사주의자들의 주장처럼
시간 속에서 성장하는 커다란 유기체라기보다는 마치 그 마디이 동시에
교차되며 이어지는 그물처럼 이해하는 편이 옳다.[3]

  푸코의 선도적 방향 전환에 뒤따라 이후 역사학을 포함한 제반 문
화과학 및 사회과학에서 전반적으로 이러한 '전환'이 도래했다. '위상
학적 전환(topographical turn)'[4], '공간으로의 전환(spatial turn)'[5], '도시
(연구)로의 전환(urban turn)'[6] 등이 이에 해당한다. 물론 이 같은 '전환'
들은 공간을 3차원적 실체로 상정하는 본질주의적 사고방식으로의 복
귀와는 거리가 멀다. 공간은 우리 밖에 미리 자연적으로 주어진 불변
의 실체가 아님은 물론, 우리 인식의 선험적 형식도 아니다. 위의 '전
환'들은 공간보다는 '공간성'에 더 관심을 기울이며 공간을 '공간을 구
축하는 실천'이라는 차원으로 재규정한다.[7] 현재 전 지구적으로 진행

  3) Michel Foucault, "Von Anderen Räumen," ed. by Jörg Dünne und Stephan Günzel,
     Raumtheorie (Frankfurt a. M., 2006), 317–329; Foucault, *Dits et Ecrits*, vol.4(Paris,
     1994), pp.752–762.
  4) Sigrid Weigel, "Zum 'topographical turn'. Kartography, Topographie und
     Raumkonzepte in den Kulturwissenschaften," *KulturPoetik*, no.2/2(Göttingen,
     2002), pp.151–165; Jürgen Osterhammel, "Die Wiederkehr des Raumes: Geopolitik,
     Geohistorie und historische Geographie," *Neue Politische Literatur*,
     no.43(Darmstadt, 1998), pp.374–397.
  5) Edward W. Soja, *Postmodern Geographies. The Reassertion of Space in Critical*
     Social Theory (London, New York, 1989), p.16, p.39 이하; Doris Bachmann-Medick,
     Cultural Turns. Neuorientierungen in den Kulturwissenschaften (Reinbek bei
     Hamburg, 2007), pp.284–328.
  6) Gyan Prakash, "The Urban Turn," eds. by Ravi Vasudevan, et al., *The Cities of*
     Everyday Life (Delhi, 2002), pp.2–7.
  7) Doris Bachmann-Medick, *Cultural Turns*, pp.284–285는 공간으로의 전환이 문화과학
     에서의 다른 '전환'들과 연결되며, 특히 이들의 선두격인 '언어로의 전환'의 문제의식과

되고 있는 공간의 노동분업을 토대로 한 불평등한 발전, 이에 따른 자본과 노동의 이동 그리고 국경 분쟁, 이민, 투어리즘 등은 다층적이고 빈번히 모순되는 사회과정으로서 공간과 그것의 변형 가능성에 대한 인식을 촉진시켰다. 이에 따라 다양한 장소의 공간성, 특히 근대의 특징적인 장소들, 예컨대 푸코가 주목한 정신병동과 감옥, 벤야민(Walter Benjamin)의 아케이드(Passage)나 일방통행로, 아감벤(Giorgio Agamben)의 수용소, 슬로터다이크(Peter Sloterdijk)의 경기장, 그밖에 문서보관소와 실험실, 주차장, 숲길, 심지어는 장롱이나 서랍 등마저 이론적 탐구의 대상이 되고 있다.

이러한 지적 추세로부터 역사학은 변화의 추동력을 얻는 동시에 고유의 인식을 통해 이에 기여할 수 있다. 역사학은 공간을 역사적 사건이 연출되는 무대나 배경으로 보는 관점을 이미 프랑스 아날 학파의 뤼시앙 페브르(Lucien Febvre)와 페르낭 브로델(Fernand Braudel) 등의 선구적 업적을 통해 극복한지 오래이지만,[8] 공간성의 고유한 차원에 주목하기 시작한 것은 비교적 최근의 일이다. 공간은 그 자체로 역사학의 대상영역 및 방법적 원리로 자리잡아가고 있다.[9] 역사학은 역사의

연속성 상에 있는 것으로 본다. Stephan Günzel, ed., *Topologie. Zur Raumbeschreibung in den Kultur-und Medienwissenschaften* (Bielefeld, 2007), pp.15-21 과 비교.

8) 프랑수아 도스/김복래 역, 『조각난 역사』 (푸른역사, 1998), 101-106쪽, pp.176-190; Eric Piltz, "'Trägheit des Raums'. Fernand Braudel und die Spatial Stories der Geschichtswissenschaft," eds. by Jörg Döring, Tristan Thielmann, *Spatial Turn. Das Raumparadigma in den Kultur- und Sozialwissenschaften* (Bielefeld, 2008), pp.75-102; 김응종, 「페르낭 브로델의 지리적 역사」, 국토연구원 엮음, 『현대 공간의 사상가들』 (한울아카데미, 2005), 413-431쪽.

9) 오스트리아 역사학지 특집 『역사의 공간들』: "Die Räume der Geschichte," *Österreichische Zeitschrift für Geschichtswissenschaften*, vol.17, no.1(Wien, Institut für Wirtschafts· und Sozialgeschichte, 2006) 참조. 그 밖에 Philip J. Ethington,

공간적 규정성에 대한 새로운 인식을 통해 역사의 시간적 규정성에 대한 종래의 인식을 확장시키는 동시에 양자를 접목시킴으로써 비로소 일반 공간론과는 구별되는 독자적 공간론을 제공할 수 있다. 역사의 시·공간적 규정성에 대한 인식은 새로운 역사 방법론을 자극한다. 그것은 무엇보다 시·공간의 차원을 표상(재현)하는 문화적 형식들에 주목한다는 점에서 필히 문화사적 성격을 띠게 된다. 본고는 최근의 사회·문화과학적 시간론과 공간론을 포괄적으로 검토하면서 시공간의 분열양상을 빚는 현대 대도시를 '트라우마의 공간'으로 설정하고, 이를 준거로 삼아 '역사학적 숭고'라는 새로운 문화사 방법론을 도입하고자한다.10)

Ⅱ. 공간의 역사이론

1) 공간의 인간학

공간이란 무엇인가? 공간은 어떠한 규정성들을 포함하고 있으며 그러한 규정성들은 각기 어떠한 담론적 지형에서 비롯되는가? '공간(space)'을 이해하기위해서는 그와 대별되는 개념인 '장소(place)'와의 비교가 필요하다. 우리의 일상어에서 장소는 공간보다 단순하고 친근한

"Placing the Past: 'Groundwork' for a Spatial Theory of History," *Rethinking History*, vol.11, no.4(Routledge, 2007), pp.465-493 참조. 국내에서도 최근에 공간에 대한 역사학적 탐구가 본격화 되었다. 민유기 외, 『공간 속의 시간』, 심산, 2007 참조.

10) 집단 기억과 트라우마에 대해서는 F. R. Ankersmit, *Sublime Historical Experience* (Stanford, 2005), p.4; 전진성, 「트라우마의 귀환」, 전진성, 이재원 편, 『기억과 전쟁. 미화와 추모 사이에서』, 휴머니스트, 2009, 13-55쪽.

어감을 갖는다. 이처럼 공간과 대별되는 장소 개념은 지리학에서 이론적 뒷받침을 얻었다. 이푸 투안(Yi-Fu Tuan)은 기성 지리학이 다루었던 공간 개념의 추상성을 비판하면서 장소는 가치가 개입된 공간이라고 주장하였다. 장소는 우리의 일상적 삶이 근거를 두고 있는 곳이며 체험과 의미가 부여되는 곳이라는 것이다. 인간의 활동과 공간 간의 관계를 통해 구축되는 한 장소에 대한 체험은 그 장소에 대한 특정한 "장소감(sense of place)"을 갖게 한다. 그것은 특정 장소에 대한 애착—"장소애(topophilia)"—과 정체성 형성에 이바지한다.11)

기성 지리학에서 공간은 서로 다른 지표의 부분들에 내재해있는 공통점을 통해 각 지표를 서로 비교하기위해 사용하는 개념이었다. 즉 공통점을 가지고 있는 지표 간의 분포 및 구조와 관계에 초점을 맞추었다. 이 같은 공간 개념이 비교를 전제로 공통점을 추상화해낸 것인데 비해, 투안이 제시한 장소 개념은 주변의 다른 곳과 구분될 수 있는 구체적인 특징을 갖고 있는 자연적이거나 인문적인 지표를 지칭했다.12) 투안의 이론은, 장소란 인간의 실존에 내재적인 것으로 보는 현상학적 지리학의 선구자 에드워드 렐프(Edward Relph)의 견해와 조응한다. 렐프는 철저히 획일화되고 아무런 소속감을 주지 못하는 현대 도시공간의 특징을 "무장소성(placelessness)"이라는 개념에 담았다.13)

---

11) 이-푸 투안, 『공간과 장소』(1979) (대윤, 2007); Yi-Fu Tuan, *Topophilia: A Study of Environmental Perceptions, Attitudes, and Values* (New York, 1990); J. Carter, E., Donald and J. Squires, eds., *Space and Place: Theories of Identity and Location* (London, 1994).

12) 이기봉, 「지역과 공간 그리고 장소」, 『문화역사지리』17 (한국문화역사지리학회, 2005), 121-137쪽.

13) 에드워드 렐프, 『장소와 장소상실』 (논형, 2005).

　그러나 지리학의 학제적 경계를 넘어서면 공간과 장소의 개념 규정
및 관계설정은 뒤바뀌게 된다. 일상생활에 대한 탐구로 유명한 프랑스
역사가 미셸 드 세르토(Michel de Certeau)는 『공간에서의 실천들』(1980)이
라는 저작에서 공간보다는 장소가 오히려 기하학적 공간에 속한다는
논지를 펼친 바 있다. 그에 따르면, 적어도 서구 문화에서는 장소란 무
덤 등 정태적 이미지로 연상되어온데 반해, 공간은 행위와 결부되었다.
장소가 자신만의 고유한 원칙에 매몰된 고정된 지점들이 일시적으로
이루는 질서라면, 공간은 운동적 요소들의 관계망, 즉 시간성과 방향성
을 주는 운동의 결과이다. 장소가 정체성의 토대를 부여한다면, "공간
이란 어떤 것을 하게끔 하는 장소"이다. 예컨대 거리라는 고정된 장소
는 보행자들을 통해 공간으로 변환된다. 걷기는 "장소의 공간적 실현"
인 셈이다.[14]

　사실상 '공간'이라는 발상은 근대의 산물로, 전근대적인 '장소' 개념과
구별된다.[15] 아리스토텔레스의 고전적 정의에 따르면, 장소란 "또 다른
신체를 둘러싸고 있는 한 신체의 본원적이고 부동적인 표면"을 지칭했
다.[16] 그것은 말하자면 사물들 간의 관계 체계가 아니라 밖으로부터 주
어지는 경계를 의미했다. 그것은 우주적 질서에 따르고 유한하며 인지
가능한 실체였다. 그러나 이와 같은 장소의 고착된 질서는 지리적 팽창

---

14) Michel de Certeau, "Praktiken im Raum"(1980), *Kunst des Handelns* (Berlin, 1988), pp.179-238.

15) Edward Casey, "How to get from space to place in a fairly short stretch of time: Phenomenological Prolegomena," eds. by S. Feld and K. Basso, *Senses of Place* (Santa Fe, 1996), pp.13-52, 특히 p.20.

16) Aristoteles, "Physik," ed. by Ulf Heuner, *Klassische Texte zum Raum* (Berlin, 2008), pp.33-44; 막스 야머/이경직 역, 『공간 개념: 물리학에 나타난 공간론의 역사』 (나남, 2008), 55-71쪽.

이 이루어지면서 와해되어버리고 대신 무한한 공간이라는 근대적 관념이 등장하게 되었다. 근대의 공간은 인간이 자유롭게 움직일 수 있는 빈 공간으로, 유클리드 기하학의 원리에 따라 질서가 잡혀있다. 고전 지리학이 다룬 대상은 바로 이 근대적 공간이었다.[17]

근대의 텅 빈 물리적 공간 개념은 추상성으로 말미암아 인간의 일상적 체험과 괴리되었으므로, 보다 인간학적인 공간 개념에 의해 지속적인 도전을 받아왔다. 공간이란 본래 인간이 스스로를 발견하는 곳이다. 예컨대 지평선은 인간에게 사물들을 통일성 속에서 지각하도록 만드는 동시에 자신을 세계의 중심에 위치시킨다. 또한 인간은 세계 안에 '거주'한다. 오로지 거주함을 통해 인간은 자신의 진정한 본질의 구현에 이를 수 있다. 집은 세상의 비바람으로부터 안전망을 제공하여 평화로움과 안정성을 제공하기에 인간에게 있어 집은 세계의 구체적인 중심, 바슐라르의 표현을 빌면 "안락함의 중심", "세계 안의 둥지"이다. 집을 짓는 것은 혼돈된 우주(chaos) 안에 조화로운 우주(cosmos)를 창조하는 것이다.[18]

인간은 근원적으로 자신의 몸에도 거주한다. 프랑스 철학자 메를로퐁티(Maurice Merleau-Ponty)의 특유의 "거주(habiter)" 개념을 통해 몸이라는 공간을 분석했다. 인간은 세계에 임의적으로 놓여지지 않고 영혼이 몸에 대해서 그러하듯이 신뢰 관계를 통해 세계와 결부되어있다. 메를로퐁티는 몸을 공간 경험의 근원적 형식으로 제시한다. 몸은 단

---

17) 막스 야머, 『공간 개념』, 183-228쪽.

18) Otto Friedrich Bollnow, *Mensch und Raum* (Stuttgart, et al., (1963)2000), p.78, p.132 이하; Martin Heidegger, "Bauen, Wohnen, Denken," *Martin Heidegger. Vorträge und Aufsätze* (Stuttgart, 2004) p.147; 바슐라르, 『공간의 시학』, 209-210쪽.

지 도구가 아니라 자체적으로 경험하는 공간이라는 점에서 "영혼의 향토이자 여타 모든 공간의 모형"이며 자아가 거처하는 "자리"이다. 몸은 스스로가 공간적인 형성체로서 모든 공간 세계는 나의 몸을 통해 허용된다.[19] 독일 철학자 볼노(Otto Friedrich Bollnow)는 메를로퐁티의 논의를 진전시켜 집을 확대된 몸으로 본다. 우리가 집에서 연원한 주거 개념을 신체에 적용할 수 있다면 우리는 거꾸로 신체에 대한 개념인 체화(Inkarnation)를 확대된 의미로 집에 적용하여 인간이 그의 집에 체화되어있다고 말할 수 있다.[20]

독일 철학자 하이데거(Martin Heidegger)는 존재론적 성찰의 일환으로 인간 현존재의 본질 규정인 "공간성(Räumlichkeit)"에 대해 말한다. 공간이란 인간의 경험을 그 안에 담아내는 물리적 실체로 보아서는 안 된다. 역으로 공간이 의미 연관으로서의 세계 "안에" 있다. 인간이 상상력을 통해 세계 안의 다양한 사물들에 각각 제자리를 부여함에 따라 '공간성'의 순수한 표상이 성립한다. "각각의 세계는 그것에 속한 공간의 공간성을 발견한다."[21] 하이데거에게 있어 공간은 결코 인간 존재에 앞서 주어져 있지 않다. 그것은 오히려 존재로 말미암아 발생한다.

이처럼 공간, 더 철학적으로 말하자면, '공간성'은 우리 존재의 존재론적인 근본 구조를 형성한다. 인간은 구체적인 공간과 합일됨으로써만 존재의 규정성을 얻을 수 있다. 그러나 이러한 인간학적 접근은 나름의 한계를 노정한다. 예를 들어, 고향을 잃은 이들이나 거주지에 고착되어 바깥 세계와의 관계를 상실한 이들의 경우처럼, 과연 왜 집이 집으로

---

19) Maurice Merleau-Ponty, *L'œil et l'esprit* (Paris, 1985), p.211.

20) Bollnow, *Mensch und Raum*, p.293.

21) Martin Heidegger, *Sein und Zeit* (Tübingen, 2001), pp.102-113, 인용문은 p.104.

기능하지 못하는 경우가 발생하는 것일까?

　이러한 질문에 답하기 위해서는 사회·문화과학적 문제제기가 필요
하다. 공간은 실행을 떠나서는 아무 의미도 없다. 예컨대 집은 사회의
생산 및 재생산에서의 일정한 역할을 담당하므로 그 기능에 따라 구조
화되어있다. 무엇보다 집은 가장 빈번히 인정된 젠더(gender) 공간이다.
부르디외(Pierre Bourdieu)에 따르면 공간은 그 자체가 사회적, 우주론적
구조와 연결된 성적 비대칭성의 개념적, 상징적 관념에 물들어 있다.22)
집은 또한 멀티미디어 시대에 이르러 전자통신 네트워크의 터미널로 재
규정되면서 주변의 사회 환경으로부터 분리된다.23) 이처럼 공간은 항
상 특수한 실행들을 통해 그 공간적 규모와 지리적 차이가 생산된다.
많은 이론가들이 공간을 사회적 구성물이자 사회적 과정의 일부로서,
또는 사회적 매체로서, 한마디로 말해, "특정 행위로 이루어지는 형성
과정들의 결과 및 수단"24)으로 규명했다. 공간은 물리적-영토적 개념
이라기보다는 상관적 개념으로, 인간과 재화 간의 관계, 건조 환경(built
environment), 일상적 실천과 정치적 전략, 또는 특정한 위상을 갖는 상
품, 인간, 그리고 지각, 표상, 기억 등 이른바 상징화의 과정과 두루 연
관된다.25) 이렇게 볼 때, 공간의 인간학적 차원은 사회·문화적 차원들
과 결부됨으로써만 비로소 온전한 가치를 발휘할 수 있다.

---

22) Pierre Bourdieu, "The Berber House," eds. by Setha M. Low and Denise
　　Lawrence-Zúñiga, *The Anthropology of Space and Place* (Oxford, et al., 2008),
　　pp.131-141.

23) Stephen Graham and Simon Marvin, *Telecommunications and the City. Electronic
　　Spaces, Urban Places* (London and New York, 1996).

24) Benno Werlen, Christian Reutlinger, "Sozialgeographie," eds. by Fabian Kessel,
　　et al, *Handbuch Sozialraum* (Wiesbaden, 2005), p.49.

25) Martina Löw, *Raumsoziologie* (Frankfurt a. M., 2001) p.158.

2) 공간과 시간

공간과 더불어 인간의 존재에 가장 근원적인 범주는 시간이다. 양자는 존재론적으로 결부되어있을뿐더러 그 관계가 역사적으로 변천해왔다. 서구의 경우 시계의 발명 이래 시간이 공간으로부터 독립되어 점차로 무한대의 시간에 대한 의식이 자리잡아갔다. 근대에 들어서자 교통과 통신의 비약적 발전에 힘입어 거리상의 장벽이 철폐됨으로써 공간은 우연적인 범주로 환원되고 간다. 공간이 고정된 것, 비변증법적인 것으로 취급된 반면, 앞을 향해 무한대로 뻗어나가는 시간, 즉 '역사'야말로 생동감있고 변증법적인 것으로 간주되었다. 존재에 대해 생성이 우위를 차지하게 된다.[26)]

이처럼 시간이 공간을 초월하는 과정은 공간성을 무화시키기보다는 오히려 그것의 변화를 수반했다. 르네상스 이래, 원근법의 탈명과 지리상의 발견, 또한 갈릴레이의 천문학적 발견에 힘입어 무한히 열린, 균질적이고 보편적인 성질을 지닌 공간이 등장했다. 이에 따라 사물의 장소는 공간 궤도의 한 점에 불과한 것으로 상정되었는바, 이는 역사적 시간이라는 무한대의 추상적 선분 위에 역사적 사건들의 점이 찍힌다는 발상과 유사하다. 근대적 공간을 가장 명시적으로 보여주는 것이 바로 지리학적 지도로, 그것은 종교적 신비의 요소들과 더불어 개개 장소의 다양한 흔적들을 제거하여 공간의 실제를 매우 추상적이고 기능적인 방식으로 보여주었다.[27)]

---

26) Michel Foucault, "Questions on Geography," ed. by C. Gordon, *Power/Knowledge: Selected Interviews and Other Writings 1972-1977* (New York, 1980), pp.63-77; Emil Angehrn, *Geschichtsphilosophie* (Stuttgart, 1991), p.146.

27) 스티븐 컨/박성관 역, 『시간과 공간의 문화사』 (휴머니스트, 2004), 541-576쪽.

시간과 공간의 불협화음은 결국 양자의 재결합으로 이어진다. 근대
의 시공간은 시간이 우위를 점하는 가운데 협조체제를 취한다. 근대적
공간은 근대적 시간, 즉 역사가 자신을 관철시킬 수 있는 장을 마련해
주었다. 민족의 과거, 현재, 미래가 역사라는 균질화된 선형적 시간의
틀 속에 배치되는데 부응하여 지도는 그 지리적 단위인 민족국가의 영
토를 확정짓고 공고화하는데 기여했다.[28) 역사가 제반 민족국가의 영
토들에 투사됨으로써 이들은 역사적 발전단계에 따라 높은 단계로부
터 낮은 단계로 정렬된다. 서구와 비서구 간의 지리적 위계가 성립된
다.[29) 맑스주의 지리학자 데이비드 하비(David Harvey)는 근대적 시간
과 공간의 이와 같은 성향이 자본주의의 내적 동학에서 비롯된다고 주
장한다. 시간과 공간의 균질화는 "시간은 돈"이라는 관념이 암시하듯,
화폐와 상품 교환의 압도적인 힘 아래 흡수되고 있는 세계를 표현한다
는 것이다. 지리적 위계도 자본주의가 초래한 과잉축적 문제에 대하여
일련의 공간적 해결책(spacial fix)을 추구하도록 하는 정치·경제적 과
정에 뿌리를 두고 있다는 것이다.[30)

근대가 도래한 이래 진척되어온 '시간을 통한 공간의 소멸'은 20세
기 후반에 이르러 소위 '시간의 공간화'[31) 현상에 의해 역전된다. 물
질생활의 속도가 빨라지고 사람, 정보, 이미지의 흐름이 가속화됨에
따라 일관된 의미와 정체성을 제공해주던 역사는 점차 정신적 지위

---

28) 설혜심, 『지도 만드는 사람. 근대 초 영국의 국토, 역사, 정체성』(길, 2007), 30-32쪽.
29) Matthias Middell, "Der Spatial Turn und das Interesse an der Globalisierung in der Geschichtswissenschaft," *Spatial Turn*, pp.103-123.
30) 데이비드 하비/구동회, 박영민 역, 『포스트모더니티의 조건』(한울, 1994), 304-309쪽.
31) Fredric Jameson, *Postmodernism, Or, the Cultural Logic of Late Capitalism* (Durham, 1991), p.154.

를 상실해가고 그 반사 효과로, 역사적 의미를 탈각한 '공간에 대한 우상숭배(topolatry)'[32]가 횡횡하게 된다. 근대의 역사적 시간이 현재와 과거의 변증법적 관계에 기초하고 있었던 반면, 작금에는 과거가 별다른 연관성도 없이 현재의 궤도로 빨려드는 현상이 만연된다. 이른바 '상상 속의 과거'에 집착하는 경향이 팽배하게 되는바, 이는 집단적 정체성이나 미래에 대한 전망은커녕 기껏해야 현재의 일상에 찌든 개인들, 예컨대 보행자나 쇼핑객, 관람객, 혹은 관광객의 소비적 관심을 부추길 뿐이다. 과거에 의해 잠식된 현재는 본연의 역사성이 탈각되어있다. 이처럼 미래 지향성이 과거 지향성으로 역전되었음을 가장 극명하게 표현해주는 것이 바로 기억의 과잉이다. 과거의 특정 시점에 대한 우울증적 고착, 자기집착, 향수병이 미래로의 출구를 막는다. 기억은 의미로운 시간 대신 공간을 환기시킨다. 그마저도 역사에 부응했던 민족국가의 확고한 영토가 아니라 주로 분절되고 유동적인 공간들, 예컨대 변경지역, 상업로, 이주지, 관광지 등이 중심을 차지한다.[33]

사회학자 마뉘엘 카스텔(Manuel Castells)은 현대 세계에는 사람, 재화, 자본, 서비스, 기술, 이념 등이 지역적 장소와 영토적 경계를 가로지르며 창출하는 "유동 공간(space of flows)"이 지배적이라고 주장한다. 물론 불균등 발전은 오히려 고착된다. 각양의 흐름들이 빈곤 지역을 통과하면서 이윤이 배분되기는커녕 가정, 시민사회, 국가 등 전통적 공동체의

---

32) 독일인 Karl Markus Michel이 만든 "Topolatrie" 개념은 "우상숭배(Idolatrie)"를 변형시킨 개념이다. 독일 일간지 *Die Zeit*에 실린 그의 글 「장소의 마력(Die Magie des Ortes)」 (1987. 9. 11.) 참조.

33) Andreas Huyssen, *Twilight Memories. Marking Time in a Culture of Amnesia* (New York, London, 1995), 특히 p.7 이하; Huyssen, *Present Pasts*, p.1, p.11 이하.

해체가 초래될 뿐이고 결국 지역 간의 경쟁이 심화된다.34) '유동 공간'
은 내실한 결속력, 중심과 주변의 고정된 관계가 와해된 채, 지구적
(global), 횡단민족적(transnational), 혹은 횡단지역적(translocal) 차원으로
전개된다. 지리학자 아파두라이(Arjun Appadurai)는 이와 같은 공간의 흐
름을 그 속성에 따라 인적 경관(ethnoscape), 기술적 경관(technoscape), 재
정적 경관(finanscape), 미디어 경관(mediascape), 그리고 이데올로기 경관
(ideoscape)으로 분류하면서,35) 이들이 근대 민족국가의 원리적 토대인
영토 주권의 원리를 와해시키는 "탈영토화(deterritorialization)"를 촉진함
으로써 이른바 "이동성 주권들(mobile sovereignties)"을 창출하기에 이르
렀다고 주장한다.36)

  점차로 지배력을 얻어가는 유동적이고 느슨하며 일시적인 성격을 지
닌 공간을 프랑스 인류학자 마르크 오제(Marc Augé)는 특유의 "비장소

---

34) Manuel Castells, *The Rise of the Network Society, With a New Preface*, vol.1:
    The Information Age. Economy, Society, and Culture (Chichester, 2009); Low and
    Lawrence-Zúñiga, eds., *The Anthropology of Space and Place*, p.25 이하.

35) Arjun Appadurai, "Disjuncture and Difference in the global cultural economy,"
    Theory, Culture and Society, no.7(University of York, 1990), pp.295-310, 특히,
    pp.296-300. "인적 경관"은 여행객, 이민자, 망명자, 이주노동자 등의 흐름을, "기술적
    경관"은 고급과 하급을 모두 포괄하여 기계나 정보 기술의 흐름을, "재정적 경관"은 통화
    시장, 주식거래, 투자 등을 통한 급속한 화폐 이동을, "미디어 경관"은 이미지를 생산하고
    퍼뜨리는 전자기술의 전파와 이미지의 번성을, "이데올로기 경관"은 국가 이데올로기나
    이에 저항하는 이데올로기와 결부된 이미지들의 연쇄를 지칭한다.

36) Arjun Appadurai, "Sovereignty without Territoriality: Notes for a Postnational
    Geography," ed. by P. Yeager, *The Geography of Identity* (Ann Arbor, 1996),
    pp.40-58. 그러나 탈영토화가 곧바로 민족주의의 쇠퇴를 낳는 것은 아니다. 디아스포라
    주민이나 국적없는 사람들처럼 영토적 주권이 부재한 경우에도 민족주의적 상상력은
    여전히 유효하다. 이러한 점을 염두에 두고 아파두라이는 포스트민족주의적 정체성들을
    규명하기위해서는 포스트모더니티의 조건을 고찰해야한다고 주장한다. Appadurai,
    Modernity at large: Cultural Dimensions of Globalizations (Minneapolis, 1996) 참조.

(non-lieu)" 개념을 통해 설명한다. 현대인의 일상을 지배하는 공공장소들은 별다른 애착이나 정체성, 안전감을 부여하지 않는다. 고속도로, 공항, 쇼핑몰, 공원, 호텔, 레저타운, 수용소 같은 장소들은 대체로 역사적 의미와는 거리가 멀며 그저 특정한 목적을 위한 개인의 이동과의 관계 속에서만 등장할 뿐이다. 오제는 그저 오가는 장소에 불과한 비장소와 대별시키기 위해 "인류학적 장소(lieu anthropologique)"를 거론하는데, 이것은 언어, 역사, 지역적 특성, 생활방식에 기반한 개개인의 확고한 정체성에 의해 형성된다. 전자가 단독적인 계약을 주된 원칙으로 삼는 반면, 후자는 유기체적 결속에 기반을 둔다.[37]

　오제는 여행자의 공간을 전형적 '비장소'로 꼽는다. 장소와 결부된 어떠한 정체성도, 인연도, 역사도 존재하지 않는다. 여행자는 그저 표지판을 보고 위치를 파악할 뿐이며 순전한 고독 속에서 끊임없이 사라지는 이미지들을 통해 과거의 존재를 가정하고 미래의 가능성을 예감할 뿐이다. 오제가 말하는 '비장소'는 일견 역사적 의미를 담고 있는 듯한 유적지나 문화재 시설들에도 고스란히 적용될 수 있다. 과거의 흔적은 본래의 맥락에서 이탈된 채 단지 소비를 목적으로 역사적, 지역적 특징들을 심미화 내지는 '박물관화(museification)'한다. 이는 현재와 과거의 관계를 재정립하기보다는 오히려 무화시킨다.[38] 프랑스 역

---

37) Marc Augé, *Non-Places: Introduction to an Anthropology of Supermodernity* (1992) (London and New York, 2000), 특히 p.112.

38) 박물관화 경향은 현대 문화의 특징을 잘 드러내준다. 증대되는 근대화의 물결은 급격한 변화의 체험을 낳음으로써 미래에 대한 전망을 점점 더 불투명하게 만들었다. 모든 것이 순식간에 낡은 것으로 전락해 버리는 체험은 일종의 현재로부터의 도피로서 과거의 유물에 대한 탐닉을 부채질한다. 이에 대해서는 Eva Sturm, *Musealisierung. Motive, Formen, Wirkungen* (Berlin, 1992) 참조.

사가 피에르 노라(Pierre Nora)는 이러한 공간들을 가리켜 "기억의 터 (lieux de mémoire)"라고 이름 붙인다. 그것은 한 민족이 이전에 지녔었던 "기억의 환경들(milieux de mémoire)"이 사라진 자리에 남은, 더 이상 누구도 "거주"하지 않는 "집"이다. 그것은 진실한 기억의 부재를 나타내는 상징화된 이미지이다.[39]

데이비드 하비는 이 같은 '시간의 공간화' 현상에도 자본의 논리가 여지없이 관철되고 있다고 설명한다. 그에 따르면, 공간적 장벽의 철폐와 공간들 간 경쟁의 심화는 색다른 공간들에 대한 수요를 증진시킴으로써, 과잉축적의 위기에 봉착한 자본으로 하여금 공간상의 사회적 상호작용을 보다 차별화된 방식으로 조직화 – 예컨대 도시 공간의 분산, 이심, 탈집중 – 하도록 고무시킨다. 하비는 이처럼 보다 유연해진 자본의 운동을 가리켜 "유연적 축적(flexible accumulation)"이라 부르는데, 이 새로운 축적방식은 자본의 회전을 가속화함으로써 결국 자본을 제약하던 시공간은 "압축"되어 현대의 일상에 걸맞는 유동성, 일시성, 우연성의 성격을 띠게 된다.[40]

자본의 논리가 그 원인이던 결과이던 간에, '공간의 시간화'로부터 '시간의 공간화'로의 변천은 공간의 역사성을 이루는 각 계기들이다. 이들의 전개 과정은 다름 아닌 서구의 도시 공간에서 가장 선구적이고 전형적인 모습을 보이고 나서 이내 서구의 영향권 내에 있는 지역의 도시

---

39) Peter Carrier, "Places and the Archiving of Contemporary memory in Pierre Nora's Les de memoire," ed. by Susannah Radstone, *Memory and Methodology* (Oxford, 2000), pp.37–57; 전진성, 『역사가 기억을 말하다. 이론과 실천을 위한 기억의 문화사』 (휴머니스트, 2005), 56–59쪽.

40) 하비, 『포스트모더니티의 조건』, 178–210쪽; 조명래, 『현대사회의 도시론』 (한울 아카데미, 2006), 339쪽.

공간으로 이식되어 결국 전 지구적 확장을 이루게 되었다.

3) 도시 공간의 특수성

도시는 특수한 공간적 형성체이다. 도시에서는 기호, 의미, 정서, 정체성 그리고 역사가 물리적 공간과 만난다. 이 만남의 과정 및 결과는 여타의 공간과는 비교될 수 없을 만큼 강력하다. 도시는 물질적 혹은 상징적인 자원들을 생산하고 보존하는 장일뿐만 아니라 이를 둘러싼 치열한 경쟁의 장이기도 하기 때문이다. 이런 점에서 도시야말로 '공간의 공간성'을 보여주는 전형이다.[41]

도시는 유구한 인류 역사에서 대체로 중심적 지위를 차지해왔지만 그것의 '공간성'이 완전히 개화한 것은 근대에 이르러서이다. 여기에 가장 큰 역할을 한 것은 역사의 새로운 주인으로 등장한 서구 부르주아의 정치, 사회, 문화적 실천이었다.[42] 18세기 말이래 서구의 대도시는 부르주아지가 표방한 민주주의와 민족문화의 산실로 거듭났다. 프랑스 혁명과 같은 정치적 대혁명은 기존의 종교적, 왕정적 의례 공간을 민주주의의 공론장으로 전환시켰다. 도시 공간은 공개적 집회와 합리적 토론이 이루어지는 장소로서 시민적 공공성의 모형이 되었다. 또한 박물관과 같은 새로운 기관들은 비록 외양은 옛 궁전이나 사원과 다를 바 없었지만 민족공동체의 공적 기억과 문화적 이상의 수호자로서 도시의 신성한

---

41) 도시사적 조망을 위해서는 마크 기로워드/민유기 역, 『중세부터 현대까지 서양도시문화사』 (책과 함께, 2009) 참조. 도시에서의 공간 경쟁에 대해서는 Manuel Castells, *The City and the Grassroots* (Berkeley, 1985) 참조.

42) Lothar Gall, ed., *Stadt und Bürgertum im 19. Jahrhundert* (München, 1990).

중심부에 자리 잡았다.[43]

독일 철학자 짐멜(Georg Simmel)은 대도시를 근대성이 발현되는 전형적 공간으로 보았다. 그의 분석에 따르면, 농촌에서는 귀족적인 특권과 그에 상응하는 사회조직이 번성했던 반면, 도시는 합리적이고 기계적인 삶의 형태를 지향한다. 도시 공간은 부르주아의 힘을 집결시키기 위한 최적의 환경을 제공한다.[44] 도시는 또한 경제적 분업이 최고로 발달한 장소로서 자본주의 발전의 산실이다.[45] 도시는 경제적 성장을 촉진시키고 경제적 성장은 빠른 도시화를 낳는다.

서구 대도시가 보여주는 근대적 '공간성'은 도시의 경관(cityscape)에 여실히 드러난다. 가로수길, 마천루, 광장, 공공 기념비, 주택지, 아케이드, 그리고 군중의 쉴 새 없는 흐름은 기능적 질서에 의해 총괄되고 계열적으로 반복되어 시각적 통일성을 제공한다. 개방성과 권위, 역동성과 체계성, 다양성과 균질성이 하나의 유토피아적 전체로 구조화되어 있다.[46] 그러나 이와 같은 외관상의 통일성은 냉혹한 배제의 공간이라는 도시의 현실을 은폐하지는 못한다. 부르주아의 헤게모니 속에서 공중(公衆)은 결코 단일한 이해관계와 성향을 갖지 않는다. 도시 공간은 정치적 사건의 주된 장소를 제공함으로써 새로운 정치적, 사회

---

43) Carol Duncan, "'The Art Museum as Ritual' from Civilizing Rituals: Inside Public Art Museums" (1995), eds. by Malcolm Miles and Tim Hall, with Iain Borden, *The City Cultures Reader* (London, 2004), pp.72-81.

44) Georg Simmel, "Über räumliche Projektionen socialer Formen," *Georg Simmel. Aufsätze und Abhandlungen 1901-1908*, vol.1. (Frankfurt a. M., 1995), pp.201-220.

45) Georg Simmel, "Die Großstädte und das Geistesleben," *Georg Simmel. Aufsätze und Abhandlungen 1901-1908*, pp.116-131, 특히 p.128.

46) Christian M. Boyer, *The City of Collective Memory. Its Historical Imagery and Architectural Entertainments* (Cambridge, London, (1994) 2001), p.4.

적 관심을 창조하는바, 이는 새로운 이념적, 계급적, 종족적 차이를 창출함으로써 다시금 새로운 건조 환경을 조성한다. 도시는 정치적 차이를 공간적으로 재현한다.[47] 따라서 대도시는, 19세기 부르주아들의 이상과는 달리, 결코 유기체일 수 없다. 분절되고 이질적인 대도시는 다양한 도시적 실천과 상상의 복합으로 보아야하며 그것의 역사도 단일하고 연속적인 전개가 아니라, 교차, 모순, 갈등에 기란한 행위와 경험의 공간적 효과를 중심으로 재현되는 것이 옳다.[48]

근래에 들어 도시의 무분별한 팽창(urban sprawl)과 광범한 도시적 네트워크로 인해 도시가 특수한 역사적 장소로서 갖는 성격은 많이 탈각되었다. 도시화의 새로운 양상들, 예컨대 부르주아의 교외 팽창, 주변의 농촌인구까지 가세한 메가시티(megacity)의 탄생, 디즈니랜드 같은 가상현실의 지배, 슬럼화와 무단입주자의 증가 속에서 이전과 같이 안정된 의미체계와 사회관계는 찾아보기 힘들다. 건축학자 보이어(Christian M. Boyer)는 이러한 새로운 도시를 "환영의 도시"라 특징짓는다.[49] 상품의 환영이 실재를 이루는 도시는 '항상 소비하라!'는 정언명령에 기초한다.

'환영의 도시'를 가장 전형적으로 보여주는 공간 중 하나가 바로 쇼핑몰이다. 이곳에서 상품들은 일상생활로 침투하여 새로운 사회적 실재를 낳는다. 쇼핑몰의 닫힌 실내공간은 바깥세상과는 판연히 구별되는 환영의 도시이다. 이곳에서 실제 도시의 부정적 측면들, 예컨대 궂은 날씨,

---

47) Christian Boyer, *The City of Collective Memory*, p.9; Gyan Prakash, "Introduction," eds. by Gyan Prakash and Kelvin M. Kruse, *The Spaces of the Modern City. Imaginaries, Politics, and Everyday life* (Princeton and Oxford, 2008), pp.9-10.

48) Gyan Prakash, "Introduction," pp.6-7.

49) 데이비드 하비/최병두 역, 『희망의 공간. 세계화, 신체, 유토피아』 (한울, 2001), 231쪽.

교통 혼잡, 빈곤층은 배제되고 안전하고 청결한 가운데 환상적인 소비의 스펙터클이 펼쳐진다. 쇼핑몰은 어느덧 공공생활의 허브(hub)로 자리 잡게 된다. 물론 이는 실제로는 공공성의 와해를 나타낼 뿐이다. 쇼핑객은 자유롭게 상품을 선택한다는 환영에 빠져들지만 사실상 수동적인 군중에 지나지 않는다. 자유로운 시민들의 공공생활이 사라진 현대 도시는 그 자체가 일종의 거대한 쇼핑몰이 되어간다.[50]

쇼핑몰이 도심보다는 주로 교외에 들어서면서 혼잡스런 도심에서 안온한 교외로 생활의 중심이 이동되는 현상이 일반화된다. 근대 도시 특유의 시민적 공공성이 구역별 차별화(zoning), 분리(segregation), 경비(surveillance)를 특징으로 하는 전원주택의 특권적 개인주의에 의해 대체되어간다.[51] 이는 지역적 특수성이 '재발견'되는 추세와도 무관하지 않는데, 이른바 '신지방주의(neo-vernacularism)'는 그 자체가 '세계화'의 결과로, 세계화는 세계의 균질성뿐만 아니라 특색있는 지방문화마저 생산한다.[52] 그것은 하비가 말한 자본의 '유연적 축적'의 효과이다. 하비에 따르면 도시화는 그 자체가 자본주의의 내적 모순을 외적으로 해결하기 위한 방편, 즉 자본축적의 과잉을 장기적으로 자본을 순환시키는 건조환경들에 대한 투자를 통해 해소하려고 등장했지만, 자본의 논리는 그 다음 단계로 오히려 도시외곽이나 지방의 공간적 차이와 특질을 요구하

---

50) Margaret Crawford, *Variations on a Theme Park. The New American City and the End of Public Space* (New York, 1992).

51) Elizabeth Wilson, "World Cities, The Sphinx in the City"(1993), eds. by Miles and Hall, *The City Cultures Reader*, pp.40-48. 도시와 공적 공간의 문제에 대해서는 최병두, 「도시발전 전략으로서 정체성 형성과 공적 공간의 구축에 관한 비판적 성찰」, 서울시립대학교 도시인문학연구소 편, 『도시공간의 인문학적 모색』(메이데이, 2009) 189-245쪽, 특히 229-243쪽 참조. "zoning"은 전문용어로는 "용도지역제"로 번역된다.

52) John Urry, *Consuming Places* (1995) (2007, London).

게 된다.[53]

　도시화의 새로운 흐름이 노정하는 이와 같은 문제점들이 도시의 현실을 규정짓는 모든 것은 물론 아니다. 자본의 논리에 포섭된 거시적 체제와 현실의 미시적 일상공간이 반드시 일치하지는 않기 때문이다.[54] 도시는 일상성이 펼쳐지는 장소이다. 일상성은 단순히 일상적 반복을 의미하는 것이 아니라, 고도로 발달한 현대 산업사회의 특징이 된다. 프랑스 철학자 앙리 르페브르(Henri Lefebvre)가 선구적으로 밝힌 바 있듯이, 일상생활은 반복되고 규칙적인 행위를 요구하는 자본의 논리를 투영해내는 동시에 갖가지 개별적인 행위들로 이루어지며 이 행위들은 차이와 갈등들로 둘러싸여있다.[55]

　광장에서 쇼핑몰에 이르기까지 근대이래의 도시 공간은 특유의 '공간성'을 통해 현실을 창출해왔다. 도시 특유의 공간성은 자본의 논리와 결부되어 끊임없이 공간적 질서와 차이를 재생산한다. 그러나 일상성의 차원으로 접근하면 이와는 색다른 모습이 나타난다. 지배와 저항의 긴장관계도 중요하지만 오히려 그 사이에서 양자의 간극을 벌리는 어떤 것, 현대도시의 일상을 가로지르는 체험의 심연이 있다. 그것은 바로 '트라우마(trauma)'이다.

---

53) 데이비드 하비/ 초의수 역, 『도시의 정치경제학』(한울, 1995), 38쪽 이하.

54) 조명래, 『현대사회의 도시론』, 234-235쪽.

55) 앙리 르페브르/박정자 역, 『현대세계의 일상성』(기파랑, 2005), 19쪽, 335쪽; 장세룡, 「앙리 르페브르와 공간의 생산- 역사이론적 '전유'의 모색」, 『역사와 경계』58 (부산경남사학회, 2006), 293-325쪽 미셸 드 세르토는 『일상생활의 실천』(1984)에서 도구적 내지는 기능적 공간을 창출하는 지배세력의 "전략"과 이 공간을 경험하며 타협하는 피지배세력의 "전술"을 대치시키는데, 일상이란 바로 매일매일 공간을 이용함으로써 공간의 지배적 의미를 전복시키거나 최소한 탈피하는 행위의 영역이다. Michel de Certeau, *The Practice of Everyday Life* (LA, 2002), pp.34-39 참조.

Ⅲ. 트라우마의 공간으로서 도시

1) 현대 대도시의 트라우마

트라우마란 증상을 수반하는 특별한 형태의 기억으로, 현대 대도시를 특징짓는 주요한, 아니 가장 결정적인 요소이다. 도시는 본래 실생활의 공간일 뿐만 아니라 기억의 공간이기도 하다. 도시에는 과거의 흔적과 문화적 상징이 즐비하며 이들을 통해 시민들은 도시의 과거와 자신의 현재를 동일시하고 나름의 집단 정체성을 갖게 된다. 도시의 기억은 도시가 현재의 자신을 비추어보는 거울로 기능한다. 따라서 트라우마도 현대 대도시의 일상을 고스란히 반영함이 분명하다.

19세기와 20세기 초 서구의 도시이론가 및 도시설계자들은 도시의 구조적 형식과 물질적 외양이 시민정신과 선현들의 역사적 성취를 보여주므로 세대에 걸쳐 보존되어야한다고 믿었다. 이러한 소위 '역사주의(historicism)'적 신념은 숭엄한 기념비들을 주축으로 도시의 통일성을 창출하도록 했고 급기야는 이에 위배된다고 판단되는 것이면 가차 없이 제거하기에 이르렀다.[56] 그 이후 등장한 '모더니즘'은 이와는 정반대로 과거와의 단절을 주창하며 도시로부터 역사적 흔적을 지우려했다. 도시가 보존해온 유산의 공공적 권위는 개인이나 특정 집단의 자의식과 창조성, 혹은 혁명성으로 대체되었다.[57] 20세기 후반부 이래 도시의 역사적 유산에 대한 관심이 다시금 급증하지만 이는 시민의 정체성 형성과 연결되지 못하고 그저 관광산업과 연루된다. 과거의

---

56) John Edward Toews, *Becoming Historical. Cultural Reformation und Public Memory in Early Nineteenth-Century Berlin* (Cambridge, 2008), pp.117-206.

57) Christian Boyer, *The City of Collective Memory*, pp.7-11.

흔적은 살아있는 유산이 아니라 아련한 '기억의 터'로서 과거와의 단
절을 일깨울 뿐이다.[58]

이처럼 도시는 기억의 공간으로서 과거의 흔적만이 아니라 그것을 기
억하는 각 시기마다의 색다른 방식들을 담아온 공간이다. 그런데 늦어
도 모더니즘의 등장 이래 서구의 대도시들은 기억의 '결여'라는 새로운
기억의 방식을 보여준다. 역사적 유산에 대한 증폭된 관심도 사실상 이
와 별반 다르지 않다. 그렇다면 이는 과연 어떠한 현재의 경험에서 비롯
된 것일까?

서구의 대도시에서는 언제부터인가 일상적으로 체험하는 시공간이
근대의 표준적인 시공간과의 큰 괴리를 보이기 시작했다. 산업사회의
가속화하는 변화가 인간 감각의 과부하를 초래함에 따라 시공간의 감각
자체가 소실되어버린 것이다. 게오르크 짐멜은 「대도시와 정신생활」
(1903)이라는 글에서 돌발적으로 엄습해오는 수많은 인상들과 이들 간의
눈코 뜰 새 없는 교체가 대도시 특유의 심리적 조건을 창출한다고 주장
하였다. 신경이 극도로 날카로워져 있는 대도시 사람들은 이내 사물의
차이에 대한 감수성을 잃고서 만사에 사무적인 태도를 취하게 된다. 짐
멜은 이러한 태도를 "무덤덤함(Blasiertheit)"으로 특징짓는데, 이는 사물
들의 다양성을 등가교환의 원리로 환원시키는 화폐경제의 주관적 반영
인 동시에 모든 공공적-역사적-가치를 불신하는 비사회적 개인들의 고
유한 사회적 양태를 나타낸다.[59]

---

58) Christian Boyer, *The City of Collective Memory*, p.4 이하; Mark Crinson, ed.,
   Urban Memory. History and amnesia in the modern city (New York, 2005),
   Introduction.

59) Georg Simmel, "Die Großstädte und das Geistesleben". 짐멜의 근대성 비판에 대한
   역사학적 논의에 대해서는 Paul Nolte, "Georg Simmels Historische Anthropologie der

대도시는 무덤덤하지 않고는 견뎌낼 수 없을 정도의 항상적인 '충격'으로 넘친다. 대도시야말로, 정치철학자 조르조 아감벤이 논쟁적인 저서 『호모 사케르』에서 탐구한 바 있는, 비상상황을 정상으로 삼는 현대적 공간의 전형이다. 아감벤은 나치의 집단수용소나 우리 주변의 공항터미널이 별반 다를 바 없이 그러한 공간적 원리에 기반하고 있다고 주장했다.[60] 이처럼 '정상적인' 대도시에서 일상화되는 충격의 '예외적' 체험은 결국 기존의 '정상적인' 시공간 감각을 무화시키기에 이른다. 이를 설명하기위해 달리는 기차의 차창은 최상의 모델을 제공한다. 정렬된 좌석 혹은 차칸에 격리된 채 차창 밖을 내다보는 여행자 앞에 펼쳐지는 것은 고정되지 않고 마치 영화 속 장면들처럼 연속해서 흐르는 파노라마(panorama)적 풍경이다. 여행자는 대상세계를 차분히 고정시키고 통제하는 원근법적 조망을 포기한 채 달리는 기차의 속도와 바라보는 대상의 유동성에 넋을 잃게 된다. 이 와중에 흐르는 시간은 질서를 잃고 시작도 끝도 없는 불특정한 공간만이 지속된다. 물론 여행자가 바라보는 공간과 여행자 자신이 속한 기차안의 공간은 서로 아무런 관련도 없다. 차창이라는 공간은 결국 여행자의 시선을 의미있는 시공간의 질서로부터 이탈시켜 별로 개의치 않는 충격으로 이끄는 공간이다.[61]

현대 대도시 공간은 도시민들의 '정신생활'에 심각한 영향을 끼친다. 충격의 체험이 집단적 경험으로 승화되지 못하고 개인적인 사건

Moderne. Rekonstruktion eines Forschungsprogramms," *Geschichte und Gesellschaft*, vol.24 (Vandenhoeck & Ruprecht, 1998), pp.225-247 참조.

60) 조르조 아감벤, 『호모 사케르: 주권 권력과 벌거벗은 생명』 (새물결, 2008).

61) de Certeau, *The Practice of Everyday Life*, pp.111-114; 주은우, 『시각과 현대성』 (한나래, 2003), 369쪽 이하.

으로 파편화될 뿐만 아니라 그것이 불특정한 공간에서 시도 때도 없이 '반복 강박(repetitive compulsion)'됨으로써 확고한 시공간의 의식에 기초한 자기정체성을 와해시킨다. 이러한 증상은 '트라우마'라는 정신분석학 용어로 총칭될 수 있다.62) 트라우마는 '정상적인' 기억이나 망각과는 다르다. 그것은 오히려 망각에 대한 기억, 다시 말해, 기억의 '결여'에 대한 기억이다. 무엇이 결여되어있다는 갑작스런 의식은 충분히 환기적(mnemonic)이다. 트라우마는 끊임없이 '반복 강박'됨으로써 한편으로는 '정상적인' 기억과 망각을 방해하지만, 다른 한편으로는 이들에 의해 가려진 체험의 심연을 넌지시 드러낸다. 트라우마를 통해 비로소 대도시 공간의 체험이 시간의 정연한 질서 속에 편입될 수 없음은 분명해진다.63)

철학자 하이데거는 공간과 시간이 존재론적으로 연루되어있음을 밝히면서 공간이 본연의 "역사성(Geschichtlichkeit)"을 상실해가고 있음을 지적한 바 있다. 앞서 밝혔듯이, 하이데거에게 있어 공간은 인간 존재에 앞서 존재하지 않고 인간에 의한, 세계 "안"으로의 사물들의 본원적인 자리매김으로, 즉 공간을 창조하는 실천과 결부되어 정의된다. "공간은 공간화(Einräumung)하는 한에서만 공간이다."64) 이와 같은 존재론적 규정성을 통해 공간은 다양한 역사적 전개의 가능성들과 만난다. 그런데 현대 도시공간은 항상적인 충격을 통해 인간 존재와 공간을 소원하게 만듦으로써 결국 양자의 관계를 토대로 삼는 공간의 역사성을 소멸시키

---

62) 트라우마에 대한 일반이론으로는 특히 Ruth Leys, *Trauma, A Genealogy* (Chicago and London, 2000) 참조.

63) Graeme Gilloch and Jane Kilby, "Trauma and memory in the city. From Auster to Austerlitz," ed. by Mark Crinson, *Urban Memory*, pp.1-19.

64) Martin Heidegger, *Bemerkungen zu Kunst - Plastik - Raum* (Erker, 1996), p.14.

고 만다. 대신 등장하는 것은 전적으로 새로운 시공간 의식이다.

독일 문예이론가 발터 벤야민은 대도시의 거리를 군중에 휩쓸려 정처
없이 거니는 "만보자(flâneur)"에게서 이와 같은 새로운 시공간 의식을 찾
아낸다. 만보자는 무수한 상품들이 진열된 쇼윈도의 "환등상"같은 공간
을 배회하며 항상적인 "충격의 경험"에 자신을 내맡긴다. 이 와중에 만
보자는 어느덧 과거-현재-미래의 피상적 질서로부터 "깨어나" 자신 앞
에 놓인 "공간화된 과거"와 만난다. 바로 그곳에 자신의 체험이 지닌 진
정한 본질이 놓여있다. 쇼윈도에 걸린 옷의 주름이 만보자에게 삶의 고
락을, 찰나에 불과한 인간 존재의 의미를, 더 나아가 인류 역사의 영원
한 이념을 환기시킨다.65)

보이어는 벤야민이 묘사했던 도시를 "파노라마 도시"로 규정하며,
경험의 일시성, 고정된 이미지의 해체, 거리를 둔 여행자적 시선, 그
리고 공간의 유동성 등을 그 주요 특징으로 설명한다. 보이어는 이러
한 성격의 도시가 어느덧 "스펙터클 도시"로 대체되고 있다고 주장한
다. 그 핵심적 성격은 도시의 재현적 이미지가 사라지고 순전한 기호
들의 놀음으로 대체되는데 있다. 이곳에서는 이미지 자체가 관광 상
품이 되고 기억은 과거를 임의적으로 재구성된 이미지들의 모음으로
소비한다.66) 보이어가 묘사하였듯이, 현대 서구의 대도시들은 자본의
흐름에 따라 끊임없이 표류하며 스펙터클을 양산한다. 스펙터클은 벤
야민의 만보자를 일깨우던 '공간화된 과거'를 다시금 '환등상'의 허식
적 공간으로 퇴행시킨다. 소위 '상황주의자(situationist)'로 알려진 기

---

65) Walter Benjamin, "Passagen-Werk," *Gesammelte Schriften*, vol.5-2 (Frankfurt a.
   M., 1982).

66) Christian Boyer, *The City of Collective Memory*, p.40 이하, p.46 이하.

디보르(Guy Debord)에 다르면, 현대 사회를 지배하는 스펙터클은 통일
된 외관에도 불구하고 "일반화된 고립"에 처한 인간들의 "소외"를 나
타낼 뿐이다. 그것은 "현실 사회의 비현실주의의 중심"으로 결코 현실
사회의 결핍을 채울 수 없다.[67]

　'파노라마 도시'가 '스펙터클 도시'로 변모함에 따라 트라우마의 증상
은 더더욱 심화된다. '환등상'의 허식적 공간이 지배력을 넓혀갈수록 인
간 존재와 공간의 관계는 극단적으로 소원해진다. 더 이상 아무런 시공
간 의식도 일깨움이 없이 오로지 스펙터클의 순간성에 집착하는, 흔히
'포스트모던'으로 일컬어지는 새로운 사회는 자본, 노동, 이데올로기,
이미지 등을 '반복 강박'적으로 순환시킴으로써 유기체로서의 도시라는
19세기식 이념에 완전히 마침표를 찍는다.[68]

2) 포스트식민 도시의 역사적 트라우마

　현대 대도시의 트라우마는 비단 서구세계만의 특징은 아니다. 이 특
징은 소위 '세계화'의 흐름 속에서 과거 서구의 식민지였던 지역의 도시
들에도 고스란히 관철된다. 이른바 포스트식민(postcolonial) 도시에서 트
라우마는 더욱 극단적인 형태로 등장한다. 서구의 대도시들의 경우 '기
억의 환경'이 서서히 와해되면서 '기억의 터'에 의해 대체되는 과정을
밟는 반면, 포스트식민 도시는 과거 식민지 시절의 도시가 지녔던 '기억
의 환경'을 의도적으로 파괴한다. 포스트식민 도시의 '기억의 터'는 서구

---

67) Guy Debord, *Society of the Spectacles* (1983) (2006, Oakland), §3, §32, §6.

68) 하비, 『포스트모더니티의 조건』, 331쪽 이하; Raymond Williams, "Metropolitan
　　Perceptions and the Emergence of Modernism, The Politics of Modernism (1989),"
　　eds by Miles and Hall, *The City Cultures Reader*, pp.58-65.

의 경우보다 더욱더 인위적이고 이데올로기적이다. 왜냐하면 치욕적인 과거와의 불편한 관계가 기억의 극단적 단절을 초래하여 이를 극복하기 위해서는 더욱 극단적인 방법이 요청되기 때문이다. 이러한 점에서 볼 때, 포스트식민 도시가 보여주는 트라우마는 현대 도시 일반의 트라우마에 그치지 않고 식민주의의 역사와 결부된, 이른바 '역사적 트라우마(historical trauma)'의 성격을 보여준다고 할 수 있다.

식민주의(colonialism)란 제국주의 모국의 주민들을 원거리 지역에 정착시키는 일련의 행태를 지칭하는데,[69] 이는 단지 경제적이거나 정치적, 또는 군사적 차원에 그치지 않는다. 식민주의는 특유의 '공간성'을 통해 그것의 표면적 종식 이후에도 지속된다. 식민주의의 공간성이 가장 전형적으로 나타나는 곳은 단연 식민도시이다. 그곳은 식민 지배의 이데올로기가 가장 노골적으로 현시되는 공간이다. 서양 제국주의 모국에서는 비가시적으로 관철되는 지배 이데올로기와 그 폭력성이 이곳에서는 투명하게 드러난다.[70]

지리학자 하비의 주장에 따르면 서구의 도시화는 자본주의의 내적 모순을 외적으로 해결하기위한 방법이었고 그런 점에서 식민화 과정과 병행되었다.[71] 서구의 대도시는 제국주의의 지구적 전개과정을 통해 형성되었을 뿐 아니라 그 과정에 수반된 이데올로기와 지리적 상상력을 자

---

69) Edward Said, *Culture and Imperialism* (London, 1993), p.8. 사이드는 제국주의(imperialism)와 식민주의(colonialism)를 구분하는데, 전자는 이데올로기적 차원을, 후자는 그에 따른 실행을 가리킨다. 이와는 달리 양자를 모순적인 실천으로 보는 입장으로는 로버트 J. C. 영/김택현 역, 『포스트식민주의 또는 트리컨티넨탈리즘』(박종철출판사, 2005), 39쪽 이하 참조.

70) AlSayyad Nezer, ed., *Forms of Dominance: On the Architecture and Urbanism of the Colonial Enterprise* (Aldershot, 1992), p.5; 민유기 외, 『공간 속의 시간』, 249쪽.

71) 하비, 『도시의 정치경제학』, 37쪽 이하.

신의 경관에 흡수하고 재현했다. 예컨대, 공적, 사적 공간의 구분이나 공간의 젠더화 및 위계화는 중산층 남성의 지배 이데올로기를 표현하는 것으로, 제국도시에 관철되는 동시에 곧바로 식민지 도시공간에 고스란히 이식되었다.72) 식민주의는 자신의 지배 하에 있는 식민도시에 대한 부정적 이미지들, 예컨대 폭력성, 비일관성, 비도덕성, 퇴폐성, 파편성, 비정형성, 혼란, 균열 그리고 디스토피아 등을 이용해 제국의 문화적 이상을 부각시키고 이것을 다른 문화에로 그대로 이식할 수 있다고 주장한다. 이에 따라 식민도시야말로 식민주의 권력의 테크놀로지를 과시하는 주요 전시장으로 기능하게 된다. 청결, 문명적 가치 그리고 근대화를 기치로 서구의 건축 스타일과 공간 구성의 원리가 식민지 지배정책의 일환으로 전화되어 식민도시에 물질적, 문화적, 제도적, 그리고 경관상의 영향을 끼친다.73)

식민도시의 건설 과정에서 식민도시의 토착 주민은 식민주의의 환영에 빠져들기도 하지만 실제로는 통제되고 인위적으로 분류되어 도시의 공공적 삶에서 배제된다. 이러한 과정은 분명 억압적이고 파괴적이지만 동시에 새로운 가능성을 배태하기도 한다.74) 식민도시는 "서로 다른 문화가 만나서, 충돌하여 얽히고설킨 사회적 공간"으로서75) 피지배자들

---

72) Felix Driver and David Gilbert, "Imperial Cities: overlapping territories, interwined histories," eds. by Felix Driver and David Gilbert, *Imperial Cities. Landscape, Display and Identity* (Manchester and New York, 1999); Jonathan Schneer, *London 1900: The Imperial Metropolis* (New Haven, et. al., 1999).

73) Jane M. Jacobs, *Edge of Empire. Postcolonialism and the City* (London and New York, 1996); Anthony King, *Urbanism, Colonialism and the World-Economy* (London and New York, 1990).

74) Alfred Ndi, "Metropolitanism, capital and patrimony: theorizing the postcolonial West African city," *African Identities*, vol.5, no.2(Routledge, 2007), pp.167-180.

에게 순응, 저항, 또는 혁신을 유발한다. 식민도시에서 식민주의 권력은 결코 원래의 의도를 그대로 관철시키지 못한다. 예나 지금이나 도시란 인간이 교류하는 장이기에, 비록 식민도시가 지배 권력의 공고화를 도모하는 공간적 장치로 고안된 것임에도 피지배자들은 나름대로 자신이 사는 도시를 반식민주의의 거점으로 활용한다. 그들은 식민주의 담론의 모방이나 재구성의 전술을 통해, 또는 고유의 토착적 정체성의 구축이나 그것과 외래문화의 혼성을 통해, 더 나아가 이산 정주 등 새로운 공간적 실천을 통해 도시 공간에 자신의 존재를 각인시킨다. 이들 식민도시의 사례는 도시란 근본적으로 공간화 된 '지식-권력'임을 보여준다.[76]

제국이 해체됨에 따라 식민지배에서 벗어난 포스트식민 도시는 식민

---

75) M. L. Pratt, *Imperial Eyes: Travel Writing and Transculturation* (London, Routledge, 1992), p.4. 프라트는 제국의 대도시와 식민지 간의 영향관계를 쿠바 사회학자 Ferdinando Ortiz의 이론에 따라, 문화 이식(acculturation)이나 문화 해체(deculturation)가 아닌 상호적인 "문화 횡단(transculturation)"으로 설명한다. p.228. "제국의 대도시는 자신이 주변부를 규정한다고 (문화적 사명의 광명이나 발전을 이끄는 현금 유통을 통해) 이해하면서 주변부가 대도시를 규정하는 방식에 대해서는 눈을 감는다. 주변부로부터의 규정성은 아마도 처음에는 제국 대도시가 주변부 및 자신의 타자들을 계속해서 자신에게 드러내보이고 재현할 절실한 필요성을 가질 때 찾아온다." p.6.

76) 푸코는 공간을 권력(pouvoir)이라는 관점에서 검토하는데, 공간은 지식과 권력의 관계를 이해하는데 효과적인 도구를 제공한다. 개인에 대한 사회적 통제는 일상생활을 공간적으로 "유도"함으로써 가능해진다. 예를 들어 건축은 일종의 정치적 "테크놀로지"로, "길들여진 신체"를 창출하는데 기여한다. 푸코의 견해는 식민주의자들이 건축과 도시계획을 자신들의 문화적 우월성을 입증하는데 이용했던 많은 사례에서 설득력이 높아진다. 미셸 푸코 저, 오생근 역, 『감시와 처벌: 감옥의 역사』(나남, 2003), 203-253쪽 참조. 그 밖에 김백영, 「식민지 도시 비교연구를 위한 이론적 고찰」, 민유기 외, 『공간 속의 시간』, 329-368쪽; Jane Jacobs, *Edge of Empire*, p.4; Brenda Yeoh, *Contesting Space in Colonial Singapore: Power Relations and the Urban Built Environment* (Singapore, 2003) 참조. 탈식민주의 이론가 호미 바바(Homi Bhabha)는 식민도시가 보여주는 이와 같은 "양가성"이 식민지 피지배층의 저항보다는 식민주의 담론 자체의 "양가성"에 기인한다고 주장한다. 호미 바바/나병철 역, 『문화의 위치』, (소명출판, 2002), 177-191쪽 참조.

지시기에 이미 구축된 토착적 정체성과 새로운 현대적 정체성 사이에서
극심한 갈등을 겪으며 새로운 혼종적 정체성의 가능성을 일구어간다.
포스트식민 도시의 주민들은 서구인들이 구축해놓은 공간 질서를 새로
운 사회적 연대와 경제적, 문화적, 정치적 실천을 통해 넘어선다. 예컨
대 토착적 가족경제라던가 교육열, 혹은 미시정치적 개입을 통해 식민
주의의 유산을 와해시킨다. 이에 따라 대안적인 공간과 시간의 질서가
예고되는바, 서구 자본주의의 기계적 시간에 대응되는 자연적 리듬의
토속적 시간, 농민층의 대거 유입에 의한 도시 공간의 농촌화 같은 것들
이 이에 해당한다.[77]

　물론 이러한 현상들은 낭만적인 것과는 거리가 멀다. 새로운 시공
간 질서는 현재와 과거, 영토적 주권과 주변부적 위상 사이에서 끊임
없는 균열에 처한다. 포스트 식민도시는 식민주의의 트라우마를 고스
란히 담고 있다. 새로운 주권적 공간은 더 이상 토착적이지 않다. 그
것은 식민주의자들이 '명명(naming)'한대로, 그들의 정치적, 경제적, 이
데올로기적 모형에 따라 재현되는 수밖에 없다. 신생 엘리트들이 추
진하는 근대화 프로젝트는 포스트식민 도시를 국가 발전의 원동력으
로 삼고자 시도하면서 이내 옛 식민주의자의 논리와 닮아가는 모순에
봉착한다.[78] 포스트식민 도시를 쉴새없이 몰아붙이는 변화에의 요구
는 어쩌면 역사적 망각에의 요구이기도하다. 이곳에 새로이 들어서는
'기억의 터'도 토속적인 외관에도 불구하고 사실은 기억의 균열, 즉 본

---

77) Jacob, *Edge of Empire. Postcolonialism*, p.36; Alfred Ndi, "Metropolitanism,
　　capital and patrimony."
78) Fassil Demissie, "Imperial legacies and postcolonial predicaments: an introduction,"
　　ed. by D. Fassil, *Postcolonial African Cities. Imperial legacies and postcolonial
　　predicaments* (London and New York, 2007), pp.1-9.

래적인 '기억의 환경'이 식민주의의 잔재로 전락해버림에 따라 더 이상 아무런 내실한 기억도 존재하지 않는 상황을 표현할 뿐이다.

동아시아의 포스트식민 도시들처럼 서구 대도시들을 추월해가는 경우, 도시가 지닌 '역사적 트라우마'는 보다 특수한 긴장을 낳게 된다. 이미 식민지 시절부터 지배자와 피지배자 간에는 근대화라는 목표에 대한 일정한 합의가 존재했고 그 합의는 식민주의의 종말 이후에 더욱 강화되었다. 식민주의와 근대화의 착종은 동아시아 사회가 겪는 기억의 균열을 잘 설명해준다. 이는 도시 공간에 그대로 반영된다. 동아시아 포스트식민 도시의 공간은 맥락을 결여한 전통과 국적불명인 현대의 비대칭적 병립 그리고 양자를 매개할 근대기 유산의 실종으로 특징지어질 수 있는바, 이는 대한민국 수도 서울의 '근대기 건물', 특히 옛 일제총독부 청사의 보존과 파괴에서 극적으로 드러난다.[79] 소위 '제3세계' 도시들의 경우와는 달리 이곳에서는 '역사적 트라우마'가 비교적 잘 다듬어진 유적과 초고층 마천루의 뒤편에 버려진 잔해처럼 남는다. 외형적인 활기에도 불구하고, 균열된 기억에서 떨어진 파편들이 도시 구석구석을 잠식하고 있는 것이다.

3) 트라우마의 공간과 역사학적 숭고

서구의 현대도시나 포스트식민 도시는 예외 없이 새로운 도시화의 불가항력적인 흐름에 휩싸여있다. 유동성과 동시성, 이질적인 것들의 병존, 혼종성, 이산(diaspora), 게토화, 또는 슬럼화와 무단 정주 등이 만연

---

79) 하시야 히로시/김제정 역, 『일본 제국주의, 식민지 도시를 건설하다』(모티브 북, 2005), 117-120쪽.

되어 도시의 시민적 정체성을 와해시키고 있다. 이러한 흐름에는 제반 사회, 문화적 이슈들, 예컨대 자본의 순환과 상품의 물신화, 교통 및 통신의 발전, 국경 분쟁, 이민, 인종 갈등, 투어리즘, 젠더 문제, 그리고 마샬 맥루한(Marshall McLuhan)이 지적했던 현대 미디어에 의한 "공간의 지양"80) 등이 연루된다.

  신도시화와 트라우마에 관련된 사회, 문화적 이슈들은 시공간에 대한 새로운 인식을 고무한다. 앞서 거론한 '시간의 공간화'는 이를 위한 출발점을 제공한다. 모든 시간과 공간이 공시성(simultaneity)에 함몰되어 그 차이가 허물어지는 상황에서 그러한 새로운 도시 경험을 적절하게 기억하고 적절한 공간에 담는 일이 과연 가능할까? '반복 강박'되는 충격의 경험은 필연적으로 망각을 초래하지만 이는 역설적으로 개인이나 개별 집단의 정체성을 가다듬는 기회도 제공한다. 짐멜은 앞서 살펴본 「대도시와 정신생활」에서 대도시 특유의 "정신생활"이 "무덤덤함"과 더불어 자칫 평균화된 인간들을 양산할 수도 있으나 그럼에도 대도시는 타인들과의 빈번한 물리적 접촉을 통해 부지불식간에 자신의 고유함에 대한 인식, 즉 "영혼의 본성에 있어서의 정신적 개체화"를 낳기도 한다고 지적했다.81)

  현대 도시는 마치 양피지와 같이 항상 모든 것을 지우고 새로움을

---

80) Döring, Thielmann, eds., *Spatial Turn*, p.20 이하. 그밖에 Paul Virilio, *The Lost Dimension* (Paris, 1991) 참조. Saskia Sassen은 지구화와 정보화로 인해, 개별도시들과 공간들이 네트워크로 연결되어 "공간-시간 차원을 재조직"하면서 "겹치는 공간구조"가 형성되고 있다고 지적한다. Sassen, *Cities in a World Economy* (Thousand Oaks, 2006), p.71 이하.

81) Georg Simmel, "Die Großstädte und das Geistesleben," p.128; Marc Augé, *non-places*, 제2장과 비교.

낳지만 동시에 채 지워지지 않은 풍부한 흔적, 기억, 역사, 정체성을 담고 있다. 바로 이것들이 도시를 살아있는 공간으로 만드는 원천이다.[82] 이러한 원천들을 지적 자산으로 공고히 하는데 제반 과학 및 예술이 기여해 왔다. 특히 시간의 과학인 역사학은 주요한 역할을 담당해왔으며 현대 대도시를 위시한 트라우마의 공간에 직면하여 이를 지적으로 극복할 수 있는 새로운 인식 및 방법을 요청받게 된다.

철학자 하이데거의 깊은 영향을 받은 독일 역사가 라인하르트 코젤렉(Reinhart Koselleck)에 따르면, 역사와 공간은 본래 이중의 관계를 갖는다. 먼저 역사진행의 전제조건인 자연환경을 들 수 있고, 둘째로는 인간 자신에 의한 공간의 창조를 들 수 있다. 양자는 생산적인 긴장관계를 갖는다. 공간은 역사의 범주적 조건인 동시에 사회, 정치적 변화에 따라 그 자체로 역사성을 갖는다.[83] 이처럼 대개의 경우, 공간의 역사성이 역사의 공간성과 자연스레 결부되는데 반해, 트라우마의 공간은 역사로부터 괴리되어있다. 여타의 공간들과는 달리 트라우마의 공간은 시간과 공간의 존재론적 이접성(離接性), 달리 말해 역사성의 부재로 특징지어질 수 있다. 이에 역사학은 새로운 방법론적 출구를 모색하게 된다. 트라우마의 공간은 역사학이 더 이상 시간과 공간의 조화로운 질서를 보증할 수 없으며 오히려 나름의 방식으로 현실적인 '공간의 생산'에 개입한다는 점을 사뭇 깨닫게 해준다.[84]

---

82) Andreas Huyssen, *Present Pasts*, p.84.

83) Reinhart Koselleck, "Raum und Geschichte," Koselleck, *Zeitschichten. Studien zur Historik* (Frankfurt a. M., 2000), p.6; Karl Schlögel, "Räume und Geschichte," ed. by Stephan Günzel, *Topologie*, pp.33–51.

84) "공간의 생산" 방식을 규명하고자 철학자 앙리 르페브르는 "공간적 실천", "공간의 표상들", "재현적 공간들"이라는 세 가지 상관적 범주를 제시한다. 먼저 '공간적 실천(Spatial

이러한 문제의식에 입각해볼 때, 미셸 드 세르토의 방법론적 제안은 시사성이 크다. 그는 도시를 보고 경험하는 두 가지 방식을 논하는데, 하나는 높은 건물에서 도시를 내려다보는 파놉티콘적 감시의 방식이고, 다른 하나는 도시 안에서 길거리를 걷는 방식이다. 첫 번째 방식이 기하학적, 지리학적으로 축소된 경험을 낳는다면, 두 번째 방식은 이와는 매우 동떨어진 지극히 일상적인 "공간적 실천"을 통해 "위상적 체계를 전유"하며 문자 그대로 도시 공간을 생산하고 변화시킨다.[85] 드 세르토가 제시한 '보행자의 관점'은 새로운 정치적 전술과 더불어 역사학의 방법론적 대안을 제시한다. 이에 따르면 공간에 대한 역사학적 접근은 지배 이데올로기에 부응하는 전일적 관점이 아니라 시공간의 다층적인 관계망을 고려하여 매번 차별화된 재현을 모색해야한다. 모든 역사학적 지식 체계와 더불어 박물관, 도서관, 유적지, 묘지, 정원들처럼 과거의 흔적을 담고 있는 제반 공간들은 그 자체가 '생산된' 것으로, 항상 재현의 정치에 연루된다. 이들은 한대 민족사나 제국주의 시절의 영광과 같은 특정한 이데올로기를 대변해 왔으나,[86] 철학자 푸코가 제안했듯이, 여타의 기능적 공간들과는 달리 선택, 다양성, 그리고 차이가 중시되는 "헤테로피아(hétérotopies)"로서 역사적 연속성과 공간의 위계를 안으로부터 와해시키는 방식으로 전유될 수

practice)'은 공간을 창조하는 실제적 행위를 가리키고, 다음으로 '공간의 표상들(Representations of space)'은 건축 등에 개입하는 효과적인 지식과 이데올로기를 말하며, 끝으로 '재현적 공간들(Representational spaces)'은 이미지와 상징을 통해 직접적으로 체험되는 공간을 가리킨다. Henri Lefebvre, *The Production of Space* (Oxford, 2007), p.33, p.38 이하.

85) Michel de Certeau, *Practice of Everyday Life*, p.97, p.107, p.115.

86) Tony Bennett, *The Birth of the Museum* (London, 1995), pp.102-105.

도 있다.[87)]

이처럼 역사학을 시공간적 '재현'의 시지프스적 노동으로 보는 방법론적 관점은 역사학에 대한 근본적 성찰을 고무한다. 역사학은 본래 과거에 살았던 당사자들의 입장과 그것을 해석하는 역사가의 현재적 관점 간의 간극을 활용하여 인식을 얻는 학문이다. 역사적 현실이란 늘 행위자의 의도와 결과의 불일치 속에 존재하기에 역사가는 후대에 사는 이점을 활용하여 과거의 경험이 의미하는 바를 당사자보다 더 성찰적으로 이해할 수 있다. 속절없는 체험의 편린들이 역사학을 통해 새로운 의미로 '승화(sublimation)'된다. 하지만 트라우마의 등장은 역사학을 뿌리 채 뒤흔들어 놓고 만다. 트라우마는 시간의 경과를 역전시켜 과거의 부활을 낳음으로써 경험의 의미에 대한 역사적 이해를 마비시킨다. 트라우마는 섣부른 '승화'에 제동을 걸고 과거를 위협적이고도 낯설게 만든다. 바로 이 같은 트라우마의 도전에 대한 역사학의 응전이 바로 '숭고(the sublime)'의 원리이다. 철학적 전문 개념으로서 숭고란 고통스런 현실과의 거짓 화해를 거부하고 그것의 재현불가능성을 부정적인 방식으로 보여주며, '부정의 부정'을 통해 도달되는 긍정성마저 거부하는 그야말로 '절대적 부정성'을 일컫는다.[88)] 이를 역사학적 개념으로 전용해본다면, 숭고는 뼈저린 체험을 섣불리 승화시키는 대신 그것의 불가해성을 인정하고 현재와의 거리를 확보하는 방법론적 원리를 지칭하게 된다. 이를 통해 과거는 현재의 지배적 기

---

87) Michel Foucault, "Von anderen Räumen." 앙리 르페브르도 『도시 혁명』(1970)에서 차이의 공간이자 타자의 공간으로서의 "헤테로토피아"를 푸코에 앞서 제시했다. 르페브르와 푸코의 개념 차이에 대해서는 장세룡, 「헤테로토피아: (탈)근대 공간 이해를 위한 시론」, 『대구사학』95 (대구사학회, 2009), 285-317쪽 참조.

88) 테오도르 아도르노, 『부정변증법』(한길사, 2005), 236-238쪽.

억 및 확고한 공간 정체성에 굴하지 않는 독자적인 시공간의 지위를 확보함으로써 대안적 의미의 가능성을 제공할 수 있게 된다.[89]

　'역사학적 숭고'의 방법론은 트라우마의 공간을 새로운 인식의 계기로 반전시킨다. 공간과 시간의 분열이 역사의 매끄러운 시간적 질서와 더불어 공간의 공간성마저 새롭게 검토할 수 있는 전례없는 기회가 된다. 예컨대 역사학이 중시하는 '지역성(locality)'은 더 이상 세계화의 오염으로부터 보호받아야할 어떤 순수한 실체가 아니라 특정한 이데올로기적, 공간적 실천의 산물로 상대화된다.[90] 결국 기존 역사학의 '승화된' 시공간을 뒷받침해오던 주요 범주들인 이념, 유산, 정체성, 구조, 영토, 헤게모니, 발전, 역사화(historicizing) 등이 그간 주목받지 못했던 공간 범주들, 즉 외부성, 변경, 통로, 환경, 위상, 산개(dispersion), 위치설정(mapping), 공간화(spatialization) 등에 의해 도전받게 된다.[91] 역사학적 숭고의 방법론은 이러한 새로운 범주들과 더불어 아래와 같은 다섯가지 방법적 원칙을 추구한다.

　1. 모든 역사적 사태(事態)의 가치는 공간성, 즉 정치적 '대의(代議)'와

---

89) F. R. Ankersmit, *Sublime Historical Experience*, pp.317-368; Jean-Francois Lyotard, "The Sign of History," ed. by Andrew Benjamin, *The Lyotard Reader* (Oxford, 1989), pp.293-411.

90) Michael Peter Smith, *Transnational Urbanism. Locating Globalization* (Oxford, et al., 2001), p.114, p.121-122. 지역은 제국주의 및 식민주의, 현대성, 세계화 등에 의한 다양한 미시적, 거시적 수준에 걸친 영향을 인정받아 '다성성(multivocality)' 및 '다중 지역성(multilocality)'을 부여받는다. 이에 관해서는 Margaret Rodman, "Empowering Place: Multilocality and Multivocality," *American Anthropologist*, vol.94, no.3(Arlington, American Anthropological Association, 1992), pp.640-656 참조.

91) Doris Bachmann-Medick, *Cultural Turns*, pp.302-304.

사회문화적 '표상'을 포함하는 '재현(representation)'의 체계 내에서의 위상에 따라 상대화된다. 이는 지리적 위치와는 구별된다.

2. 모든 공간은 기억된 공간으로서만 역사학의 대상영역으로 자리잡을 수 있다. 다시 말해 역사학은 시간의 과학으로서 공간의 역사성을 재현한다.

3. 공간에 대한 역사학적 접근은 공간과 역사, 공간의 역사성과 역사의 공간성을 자연적인 결합이 아닌 괴리되고 상충적인 관계로 새롭게 사고하도록 고무한다. 따라서 동일한 공간에서 지속되는 민족사라던가 지역사, 혹은 선형적인 세계사는 지양된다.

4. 공간의 재현은 각 재현 주체의 위치설정에 따라 상이하게 나타난다. 따라서 공간의 역사학적 재현도 역사가의 정치 사회, 문화, 장소적 위치와 결부된다.

5. 이상과 같은 원칙들은 현대 대도시 공간을 기준으로 설정되었지만 보다 보편적인 적용가능성을 지닌다. 예컨대 중세의 농촌사회를 연구함에 있어서도 전일적인 '장기지속'의 굴레를 벗어나 각기 상이한 '공간의 생산'과 생산된 공간들에 간직되었던 상이한 기억의 지층들을 발굴하여 보다 풍부한 역사성을 획득할 수 있다.

이와 같은 방법적 원칙들은 이른바 역사학의 "공간으로의 전환"을 선언하는 것으로, 역사학 스스로를 시·공간의 차원을 재현(표상)하는 문화적 형식의 일환으로 간주한다는 점에서 새로운 문화사의 방법론으로 자리매김할 수 있겠다.

IV. 결론 - 이론적, 실천적 개입의 가능성

프랑스 문예학자 조르주 바타유(Georges Bataille)는 서구 철학이 오래
도록 공간이라는 범주를 소홀히 취급해왔다고 불평하면서 공간에 관해
여전히 추상적 사변만을 늘어놓고 있는 철학 교수님들을 차라리 감방에
보내자고 제안했다. "공간이 무엇인지 그들이 깨우칠 수 있도록."[92] 공
간은 고전 물리학이나 지리학이 주장했던 바대로 양적 단위로 환산될
수 있는 비어있는 그릇과 같은 것이 아니라 인간의 존재 방식 그 자체이
다. 공간은 사회적, 문화적 삶에 본원적으로 연루되어 있으며 고정되어
있기보다는 그 자체가 '공간화'의 과정이다.

'공간이 공간화'하는 전형은 무엇보다 사람들 간의 관계가 집중적으
로 이루어지는 도시에서 찾을 수 있다. 도시는 새로운 경험을 창출하
고 세계와의 한층 복합적이면서도 투명한 관계망을 구축한다. 이 점
에 있어서는 다양한 가치와 성질이 수학적으로 등가화되는 근대 도시
의 경우나 신도시화의 유동적 흐름에 잠식된 현대 대도시들이 근본적
차이를 보이지 않는다. 르페브르는 상품의 환영에 사로잡힌 현대 대
도시를 비판하면서도 도시에 대한 거부감을 드러내기는커녕 오히려
"도시적 삶에 대한 변형되고 갱신된 권리"를 요구했다.[93] 쇼핑몰과 부
르주아의 교외팽창, 디즈니랜드 등을 "타락한 유토피아들"이라고 조롱
한 데이비드 하비도 도시적 삶을 거부하기는커녕 오히려 도시민들이 "역
사, 전통, 집단기억, 그리고 이들과 함께하는 소속감과 정체성을 어떻

---

92) Georges Bataille, "Raum", eds. by Rainer Maria Kiesow, Henning Schmidgen,
   Kritisches Wörterbuch (Berlin, 2005), p.47.
93) Henri Lefebvre, *Writings on Cities* (Oxford, 1996), p.147-159.

게 만회할 것인가"를 고민했다.[94]

본고는 현대 세계의 대도시 일반을 '트라우마의 공간'으로 규정하고 그것의 이론적 규명과 실천적 개입의 여지를 마련하는데 역사학이 나름의 기여를 할 수 있음을 밝히고자했다. 트라우마의 공간은 시간과 공간의 문제에 대한 새로운 이해를 자극하며, 역사학적 숭고의 방법론적 원리야말로 특유의 개념적 전복을 통해 이러한 새로운 이해를 경험적 연구로 전환시킬 수 있다. 이로써 대안적 공간이 논의될 수 있는 발판이 마련된다.

새로이 거론되는 공간은, 지리학자 에드워드 소자(Edward Soja)의 표현을 빌면, "총체적 개방성의, 저항과 투쟁의, 다면적인 재현의 공간"[95]이다. 과연 이러한 공간의 실현이란 부질없는 몽상에 불과한가? 비판적 지리학자 하비는 시간과 공간을 사회적 권력의 원천으로 보면서 이에 대한 개인적 저항들이 대안적인 사회를 건설하려는 목적을 가진 사회운동과 결합될 수 있다고 주장한다. 물론 저항 운동들은 파편화된 공간을 조정하는 자본의 능력에, 그리고 세계적으로 행해지는 자본주의의 역사적 시간의 진행에 종속되기 쉽다. 따라서 단순한 저항이 아니라 현대사회의 "촘촘히 짜여진 망에 우리를 단단히 가둘 수 있는, 다중적으로 교차하는 물질적 과정을 나타내줄 수 있는 어떤 변증법", 즉 "변증법적 유토피아주의"가 요청된다. 그것은 사회적 및 생태적 조건에 물질적 기반을 두지만, 인간의 창조적 행위의 가능성과 대안을 강조한다.[96] 이 같은 종류의 대안적 논의는 매우 절실하지만

---

94) 하비, 『희망의 공간. 세계화, 신체, 유토피아』, 231쪽.

95) Edward W. Soja, *Thirdspace. Journey to Los Angeles and other Real-and-Imagined Places* (London, New York, 1996), p.286.

여전히 구체성을 결여하고 있기에 새로운 역사연구, 특히 '촘촘하고' '다중적인' 문화사 연구가 기여할 여지는 많다.

---

96) 하비, 『희망의 공간. 세계화, 신체, 유토피아』, 249-269쪽.

저자 소개

• 이동환

한국고전번역원 원장으로 재직하고 있다. 주요 저술로는『국역 퇴계전서』(공역) 등이 있으며, 논문으로는「조남명(曺南冥)의 정신구도」,「회재(晦齋)의 도학적 시세계」,「다산 사상(茶山思想)에 있어서의 상제(上帝) 문제」,「홍담헌(洪湛軒) 세계관의 두 국면」등이 있다.

• 송재소

성균관대학교 한문학과 교수로 정년하였고, 현재 같은 학교 명예교수이자 연세대학교 석좌교수를 겸하고 있다. 저서로는『몸은 곤궁하나 시는 썩지 않네』,『다산시 연구』,『한시 미학과 역사적 진실』,『한국한문학의 사상적 지평』등이 있고, 옮긴 책으로는『역주 다산시선』,『역주 목민심서』(공역) 등이 있다.

• 이동철

용인대학교 중국학과 교수로 재직하고 있다. 저술로는『고전, 고전번역, 문화번역』,『삼국통일과 한국통일』(공저) 등이 있으며, 역서로는『유교사』(공역),『고사성어로 읽는 중국사 이야기』(공역) 등이 있다.

• 김기봉

경기대학교 인문학부 사학과 교수로 재직하고 있다. 주요 저서로『역사란 무엇인가를 넘어서』·『포스트모더니즘과 역사학』등이 있으며, 논문으로는「민족통일의 토대로서 공정사회」·「우리시대 역사주의란 무엇인가」·「역사극의 개념과 범주에 대한 신역사주의적 해석」등이 있다.

• 이수정

창원대학교 철학과 교수로 재직하고 있다. 저서로는『여신 미네르바의 진리파일 : 시로 쓴 철학사』,『편지로 쓴 철학사』,『달려라 플라톤 날아라 칸트』,『하이데거 : 그의 생애와 사상』이 있으며, 역서로는『현상학의 흐름』,『해석학의 흐름』,『근대성의 구조』,『일본 근대철학사』 등이 있다.

• 정경주
경성대학교 한문학과 교수로 재직하고 있다. 저술로는『한국중세문화인물연구』,『국역 사의(士義)』(공역),『국역 상변통고』(공역) 등이 있으며, 주요 논문으로는「조선조 예악 문명과 점필재 김종직의 위상」,「가례보의(家禮補疑)에 반영된 조선후기 가례학(家禮學) 의 성과와 문제」 등이 있다.

• 이이화
역사학자이며, 동학농민혁경기념재단과 고구려역사문화보전회 이사장을 맡고 있다. 저 서로는 전22권의『한국사 이야기』를 비롯해,『동학농민전쟁 인물열전』·『이야기 한국 인물사』·『조선후기 정치사상과 사회변동』·『우리 겨레의 전통생활』 등이 있으며, 편서 로『동학농민전쟁 사료총서』(30권)가 있다.

• 진성수
성균관대학교 동아시아학술원 유교문화연구소 책임연구원으로 재직하고 있다. 역서로 는『유학 제3기 발전에 관한 전망』,『중국고대사상문화의 세계』 등이 있으며, 주요 논문 으로는「왕부지(王夫之) 양경학 이해 및 비판에 관한 연구」,「17–18세기 한중일 유학에 서의 인간이해 연구」,「왕부지 대학관」 등이 있다.

• 김승렬
경상대학교 사학과 교수로 재직하고 있다. 저서로는『인물로 보는 유럽통합사』,『G세대 를 위한 서양의 역사와 문화』,『글로벌 시대의 유럽 읽기』 등이 있으며, 주요 논문으로는 「한반도의 분단과 통일」,「한국전쟁이 유럽에 미친 영향」,「유럽 국제평화의 기획」 등이 있다.

• 홍석영
경상대학교 윤리교육과 교수로 재직하고 있다. 저서로는『서양 근현대 윤리학』(공저) 등이 있으며, 역서로는『웰 다잉(Well Dyang)–인생의 끝에서 만나는 지혜』가 있다.

주요 논문으로는 「첨단 과학시대의 생명의료윤리 문제」, 「인격주의에 기초한 생명윤리 연구」, 「생명윤리와 인간학」 등이 있다.

• 정만조

국민대학교 국사학과 교수로 재직하고 있다. 저술로는 『조선시대 서원연구』, 『한국사상의 정치형태』(공저), 『조선시대 경기북부지역 집성촌과 사족』(공저) 등이 있으며, 주요 논문으로는 「조선시대 서원지(書院誌) 체례(體例)에 관한 연구」, 「조선시대 삼공(三公)의 관력(官歷) 분석」 등이 있다.

• 이상해

성균관대학교 건축학과 교수로 재직하고 있다. 저술로 『서원』, 『종묘』, 『궁궐—유교건축』, 『한국의 미, 최고의 예술품을 찾아서』, 『중국 고전건축의 원리』(역서) 등이 있으며, 주요 논문으로는 「고려정궁 내부 배치의 복원 연구」, 「존주대의와 묘침제 관점에서 본 만동묘와 화양서원의 건축」, 「발해 상경 용천부 성문 건축의 특징 탐구」(공동) 등이 있다.

• 김덕현

경상대학교 지리교육과 교수로 재직하고 있다. 주요 연구 실적으로는 『인문지리학개론』(공동) 외에 「전통명승동천구곡의 연구 의의와 유형」, 「장소와 장소 상실, 그리고 지리적 감수성」, 「택리지의 자연관과 산수론」, 「무이구곡과 조선시대 구곡 경영」 등이 있다.

• 문장수

경북대학교 철학과 교수로 재직하고 있다. 저서로는 『논리와 구조』, 『과학과 인간』, 『엔트로피와 기』(공동) 등이 있으며, 주요 논문으로는 「신 존재 증명에 대한 기호논리학적 분석」, 「논리학적 법칙들의 경험적 요소와 선험적 요소」, 「후기 분석철학의 주요 의미론들에 대한 역사」 등이 있다.

• 전진성

부산교육대학교 사회교육과 교수로 재직하고 있다. 주요 저술로는 『삶은 계속되어야 한다』, 『기억과 전쟁』, 『인권의 발명』(역서), 『아무도 기억하지 않는 자의 죽음』(공동) 등이 있으며, 논문으로는 「트라우마, 내러티브, 정체성」, 「우울에서 애도로」 등이 있다.

지식인과 인문학

2012년 2월 8일 초판 1쇄 펴냄

지은이 지리산권문화연구단
펴낸이 김흥국
펴낸곳 도서출판 보고사

책임편집 한나비
표지디자인 윤인희

등록 1990년 12월 13일 제6-0429호
주소 서울특별시 성북구 보문동7가 11번지 2층
전화 922-5120~1(편집), 922-2246(영업)
팩스 922-6990
메일 kanapub3@chol.com
http://www.bogosabooks.co.kr

ISBN 978-89-8433-941-5 93810

ⓒ 지리산권문화연구단, 2011

정가 30,000원